先秦文學史參考資料

北京大學中國文學史教研室選注

上　册

中　華　書　局

圖書在版編目（CIP）數據

先秦文學史參考資料/北京大學中國文學史教研室選
注. —2 版. —北京：中華書局，1990.4（2024.7 重印）
ISBN 978-7-101-00697-1

Ⅰ.先… Ⅱ.北… Ⅲ.文學史-中國-先秦時代-高
等學校-教學參考資料 Ⅳ.I209.2

中國版本圖書館 CIP 數據核字（2003）第 119186 號

責任美編：劉　麗
責任印製：陳麗娜

先秦文學史參考資料
（全二册）
北京大學中國文學史教研室 選注

＊

中 華 書 局 出 版 發 行
（北京市豐臺區太平橋西里 38 號　100073）
http://www.zhbc.com.cn
E-mail:zhbc@zhbc.com.cn
北京建宏印刷有限公司印刷

＊

850×1168 毫米 1/32 · 21¾印張 · 4 插頁 · 460 千字
1962 年 8 月第 1 版　1990 年 4 月第 2 版
2024 年 7 月第 12 次印刷
印數:153101-153700 册　定價:98.00 元
ISBN 978-7-101-00697-1

前　言

　　"先秦文學史參考資料"和"兩漢文學史參考資料"是北京大學中文系中國文學史教研室爲配合本系所開的中國文學史（先秦兩漢部分）而編選的。第一本包括古代神話、卜辭、金文、尚書、詩經、左傳、國語、國策、論語、墨子、莊子、孟子、荀子、韓非子、楚辭等類，第二本包括兩漢辭賦、史記、漢書、兩漢樂府及五、七言詩等類。爲了使讀者多接觸原著，所選各類作品的篇目較課堂上實際講授的數量爲多。由於這些作品時代較古，語言較艱深，除卜辭、金文外，每篇都附有比較詳細的注釋。各類作品之末更附錄一部分與研究作品有關的原始材料，作爲讀者進一步研究先秦兩漢文學的參考。

　　這兩本資料是由任課教師游國恩同志編選的，由閻簡弼同志擔任其中尚書、詩經、左傳、國策、楚辭、兩漢樂府及五、七言詩等類中一部分作品的注釋初稿，由梁啓雄同志擔任其中論語、墨子、莊子、孟子、荀子、韓非子、史記、漢書等類中一部分作品的注釋初稿，至上述諸類的另一部分，和古代神話、國語、兩漢辭賦等類的全部注釋，以及全部定稿工作，則由吳同寶同志擔任。其中部分定稿，曾由游國恩同志審閱。

　　限於時間和人力，無論在注釋或標點方面都不免會有錯誤，敬希讀者不吝指教。

北京大學中國語言文學系中國文學史教研室

一九五七年五月

目　　錄

一 神 話

（一） 精衛填海

發鳩之山①，……有鳥焉：其狀如鳥，文首②，白喙③，赤足，名曰"精衛"④，其鳴自詨⑤。是炎帝⑥之少女，名曰女娃。女娃游于東海，溺而不返。故爲精衛，常銜西山之木石，以堙⑦于東海。（山海經北山經）

①發鳩之山：山名。舊說在山西長子縣西。 ②文首：頭上有花紋。 ③喙：音惠，鳥嘴。 ④精衛：鳥名。一名誓鳥，一名宛禽，又名志鳥，俗呼帝女雀。見六朝人纂輯的述異記。 ⑤其鳴自詨："詨"音囂，與"呼"、"叫"同義。"精衛"本是這種鳥的叫聲，因此說："它的鳴聲是自己呼叫自己。" ⑥炎帝：相傳即教給人民種植五穀的神農氏。 ⑦堙：音因，填塞。

（二） 夸父逐日

夸父①與日逐走，入日；渴，欲得飲，飲于河②、渭③；河、渭不足，北飲大澤。未至，道渴而死。棄其杖，化爲鄧林④。（山海經海外北經）

①夸父：山海經海外北經還記載着一個"博父國"，前人考證的結果，認爲"博父"即是"夸父"，其國中的人都是巨人。所以玄珠（即茅盾）在中國神話研究ABC中認爲夸父不僅是人名，也是一個種族的名稱。 ②

河：即黃河。　③渭：水名，在今陝西境内。　④鄧林：地名，在今大別山附近（河南、湖北交界處）。

大荒之中，有山名曰成都載天。有人，珥① 兩黄蛇，把② 兩黄蛇，名曰夸父。……夸父不量力，欲追日景③，逮④ 之于禺谷⑤。將飲河而不足也，將走大澤，未至，死于此⑥。（山海經大荒北經）

①珥：戴在耳朵上的飾物。此處作動詞用。　②把：手裏攅着。③日景：“景”同“影”。　④逮：追上了。　⑤禺谷：又叫虞淵，神話相傳，是太陽所入之處。　⑥死于此：晉郭璞山海經注：“渴死”。

（三）　羽民國、張弘國、驩頭國

羽民國，……其爲人長頭，身生羽①。一曰，……其爲人長頰②。

①身生羽：郭璞注：“能飛不能遠，卵生。”博物志則言：“羽民國民，有翼飛不遠。多鸞鳥，民食其卵。”近人袁珂説：“羽民國的人都愛吃鸞鳥的蛋，這也許就是他們身上生長翅膀的原因。”（見其所著中國古代神話）②郭璞注引歸藏啓筮：“羽民之狀，鳥喙，赤目而白首。”

有人名曰“張弘”①，在海上捕魚。海中有張弘之國。（山海經大荒南經）

①張弘：據清郝懿行山海經箋疏引穆天子傳，認爲“張弘”的“張”即“長”字，“弘”即“肱”字，故“張弘國”就是長肱國；又名長臂國。

長臂國①……（其人）捕魚水中，兩手各操一魚。（山海經海外南經）

①據淮南子墜形訓高誘注：“民皆長臂，臂長於身。”郭璞也説：“舊説云：其人手下垂至地。魏黄初中，玄菟太守王頎討 高勾麗（即高麗），……過 沃沮國，……問其耆老：‘海東復有人否？’云：‘嘗在海中，得一布褐，身

如中人衣，兩袖長三丈。’即此長臂人衣也。”此説又見<u>三國志</u>及<u>博物志</u>。

<u>讙頭國</u>……其爲人，人面，有翼，鳥喙。方捕魚。……或曰<u>讙</u>
<u>朱國</u>。（<u>山海經海外南經</u>）

大荒之中，有人名曰<u>驩頭</u>①。……<u>驩頭</u>人面，鳥喙，有翼，食海
中魚，杖翼而行②。……有<u>驩頭</u>之國。（<u>山海經大荒南經</u>）

　　①<u>驩頭</u>、<u>讙頭</u>、<u>讙朱</u>音皆相近，實即一國。又按<u>郭</u>注，<u>堯</u>的臣子<u>驩兜</u>
因爲有罪，跳在<u>南海</u>裏自殺了。<u>堯</u>可憐他，使他的子孫居於<u>南海</u>奉祀他
云云。則此國之名應是“<u>驩兜</u>”了。　　②杖翼而行：<u>郭璞</u>注：“翅不可以
飛，倚杖之用行而已（利用兩翼拄着拐杖走路而已）。”

（四）　奇肱國

<u>奇肱</u>①國，其民善爲機巧，以殺百禽。能爲飛車，從風遠行②。
（<u>博物志</u>）

　　①奇肱：“奇”音基，作“單獨”解。<u>山海經海外西經</u>：“<u>奇肱之國</u>，……
其人一臂三目。……”“奇肱”，即指其國人都是一條手臂。　　②按，<u>博</u>
<u>物志</u>的這一段文字，在<u>山海經海外西經</u>記述“<u>奇肱之國</u>”的一節裏是不载
的。但<u>郭璞</u>的注却有“其人善爲機巧，以取百禽，能作飛車，從風遠行”
一段話；同時，<u>郭</u>氏所作的<u>山海經圖贊</u>也説：“妙哉工巧，奇肱之人；　因風
構思，制爲飛輪。……”因疑<u>博物志</u>的這段文字就是從<u>山海經海外西經</u>中
摘録過去的。至於<u>山海經</u>的原文，則可能在<u>郭璞</u>加注以後亡佚了。

（五）　關於女媧①

往古之時，四極廢②，九州裂③，天不兼覆，地不周載。火爁
焱④而不滅，水浩洋而不息。猛獸食顓民⑤，鷙鳥⑥攫⑦老弱。於
是<u>女媧</u>鍊五色石以補蒼天，斷鼇足以立四極（按，此二句亦見<u>列子</u>

湯問篇），殺黑龍以濟冀州⑧，積蘆灰以止淫水⑨。蒼天補，四極正，淫水涸⑩，冀州平，狡蟲死，顓民生。（淮南子覽冥訓。）

　①女媧：據王逸楚辭章句天問注，女媧是人頭蛇身的神；證以漢代武梁祠石室畫像（詳下），王逸的話是不錯的。說文："媧，古之神聖女，化育萬物者也。"　②四極廢："四極"就是四方，上古的人認爲在天的四面的盡頭，都有支撐着天的柱子。"廢"就是指柱折天傾，好像我們現在的房頂塌下來的樣子。　③九州裂："九州"見於尚書禹貢，指中國的版圖。"裂"指塌陷崩裂。　④爁焱：音練硯，大火延燒貌。　⑤顓民："顓"音專或端，"顓民"卽善良的人民。　⑥鷙鳥：兇暴的鳥。　⑦攫：音覺，用爪捉住。　⑧冀州：位於九州之中，卽所謂中原地帶。　⑨淫水：平地出水叫"淫水"。　⑩涸：音褐，乾枯。

俗説天地開闢，未有人民。女媧搏黃土作人，劇務①，力不暇供，乃引繩絚②於泥中，舉以爲人。故富貴（一本下有"賢智"二字）者，黃土人也；貧賤凡庸者，絚人也。（太平御覽卷七十八引風俗通義）

　①劇務：工作太繁重。　②繩絚："絚"同"緪"，音互平聲，大繩叫"緪"。一本無"絚"字。

昔宇宙初闢之時，只有女媧兄妹二人①，在崑崙山中。而天下未有人民，議以爲夫妻②。又自羞恥，乃結草爲扇，以障其面。今娶婦執扇，象其事也。（李冗獨異志）

　①傳説中以女媧爲伏羲的妹妹，最早見於風俗通義："女媧，伏希（羲）之妹。"（見羅泌路史後記二注引）　②以伏羲、女媧爲夫婦的説法，最早見於淮南子高誘注："女媧，陰帝（女姓的上帝），佐伏羲治者也。"證以漢代武梁祠的石室畫像，則二人確有夫婦關係。近人容庚武梁祠畫像考釋："第一段畫二人，右爲伏羲，……下身鱗尾環繞，向左；左爲女媧面，……同伏羲尾，亦環繞與右相交。中間一小兒，右向，手曳二人之袖，

兩腳捲走。"唐代的詩人張說、盧仝，也都承認他們是夫婦。至近人芮逸夫、常任俠等，始根據出土的古器物上的畫像和邊疆少數民族的傳説，證明了伏羲和女媧原是傳説中以兄妹爲夫婦的一對人類的始祖。至於武梁畫像和有關的考證，可以參看聞一多的伏羲考（見聞一多全集第一册）。

正月一日爲鷄，二日爲狗，三日爲羊，四日爲豬，五日爲牛，六日爲馬，七日爲人①。正旦畫鷄於門，七日帖人於帳，當爲此日。今一日不殺鷄，二日不殺狗，三日不殺羊，四日不殺豬，五日不殺牛，六日不殺馬，七日不行刑，亦此義。（董勛問禮俗。此據玉函山房輯佚書本。荆楚歲時記亦有此文，字句略有出入。）

　　①這個傳説疑與上帝創造世界的神話有關，因本節中有女媧造人的傳説，故附錄於此。

（六）　關於后羿

帝俊①賜羿彤弓素矰②，以扶下國③。羿是始去恤下地之百艱。（山海經海内經）

　　①帝俊：一作帝夋，相傳是東方殷民族所奉祀的上帝。他的頭似鳥而有兩角，獼猴的身子，只有一隻脚。有人説就是帝嚳。　　②彤弓素矰：紅色的弓，帶有白色羽毛的箭。　　③下國：指下方，即人間。

逮至堯之時，十日並出，焦禾稼，殺草木，而民無所食。猰貐①、鑿齒②、九嬰③、大風④、封豨⑤、脩蛇⑥，皆爲民害。堯乃使羿誅鑿齒於疇華⑦之野，殺九嬰於凶水⑧之上，繳⑨大風於青邱之澤⑩，上射十日而下殺猰貐，斷脩蛇於洞庭⑪，擒封豨於桑林⑫。萬民皆喜，置堯以爲天子。（淮南子本經訓）

　　①猰貐：山海經作"窫窳"，音壓愈。是一種長得非常奇怪的獸，其形

象各書記載不一,大抵是醜惡可怕的。它走得很快,能吃人。或謂它的叫聲似嬰兒啼哭。　　②鑿齒:獸名。齒長三尺,其狀如鑿,直露在下巴外面,並且還能持戈盾等武器。　　③九嬰:可能是一種有九個腦袋的水火之怪。　　④大風:按甲骨文的寫法,"風"卽"鳳"字。"鳳"或謂是大鵬鳥,或謂是大孔雀;總之是一種兇猛的大鳥。它一飛過,總有大風伴隨,所以有人以爲它是"風伯"(風神)。相傳它能毀壞人民住的房屋。　　⑤封豨:大野豬。"豨"音希。　　⑥脩蛇:長大的蟒蛇。據山海經上記載,它能够把大象吃掉,三年才把骨頭吐出來。　　⑦疇華:南方澤名。⑧凶水:高誘注:"北狄之地有凶水。"　　⑨繳:音酌,一種帶繩的箭,此處引申作動詞,指以繳射物。　　⑩青邱之澤:在東方。　　⑪洞庭:高誘注:"南方澤名。"當卽今之洞庭湖。　　⑫桑林:未詳在何方。相傳湯因天旱,曾在此地禱雨,可能也在中原地帶。

帝降夷羿,革孽夏民①,胡爲射乎河伯而妻彼雒嬪②?　(楚辭天問)

①革孽夏民:"革",革除;"孽",禍害;"夏"與"下"通。此句猶言"爲下民除害"。　　②"胡爲"句:據楚辭天問王逸注:"羿又夢與雒水神宓妃(伏羲氏的女兒,疑卽河伯的妻)交接。""嬪"卽"妃。"王逸又說:"河伯化爲白龍,遊於水旁,羿見,射之,眇其左目。河伯上訴天帝曰:'爲我殺羿。'天帝曰:'爾何故得見射?'河伯曰:'我時化爲白龍出遊。'天帝曰:'使汝深守神靈,羿何從得犯汝?今爲蟲獸,當爲人所射,固其宜也,羿何罪歟?'"當是古代的傳說如此,所以屈原對此提出問題。

羿焉彃日①?烏焉解羽②?　(楚辭天問)

①彃日:"彃"音畢,與"射"義同。　　②烏焉解羽:相傳每個太陽中間都有蹲着的三足烏,羿把日射中,烏就死了,身上的羽毛便紛紛脫落下來。王逸說:"羿仰射十日,中其九日,日中九烏皆死,墜其羽翼。"

（七）　關於鯀、禹治洪水

洪水滔天，鯀竊帝①之息壤②以堙洪水，不待帝命；帝令祝融③殺鯀于羽郊④。　鯀復生禹，帝乃命禹卒⑤布土⑥以定九州。〔山海經海內經〕

①帝:天帝，上帝。　　②息壤:一種神土，可以自己生長不息，至於無窮，所以能堵塞洪水。　　③祝融:火神之名。　　④羽郊:郭璞注:"羽山之郊。"近人楊寬中國上古史導論則考訂羽山卽是淮南子墬形訓中的"委羽之山"，其說近是。淮南子高誘注:"委羽山在北極之陰，不見日也。"　⑤卒:最後，終於。　　⑥布土:"布"同"敷"，鋪填。

昔者鯀違帝命，殛①之於羽山；化爲黃熊②，以入于羽淵③。〔國語晉語八〕

①殛:誅殺。　　②黃熊:鯀死以後所化之物，各書傳說不一。山海經郭璞注，認爲是化爲"黃蛇"，左傳和天問則作"黃熊"。一說，"熊"應作"能"，讀音乃平聲，是一種三足鼈。王嘉的拾遺記則謂鯀化爲魚。按，"鯀"字本身卽從"魚"，鯀死後又入於羽淵(水名)，大約所化的是魚或龍一類的神物。　　③羽淵:卽羽山旁的水名。

鴟龜曳銜①，鯀②何聽焉？順欲成功③，帝何刑焉？〔楚辭天問〕

①"鴟龜"二句:"鴟"，卽貓頭鷹；"曳"，拖。據王逸說，鯀在羽山時，鴟和龜都拖了、銜了食物來給鯀吃。而明人周拱辰（見其所著離騷草木史）和清人毛奇齡（見其所著天問補注），則據揚雄蜀本紀中"張儀依龜跡築蜀城"的話，以爲這是指鯀看到鴟龜曳尾相銜的情況，因而築爲參差縣互的高城，以防洪水。此二句大意是說:"爲什麼鯀要依照着鴟龜的牽引銜接的樣子去防洪水呢？"　　②鯀:卽"鯀"字的另一寫法。　　③"順欲"二句:指鯀的用息壤堙洪水原是順從人民的願望，爲什麼上帝還要懲

罰他？

永遏在羽山①，夫何三年不施？伯禹腹鮌②，夫何以變化？（楚辭天問）

①"永遏"二句：傳說鮌是被囚禁在羽山地方的。所以此處屈原問道："永遠把鮌禁錮（遏）在羽山，爲什麼三年不施刑呢？"　②"伯禹"二句：伯禹卽禹，是鮌的兒子。"腹鮌"，意指爲鮌所生。此言"鮌是犯罪的人，而禹是聖人，父凶子聖，不知是怎樣使禹的氣質有所變化的？"

化爲黃熊，巫何活焉①？（楚辭天問）

①此指鮌事。王逸注："活，生也。言鮌死後化爲黃熊，入於羽淵，豈巫醫所能復生活也？"近人唐蘭則認爲鮌化黃熊之後，越過窮山的岡巖，到西方去請求巫師將他治活（因在"化爲黃熊"二句以前有"阻窮西征，巖何越焉"二句）。詳見其所著天問"阻窮西征"新解。其説是否可信，尚難確定，姑録以備考。

洪泉①極深，何以寘②之？地方九則③，何以墳④之？（楚辭天問）

①洪泉：洪水的源泉。　②寘：同"填"。　③地方九則：指九州的疆界（用朱熹楚辭集注説）。　④墳：把土地墊高。

應龍何畫①？河海何歷②？（楚辭天問）

①應龍何畫：王逸注："禹治洪水時，有神龍以尾畫地導水所注。"按，有翅膀的龍叫"應龍"。　②歷：經過。

凡鴻水①淵藪②，自三百仞③以上，二億三萬三千五百五十里，有九淵。禹乃以息土④填洪水，以爲名山⑤。（淮南子墜形訓）

①鴻水：卽"洪水"。　②淵藪：水深處叫"淵"，大澤叫"藪"。此指水所集中之地帶。　③仞：八尺是一仞。　④息土：卽"息壤"。⑤名山：大山。

禹治鴻水，通轘轅山①，化爲熊。謂塗山氏②曰："欲餉③，聞
鼓聲乃來。"禹跳石，誤中鼓。塗山氏往，見禹方作熊，慚而去。至
嵩高山④下，化爲石。方生啓，禹曰："歸我子⑤！"石破北方而啓⑥
生。（漢書武帝本紀元封元年顏師古注引淮南子。今淮南子無此
文。又，繹史十二引隨巢子，亦有此段記載，字句略有出入。）

　　①通轘轅山："通"謂打通。轘轅山在河南偃師縣東南，山路險阻，凡
十二曲。要想打通它是不易的，所以禹變成一隻熊，好用力開山。
　　②塗山氏：禹的妻。　　③餉：送飯給人吃。　　④嵩高山：卽河南的嵩山。
　　⑤歸我子：還我的兒子來！　　⑥啓：禹的兒子。因爲是石頭裂開而生出
來的，所以叫做"啓"。（按："啓"作"裂開"解。）

（八）　關於共工

　　共工氏與顓頊①爭爲帝，怒而觸不周之山②，折天柱，絕地
維③。　故天傾西北，日月星辰就焉；地不滿東南，故百川水潦歸焉。
（列子湯問篇）

　　①顓頊：黃帝的孫子。"頊"音旭。　　②不周之山：按山海經大荒西
經："大荒之隅，有山而不合，名曰不周。"大約就是因爲山有缺口，才生出
共工觸山的神話來的。水經注言，不周山是蔥嶺、于闐二水的界限，當卽
今之崑崙山脈。　　③維：綱維。網上的大繩子。

　　康回馮怒①，墜②何故以東南傾？（楚辭天問）

　　①康回馮怒："康回"是共工的名字。"馮"音憑，盛大之意。"馮怒"
卽"盛怒"。　　②墜：同"地"。

　　共工氏振滔①洪水，以薄②空桑③。（淮南子本經訓）

　　①振滔：動蕩。　　②薄：迫近。　　③空桑：地名，在今山東境內。

　　共工①之臣曰相柳氏②，九首，以食于九山③。……禹殺相

柳,其血腥,不可以樹五穀種。禹厥④之,三仞三沮⑤,乃以爲衆帝之臺。（山海經海外北經）

　共工臣名曰相繇,九首,蛇身,自環⑥。食于九土。……禹埋洪水,殺相繇。其血腥臭,不可生穀;其地多水,不可居也。禹湮⑦之,三仞三沮,乃以爲池。羣帝是因以爲臺。（山海經大荒北經）

　　　①按,古書所載禹治水事,往往與共工氏有關。前所引淮南子本經訓的下文,就記載着舜命禹治水的情況,可見共工氏實是一個興波作浪的惡神（又按:據楊寬中國上古史導論,共工實水神之名）。所以把禹殺共工之臣的兩段神話附錄於此。　②相柳氏: 即下一段的相繇。　③食于九山: 與下一段的"食于九土"同義。因其有九個頭,須同時在九個山上吃食物,把九個地方的東西都吃掉了。　④厥: 同"掘"。　⑤三仞三沮: 用土墊高三次,三次都陷壞下去了。　⑥自環: 自己盤繞着自己的身體。　⑦湮: 同"埋"。

（九）　關於黃帝擒蚩尤

　蚩尤作兵①,伐黃帝。黃帝乃令應龍②攻之冀州之野。應龍蓄水③,蚩尤請風伯雨師,縱大風雨。黃帝乃下天女曰"魃④"。雨止,遂殺蚩尤。（山海經大荒北經）

　　　①兵: 兵器。　②應龍: 見前。據山海經大荒東經,應龍住在凶犁土邱山（山在大荒東北角,司馬貞史記索隱引皇甫謐云: "黃帝使應龍殺蚩尤於凶黎之谷。"當即此地）。　③蓄水: 蓄水是爲了行雨之用。④魃: 音跋,旱神。孔穎達毛詩正義: "一名旱母。"

　黃帝攝政前,有蚩尤兄弟八十一人,並獸身人語,銅頭鐵額,食沙、石子。造立兵杖,刀、戟、大弩,威振天下。誅殺無道⑭,不仁不慈。萬民欲令黃帝行天子事。黃帝仁義,不能禁止蚩尤,遂不敵。

天遣玄女，下授黃帝兵信神符，制伏蚩尤，以制八方。（太平御覽卷
七十九引龍魚河圖。又史記五帝本紀張守節正義亦引此文，字句
頗有出入。）

①誅殺無道: 隨便亂殺人，不合於正道。

黃帝與蚩尤戰於涿鹿①之野。蚩尤作大霧，彌三日②，軍人皆
惑。乃令風后③法斗機④作指南車⑤以別四方，遂擒蚩尤。（虞喜
志林）

①涿鹿: 今屬河北省張家口專區。　　②彌三日：整整過了三天。
③風后: 黃帝的臣。　④法斗機: 取法天上北斗星的斗杓隨季 節而轉移
方向的情況。　⑤指南車: 據宋史輿服志:"指南車……上有仙人，車雖
轉而手常指南。"按，黃帝造指南車始見於春秋元命苞。

蚩尤兄弟七十二人。食鐵石。耳鬢如劍戟，頭有角; 與軒轅①
鬥，以角觝人，人不能向②。（劉恕通鑑外紀）

①軒轅: 黃帝號爲軒轅氏。　②人不能向: 人不敢面對着他們。

蚩尤出自羊水①。 八肱八趾，疏首②。 登九淖以伐空桑③ 。
黃帝作櫃鼓之曲④十章。（歸藏啓筮）

①羊水: 水名，未詳在何地。史記匈奴列傳有白羊國，其地有河，不
知是否與此有關。　②疏首:"疏"有二解: 一作"畫"解，指蚩尤的頭上
畫着有花紋；一作"分歧"解，指蚩尤的頭是分開來成爲若干枒杈的。
③"登九淖"句:"九淖"未詳。按山海經大荒西經:"大荒之中，有龍山，日
月所入。有三澤水，名曰三淖。"則疑九淖也是水名。"空桑"，見前。
④櫃鼓之曲; 按，雲笈七籤:"黃帝出師伐蚩尤於絕轡之野，以櫃鼓爲警。"
山海經大荒東經也説黃帝用夔牛的皮做鼓，用雷神的骨做鼓槌，鼓聲可
傳至五百里外。則"櫃鼓"當是一種聲音極響的戰鼓。按"櫃"音岡，解作
"高木";"櫃鼓"大約是把鼓架在很高的木架上，所以敲起來聲音格外傳

得遠了。

蚩尤帥①魑魅②與黄帝戰於涿鹿，帝命吹角作龍吟以禦③之。（杜佑通典）

①帥：同"率"，率領。　　②魑魅：通常指木石所變的精怪，此處當是泛指妖魔鬼怪之類。　　③禦：抵抗。

（十）　關於神話的解釋

宰我問孔子曰："昔者予聞諸榮伊令：黄帝三百年。請問：黄帝者，人耶？抑非人耶？以至於三百年乎？"……孔子曰："……生而民得其利百年，死而民畏其神百年，亡而民用其教百年：故曰三百年。"（大戴禮記五帝德篇）

子貢曰："古者黄帝四面①，信乎？"孔子曰："黄帝取合己者四人，使治四方，不計而耦②，不約而成，此之謂四面。"（太平御覽卷七十九引尸子）

①四面：長着四張臉。　　②不計而耦：即"不約而同"之意。指四人的步調一致，不必等黄帝考慮問題，他們四人都不約而同地把事辦好了。

魯哀公問於孔子曰："吾聞夔一足①，信乎？"曰："夔，人也。何故一足？彼其無他異，而獨通於聲②。堯曰：'夔一足矣③，使爲樂正④。'故君子曰：'夔有一，足。'非一足也。"（韓非子外儲說左下）

①夔一足：按："夔"本是一隻脚的獸，故魯哀公有此疑問。　　②獨通於聲：對音樂特別在行。　　③夔一足矣：有一個夔也就足够了。④樂正：官名，專門負責音樂的。

二　甲骨卜辭

（一）

戊辰卜，及今夕雨？弗及今夕雨？

（二）

癸卯卜，今日雨。其自西來雨？其自東來雨？其自北來雨？其自南來雨？（以上見郭沫若卜辭通纂）

（三）

癸巳卜，㱿，貞：旬亡田（禍）。王固（占）曰：乃兹（茲）亦虫（有）希（祟），若偁。甲午，王坒（往）逐兕，小臣甶車馬，硪㱿王車，子央亦阤。（見羅振玉殷墟書契菁華第一片）

（四）

癸巳卜，㱿，貞：旬亡田（禍）。王固（占）曰：虫（有）希（祟）！其虫（有）來鼓（艱）。乞（迄）至五日丁酉，允虫（有）來虫（艱）自西。沚㲋告曰：土方正（征）于我東啚（鄙），戈（災）二邑；𢀛方亦牧我西啚（鄙）田。（同上，第二片）

三　銅器銘文

（一）　師旅鼎

唯三月丁卯，師旅衆僕不從王征于方，罰雷吏使𢌿厥友弘㠯告于白懋父，才在莽。白懋父迺罰得䝙古三㚜，今弗克𢌿罰。懋父令曰："義宜敆播嘏諸𢌿不從𢌿右征，今母毋敆，𣪠又有内于師旅。"弘㠯告中史使書。旅對𢌿𧪞賚于𦾖尊彝。

（二）　令鼎

王大耤籍農于諆田，餳揚。王射，有嗣司𥄂暨師氏小子卿合射。王歸自諆田，王駿馭，溓仲僕僕。令𥄂奮先馬走。王曰："令𥄂奮乃克至，今余其舍女汝臣十家。"王至于溓宮，旼陳令命。令拜頴稽首，曰："小□乃學。"令對𣪘揚王休。

四　尚　書

（一）　盤庚上（商書）①

盤庚遷于殷②，民不適有居③，率籲衆感④，出矢言⑤，曰："我王來⑥，既爰宅于兹⑦，重我民⑧，無盡劉。不能胥匡以生⑨，卜稽曰其如台⑩！先王有服⑪，恪謹天命，兹猶不常寧；不常厥邑⑫，于今五邦。今不承于古⑬，罔知天之斷命⑭，矧曰其克從先王之烈⑮！若顛木之有由蘖⑯，天其永我命于兹新邑⑰，紹復先王之大業⑱，厎綏四方⑲。"

盤庚斅于民由乃在位⑳，以常舊服正法度㉑，曰："毋或敢伏小人之攸箴㉒！"王命衆悉至于庭㉓。

王若曰㉔："格汝衆㉕，予告汝訓汝㉖：猷黜乃心㉗，無傲從康㉘。

"古我先王㉙，亦惟圖任舊人共政㉚。王播告之修㉛，不匿厥指㉜，王用丕欽。罔有逸言㉝，民用丕變。今汝聒聒㉞，起信險膚㉟，予弗知乃所訟㊱！

"非予自荒兹德㊲，惟汝含德㊳，不惕予一人。予若觀火㊴，予亦拙謀㊵，作乃逸。

"若網在綱㊶，有條而不紊。若農服田力穡㊷，乃亦有秋。汝克黜乃心㊸，施實德于民㊸，至于婚友，丕乃敢大言，汝有積德㊹！乃不畏戎毒于遠邇㊺，惰農自安㊻，不昏作勞㊼，不服田畝㊽，越其罔有黍稷㊾。

“汝不和吉言于百姓[51]，惟汝自生毒[52]，乃敗禍姦宄[53]，以自災于厥身。乃既先惡于民[54]，乃奉其恫；汝悔身何及！　相時憸民[55]，猶胥顧于箴言[56]，其發有逸口[57]，矧予制乃短長之命[58]！汝曷弗告朕而胥動以浮言[59]？恐沈于衆[60]，若火之燎于原，不可嚮邇[61]，其猶可撲滅？則惟汝衆自作弗靖[62]，非予有咎！

“遲任[63]有言曰：‘人惟求舊[64]；器非求舊，惟新。’

“古我先王暨乃祖乃父[65]，胥及逸勤；予敢動用非罰[66]！世選爾勞[67]，予不掩爾善。兹予大享于先王[68]，爾祖其從與享之。作福作災[69]，予亦不敢動用非德。

“予告汝于難[70]，若射之有志。汝無侮老成人[71]，無弱孤有幼；各長于厥居[72]，勉出乃力[73]，聽予一人之作猷[74]。

“無有遠邇[75]，用罪伐厥死，用德彰厥善。邦之臧[76]，惟汝衆；邦之不臧[77]，惟予一人有佚罰。

“凡爾衆[78]，其惟致告：自今至于後日，各恭爾事[79]，齊乃位，度乃口。罰及爾身[80]，弗可悔！”

①“盤庚”：商帝名，湯之十世孫。據史記殷本紀，盤庚欲自黃河以北遷都於殷，百姓不願遷徙，盤庚乃告諭諸侯大臣，終於遷都。按，今尚書所存盤庚告諭之辭凡三篇，近人楊筠如說：“書共上中下三篇，皆紀盤庚遷殷時誥諭臣民之辭。按此篇首云：‘盤庚遷于殷，民不適有居。’則當在遷後而未定居之時。中篇首言‘盤庚作，惟涉河以民遷’，則明在未遷之前；故又曰‘今予將試以女遷’也。下篇首言‘盤庚既遷，莫厥攸居，’則明在遷後，民已定居之時，更在上篇之後。”（見其所著尚書覈詁）此處僅選其上篇。清朱駿聲說：“此上篇，誠羣臣也。”（見其所著尚書古注便讀）②盤庚遷于殷：“殷”，地名，即今河南偃師縣西，古又稱爲“亳”（音薄）。按，舊注多以此篇作於盤庚未遷之時，疑非是。清俞樾說：“謹案，‘遷于

殷’，是既遷矣；‘民不適有居’，是既遷之後民有所不便，非未遷以前民不
樂遷也。”（見其所著羣經平議）　　⑧民不適有居：“適”，舊注作“往”解，
疑非是。清孫星衍說：“‘適’者，一切經音義引三蒼云：‘悦也。’言民不悦
新邑。”（見其所著尚書今古文注疏）又，俞樾說：“……‘不適有居’，言不
安于所居也。”則解作“安”，亦可通。“有”，古漢語中的冠詞，沒有涵義；
“居”，所居之地，指殷。　　④率籲衆慼：“率”，作“用”解（用清王念孫說，
見其所著廣雅疏證），猶言“於是”、“因而”；“籲”，呼；“慼”，“戚”之俗字，
“衆戚”，指諸貴戚近臣。此言“盤庚於是喚來許多貴戚近臣”。　　⑤出
矢言：“矢”，陳述，傳達。此言盤庚招呼衆臣出去對百姓陳述、頒佈他的
告諭之言（用楊筠如說）。　　⑥我王來：“我王”，指盤庚。俞樾說：“盤庚
自言，皆稱予；此則使衆近臣出而陳辭，非盤庚自言，故稱‘我王’也。”
“來”，指來到新的都邑。　　⑦既爰宅于茲：“爰”，作“易”解（用俞樾說），
猶言“變更”；“爰宅”，換了個居住的地方；“于茲”，在這裏。　　⑧“重我
民”二句：“重”，重視；“劉”，殺害。此連上文大意是：“盤庚所以變更居住
的地方，是爲了看重人民的生命，不使人民完全遭到殺害。”按，相傳盤庚
未遷都時，舊邑多水患，孫星衍說：“言我民者爲水所害，是我殺之，所謂
‘思天下有溺，由己溺之’，毋令其盡厄于水也。”　　⑨不能胥匡以生：“胥”，
相；“匡”，救；“生”，生存。　　⑩“卜稽”句：“稽”，考；“卜稽”猶言“求卜”；
“曰”，句中語助詞，沒有涵義（用俞樾說）；“其如台”，猶言“其奈何”（用俞
樾說），“台”音怡。按，盤庚下有“各非敢違卜用”之語，俞樾說：“蓋盤庚
遷殷，實不用卜，觀篇中無一語及卜可知矣。……當時臣民，必有以此爲
口實者，故盤庚於既遷之後，自解之曰：‘各非敢違卜用也。’”則此處亦是
自解之詞。此連上句大意是：“倘不能相救而生存，即使占了卜了又將如何
呢！”　　⑪“先王有服”三句：第一句，“有”，作冠詞用，無涵義；“服”法，
制（用俞樾說）；此句猶言“先王之制”。第二句，“恪”，敬；“謹”，順。第三
句，“猶”通“由”，作“用”解，“茲由”猶言“因此”（用清王引之說，見其所著
經義述聞）；“常”，永久，經常；“寧”，安。此三句大意是：“按照先王的制

度,總是敬順天命,因此他們不敢永久安住在一個地方。」　⑫"不常"二句:"厥",其;"邑",指國都;"于今",指從湯立國至今;"五邦",五個地方。此言"從立國到現在,已經遷徙了五處了"。據經典釋文引馬融尚書注,"五邦"是商丘(今河南商邱縣)、亳(卽殷)、嚻(應寫作"隞",音敖,在今河南滎澤縣西南)、相(今河南內黃縣東南)、耿(一作"邢",今山西河津縣)五地。　⑬今不承于古:"承",繼承;"古",指先王。清王先謙說:"言今不繼先王之事。"(見其所著尚書孔傳參正)　⑭"罔知"句:"罔",無;"斷命",猶言"決意"(用朱駿聲說)。　⑮"矧曰"句:"矧",何況;"克",能;"烈",功業。此連上文,朱駿聲說:"言今不繼先王遷避之事,是不知水害示戒,乃天之決意命遷;況于其他,安能從先王之大業而繼之乎?"　⑯"若顚木"句:"顚",倒仆;"由",說文作"甹",指枯木再萌芽;"蘖",伐木之餘,此處亦指萌芽。此言"倒仆的樹木可以發生出新芽"。　⑰"天其"句:"永",緜延長久;"命",指生命(用近人顧頡剛說,見其所作盤庚上篇今譯)。此言"上天原是要使我們的生命在這新邑裏緜延下去"。　⑱"紹復"句:"紹",繼續;"復",恢復;"大業",偉大的業績。　⑲底綏四方:"底"音指,猶言"定";"綏",安。此連上文大意是:"我們所以遷到新邑,原是上天希望我們從此可以繼續復興先王的大業,把四方都安定呢。"　⑳"盤庚斅于民"句:舊注多在"民"下斷句,今從俞樾說,以九字作一句讀。"斅"音效,又音學,作"覺悟"解;"在位",指在位的大臣;"由乃在位",俞樾說:"盤庚覺悟于民之不適有居,由于在位者之故。"朱駿聲也說:"盤庚知民之梗命(阻撓命令)者,皆自羣臣浮言之故。"　㉑"以常舊服"句:"以",用;"常",猶言"由來已久的";"舊服",舊的法則;"正",整飭。此言盤庚要用由來已久的舊典整飭當時的法紀。㉒"毋或敢伏"句:"毋"是副詞,帶有命令語氣;"伏",隱匿;"小人",指百姓;"攸",所;"箴",規誡。據近人姚永樸尚書誼略引方宗誠說:"此倒文。言不可匿我箴民之言耳。"則此句大意是:"我所規誡小民的言語,你們無論是誰都不許隱匿起來」"　㉓"王命衆"句:"衆",指羣臣;"悉",全都;

“庭”同“廷”，朝臣所立之地。此言盤庚命令羣臣都到朝廷上來。　㉔王若曰：“若”，語助詞。按，在尚書中，凡臣下轉述國君的話，多用“王若曰”字樣，清簡朝亮尚書集注述疏：“‘若曰’者，史約敍其辭也。”猶言“王是這樣說的”。此處蓋亦史臣追述盤庚告誡羣臣之言（參用劉逢祿、簡朝亮說，劉說見其所著尚書今古文集解）。　㉕格汝衆：“格”，至。此句猶言“你們來！”　㉖予告汝訓汝：舊注多於“訓”字斷句，今從俞樾說改。此言“我要告誡你們，教訓你們。”　㉗猷黜乃心：“猷”同“猶”，與“由”通，作虛詞“用”解（已見上文註）；“黜”，除去；“乃”，指代詞，猶言“你們的”；“心”，指私心。此言“我所以告誡你們，爲的是讓你們去掉私心。”　㉘無傲從康：“傲”，傲慢；“從”同“縱”，放肆；“康”，安，指耽於安逸。按，此是盤庚告誡臣下之語，言“不可倨傲放肆而耽溺於安逸”。　㉙古我先王：“古”，從前；“先王”一本作“先后”。　㉚“亦惟圖任”句：“圖”作“謀”解，猶言“考慮”；“任”，任用；“舊人”，指世家舊臣；“共政”，共理政事。此言先王總是考慮任用世家舊臣，同他們共理政事的。　㉛“王播告”二句：“王”，指先王，此處承上文而言，故省“先”字；“播”，說文引此句作“譒”；“播告”，猶言“向公衆宣佈、公告”；“修”，清儒多謂應屬下句，今從舊注屬上。俞樾說：“‘修’，疑當讀爲‘迪’。……呂刑篇：‘惟時伯夷播刑之迪。’與此經‘播告之迪’文義正同。‘迪’者，道也。‘播告之迪’……謂布告之道也。盤庚進其臣而告之，期於開誠布公，使羣臣同諭，故首言‘先王布告之道如此’，見我今日亦率由是道也。”　㉜“不匿”二句：上句，“匿”，隱匿；“厥”，其，指先王；“指”，意旨。此言“先王的舊臣傳達命令，不敢隱匿先王的意旨”。下句，“用”，因此；“丕”，大；“欽”，敬重。此言“因此先王對那些臣子都非常看重”。　㉝“罔有”二句：“逸”，指軼出軌外；“變”，變化，指聽從王的教導而有所改變。此言先王的舊臣不說越軌的話，因此人民的行動都大有變化。劉逢祿說：“‘匿厥旨’則德意不下達，有逸言則民聽疑惑，舊臣無之。”　㉞聒聒：“聒”，應從說文作“䛥”（音刮），拒善自用之意（孔穎達尚書正義引馬融說）；又，作“喧語”解，孫星衍說：“爲

喧語以拒人言。"亦可通。　　㉟起信險膚:"起",編造出話來;"信"讀爲
"伸",作"申説"解(以上皆用清江聲説,見其所著尚書集注音疏);"險",
指邪惡之言;"膚",指浮誇之言。此言羣臣編造出一些邪惡浮誇的話向
百姓再三申説以惑亂聽聞。　　㊱"予弗知"句:"訟",爭辯;此句大意是:
"我真不懂得你們所嘵嘵爭辯的究竟是什麼!"　　㊲"非予"句:"予",盤
庚自謂;"荒",廢,失。盤庚自言:"我效法先王之道,並没有失德之處。"
㊳"惟汝"二句:上句,"含",藏,懷(用俞樾説)。下句,"惕",畏懼;"予一
人",盤庚自謂。此二句大意是:"你們羣臣把我對百姓的好意祕而不
宣,對我毫不畏懼。"(用宋蔡沈書經集傳説)又,俞樾據白虎通引尚書
文,以"惕"爲"施"的假借字,"施",作"給與"解,則此二句解爲"你們匿
去了好意而不給與我",亦可通。錄以備考。　　㊴予若觀火:"觀"同
"爟",音灌,指熱火(用江聲、王鳴盛、孫星衍説,王説見其所著尚書後
案)。此言"我的威嚴如熱火一樣的旺盛。"　　㊵"予亦拙謀"句:"拙",本
作"拙",今依説文引尚書文改,作"火不光"解;孫星衍説:"言我如爟火
之不用其光。""拙謀",江聲説:"言無赫赫之威也。""作",使;"乃",猶言
"你們";"逸",放縱。大意是:"我不過没有對你們發出威嚴,這就使得你
們大爲放縱起來了。"　　㊶"若綱"二句:"綱,網上的大繩,用以維繫着
整個的網,凡張網收網,皆須抽送此綱。此言"要像網一般地結在綱上,
方可順了條理而不紊亂"。　　㊷"若農"二句:上句,"服",治;"服田",指
操作於田畝之中;"穡"音色,指收穫農作物;"力穡",努力從事收穫的工
作。下句,"亦",猶"大"(用楊筠如説);"有秋",秋天有好收成。此言"要
像農民的盡力耕作,才可大有收成。"朱駿聲説:"'綱'喻君,'網',喻臣,
言下從上令,則有常而不亂也。'服田'喻勞苦,'有秋'喻樂利,言遷徙則
一勞而永安也。"　　㊸汝克黜乃心:"克",能,"黜",除去;"心",指私心。此
言你們如果能除去私心。　　㊹"施實德"二句:上句,"施",給與;"實
德",猶言"真實的好意"。江聲説:"經言'施實德于民',止謂其毋以浮言
相煽,使民遷而得所,即爲'實德'矣。"下句,"婚",猶言"親戚";"友",指

同僚。此言"把真實的好意給與人民，以至於你們的親戚朋友"。
㊺"丕乃敢大言"句："丕乃"，猶言"豈不"；"積"，聚。此連上文大意是："那麼，你們豈不才能說一句滿意的話，說你們是一向積德的麼？"　㊻"乃不畏"句："戎"，作"大"解；"毒"，害；"遠邇"，遠近。此言"倘使你們不怕遠處、近處的人民都爲了你們而遭受大害"。　㊼惰農自安：僞孔傳："如怠惰之農，苟自安逸。"　㊽不昬作勞："昬"，"敃"的假借字，作"強"解，猶言"黽勉"、"勉力"。此言"不肯勉力做勞苦的事"。　㊾不服田畝：不在田畝中操作。　㊿"越其"句："越其"，發語詞，王引之經傳釋詞："猶云'爰乃'。"；"黍稷"，泛指農產品。孔穎達尚書正義："不強於作勞，則黍稷無所獲；以喻不遷於新邑，則福祿無所有也。"　○51"汝不和"句："和"，作"宣"解（用俞樾説）；"吉言"，善言。此言你們不把我的善言向百姓宣布。　○52惟汝自生毒：猶言"這是你們自取禍根"。　○53"乃敗禍姦宄"二句：上句，"敗禍"，指做壞事、有害於民；"姦宄"，國語晉語："亂在內爲'宄'，在外爲'姦'。""宄"音軌。下句，"災"，災害。按，"敗禍姦宄"四字平列爲文，言"你們做出種種有害於民的壞事，終於自害了自身"。　○54"乃既先惡"三句：第一句，"先惡于民"，猶言"導民爲惡"。第二句，"奉"承受；"恫"，痛；此句猶言"自受其苦"。第三句，言悔已無及。此三句大意是："你們既引導人民做壞事，這些痛苦應由你們自己承受；到了那時，你們懊悔也來不及了！"　○55相時憸民："相"讀去聲，作"視"解；"時"，同"是"；"憸"音籤。經典釋文引馬融注："'憸'，利，小小見事之人也。"意指見事不遠。"憸民"，猶言"小民"（用蔡沈説）。　○56"猶胥顧"句："胥"，相；"顧"，顧慮；"箴言"，指盤庚對人民規誡的話。　○57其發有逸口："發"，指說出；"逸口"，猶言"犯口過"，指說錯了話。此連上文大意是："你們看，一般小民還懂得顧及我所規誡的話，惟恐嘴裏說錯了話。"　○58"矧予"句："矧"，何況；"制"，猶言"掌握"、"操縱"；"乃"，汝，你們；"短長之命"，猶言"死生之命"（用僞孔傳説）。大意是："何況我操縱着你們的生殺之權，爲什麼你們倒不畏懼呢？"　○59"汝曷"句："動"，爀

動，動搖。此言"你們有話，何以不先來告知我，竟用浮言來動搖人心？"
⑥"恐沈于衆"二句："恐"，應據左傳引尚書文作"惡"（用清儒説）；"沈"，
"尢"之假借字（用朱駿聲、楊筠如説），音猶，作"行"解。朱駿聲説："惡
之行于衆，若火之燎于野。"　⑥"不可嚮邇"二句："嚮邇"，猶言"接
近"。此連上文大意是："罪惡是容易滋長的，正如燎原的大火，等它燃燒
起來，連接近都無法接近，又怎麼能撲滅呢？"　⑥"則惟汝"二句：
"靖"，善，安；"咎"，過失。此二句大意是："如果真到了這個地步，那是你
們大家咎由自取，可不是我的過失！"　⑥遲任：古之賢人。　⑥"人
惟求舊"三句：大意是："用人是應該專選世家舊臣；不像器具，應該專選
新的。"江聲説："引此言者，明用人當用舊臣，故我不絶爾善；用器則不
然，舊則當更新者。以喻國邑圮毀，當徙新邑也。"　⑥"古我先王"二
句：上句，"古我先王"指盤庚之祖先；"乃祖乃父"指那些大臣的祖先；
"暨"，與，及。下句，"胥及"，猶言"相與"；"逸"，安樂；"勤"，勞苦。此二
句大意是："我的先王和你們的祖先，彼此都共遇安樂和勞苦的生活。"
⑥予敢動用非罰："動"，猶言"動輒"；"非罰"，孫星衍説："謂罰之不當
者。"此言"我怎敢對你們擅用非分的刑罰呢！"　⑥"世選"二句："選"，
與"纂"通（用俞樾説），作"繼續"解；"勞"，勞績。此言"你們若能世世繼
續你們祖先的勞績，我決不肯遮掩你們的好處。"　⑥"兹予"二句：
"兹"，現在；"享"，祭。此言"現在我要大祭先王，你們的祖先也將跟着一
同受祭。"　⑥"作福"二句：上句，孫星衍説："言汝之禍災，皆由自作。"
下句，楊筠如説："'非德'與上文'非罰'，相對成義。"此二句大意是："你
們的作善而得福，和作惡而得災，都有先王和你們的祖先來處置你們，我
也不敢擅用非分的爵賞。"　⑦"予告汝"二句：上句，"于"，猶"以"；
"難"，艱難；指爲政之難（鄭玄説，見尚書正義引）。又，指謀遷居之難（蔡
沈説）。皆可通。下句，"志"，同"幟"，標誌，準的。僞孔傳："告汝行事之
難，當如射之有所準志；必中所志，乃善。"　⑦"汝無"二句：上句，"侮
老"，唐石經作"老侮"。"老"，指見人已老而加以輕慢；"侮"，亦"輕慢"之

意;“成人”,成年的人。下句,“弱”,指見人年幼而加以欺凌;“孤”,有“藐視”之意。此言“你們不許輕慢上年紀的人,也不許藐視少年人”。　　⑦各長于厥居:“長”作“安”解(用江聲、朱駿聲説);“居”,指新邑。江聲説:“敕羣臣敬老育幼,各長安于其居。”　　⑦勉出乃力:勤奮地使出你們的力量。　　⑦“聽予一人”句:舊注,“猷”作“謀”解,言衆臣但出人力,計謀須由盤庚一人決定。但據清段玉裁古文尚書撰異引爾雅釋詁,釋“猷”爲“已”,作“止”解。他説:“‘作猷’,猶‘作輟’也。”劉逢禄説:“若後世言進止指揮也。”意謂或行或止,皆由盤庚一人決定。於義亦可通,謹録以備考。　　⑦“無有”三句:第一句,“遠邇”,猶言“親疏”。第二句,“伐”,猶“誅”;“死”,猶“惡”(用俞樾説,見其所著達齋書説)。第三句,“德”,指以爵爲賞(參用孔穎達説);“彰”,表揚。此三句大意是:“不論遠近親疏,我總一例對待:用刑罰來懲治其罪行,用爵賞來表彰其善行。”　　⑦“邦之臧”二句:大意是:“國家治理得好,是你們大家的功勞。”　　⑦“邦之不臧”二句:“佚罰”,蔡沈説:“失罰其所當罰也。”此二句大意是:“國家治理得不好,那只是我一個人有失罰之過。”　　⑦“凡爾衆”二句:“致告”,猶言“轉達我所告誡的話”。朱駿聲説:“言爾衆當以我告汝之言轉相傳諭。”(按,朱説本於宋吕祖謙書説)。　　⑦　“各恭爾事”三句:第一句,“恭”應從漢石經作“共”,作“奉”解;偽孔傳:“奉其職事。”第二句,“齊”,作“整”解;“位”,指職位。此猶言“認真執行你們的崗位工作”。第三句,“度”,“殬”之假借字,作“閉”解。朱駿聲説:“杜塞爾浮言之口。”
⑧“罰及爾身”二句:朱駿聲説:“不然,罰及汝身,雖自恨,亦無及也。”

（二）　大誥（周書）①——節録

王若②曰:“……已③,予惟小子④,若涉淵水⑤,予惟往求朕攸濟⑥。敷賁⑦,敷前人受命⑧,兹不忘大功。予不敢閉于天降威⑨,用⑩寧王⑪遺我大寶龜,紹天明⑫。即命曰⑬:‘有大艱于西

土⑭,西土人亦不静。'越兹蠢⑮。殷小腆⑯,誕敢紀其敍⑰。天降
戚,知我國有疵,民不康⑱,曰:'予復⑲。'反鄙⑳我周邦。……"

①周武王克殷以後,仍封紂王之子武庚於殷地,更命管叔、蔡叔(武
王的兩個兄弟)監視武庚。及成王(武王之子)即位,管叔蔡叔竟與武庚
一同叛周。周公奉成王之命,興師東伐,乃作大誥。一般舊説,都認爲大
誥是周公代成王的口氣作的。"誥",訓誡之辭。這裏只節錄一小段。
②若:見盤庚上註釋。　　③已:感歎詞,猶言"噫嘻"。　　④小子:成王
年輕,故自己謙稱"小子"。　　⑤若涉淵水:治理國家非常艱難,好像渡
過深水一樣。　　⑥"予惟"句:我只希望得到能幫助我渡水的人。言外指
求賢臣以平天下。　　⑦敷賁:即"頒布"之意(用楊筠如説)。此言發布
命令,通告天下。　　⑧"敷前人"二句:上句,"前人"指文王和武王,"受
命"即"受天命"。下句,"忘",通"亡"(用王引之説,見經義述聞)。此言
"把文王、武王受天命而創業的功績布告於天下,使後人不致把前人的大
功亡失"。　　⑨"予不敢"句:舊本在"用"字斷句,今依清儒説,在"威"
字斷句。"閟",猶言"置之不理";此句大意是:"上帝對周朝降下了威德,
做爲國王的不敢置之不理,而應該知道警惕。"　　⑩用:因此。　　⑪寧
王:舊説指周文王。此言"因此文王留給後世一個寶龜,好讓我們占卜吉
凶。"　　⑫紹天明:猶言"承受天命",即"聽上帝的指示"。　　⑬即命
曰:上帝告知我們説。　　⑭"有大艱"二句:此是卜辭(用蔡沈説),大意
是:"我們的國家將有大不利的事情發生,西土的人民也要不安定。"
⑮越兹蠢:現在果然蠢動起來。　　⑯殷小腆:殷的國勢稍見富厚。
⑰誕敢紀其敍:大意是:"竟敢大胆地(誕)繼承(紀)殷人已亡的統緒
(敍)。"言外指武庚竟敢造起反來。　　⑱知我國有疵,民不康:"疵",毛
病,缺點;"康",安定。此指管叔蔡叔的叛亂。因爲他們是自己人,所以説
是"敵人知道我國本身有缺點"。　　⑲曰予復:"曰"的主語是武庚;"予"
是武庚自稱;"復"指要恢復殷的天下。　　⑳鄙:前人解此,都認爲是
"圖"字,因形近而作"鄙";即"圖謀"之意。

（三）　多士（周書）① —— 節錄

王曰："告爾殷多士：今予惟不爾殺，予惟時命有申②。今朕作大邑于茲洛③，予惟四方罔攸賓④；亦惟爾多士，攸服奔走⑤臣我多遜⑥；爾乃尚有爾土⑦，爾乃尚寧幹止。爾克敬，天惟畀矜爾⑧；爾不克敬，爾不啻不有爾土，予亦致天之罰于爾躬⑨。……"

①周成王既遷殷之遺民，周公便向他們傳達成王的命令，就是這篇多士。所謂"多士"，既指殷之許多的遺民。此處所節錄的是全文的第五段。　②予惟時命有申：我將重申以前的那個（時）命令。按，本篇前文說："予大降爾四國之命（對管、蔡、商、奄四國降賜恩德的命令）。"此處所說的"命"就是這個命令。　③作大邑于茲洛：周公曾在洛地另建了一個都邑。據鄭玄的說法，這篇多士就是周公初從天子所居的王城（京都）來到洛邑時對殷之遺民所發佈的命令。　④予惟四方罔攸賓："賓"同"擯"，排斥、擯棄之意。此言"我對於四方的人都無所排斥、擯棄。"又，蔡沈說："且我所以督洛者，以四方諸侯，無所賓禮之地。"亦可通。謹錄以備考。　⑤攸服奔走："攸"，以；"服"，服勞役。此言"只要你們肯爲我服役，供我驅使，替我奔走。"　⑥多遜：十分順從我。　⑦"爾乃"二句："寧"，安心；"幹"，做事情；"止"，語尾助詞，沒有涵義。此二句大意是："那麼，你們還能保有你們的土地，你們還能安心地搞你們的工作。"　⑧天惟畀矜爾：上天是會憐憫你們的。"畀"音比，有"賜予"之意；"矜"，憐憫。因爲上天的垂憐，對於被俘虜的殷人來說，是一種恩賜。⑨"予亦"句：我也會把上天對你們的責罰加到你們的身上。

（四）　無逸（周書）①

周公曰："嗚呼，君子所其無逸②！先知稼穡③之艱難，乃逸④，則知小人之依⑤。相小人⑥，厥⑦父母勤勞稼穡，厥子乃不知稼穡之艱難，乃逸⑧，乃諺既誕⑨。否則⑩侮厥父母，曰：‘昔之人無聞知⑪。’”

周公曰：“嗚呼！我聞曰，昔在殷王中宗⑫，嚴恭寅畏⑬，天命自度⑭。治民祗懼⑮，不敢荒寧⑯。肆⑰中宗之享國，七十有五年。其在高宗⑱，時舊勞于外⑲，爰暨小人⑳。作其即位㉑，乃或亮陰㉒，三年不言；其惟不言，言乃雍㉓。不敢荒寧，嘉靖㉔殷邦。至于小大㉕，無時或怨。肆高宗之享國，五十有九年。其在祖甲，不義惟王㉖，舊爲小人㉗。作其即位，爰知小人之依，能保惠㉘于庶民，不敢侮鰥寡㉙。肆祖甲之享國，三十有三年。自時厥後立王，生則逸㉚。生則逸，不知稼穡之艱難，不聞小人之勞，惟耽樂之從。自時厥後，亦罔或克壽㉛；或十年，或七八年，或五六年，或四三年。”

周公曰；“嗚呼！厥亦惟我周太王、王季㉜，克自抑畏㉝；文王卑服㉞，即康功田功㉟。徽柔懿恭㊱，懷保㊲小民，惠鮮鰥寡。自朝至于日中昃㊳，不遑暇食㊴，用咸和㊵萬民。文王不敢盤于遊田㊶，以庶邦惟正之供㊷。文王受命惟中身㊸，厥享國五十年。”

周公曰：“嗚呼！繼自今嗣王，則其無淫于觀㊹，于逸，于遊，于田，以萬民惟正之共。無皇曰‘今日耽樂㊺’。乃非民攸訓，非天攸若㊻。時人丕則有愆㊼。無若殷王受㊽之迷亂，酗㊾于酒德哉！”

周公曰：“嗚呼！我聞曰：古之人㊿猶胥訓告[51]，胥保惠，胥教誨，民無或胥譸張爲幻[52]。此厥不聽[53]，人乃訓之[54]。乃變亂先王之正刑[55]，至于小大。民否則厥心違怨[56]，否則厥口詛祝。”

周公曰：“嗚呼！自殷王中宗及高宗及祖甲，及我周文王，茲四人迪哲[57]。厥或告之曰：‘小人怨汝詈汝！’則皇自敬德[58]。厥愆⑲，曰'朕之愆'。允若時⑳，不啻不敢含怒㉑。此厥不聽，人乃或譸張爲幻，曰：'小人怨汝詈汝！'汝則信之。則若時，不永念厥辟㉒，不寬綽厥心，亂罰無罪，殺無辜；怨有同，是叢于厥身㉓。"

周公曰："嗚呼，嗣王其監㉔于兹！"

①據司馬遷的說法：周公恐成王年齡漸長，安於荒淫享樂，乃作無逸。"無逸"，猶言"不要貪求安逸享受"。這篇文章的主旨是告誡成王應以勤於國事的先王爲榜樣，以荒淫的昏君爲鑒戒。 ②君子所其無逸："君子"指在上的人；"所"，居其位。此句大意是："在上的人居於其位，是不許貪圖安逸的！" ③稼穡：種穀叫"稼"，收割叫"穡"。此處泛指農民在田地裏辛苦的勞動。 ④乃逸：此處作"然後再考慮享受"解，與下文"乃逸"的語氣不同，參看註⑧。 ⑤小人之依：猶言"人民内心的苦痛"。"依"，隱衷。 ⑥相小人：看看那些小民。 ⑦厥：作"其"解。 ⑧乃逸：只考慮如何享受。 ⑨乃諺既誕："諺"應作"喭"，粗暴之意；"誕"，放肆無禮。此句大意是："既粗暴不恭，又放肆無禮。" ⑩"否則"："否"與"丕"通。"丕則"是尚書中習見的關聯詞，有"乃至於"、"那就"的意思。此處應作"乃至於"解。 ⑪"昔之人"句：上了年紀的人任什麽也不懂。 ⑫殷中宗：即太戊，湯的玄孫，商朝的第七代國君。⑬嚴恭寅畏："嚴，莊嚴；"恭"，謹慎；"寅畏"，敬畏。 ⑭天命自度：常常檢束自己，看看所行的事是否合於天意。 ⑮祗懼：敬慎小心。 ⑯荒寧：古成語，有"荒廢縱樂"之意。 ⑰肆：因此。 ⑱高宗：即武丁，殷之賢君，是殷的第二十代國君。 ⑲時舊勞于外：大意是："實是一個久在外面奔波勞碌的人。""時"與"實"同，"舊"與"久"同。 ⑳爰暨小人："爰"，因而；"暨"，有"跟"、"與"的意思。此句大意是："因而常跟小民在一起。" ㉑作其卽位：猶言"及其卽位"。 ㉒亮陰：一作"諒闇"，卽居喪守孝之意。"陰"音安。 ㉓雍：和諧，喜悅。 ㉔嘉靖：安定。㉕小大：小民，大臣。 ㉖祖甲，不義惟王：祖甲是武丁之子，殷朝的第

二十二代國君。舊説：祖甲有兄祖庚。武丁本要立祖甲，他認爲不應廢長立幼，就逃到民間去了。所以説"不義惟王"，指祖甲認爲做國王是不義的。　㉗舊爲小人：久在民間做平民。　㉘保惠："保"，愛護；"惠"，對人有恩惠。　㉙鰥寡：年老無妻叫"鰥"，年老無夫叫"寡"。　㉚自時厥後立王，生則逸：從此之後所立的國王，生下來就耽於享樂。　㉛亦罔或克壽：也没有能够活得長壽的。"罔"，没有；"克"，能够。　㉜太王、王季：文王的祖父和父親。　㉝抑畏：謙虛小心。　㉞卑服：服役於卑賤的事情。　㉟卽康功田功："卽"，完成；"康"與"㡍"同，指居屋（用孫星衍説）。此句大意是："完成了家庭裏的勞動和田地裏的勞動。"　㊱徽柔懿恭："徽"，善良；"柔"，仁厚；"懿"，美好。此句指文王所具有的美德。　㊲懷保，惠鮮：都是愛護的意思。　㊳"自朝"句：從早上直到太陽偏西。　㊴不遑暇食：來不及抽空兒吃飯。　㊵用咸和："用"，以；"咸和"，和諧。　㊶盤于遊田："盤"，耽溺；"遊"，指遠遊；"田"同"畋"，打獵。　㊷"以庶邦"句：大意是："文王使他所統轄的各個部落只有正常的貢賦。"言外指文王從來不暴歛横征，增加額外的剥削。　㊸受命惟中身：在中年時受天命爲君。相傳文王是四十七歲卽位的，所以説"中年受命"。　㊹觀：卽"歡"，歡樂。　㊺無皇曰"今日耽樂"：且不要這樣講，"今天先享受享受再説"。　㊻乃非民攸訓，非天攸若："攸"，所；"訓"，教訓；"若"，順。此言"這不是所以教訓人民、順事上帝的作法"。　㊼時人丕則有愆：這種人就有過失了。"時"同"是"；"丕則"，那就；"愆"，過失。　㊽殷王受：卽紂王。　㊾酗：音許去聲，藉酒爲凶。　㊿古之人：指有德的先王。　㉿"胥訓告"三句："胥"與"相"同義；"訓告"、"保惠"、"教誨"這三個動詞的賓語都是"人民"。　52譸張爲幻："譸張"是虛誑誇誕，"幻"是欺騙詐惑。此句引伸有"胡作非爲"之意。"譸"音周。　53此厥不聽：你如果不聽這些話。"厥"在此處作"之"解，有"如果"的意思。　54人乃訓之：人民就照着你的樣子學。"訓"同"順"，照樣模仿。　55正刑：政治法律。"正"同"政"。　56"民否則"

二句: 人民乃至於心裏不滿意，口裏咒罵。"詛祝"即詛咒。下文的"詈"也是詛咒的意思。　　57迪哲: 古成語，猶言"明達而智慧"。　　58皇自敬德: 自己更加敬畏修德。　　59厥愆: 指人民的過失。　　60允若時: 果然像這樣。下文"則若時"與此同義。"時"同"是"。　　61不啻不敢含怒: "不啻"，豈但。此言"你果然像這樣，那人民豈但不敢含怒，而且還會擁護你。"　　62"不永念厥辟"二句: 不能時常想着做國君的道理，不能把自己的心胸放寬大些。　　63"怨有同"二句: 人民就會一口同聲的怨你，把仇恨都集中到你的身上。　　64監: 同"鑒"，鑒戒。

(五)　多方(周書)① —— 節錄

"……今我曷敢多誥②，我惟大降爾四國民命，爾曷不忱裕③之于爾多方? 爾曷不夾介乂我周王，享天之命④? 今爾尚宅爾宅，畋爾田，爾曷不惠⑤王熙⑥天之命? 爾乃迪屢不靜⑦，爾心未愛⑧。爾乃不大宅天命⑨，爾乃屑播⑩天命。爾乃自作不典⑪，圖忱于正⑫。我惟時其教告之⑬，我惟時其戰要囚之，至于再，至于三。乃有不用我降爾命，我乃其大罰殛⑭之。非我有周秉德不康寧⑮，乃惟爾自速辜!"

王曰: "嗚呼，猷⑯告爾有方⑰多士，暨殷多士! 今爾奔走臣我監五祀⑱，越惟有胥伯小大多正⑲，爾罔不克臬⑳。自作不和㉑，爾惟和哉! 爾室不睦，爾惟和哉! 爾邑克明㉒，爾惟克勤乃事。爾尚不忌于凶德㉓，亦則以穆穆在乃位; 克閱于乃邑㉔，謀介。爾乃自時洛邑，尚永力畋爾田，天惟畀矜爾。我有周惟其大介賚㉕爾。迪簡在王庭㉖，尚爾事，有服在大僚。"

①據鄭玄說，本篇是周公奉成王之命征伐淮夷和奄國 (今山東曲阜附近)，回到京都以後，向四方諸侯所發佈的命令。近人楊筠如根據篇

中"奔走臣我監五祀"一語，以爲是周公居洛後五年之事，也就是説，此篇作於成王卽位以來的第十一年。"多方"猶言"四方"，指各地的諸侯。此處所節錄的是原文第二段的一部分和第三段。　②曷敢多誥："曷敢"猶言"豈敢"。大意是："不想用很多的話告誠你們。"　③忱裕：卽"勸導"之意。　④曷不夾介乂我周王，享天之命：大意是："爲什麼不從旁輔佐，幫助周天子，共享天命？"　⑤惠：順從。　⑥熙：發揚光大。　⑦迪屢不静：屢次作出不安定的(叛亂的)行爲。　⑧愛：順從。　⑨大宅天命：好好的考慮一下天命。"宅"與"度"同，參閱無逸篇"天命自度"句的註釋。　⑩屑播：輕易地抛棄。　⑪自作不典：自己作出不法的行爲。　⑫圖忱于正："忱"，信，"正"指首長。此句大意是："企圖取信於在上的人。"　⑬"我惟時"二句："要囚"卽"幽囚"。大意是："我這樣教導你們，我這樣討伐你們，把你們幽囚起來。"　⑭罰殛：懲罰，誅戮。　⑮"非我"二句："有周"的"有"是古漢語中的冠詞，本身没有涵義；如"有周"、"有唐"、"有濟"等説法都是習見的。"秉德"，周天子所持有的威德，卽指其所表現的行爲。"速"，招致。"辜"，罪。此二句大意是："不是我們周朝作事不想安定寧静，而是你們自討苦吃。"　⑯猷：同"猶"，在古漢語中常做爲發端詞，没有涵義。　⑰有方：卽"多方"之意。　⑱臣我監五祀："臣"，服從；"監"，卽監視各地諸侯的首長，楊筠如據尚書洛誥，以爲就是周公本人；"五祀"，五年。　⑲越惟有胥伯小大多正："胥伯"，尚書大傳作"胥賦"，"胥"指力役，"賦"指田賦。"小大"，指力役賦税數量的多寡。"多正"，指合於標準。全句的大意是："因而向你們所徵收的力役賦税，數目的大小，全合乎正常的標準。"　⑳爾罔不克臬：你們没有不能守法的。"臬"卽"法"。　㉑自作不和四句：你們自己彼此之間如果不和睦，應該要和好起來！你們的家室如果不和睦，應該要和好起來！　㉒"爾邑"二句：大意是："你們一邑之人都能够奮勉，你們都能很勤勞地做你們的職事。""明"作"勉"解(用孫星衍説)。　㉓"爾尚不忌于凶德"二句：上句，"忌"，説文作"誋"，作"謀"解；"凶德"猶言"壞事"。下句，"穆穆"，和而敬之貌。此二句大意是："如果你不考慮做壞事，那就可以和睦恭敬地在你們原來的位置上。"　㉔"克閱"二句：這兩句是倒裝的，意義則與上二句相對成文。"謀介"的"介"是"善"的意思；"閱"同"悅"，愉快。大意是："如果你們的想法是善的，那麼你們一邑之人就都能愉快地相處。"　㉕大介賚：大加賞賜。　㉖"迪簡"三句："迪簡"，選拔；"尚"，加；"大僚"，大官。大意是："把你們選拔到天子的朝廷上來，加給你們職務，使你們居於大官的地位，給朝廷服務。"

尚書附録

（一）　關於尚書的源流、真僞

易曰："河出圖，雒出書，聖人則之。"故書之所起遠矣。至孔子纂焉：上斷於堯，下訖于秦，凡百篇，而爲之序，言其作意。秦燔書禁學，濟南伏生獨壁藏之。漢興，亡失，求得二十九篇，以教齊、魯之間。訖孝宣世，有歐陽、大小夏侯氏，立於學官。古文尚書者，出孔子壁中。武帝末，魯共王壞孔子宅，欲以廣其宮，而得古文尚書及禮記、論語、孝經，凡數十篇，皆古字也。共王往入其宅，聞鼓琴瑟鐘磬之音，於是懼，乃止不壞。孔安國者，孔子後也，悉得其書，以考二十九篇，得多十六篇①。安國獻之，遭巫蠱事，未列于學官。劉向以中古文校歐陽、大小夏侯三家經文，酒誥脱簡一，召誥脱簡二。率簡二十五字者，脱亦二十五字；簡二十二字者，脱亦二十二字。文字異者七百有餘，脱字數十。書者，古之號令；號令於衆，其言不立具，則聽受施行者弗曉。古文讀應爾雅，故解古今語而可知也。（漢書藝文志）

①據孔穎達尚書正義，此十六篇之目爲：舜典一，汩作二，九共九篇十一，大禹謨十二，棄稷十三，五子之歌十四，允征十五，湯誥十六，咸有一德十七，典寶十八，伊訓十九，肆命二十，原命二十一，武成二十二，旅獒二十三，冏命二十四。九共九篇共爲一卷，故爲十六篇。

古者伏犧氏之王天下也，始畫八卦，造書契以代結繩之政；由是文籍生焉。伏犧、神農、黃帝之書，謂之“三墳”，言大道也。少昊、顓頊、高辛、唐、虞之書，謂之“五典”，言常道也。至于夏、商、周之書，雖設教不倫，雅誥奧義，其歸一揆。是故歷代寶之，以爲大訓。八卦之説，謂之“八索”，求其義也。九州之志，謂之“九丘”；丘，聚也，言九州所有，土地所生，風氣所宜，皆聚此書也。春秋左氏傳曰：“楚左史倚相能讀‘三墳’、‘五典’、‘八索’、‘九丘’。”即謂上世帝王遺書也。先君孔子，生於周末，覩史籍之煩文，懼覽者之不一。遂乃定禮樂，明舊章；刪詩爲三百篇；約史記而修春秋；讚易道以黜“八索”；述職方以除“九丘”；討論墳典，斷自唐、虞以下，訖于周，芟夷煩亂，翦截浮辭，舉其宏綱，撮其機要——足以垂世立教——典、謨、訓、誥、誓、命之文凡百篇：所以恢弘至道，示人主以軌範也。帝王之制，坦然明白，可舉而行，三千之徒，並受其義。及秦始皇滅先代典籍，焚書坑儒，天下學士，逃難解散，我先人用藏其家書于屋壁。漢室龍興，開設學校，旁求儒雅，以闡大猷。濟南伏生，年過九十，失其本經，口以傳授，裁二十餘篇，以其上古之書，謂之尚書。百篇之義，世莫得聞。至魯共王，好治宮室，壞孔子舊宅，以廣其居，於壁中得先人所藏古文虞、夏、商、周之書，及傳、論語、孝經，皆科斗文字。王又升孔子堂，聞金石絲竹之音，乃不壞宅，悉以書還孔

氏。科斗書廢已久，時人無能知者；以所聞伏生之書，考論文義，定
其可知者爲隸古；定，更以竹簡寫之，增多伏生二十五篇。伏生又以
舜典合於堯典，益稷合於皋陶謨，盤庚三篇合爲一，康王之誥合於
顧命，復出此篇，并序，凡五十九篇，爲四十六卷。其餘錯亂摩滅
弗可復知，悉上送官，藏之書府，以待能者。承詔爲五十九篇作傳，
於是遂研精覃思，博考經籍，採摭羣言，以立訓傳；約文申義，敷暢
厥旨，庶幾有補於將來。書序序所以爲作者之意，昭然義見，宜相
附近，故引之各冠其篇首。定五十八篇既畢，會國有巫蠱事，經籍
道息，用不復以聞。傳之子孫，以貽後代。若好古博雅君子，與我
同志，亦所不隱也。（僞孔傳序）

　　書之所興，蓋與文字俱起。孔子觀書周室，得虞、夏、商、周四
代之典，刪其善者，上自虞，下至周，爲百篇，編而序之。遭秦滅學，
至漢，唯濟南伏生，口傳二十八篇，又河內女子得泰誓一篇，獻之。
伏生作尚書傳四十一篇，以授同郡張生；張生授千乘歐陽生；歐陽
生授同郡兒寬；寬授歐陽生之子，世世傳之，至曾孫歐陽高，謂之尚
書歐陽之學。又有夏侯都尉，受業於張生，以授族子始昌；始昌傳
族子勝，爲大夏侯之學。勝傳從子建，別爲小夏侯之學。故有歐
陽、大小夏侯三家並立，訖漢東京，相傳不絕，而歐陽最盛。初，漢
武帝時，魯恭王壞孔子舊宅，得其末孫惠所藏之書，字皆古文。孔
安國以今文校之，得二十五篇，其泰誓與河內女子所獻不同。又濟
南伏生所誦，有五篇相合。安國並依古文，開其篇第，以隸古字寫
之，合成五十八篇。其餘篇簡錯亂，不可復讀，並送之官府。安國
又爲五十八篇作傳，會巫蠱事起，不得奏上，私傳其業於都尉朝；朝

授膠東庸生,謂之尚書古文之學,而未得立。後漢扶風杜林傳古文尚書,同郡賈逵爲之作訓,馬融作傳,鄭玄亦爲之注。然其所傳唯二十九篇,又雜以今文,非孔舊本;自餘絶無師説。晉世秘府所存,有古文尚書經文,今無有傳者。及永嘉之亂,歐陽、大小夏侯尚書並亡,濟南伏生之傳,唯劉向父子所著五行傳是其本法,而又多乖戾。至東晉,豫章内史梅賾,始得安國之傳奏之,時又闕舜典一篇。齊建武中,吳姚方興於大桁市得其書,奏上,比馬、鄭所注多二十八字。於是始列國學。梁、陳所講,有孔、鄭二家;齊代唯傳鄭義。至隋,孔、鄭並行,而鄭氏甚微。自餘所存,無復師説。……(隋書經籍志)

　　……古文尚書較今文多十六篇,晉、魏以來,絶無師説。故左氏所引,杜預皆注曰"逸書"。東晉之初,其書始出,乃增多二十五篇。初猶與今文並立,自陸德明據以作釋文,孔穎達據以作正義,遂與伏生二十九篇混合爲一。唐以來,雖疑經惑古如劉知幾之流,亦以尚書一家,列之史通,未言古文之僞。自吳棫始有異議,朱子亦稍稍疑之。吳澄諸人,本朱子之説,相繼抉摘,其僞益彰;然亦未能條分縷析,以抉其罅漏。明梅鷟始參考諸書,證其剿剟;而見聞較狹,蒐采未周。至若璩乃引經據古,一一陳其矛盾之故,古文之僞乃大明。所列一百二十八條,毛奇齡作古文尚書冤詞,百計相軋,終不能以强辭奪正理,則有據之言,先立於不可敗也。……(四庫全書總目提要卷十二:"閻若璩古文尚書疏證"條)

(二)　關於尚書的篇目、體例、名稱

　　昔在帝堯,聰明文思,光宅天下,將遜于位,讓于虞舜,作堯典。

虞舜側微，堯聞之聰明，將使嗣位，歷試諸難，作舜典。帝釐下土方，設居方，別生分類，作汩作、九共九篇、槀飫。皋陶矢厥謨，禹成厥功，帝舜申之，作大禹（謨）、皋陶謨、棄稷。（按，即益稷）禹別九州，隨山濬川，任土作貢，（作禹貢）。啓與有扈戰于甘之野，作甘誓。太康失邦，昆弟五人，須于洛汭，作五子之歌。羲和湎淫，廢時亂日，允往征之，作允征。自契至于成湯，八遷，湯始居亳，從先王居，作帝告、釐沃。湯征諸侯，葛伯不祀，湯始征之，作湯征。伊尹去亳適夏，既醜有夏，復歸于亳，入自北門，乃遇汝鳩、汝方，作汝鳩、汝方①。湯既勝夏，欲遷其社，不可，作夏社、疑至、臣扈。伊尹相湯伐桀，升自陑，遂與桀戰于鳴條之野，作湯誓。夏師敗績，湯遂從之，遂伐三朡，俘厥寶玉，誼伯、仲伯作典寶。湯歸自夏，至于大坰，中虺（按，即仲虺）作誥（按，即仲虺之誥）。湯既黜夏命，復歸于亳，作湯誥。伊尹作咸有一德。咎單作明居。成湯既没，太甲元年，伊尹作伊訓、肆命、徂后。太甲既立，不明，伊尹放諸桐；三年，復歸于亳，思庸，伊尹作太甲三篇。沃丁既葬伊尹于亳，咎單遂訓伊尹事，作沃丁。伊陟相大戊，亳有祥桑穀，共生于朝；伊陟贊于巫咸，作咸乂四篇②。大戊贊于伊陟，作伊陟、原命。仲丁遷于囂，作仲丁。河亶甲居相，作河亶甲。祖乙圮于耿，作祖乙。盤庚五遷，將治亳、殷，民咨胥怨，作盤庚三篇。高宗夢得説，使百工營求諸野，得諸傅巖，作説命三篇。高宗祭成湯，有飛雉升鼎耳而雊，祖己訓諸王，作高宗肜日、高宗之訓。殷始咎周，周人乘黎，祖伊恐，奔告于受，作西伯戡黎。殷既錯天命，微子作誥父師少師（按，即微子）。惟十有一年，武王伐殷，一月戊午，師渡孟津，作大誓三篇（按，即泰誓）。武王戎車三百兩，虎賁三百人，與受戰于牧野，作牧誓。武王伐殷，往伐歸獸，識其政事，作武成。武王勝殷殺受，立武庚，以箕子歸，作洪範。武王既勝殷邦，諸侯班宗彝，作分器。西旅獻獒，太保作旅獒。巢伯來朝，芮伯作旅巢命。武王有疾，周公作金縢。武王崩，三監及淮夷叛，周公相成王，將黜殷，作大誥。成王既黜殷命，殺武庚，命微子啓代殷後，作微子之命。唐叔得禾，異畝同穎，獻諸天子；王命唐叔歸周公于東，作歸禾。周公既得命禾，旅天子之命，作嘉禾。成王既伐管叔、蔡叔，以殷餘民封康叔，作康誥、酒誥、梓材。成王在豐，欲宅洛邑，使召公先相宅，作召誥。召公既相宅，周公往營成周，使來告卜，作洛誥。成周既成，遷殷頑民，周公以王命誥，作多士。周公作無逸。召公爲保，周公爲師，相成王，爲左右，召公不說，周公作君奭。成王東伐淮夷，遂踐奄，作成王征。成王既踐奄，將遷其君于蒲姑，周公告召公，作將蒲姑。成王歸自奄，在宗周，誥庶邦，作多方。成王既黜殷命，滅淮夷，還歸在豐，作周官。周公作立政。成王既伐東夷，肅慎來賀，王俾榮伯，作賄肅慎之命。周公在豐，將沒，欲葬成周，薨，成王葬于畢，告周公，作亳姑。周公既沒，命君陳分正東郊成周，作君陳。成王將崩，命召公、畢公，率諸侯相康王，作顧命。康王既尸天子，遂誥諸侯，作康王之誥。康王命作册，畢分居里成周郊，作畢命。穆王命君牙爲周大司徒，作君牙。穆王命伯冏爲周大僕正，作冏命。蔡叔既沒，王命蔡仲踐諸侯之位，作蔡仲之命。魯侯伯禽宅曲阜，徐夷並興，東郊不開，作費誓。呂命，穆王訓夏贖刑，作呂刑。王錫晉文侯秬鬯圭瓚，作文侯之命。秦穆公伐鄭，晉襄公帥師敗諸崤，還歸，作秦誓。（書序，據尚書今古文注疏卷三十。）

①汝鳩、汝方：按，鄭玄注："女鳩女方亡。"孫星衍尚書今古文注疏："案'汝鳩'、'汝方'，僞傳云'二篇亡'，似非也。伊尹同時遇汝鳩、汝方，

安得作書二篇,蓋一篇耳。"依孫說,則此四字是一篇之名。謹錄以備考。
②作咸乂四篇:據史記殷本紀,"作咸乂"下尚有"作大戊"三字,今書序無
此文。江聲尚書集注音疏:"史記曰:'巫咸治王家有成,作咸艾,作大
戊。'然則此當有'大戊'篇目也。蓋古文重字不再書,止于字下加二畫,
而以下云:'大戊贊于伊陟。'承此序之下,'大戊'字下蓋皆有二畫作重文
以兩屬。俗儒疏忽,誤作單文,以專屬下序,則此遂闕大戊篇目矣。"按,
江說近是。上文併汝鳩、汝方爲一篇,此闕大戊一篇,仍合百篇之數。

陸德明曰:"二十五篇,謂虞書大禹謨;夏書五子之歌、胤征;商
書仲虺之誥、湯誥、伊訓、太甲三篇、咸有一德、說命三篇;周書泰誓
三篇、武成、旅獒、微子之命、蔡仲之命、周官、君陳、畢命、君牙、冏
命。"(經典釋文:僞孔傳序"增多伏生二十五篇"句下注文)

又曰:"卽今所行五十八篇,其一是百篇之序。"(經典釋文:僞
孔傳序"并序凡五十九篇"句下注文)

又曰:"謂虞書汩作、九共九篇、槀飫;夏書帝告、釐沃、湯征、汝
鳩、汝方;商書夏社、疑至、臣扈、典寶、明居、肆命、徂后、沃丁、咸乂
四篇、伊陟、原命、仲丁、河亶甲、祖乙、高宗之訓;周書分器、旅巢
命、歸禾、嘉禾、成王政、將蒲姑、賄肅慎之命、毫姑。凡四十二篇,
亡。"(經典釋文:僞孔傳序"其餘錯亂磨滅"句下注文)

孔穎達曰:"……然書者理由舜史,勒成一家,可以爲法,上取
堯事,下終禪禹,以至舜終,皆爲舜史所錄。其堯、舜之典,多陳行
事之狀,其言寡矣。禹貢卽全非君言,準之後代,不應入書,此其一

體之異。以此禹之身事於禪後，無入夏書之理。自甘誓以下，皆多言辭，則古史所書，於是乎始。知五子之歌，亦非上言，典書草創，以義而錄；但致言有本，名隨其事。檢其此體，爲例有十：一曰典，二曰謨，三曰貢，四曰歌，五曰誓，六曰誥，七曰訓，八曰命，九曰征，十曰範。堯典、舜典二篇，典也。大禹謨、皋陶謨二篇，謨也。禹貢一篇，貢也。五子之歌一篇，歌也。甘誓、泰誓三篇、湯誓、牧誓、費誓、秦誓八篇，誓也。仲虺之誥、湯誥、大誥、康誥、酒誥、召誥、洛誥、康王之誥八篇，誥也。伊訓一篇，訓也。說命三篇、微子之命、蔡仲之命、顧命、畢命、冏命、文侯之命九篇，命也。胤征一篇，征也。洪範一篇，範也。此各隨事而言。益稷亦謨也，因其人稱言以別之。其太甲、咸有一德，伊尹訓道王，亦訓之類。盤庚亦誥也，故王肅云：‘不言誥，何也？取其徙而立功，非但錄其誥。’高宗肜日與訓（按，指高宗之訓）序連文，亦訓辭可知也。西伯戡黎云：‘祖伊恐，奔告于受。’亦誥也。武成云：‘識其政事。’亦誥也。旅獒戒王，亦訓也。金縢自爲一體——祝——亦誥辭也。梓材、酒誥分出，亦誥也。多士以王命誥，自然誥也。無逸戒王，亦訓也。君奭，周公誥召公，亦誥也。多方、周官，上誥於下，亦誥也。君陳、君牙，與畢命之類，亦命也。呂刑陳刑告王，亦誥也。書篇之名，因事而立，既無體例，隨便爲文。……”（尚書正義）

　　劉知幾曰：“‘尚書家’者，其先出於太古。易曰：‘河出圖，洛出書，聖人則之。’故知書之所起遠矣。至孔子觀書於周室，得虞、夏、商、周四代之典，乃刪其善者，定爲尚書百篇。孔安國曰：‘以其上古之書，謂之尚書。’尚書璇璣鈐曰：‘尚者，上也。上天垂文象，布

節度,如天行也。'王肅曰:'上所言,下爲史所書,故曰尚書也。'推
此三説,其義不同。蓋書之所主,本於號令,所以宣王道之正義,發
話言於臣下。故其所載,皆典、謨、訓、誥、誓、命之文。至如堯、舜
二典,直序人事;禹貢一篇,唯言地理;洪範總述災祥,顧命都陳喪
禮:兹亦爲例不純者也。……"(史通六家篇)

五 詩 經

(一) 關雎(周南)①

關關② 雎鳩③,在河之洲④。窈窕⑤ 淑⑥ 女,君子好逑⑦。

①這是一首描寫男子追求女子的民間情歌。 ②關關:雌雄二鳥相互和答的鳴聲。 ③雎鳩:鳥名。"雎"音租。按,"鳩"在國風中凡四見,都是比喻女性的。相傳這種鳥雌雄情意專一,其一或死,其一也就憂思不食,憔悴而死,極篤於伉儷之情(參用聞一多說,見其所著詩經通義)。故詩人用以起興,比喻淑女之宜配君子。 ④洲:水中可居之地。⑤窈窕:"窈"音腰上聲,"窕"音挑上聲,幽嫻之意。 ⑥淑:好,善。⑦好逑:好的配偶。〔第一章,詩人因見洲上一對對的雎鳩,而聯想到淑女是君子的佳偶。〕

參差① 荇菜②,左右流③之; 窈窕淑女,寤寐④求之。求之不得,寤寐思服⑤; 悠哉⑥ 悠哉,輾轉反側⑦。

①參差:長短不齊之貌。 ②荇菜:"荇"音杏。一種生在水中的植物。根生水底,莖如釵股,上青下白。葉呈紫赤色,圓徑約一寸多,浮在水面上。是可以採來做菜蔬吃的。 ③流:毛傳作"求"解;朱熹詩集傳:"順水之流而取之。"也講得通。 ④寤寐:"寤"是睡醒,"寐"是睡着。此言"不論是醒來或夢中,都在想念她"。 ⑤思服:思念。⑥悠哉:形容思慮深長的狀語。 ⑦輾轉反側:在牀上翻來覆去。〔第二章,寫男子追求女子而未能達到目的時的苦悶心情,而以求取荇菜起興。〕

參差荇菜,左右采①之; 窈窕淑女,琴瑟友之②。 參差荇菜,左右芼③之；窈窕淑女，鐘鼓樂之④。

①采：同“採”。朱熹說：“取而擇之也。”　②琴瑟友之：彈奏琴瑟（都是弦樂器，琴五弦或七弦，瑟二十五弦）使女子娛樂。　③芼：音冒，作“擇”或“搴取”解。　④鐘鼓樂之：與“琴瑟友之”句意義相近，“樂”也是“相娛悅”的意思。此處叶韻，“樂”可讀作要或勞去聲。〔第三章，寫男子想像求得女子以後美滿親愛的情況。(參用清陳啓源說，見其所著毛詩稽古編)〕

（二）　卷耳（周南）①

采采②卷耳③，不盈頃筐④。嗟我懷人，寘彼周行⑤。

①這是一首婦人懷念丈夫的詩。根據詩中所寫，有“金罍”、“兕觥”等物，並且還有“僕人”，則此詩中的人物當是貴族而非平民。　②采采：有二義。一作“採”解，“采采”猶言“採了又採”；一作“盛貌”，形容卷耳長得很茂盛。都可通。　③卷耳：植物名，即藥草中的蒼耳子。葉如鼠耳，青葉白花，細莖，叢生如盤狀。　④頃筐：淺的筐子。　⑤寘彼周行：“寘”同“置”，放下，擱下；“彼”，指筐；“周行”，大路。〔第一章，寫女子在採卷耳時因想念丈夫而中止了勞作。朱熹說：“方採卷耳，未滿頃筐；而心適念其君子，故不能復採，而寘之大道之旁也。”〕

陟①彼崔嵬②，我馬虺隤③。　我姑④酌彼金罍⑤，維以不永懷⑥。

①陟：音執，上升。　②崔嵬：本指土山上戴有石塊，後來引伸爲高峻不平的山。“嵬”音威。　③虺隤：音灰頹，與下文的“玄黃”都是疾病的通稱。　④姑：姑且，只好。　⑤金罍：一種用黃金綴飾的酒器，上有雲雷的形象。“罍”音雷。　⑥“維以”句：只有這樣（指飲酒）才能使我不致長久地哀傷。(“懷”作“傷”解，用清馬瑞辰說，見其所著毛詩傳箋通釋。)〔第二章，寫女子託言想升高望遠，但是馬病不能行，只好用飲酒

來解除自己的憂傷。第三章與此同義。〕

　　陟彼高岡①，我馬玄黃。我姑酌彼兕觥②，維以不永傷。

　　　　①高岡：山脊叫"岡"。　　②兕觥：音似肱（"觥"又音光）。"觥"是大型的酒器，用兕牛（頂生一角的野牛）的角製的觥，所以叫"兕觥"

　　陟彼砠①矣，我馬瘏②矣！我僕痡③矣！云何吁矣④！

　　　　①砠：音租，石山上戴有土的叫"砠"。　　②瘏：音途，馬病不能進叫"瘏"。　　③痡：音敷，人病不能行叫"痡"。　　④云何吁矣："云"是發語詞，沒有涵義；"何"，猶言"多麼"；"吁"，憂。〔第四章，極寫人困馬乏、心境憂痛的情況，而以感歎的語氣作結。清姚際恆說："二章言山高馬難行，三章言山脊馬益難行，四章言石山馬更難行；二、三章言馬病，四章言僕病：皆詩例之次敍。"（見其所著詩經通論）〕

（三）　漢廣（周南）①

　　南有喬木，不可休息②；漢有游女，不可求思③。漢之廣矣，不可泳思；江之永④矣，不可方⑤思。

　　　　①這是一首男子慕悅女子、而苦於不能如願以償的民間情歌。魯、韓二家解此詩的"漢有游女"，都認爲是指漢水上的女神。清方玉潤詩經原始則根據詩中的"喬木"、"錯薪"、"刈楚"、"刈蔞"等描寫，推想是江邊樵夫所唱的歌謠。皆可備一說。　　②休息："息"，韓詩作"思"，而以"休"與下文的"求"叶韻。錄以備攷。　　③思：語尾助詞，沒有涵義。④永：長。指江水流得很遙遠。　　⑤方：用竹或木編排成筏以渡水叫"方"（用清陳奐說，見其所著詩毛氏傳疏）。〔第一章，先後用不能在喬木之下休息和不能渡過寬廣綿延的江水做比喻，寫出男子不能追求到自己所渴慕的女子的心情。〕

　　翹翹錯薪①，言刈其楚②；之子于歸③，言秣其馬④。漢之廣矣，不可泳思；江之永矣，不可方思。

①"翹翹"句:"翹翹",衆多之貌(用魯詩、韓詩説);"錯",錯雜;"薪",
即指下文的"楚"。　　②言刈其楚:"言",關聯詞,有"乃"、"則"的作用;
"刈"音意,砍;"楚",草名。此言"一堆堆錯雜的柴草,乃是我砍下來的
楚。"　　③"之子"句:"之子",猶言"那個女子",即上文的"游女";"于
歸",出嫁。　　④秣馬:用草料飼馬。此句連上文,大意是:"那個女孩子
要是出嫁的話,那我情願給她喂馬。"據聞一多詩經新義,"刈楚"爲"薪",
和"秣馬"是一件事;"楚"即是用以飼馬的草料。又按,詩經中凡涉及婚
姻之處,往往總提到"薪",大約古代的風俗,這兩者之間是有聯繫的。〔第
二章,寫男子對所愛的女子"悦之至"而"敬之深"(朱熹語),因此他表示
即使給這個女子做僕役也是情願的(參用歐陽修説,見其所著詩本義);
但是這種願望是無法實現的,所以仍用"漢之廣矣"四句反覆唱歎,以表
示内心無可如何的情緒。第三章與此同義。〕

翹翹錯薪,言刈其蔞①;之子于歸,言秣其駒②。漢之廣矣,不
可泳思;江之永矣,不可方思。

①蔞:音閭,即蔞蒿,生在水澤中的草類,葉似艾,青白色。　　②駒:
小馬。

(四)　行露(召南)①

厭浥行露②,豈不夙夜③,謂行多露④。

①此詩較難解釋。疑是一個女子對於一個曾經欺騙過她的男子表
示嚴厲拒絕之詞。詩中有涉及"獄"、"訟"的話,究竟原委已不可考。我
們只能從詩中體會出,詩人的口氣是非常堅決的。近人余冠英則認爲:
"一個强横的男子硬要聘娶一個已有夫家的女子,並且以打官司作爲壓
迫女方的手段。女子的家長並不屈服,這詩就是他給對方的答覆。"(見
其所註詩經選)謹録以備考。　　②"厭浥"句:"厭"是"湆"(音泣)的借字,
"湆湆",形容露水潮濕的狀語;"行露",指路上的露水。　　③豈不夙夜:

"夙"音宿,與"早"同義;"夙夜"指夜色尚早。此句大意是:"我豈不想早一點兒連夜地趕路!"　④謂行多露:舊說以"謂"作"畏"解,所以此句的大意是:"怕路上的露水太多。"但清王引之則認爲"謂"應作"奈"解(見其所著經傳釋詞),言"無奈路上露水太多",似較合理。〔第一章,描寫女子不敢在夜裏行走。又,前人多疑此章文句有殘缺,因此不敢臆測全章是否還有其它的意義。〕

誰謂雀無角①,何以穿我屋?誰謂女②無家,何以速③我獄?雖速我獄,室家不足④。

①角:與"喝"或"咮"(音晝)相同,即鳥喙。從"雀穿屋"的比喻來看,這個女子很像是受過非禮的欺騙的。　②女:即"汝"字。下同。　③速:招致。"速我獄",猶言"使我吃官司"。　④室家不足:舊說認爲指"室家之禮未備",今疑此句大意,猶言"想讓我同你成爲夫婦是辦不到的"。〔第二章,寫女子嚴厲地拒絕男子的威脅恫嚇。〕

誰謂鼠無牙,何以穿我墉①?誰謂女無家,何以速我訟?雖速我訟,亦不女從②。

①墉:音容,牆。　②亦不女從:緊承上文,大意是:"雖然讓我吃官司,我也絕對不從你。"〔第三章,義同前。〕

（五）　柏舟（邶風）①

汎彼柏舟②,亦汎其流。　耿耿③不寐,如有隱憂④。　微我無酒⑤,以敖以遊。

①這是一首女子自傷不遇於其夫、而又苦於無可告語的怨詩,在三百篇中,是有名的抒情詩篇之一。　②"汎彼"二句:"汎"同"泛",飄浮在水上;上爲狀詞,下爲動詞。"流"指水之中流。　③耿耿:本來是形容火光閃爍的狀詞,此處借以形容心情的憂煩焦灼。　④如有隱憂:"如"同"而";"隱憂",猶言"深憂"或"大憂"。　⑤"微我"二句:"微"與

“非”同義，“敖”同“遨”。清王先謙説：“非我無酒遨遊以解憂，特此憂非飲酒遨遊所能解。”(見其所著詩三家義集疏)〔第一章，詩人以水中飄蕩的柏木舟比輿，比喻婦人的無所依歸。後面四句皆合二句爲一意，直陳其内心的憂痛。〕

我心匪①鑒②，不可以茹③。亦有兄弟，不可以據④。薄言往愬⑤，逢彼之怒。

①匪：同“非”。　②鑒：鏡子。　③茹：音如上聲或去聲，容納。此言“我的心不是鏡子，不是任何東西都能容納的。”　④據：依靠，倚賴。⑤“薄言”二句：上句，“薄”是發語詞，此處有“勉强”、“不得不”或“迫不得已”的意思。清王夫之説：“‘薄言往愬’者，心知其不可據而勉往也。”(見其所著詩經稗疏)“言”，關聯詞，有“而”、“焉”的作用；“愬”，同“訴”訴苦。下句，“彼”，指上文的“兄弟”。〔第二章，寫女子無可告語的委曲心情。〕

我心匪石，不可轉也。我心匪席，不可卷①也。威儀棣棣②，不可選也。

①卷：同“捲”。　②“威儀”二句：“棣棣”，豐富盛多之貌；“選”，與“算”同義，“不可選”猶言“不可勝數”。陳奐説：“言己之儀容美備，不可説數(説不完、數不清)也。”〔第三章，前四句用兩個比喻表示自己堅貞不渝，雖屈其身，却不挫其志；後二句指自己優點很多，不弱於人。〕

憂心悄悄①，愠于羣小②。覯閔③既多，受侮不少。靜言思之④，寤辟有摽⑤。

①悄悄：憂貌。　②愠于羣小：“愠”，怒；此言自己被羣小所怒。朱熹以“羣小”爲指衆妾。　③覯閔：“覯”同“遘”，遇到；“閔”同“憫”，指痛心的事。　④靜言思之：“靜”，審，猶言“仔細地”(用馬瑞辰、王先謙説)；“言”同前解。此句言“仔細地想來”。　⑤寤辟有摽：“寤”指不能入睡；“辟”，用手拊心；“有”同“又”；“摽”音飄上聲，用手捶擊之意。王先謙説：“審思此事，寐覺之時，以手拊心，至於擘擊之也。”〔第四章，寫自己

不爲羣小所容，每當夜不成寐時，往往因憂傷而撫心、而搥胸。〕

　　日居月諸①，胡迭而微？心之憂矣②，如匪澣衣。靜言思之，不能奮飛。

　　①"日居"二句：上句，"日"和"月"都是比喻丈夫的，"居"和"諸"是語尾助詞，帶有感歎語氣。下句，"胡"，爲什麼；"迭"，更替之意；"微"，昏暗不明。這兩句的大意是："太陽阿，月亮阿！你們爲什麼總是輪替着昏暗不明呢？"　　②"心之憂矣"二句："澣"音緩，洗濯。此言"心裏的憂愁阿，眞像沒有洗滌的髒衣服一樣。"〔第五章，寫女子對丈夫的昏瞶感到痛苦，更苦於不能高飛遠走。〕

（六）　擊鼓（邶風）①

　　擊鼓其鏜②，踊躍用兵，土國城漕③，我獨南行。

　　①這是一首描寫衛國的兵士戍邊日久，思歸不得，因而對統治者深表不滿的怨詩。此詩第二章有"從孫子仲，平陳與宋"的話，舊說認爲是指春秋魯隱公四年夏天，宋、衞、陳、蔡四國共同伐鄭的事。但詩中只言及陳、宋兩國，既無同盟的蔡，又不言所伐的是鄭，而且據左傳所記，這次伐鄭，僅僅圍城五日，軍隊就撤回了；這與此詩所寫久戍不歸的情況，全不相合。據左傳所記，這年秋天，衞曾再度伐鄭，把鄭的步兵打敗，並搶劫了鄭國的莊稼，然後才回來。所以淸許伯政詩深認爲在兩次伐鄭之間，必留有士兵戍邊。但從夏到秋，爲時也並不久。姚際恆則認爲是指魯宣公十二年時，宋伐陳，衞穆公爲救陳而被晉所伐的事(亦見春秋左傳)，其言也並無確證。今按：史迹久湮，難考其事，只有存而不論。　　②鏜：音湯，象聲詞，指鼓聲。　　③土國城漕："國"指衞的國都，"漕"是衞邑名。"土"，舊注釋爲"役土功"，卽今所謂用土修築工事；"城"，此處是動詞，指築城。〔第一章，從衞國的人民皆爲勞役所苦寫起。朱熹說："衞人從軍者自言其所爲。因言衞國之民，或役土功於國，或築城於漕，而我獨

南行,有鋒鏑死亡之憂,危苦尤其也。"〕

從孫子仲①,平陳與宋②。不我以歸③,憂心有忡④。

　①從孫子仲:"從",跟隨。孫子仲或言是公孫文仲,或言是孫桓子,皆無確據。今按,此人當是率領軍隊的統帥,其它無考。　②平陳與宋:舊釋"平"爲"與鄰邦和好";今以上下文義而論,此處應作"平定"解,即"討伐"之意。"陳"、"宋"皆在今河南省境內。　③不我以歸:不讓我回來。　④忡:音充,心不寧貌。〔第二章,説明南行的原因和目前的心情。〕

　爰居爰處①?爰喪其馬?于以求之?于林之下。

　①"爰居"四句:"爰",與"於何"同義,與下文"于以"也同義。此四句的大意是:"我們住在哪兒呢?歇在哪兒呢?我們的馬跑到哪兒去了呢?我們上哪兒去找它(馬)呢?結果發現,馬並沒有丢,就在樹林子底下呢。"〔第三章,寫士兵久留於外,軍心渙散,没有鬥志的情況。〕

　死生契闊①,與子②成説③。執子之手,與子偕老。

　①契闊:"契",合;"闊",離。猶言"聚散"。　②子:指從軍者的妻。③成説:訂約,指臨別時的誓言。〔第四章,追敍自己離家時與妻子約訂盟誓的情況。〕

　于嗟闊兮①,不我活兮! 于嗟洵兮②,不我信兮!

　①"于嗟闊兮"二句:"于"同"吁","吁嗟"是感歎詞。此言:"唉!離家這樣遠了,簡直不讓我活下去了!"(此與下文都參用聞一多説)②"于嗟洵兮"二句:"洵",久遠之意;"信",指信用。此言:"唉!打仗打得這樣久了,還不讓我回家,簡直對我們太不講信用了!"〔第五章,寫出對統治者深表不滿的怨望。〕

（七）　谷風（邶風）①

習習谷風②,以陰以雨。黽勉同心③,不宜有怒。采葑采菲④,

無以下體。德音莫違⑤，及爾同死。

　　①此詩是棄婦之詞。詩中撫今追昔，充滿不忍自決之情，是三百篇中抒情名作之一。　②習習谷風："谷風"是來自大谷的風，是盛怒之風（用宋范處義詩補傳、嚴粲詩緝説）；"習習"是形容風吹得連續不停的狀語。此以喻女子的丈夫盛怒的情形。　③"黽勉同心"二句："黽勉"，竭力自勉（"黽"音閔）；這兩句是女子對她的丈夫説："我盡力做到和你同心合意，你不應該對我這樣憤怒。"　④"采葑"二句："葑"是蔓菁，即今所謂蕪菁；"菲"是蘿蔔；"下體"指葑菲的根。葑、菲的根和葉都可食，但根是主要部分，葉子並不美好。故以根喻德之美，以葉喻色之衰。這兩句照字面講，猶言"你採葑採菲，却不用它的根"，指娶妻不取其德，但因色衰即行遺棄（參用俞樾説，見群經平議）。　⑤"德音"二句："德音"猶言"好聽的話"，即指下文的"及爾同死"；"莫違"猶言"不要違反"。這兩句的大意是："你曾説過要和我同生共死，那些好聽的話希望你不要違反才好！"〔第一章，以暴風和陰雨起興，正面斥責她的丈夫不應拋棄前妻。〕

行道遲遲①，中心有違。不遠伊邇②，薄送我畿。誰謂荼苦③，其甘如薺。宴爾新昏④，如兄如弟。

　　①"行道"二句：寫女子被棄，遲遲不忍離去夫家的情況。"心中有違"即今所謂"内心有矛盾"。朱熹説："言我之被棄，行於道路，遲遲不進。蓋其足欲前，而心有所不忍，如相背然。"　②"不遠"二句："伊"義同"惟"；"邇"，近；"畿"音祈，門檻。大意是："我走的時候，即使你不把我送出很遠，難道還不能就近少送我幾步麽？可是你只送我到門口（門檻以内）就算了。"王夫之説："'薄送我畿'者，心不欲送而勉送也。"極寫其夫的薄情少恩。　③"誰謂荼苦"二句："荼"音途，苦菜；"薺"音擠，甜味的菜。大意是："誰説荼是苦的呢？要同我比起來，它簡直同薺菜一樣甜！"　④宴爾新昏："宴"，愉快，歡樂；"昏"同"婚"，"新婚"指其夫重新同旁的女人結婚。〔第二章，用對比的寫法述説自己被棄的痛苦和其夫重婚的歡樂。〕

涇以渭濁①，湜湜其沚；宴爾新昏，不我屑以。毋逝我梁②，毋發我笱。我躬不閱③，遑恤我後！

①“涇以渭濁”四句：第一句，“涇”、“渭”，都是水名，發源於甘肅，在陝西高陵縣合流。涇水濁，以喻自己；渭水清，以喻新人。第二句，“湜湜”（“湜”音殖），水清貌；“沚”，澄淨的止水（參用馬瑞辰說）。第四句，“屑”，潔；“不我屑以”猶言“不以我爲潔”。這四句的大意是：“涇水遇到渭水，就顯得更濁了（猶言“舊人遇到新人，就顯得更憔悴了”）；可是當涇水在一個地方靜止下來，也還有清潔的時候；然而他既已娶到新人，就認爲我是非常不潔的人了。”　　②“毋逝”二句：上句，“逝”，去；“梁”，捕魚的石堰。下句，“發”作“撥”解，猶言“弄亂了”；“笱”音苟，捕魚的竹器。此言女子一想到過去的生活，就不能忘情，所以她說：“不要到我的魚梁那兒去，不要把我的魚笱弄亂了。”按，此二句是古成語。此處疑尚有禁止新人擅變自己成規之意。　　③“我躬”二句：上句，“躬”，自身；“閱”，容。下句，“遑”，暇，猶言“哪兒來得及”；“恤”，擔憂，顧慮到。此二句緊承上文作轉語，猶言“既而一想，連我本人都不爲丈夫所容了，還來得及顧慮到我走後的事麼！〔第三章，寫女子被棄絶以後對過去生活眷戀的餘情。〕

就其深矣①，方之舟之；就其淺矣，泳之游之。何有何亡②，黽勉求之。凡民有喪③，匍匐救之。

①“就其深矣”四句：此用渡水比喻治理家務。大意說：“水深的地方，我就用筏、用船渡過去；水淺的地方，我就在水中或浮（浮水而行叫“游”）或沉（潛水而行叫“泳”）地泅過去。”這四句是下面兩句的比喻，言家事不論難易我都盡力操持。　　②何有何亡：“亡”同“無”，言“不論有無”。　　③“凡民”二句：上句，“喪”讀平聲，指凶禍之事；下句，“匍匐”音蒲伏，伏地膝行之意。此指鄰里有凶禍之事，則幫助她丈夫竭力地營護照料（用朱熹、王先謙說）。〔第四章，追敍從前不論治家睦鄰，都盡瘁心力。〕

能不我慉①,反以我爲讎。既阻我德②,賈用不售。昔育恐育鞠③,及爾顛覆;既生既育,比予于毒。

①"能不"句:原文是"不我能慉",現據説文所引詩句校改(用陳奐、俞樾説)。"能"同"寧",作"曾"解;"慉"音蓄,作"愛好"解(用俞樾説)。此句連下文,大意是:"不但對我沒有一點好感,反把我當做仇人。" ②"既阻"二句:上句,言"既拒絶了我的好心。"下句,用商賈(音古)做比喻,言"我的好心對於你竟像商人賣不出去他的貨一樣。" ③"昔育"四句:第一句,"育"指生計,"鞠"有"窮盡"之意;第二句,"顛覆"指窘困的生活環境。這四句的大意是:"從前過日子,惟恐生活太窮苦,活不下去,只有我和你共患難,一同渡過窘困的處境;現在你生計已不成問題,就把我看成眼中釘了。"〔第五章,與下一章皆寫今昔處境苦樂之不同,以見其夫之負心忘情。〕

我有旨蓄①,亦以御②冬。宴爾新昏,以我御窮。有洸有潰③,既詒我肄④;不念昔者,伊余來塈⑤。

①旨蓄:好的積蓄。 ②御:同"禦",抵擋,防備。下同。 ③有洸有潰:"洸"音光,粗暴之意;"潰",憤怒之意。 ④既詒我肄:"詒"同"遺",留給;"肄"音異,勞苦的工作。此言"你過去只把勞苦的工作留給我做。" ⑤伊余來塈:"伊"義同"惟";"余",我;"來",相當於古漢語中的"是",在現代口語中則作助動詞用,如我來看、你來聽、把我來勸的"來"。"塈"音既(或音希去聲),"忥"的假借字(用馬瑞辰説);"忥",古"愛"字。"伊余來塈"即"惟我是愛"。如直譯成口語,就是"你只把我一個人來愛"。

(八) 北門(邶風)①

出自北門,憂心殷殷②。終窶且貧③,莫知我艱。已焉哉!天實爲之,謂④之何哉!

①這是一首苦於勞役而又窘於生計的小臣的怨詩。　②殷殷：深憂貌。　③終窶且貧："終"，既；"窶"音巨，舊説謂"貧而無以爲禮"。今按，"窶"指所住的房屋窄陋，無法講求禮數排場。而詩中的主人公本是個小官，他認爲無法行禮可能比家道貧困更重要些，所以特別提出來(參用俞樾説)。　④謂：與"奈"同義(用王引之説)。

王事①適我②，政事一埤益我③。　我入自外，室人交徧讁①我。已焉哉! 天實爲之,謂之何哉!

①王事,政事:朱熹説:"王事,王命使爲之事也;政事,其國之政事也。"今按,即天子之事和諸侯本國内的政事。　②適我:"適"同"擿",即"擲"字(用馬瑞辰説)。"擿我",猶言"都扔給我"。　③一埤益我:"一",完全;"埤益"("埤"音琵),有堆積、增加之意。"一埤益我",猶言"完全都堆到我身上"。　④讁:音賁,責罵。

王事敦①我,政事一埤遺②我。　我入自外,室人交徧摧③我。已焉哉! 天實爲之,謂之何哉!

①敦:音堆,也是"投擲"之意,故"敦我",與上文"適我"同義。②埤遺:也是"增加"的意思。　③摧:即口語所謂的"擠兌"。

(九)　靜女(邶風)①

靜女②其姝③,俟我於城隅④。愛⑤而不見,搔首踟蹰⑥。

①這是一首男女相約在僻遠之處幽會的民間情歌。　②靜女:與"淑女"同義(用馬瑞辰説)。　③姝:音殊,美麗。　④城隅:城上的角樓,幽僻之處。　⑤愛:朱熹以前人多解作"喜愛",清儒則多解爲"隱蔽",以"愛"爲"薆"的假借字,也可通。　⑥踟蹰:猶言"徘徊"。〔第一章,寫男女相約,如期而女子不至,男子焦灼的情況。〕

靜女其孌①,貽②我彤管③。彤管有煒④,説懌女美⑤。

①孌:音鸞上聲,美好貌。　②貽:音夷,贈送。　③彤管:"彤"音

同，紅色；“彤管”有人説是紅色的筆，有人説是樂器。古今學者，對此聚
訟紛紜，迄無定論。只有朱熹説：“未詳何物。”態度最爲謹慎。　④煒：
音偉，紅而有光。　⑤説懌女美：“説”同“悦”，“悦懌”卽喜愛；“女”同
“汝”，義含雙關。字面上是指“彤管”，實際是指所愛的女子。〔第二章，
寫女子贈物，以爲紀念。下章義略同。〕

自牧歸荑①，洵②美且異。匪女之爲美③，美人之貽。

①“自牧”句：“牧”，郊外，“歸”，贈送；“荑”音啼，初生的茅草。此言
“她從郊外送給我荑草。”　②洵：實在是，誠然是。　③“匪女”二句：
“匪”同“非”；“女”同“汝”，指荑草。大意是：“倒並不是因爲荑草美，實在
因爲它是美人送我的禮物。”

（十）　新臺（邶風）①

新臺有泚②，河水瀰瀰③。　燕婉④之求，籧篨不鮮⑤。

①舊説，衞宣公爲其世子伋娶婦於齊，聽説齊女美好，宣公想要自
娶，又恐齊女不從，於是在河上築新臺，等齊女來時，便把她攔截下來。國
人對此事深爲憎惡，遂作此詩以譏刺宣公。歷來學者，對此説都無異議，
故録以備考。　②泚：音此，鮮明貌，形容臺之新。　③瀰瀰：水盛大
貌，“瀰”音米。　④燕婉：歡樂美好貌。　⑤籧篨不鮮：“籧篨”音渠
除，據聞一多考訂，卽是蝦蟆、蟾蜍一類的東西（詳見聞一多全集天問釋
天）；“鮮”（古音犀，與“泚”“瀰”叶韻，見顧炎武詩本音），美，善。此句以
喻人之醜惡如蝦蟆，所以説“不鮮”。〔第一章，前二句寫景物美好，後二
句直斥所譏諷的對象；朱熹説：“言齊女本求與伋爲燕婉之好，而反得宣
公醜惡之人也。”下章與此同義。〕

新臺有洒①，河水浼浼②。　燕婉之求，籧篨不殄③。

①洒：音崔，也可以讀先上聲，高峻貌；一説，鮮潔貌。都可通。
②浼浼：水平貌；一説，水盛貌。“浼”音每，此處叶韻可讀爲免。　③殄：
同“腆”，音忝，善，好。

魚網之設，鴻則離之①。燕婉之求，得此戚施②。

　　①鴻則離之："鴻"，舊解爲鳥名，據聞一多考訂，應解作蝦蟆(詳見聞一多詩新臺鴻字説，見全集)；"離"，音麗，作"到臨"、"獲得"解。此言"設網本用捕魚，結果捉到了一隻蝦蟆"。　　②戚施：蝦蟆(此本韓詩古義，聞一多亦有考訂)。〔第三章，用比喻來諷刺，以見齊女所得非人。〕

（十一）　柏舟〔鄘風〕①

　　汎彼柏舟，在彼中河②。髧彼兩髦③，實維我儀④。之死矢靡它⑤。母也，天只⑥！ 不諒⑦人只！

　　①這是一首少女要求婚姻自主，寧死不易其志的詩。　　②中河：卽河中。　　③髧彼兩髦："髧"音毯，髮下垂貌。"兩髦"，把頭髮中分，向兩邊梳成雙鬌，是男子未成年時頭髮的樣式。　　④儀：古讀作俄，配偶。此言"那個梳兩髦的人才是我的配偶。"　　⑤之死矢靡它："之死"，到死"矢"，立誓；"靡它"，無二志。此言"直到死我也不存二心。"　　⑥只：語尾助詞，帶有感歎語氣。　　⑦諒：體諒。

　　汎彼柏舟，在彼河側。髧彼兩髦，實維我特①。之死矢靡慝②。母也，天只！ 不諒人只！

　　①特：猶今言"對象"。　　②慝：音義同"忒"(音特)，改變常態(用馬瑞辰説)。此言"直到死我也不變初衷。"

（十二）　牆有茨〔鄘風〕①

　　牆有茨②，不可埽也。中冓③之言，不可道也。所可道也④？言之醜也！

　　①這是一首大胆揭露貴族統治階級內部荒淫無恥的諷刺詩。舊説，衞宣公既娶齊女(詳新臺)，是爲宣姜，後竟與宣公的庶長子公子頑私通，詩人作此譏刺之。故詩序以此詩爲"衞人刺其上"之作。　　②"牆有茨"

二句："茨"音次平聲，是蒺藜。"埽"同"掃"，除。牆上設茨，是爲了防閑
內外的，故不可埽。詩人以此起興，所以暗示內醜不可外揚之意（用馬瑞
辰說）。　　③中冓："冓"音購，指宮中結構深密隱奧之處。此處猶言"宮
闈內部"。　　④"所可道也"二句："所"作"尚"解。此二句是自問自答之
詞，上句問："尚可以說麼？"下句答："說來太醜惡了。"（用聞一多說，見其
所選風詩類鈔。）

　　牆有茨，不可襄①也。中冓之言，不可詳②也。所可詳也？言
之長也③！

　　　　①襄：古與"攘"通，除去之意。　　②詳：細說。　　③言之長也：猶
言"說來話長"，或"一言難盡"。

　　牆有茨，不可束①也。中冓之言，不可讀②也。所可讀也？言
之辱也！

　　　　①束：收拾乾淨。　　②讀：毛、鄭作"抽"、"出"解，引申爲"宣露"之
意。一說，卽"說"、"道"之意（馬瑞辰引韓詩說）。皆可通。

（十三）　桑中（鄘風）①

　　爰采唐矣②？　沬之鄉矣。云誰之思③？　美孟姜矣。期我乎桑
中④，要我乎上宮⑤，送我乎淇⑥之上矣！

　　　　①這是一首描寫男女相悅訂期會面的民間情歌。詩中的孟姜、孟
弋、孟庸，因爲姓氏不同，舊說是指三個女性。近人顧頡剛、俞平伯則以
爲實是一人（見古史辨第三冊）。今按，民歌中稱人之名，多屬泛指，似不
宜過於拘泥。許伯政說："詩中孟庸、孟弋及齊姜、宋子之類，猶世人稱所
美曰‘西子’耳。"其言最爲通達近情。　　②"爰采唐矣"二句：上句，
"爰"，何處；"唐"，卽女蘿，一名菟絲，是一種蔓生植物。下句，"沬"音妹，
衞邑名。此二句是一問一答。上句問："在哪兒採唐啊？"下句答："在沬
地的鄉下啊。"　　③"云誰"二句：上句猶言"你想的是誰啊？"也是問話。

下句的"孟姜"，"姜"是姓，"孟"是排行居長。此言"我想的是那個美麗的孟姜啊。"　　④桑中：一說是沬邑中的小地名；一說，泛指桑樹林中。按，後說近是。　　⑤上宫：樓。　　⑥淇：衞之水名。末三句言："在桑林中等我，邀("要"同"邀")我到樓上去，臨別時把我送到淇水的岸上。"

爰采麥矣？沬之北矣。云誰之思？美孟弋①矣。期我乎桑中，要我乎上宫，送我乎淇之上矣！

①孟弋："弋"即"姒"，也是姓氏。

爰采葑矣？沬之東矣。云誰之思？美孟庸①矣。期我乎桑中，要我乎上宫，送我乎淇之上矣！

①孟庸："庸"也是姓氏。

（十四）　相鼠（鄘風）①

相②鼠有皮，人而無儀③。人而無儀，不死何爲？

①這是一首正面斥責在位的貴族統治者偷食苟得、闇昧無恥的詩。故用鼠起興，以見人不如鼠（用毛、鄭及孔穎達說）。　　②相：猶言"看看"。　　③儀：指可以供他人取法的端莊嚴肅的行爲（用陳啓源引左傳說）。

相鼠有齒，人而無止①。人而無止，不死何俟②？

①止：行止，指守禮法的行爲。　　②不死何俟：猶言"你不死還等什麼？"

相鼠有體①，人而無禮。人而無禮，胡不遄死②？

①體：肢體。　　②胡不遄死："遄"音喘陰平，立刻，馬上。此言"爲什麼不趕快死掉？"

（十五）　載馳（鄘風）①

載②馳載驅，歸唁衞侯③。驅馬悠悠④，言至于漕⑤。大夫跋涉⑥，我心則憂。

　　①據魯閔公二年左傳，此詩是許穆夫人作。按，在這年冬天十二月，狄人滅衞。幸虧宋桓公連夜把衞國的五千多人民救過了河，在漕邑立了衞戴公。第二年(魯僖公元年)春夏之交，戴公的同母姊妹許穆夫人來漕弔唁，並作了載馳。此詩的主旨，是寫許穆夫人主張衞國應向大國求援(見原詩第五章)。所以左傳在記載了"許穆夫人賦載馳"的話以後，緊接着就敍述了齊桓公派兵救衞並餽送很多物資的事實。可見此詩的政治意義，在當時是很大的。但詩中却暴露了許、衞之間的矛盾。我們從詩中看到，許國的執政者是一直在反對許穆夫人的。所以詩中也充分表示了她對許國衆大夫的憤懣情緒。以今天的看法來評論，我們認爲此詩不但充滿了愛國思想，而且還體現出作者許穆夫人的有眼光和有定見，是個值得歌頌的女性。　　②載：與"乃"、"且"同義。　　③歸唁衞侯："唁"音彦，人家有喪事或諸侯失國，前往致以慰問，叫作"弔唁"。"衞侯"，舊說指衞戴公，但戴公卽位，僅一月而死，繼立的是其弟文公。據此詩所寫的"采蝱"和"芃芃其麥"，都是春夏之交的景物，應該是第二年的事，所以衞侯應指文公(用清胡承珙說，見其所著毛詩後箋)。　　④悠悠：形容道路遙遠之貌。　　⑤漕：衞邑。　　⑥"大夫跋涉"二句：上句，"大夫"指來到衞國勸說許穆夫人回去的許國諸臣；"跋涉"，猶言"遠道奔走而來"。下句緊承上句，許穆夫人自言："我已知許國大夫的來意，所以心裏很憂愁。"〔第一章，寫許穆夫人來唁，許國大夫竟來勸阻。〕

既不我嘉①，不能旋反。視爾不臧②，我思不遠。

　　①"既不我嘉"二句："嘉"，猶言"贊同"；"反"與"返"同。許穆夫人說："你們(指許國大夫)既不同意我的看法，但我也不能馬上回去。"②"視爾不臧"二句："視"，比；"臧"，善；"遠"，迂闊。此言"比起你們不高明的意見來，我所考慮的也未必迂遠。"〔第二章，寫許穆夫人對許國大夫的不滿。下章與此同義。〕

既不我嘉，不能旋濟①。視爾不臧，我思不閟②。

①濟: 渡河。此言"不能立刻渡河回去"。　　②閟: 音必，閉塞。此言"我所考慮的並不見得行不通。"

陟彼阿丘①，言采其蝱②。女子善懷③，亦各有行。許人尤④之，衆穉且狂⑤。

①阿丘: 偏高的山丘。　　②蝱: 是"莔"的借字，音盲，卽貝母(藥名)，據云可以治鬱悶的病。　　③"女子"二句: 上句，"善懷"猶言"多愁易感"；下句，"行"，道理。此言"雖然女子多愁易感，但是也自有她的道理。"　　④尤: 埋怨。　　⑤衆穉且狂: "衆"指許人；"穉"音稚，驕傲；"狂"，狂妄。〔第四章，以升丘采蝱起興，說明自己憂國之深而不爲驕妄的許國大夫所瞭解。〕

我行其野，芃芃其麥①。控于大邦②，誰因誰極③|

①芃芃其麥: "芃芃"，盛貌。"芃"音蓬。　　②控于大邦: "控"，陳訴、赴告；"大邦"，指强有力的大國。　　③誰因誰極: "因"，親近，依賴；"極"，去到。此言"我們衛國應該同哪個大國親近，到哪兒去赴告呢?"〔第五章，許穆夫人賦詩的本意，而用看到祖國的田野起興，以見她愛國之忧。〕

大夫君子①，無我有尤②| 百爾所思③，不如我所之。

①"大夫"句: 指許臣。　　②無我有尤: 不要抱怨我。一說，別以爲我有什麼可責備的。　　③"百爾"二句: "之"，往。大意是: "你們所考慮的一百樣辦法，總不如我自己選擇的方向。"〔第六章，反覆表示自己的主張，以見出許穆夫人看法的堅定。〕

(十六)　碩人(衛風)①

碩人其頎②，衣錦褧衣③。齊侯之子④，衛侯⑤之妻; 東宮之妹⑥，刑侯之姨⑦，譚公維私⑧。

①這是讚美衛莊公夫人莊姜的詩。　　②碩人其頎: "碩"，高大；

“頎”，音祈，長貌。“碩人”指莊姜。古代不論男女，皆以高大修長爲美。
③衣錦褧衣：第一個“衣”字讀去聲，是動詞，作“穿”解；“褧”音迥，用枲麻
之類所製的外衣，女子嫁時途中所穿，以蔽塵土。此言在錦衣上加褧衣。
④齊侯之子：“齊侯”是齊莊公，“子”，卽女兒。　　⑤衞侯：衞莊公。
⑥東宫之妹：“東宫”指齊太子得臣，此言莊姜與太子是同母的，也是嫡
出。　　⑦邢侯之姨：“邢”，國名；“姨”指妻的姊妹。此言邢侯的妻是莊
姜的姊妹。　　⑧譚公維私：“譚”，國名；“維”，其；“私”，女子稱其姊妹的
丈夫。此言譚公是莊姜的姊妹的丈夫。〔第一章，寫莊姜的身世。〕

　　手如柔荑①；膚如凝脂②；領如蝤蠐③；齒如瓠犀④；螓首蛾
眉⑤；巧笑倩⑥兮，美目盼⑦兮。

　　　　①柔荑：“荑”見靜女註。此以茅的嫩芽喻莊姜的手潔白柔滑。
②凝脂：凝結的脂肪。此極言莊姜皮膚之白。　　③蝤蠐：音囚齊，天牛
的幼蟲，白色身長。此以形容莊姜的頸子白而長。　　④瓠犀：卽瓠瓜的
子兒。因其又白又長，且排列整齊，故用以形容牙齒。　　⑤螓首蛾眉：
“螓”音秦，似蟬而小，額廣而方正；“蛾”指蠶蛾，其眉細長而曲。此以喻
莊姜的頭額和眉毛長得美。　　⑥倩：口頰間美好之貌。　　⑦盼：黑白
分明。〔第二章，寫莊姜的容貌。〕

　　碩人敖敖①，説②于農郊。四牡有驕③，朱幩鑣鑣④，翟茀以
朝⑤。大夫夙退⑥，無使君勞。

　　　①敖敖：長貌。　　②説：音税，休止。此言莊姜來嫁時先在都城的
近郊歇息下來。　　③四牡有驕：“驕”，肥壯貌。此言駕車的四匹牡馬
(雄馬)都很健壯。　　④朱幩鑣鑣：“幩”音墳，“鑣”音標。“朱幩”，把馬
口所銜的鐵露在兩旁外面的部分用紅綢纏縛起來；“鑣鑣”，形容盛大的
狀語。　　⑤翟茀以朝：“翟”音狄，雉羽；“茀”音弗，或音蔽，是用以障蔽
女子的車子的東西。“翟茀”，卽以雉羽爲裝飾的茀。“朝”，朝見，指莊姜
與莊公相見。　　⑥“大夫”二句：“夙退”言“早點退朝”。朱熹説：“國人

樂得(莊姜)以爲莊公之配，故謂諸大夫朝於君者宜早退，無使君(指衛莊公)勞於政事，不得與夫人相覯。"〔第三章，寫莊姜初嫁時的景象。〕

河水洋洋①，北流活活②。施罛濊濊③，鱣鮪發發④。葭菼揭揭⑤。　庶姜孽孽⑥，庶士有朅⑦。

①"河水"句："河"指黃河，"洋洋"，水盛大貌。黃河在齊西衛東，北流入海，由齊至衛，必須渡河。故此章以河畔景物起興。　②活活：水流聲，此處的"活"音括。　③施罛濊濊："罛"音孤，"濊"音豁。"施罛"，指張網於水，"濊濊"是魚網入水之聲。　④鱣鮪發發："鱣"音毡，黃魚；"鮪"音尾，鱔魚；"發"在此處音撥，"發發"，魚尾搧動貌，也帶有象聲的作用。　⑤葭菼揭揭："葭"音嘉，蘆葦；"菼"音毯，荻葦。"揭揭"，長貌。⑥庶姜孽孽："庶姜"指隨嫁的眾女(齊國姜姓，故云庶姜)；孽孽，高長貌(用馬瑞辰說)。　⑦庶士有朅："庶士"指隨從的眾人，"朅"音傑，英武壯大貌。〔第四章，寫莊姜來衛時隨從之盛。〕

（十七）　氓（衛風）①

氓之蚩蚩②，抱布貿絲③。　匪來貿絲④，來即我謀。　送子涉淇，至于頓丘⑤。匪我愆期⑥，子無良媒。將⑦子無怒，秋以爲期。

①這是一首棄婦的怨詩。詩中的女主角悔恨地追述相愛和結婚的經過，充分表示了對這個負心男子的怨怒，態度比柏舟和谷風二詩所表現的顯得決絕。　②氓之蚩蚩："氓"猶言"民"，疑是對男子的鄙稱(參用清顧棟高說，見其所著毛詩訂詁)。"蚩蚩"同"嗤嗤"，戲笑貌(用馬瑞辰說)。言"那個傢伙笑嘻嘻地"。　③抱布貿絲："貿"，交易；此言用布易絲。　④"匪來"二句："即"，就，接近；"謀"，商量，指商量婚事。此二句大意是："他並非來買絲的，而是來找我商量結婚的事情的。"　⑤頓丘：地名。　⑥"匪我"二句："愆期"，過了日子。此言"不是我拖延日期，是因爲你沒有找到好媒人。"　⑦將：願。〔第一章，與第二章皆追

述相愛和結婚的經過。〕

乘彼垝垣①，以望復關②：不見復關，泣涕漣漣；既見復關，載笑載言。爾卜爾筮③，體無咎言④。以爾車來，以我賄⑤遷。

①垝垣：音鬼袁，卽頹垣。此言女子升牆而遠望。　②復關：未詳其義，指男子所居之地。　③“爾卜”句：“爾”指男方；“卜”是用龜卜卦；“筮”音世，是用蓍(音尸)草占卦。　④體無咎言：“體”猶言“卦象”，卽占卜的結果；“無咎言”，猶言卦上“無凶辭”。　⑤賄：財物。

桑之未落，其葉沃若①。于嗟鳩兮②，無食桑葚┆于嗟女兮③，無與士耽┆士之耽兮，猶可說④也；女之耽兮，不可說也┆

①沃若：潤澤貌。此以桑葉之茂盛喻男子情意盛的時候(用歐陽修說)。　②“于嗟鳩兮”二句：據說鳩多吃了桑葚就會昏醉，以喻女子惑於愛情，不思後患(亦用歐陽修說)。　③“于嗟女兮”二句：“耽”讀爲“酖”(用聞一多說)，音枕，指過分迷戀於歡樂。此言：“一個女子千萬不要過分耽溺於同男子相愛啊┆”　④說：讀爲“脫”，解脫。此與下文相連，言“男子溺於愛情，還能解脫，女子就無法解脫了”。〔第三章，追悔自陷情網。〕

桑之落矣①，其黃而隕。自我徂②爾，三歲食貧③。淇水湯湯④，漸車帷裳⑤。女也不爽⑥，士貳其行⑦。士也罔極⑧，二三其德⑨┆

①“桑落”二句：“黃”指葉色變黃；“隕”音允，墮下，落下。此以喻情意之衰。　②徂：音祖，往，去。此句猶言“從我到你家以來”。　③食貧：過苦日子。　④湯湯：水盛大貌。此處的“湯”音傷。　⑤漸車帷裳：“漸”，浸濕；“帷裳”，車上的布幔。此言女子被休棄後渡淇水而歸。　⑥爽：過失，差錯。　⑦士貳其行：“貳”是“貣”的誤字。“貣”同“忒”，與上文的“爽”同義(用清儒說)。“行”，行爲；因叶韻可讀作枕。此言“女子沒有過錯，但男子的行爲可是不對的”。　⑧罔極：據朱熹註　園有桃

(魏風)“士也罔極”句，解作“其心縱恣無所至極”，猶今所謂“什麼壞事都做得出來”。　　⑨二三其德：行爲前後不一致。〔第四章，女子因被棄而對男子的負心表示怨恨。〕

　　三歲爲婦，　靡室勞矣①，夙興夜寐②，靡有朝矣③！言既遂矣④，至于暴矣。兄弟不知⑤，咥其笑矣。靜言思之，躬自悼矣⑥！

　　①靡室勞矣：猶言“不僅是家庭的勞苦操作”(參用馬瑞辰說)，言外指一切事情都得由自己擔負。　　②夙興夜寐：起得早，睡得遲。　　③靡有朝矣：猶言“不僅是某一天這樣(指上文的起早睡晚)”，言外指天天如此。　　④“言既遂矣”二句：上句，猶言“約既成矣”，指女子已安心同這個男人過日子了(參用馬瑞辰、王先謙說)。下句，言“男子於是就對她暴虐不仁了”。　　⑤“兄弟”二句：“不知”猶言“不了解”、“不體諒”；“咥”音戲，笑貌。言“兄弟也不了解她，對她表示譏笑”。　　⑥躬自悼矣：自己傷悼自己。〔第五章，女子因無所依託而自悲不幸。〕

　　及爾偕老，老使我怨。淇則有岸①，隰則有泮；總角之宴②，言笑晏晏③，信誓旦旦④。不思其反⑤。反是不思⑥，亦已焉哉！

　　①“淇則有岸”二句：“隰”應作濕，水名，即漯河(用聞一多說)，與淇水同流於衞境。“泮”，同“畔”，邊際。此言“淇水還有岸，濕水還有泮”。以水流之有畔岸喻事之有邊際或人之有依託，言外指自己今後的命運是渺茫暗淡的，自己的生活也失掉了依靠(參用許伯政說)。　　②總角之宴：“總角”指男女未成年之時；“宴”，安樂。疑這個女子自小卽與此“氓”相識(參用顧棟高、王先謙說)。　　③晏晏：溫和。　　④旦旦：誠懇之貌。　　⑤不思其反：猶言“不要再想從前的事了”。　　⑥反是不思：與上文同義，因叶韻而改變了句子形式。此連下句言“不要再想從前的事了，丟開來算了吧！”〔第六章，以悔恨交加的無聊口吻作結。〕

（十八）　伯兮（衞風）①

　　伯兮朅兮②，邦之桀③兮。伯也執殳④，爲王前驅。

　　①這是一首婦人思念她遠征的丈夫的情詩。　　②伯兮朅兮："伯"，女子稱其夫；"朅"見碩人註。　　③桀：與"傑"義相同，言其夫是國中突出的人材。　　④殳：音殊，兵器名，杖類，長一丈二尺。

　　自伯之東①，首如飛蓬②。豈無膏沐③？誰適爲容④！

　　①之東：往東方去。　　②飛蓬：蓬草遇風，卽狂飛四散，此以喻女子頭上的亂髮。　　③膏沐："膏"是潤髮的油，"沐"指洗頭。此句言"我哪裏是沒有膏油來潤澤頭髮使它光潔呢！"　　④誰適爲容："適"，悦（用馬瑞辰説）；"容"，修飾容貌。此言"打扮好了爲了取悦於誰呢？"

　　其雨其雨①！杲杲出日。願言②思伯，甘心首疾③。

　　①"其雨"二句：上句猶言"下雨吧，下雨吧！"下句，"杲"音稿，光亮貌。這兩句是比興兼用，言女子極盼下雨，可是偏偏出了太陽；以喻極盼丈夫回家，可是他始終不回來。又，日爲夫象，所以見日而愈思其夫（用聞一多説）。　　②願言：猶言"睊然"（聞一多説），卽念念不忘之意；又，沉思貌（余冠英説），皆可通。　　③甘心首疾："甘心"猶言"情願"，"首疾"卽頭痛。此言"雖頭痛也是心甘情願的"。

　　焉得諼草①，言樹之背②？願言思伯，使我心痗③！

　　①諼草："諼"音宣，忘記；後人因"萱"與"諼"同音，故萱草又名忘憂草。此句卽言"哪兒能找到忘憂的草"。　　②言樹之背："言"，關聯詞，猶"而"；"樹"，種植；"背"，古"北"字，卽"北面"之意（用俞樾説）。③痗：音妹，病；猶言"不舒服"。

（十九）　黍離（王風）①

　　彼黍②離離③，彼稷④之苗。行邁靡靡⑤，中心摇摇⑥。知我者謂我心憂，不知我者謂我何求！悠悠⑦蒼天，此何人⑧哉！

　　①這是一首游子抒寫憂愁的詩。舊説，"周大夫行役至于宗周，過故宗廟宫室，盡爲禾黍，閔周室之顛覆，彷徨不忍去，而作是詩也。"（毛詩

序）按，此說在過去甚有權威，歷來學者皆無異詞；但從詩的本身來看，其中並無憑弔故國之意。姑錄以備考。　　②黍：小米。　　③離離：行列貌。　　④稷：高粱。　　⑤行邁靡靡："邁"指遠行，"靡靡"猶言"遲遲"，指腳步遲緩。　　⑥搖搖：心憂不能自主。　　⑦悠悠：猶言"遙遙"，遠貌。　　⑧何人：此蓋指不知我者。

彼黍離離，彼稷之穗。行邁靡靡，中心如醉。知我者謂我心憂，不知我者謂我何求！悠悠蒼天，此何人哉！

彼黍離離，彼稷之實。行邁靡靡，中心如噎①。知我者謂我心憂，不知我者謂我何求！悠悠蒼天，此何人哉！

①噎：氣逆不能喘息。

（二十）　君子于役（王風）①

君子于役②，不知其期。曷至哉③？雞棲于塒④，日之夕矣⑤，羊牛下來。君子于役，如之何勿思？

①這是一首婦人思念她久役於外的丈夫的詩。　　②君子于役："君子"是女子稱其夫，"于役"猶言"行役于外"。　　③曷至哉：什麼時候才回來呢？　　④塒：音時，鑿牆做成的雞窠。　　⑤"日之夕矣"四句：此寫每當天色黃昏時，雞進窠了，牛羊都回來了，也就是女子思念她丈夫最殷切的時候。

君子于役，不日不月①。曷其有佸②？雞棲于桀③，日之夕矣，羊牛下括④。君子于役，苟無飢渴⑤！

①不日不月：言不可以日月計算，極寫其夫出外時間的長久。　　②曷其有佸："佸"音括，聚會。言"什麼時候才能與丈夫再聚首呢？"　　③桀：同"榤"，即"橛"，又寫作"橜"。王先謙說："就地樹橜，桀然特立，故謂之'榤'。但橜非可棲者，蓋鄉里貧家，編竹木為雞棲之具，四無根據，繫之於橜，以防攘竊。故云'棲于榤'耳。"　　④下括："括"與"佸"字異而

義同，"下括"指牛羊下來而羣聚一處。　⑤苟無飢渴："苟"，副詞，有
"且"、"或"、"也許"之意，是帶有疑問口吻的希望之詞。言"我丈夫久役
于外，大概不會有什麼忍飢受渴的情形吧₁"

（二十一）　揚之水（王風）①

揚②之水，不流束薪③。彼其之子④，不與我戍申⑤。懷哉⑥₁
懷哉₁曷月予還歸哉⑦？

　　　①這是一首征人眷懷故鄉、思念家室的詩。　②揚:激揚。　③不
流束薪:一綑薪柴是很輕的，河水雖急，也不能把它流走。此二句因
景起興，恐非比喻。但近人聞一多則以"薪"、"楚"、"蒲"爲指妻室;
用詩經其它各篇相較，其說亦有可能。姑錄以備考。　④彼其之子:
"彼"、"其"、"之"皆指代詞，猶言"那個"。古漢語中，複用指代詞之例甚
常見。"子"，指征人所懷念的家人或妻子。　⑤申:與下二章的"甫"
(卽"呂")、"許"，皆姜姓諸侯之國。　⑥懷哉:猶言"想念啊"。　⑦曷
月予還歸哉:要到哪一月我才能回去啊?

揚之水，不流束楚。彼其之子，不與我戍甫。懷哉₁懷哉₁曷
月予還歸哉₁

揚之水，不流束蒲①。彼其之子，不與我戍許②。懷哉₁懷哉₁
曷月予還歸哉₁

　　　①蒲:一種水草(用陳奐、胡承珙說)。　②許:讀爲滸，與上文"蒲"
字叶韻。

（二十二）　中谷有蓷（王風）①

中谷有蓷②，暵其乾矣③。有女仳離④，嘅其嘆矣⑤。嘅其嘆
矣，遇人之艱難⑥矣。

　　　①這是一首描寫棄婦悲傷無告的詩。　②中谷有蓷:"中谷"卽谷

中；"蓷"音推，植物名，今名益母草。　③嘆其乾矣："嘆"音罕，歎貌(毛傳)。"嘆"即今口語所謂的"薦"(音拈)。"乾"，枯槁憔悴。言"谷中的益母草，都已薦薦地枯萎了"。此以植物的枯槁起興，寫女子遭遇的可悲。④仳離：分離。"仳"音痞。　⑤嘅其嘆矣："嘅"，歎貌。此句猶言"嘅然地歎息了"。　⑥艱難：不幸。

中谷有蓷，嘆其脩①矣。有女仳離，條其歗矣②。條其歗矣，遇人之不淑③矣。

①脩：乾枯(朱熹、陳奐説)；一作"敊"(敗壞)解(胡承珙説)。皆可通。　②條其歗矣："條"，長貌(用陳奐説)；"歗"，同"嘯"，撮口出聲。此言"長長地嘯了一聲"。"歗"與下文"淑"叶韻，可以讀爲肅。　③不淑：不善。

中谷有蓷，嘆其濕①矣。有女仳離，啜其泣矣②。啜其泣矣，何嗟及矣③。

①濕：音習，朽爛(用胡承珙説)。　②啜其泣矣：猶言"哽咽地哭泣了"。　③何嗟及矣：應作"嗟何及矣"(用胡承珙説)，是悔恨之詞。

(二十三)　兔爰(王風)①

有兔爰爰②，雉離于羅③。我生之初尚無爲④，我生之後逢此百罹⑤。尚寐無吪⑥！

①這一首詩是周末的勞苦大眾對於當時統治者加在他們身上的徭役和剝削感到無可逃避的痛苦的悲鳴。詩人用"兔"來比喻狡猾的統治者，用"雉"來比喻被壓迫的人們。　②爰爰：即"緩緩"之意，寬縱貌；猶今言"自由自在地"。　③雉離于羅："離"同"罹"，遭到；"羅"，網羅。此言不幸的雉被烏羅捉住。　④爲：古與"譌"通，即指徭役。此處的"爲"因叶韻可讀爲俄。　⑤百罹：猶言"百憂"。"罹"因叶韻可讀爲羅。　⑥尚寐無吪："吪"音訛，動。此言"還是睡着了一動也不動的好"。言外

指"不如死了的好"，因"寐"卽所謂"長眠"之意。

有兔爰爰，雉離于罿①。我生之初尚無造②，我生之後逢此百憂。尚寐無覺③|

　　　①罿：音孚，一種帶有機輪的網羅。古名"覆車"。　　②造：指勞役。③覺：醒。

有兔爰爰，雉離于罿①。我生之初尚無庸②，我生之後逢此百凶。尚寐無聰③|

　　　①罿：音冲，與罿同物而異名。　　②庸：勞苦。　　③聰：聽覺。此言"還是睡着了什麼也聽不見的好"。

（二十四）　葛藟（王風）①

緜緜葛藟②，在河之滸③。終遠兄弟④，謂他人父。謂他人父，亦莫我顧⑤|

　　　①朱熹説："世衰民散，有去其鄉里家族，而流離失所者，作此詩以自歎。"　　②緜緜葛藟："葛"和"藟"（音壘）皆蔓生植物，"緜緜"，蔓延不絶貌。　　③滸：水邊。　　④"終遠"二句："終"，旣；"謂"，稱呼。此言"旣同自己的親人遠離，因而想稱別人做父親"。　　⑤顧：眷顧，照顧。

緜緜葛藟，在河之涘①。終遠兄弟，謂他人母。謂他人母，亦莫我有②|

　　　①涘：音俟，水邊。　　②有：卽"友"，親愛（用王引之、馬瑞辰説，王説見經義述聞）。

緜緜葛藟，在河之漘①。終遠兄弟，謂他人昆②。謂他人昆，亦莫我聞③|

　　　①漘：音脣，水邊（用馬瑞辰説）。　　②昆：弟兄。　　③聞：與"問"同，慰藉、恤問之意（用王引之、馬瑞辰説）。

（二十五）　大車（王風）①

大車②檻檻③，毳衣如菼④。豈不爾⑤思？畏子不敢！

①這是一首戀歌，作者是女子的口氣，她很想同她所愛的男子偕逃，但她不確知那個男子心裏究竟如何，所以她又有些畏懼而不敢去找他。②大車：一種用牛拉的載重的車（參用姚際恆、聞一多説）。　③檻檻："檻"音砍，象聲詞，大車行進時的聲音。　④毳衣如菼："毳"音脆，是氈子一類的毛織物；"菼"是蘆荻之初生者，色在青白之間。此疑指車上的人（可能就是女子心目中的對象）穿着一件像菼草一樣的"毳衣"。一説，"衣"指車帷，也可通。　⑤爾：指男子，與下句的"子"是一個人。〔第一章，寫女子欲奔男子的情況。下章與此同義。〕

大車啍啍①，毳衣如璊②。豈不爾思，畏子不奔！

①啍啍："啍"音吞，也是形容車行的象聲詞。從這種聲音可以想見車的笨重（用聞一多説）。　②璊：音門，赤色的玉。

穀①則異室，死則同穴。謂予不信，有如皦日②！

①穀：生。　②有如皦日："皦"同"皎"，"皦日"指光明的太陽。此言"如果認爲我的話靠不住，有光明的太陽爲證。"〔第三章，女子的誓詞，表示她對戀愛的真摯忠誠。〕

（二十六）　將仲子（鄭風）①

將仲子兮②，無踰我里③，無折我樹杞④。豈敢愛之⑤？畏我父母。仲可懷⑥也；父母之言，亦可畏也。

①這是一首女贈男的情詩。女子勸她所愛的男子不要爬牆到她家裏來。　②將仲子兮："將"，願，請；"仲子"，男子的字。　③里：居廬（用俞樾説）。　④無折我樹杞："杞"音起，柳一類的樹。爬牆而過，容易攀折樹枝，所以這個女子説："你不要把我種的杞樹給弄折了。"

⑤愛之："愛"，捨不得；"之"，指樹。　　⑥懷: 思念。〔第一章，因畏父母，所以勸阻所愛的男子不要前來。下章與此同義。〕

將仲子兮，無踰我牆，無折我樹桑。豈敢愛之？畏我諸兄。仲可懷也，諸兄之言，亦可畏也。

將仲子兮，無踰我園，無折我樹檀①。豈敢愛之？畏人之多言。仲可懷也；人之多言，亦可畏也。

①檀: 樹名。木質堅硬，可以造器具。〔第三章，因怕外人說閒話，所以勸男子不要前來。〕

（二十七）　狡童（鄭風）①

彼狡童②兮，不與我言兮！維子之故③，使我不能餐兮！

①這是一首戀歌。女子因爲她所愛的"狡童"不同她在一起，竟連飯也吃不下了。　　②狡童："狡"與"佼"、"姣"同，好貌（用胡承珙說）；"狡童"猶今言"漂亮的小伙子"。　　③維子之故: 因爲你（子，指"狡童"）的緣故。

彼狡童兮，不與我食兮！維子之故，使我不能息①兮！

①息: 安息。

（二十八）　褰裳（鄭風）①

子惠思我②，褰裳涉溱③；子不我思，豈無他人？狂童之狂也且④！

①這是一首女子同她所愛的男子相調笑的情歌。她說，如果她所愛的男子不來，她就要同別人好了。　　②子惠思我："子"，指男子；"惠"，見愛。言"如果你真是見愛而想念我。"　　③褰裳涉溱："褰"音牽，提起；"裳"，下裙；"溱"音真，水名。此言"你就提起下裙涉過溱水到我這兒來。"　　④狂童之狂也且: "狂"，癡，糊塗；"童"，亦"狂"之意（用陳奐

說）；"且"音租，語尾助詞，與"哉"同。此句猶言"你這個糊塗蟲裏的糊塗蟲呀!"（用余冠英說）

子惠思我，褰裳涉洧①；子不我思，豈無他士？狂童之狂也且!

　①洧：音尾，水名。按，溱和洧都在河南省密縣，古鄭國界內。

（二十九）　風雨（鄭風）①

風雨淒淒②，雞鳴喈喈③。既見君子④，云胡不夷⑤？

　①這是一首情詩。在風雨交加的天氣，女子正在無聊，忽然所想念的人居然來了，因而她高興起來。　②淒淒：寒涼之意。　③喈喈：與下文的"膠膠"都是形容雞鳴的象聲詞。"喈"音皆。　④君子：指女子所想念的男人。　⑤云胡不夷："云胡"，猶言"怎麼"；"夷"，平。此言"我的心情還有什麼不平呢？"指心境由憂愁焦灼變爲平靜寧貼。

風雨瀟瀟①，雞鳴膠膠。既見君子，云胡不瘳②？

　①瀟瀟：風雨之聲。　②瘳：音抽，原指病愈。此言本來心情鬱悶如患病，既見君子，則霍然而愈。

風雨如晦①，雞鳴不已②。既見君子，云胡不喜？

　①晦：昏暗。此指雖是白天，但因風雨交加，致使天氣昏暗如夜晚。②已：止。

（三十）　出其東門（鄭風）①

出其東門，有女如雲②。雖則如雲，匪我思存③! 縞衣綦巾④，聊樂我員⑤。

　①這是一首男人思念女子的情詩。男子看到東門以外很多女子，但都不是他所想念的；只有那個"縞衣綦巾"的裝束樸陋的女子，才是他所喜愛的人。　②如雲：與下文的"如荼"都是形容女子的衆多。　③思存：思念。　④縞衣綦巾："縞"音稿，素色的絹；"綦"音其，暗綠色；

“巾”，佩巾。“縞衣綦巾”是比較寒素的服裝。　　⑤聊樂我員：“聊”，且；
“員”，一作“云”，語尾詞，没有涵義。但韓詩“員”作“魂”，指“精神”，較易
解。此連上句的大意是：“只有那個穿白衣佩綠巾的女孩子才可以使我
心裏喜悦。”

出其闉闍①，有女如荼。雖則如荼，匪我思且②。縞衣茹藘③，
聊可與娱④。

　　①闉闍：音因都，子城（包在城外的小城，又叫作“甕城”）的城門。
②思且：“且”音租，“思且”猶言“思念”。　　③茹藘：“藘”音慮陽平，即染
色用的茜草，其汁染物作絳色。此處則指佩巾的顔色是絳紅的，因省文
而成句，故“巾”字被省略了（用王先謙説）。　　④聊可與娱：猶言“才可
以同我一起娱樂”。

（三十一）　野有蔓草（鄭風）①

野有蔓草，零露漙②兮。有美一人，清揚婉兮③。邂逅相遇①，
適我願兮⑤。

　　①這是一首戀歌，寫男女相遇於野田草露之間的光景。　　②漙：
音團，露多貌。　　③清揚婉兮：“清揚”疑是古成語，詩經中屢見，是形容
女性眉清目朗的狀語；“婉”，美好貌。　　④邂逅相遇：猶言“不期而遇”。
⑤適我願兮：猶言“如願以償”。

野有蔓草，零露瀼瀼①。有美一人，婉如清揚②。邂逅相遇，與
子偕臧③。

　　①瀼瀼：露盛貌。“瀼”音讓陽平。　　②婉如清揚：“如”與“而”同，
即上文“清揚婉兮”之意。　　③臧：舊注都作“善”解；獨近人聞一多以爲
與“藏”同義，則是指藏於幽僻之處。録以備考。

（三十二）　溱洧（鄭風）①

溱與洧方渙渙②兮，士與女③方秉蘭④兮。女曰：“觀乎⑤？”士曰：“既且⑥。”“且往觀乎⑦｜洧之外洵訏且樂⑧。”維⑨士與女，伊其相謔⑩，贈之以勺藥⑪。

①據韓詩的説法，“鄭國之俗，三月上巳（三月初三）之日，於兩水（溱和洧）上招魂續魄，拂除不祥。故詩人顧與所説（悦）者俱往觀也。”但此詩寫男女歡聚的盛况，似屬旁觀者語氣，恐非詩中人物自作。　②渙渙：春水盛貌。朱熹説：“蓋冰解而水散之時也。”　③士與女：猶言“男男女女”。此處與下文的“維士與女”，皆泛指游春的男女；而下句“士曰”、“女曰”的“士”和“女”，則是專指某一個男人和女人。下章同此。④秉蘭：“秉”，拿着；“蘭”，今讀爲奸，實即古“蘭”字。古人采蘭於水上，所以拂除不祥。　⑤女曰觀乎：一個女子對她的情人説，“去看看嗎？”⑥士曰既且：男的説，已經去過了。“且”同“徂”，往，去。　⑦且往觀乎：又是那個女子説的，言“再去看看吧！”“且”有“再”的意思。　⑧洵訏且樂：“洵”，確是，誠然是；“訏”音吁，大；“樂”，猶言“好玩”。此言“洧水之外，的確是又寬廣又好玩”。　⑨維：語助詞，没有涵義。　⑩伊其相謔：“伊”與“繄”同，戲謔貌（用馬瑞辰説）；“相謔”，互相調笑。⑪勺藥：即“芍藥”，香草名，三月開花，芳色可愛。古代男女贈送芍藥是爲了厚結恩情。

溱與洧瀏①其清矣，士與女殷其盈②矣。女曰：“觀乎？”士曰：“既且。”“且往觀乎｜洧之外洵訏且樂。”維士與女，伊其將③謔，贈之以勺藥。

①瀏：清貌。　②殷其盈：“殷”，衆多貌；“盈”，充滿。此言“到溱、洧去的士女多極了，擠滿了”。　③將：即“相”之意。

（三十三）　南山（齊風）①

南山崔崔②，雄狐綏綏③。魯道有蕩④，齊子由歸⑤。既曰歸
止③，曷又懷止？

　　①舊說，這是一首諷刺齊襄公淫亂無恥的詩。據左傳和公羊傳，魯
桓公的夫人文姜是齊襄公的妹妹，但却同襄公私通。桓公十八年，文姜
和桓公一同到齊國去。桓公發現了文姜和襄公的曖昧關係，就責備她；
她告訴了齊襄公，襄公便差公子彭生把魯桓公害死了。此詩對齊襄公、
文姜和魯桓公都做了無情的諷刺和斥責，可見當時人民對統治者的醜惡
行爲是非常憎惡的。　　②崔崔：高貌。　　③雄狐綏綏："狐"是淫獸，故
以"雄狐"喻齊襄公（用朱熹說）；"綏綏"，多毛貌。　　④魯道有蕩："魯
道"，到魯國去的大道；"蕩"，平坦。　　⑤齊子由歸："齊子"指文姜；
"由"，從此；"歸"，出嫁。言"文姜就是由這條平坦的大道嫁到魯國去
的"。　　⑥"既曰歸止"二句："止"，語尾助詞，沒有涵義；"懷"，想念。此
言"文姜既已出嫁了，爲什麼她還想着齊襄公呢？"〔第一章，以雄狐在南
山喻齊襄公在高位，興起下文，指出與文姜的曖昧關係。〕

葛屨五兩①，冠緌雙止②。魯道有蕩，齊子庸③止。既曰庸止，
曷又從④止？

　　①葛屨五兩："葛屨"是用蔴布做的鞋，"屨"音矩；"五"古作"乂"，同
"午"，交叉之狀；"兩"即古"緉"字，指用來繫鞋的帶子。繫鞋帶必須兩條
帶子交叉着繫。　　②冠緌雙止："緌"音綏，是繫帽子（冠）的帶子。這也
必須用兩根帶子才能把帽子繫住，所以說"雙"。此與上句，皆喻"物各有
偶，不可亂也"之意（參用朱熹說及清顧鎮說，顧說見其所著虞東學詩）。
③庸：與上章"由"同義，也是"由此"之意。　　④從：指文姜跟從着桓公
回齊國去找齊襄公（用馬瑞辰說）。此句與上句相連，言"文姜既已由此
道來到魯國，爲什麼又跟桓公回去找齊襄公呢？"〔第二章，與上章義同，

但開頭用屨和冠起興。〕

藝麻①如之何？衡從其畝②；取妻如之何？必告父母。既曰告③止，曷又鞠④止？

①藝麻："藝"同"蓺"。"藝麻"卽種麻。　　②衡從其畝："衡"同"橫"，"從"同"縱"，卽"縱橫"。言"在種麻以前，必須縱橫地把田地耕治好了"。　　③告：音谷，與下文"鞠"字叶韻。　　④鞠：本作"養"解，引申而言，則指縱容姑息，以養其奸(用宋呂祖謙說，見其所著呂氏家塾讀詩記)。〔第三章，斥責魯桓公旣然是鄭重地通過父母之命來娶妻子，爲什麼縱容她做出淫亂無恥的行爲。〕

析薪①如之何？匪斧不克②。取妻如之何？匪媒不得。既曰得止，曷又極③止？

①析薪：砍柴。按，以"薪"喻婚姻，詩經屢見，此處亦然。　　②克：能，成功。此言砍柴必須用斧子。　　③極：指桓公放縱文姜窮極其慾望。〔第四章，義與第三章同，只是把"父母之命"的提法改成"媒妁之言"，也是表示娶妻鄭重之意。〕

(三十四)　葛屨(魏風)①

糾糾②葛屨，可以履霜③。摻摻④女手，可以縫裳⑤。要之襋之⑥，好人⑦服之。

①這是一首諷刺"好人"心胸狹窄的詩。詩中"縫裳"的女子似指婢妾，"好人"似指貴族家庭中的嫡妻。　　②糾糾：糾結繚繞之狀，指葛屨上所纏結的帶子。　　③可以履霜："履霜"指在霜地上走。按，葛屨本是夏天穿的，此言"可以履霜"，當指所做的手工很精緻，不透寒氣(用聞一多、余冠英說)。　　④摻摻：與"纖纖"同，形容女子的手肌膚細膩。　　⑤縫裳："裳"，下裙；此處以"裳"與"霜"字叶韻，實包括上衣在內，不專指下裙(用馬瑞辰說)。　　⑥要之襋之："要"同"腰"，音腰，衣服的中部；一

說,衣服的紐襻兒。"襋"音棘,衣領。此二字本是名詞,這裏都當動詞用。此句有兩種解釋:一、一手提着衣裏,一手拿着衣領,請"好人"穿(<u>聞一多</u>說);二、女子把衣紐和衣領縫好(表示衣服做成功了)給"好人"穿(<u>胡承珙</u>說)。都可通。　⑦好人:美人,指嫡妻。

好人提提①,宛然左辟②。佩其象揥③。維是褊心④,是以爲刺。

　　①提提:與"媞媞"同,安舒之貌。按,此句是描寫嫡妻故作滿不在乎的神氣,故用"媞媞"來形容。　②宛然左辟:"宛然",屈身躲閃貌;"左辟","辟"同"避",卽迴避、躲開之意。　③象揥:"揥"音替,"象揥"是用象牙做的搔頭用的裝飾物。<u>余冠英</u>說:"妾請嫡試新裝,嫡扭轉腰身,戴她的象牙搔頭,故意不加理睬。"　④"維是褊心"二句:"褊心",心胸狹隘;"刺",譏諷。這兩句是作詩的人主觀的口氣,言"正因爲這個'好人'心地褊狹,所以作一首詩來諷刺諷刺她"。

(三十五)　陟岵(魏風)①

陟彼岵②兮,瞻望父兮。父曰③:"嗟予子₁行役夙夜無已④。上慎旃哉⑤₁猶來無止⑥₁"

　　①這是一首征人思家的詩。通過他想像中的父、母、兄所說的話,表示出他對行役的不滿情緒。　②岵:音戶,有草木的山。　③"父曰":以下四句是征人在登高望父時,想像他父親說的話。下二章"母曰"、"兄曰"也都是如此。　④行役夙夜無已:在外行役,不論早晚,都沒有休止的工夫。　⑤上慎旃哉:"上"卽"尚",猶言"庶幾";"慎",有保重之意;"旃"音氈或奸,語助詞,與"之"同義。此句的大意是:"你可要千萬保重啊₁"　⑥猶來無止:"猶來",言"還是回來的好"。"止",作"獲"解,指爲敵所擄;此處的"無止",卽是說"不要被敵人擄去"(用<u>宋</u>人<u>李樗</u>說,見佚名所編毛詩集解)。

陟彼屺①兮,瞻望母兮。母曰:"嗟予季②|行役夙夜無寐③。上慎旃哉|猶來無棄④|"

①屺:音起,無草木的山。　②季:小兒子。　③無寐:沒有睡覺的工夫。　④棄:音義與"碕"同,卽死去之意。現在提到人死,還有"棄世"的說法(用馬瑞辰説)。

陟彼岡兮,瞻望兄兮。兄曰:"嗟予弟|行役夙夜必偕①。上慎旃哉|猶來無死②|"

①偕:古音讀爲幾,與"弟"、"死"叶韻,作"俱"解。"夙夜必偕",是說早晨晚上都是一樣的。一說,"偕",强壯之意,引申爲"勤勞"之意(聞一多引申俞樾説),亦可通。　②無死:此與上章的"無棄"都是說征人不要死在外邊的意思。

(三十六)　伐檀(魏風)①

坎坎②伐檀兮,寘之河之干③兮,河水清且漣猗④。不稼不穡,胡取禾三百廛⑤兮?不狩不獵⑥,胡瞻爾庭有縣貆兮⑦?彼君子兮⑧,不素餐兮⑨|

①這是一首嘲駡剝削者不勞而食的詩。　每章前三句以勞動者在河邊伐木的情景起興,第四句以下則是直斥"素餐"的"君子"之詞。全詩强烈地反映出當時勞動人民對統治者的怨恨。　②坎坎:伐木聲。③干:岸。　④"河水"句:"清"和"漣"都是形容"河水"的,"漣"指風吹水面,紋如連鎖。"猗"音醫,語尾助詞,與"兮"的作用相同。　⑤三百廛:"廛"同"纏",作"束"解;"三百纏"卽三百束。下文"三百億"、"三百囷"的"億"同"繶","囷"(音均)同"稇",也都是"束"的意思(用俞樾説)。"三百"言其數量之多,不一定是確數(用余冠英説)。　⑥不狩不獵:鄭玄説:"冬獵曰狩,宵田(夜裏打獵)曰獵。"按,一般地泛説,狩獵是無分别的。　⑦"胡瞻"句:"胡",爲什麽;"瞻",看到;"爾",指剝削者,卽上文

的"不稼不穡"、"不狩不獵"之人；"庭"，院子；"縣"同"懸"，掛着；"狟"音喧，獸名，今名豬貛（讀如歡），俗名貛子。此言"你自己不種地，爲什麼拿的糧食特別多？你自己不打獵，爲什麼你的院子裏掛着有野獸？"　⑧彼君子兮："君子"指剝削者，與上文的"爾"都是指的同一個人，雖用敬稱，實含貶意。　⑨不素餐兮："不素餐"猶言"不白吃飯"。這些"君子"本來都是白吃飯不幹活兒的，此處是故作反語以爲譏刺。

坎坎伐輻①兮，寘之河之側兮，河水清且直猗。不稼不穡，胡取禾三百億兮？不狩不獵，胡瞻爾庭有縣特②兮？彼君子兮，不素食③兮！

　　①輻：車輪中的直木。此言伐檀木以爲車輻，下文"伐輪"與此相類。②特：三歲的獸。　③素食：與"素餐"同義。

坎坎伐輪兮，寘之河之漘①兮，河水清且淪②猗。不稼不穡，胡取禾三百囷兮？不狩不獵，胡瞻爾庭有縣鶉③兮？彼君子兮，不素飧④兮！

　　①漘：見葛藟註。　②淪：小風吹水成紋。　③鶉：音純，鳥名，今呼爲鵪鶉。　④飧：音孫，熟食。"素飧"與"素餐"、"素食"同義。

（三十七）　碩鼠（魏風）①

碩鼠碩鼠，無食我黍。三歲貫女②，莫我肯顧③。逝將去女④，適彼樂土⑤。樂土樂土，爰得我所⑥。

　　①這是一首反映農民對統治者的沉重剝削表示怨恨的詩。　詩人把剝削者比成了貪婪害人的碩鼠（大老鼠），並且表示希望逃到另外的地方去，好躲避殘酷的剝削。又，據馬瑞辰說，"碩鼠"即"鼫鼠"，是一種專吃田中粟豆的動物，亦可通。聊錄以備考。　②三歲貫女："貫"，侍奉；"女"同"汝"，指統治者；"三歲"言其時間之長久，並非確指。此言"我們多年地侍奉你。"　③莫我肯顧：一點也不肯體貼我們。　④逝將去

女：“逝”同“誓”（用近人張愼儀說，見其所著詩經異文補釋；張據公羊傳徐彥疏引此詩作“誓”）。表示堅決之意；“去女”，猶言“離開你”。　⑤適彼樂土：“適”，到；“樂土”，詩人想像之詞。實則當時一切的統治階級都是殘酷的剝削者，人民並無眞正的樂土可去。　⑥爰得我所：“爰”，乃；“得我所”，猶言“獲得了適於我們人民安居的處所”。

碩鼠碩鼠，無食我麥。三歲貫女，莫我肯德①。逝將去女，適彼樂國。樂國樂國，爰得我直②。

①德：恩惠。此言“一點也不肯加惠於我們。”　②直：與上文的“所”同義，卽“處所”之意（用王引之、馬瑞辰說）。

碩鼠碩鼠，無食我苗。三歲貫女，莫我肯勞①。逝將去女，適彼樂郊。樂郊樂郊，誰之永號②？

①勞：慰問，犒勞。　②誰之永號：“之”，此處與“其”同義；“永號”，猶言“長歎”。此句連上句言：“如果眞到了樂郊，誰還長吁短歎呢？”

（三十八）　山有樞（唐風）①

山有樞②，隰③有楡。子有衣裳，弗曳弗婁④。子有車馬，弗馳弗驅⑤。宛⑥其死矣，他人是愉⑦！

①這是一首諷刺慳吝的富人對於生活過分儉嗇的詩。詩人在每章的末二句嘲笑這種守財奴說：“等你死了，什麼東西都要供別人享用了。”那種不滿情緒是溢於言表的。　②樞：“藲”的借字，樹名，似楡樹而有刺，故又名刺楡。　③隰：音吸，低窪的地帶。　④弗曳弗婁：“曳”音異，拖着；“婁”同“摟”，撩着。皆指穿衣之事。此言有衣服擱着不穿。⑤弗馳弗驅：孔穎達毛詩正義：“走馬（讓馬快跑）謂之馳，策馬（用鞭子打馬）謂之驅，驅馳俱是乘車之事。”此言有車馬而不乘坐。　⑥宛：枯萎之意．死貌。　⑦他人是愉：“愉”，樂，享受。此言“你要是死了，那些衣服馬車就都供別人享用了。”

山有栲①，隰有杻②。子有廷内③，弗洒弗埽④。子有鐘鼓，弗鼓弗考⑤。宛其死矣，他人是保⑥。

①栲: 音考，樹名，即今所謂臭椿。　②杻: 音紐，是梓一類的樹。③廷内: "廷"同"庭"，指庭院，"内"指堂室（用王引之説）。　④弗洒弗埽: 不洒掃屋子。疑指有房子捨不得居住。　⑤考: 敲擊。　⑥保: 佔有。

山有漆①，隰有栗②。子有酒食，何不日鼓瑟？且以喜樂，且以永日③！宛其死矣，他人入室。

①漆: 漆樹。　②栗: 栗樹。　③永日: 猶言"延長歲月"。

（三十九）　鴇羽（唐風）①

肅肅鴇羽②，集于苞栩③。王事靡盬④，不能蓺稷黍。父母何怙⑤？悠悠蒼天，曷其有所⑥！

①這是一首反映農民苦於徭役，因而使父母的生活失去保障的詩。詩人怨極而呼天，可見"王事"對人民的負擔有多麽沉重。　②肅肅鴇羽: "肅肅"，形容鳥類羽翼搧動的象聲詞；"鴇"音保，似雁而大，脚上没有後趾，所以在樹上不能穩定地棲息。此以喻人民苦於勞役而不得休息。③集于苞栩: "集"，鳥止於樹；"苞"，草木叢生；"栩"音許，櫟樹。此言"許多鴇鳥棲止在叢生的櫟樹之間"。　④靡盬: "靡"，没有；"盬"音古，止息，閒暇（用王引之、馬瑞辰説）。此言"服役於王事，簡直没有休息的時候"。　⑤怙: 音户，依靠。　⑥曷其有所: "曷"，何；"所"，處所。此言"何時才能安居在一定的處所呢？"

肅肅鴇翼，集于苞棘①。王事靡盬，不能蓺黍稷。父母何食？悠悠蒼天，曷其有極②！

①棘: 酸棗木。此句猶言"集於叢生的棘木上"。　②曷其有極: "極"，盡頭。此言"何時才能受盡這種痛苦呢？"

蕭蕭鴇行①，集于苞桑。王事靡盬，不能蓻稻粱。父母何嘗②？悠悠蒼天，曷其有常③！

①行：音杭，鳥翅（用毛傳）。 ②何嘗：“嘗”指吃東西，今俗寫作“嚐”。 ③曷其有常：“常”，正常。此言“何時才能恢復正常的生活而不再去服勞役呢？”

（四十） 葛生（唐風）①

葛生蒙楚②，薟蔓于野③。予美亡此④，誰與獨處⑤？

①這是一首婦人哀悼亡夫的詩。舊説，“葛”和“薟”都是蔓生植物，必須依附在其它的植物上才能生存。詩人用此起興，以喻女子必須依靠丈夫而成家室。 ②葛生蒙楚：“蒙”，覆蓋。此言葛藤覆蓋於荆木之上。余冠英説：“上古‘死則裹之以葛，投諸溝壑’（法言重黎篇注），其後仍有以葛纏棺之俗（墨子節葬篇）。詩人悼亡用‘葛生’起興，或許與古俗有聯想。”錄以備考。 ③薟蔓于野：“薟”音廉，葡萄科植物，蔓生。此言“薟草蔓延地生長在郊野裏”。 ④予美亡此：“予美”猶言“我的好人”，“亡此”猶言“不在此世（指人間）”。 ⑤誰與獨處：疑指死者，猶言“誰伴他孤獨地長眠地下呢？”

葛生蒙棘，薟蔓于域①。予美亡此，誰與獨息②？

①域：指塋域，即葬地。 ②誰與獨息：“息”指寢息。全句文義同前。

角枕粲兮①，錦衾②爛兮。予美亡此，誰與獨旦③？

①“角枕”句：“角枕”，枕上用獸角做裝飾；“粲”同“燦”，此與下句爲互文，即“燦爛”之意。 ②錦衾：用錦做的被子。按，“角枕”和“錦衾”都是斂埋死尸時用的東西。 ③誰與獨旦：“旦”指從黑夜到天明（陳奐説：“旦，讀如昧旦之旦”）。朱熹説：“獨旦，獨處至旦也。”〔前三章，設想丈夫在地下的淒涼景況。〕

夏之日①,冬之夜ⵎ百歲之後②,歸於其居③。

①"夏之日"二句: 夏季的白天是漫長的,冬季的夜晚也是漫長的;此言"今後的歲月如同夏季的長晝和冬季的長夜一樣",極言未來的日子不易熬過。　②百歲之後: 猶言"死後"。　③歸于其居:"居",指死者所居之地,卽墳墓。後面的兩句大意是:"只有等我死後,才能同他葬在一處。"

冬之夜,夏之日ⵎ百歲之後,歸于其室①。

①室: 死者之室,亦指墳墓。〔後二章,自傷今後的漫長歲月極難挨過,只有等到百年之後與"予美"同穴,才是自己最終的歸宿。〕

(四十一)　蒹葭(秦風)①

蒹葭蒼蒼②,白露爲霜。所謂伊人③,在水一方。遡洄從之④,道阻且長;遡游從之⑤,宛在水中央⑥。

①這是一首懷人的詩。詩中的"伊人"是詩人訪求的對象,至於是男是女,則不能確定。每章前二句寫景,後六句寫訪求伊人而未得的情況。②蒹葭蒼蒼:"蒹"音兼,是荻葦;"葭"音加,是蘆葦,皆水邊所生。"蒼蒼",盛貌。下文的"淒淒"("淒"是"萋"的假借字)、"采采"都與"蒼蒼"同義。　③伊人: 猶言"那個人"。　④"遡洄從之"二句:上句,不論在水中逆流而行或在岸上向上游走都叫"遡"(音素);此句的"遡",據下文的"道阻且長"、"道阻且躋"來看,應指陸行。"洄"是曲折盤旋的水道。"從",接近之意,此處指尋求伊人的踪跡。下句,"阻"指道路上障礙很多,很難走。"長",遙遠。　⑤遡游從之:"游"與"流"通,指直流的水道(參用俞樾、聞一多說)。　⑥宛在水中央:"宛",可見貌,猶言"彷彿是"。余冠英說:"從以上四句見出彼人(伊人)所在的地點似是一條曲水和一條直流相交之處。 詩人如沿直流上行, 就看見彼人在曲水的彼方(一方),好像被水包圍着(宛在水中央);如走向曲水的上游,雖然可繞到

彼人所在的地方，但道路艱難而且遥遠。”

蒹葭淒淒，白露未晞①。所謂伊人，在水之湄②。遡洄從之，道阻且躋③。遡游從之，宛在水中坻④。

①晞：乾。　　②湄：水草交接之處；一說，水邊高厓。　　③躋：音齊，升高。　　④坻：音遲，水中高地。

蒹葭采采，白露未已。所謂伊人，在水之涘。遡洄從之，道阻且右①。遡游從之，宛在水中沚②。

①右：迂曲。古音讀爲已，與“涘”、“沚”叶韻。　　②沚：水中小渚。

（四十二）　黄鳥（秦風）①

交交黄鳥②，止于棘。誰從穆公③？子車奄息④。維此奄息，百夫之特⑤。臨其穴⑥，惴惴其慄。彼蒼者天，殲我良人⑦！如可贖兮⑧，人百其身！

①這是一首輓詩。左傳魯文公六年：“秦伯任好（即秦穆公）卒，以子車氏之三子奄息、仲行、鍼虎爲殉，皆秦之良也。國人哀之，爲之賦黄鳥。”此詩凡三章，分輓三人。每章末四句充分反映出秦國人民對三良的悼惜，以及對迫人殉葬的殘暴的統治者的憎恨。朱熹說：“穆公於此，其罪不可逃矣。”這話是很正確的。　　②交交黄鳥：“交交”，鳥鳴聲；“黄鳥”，即黄雀。　　③誰從穆公：“穆公”是春秋時秦國的君，爲當時所謂“五霸”之一，卒於周襄王三十一年（公元前六二一），以一百七十七人殉葬，三良也在其內。“從”，指從死，即殉葬。　　④子車奄息：“子車”是姓氏；“奄”是字，“息”是名。　　⑤百夫之特：“特”，匹敵。此言“奄息一人可以抵得過一百個男人”。　　⑥“臨其穴”二句：上句，“穴”，墓穴。下句，“惴惴”，恐懼貌，“惴”音贅；“慄”，戰慄。此言“當奄息身臨穆公的墓穴時，恐懼地戰慄起來”。朱熹說：“今觀臨穴惴慄之言，則是……迫而納之於壙。”即今所謂活埋。　　⑦殲我良人：“良人”猶言“善人”，指三良。

盡殺叫"殲"(音尖)，此處因合三人而言，故言"殲"。　　⑧"如可"二句：此言"如果允許旁人代死以贖取這三個人，則他們每一個人都值得用一百個人的生命來代替"。

　　交交黃鳥，止于桑。誰從穆公？子車仲行①。維此仲行，百夫之防②。臨其穴，惴惴其慄。彼蒼者天，殲我良人！如可贖兮，人百其身！

　　　　①仲行："仲"是字，"行"是名，音杭。　　②防：作"當"解。朱熹說："言一人可以當百夫也。"

　　交交黃鳥，止于楚。誰從穆公？子車鍼虎①。維此鍼虎，百夫之禦②。臨其穴，惴惴其慄。彼蒼者天，殲我良人！如可贖兮，人百其身！

　　　　①鍼虎："鍼"一作"鍼"，音鉗，是字；"虎"是名。　　②禦：與上文"百夫之防"的"防"同義。

（四十三）　權輿（秦風）①

　　於我乎夏屋渠渠②，今也每食無餘③。于嗟乎不承權輿④！

　　　　①這是一首反映沒落貴族對於過去生活表示留戀的詩。從前無論食和住都極其講究，現在却"每食不飽"了。　　②於我乎夏屋渠渠："於我乎"猶言"對我來說"；"夏"即"廈"，"廈屋"是大房子；"渠渠"，深廣貌（朱熹說），一說，高大貌（陳奐說），都可通。此言這個貴族從前住的是高房大屋。（一說，"夏屋"指盛食物的用具；"渠渠"，盛多貌。亦非無據，錄以備考。）　　③每食無餘：每頓飯都不富餘。　　④于嗟乎不承權輿："于嗟乎"是感歎詞，"于"同"吁"；"承"，繼續；"權輿"，古成語，作"開始"解，此處猶言"當初"、"從前"，指昔日居"夏屋"之時。

　　於我乎每食四簋①，今也每食不飽。于嗟乎不承權輿！

　　　　①簋：音軌，古代盛肴饌的器皿。本用銅製，或方或圓，金文作"𣪘"

或“机”。

（四十四）　東門之枌（陳風）①

東門之枌②，宛丘之栩③。　子仲之子④，婆娑其下⑤。

①這是一首描寫男女相慕悅的民間情歌，作者是男子的口吻。朱熹說：“此男女聚會歌舞，而賦其事以相樂也。”　②東門之枌：“東門”，地名。“枌”音文，樹名，一種白皮的榆樹。　③宛丘之栩：“宛丘”本指四面高而中央低的地方，此則已成爲專名，是陳國的遊觀之地。“栩”見鴇羽註。　④子仲之子：姓子仲氏的女孩子。　⑤婆娑其下：“婆娑”，舞貌；“其下”，指宛丘之下（用陳奐說）。此連上句言：“一個子仲氏的女孩子在宛丘之下跳舞。”〔第一章，詩人寫他在宛丘之下物色到一個跳舞的女孩子，她是子仲氏的女兒。〕

穀旦于差①，南方之原②。不績③其麻，市也婆娑④。

①穀旦于差：“穀”，善；“旦”，白天；“穀旦”猶言“吉日良辰”。“于”是古漢語中的關聯詞，沒有什麼涵義。“差”，選擇；此處因叶韻讀爲磋。此連下句言：“在良辰吉日選中了自己的對象到南方之原去歡聚。”　②南方之原：“原”指地勢高而平坦之處。據此章第四句，“南方之原”當是市集所在之地。　③績：紡。　④市也婆娑：到市集上去跳舞。〔第二章，詩人寫他在吉日良辰約那個女孩子到南方之原去，於是她就不去績麻，而到市集上同他去跳舞了。〕

穀旦于逝①，越以鬷邁②。視爾如荍③，貽我握椒④。

①逝：往。　②越以鬷邁：“越以”是發語詞，沒有涵義；“鬷”音宗，屢次之意；“邁”，往，去。此連上句大意是：“在良辰吉日去找那個女孩子，而且一去再去。”　③視爾如荍：“爾”指女子；“荍”音翹，植物名，一名荊葵，花呈淡紫色。此是詩人贊美他的情人說：“我看你簡直像一朵美麗的荊葵花。”　④貽我握椒：“貽”，贈與；“握椒”，一把花椒。按，贈花椒所以表示結恩情。〔第三章，寫男女相愛的情況。按，由於良辰吉日，

男女聚會歌舞而戀愛成功,原爲古代遺俗。此詩正反映了陳國當時的民間風俗。〕

（四十五）　月出（陳風）①

月出皎兮。佼人②僚③兮,舒窈糾兮④。勞心悄兮⑤!

①這是一首情詩。詩人在月下遇到一個美麗的女子,因爲愛她,於是就悄然心憂了。此詩共三章,每章第一句以月起興,第二、三句寫美人,末句寫詩人自己不寧靜的心情。　②佼人:“佼”音絞,一作“姣”,美好之意。“佼人”即“美人”。　③僚:音了,與“嫽”同,嬌美貌。　④舒窈糾兮:“舒”本作“遲”、“徐”解,此指女子舉止的舒緩安閒;“窈糾”讀爲腰交的上聲,與第二章的“憂受”、第三章的“夭紹”,都是形容女子行步時身材的曲線美。（“憂受”即“夭紹”的異體字,讀爲腰燒的上聲。）此句言女子的舉止從容,體態苗條。　⑤勞心悄兮:“勞心”即“憂心”,“悄”,憂貌。此句是詩人自言其心情的憂悶。

月出皓兮。佼人懰①兮,舒憂受兮。勞心慅②兮!

①懰:與“嬼”同,音柳,因叶韻讀爲老,妖冶之意。　②慅:音草,憂貌。

月出照①兮。佼人燎②兮,舒夭紹兮。勞心慘③兮!

①照:此處作形容詞用,言月光的明亮。　②燎:音料,明亮之意。言美人爲月光所照。　③慘:字當作“懆”,音躁,憂愁不安。

（四十六）　株林（陳風）①

胡爲乎株林②? 從夏南兮③? 匪適株林④, 從夏南兮!

①這是陳國人民譏刺陳靈公同夏姬淫亂的詩。據左傳（宣公九年、十年）,夏姬是鄭穆公的女兒,嫁給陳國的大夫夏御叔,生子夏徵舒,字南。陳靈公與其大夫孔寧、儀行父等都同夏姬私通,君臣往往穿了便衣

互相嘲戲，行爲非常醜惡。後來靈公終被夏徵舒殺死，而陳國不久也就被楚國征服了。　　②株林："株"是夏邑，"林"，郊野；"株林"與下文"株野"同義（用馬瑞辰説）。此句寫國人故作疑詞，問道："我們的國君到株林去幹什麼呀？"　　③從夏南兮：這是詩人故意帶着諷刺的口吻説："他是找夏徵舒去的麼？"一本此句和第四句都無"兮"字。按，以前二句爲疑問句，是用陳奐説。　　④匪適株林："匪"與"彼"同，指陳靈公（用陳奐説）；"適"，去，往。此連下句言"他到株林去，原來是找夏徵舒去的啊！"

　駕我乘馬，説①于株野，乘我乘駒，朝食于株②。

　①説：音税，見碩人註。　　②朝食于株：到株邑去吃早飯。這一章寫"靈公驅馳而往，朝夕不休息焉"（詩序）的情況。

（四十七）　澤陂（陳風）①

　彼澤之陂②，有蒲與荷。有美一人，傷如之何③！寤寐無爲④，涕泗滂沱⑤。

　①這是一首情詩，疑是女思男之詞，與月出旨同而人物恰相反。聞一多説："荷塘有遇，悦之無因，作詩自傷。"其説近是。　　②陂：音皮，澤畔障水的隄岸。　　③傷如之何："傷"，魯詩、韓詩均作"陽"，即"姎"或"卬"，是女姓第一人稱的代詞；此句猶言"我奈他何"（用馬瑞辰、聞一多説），意謂"我對那個漂亮的男人（有美一人）不知怎麼辦才好！"　　④寤寐無爲："無爲"，無所事事之意。此言詩人"意有所結，而百事俱廢"（用顧鎮説）。一説，"爲"作"由"或"成"解，"寤寐無由"或"寤寐無成"猶言"睡不着覺"（聞一多説），亦通。　　⑤涕泗滂沱："涕"，眼淚；"泗"，鼻液；"滂沱"，涕泗一時俱下之貌。

　彼澤之陂，有蒲與蘭①。有美一人，碩大且卷②。寤寐無爲，中心悁悁③。

　①蘭：見溱洧註。一本作"蓮"，則與上下文相聯屬。"荷"是荷葉，

“蓮”是蓮蓬，“菡萏”（見下章）是荷花，名各異而實爲一物，於文義較順，似可從。　　②卷：同“婘”，音拳，好貌。一説，指鬈髮之美。　　③悄悄：悲哀不舒之意。

彼澤之陂，有蒲菡萏①。有美一人，碩大且儼②。寤寐無爲，輾轉伏枕。

　　①菡萏：正開放的荷花瓣兒，讀爲寒談的上聲。　　②儼：矜莊貌。又，韓詩作“㿉”，指面部兩頰和頷下的肌肉豐滿。

（四十八）　隰有萇楚（檜風）①

隰有萇楚②，猗儺③其枝。夭之沃沃④，樂子之無知⑤。

　　①這是一首傷亂的詩。余冠英説：“這是亂離之世的憂苦之音。詩人因爲不能從憂患解脱出來，便覺得草木的無知無覺、無家無室是值得羨慕的了。”　　②萇楚：蔓生植物，又名羊桃，花色赤，子似桃而細小如麥實。　　③猗儺：音婀娜，猶言“旖旎”，形容植物被風吹動時嬌弱柔順的樣子。　　④夭之沃沃：“夭”指草木之未長成者，此引申爲青春少壯之意。“沃沃”，光澤貌。“之”，語助詞，没有涵義。此句言植物正在欣欣向榮地生長着。　　⑤樂子之無知：“子”指萇楚。此句是詩人欣羨之詞。言外指萇楚如果有知，也會像人們一樣地憂傷憔悴了。

隰有萇楚，猗儺其華。夭之沃沃，樂子之無家①。

　　①無家：指無家室之累，下章“無室”與此同義。

隰有萇楚，猗儺其實。夭之沃沃，樂子之無室。

（四十九）　匪風（檜風）①

匪風發兮②，匪車偈③兮。顧瞻周道④，中心怛兮⑤。

　　①這是一首遊子思鄉的詩。按，檜國在今鄭州，此詩疑是檜人東遊思歸之作。如依朱熹的解釋，則可能是從西周流落到東方（檜在周之東）

的人寫的。　　②匪風發兮："匪"應據廣雅作"彼"解(用王念孫、馬瑞辰
説,王説見其所著廣雅疏證),猶言"那個",是發語詞。"發"猶"發發",風
聲。　　③偈:音竭,猶"偈偈",車疾馳貌。　　④周道:大路或官道(用馬
瑞辰説)。舊説作"適周之路"解,恐非是。　　⑤中心怛兮:"中心"卽内
心;"怛"音答,憂傷之意。下文的"弔",與此同義。〔第一章,詩人在大路
上瞻望,看到風飄車驟,不由心中感傷起來。第二章與此同義。〕

匪風飄①兮,匪車嘌②兮。顧瞻周道,中心弔兮」

　　①飄:"飄風"本指旋風,此處是形容風勢迅疾。　　②嘌:音漂,輕疾
貌。

誰能亨魚①?溉之釜鬵②。誰將西歸?懷之好音③。

　　①亨魚:"亨"與"烹"同。　　②溉之釜鬵:"溉"應作"摡",音概,作
"洗滌"或"給予"解,都可通。"釜",飯鍋;"鬵"音尋,釜之大者。此二句
用烹魚起興,以喻下二句:言"誰要是烹魚,我願意替他洗滌(或給予他)
釜鬵。"言外指自己願意協助旁人。　　③懷之好音:"懷",給;"好音",猶
言"平安音信"。此連上句的大意是:"誰要是回到西方我的故鄉去,我願
意託他給我捎帶個平安音信。"言外也有盼別人協助自己之意。〔第三
章,詩人想像之詞。他希望遇到一個還鄉的人,好給自己捎個信兒回
去。〕

(五十)　七月(豳風)①

七月流火②,九月授衣③。一之日觱發④,二之日栗烈⑤;無衣
無褐⑥,何以卒歲」三之日于耜⑦,四之日舉趾⑧;同我婦子⑨,饁彼
南畝⑩。田畯至喜⑪。

　　①這是一首敍述農民全年勞動情況的詩。絕大部分的勞動是爲公
家的,小部分是爲自己的。通過此詩,可以看出周代農民生活的剪影,他
們被剝削的程度是相當驚人的。　　②七月流火:"火",星名,或稱"大

火",即心宿。"流",向下降行。每年夏曆五月的黃昏,這星出現於正南方,方向最正而位置最高。六月以後,就偏西而下行,所以説是"**流**"。③授衣:將裁製冬衣的工作交給婦女們去做(用<u>馬瑞辰</u>、<u>聞一多</u>説)。④一之日觱發:"一之日"指十月以後第一個月(卽十一月)的日子,以下"二之日"、"三之日"、"四之日"以此類推。"觱發"音畢拔,形容風寒的狀語。此言十一月時寒風甚緊。　　⑤二之日栗烈:"栗烈"猶言"凛冽",形容空氣寒冷的狀語。此言十二月時天氣極冷。　　⑥"無衣"二句:上句,"褐",本指粗毛布,此處引申爲粗布衣服;下句,"卒歲",猶言"到年終"。此二句言"没有禦寒的衣服真不知如何過冬"。　　⑦三之日于耜:"于"猶言"爲"(用<u>馬瑞辰</u>説),指修理;"耜"音似,農具。此言正月裏開始修理農具。　　⑧四之日舉趾:"趾"卽足,此言二月裏舉足下田,開始耕種。⑨同我婦子:照<u>朱熹</u>的解釋,"我"指農民的家長(老人),"婦子"是女人和小孩。　　⑩饁彼南畝:"饁"音葉,送飯;"南畝"泛指田地。此連上句言:"老人和女人、小孩們都到田裏去送飯給壯年的農民吃。"(用<u>朱熹</u>説)⑪田畯至喜:"畯"音俊。"田畯",農官,當是貴族統治者所派遣的直接統治農民的官。此言"田畯看到大家勞動,非常歡喜"(用<u>孔穎達</u>説)。〔第一章,總括全詩,從歲寒寫到春耕開始。〕

七月流火,九月授衣。春日載陽①,有鳴倉庚②。女執懿筐③,遵彼微行④,爰求柔桑⑤。春日遲遲⑥,采蘩祁祁⑦。女心傷悲,殆及公子同歸⑧。

①春日載陽:"載",開始;"陽",天氣和暖。此言"春天來了,開始暖和了"。當指夏曆二月。　　②倉庚:鳥名,卽黃鶯。　　③懿筐:深筐。④遵彼微行:順着那條小路(當是桑間的小路)。"行"音杭。　　⑤柔桑:嫩桑葉,飼蠶用的。　　⑥遲遲:指春天晝長。　　⑦采蘩祁祁:"蘩",菊科植物,又名白蒿。據説,"蠶之未出者,煮蘩沃之則易出"(<u>明何楷</u>詩經世本古義引徐光啓語)。"祁祁",衆多貌。此言春天晝長,農人工作時間久,故所采之蘩甚多。　　⑧殆及公子同歸:"殆及"猶言"將與"。此當是

農村的少女怕貴族的公子脅迫她們與之同行，以爲妾媵，所以上文説"傷悲"。〔第二章，寫農村婦女靉桑之事。〕

七月流火，八月萑葦①。蠶月條桑②，取彼斧斨③，以伐遠揚④，猗彼女桑⑤。七月鳴鵙⑥，八月載績⑦。載玄載黄⑧，我朱孔陽，爲公子裳。

①萑葦: 卽蒹葭。"萑"音完。取萑葦存蓄起來，到次年可以做蠶箔。 ②蠶月條桑:"蠶月"指三月，"條桑"猶言"修剪桑枝"。 ③斨: 音槍，方孔的斧。 ④以伐遠揚: 砍去生長得太遠而揚起的枝條。 ⑤猗彼女桑:"猗"卽"掎"，音羈，牽引之意。此指攀枝而采桑葉。"女桑"卽"柔桑"。 ⑥鵙: 音决，鳥名，又叫伯勞。 ⑦載績: 開始紡績。 ⑧"載玄"二句: 上句，"載"，古關聯詞，口語猶言"又是"。"玄"，黑紅色;"黄"，黄色;都是指絲織品所染的顔色。下句，"朱"，紅色;"孔"，極其;"陽"，鮮明。此二句言"所染的各種絲織品有玄色、黄色和紅色，而紅色最爲鮮明"。"我"疑作爲冠詞用，與"彼"、"其"之義相近〔第三章，寫婦女靉桑之事，並指出是爲供統治者製衣裳用的。〕

四月秀葽①，五月鳴蜩②。八月其穫③，十月隕蘀④。一之日于貉⑤: 取彼狐狸，爲公子裘。二之日其同⑥，載纘武功⑦。言私其豵⑧，獻豜于公⑨。

①秀葽:"葽"音腰，植物名，今名遠志(用陳啓源引宋曹粹中説)。味苦，可入藥。"秀"，指植物結子。此言"四月裏遠志結子了"。 ②蜩: 音條，蟬。 ③其穫: 指農作物開始收成。 ④隕蘀: 音允託，落葉。此言"十月裏樹木落葉"。 ⑤于貉:"于"，取;"貉"音鶴，與下文的"狐狸"爲互文。此言"十一月開始出外射獵，以取狐貉"，下文於是接着説"把狐狸皮取來給公子做皮衣"。 ⑥其同:"同"指會合衆人。言狩獵以前，把人民聚集起來，然後大隊地出發。 ⑦載纘武功:"纘"音纂，繼續;"武功"，指田獵之事。據崔述讀風偶識的解釋，"于貉"三句是指私獵(小

規模的個別行動），“其同”四句則指大獵（大規模的集體行動）。　⑧言私其豵：“言”，乃；“私”，獵者私人佔有；“豵”音宗，本指一歲小豬，此處泛指小獸。此言“小獸歸獵者私有”。　⑨獻豜于公：“豜”音堅，本指三歲大豬，此處泛指大獸。此言“大獸獻給統治者”。〔第四章，寫農事既畢，人民還得爲統治者獵取野獸。〕

　　五月斯螽動股①。六月莎雞振羽②。七月在野③，八月在宇④，九月在戶，十月蟋蟀入我牀下。穹窒熏鼠⑤，塞向墐戶⑥。嗟我婦子，曰爲改歲⑦，入此室處⑧。

　　①斯螽動股：“螽”音終。“斯螽”是蝗一類的鳴蟲，相傳這種蟲以兩股相切作聲，此處言“動股”，指它發出鳴聲。　②莎雞振羽：“莎”音蓑。“莎雞”，亦蟲名，即紡織娘。“振羽”言鼓翅發聲。　③七月在野：以下四句的主語都是“蟋蟀”，前三句省略。此言蟋蟀之鳴，由遠而近，七月裏尚在田野間。　④八月在宇：“宇”，簷下。下二句則言由簷入戶，由戶入牀下，愈來鳴聲愈近，而天也愈冷了。　⑤穹窒熏鼠：“穹”音窮，空隙；“窒”，堵塞。此言“把屋裏所有的空隙都堵好，然後用火熏燒老鼠，使它們不能在屋中存身”。　⑥塞向墐戶：“向”，北面的窗；“墐”音僅，用泥塗抹。此言“把朝北的窗子堵上，把門用泥塗上”。因農民大抵編柴竹做門，冬天必須塗上泥以禦寒氣。　⑦曰爲改歲：“曰”一作“聿”，發語詞。此句猶言“又將是一年了”。　⑧入此室處：“室處”猶言“居室”。農民在農事忙時，往往露宿於場上，到了冬日，天寒事畢，才正式回到住的房屋裏來。此處正寫農家準備過冬的景象（參看<u>馬瑞辰毛詩傳箋通釋</u>）。〔第五章，寫一年將盡，農民爲自己收拾屋子過冬。〕

　　六月食鬱及薁①。七月亨葵及菽②，八月剝棗③，十月穫稻：爲此春酒④，以介眉壽⑤。七月食瓜，八月斷壺⑥，九月叔苴⑦。采荼薪樗⑧，食我農夫⑨。

　　①鬱，薁：皆植物名，其果實可以鮮食。“鬱”是李子一類；“薁”音郁，

其果實似桂圓。　　②亨葵及菽:"亨"同"烹";"葵",菜名;"菽",豆類總稱。　　③剥棗:"剥"讀爲"扑",敲擊之意。今口語所謂"打棗"。"棗"和下句的"稻"都是釀酒的原料。　　④春酒:冬天釀酒,經春始成,故名"春酒"(用馬瑞辰説)。　　⑤以介眉壽:"介",讀爲"匄"(即古"丐"字),祈求;"眉壽",猶言"長壽",是古代的成語。據説老人的眉上長有毫毛,所以稱長壽爲"眉壽"。酒所以養老,故以酒祈長壽。按,此是頌禱之辭,猶今敬酒祝人健康長壽之意。從下文"食我農夫"之句來看,上文的"鬱、奠、葵、菽"和這裏的酒大約都是供貴族用的。　　⑥壺:即瓠瓜,大型的葫蘆。　　⑦叔苴:"叔",拾取;"苴",麻子。　　⑧采荼薪樗:采荼作菜吃,用樗木當柴燒。"荼",苦菜;"樗",臭椿,其材質量極壞。　　⑨食我農夫:"食"音嗣,供養,養活。從此處看出,農民所食用的東西都是很不好的。〔第六章,寫農桑之餘,農民還得顧及公家和私人所食用的各種農作物。〕

九月築場圃①,十月納禾稼②。黍稷重穋③,禾④麻菽麥。嗟我農夫:我稼既同⑤,上入執宮功⑥。晝爾于茅⑦,宵爾索綯⑧。亟其乘屋⑨,其始播百穀。

①築場圃:"築"是把土培平;"場圃"是打糧食的空場。　　②納禾稼:"納"指納穀入倉,"禾稼"("稼"叶韻讀爲古),泛指一切農作物,下二句則一一分説。　　③黍稷重穋:"黍稷"見黍離註。"重穋"又可寫作"穜稑",音蟲陸。先種後熟的農作物叫"穜",後種先熟的農作物叫"稑"。　　④禾:此專指一種穀物,又名"粱",即今之小米(用馬瑞辰説)。　　⑤同:集中。此指農民把收成下來的穀物都替貴族們聚集起來送進倉房。　　⑥上入執宮功:"上"同"尚",猶言"還得";"宮",指統治者的住宅;"功",事。此言農民在收完莊稼之後,還得爲統治者服勞役,給他們修理房子或做室內的工作。　　⑦晝爾于茅:"爾",語助詞;"于茅",採取茅草;此言"白天呢,要去採茅草"。　　⑧宵爾索綯:"宵",夜;"索",此處作動詞用,指製繩子;"綯"音逃,繩。此與上句爲對文,言"晚上呢,就要搓繩

子"。　　⑨"亟其"二句："亟"，急，猶言"趕快"；"乘"，登屋覆蓋房頂之意。此二句言"我們得趕快抓緊時間修理自己的住屋，否則一到春初，又要開始下田播種各類穀物了。"〔第七章，寫收成完畢，還得爲貴族們幹室內的活兒，然後才談得到用茅草修補自己的住屋。〕

二之日鑿冰沖沖①，三之日納于凌陰②。四之日其蚤③，獻羔祭韭④。九月肅霜⑤，十月滌場⑥。朋酒斯饗⑦，曰殺羔羊⑧。躋彼公堂⑨，稱⑩彼兕觥，"萬壽無疆⑪"¡

　　①鑿冰沖沖："沖沖"，形容打冰的聲音。此言十二月時人民去鑿冰。②納于凌陰："陰"即"窨"(用聞一多説)，"凌窨"即冰窖。此言正月把冰藏入冰窖。　　③其蚤："蚤"即"早"，所謂"早朝"(用朱熹説)，即指下文的祭祖儀式。　　④獻羔祭韭：指用羔羊和韭菜祭祖。據禮記月令，仲春之時，有"獻羔開冰"之禮，祭祀祖先。此處言"四之日"，正是仲春二月。所以詩人把鑿冰的勞動同獻羔祭韭的祭祀儀式連到一起來寫。　　⑤肅霜：王先謙説："霜降之後，萬物收斂，天地之氣，爲之清肅也。"又據近人王國維説，"霜"同"爽"，"肅爽"指天高氣爽，亦通。　　⑥滌場：此言農事已畢，打穀場上已清掃乾淨(王先謙説)。又據王國維説，"場"與"蕩"通，"滌蕩"，指天宇澄淨，亦通。(王説見其所著觀堂集林卷一肅霜滌場説)⑦朋酒斯饗："朋酒"，兩樽酒；"饗"，同"享"，享用之意。　　⑧曰殺羔羊："曰"同"聿"，發語詞。此連上句言年終宴享之事。　　⑨躋彼公堂："躋"，升，登；"公堂"，舊解作"學校"(毛傳)，實即古代的公共場所。左傳載子產不毀鄉校，以發揚輿論，"鄉校"和"學校"疑皆指此種公共場合，即後世所謂的鄉公所、村公所之類。　　⑩稱：舉杯敬酒叫"稱"。　　⑪萬壽無疆：頌祝之辭。"萬"，大；"無疆"，無窮。〔第八章。從鑿冰寫到統治者年終的宴飲。這種大規模的聚會當是一年一度的。〕

（五十一）　鴟鴞（豳風）①

鴟鴞②鴟鴞，既取我子③，無毀我室。恩斯勤斯④，鬻子之閔斯⑤。

①這是一首禽言詩。通篇以一隻失去小鳥、但仍努力營築巢室的母鳥的哀怨口吻，寫出她自己的辛勤勞瘁。以情理推度，詩人不會無的放矢作無病的呻吟，所以這應當是一首別有寄託的寓言詩。但究竟何所指，實難考定。據尚書金縢篇云：“武王既喪，管叔(武王的弟弟)及其羣弟，乃流言於國曰：‘公(周公，也是武王的弟弟，受遺命輔成王爲政)將不利於孺子(指成王，武王之子；時年尚少，故稱孺子)〕’周公乃告二公(太公、召公)曰：‘我之弗辟(如果我不討伐他們)，我無以告我先王！’周公居東(東征)二年，則罪人斯得(把罪人擒獲了)。其後，公乃爲詩以貽王，名之曰鴟鴞。”則以此詩爲周公所作。自漢儒以下，歷代學者都從此說，大都認爲詩中的“鴟鴞”是指武庚(紂王之子，與管叔等一同叛周)，而以哀鳴的母鳥做爲周公自喻。這一說法的可靠程度，在佔有更多的歷史材料以前，是很難估定的。姑錄以備參考而已。②鴟鴞：音蚩囂，卽貓頭鷹。古代人一直認爲這種鳥是惡鳥。所以此處也用以喻強暴者。③“既取我子”二句：言“你既抓走了我的小鳥，就不要再毀壞我的巢室了！”④恩斯勤斯：“恩”卽“殷”，“斯”是語尾助詞，沒有涵義。“殷勤”猶言“辛辛苦苦地”。⑤鬻子之閔斯：“鬻”同“育”；“子”指雛鳥；“閔”，病。此言“我就是爲撫育小鳥才累得病了。”〔第一章，母鳥對鴟鴞做哀怨的控訴，不許它再毀壞自己的巢室。〕

迨①天之未陰雨，徹彼桑土②，綢繆牖戶③。今女下民④，或敢侮予！

①迨：及。此句言“趁着天還沒有下雨”。②徹彼桑土：“徹”，剝取；“桑土”的“土”是“杜”字的假借，“桑杜”指桑根。此言“剝取桑根的皮”(用馬瑞辰說)。③綢繆牖戶：“綢繆”，纏縛得很緊，“牖戶”本指門窗，此處指巢室的空隙。此連上句言“用桑根的皮把巢室的空隙之處纏縛緊了”。④“今女下民”二句：上句，“女”同“汝”；“下民”指人類，鳥

居樹上，所以視人類所在之處爲“下方”。此連下句言：“現在你們那些住在下方的人類，誰還敢來欺侮我啊！”因巢室堅固，才能免去人的侵害。〔第二章，母鳥自言其殷勤修築巢室的情況。〕

予手拮据①，予所捋荼②，予所蓄租③。予口卒瘏④。曰予未有室家⑤。

　　①拮据：手病；一説，手口並作之貌。　　②予所捋荼：“捋”音勒，取；“荼”，一種葦類的植物。　　③予所蓄租：“蓄”，積聚；“租”同“苴”，茅草。“捋荼”、“蓄苴”，都是爲了墊鳥巢的。　　④予口卒瘏：“卒”同“悴”，“悴瘏”，口病（用馬瑞辰説）。　　⑤“曰予”句：“曰”同“聿”，發語詞。“家”古音姑。此句言巢尚没有造成。〔第三章，母鳥自言由於“捋荼”、“蓄苴”以墊巢室，結果手爪和嘴都過於疲勞而病了。〕

予羽譙譙①，予尾翛翛②。予室翹翹③，風雨所漂摇④。予維音嘵嘵⑤。

　　①譙譙：羽毛脱落凋殘之貌。“譙”音樵。　　②翛翛：乾枯不潤澤之色。“翛”音消。　　③翹翹：危而不安貌。　　④“風雨”句：此指怕巢室被風所摇，被雨所漂。　　⑤嘵嘵：由於恐懼而發出的哀鳴。“嘵”音嚣。〔第四章，寫自己已筋疲力盡。但巢室初成，處境仍極危險，故恐懼而悲鳴。〕

（五十二）　東山（豳風）①

我徂東山②，慆慆不歸③。我來自東，零雨其濛④。我東曰歸⑤，我心西悲。制彼裳衣⑥，勿士行枚⑦。蜎蜎者蠋⑧，烝⑨在桑野。敦彼獨宿⑩，亦在車下。

　　①這是一首描寫久戍的士卒在還鄉途中念家的詩。舊説此詩與周公東征有關，但無確據；有些學者更認爲是周公爲了慰勞士卒們而作的，則愈加不可靠了。　　②我徂東山：“徂”音祖，往；“東山”，詩中軍士遠戍

之地。　　③惛惛不歸: 猶言"久久不歸"。"惛"音滔。　　④零雨其濛:
"零雨", 細雨, 小雨。"濛", 形容小雨的狀詞, 今口語中尚有"濛濛細雨"
的說法。　　⑤"我東曰歸"二句: 朱熹說: "……其在東而言歸之時(剛説
要走的時候), 心已西嚮而悲。"　　⑥制彼裳衣: "制"同"製", "裳衣"指
普通的服裝。　　⑦勿士行枚: "士"同"事", 猶言"從事於"; "行枚"即"橫
枚", 古人行軍, 口中橫衡着枚("枚"是像筷子似的東西), 以防出聲。此
處則做爲一般的軍事活動的代稱。此速上句言: "回家以後可以換上普
通的平民服裝, 不再過軍隊的生活了。"　　⑧蜎蜎者蠋: "蜎蜎", 蠶類蠕
動貌, "蜎"音娟。"蠋", 本作"蜀", 桑間野蠶。　　⑨烝: 發語詞, 有"乃"、
"曾"之意。一説, 作"久"解。　　⑩"敦彼獨宿"二句: "敦"音堆, 作"團
團"解, 此處形容軍士睡在車下, 身體縮成一團。上文"蜎蜎"二句是以蠋
和人相對照, 獨宿者蜷曲着身體很像蠋, 但蠋本桑間之物, 人在野地獨宿
則是不得其所(用余冠英說)。〔第一章, 寫久戍得歸, 自幸免於死傷之
苦, 從此可恢復平民的身分了。〕

　　我徂東山, 惛惛不歸。我來自東, 零雨其濛。果臝之實①, 亦
施于宇。伊威在室②, 蠨蛸在户③。町畽鹿場④, 熠燿宵行⑤。不可
畏也⑥? 伊可懷也!

　　　①"果臝"二句: 上句, "果臝", 蔓生的葫蘆科植物, 即瓜蔞, "臝"音
裸; 下句, "施"音異, 蔓延。此二句言"果臝的果實都蔓延到屋簷下來
了"。按, "果臝"以下六句都是假想自己的住宅荒涼的描寫。　　②伊威
在室: "伊威"又作"蚜蛾", 蟲名。橢圓而扁, 灰色多足, 生於潮濕之地。
古名"鼠婦", 今名"土鼈", 俗呼"潮蟲"。此言"屋子裏因久無人住, 都生
了伊威"。　　③蠨蛸在户: "蠨蛸"音蕭梢, 蟲名, 一名蟢蛛, 是一種長脚
的小蜘蛛。此言"門上都結了蛛網"。　　④町畽鹿場: "町"音廷, "畽"音
團上聲, 指地面上被禽獸踐踏過有迹印的地方; "鹿場", 猶言"鹿住的地
方"。此言"自己的住處都成爲野鹿走過的場地了"。　　⑤熠燿宵行:
"熠燿"音郁耀, 閃爍貌。"宵行", 即燐火。　　⑥"不可畏也"二句: 上面

既設想自己去後，園廬荒廢，所以此句便接着問，"這豈不很可怕麼？"但緊跟着又説："然而還是可懷念的啊！"極寫歸人心情之複雜。〔第二章，寫歸途思念久别的家園，畏懼愴恨之情，一時俱起。〕

我徂東山，慆慆不歸。我來自東，零雨其濛。鸛鳴于垤①，婦歎于室②。洒埽穹室③，我征聿至。有敦瓜苦④，烝在栗薪；自我不見⑤，于今三年！

　　①鸛鳴于垤："鸛"音灌，水鳥名，似鶴。"垤"音疊，小土堆。此以鸛鳴起興，以喻下句的"婦歎"。　②婦歎于室：此言自己的妻子在家裏因思念自己而長歎。自此句以下至"于今三年"，都是征人假設其妻室的盼望之詞(參用陳啓源説)。　③"洒埽"二句：上句見七月註，指其妻收拾屋子準備迎接丈夫；下句，言"我的征人這就要回來了。"　④"有敦"二句：上句，"敦"見第一章註，指瓜的形狀；"苦"，聞一多讀爲"瓠"；"瓜苦"，即瓠瓜。下句，"栗薪"一作"蓼薪"，猶言"堆積的薪柴"(韓詩説)。一説，"蓼"即"蓼"，一種苦菜。這兩句有二解：余冠英説："古人結婚行合卺之禮，就是以一匏分作兩瓢，夫婦各執一瓢盛酒漱口，這詩'瓜苦'似指合卺的匏。"而下句的"薪"也與結婚有關。詩人的妻子看到那圓圓的匏瓜擱在柴堆上已經很久，可是丈夫同自己已經三年不見了。而馬瑞辰則認爲應解作"以苦瓜而乃在苦蓼之上，言我之心苦而事又苦。"(馬説本毛、鄭)亦可通。　⑤"自我不見"二句：此句的"我"與"我征聿至"的"我"都是征人之妻自稱，"不見"的賓語則爲征人。〔第三章，征人想像自己的妻正在想念他的情況。〕

我徂東山，慆慆不歸。我來自東，零雨其濛。倉庚于飛，熠燿其羽。之子于歸，皇駁其馬①。親結其縭②，九十其儀③。其新孔嘉④，其舊如之何！

　　①皇駁其馬："皇"，黄白色；"駁"，赤白色。　②親結其縭："親"指女子的母親；"縭"，佩巾。古代嫁女時母親親自給女兒結縭，聞一多以爲

可能就是繫同心結。　③九十其儀:"九十",形容繁多的狀詞;此句極言結婚儀式細節的繁多。　以上追憶新婚時情況,與上章緊相承接。
④"其新"二句:上句,"孔",甚;"嘉",美。下句,"舊",猶"久"。此二句的大意是:"女子新嫁來的時候很美,一晃三年,不曉得怎麼樣了?"(用鄭玄説)〔第四章,回憶三年前新婚光景,並極盼能歸去與妻子早日團聚。〕

（五十三）　伐木（小雅）①

伐木丁丁②,鳥鳴嚶嚶③。出自幽谷④,遷于喬木。嚶其鳴矣,求其友聲。相⑤彼鳥矣,猶求友聲;矧⑥伊人矣,不求友生⑦?神之聽之⑧,終和且平。

　　①這是貴族宴享親友的樂歌。從詩中所用的"伐木"、"鳥鳴"等比興來看,疑此詩本出自民間而爲貴族所采用;或者是貴族文人仿民歌而作。②丁丁:伐木聲。此處的"丁"音争。　③嚶嚶:鳥鳴聲。　④"出自"二句:主語是"鳥"。"幽",深;"遷",上升。此言鳥從低處飛上高處,尋求侶伴。　⑤相:猶言"看看"。　⑥矧:音審,何況。　⑦友生:朋友。⑧"神之"二句:言人們和好友愛,神聽到後也會給人以和平之福。〔第一章,以伐木起興,以鳥鳴求友喻人們也應彼此友愛相處;末言神將降福於友愛的人。〕

伐木許許①,釃酒有藇②。既有肥羜③,以速諸父④。寧適不來⑤,微我弗顧。於粲洒埽⑥,陳饋八簋⑦。既有肥牡⑧,以速諸舅⑨。寧適不來,微我有咎。

　　①許許:又作"滸滸"或"所所",削木皮聲。此處的"許"音虎。②釃酒有藇:"釃"音師,以竹器漉酒,把酒糟澄濾乾淨。"藇"音序,指酒味美好。此言"漉過的酒是很美好的"。　③羜:音苧,五個月的小羊。④以速諸父:邀請各位本族的長輩。　⑤"寧適不來"二句:上句,"適",猶言"凑巧"。下句,"微",無;"顧",照顧周到。朱熹説:"寧使彼適有故

而不來，而無使我恩意之不至也。”下文“寧適不來，微我有咎”二句義亦
與此相近。“咎”，過失；言“寧使他湊巧不來，而不要使我對人有疏失。”
⑥於粲洒埽：“於”音烏，感歎詞；“粲”，鮮明貌。此言“啊！屋子裏洒埽得
多麼乾淨漂亮啊！”　　⑦陳饋八簋：“陳”，擺列；“饋”，本指給人進食物，
此處卽指食品；“八簋”，言其盛多。“簋”見權輿註，此處讀爲韭，與“舅”、
“咎”叶韻。　　⑧牡：指雄性的牲。　　⑨諸舅：指異姓長輩。〔第二章，
寫洒埽屋宇，陳設酒食，以待客至。〕

伐木于阪①。釃酒有衍②，籩豆有踐③，兄弟無遠④。民之失
德⑤，乾餱以愆。有酒湑我⑥，無酒酤我。坎坎⑦鼓我，蹲蹲⑧舞我。
迨我暇矣⑨，飲此湑矣。

　　①阪：山坡。　　②衍：多。此句言“釃過的酒非常多”。　　③籩豆
有踐：“籩”音邊，竹製的盛食物的器皿；“豆”，木製的盛食物的器皿；都是
宴享或祭祀時所用。“踐”，陳列貌。此言“席上整齊地陳列着籩豆”。
④兄弟無遠：“兄弟”指同輩的親友，“無遠”猶言“不要同我疏遠見外”。
⑤“民之失德”二句：上句，“失德”言失於朋友之誼。下句，“餱”音侯，“乾
餱”本指乾糧，此處則泛指粗薄的食品；“愆”，過失。此二句言：“人們往
往因爲飲食細故犯了過錯，弄得彼此失去友誼。”　　⑥“有酒”二句：上
句，“湑”，音胥上聲，卽“釃”之意；下句“酤”同“沽”，買酒。“我”，疑爲語
助詞，下二句同。此二句大意是：“如果家裏有酒就漉出來喝，如果沒有
酒，就去買點現成的來喝。”　　⑦坎坎：擊鼓聲。　　⑧蹲蹲：舞貌。
“蹲”音存。　　⑨“迨我”二句：大意是：“等我們有閒暇時，再來飲酒。”此
是再約後會之詞。〔第三章，寫醉飽歌舞之樂，並約後會。〕

（五十四）　采薇（小雅）①

采薇②采薇，薇亦作止③。曰歸曰歸④，歲亦暮止。靡室靡家⑤，
玁狁⑥之故；不遑啓居⑦，玁狁之故。

①這是一首描寫戍卒生活的詩。　兵士們在歸途中追述戍邊作戰時的苦況，充分反映出征人痛定思痛的心情。　②薇：卽野生的豌豆苗，初生時可食。　③作止：“作”，生出，“止”，語尾助詞，沒有涵義。④“曰歸”二句:大意是：“説要回去要回去了,可是還沒有回到家鄉,而一年又快完了。”　⑤靡室靡家：“靡”，無。此言征人遠戍於外，雖有家室，也等於沒有一樣。以下四句,是追述所以遣戍的原因。　　⑥玁狁，音險允，種族名。西周時稱玁狁(也可以寫作“獫狁”)，春秋時稱北狄，秦、漢時則稱匈奴。周代以來，這個種族經常同我國的北方有軍事接觸，小雅中就有好幾首詩都是描寫同玁狁作戰的。　　⑦不遑啓居：“遑”，暇；“啓”，跪；“居”，安坐。按，我國古代的人不論坐和跪都是兩膝着席：坐時把臀部貼在足跟上，跪時則將腰部伸直，臀部同足跟離開。此處的“居”，指前者；“啓”指後者。此句猶言“無暇安穩地停下來休息”。〔第一章，寫爲了征伐玁狁而離家遠戍於外。〕

采薇采薇，薇亦柔①止。曰歸曰歸，心亦憂止。憂心烈烈②，載飢載渴③。我戍未定④，靡使歸聘。

①柔：指薇初生時是柔嫩的。　②烈烈：憂貌。“憂心烈烈”猶言“五內如焚”。　③載飢載渴:此言行軍途中又餓又渴。　④“我戍”二句:“戍”指駐防的地方；“歸”，給，猶言“捎給”、“帶回”，與匪風“懷之好音”的“懷”同義；“聘”，指問候家人的音訊。此言“我駐防的地方一直沒有固定，無法使人捎回家信去。”〔第二章，寫戍守無定所，與家人音問隔絕，及種種飢渴勞苦之狀。〕

采薇采薇，薇亦剛①止。曰歸曰歸，歲亦陽②止。王事靡盬，不遑啓處③。憂心孔疚④，我行不來⑤。

①剛:指植物將老，變得粗硬了(用余冠英説)。　②陽：指夏曆十月。現在尚稱十月爲“小陽春”。　③啓處：與上文“啓居”同義。④孔疚:“孔”，非常；“疚”，病痛。此言“心中憂愁，非常痛苦”。　⑤來:

返，歸。此承上句言"由於遠行在外，好久不得歸來，而心中痛苦"。按，大東篇："職勞不來"，"來"作"慰撫"解，則此處亦可解爲"我行日久，無人慰問"。以文義言，兩說皆通。餘詳大東註。〔第三章，與第二章同義。〕

彼爾維何①？維常之華②。彼路斯何③？君子之車④。戎車既駕，四牡業業⑤。豈敢定居，一月三捷⑥！

①彼爾維何："爾"同"薾"，花盛開貌。此言"那開得很茂盛的是什麼呀？"　②維常之華："常"即常棣，木名。花兩三朵成一綴，開時向下垂着，果實同李子差不多。"華"同"花"。此是答上句之詞，言"那是常棣的花啊。"　③彼路斯何："路"同"輅"，車高大貌。"斯"，語助詞，"斯何"與上句"維何"同義。此言"那個高高大大的是什麼呀？"　④君子之車："君子"指主帥，"車"即下文的"戎車"。言"這是主帥的兵車啊！"　⑤四牡業業："牡"指駕車的雄馬，"業業"，高大貌。　⑥一月三捷："三"泛指次數的頻繁；"捷"，"接"之假借字，指接戰。此言"一月之中，屢次同敵人接戰"。〔第四章，追述戍守時緊張勞苦的生活。下章與此同義。〕

駕彼四牡，四牡騤騤①。君子所依②，小人所腓。四牡翼翼③，象弭魚服④。豈不日戒⑤，玁狁孔棘⑥！

①騤騤：強壯貌。"騤"音魁。　②"君子"二句："依"，乘；"腓"，隱蔽。此二句的主語是"戎車"，意謂："那駕着四牡的戎車是主帥所乘的，是兵卒所藉以隱蔽身體的。"按，古代是車戰，主帥在車上指揮，步兵則隨在戰車後面，藉車身做掩護。　③翼翼：行列整飭貌。　④象弭魚服："象"象牙；"弭"音米，弓兩端受弦的地方，是用骨頭做的。此言用象牙做弓弭。"服"，"箙"之借字，是盛箭的器具。用沙魚皮作箭箙，故名"魚箙"。以上言軍容之盛，器械之精好。　⑤豈不日戒：豈能不每天戒備。　⑥孔棘：甚爲緊急。"棘"同"亟"。

昔我往矣①，楊柳依依；今我來思②，雨雪霏霏。行道遲遲，載渴載飢。我心傷悲，莫知我哀！

①"昔我"二句:此言出征時是春天。"依依",舊解作"盛貌",恐非是;疑指柳條迎風披拂的樣子。　　②"今我"二句:此言歸來時是冬天。下句,"雨",去聲,動詞,"雨雪"卽落雪。"霏霏",雪甚貌。〔第六章,寫士卒歸途撫今追昔,因痛定思痛而更加悲傷。〕

（五十五）　車攻（小雅）①

我車既攻②,我馬既同③。四牡龐龐④,駕言徂東⑤。

　　① 這是一首描寫貴族統治者大規模舉行射獵的詩。舊説以爲是記敍周宣王中興以後,復會諸侯於東都(洛陽),選徒行獵的事。　　②我車既攻:"攻"本作"治理"、"修繕"解,此言在出發以前把車子修治好,使它堅固完善。　　③我馬既同:"同"作"齊"解。據毛傳,在射獵以前,要把駕車的馬挑選好了,使所有的馬的足力快慢都一致(卽所謂"同"),爲的是可以跑得快。　　④龐龐:軀體充實貌。"龐"在此處叶韻可讀爲龍。⑤駕言徂東:"駕"指駕好車馬;"言",關聯詞,猶"而";"徂東",往東去。舊説以爲此指宣王往東都進發。〔第一章,寫射獵以前把車馬都準備好,然後出發。〕

田車既好①,四牡孔阜②。東有甫草③,駕言行狩④。

　　①田車既好:"田"同"畋","畋車"卽射獵時所乘的車。"好",完善。②孔阜:"孔",甚,很;"阜",肥壯。　　③甫草:豐茂的草。　　④行狩:卽行獵,詳伐檀註。〔第二章,寫貴族到東方草原上去射獵。〕

之子于苗①,選徒囂囂②。建旐設旄③,搏獸于敖④。

　　①之子于苗:"之子",表面上指隨從統治者出去射獵的官吏們,實卽指統治者本人。按,古人對於統治者不敢直接指稱,只稱其手下人,以代替統治者自己。如稱天子爲陛下,太子爲殿下,國王爲左右等。此處亦然(參用孔穎達、朱熹説)。"苗",原爲夏獵的專稱,後演變爲"狩獵之通名"(朱熹語)。　　②選徒囂囂:"選"讀爲"撰",具備之意;"徒",指車徒,

卽隨從統治者去打獵的卒徒們；"囂囂"，衆多貌（用王引之說）。此連上句言："那個國王去打獵，他手下具備了很多的卒徒。"　　③建旐設旄："建"，豎立，此處猶言"舉着"；"旐"，音兆，一種繡有龜蛇圖案的旗；"設"，排列着；"旄"，一種用氂牛尾綴飾在竿頂的旗。此言卒徒們舉着、排列着各樣的旗幟。　　④敖：地名。在今河南滎澤縣附近。周時屬鄭國。〔第三章，寫卒徒們舉着旗幟，簇擁着貴族統治者的車馬到敖的地方去打獵。〕

駕彼四牡，四牡奕奕①。赤芾金舄②，會同有繹③。

①奕奕：盛貌。一說，形容馬走得很快但很從容的樣子（馬瑞辰引說文）。都可通。　　②赤芾金舄："芾"卽"韍"，又作"紼"，音福。"赤芾"，舊說指諸侯之服。"金"，黃赤色；"舄"音昔，一種高底（兩層底）的鞋。"金舄"卽黃赤色的舄，也是諸侯所着。　　③會同有繹："會同"，是諸侯朝會的專稱；"有繹"猶"繹繹"，盛貌（用王引之說）。〔第四章，寫許多諸侯駕着車馬，穿着禮服，同這個貴族統治者聚會到一起。舊說皆指此章是描寫宣王會諸侯於東都的場面，並生硬地把"會同"和"行獵"分成兩件事。後儒且多方爲之彌縫。今以上下文推測，此處的"會同"顯然是爲了聚在一起打獵的。〕

決拾既佽①，弓矢既調②，射夫既同③，助我舉柴④。

①決拾既佽："決"，今名扳指，用象牙或獸骨製成，套在右手的大姆指上，是用以鈎開弓弦的。"拾"，又叫臂韝，用皮製成，着於左臂上，是射箭時用以護臂的。"佽"音次，便利，順利。此言把射獵的準備工作做得很順利。　　②弓矢既調："調"猶言"相稱（去聲）"，指弓弦的强弱和箭的輕重調配得很趁手。"調"可讀作同，與下句的"同"字叶韻。　　③射夫既同："射夫"指射箭的人，"同"，聚齊。　　④助我舉柴："柴"應作"掌"或"齜"，音自，指積禽。"舉掌"猶言"獵得大批的禽類"。按，此章第一、第四句叶韻，第二、第三句叶韻。〔第五章，寫射獵以前的充分準備，大家會同一處協助統治者獵取大批的禽類。〕

四黄①既駕，兩驂不猗②。不失其馳③，舍矢如破④。

①四黄：四匹黄色的馬。　②兩驂不猗：按，古用四馬或三馬駕車，中間的兩匹或一匹叫“服馬”，兩邊的兩匹叫“左右驂”。“猗”應作“倚”，偏斜之意。此連上句言：“四匹黄馬駕好了車，左右兩驂走起來一點兒也不向左右傾斜。”意指兩驂和中間的馬是取得一致的步伐的，不影響行車的速度和方向。　③不失其馳：“馳”指駕車時一定的法則。此言駕車人（古稱“御者”）駕車時不違反一定的法則。　④舍矢如破：“舍”同“捨”，“捨矢”猶言“放箭”。“如破”指射者一發而中。禽獸像一件東西被擊破一樣，應弦而斃。按，古代射獵是一種具有高度藝術性的技巧合作。據孟子滕文公篇所述，在御者必須遵守一定的駕車規律（所謂“範我馳驅”）的條件下，射者仍能射得很準確，才是真本領；如果御者用取巧的、不合規矩的駕車方法（所謂“詭遇”），即使獲得很多禽獸，也不足道。只有像此章所描寫的，才是真正善御善射的合作典範。〔第六章，寫射獵的具體行動。〕

蕭蕭①馬鳴，悠悠旆旌②。徒御不驚③﹗大庖不盈﹗

①蕭蕭：馬長嘶聲。　②悠悠旆旌：“悠悠”，閒暇貌；“旆旌”，即旗幟。以上兩句寫大獵以後，由緊張而閒暇。馬在奔馳以後，停下來從容地長嘶；人們又各歸隊伍，旗幟安閒地在空中飄動。　③“徒御”二句：此二句中的“不”字是語助詞，没有涵義（用鄭玄説及王引之的解釋）。上句，“徒御”，步卒和駕車人，指統治者所有的侍從；“驚”應作“警”，指嚴肅地警衛着。下句，“大庖”，指統治者的廚房；“盈”，充滿。此言“不論車上車下的隨從們都肅然地警衛着，　大庖中充滿了獵獲的禽獸”。〔第七章，寫射獵之後的景象，以見紀律嚴明，儀容整肅。〕

之子于征①，有聞無聲②。允矣君子③，展也大成④﹗

①于征：指隊伍在行進中。此指射獵歸來。　②有聞無聲：只聽見隊伍行進的脚步聲而聽不見其它的喧嘩聲。　③允矣君子：“允”，信，猶言“實在是”；“君子”指統治者。　④展也大成：“展”與上句的“允”同

義；"大成"，猶言"偉大的成功"。此連上句言："實在是偉大的君子啊，實在是偉大的成功啊！"是詩人歌頌的話。〔第八章，寫射獵歸來，並以頌贊語作結。〕

（五十六）　黃鳥（小雅）①

黃鳥黃鳥②，無集于榖③！無啄我粟！此邦之人，不我肯榖④。言旋言歸，復我邦族⑤。

①此詩內容與王風葛藟相近。朱熹說："民適異國，不得其所，故作此詩。"　②"黃鳥"三句：此與碩鼠開頭二句語氣相似，疑是"適異國"之民對"此邦"的剝削者感到不能忍受而發出的怨怒之言，同下文"不我肯榖"等語正相一致。　③榖：音谷，落葉亞喬木。葉似櫟而紋理較粗，樹皮上有白斑，可以做紙。按，此字從"榖"從"木"，與下文從"榖"從"禾"的"穀"，不是一字。　④穀：養（用馬瑞辰說）。此連上言："這兒的人不肯收養我。"　⑤復我邦族：回到我原來的邦族那兒去。下二章"復我諸兄"、"復我諸父"義與此同。

黃鳥黃鳥，無集于桑！無啄我粱！此邦之人，不可與明①。言旋言歸，復我諸兄。

①明：作"曉"解（用陳奐說），有曉喻之意。言"這兒的人簡直不可理喻，沒有辦法同他們說明道理"。

黃鳥黃鳥，無集于栩！無啄我黍！此邦之人，不可與處。言旋言歸，復我諸父①。

①諸父：見伐木註。

（五十七）　斯干（小雅）①

秩秩斯干②，幽幽南山③。如竹苞矣④，如松茂矣。兄及弟矣，式相好矣⑤，無相猶矣。

①這是一首祝賀周王建築宮室落成時的頌詩。 ②秩秩斯干："秩秩"，水清貌；"干"，"澗"之假借字。此言"清清地流着的是澗水"。 ③幽幽南山："幽幽"，深遠貌；"南山"，即終南山，在周代都城鎬京(西安)的南邊。以上二句言宮室所在的地勢是面山臨水的。 ④"如竹苞矣"二句："苞"，植物叢生稠密之狀。"如"，不是比喻之詞而是枚舉之詞，此二句猶言"有叢生的竹，有茂密的松"，指宮室周圍景物之美(用趙佑説，見其所著詩細)。 ⑤"式相好矣"二句：上句，"式"，發語詞；"相好"，猶言"相睦"，"好"讀去聲。下句，"相猶"，猶言"相欺詐"(用馬瑞辰説)。後三句是頌詞，祝兄弟和好。〔第一章，總述地勢，並祝家族和美。〕

似續妣祖①；築室百堵②，西南其户③。爰居爰處④，爰笑爰語。

①似續妣祖："似"與"嗣"同，"嗣續"猶言"繼承"。"妣"音比，本爲亡母之稱，此處"妣祖"猶言"先妣和先祖"，指周代的遠祖；據鄭玄説，"妣"指姜嫄，"祖"指后稷(詳下大雅生民)，皆周之始祖。此句言周王繼承祖先的基業。 ②築室百堵："堵"，方丈；此言建築面積有一百方丈。指宮室的寬廣。 ③西南其户：此指宮室結構繁複，門户很多。孔穎達説："……天子之宮，其室不一，在北者南户(北房門向南開)，在東者西户(東房門向西開)。" ④"爰居"二句：指宮室落成，可以在裏面居住生活了。〔第二章，寫築宮室的目的及其落成。〕

約之閣閣①，椓之橐橐。風雨攸除②，鳥鼠攸去；君子攸芋③。

①"約之閣閣"二句：上句，"約"，以繩綑縛；"閣閣"同"歷歷"，細緊穩妥貌。按，築牆時須用繩纏縛築版(築牆時用的木板，所以使牆平直)，上下相承接而起(用陳奐説)。又，何楷説："爾雅云：'樴謂之杙，……長者謂之閣。'按今築牆者，每束一版(每築一層)，必以二長杙(音亦，即長木橛)貫其兩端，使不動摇，所謂閣閣也。"也可通。下句，"椓"音卓，作"敲擊"或"築土"解；"橐橐"，則爲敲擊或築土聲。今按，以下句而言，則疑上句的"閣閣"也是象聲詞。總之，此二句是描寫築牆造屋時施工的動作和

聲音。　　②“風雨”二句：“攸”，所；“除”和“去”是互文。此言宮室建築得很堅固，無論風雨或鳥鼠之患，都可以除去。　　③君子攸芋：“芋”，魯詩作“宇”，作“居住”解（用王引之説）。此言宮室築好，是君子所居住的。〔第三章，寫宮室修築得堅固和嚴密。〕

　　如跂斯翼①。如矢斯棘②，如鳥斯革③，如翬斯飛④。君子攸躋⑤。

　　　　①如跂斯翼：“跂”同“企”，聳立；“翼”，端正恭敬貌。此言宮室建築得非常嚴整，聳立在那兒。　　②如矢斯棘：“棘”，韓詩作“朸”，棱角；此指房屋四隅有棱角，像箭頭一樣。　　③如鳥斯革：“革”是“翮”的假借字，音亟，鳥翅；此言棟宇宏偉如鳥類舉翅。　　④如翬斯飛：“翬”音輝，雉鳥；此言宮室四面的飛簷上有華采之飾，而且形勢開張，如雉鳥之飛。⑤君子攸躋：“躋”，升，登。按，此章前四句所描寫的是殿堂的形象，所以説“君子所升”。〔第四章，寫殿堂建築得雄壯軒矞。〕

　　殖殖其庭①，有覺其楹②，噲噲其正③，噦噦其冥④。君子攸寧⑤。

　　　　①殖殖其庭：“殖殖”，平正貌。此言庭院非常平正。　　②有覺其楹：“覺”，高大而直立；“楹”，柱子。此言楹柱非常高大。　　③噲噲其正：“噲噲”同“快快”，屋宇軒豁寬明之貌；“正”指向陽的屋子，即今所謂“正房”。此言正面的屋子非常寬敞豁亮。　　④噦噦其冥：“噦噦”同“煟煟”，音慧，義同“噲噲”；“冥”，指屋宇深奧之處，亦即光線較幽暗的地方。此言雖幽暗之處也很明亮，可見其軒豁（用余冠英説）。　　⑤寧：安，即下文“乃安斯寢”之意。按，此章前四句所描寫的是寢宮的形象，所以説是君子安寢之處。〔第五章，寫寢宮建築得寬敞豁亮。〕

　　下莞上簟①，乃安斯寢。乃寢乃興②，乃占我夢③。吉夢維何？維熊維羆④，維虺維蛇⑤。

　　　　①下莞上簟：“莞”音官，水草名，似蒲，可用以織蓆。此處即指用莞

草做的蓆子。“簟”音點，竹蓆。此言把莞蓆鋪在底下，把竹蓆鋪在上面；指安排寢臥之處。　　②興：起床。　　③乃占我夢：古代的人迷信神權，以爲夢兆可以預示吉凶，“占夢”猶言“推斷夢的吉凶”。“我”，指居於寢宮中的主人；此是詩人代主人自稱。　　④羆：音皮，似熊而大。　　⑤虺，蛇：“虺”音毁，蛇類，細頸大頭，身有文采，大的有七八尺長。“蛇”，此處叶韻讀爲移。以上三句是詩人頌祝主人做好夢，夢見熊羆和蛇虺，都是吉祥的夢。〔第六章，祝主人在新居中安寢，並得吉夢。從此章以下，都是頌詞。〕

　大人①占之：維熊維羆，男子之祥；維虺維蛇，女子之祥。

　　①大人：“大”讀作太，疑卽太卜。“太卜”是古占夢之官，見周禮。以下的話就是這個“大人”對夢的解釋。據鄭玄的說法，“男子之祥”和“女子之祥”是指生男孩和生女孩的吉祥預兆。〔第七章，假設占夢之詞。〕

　　乃生男子，載寢之牀①，載衣之裳②，載弄之璋③。其泣喤喤④，朱芾斯皇⑤，室家君王⑥。

　　①載寢之牀：“載”，發語詞。此言把所生的男孩子放在牀上睡。據此句和下章“載寢之地”的話來看，則古代男尊女卑的習尚顯然可見。②載衣之裳：“衣”讀去聲，作動詞用，言給小孩子穿上一件“裳”（下裙）。③弄璋：古代風俗。“璋”，一種玉器；“弄”指把璋置於小孩子的手邊，好像讓他在擺弄的樣子。按，“弄璋”是鼓勵男孩子長大以後能養成優良的品德。　　④喤喤：大聲。此言小孩子哭的聲音宏響。按，古人以小兒哭聲宏亮爲長大後有出息的徵兆。　　⑤朱芾斯皇：“朱芾”是天子之服；“皇”同“煌”，指衣服色采輝煌。此言這個男孩子將來可能穿上天子之服，極言其來日地位之尊貴。　　⑥室家君王：猶言“有室有家，爲君爲王”（用朱熹說）。“君”指諸侯，“王”指天子。〔第八章，頌祝之詞。設言男子如果在這新築的宮室中誕生，將來一定可以穿上朱芾，或爲諸侯，或爲天子。〕

　　乃生女子，載寢之地，載衣之裼①，載弄之瓦②。無非無儀③，唯酒食是議④，無父母詒罹⑤。

　　①裼：音替，即褓衣，裹嬰兒的被。　　②"弄瓦"："瓦"舊解爲"紡磚"，即紡線時所用的陶製的紡錘。"弄瓦"是鼓勵女孩子大了可以勤於紡績之事。　　③無非無儀："無非"，猶言"無違"(用馬瑞辰說)，指女子結婚以後，不違背其公婆和丈夫；"儀"讀爲"俄"，作"邪"解(用近人林義光說，見其所著詩經通解)，"無儀"猶言"無邪"。　　④唯酒食是議：言女子主內，只負責辦理酒食之事，即所謂"主中饋"。　　⑤無父母詒罹："詒"同"貽"，給，與。"罹"音麗，憂。此言女子成年以後，善事夫家，不給父母增加憂愁。〔第九章，亦頌祝之詞。設言女子如果在這新築的宮室中誕生，將來一定成爲一個無非無儀的賢妻良母。〕

　　　　　　（五十八）　無羊（小雅）①

誰謂爾無羊？三百維羣②。誰謂爾無牛？九十其犉③。爾羊來思，其角濈濈④；爾牛來思，其耳濕濕⑤。

　　①這是一首歌詠牛羊蕃盛的詩，末章亦含頌祝之意。詩中的"爾"疑指牛羊的所有主。　　②三百維羣：猶言"三百隻羊成爲一羣"。　　③九十其犉："九十"見東山註。"犉"音淳，七尺的牛，意指牛生得很肥壯。此句極言牛之衆多。　　④濈濈：一作"戢戢"，音緝，形容羣角聚集在一起的樣子。　　⑤濕濕：耳動貌。〔第一章，寫牧地上牛羊數量之多。〕

或降于阿①，或飲于池②，或寢或訛③。爾牧④來思，何蓑何笠⑤，或負其餱⑥。三十維物⑦，爾牲則具⑧。

　　①阿：丘陵。也可以作"水邊"解(見穆天子傳)。　　②池：古讀爲沱，與"阿"、"訛"叶韻。　　③或寢或訛："訛"同"吪"，見兔爰註。此言牛羊"有的睡了，有的醒着"。以上三句寫牛羊的動態。　　④牧：牧人。　　⑤何蓑何笠："何"同"荷"，讀上聲，負荷之意。此言牧者把蓑笠負荷在肩背上。"笠"與下句"物"叶韻。　　⑥或負其餱：或者在背上揹着乾糧。

以上二句寫牧者的形象。“餱”讀侯去聲，與下文“具”叶韻。　　⑦三十維物：“物”，毛色。此指牛羊的毛色有三十種之多，極言品類之盛。⑧爾牲則具：“牲”指祭祀用的牛羊；“具”古讀爲救，作“具備”解。此言供祭祀用的牲畜都已具備。言外指要什麽有什麽。〔第二章，寫牧地上牛羊和牧者的動態，並一再寫牛羊的蕃盛健壯。第三章與此同義。〕

爾牧來思，以薪以蒸①，以雌以雄。爾羊來思，矜矜兢兢②，不騫不崩③。麾之以肱④，畢來既升。

①“以薪”二句：“蒸”，細小的薪柴。舊說此二句指牧者有餘力還兼做樵採和搏禽獸的事（“以雌以雄”舊解作牧者獵獲了雌或雄的禽獸）；但宋代以來的學者多認爲這是不大近情的。歐陽修只對上句同意舊說，而解下句爲“牛羊以時合其牝牡”；據明人鄒忠允的說法（見顏棟高毛詩訂詁引），則認爲上句是指牧者爲牛羊選擇有牧草的地方，下句指牧者爲牛羊分別雄雌，便於交配。其說似較合理。　②矜矜兢兢：舊解作“堅強貌”，余冠英則解爲“謹慎堅持，惟恐失羣的樣子”。都可通。　③不騫不崩：胡承珙說：“騫（舊作‘虧損’解）謂羊不肥，崩（舊解作‘羣疾’）謂羊有疾。”余冠英則解爲“羣羊馴謹相隨，不會散失（‘崩’作‘潰散’解）”。都可通。　④“麾之”二句：上句，言牧者用手一揮；下句，言牛羊都跟隨牧者前來，升於高處。“升”是承上文“降”、“飲”等句而言的（用馬瑞辰說）。

牧人乃夢：衆維魚矣①，旐維旟矣。大人占之：衆維魚矣，實維豐年；旐維旟矣，室家溱溱②。

①“衆維魚矣”二句：此是牧人夢中所見。上句，“衆”同“螽”，卽蝗蟲；“維”，乃。馬瑞辰說：“蝗多爲魚子所化。魚子旱荒則爲蝗，豐年水大則爲魚，蝗亦或化爲魚。……埤雅云：‘陂澤中魚子落處，逢旱日曝，率變飛蝗；若雨水充濡，悉化爲魚。’是其澄也。此詩牧人夢螽蝗化爲魚，故爲豐年之兆。‘衆維魚矣’與‘旐維旟矣’二句相對成文。……此詩二‘維’字皆當訓‘乃’。螽乃魚矣，謂螽化魚；旐乃旟矣，亦謂旐易以旟。”按，埤雅是宋陸佃所撰，蝗魚相化，當是古代傳說如此，故爲豐年之兆。下句，

“旐”見前；“旟”音余，是一種畫有鳥隼圖案的旗。此言“旐變爲旟”。
②室家溱溱：“溱溱”同“蓁蓁”，衆多貌。按，周禮：“州里建旟，縣鄙建
旐。”州里自當較縣鄙的人口衆多。又據說文：“旟，錯革鳥於上（畫鳥形
圖案於上），所以進士衆；旟，衆也。”則“旟”本有“衆”義，故“旐變爲旟”乃
是室家溱溱，人口旺盛之兆（參用馬瑞辰説）。〔第四章，以占夢作結，含
頌禱之意。〕

（五十九）　正月（小雅）①

正月繁霜②，我心憂傷。民之訛言③，亦孔之將。念我獨兮④，
憂心京京。哀我小心⑤，癙憂以痒⑥。

　　①這是一首憂國哀民、憤世嫉邪的詩，當是周室士大夫所作。舊説
以爲此詩產生於西周未亡之時；獨朱熹據詩中“赫赫宗周，襃姒烕之”之
言，引或説以爲是西周亡後的作品。他説：“或曰：此東遷後詩也。時宗
周已滅矣，其言‘襃姒烕之’，有鑒戒之意，而無憂懼之情，似亦道已然之
事，而非慮其將然之辭。”今按，朱熹引“或説”的論點是比較正確的。此
詩大約產生於西周已亡而東都尚未鞏固的時期，從這詩中，我們可以看
出詩人憂傷惝懼之情極其顯著。　　②“正月”二句：“正月”，正陽之月，
指周曆六月，即夏曆的四月。四月裏天降繁霜是時令失常的現象，古人
往往認爲是災禍將至的徵兆，所以詩人爲之憂傷。　　③“民之訛言”二
句：“訛言”即謠言；“孔”，非常；“將”，大。此言“民間的謠言流傳得非常
之盛”。　　④“念我”二句：“京京”，憂不去貌。此言“想到憂國的人只有
我自己，就更加心憂了。”　　⑤小心：有惴慄不安、危懼戒惕之意。
⑥癙憂以痒：“癙”音鼠，“痒”音羊，都作“病”解。胡承珙説：“既病於憂，
又以憂而愈病。文義自有次第，不嫌其複也。”〔第一章，從天時失常寫到
自己的憂慮獨深。〕

父母生我，胡俾我瘉①！不自我先②，不自我後。好言自口③，

莠言自口。憂心愈愈④，是以有侮。

①胡俾我瘉："俾"，使；"瘉"，病。此連上句言"父母既生我，爲什麼使我這樣痛苦呢！"　　②"不自我先"二句：朱熹説："傷己適丁是時也。"言"憂患之來不先不後，正讓我碰上。"按，此卽指詩人遇到了亡國之禍。③"好言"二句："莠言"，惡言。此言"不論好壞話都是從人口中説出來的"，言外有憂讒畏謗之意。　　④"憂心愈愈"二句：上句，"愈愈"，應依説文作"念念"，含憂之深，至於怳惚善忘（用何楷説）。下句，"有侮"，指被侮於小人。因小人禍國殃民，反以憂國的人爲迂闊，甚至加以侮弄，所以説"是以有侮"。〔第二章，自傷生逢亂世，並覺得小人莠言之可怕。〕

憂心惸惸①，念我無祿②。民之無辜③，并其臣僕。哀我人斯④，于何從祿？瞻烏爰止⑤，于誰之屋？

①惸惸：憂貌。"惸"又作"煢"，音瓊。　　②無祿：猶言"不幸"。按，以下各句所寫，皆亡國以後的情況。　　③"民之"二句："臣僕"卽奴隸。古時奴隸，大都以罪人或俘虜充當，此言遇到亡國的慘禍，人民都變成俘虜，所以説："連無辜的人民也一併充當人家的奴隸了。"　　④"哀我"二句：按，此詩"人"、"民"並稱而用法不同，疑"人"指統治階級中的人，而"民"指被剝削的勞苦大眾。故上句可解釋爲"可憐我們這樣的人啊！"下句的"祿"，舊解作"天祿"，恐非是；此處與上文"無祿"的"祿"似不應歧義，疑應解作"將在什麼地方才能得到幸福呢？"　　⑤"瞻烏"二句：言"大亂之後，人們看到，連烏鴉都不知落在誰的屋上好了"。以喻人民流離失所，無所依歸。〔第三章，詩人寫亡國之後的情況並憂慮到後患無窮。〕

瞻彼中林①，侯薪侯蒸。民今方殆②，視天夢夢③。既克有定④，靡人弗勝。有皇上帝⑤，伊誰云憎？

①"瞻彼"二句：上句，"中林"卽林中。下句，"侯"，乃，維；"薪"、"蒸"見無羊註，此以喻小人。鄭玄説："林中，大木之處；而維有薪蒸爾。喻朝

廷宜有賢者,而但聚小人。"韓詩外傳引此二句,也解釋道:"言朝廷皆小人也。"　　②殄:　危。指人民生計艱難,處境岌岌可危。　　③視天夢夢:"夢夢",昏暗不明貌。意指上天對人間世的不平並無表示。"夢"因叶韻,讀平聲。　　④"既克"二句:此承上文作轉語。上句的主語是"天",下句的"人"指在朝的小人。言上天並非真是昏暗不明,"只要天意有定,不論什麼人,它都可以勝過"。意指冥冥中自有主宰,小人們是無所逃於天譴的。　　⑤"有皇"二句:"有皇"即皇皇,偉大之意。此言"偉大的上帝究竟憎恨誰呢?"言外指上帝能明辨是非,它所憎恨的未必是人民,倒可能是在朝的小人(參用胡承珙說)。〔第四章,作者推測在朝的小人應該被上帝所憎。這是一種無可奈何的、寄希望於天命的想法。〕

謂山蓋卑①,爲岡爲陵。民之訛言,寧莫之懲②。召彼故老③,訊之占夢。具曰"予聖"④,誰知烏之雌雄⑤?

①"謂山"二句:上句,"蓋"與"盍"同,作"何"解(用陳奐說),下章同此。下句,"岡"和"陵"都指山之高大者而言。此言"一般人都說山何以那樣低,其實它本是高岡大陵,並不卑小"。指社會上已無真是非。②寧莫之懲:"寧"作"乃"解(用王引之說);"懲",制止。此承前二句而言,意謂"既然一切是非顛倒,所以民間的謠言,也就無從制止了"。③"召彼"二句:以下是諷刺在朝的統治階級的。"故老",猶言"元老"、"舊臣";"占夢"指占夢之官。此言故老和占夢之官被天子召訊。　　④具曰予聖:"具"同"俱",言"故老和占夢之官都自命不凡,說自己是聖人"。⑤"誰知"句:此承上句而言;烏的形狀毛色,雌雄無別;以喻那些自命不凡的人各執一理,很難辨別他們誰是誰非。〔第五章,言民間訛言不止,朝中是非紛紜,極寫當時社會之紊亂。〕

謂天蓋高①,不敢不局;謂地蓋厚,不敢不蹐。維號斯言②,有倫有脊③。哀今之人④,胡爲虺蜴!

①"謂天蓋高"四句:"局",一作"跼",傴僂着身子;"蹐",說文作"小

步"解,指不敢邁大步。此言天雖高地雖厚,可是人民卻局促不安,時刻自危。孟郊詩:"出門卽有礙,誰云天地寬┃"正是此四句之意。　②維號斯言:"號"讀平聲,呼叫;"斯言"指上面的四句話。　③有倫有脊:"倫",理;"脊",齊詩作"迹",作"道"解;此句猶言"有道理"。若連上句,則其大意是:"人民所以呼號着這樣的話,是有他們一定的道理的。"　④"哀今之人"二句:此二句説明人民所以局促不安的理由。"虺蜴"都是毒蟲("蜴"音亦,卽蜥蜴),是於人有害的。朱熹説:"哀今之人(指統治者),胡爲(爲什麽)肆毒以害人(指人民),而使之至此乎?"意謂世上既充滿了虺蜴,人民自然無所措手足了。〔第六章,言人民遭逢亂世,時刻危懼不安。後漢苟悦在前漢紀王商論中説:"……以天之高,而不敢舉首;以地之厚,而不敢投足。詩云:'謂天蓋高,不敢不跼;謂地蓋厚,不敢不蹐。哀今之人,胡爲虺蜴!'……以六合之大,匹夫之微,而一身無所容焉……。"正此章之意。〕

瞻彼阪田①,有菀其特。天之扤我②,如不我克。彼求我則如不我得③。執我仇仇④,亦不我力。

　①"瞻彼"二句:上句,"阪田",山坡上土壤比較磽瘠的田。下句,"菀"音都,茂盛貌;"特",生得突出的禾苗,卽詩人自喻。此言"看那磽瘠的田地中,竟長了一棵特出的禾苗",意指自己是很突出的人才。　②"天之扤我"二句:上句,"扤"音屋或月,本作"搖動"解,此處有"摧殘"之意;"我",詩人自謂。下句,"克",制伏,勝過。此言"上天有意要摧殘我,惟恐不能把我制伏。"　③"彼求"句:此應是八字句(參用俞樾説)。"彼",指天子;言"當天子求我之時惟恐得不到我。"　④"執我"二句:上句,"執",以手持物;"仇仇"同"扐扐",形容拿東西不用力的樣子(用王引之説)。下句,"力",用力。此二句是以不用力持物喻不重用賢臣,猶言"既得到我之後,也只是隨便地對待我,不對我重視"。〔第七章,作者言自己雖有賢才而不被重用。〕

心之憂矣,如或結之①。今兹之正②,胡然厲矣┃燎之方揚③,

寧或滅之。赫赫宗周④，褒姒威之⑤。

①如或結之：好像用繩子繫了個扣兒。此指心中鬱結之狀。　②"今茲"二句：上句，"今茲"，目前，現在；"正"同"政"。下句，"胡然"，何以如此；"厲"，暴，惡。此言"當時的政治何以如此的壞"。一說，"正"作"首長"解，指在位的統治者。亦通。　③"燎之方揚"二句：上句，"燎"，野火；"揚"，旺盛；下句，"寧"，乃；"滅"，用水澆熄。這兩句是下面二句的比喻。④赫赫宗周："赫赫"，猶言"興盛的"；"宗周"，指西周。　⑤褒姒威之："褒姒"，人名，西周末年褒國的女子，後爲周幽王寵妃。幽王是個荒淫的統治者，爲了寵褒姒做了很多荒唐事，終於亡國。"威"，即古"滅"字，但古時此二字在用法上有所不同。以上四句言"燎原之火雖盛，竟可能被水澆滅；宗周雖盛，褒姒竟可以使它滅亡"。所以應該引爲鑒戒。〔第八章，直斥時政，並指出宗周滅亡的原因，以爲鑒戒。〕

終其永懷①，又窘陰雨②。　其車既載③，乃棄爾輔。載輸爾載④，將伯助予⑤。

①終其永懷："終"，既；"永懷"，長久的憂傷。　②又窘陰雨："窘"，困迫。陳奐說："既其長爲之憂傷，又困之以陰雨。陰雨以喻所遭多難。"③"其車"二句："車"，大車；"載"，重載之物；"輔"，大車載物時用以夾持在物之兩旁的版，舊說以"輔"喻賢臣。　④載輸爾載：上"載"字是語詞，猶言"乃"、"且"；"輸"，墮；下"載"字指所載之物。此連上言"大車既然載了貨，却把夾物的輔扔掉了，那麼所載的東西自然要墮下車來了"。　⑤將伯助予：此是假設輸載的人求助的話。"將"，請；"伯"，對男子的泛指敬稱。此句猶言"求您多幫忙"。言外有"必待大禍臨頭時才想起重用賢者"之意。〔第九章，此與下章皆以大車載物喻治國。此章是指出錯誤的一面，下章則說明應如何才是正確的措施。〕

無棄爾輔，員于爾輻①，屢顧爾僕②；不輸爾載③。　終踰絕險④，曾是不意。

①員于爾輻:"員",作"益"解,猶言"加大";"輻"(古音逼),與"輹"同,即車軸。此言使車軸加粗,可以使車增加負荷量。　②僕:趕車的人。此句言應該經常對趕車的人有所照顧。　③不輸爾載:這一句是前三句的目的和效果。言做好了上面幾件事,所載之物自然墮不下車來。此句的"載"古讀爲"稷",與"輻"、"僕"及末句的"意"(讀入聲)叶韻。④"終踰"二句:上句,"如果能道樣做,是終會渡過最危險的難關的";下句,"但是現在的執政者却毫不加以考慮"。("絕險"作"最險之處"解,"意"作"揣度"、"考慮"解,都用王引之説。)

魚在于沼①, 亦匪克樂②。 潛雖伏矣③,亦孔之炤。 憂心慘慘④,念國之爲虐。

①魚在于沼:"魚"是詩人自喻。"沼",池。　②亦匪克樂:也不能很快樂。　③"潛雖伏矣"二句:上句猶言"雖潛伏矣",指魚藏在池中深處;下句,"炤"古音灼,與"昭"同義,作"顯著"解,言魚容易被人看見。④慘慘:憂慮不安。此連下句言"想到國家虐政太多,不禁憂慮不安"。〔第十一章,作者以池魚自比,有終恐罹禍的危懼。〕

彼有旨酒①, 又有嘉殽②。洽比其鄰③, 昏姻孔云④。念我獨兮,憂心慇慇。

①旨酒:美酒。　②嘉殽:美好的肴饌。　③洽比其鄰:"洽",和協,融洽;"比",親近;"鄰"指同類的人。　④昏姻孔云:"云"有"周旋往還"之意。"昏姻"指親戚關係。以上四句皆指小人之得勢者,言"他們整天以酒食相徵逐,樹黨成羣,周旋於姻戚之間"。〔第十二章,以小人之朋比同自己的孤立相對照。〕

佌佌彼有屋①, 蔌蔌方有穀②; 民今之無禄, 天夭是椓③。 哿矣富人④,哀此惸獨!

①"佌佌"句:"佌佌",小貌,形容在朝的小人猥瑣之狀。此言"那些猥瑣的小人都有好房子住"。"佌"音此。　②"蔌蔌"句:"蔌蔌"(音速),

陋貌，亦指在朝的統治者是卑陋的小人。此言他們却有大批的糧食。以上二句爲對文，指統治者雖都是小人，却因大量剝削人民，擁有房屋田產。（按，"方有穀"經典釋文引作"方穀"，今從通行本。）　③天天是椓："天"，災禍；"椓"音卓（叶韻可讀爲獨），打擊，加害。以上二句與"佌佌"二句恰成對照。朱熹說："民今獨無禄者，是天禍椓喪之耳。"言上天降禍於人民，則人民更是不幸了。（按，"天天"一本作"夭夭"，疑非是。）④"哿矣"二句：也是對文。上句，"哿"音可，樂；下句，"惸獨"，孤獨無依靠者。此言"富人是多麼快樂，而孤獨無依的老百姓够多麼可憐！"〔第十三章，指出社會上的貧富對立，說明作者的憂傷不僅是由於個人的得失。〕

（六十）　十月之交（小雅）①

十月之交②，朔日辛卯。　日有食之③，亦孔之醜④。　彼月而微⑤，此日而微；今此下民，亦孔之哀。

　　　①這是一首反對統治者的詩。詩人以爲自然的災異是由於一批殘暴的執政者和天子的"豔妻"做壞事的結果，因此嚴正地斥責了這些人。特別是對那個濫用民力的皇父，更給予了無情的詛咒。作者大約也是屬於統治階級內部的人，但詩中却充滿了對統治者的不滿和對勞苦人民的同情。姚際恆說："小序謂大夫刺幽王，實刺皇父也。朱鬱儀曰：'向（地名，在今河南省尉氏縣西南）在東都，……去西都千里而遙；皇父恃寵請城（請求築城），規避戎禍，土木繁興，徙世家巨族以實之。人情懷土重遷，傷其獨見搜括，故賦是詩。'此說得之。"按，朱鬱儀明代人，名謀㙔，姚氏所引，見其所著詩故。　　②"十月之交"二句："交"指日月相遇；"朔日"的"日"應作"月"（今本是傳寫之誤），"朔月"即月朔（用陳啓源說），指每月的初一日。據我國古代天文家推算的結果，周幽王六年（公元前七七六年）十月初一日（這一天是"辛卯"日）的辰時（早晨七至九時），曾經有過日蝕的事情發生，正與此詩相合。　　③日有食之："食"即蝕。

④亦孔之醜："醜"，惡。古人認爲日蝕是一種不祥的自然災異，所以説是"非常之醜"的事。 ⑤"彼月而微"二句："微"指昏暗不明。此言月有時是不明亮的(月有盈虧，故云)，現在連太陽也昏暗起來了。按，古人以"日"、"月"喻君父，日月不明，正是國君無道的徵象，所以下文("今此下民"二句)説"現在的老百姓真是太可憐了"。

日月告凶①，不用其行。四國無政②，不用其良。彼月而食③，則維其常；此日而食，于何不臧④！

①"日月告凶"二句：上句，"告凶"，顯示凶兆；下句，"行"音杭，常規，正軌。此言"日月的顯示凶兆，乃是它們失其常度的結果"。 ②"四國無政"二句："四國"即四方，"無政"猶言"無善政"。此言"四方無善政，乃是不用賢良的結果"。 ③"彼月而食"二句：古代人對於月蝕看得比較平常，春秋中凡日蝕必有記載，而月蝕則不載。此處即是説"月蝕乃是常見的事"。 ④于何不臧："于"同"吁"，感歎詞(用俞樾説)。此言"唉！日蝕是多麼不好的事啊！"

爗爗震電①， 不寧不令②。 百川沸騰，山冢崒崩③。 高岸爲谷④，深谷爲陵。哀今之人，胡憯莫懲⑤！

①"爗爗"句："爗"音業，閃電發光貌；"震"，雷；"電"，閃電。古人以爲大雷雨也是自然災異。 ②不寧不令："寧"，安；"令"讀平聲，善。鄭玄説："雷電過常，天下不安，政教不善之徵。" ③山冢崒崩："山冢"指高山的頂端；"崒"即"碎"之借字，"崒崩"與上文"沸騰"相對成文(用馬瑞辰説)，猶言"山頂崩裂"。據國語，幽王二年曾有大地震，此處所寫疑即追溯其事。 ④"高岸"二句：言高岸崩陷，變成窪地；深谷填塞，反成山陵。 ⑤胡憯莫懲："憯"同"朁"，音慘，作曾經的"曾"解；"懲"，止。此言"天變示警，爲什麼執政者一點也不終止他們的暴行呢？"〔前三章，從自然災異寫起，指出當時人民生活的痛苦和執政者的不知悔改。〕

皇父卿士①，番維司徒，家伯維宰，仲允膳夫，棸子內史，蹶維趣馬，楀維師氏。豔妻煽方處②。

①"皇父卿士"七句：這裏的七個人，是幽王時怙惡爲非的執政之臣，其中"皇父"（後世寫作"皇甫"）、"家伯"、"仲允"，是其人的字（別名）；番（音婆）、椉（音鄒）、蹶（音愧）、楀（音矩）是其人的姓氏。"卿士"（是六卿之長，用胡承珙説）、"司徒"（負責教化的）、"宰"（卽冢宰，是負責行政的）、"膳夫"（管天子飲膳之事的）、"内史"（負責人事和司法的）、"趣馬"（趣音秋上聲，給天子管馬的）、"師氏"（負責監察的），都是官名。　②豔妻煽方處："豔妻"，或謂指褒姒，或謂指天子另外的寵妾；"煽"，本作"熾"解，此處指其在天子面前非常得寵，炙手可熱；"方"，並，"方處"猶言"豔妻與上述七人並處於高位"。〔第四章，朱熹説："言所以致變異者，由小人用事於外，而嬖妾蠱惑王心於内，以爲之主（成爲操縱天子的人），故也。"〕

抑① 此皇父，豈曰不時②；胡爲我作③，不卽我謀！徹我牆屋④，田卒汙萊⑤。曰"予不戕⑥，禮則然矣。"

①抑：同"噫"，感歎詞，有所傷痛之聲（用陳啓源説）。　②豈曰不時："不時"指不是農閒之時。此言"皇父哪裏管目前是不是農閒的時候"。　③"胡爲我作"二句："我"當是詩人自謂。此詩作者可能是當時統治階級中的一個地位較低、穀祿較薄的人，所以他也直接受到皇父的迫害。"作"，指服勞役。此言"爲什麼不問問我是否願意就强迫我給你役？"按，皇父已看出當時政局很危險，所以强迫別人勞動，好把自己的家族遷到向邑去避禍。以上言其違時動衆。　④徹我牆屋："徹"同"撤"，拆毁。"牆屋"當指詩人領地内的住房。此指皇父逼民遷徙，把住房都拆毁了。　⑤田卒汙萊："卒"，全都；"汙"，指田中低地積了水；"萊"，指田中長了野草。此言人力被皇父徵用，把田園都荒廢了。　⑥"曰予不戕"二句：上句，"曰"的主語是皇父；"戕"音牆，殘害。下句，"禮"猶言"制度"。此二句的大意是："皇父説：'這並非我殘害你們，照禮制的規定，你們原是應該替我服勞役的。'"〔第五章，直斥皇父濫用人力的罪行，並且

揭露了統治者的狰獰面目。〕

皇父孔聖①，　作都于向。擇三有事②，亶侯多藏③。不憖遺一老④，俾守我王。擇有車馬⑤，以居徂向。

①孔聖：猶言“大聖”，當是詩人對皇父的諷刺之詞。　②擇三有事：“有事”猶言“有司”，指皇父選擇了三個替自己服務的臣。　③亶侯多藏：“亶”音但，猶言“誠然”，“實在”；“侯”，維，乃；“多藏”，有積蓄的富室。“藏”讀去聲。此言皇父所擇之臣都是有錢的富人。　④“不憖”二句：上句，“憖”音侯，勉強，姑且；下句，“俾”，使，“守我王”，猶言“保衛王室”。此言“皇父連一個舊臣都不肯留下來，使之得以保衛王室”。⑤“擇有車馬”二句：“居”，語助詞，沒有涵義；“徂”，往。此言凡是有車馬的富人都被皇父挑選出來，搬到向地去住了。〔第六章，斥責皇父的貪鄙自私，只顧利己，不管王室。〕

黽勉從事，不敢告勞①。無罪無辜，讒口囂囂。下民之孽②，匪降自天。噂沓背憎③，職競由人④。

①告勞：訴苦。　②孽：災害。此連下句言“老百姓的災害並不是上天降下來的”。　③噂沓背憎：“噂”音尊上聲，作“聚”解；“沓”音踏，隨便亂講話。此言“小人聚在一起就彼此紛紛議論，在背後就彼此憎恨”。　④職競由人：“職競”猶言“主要的策動”，“人”指小人。此連上文言“人民的災害主要的動力是來自那些作風惡劣的小人”。〔第七章，詩人自言既苦於勞役，又遭到讒言；這都是由於小人從中撥弄之故。〕

悠悠我里①，亦孔之痗。四方有羨②，我獨居憂；民莫不逸③，我獨不敢休。天命不徹④，我不敢傚我友自逸。

①“悠悠”二句：“里”，舊解作“居”，指詩人自己的故里。一作“悝”，憂。“痗”見伯兮註。　②羨：富餘。　③逸：安樂。　④“天命不徹”二句：上句，猶言“天命失於常道”，指前三章所寫的自然災異；下句，言應勉修人事以挽回天意。陳奐說：“親屬之臣，心不能已，故不敢傚友（按，

'友'指作者的同僚)之逸豫。所謂'敬天之怒,無敢戲豫'(見大雅板篇,'戲豫'卽'逸豫')也。"〔第八章,詩人以勤奮爲國自勉,以期扭轉天怒。〕

(六十一) 小弁(小雅)①

弁彼鸒斯②,歸飛提提③。 民莫不穀④,我獨于罹。 何辜于天⑤? 我罪伊何? 心之憂矣,云如之何」

　　①這是一首被父親放逐、抒寫憂憤哀怨的詩。小序據毛傳,以爲周幽王放逐太子宜臼,宜臼的師傅作此詩(朱熹詩集傳,謂是宜臼自作);齊、魯二家則以爲周宣王的大臣尹吉甫惑於後妻,逐前妻子伯奇,伯奇作此詩。朱熹早年論此詩說:"此詩明白爲放子(被放逐的兒子)之作無疑,但未有以見其必爲宜臼耳。序又以爲宜臼之傅,尤不知其所據也。"(見詩序辨說)其論實較平允。余冠英說:"這些傳說(指以上的兩種說法)未可全信,但作爲參考,對於辭意的了解是有幫助的。"故錄以備考。　　②弁彼鸒斯:"弁"同"昪",音盤,作"樂"解。"鸒"音預,鳥名。形似烏而小,腹下白色,喜羣聚飛鳴。　　③提提:此處的"提"音匙,羣飛安閒之貌。以上二句用鸒飛起興,以鸒鳥有歸飛之樂反襯詩人自己的哀愁。　　④"民莫不穀"二句:上句,"穀",善;下句,"罹"音離,憂。此言"所有的人都很好,只有我一個人是憂愁的。"　　⑤"何辜"二句:上句,"辜",得罪;"天",以喻父母。下句言己實無罪。〔第一章,詩人以鸒飛起興,寫出自己因不得於親而怨慕的心情。〕

踧踧周道①,鞫爲茂草②。 我心憂傷,惄焉如擣③。 假寐永歎④,維憂用老⑤。 心之憂矣,疢如疾首⑥。

　　①踧踧周道:"踧"音剔,"踧踧",平易貌;"周道",大路。　　②鞫爲茂草:"鞫"音菊,阻塞。此連上句言"平坦的大道却被很多的野草給阻塞了"。　　③惄焉如擣:"惄"音溺,憂愁煩躁貌;"擣",今俗作"搗",作"舂"解。孔穎達說:"……我心爲之憂傷,惄焉悲悶,如有物之擣心也。"

④假寐永歎：不脱冠帶而臥叫"假寐"；"永歎"，長歎。此指雖在夢中也不忘長歎。　　⑤維憂用老："用"，因而。此句猶言"因憂而老"。憂能傷人，所以使人早衰。　　⑥疢如疾首："疢"音趁，本指熱病，此處借以爲煩熱之稱（用馬瑞辰説）；"如"同"而"；"疾首"，頭痛。此連上言因憂煩而内心躁熱，以致頭痛。〔第二章，極寫其憂傷之狀。〕

維桑與梓①，必恭敬止。靡瞻匪父②，靡依匪母。不屬于毛③？不離于裏？天之生我，我辰安在④？

　　①"維桑與梓"二句："梓"音子，落葉亞喬木。幹高二丈餘；葉如掌狀；實長尺許，似豇豆莢。其木材可供建築和器用。按，古人種桑是爲了養蠶以供給人的生活資料（所謂養生），種梓是爲了製棺木（所謂送死），故多種植在住宅的附近。馬瑞辰説："桑梓，懷父母。覩其樹因思其人也。故上言'必恭敬止'，下卽繼以'靡瞻匪父，靡依匪母'。"王先謙説："舊五代史王建立曰：'桑以養生，梓以送死。'此桑梓必恭之義也。其父祖所樹，子孫見之，則追念而加敬；何況我之父母，乃我所瞻仰而依附者，焉有不恭敬乎？"此言桑梓本父母所種植，見桑梓易引起對父母的懷念，故起恭敬之心。　　②"靡瞻匪父"二句："靡…匪…"是用兩個否定性的副詞做成一個肯定的意義；"瞻"，尊敬仰慕；"依"，依戀。此言"所尊敬的惟有自己的父親，所依戀的惟有自己的母親"。"母"古音米，與"止"、"裏"叶韻。　　③"不屬于毛"二句：此緊承上文，以裘爲喻。古代的皮衣，毛在面上而以布做裏子，"毛"、"裏"以喻父母。"屬"，猶言"有連帶關係"；"離"，附着。朱熹説："然父母之不我愛，豈我不屬于父母之毛乎？豈我不離于父母之裏乎？"極言其父母之少恩。　　④我辰安在："辰"，猶言"時運"，指自己的遭遇不幸；不知好時運究竟在哪兒。"在"，古音此，與"梓"、"止"、"母"、"裏"叶韻。〔第三章，寫自己被父母棄逐的痛苦。〕

菀彼柳斯，鳴蜩嘒嘒①。有漼②者淵，萑葦淠淠③。譬彼舟流，不知所屆④。心之憂矣，不遑假寐。

①嘒嘒:“嘒”音慧,蟬聲。　　②漼:音崔上聲,水深貌。　　③淠淠:“淠”音比去聲,草木茂盛貌。以上四句寫柳陰濃處有鳴蟬,淵水深處有蘆葦;言微蟲草木,皆得其所(用顧鎮説)。　　④屆:至。此連上句言“一身如舟漂水上,不知何所依歸”。〔第四章,寫自己窮無所歸,連鳴蜩萑葦都不如。下章則言連鹿、雉都不如,義與此章略同。〕

鹿斯之奔①,維足伎伎。雉之朝雊②,尚求其雌。譬彼壞木③,疾用無枝④。心之憂矣,寧莫之知⑤。

①“鹿斯之奔”二句:上句,“斯”,語助詞;下句“伎伎”,音祈,又作“趚趚”或“歧歧”,形容鹿跑得很快的樣子。　　②雊:音構,雉鳴。此連下句言“雄雞在早晨鳴叫,還可以求得配偶”。以上寫禽獸之各得其所。③壞木:“壞”同“瘣”,音匯,指樹木臃腫多瘤。　　④疾用無枝:猶言“木因病而無枝”。朱熹説:“今我獨見棄逐,如傷病之木,憔悴而無枝。”余冠英説:“本句枝字和下文‘寧莫之知’的知字諧音。樹木疾而無枝和人的憂而莫知有雙關的意思。”　　⑤寧莫之知:“寧”,曾。言自己心憂而他人無從知道。

相彼投兔①,尚或先之。行有死人②,尚或墐之。君子秉心③,維其忍之。心之憂矣,涕既隕④之。

①“相彼投兔”二句:上句,“投”作“掩”解;“投兔”指獵者用網截堵兔子。下句,“先”,開放之意(此二句皆用馬瑞辰説)。此言“你看看,獵者在捕兔時,還可能有人把網開放,讓它逃走”。　　②“行有死人”二句:上句,“行”音杭,道路;下句,“墐”音勤,掩埋。以上四句言人皆有惻隱之心,對於小動物,不忍見其被捕而放走它;對於死人,不忍見其暴露而將屍體掩埋。　　③“君子秉心”二句:上句,“君子”,指其父,下同;“秉心”猶言“存心”、“居心”。下句,“維其”猶言“何其”;“忍”,殘忍。此承上文而言,大意是:“但是君子的存心卻如此地殘忍。”　　④隕:墜落。〔第六章,寫“君子”對於他兒子的殘酷少恩。〕

君子信讒，如或酬之①。君子不惠②，不舒究之③。伐木掎矣④，析薪杝矣⑤。舍彼有罪⑥，予之佗矣。

①如或酬之："酬"音酬(此處叶韻可讀去聲)，本指答謝別人的敬酒。此連上句而言，大意是："君子聽信讒言，好像有人向他進酒似的，是極其願意接受的。"　②惠：作"愛"解，此句言"君子"對他的兒子沒有感情。　③不舒究之：不慢慢地考察事情的真相。　④伐木掎矣："掎"音羈(此處叶韻可讀為戈)，牽引。此言伐木時必須用繩牽着樹梢，使其慢慢倒下。　⑤析薪杝矣："析"，劈；"杝"，音侈(此處叶韻可讀為陀)，順着木柴的絲理。此言劈木柴時必須順着絲理來劈才劈得開。以上二句是比喻"君子"易信讒言，不仔細分析事理，還不如伐木析薪的人。⑥"舍彼"二句："舍"同"捨"；"佗"，加。此言"把真正有罪的人放過，反而將罪名加在我的頭上。"〔第七章，說明其父的忍心是由於信讒的結果。〕

莫高匪山①，莫浚匪泉。君子無易由言②，耳屬于垣③。無逝我梁④，無發我笱，我躬不閱，遑恤我後。

①"莫高"二句："莫…匪…"也是用兩個否定性的副詞做成一個肯定的意義。"浚"即"深"。胡承珙說："此言無高而非山，無浚而非泉，山高泉深，莫能窮測也。以喻人心之險，猶夫山川。"按，此說本於宋戴溪續呂氏家塾讀詩記："末章'莫高匪山，莫浚匪泉'，言人情險於山川，其高深特又甚焉。"錄以備考。　②君子無易由言："易"，輕易；"由"同"於"。此言"君子不要輕易發表意見"。　③耳屬于垣：言牆外有人貼耳於壁，猶今所謂"隔牆有耳"。胡承珙說："君子苟輕易其言，耳屬者必將迎合風旨，而交構其間(在其間挑撥是非)矣。"　④"無逝"四句：已見邶風谷風。〔第八章，前四句申言讒言易入是由於"君子"本身輕易發表意見；後四句則寫自己去後的餘情，同時也對小人表示了不滿(因"無逝"二句有禁人不得擅改成規之意)。〕

（六十二）　大東（小雅）①

有饛簋飱②，　有捄棘匕③。　周道如砥④，其直如矢。　君子所
履⑤，小人所視。睠言顧之⑥，潸焉出涕⑦。

> ①這是一首東方諸侯之國的臣民怨刺周室的詩，舊説是譚國的大夫
> 所作。詩序説："大東，刺亂也，東國困於役而傷於財，譚大夫作是詩以告
> 病焉。"按，譚國在今山東省歷城縣東南。　　②有饛簋飱："饛"音蒙，食
> 物滿器之貌；"簋"見權輿註；"飱"音孫，熟食。此言"簋中的食物盛得滿
> 滿的"。　　③有捄棘匕："匕"音比，即今之羹匙。"棘"是酸棗木，古人用
> 以製匕匙。"捄"同"觓"，音求，形容匕柄曲而長的樣子。以上二句指剥
> 削者的飲食豐足。　　④"周道"二句：上句，"周道"即大路；"砥"音紙（今
> 或讀爲抵），即磨刀石，此處以喻道路的平坦。下句，言大路之直如箭。
> ⑤"君子"二句："君子"指貴族，"小人"指平民；"履"，經行，此指行於周道
> 之上；"視"，注視。按，此二句義含雙關。表面上是説"小人"看"君子"在
> 大道上來往，實際則指"君子"的一舉一動，都與"小人"的命運有關，所以
> "小人"非常注意。　　⑥睠言顧之：眷戀地反顧。　　⑦潸焉出涕："潸"
> 音山，流淚貌。朱熹説："今乃顧之而出涕者，則以東方之賦役，莫不由是
> 而西輸於周也。"〔第一章，以飲食行路起興，總括地寫出西方的"君子"同
> 東方的"小人"之間的關係。〕

小東大東①，　杼柚其空②。　糾糾葛屨③，可以履霜。　佻佻公
子④，行彼周行。既往既來⑤，使我心疚。

> ①小東大東：指東方大小之國。（按，清惠周惕詩説據鄭玄説，解"大
> 東"爲"極東"，則以"小東"指東國之近者，"大東"指東國之遠者。）
> ②杼柚其空："杼柚"音佇逐，是織機上的兩個部分。杼持緯線，柚受經線。
> 此句言"所有織布機上的布帛都被搜括一空"。　　③"糾糾"二句：已見
> 魏風葛屨，此指下文的"公子"穿了漂亮的葛屨走路。　　④佻佻公子

“佻佻”(音挑)，韓詩作“燿燿”，美好貌。朱熹則解“佻”爲“輕薄不耐勞苦之貌”，也可通。“公子”，指貴族。　　⑤“既往既來”二句：“往”、“來”指往來於“周行”；“疚”音久，因憂而病。此言“公子”時時往來於東西之間以搜括民財，故使人民心疚。〔第二章，寫東方之國民窮財盡，而貴族猶搜括不已。〕

　　有洌汜泉①，無浸穫薪②。契契寤歎③，哀我憚人④。薪是穫薪⑤，尚可載也。哀我憚人⑥，亦可息也。

　　①有洌汜泉: 據釋名:“側出(斜着流出的)曰汜泉。汜(音軌)，軌也。流狹而長如車軌(車轍)也。”“洌”，寒冷。　　②穫薪: 已砍下的薪柴。此連上句言不可用寒泉之水浸漬薪柴。宋嚴粲說:“穫薪以供爨，必曝而乾之，然後可用；若浸之于寒洌之泉，則濕腐而不可爨矣。喻民當撫恤之，然後可用。若困之以暴虐之政，則窮悴而不能勝矣。”(見詩緝)　　③契契寤歎:“契契”，憂苦貌；“寤歎”，不寐而歎。　　④憚人:“憚”，魯詩作“癉”，“癉人”猶言“疲勞之人”。此指剝削者應該知道這些精疲力竭的人民是可哀的。　　⑤“薪是穫薪”二句:上句，上“薪”字是動詞；下句，“載”(古音讀爲稷，與下文“息”字叶韻)，裝載。此二句的大意是:“如果你還把柴當柴用，那你還可以把它從寒泉中裝走。”這是下面“哀我”二句的比喻。　　⑥“哀我”二句:大意是:“如果真是同情這些精疲力竭的小民，也應該讓他們歇息一下了。”〔第三章，寫東方人民已精疲力竭，不堪役使。〕

　　東人之子，職勞不來①。西人之子②，粲粲衣服。舟人之子③，熊羆是裘。私人之子④，百僚是試。

　　①職勞不來:“職勞”言專主於勞役；“來”同“勑”(音筋)，本作“勤”解。馬瑞辰說: “古以勤勞爲‘勤’，慰其勤勞亦爲‘勤’。”故此處作“慰撫”、“慰勞”解。此言“東方的人民專門替剝削者服勞役，然而並沒有人慰問他們”。　　②“西人之子”二句:“西人”指周人。此言“周人穿的衣

服却非常華麗燦爛"。　　③"舟人"二句："舟人"舊解爲"舟楫之人"。此
言"雖舟楫之人都穿着熊皮或羆皮所製的裘"，卽承上文"粲粲衣服"而
言。　　④"私人"二句：上句，"私人"，卽私家奴僕之類；下句，"百僚"猶
言"衆官"，"試"作"用"解。此言"連私家的奴隸都可以被錄用爲官吏"。
按，"舟人"、"私人"疑是專指當時周室社會中某一階層的人。胡承珙説：
"舟人私人，自卽於西人之中，特舉其卑賤者。"〔第四章，以東人的勞苦和
西人的享受做鮮明的對比。余冠英説："……西人之中某些社會地位低
下的人也有豐富的物質享受或有一定的權力。相形之下更見得東人之
苦。"〕

　　或以其酒①，不以其漿；鞙鞙佩璲②，不以其長。維天有漢③，
監亦有光④。跂彼織女⑤，終日七襄⑥。

　　①"或以其酒"二句：此與下文"鞙鞙"二句相連，有兩種解釋。一種
解釋認爲"或以其酒"和"鞙鞙佩璲"二句的主語是"東人"，"不以其漿"和
"不以其長"二句的主語是"西人"。朱熹説："言東人或餉之以酒，而西人
曾不以爲漿（'漿'是薄酒）；東人或與之以鞙然（朱熹解'鞙鞙'爲'長貌'，
'鞙然'猶言'長長的'）之佩，而西人曾不以爲長。"這樣解釋，是指西人的
驕奢浪費。明姚舜牧也説："西人進益多，受用大，將物事（東西）不作物
事看也。"（見其所著詩經疑問）另一種解釋，是根據毛傳和韓詩外傳，認
爲"或以其酒"和"鞙鞙佩璲"二句是指西人，"不以其漿"和"不以其長"二
句是指東人。大意是："有人用酒，有人連漿也不能用（'以'作'用'解）；
有人佩戴極貴重的璲（寶玉），有人連長佩（長佩是不值錢的）也没的可
佩。"這是把兩種情況作對比，以見西人之暴殄奢侈和東人之貧困窮乏。
這兩説都有其一定的道理，故並存以供參考。　　②"鞙鞙"二句：上句，
"鞙鞙"又作"琄琄"，音玄上聲。如用朱熹説，則"鞙鞙"是"長貌"；
如從毛傳，則應解爲"佩玉貌"。"璲"卽"瑞"，是一種寶玉。下句，如用朱
熹説，則可解爲"佩雖長而西人不以其爲長"；否則"長"指長佩，是一種用
各種小塊的玉雜湊起來的佩，所以遠不及琄琄的寶玉價值貴重（詳見林

義光詩經通解）。　　③漢：天河。　　④監亦有光："監"同"鑑"，指以鏡
照形。水清如鏡，本可照人；此言天河雖能鑑人，但只見光而不見影。
⑤跂彼織女："織女"，星名。共有三星，鼎足而成三角。"跂"就是形容三
星鼎立的狀詞。　　⑥終日七襄："終日"指從旦至暮；"襄"作"更"解（用
胡承珙說），指織女星更動其位置。按，一畫夜有十二辰，從旦至暮（自卯
時到酉時）共七辰；織女星每辰更動其位置一次，七辰則更動七次，因而
稱爲"七襄"。〔第五章，承上啓下。前四句寫東西之人貧富貴賤懸殊；後
四句及以下的兩章，歷言天上星宿之有名無實，以刺在朝的剝削者雖皆
據於高位，但虛有其名而無恤民之實。〕

雖則七襄，不成報章①。睆彼牽牛②，不以服箱。東有啓明③，
西有長庚。有捄天畢④，載施之行。

　　①不成報章："報"作"復"解，猶言"一來一往"；"章"，指布帛上的紋
路。按，織布時須用緯線一來一往，才能織成紋理；此連上句言"織女雖
一日七更其位，但只往西去而不向東來，所以徒有其名，不能成章"。
②"睆彼牽牛"二句：上句，"睆"音浣，明亮貌；"牽牛"，星名。下句，"服"，
駕；"箱"，車箱，卽車身中部容物之處。言"此星徒有牽牛之名，但並不能
用來駕車載物"。　　③啓明，長庚：都是金星的異名。早晨出現於東方，
先日而出，叫作"啓明"；晚上出現於西方，後日而入，叫作"長庚"。按，這
兩句所寫，姚際恆以爲只是望中所見，不必有所取義。　　④"有捄天畢"
二句：上句，"畢"，星名，共八星，形狀像獵兔用的畢網（有柄的網）；"捄"
形容畢星的柄，義見前註。下句，"施"，指張網；"行"，路。按，畢網甚小
只能持於手中以掩兔，現在拿來張在路上，當然不會有實用。

維南有箕①，不可以簸揚。維北有斗②，不可以把酒漿。維南
有箕，載翕其舌③；維北有斗，西柄之揭④。

　　①"維南有箕"二句："箕"，星名，共四星，聯成梯形，極像簸箕，故名
"箕"。上二星像箕底，距離近而狹；下二星像箕口，距離遠而寬。"簸揚"，

指用箕揚米以除糠皮。此言箕星徒名爲箕，不能拿來簸糠。　　②“維北有斗”二句：上句，“斗”，指南斗六星聚成斗形。因它在箕星之北，故言“維北”。下句，“挹”，用勺酌水。“斗”本是酌液體的器具，此處也是説南斗星空有斗之名，實不能用以挹取酒漿。　　③載翕其舌：“翕”同“吸”，向内收斂之意。此言箕星之形口大底狹，似向内吸引其舌，如有所吞噬之狀。　　④西柄之揭：“揭”，高舉（用陳奐説）；南斗的柄常指西方而上揚，故言“西柄之揭”（或以爲此章之“斗”指北斗，非是；因北斗柄不常西指，即使西指也不上揚）。歐陽修説：“雖有箕，不能爲我簸揚糠秕；雖有斗，不能爲我挹酌酒漿。……箕斗非徒不可用而已；箕張其舌，反若有所噬，斗西其柄，反若有所挹取于東。是皆怨訴之辭也。”王先謙説：“下四句與上四句雖同言箕斗，自分兩義。上刺虚位，下刺斂民也。”按，此二家解釋末章詩義甚爲明白，故録以備考。

（六十三）　北山（小雅）①

陟彼北山，言采其杞。偕偕士子②，朝夕從事③。王事靡盬，憂我父母④。

　　①這是一首小臣苦於勞役的怨詩。從此詩後三章來看，當時統治階級内部勞逸不均的現象是非常嚴重的。因此這個“偕偕士子”在一定程度上也是個被壓迫、被剥削的人。　　②偕偕士子：“偕偕”，强壯貌；“士子”，作者自稱。　　③朝夕從事：早晚都給王室辦事。　　④憂我父母：使父母爲我擔憂。〔第一章，以采杞起興，寫到自己久役於王事，貽父母之憂。〕

溥天之下①，莫非王土。率土之濱②，莫非王臣。大夫不均③，我從事獨賢④。

　　①“溥天之下”二句：“溥”同“普”。此指中國版圖以内的地域都是周室的領土。　　②“率土之濱”二句：“率”，作“自”解（用王引之説）；“土”，

指中國所有的領土；"濱"，水邊。孔穎達說："古先聖人謂中國爲九州……其外有瀛海環之。是地之四畔，皆至水也。'濱'是四畔近水之處，言'率土之濱'，舉其四方所至之內，見其廣也。"所以此二句猶言"凡四海之內所居住的人，都是周王的臣民"。　　③大夫不均："大夫"指執政者。此言"執政者是很不公平的"。　　④我從事獨賢："賢"作"多"、"勞"解。此言"惟獨我做的工作特別多、特別勞苦"。〔第二章，寫在上之人役使小臣勞逸不均。〕

　　四牡彭彭①，王事傍傍②。嘉我未老③，鮮我方將④，旅力方剛⑤；經營四方⑥。

　　　　①彭彭：不得休息之貌。　　②傍傍：多貌。指王事總是無窮無盡。③嘉我未老："嘉"，嘉許，稱贊。　　④鮮我方將："鮮"與"嘉"同義；"將"，壯。以上二句言執政者以爲自己正在年富力強，所以把事情都堆在自己身上。前人或謂這種說法是忠厚的，其實這正是抱怨的話。　　⑤旅力方剛："旅"同"膂"；"剛"，強健。　　⑥經營四方："經營"猶言"勞作"。此指奔走於王事。〔第三章，寫因年富力強以致奔走四方。〕

　　或燕燕居息①，或盡瘁事國②。或息偃在牀③，或不已于行④。

　　　　①燕燕居息："燕燕"，安息貌；"居息"，指在私居休息。　　②盡瘁事國："瘁"，勞。此言爲國事服役，精疲力盡。　　③息偃在牀："偃"，臥。此言躺在牀上休息。　　④不已于行："不已"，不停止；"行"，道路。此言在路上奔走不停。〔第四章，對勞逸不均的情況作具體的描寫。下二章同此。〕

　　或不知叫號①，或慘慘劬勞②。或棲遲偃仰③，或王事鞅掌④。

　　　　①不知叫號："叫號"，呼叫號哭。此指深居安逸之人，不知世上有痛苦事。　　②慘慘劬勞："慘慘"，憂慮不安貌；"劬勞"，辛勤勞苦。　　③棲遲偃仰："棲遲"是疊韻聯緜詞，指棲息盤桓於安閒之境；"偃仰"是雙聲聯緜詞，猶言"息偃"。　　④鞅掌：疊韻聯緜詞，形容忙迫紛擾的樣子（胡

承珙、馬瑞辰説）。又，清錢澄之説：“‘軟掌’卽指勤於馳驅，掌不離軟，猶言‘身不離鞍馬’耳。”（見其所著田間詩學）指因王事而無時不在外奔走。亦可通。

或湛樂①飲酒，或慘慘畏咎②。或出入風議③，或靡事不爲④。

　　①湛樂：“湛”同“耽”，此言耽溺於享樂。　　②畏咎：怕犯錯誤。③風議：“風”猶“放”，“風議”卽“放言高論”（用馬瑞辰説），猶今所謂“誇誇其談”或“説空話”。　　④靡事不爲：無事不作。此與上句只説空話的人兩相對照。

（六十四）　大田（小雅）①

大田多稼②。既種既戒③，既備乃事④。以我覃⑤耜，俶載南畝⑥。播厥百穀，既庭且碩⑦。曾孫是若⑧。

　　①這是一首描寫西周農事的詩。舊説以爲詩人作此以刺幽王，不足信。　　②大田多稼：言“面積廣闊而土壤肥美的田，農作物是生長得繁多的”。　　③既種既戒：“種”讀上聲，指選種籽；“戒”古音記，指修治農具。　　④既備乃事：“備”，準備停當；“事”，從事工作。“既”，已經；“乃”，然後。此言既把選種籽修農具的準備工作做好，然後就要從事耕種的工作了（指下文所述的工作）。　　⑤覃：魯詩作“剡”，銳利。　　⑥俶載南畝：“俶”音出，開始；“載”，從事勞作。此連上句言“用我們銳利的農具開始到南畝去工作。”　　⑦既庭且碩：“庭”讀爲“挺”，指禾苗生出（用俞樾説）。此言百穀之苗挺生，而且長得碩大。　　⑧曾孫是若：“曾孫”指周王；此對周代的先祖而言，故稱“曾孫”。“若”，順。此言農産豐足，一切順周王之意願。〔第一章，寫農民開始耕種，百穀生長。〕

既方既皁①，既堅既好；不稂不莠②。去其螟螣③，及其蟊賊：無害我田穉④。田祖有神⑤，秉畀炎火。

　　①“既方”二句：上句，“方”同“房”，“既房”指穀粒已生嫩穀，尚未合

嚴。“皁”音早，“既皁”指穀殼已經包嚴了穀粒，但尚未堅實。下句則指穀粒逐漸成熟，終於又堅實又完好。　　②不稂不莠：“稂”音郎，指只生禾穗而穀實不充者；“莠”音酉，是一種葉穗似禾的草。二者皆害苗之草故大不利於農田，此言“不稂不莠”，正是豐收之象。　　③“去其螟螣”二句：“螟”、“螣”、“蟊”、“賊”，皆害蟲名。“螟”，是一種無足的小青蟲（宋羅願爾雅翼）；“螣”本作“蟘”，音特，卽蝗蟲，專食苗葉（吳陸璣毛詩草木鳥獸蟲魚疏）；“蟊”，音牟，卽螻蛄，專食苗根（陸疏引或說）；“賊”，玉篇作“蟙”，似桃李中蠹蟲，赤頭，身長而細耳（陸疏），專食苗節，善蛀禾稈。　　④稺：幼禾。　　⑤“田祖”二句：上句，“田祖”，稷神；“有神”，猶言“有靈驗”。下句，“秉”，持；“畀”，付；“炎火”，大火。此言“多虧稷神有靈，把這些害蟲投到大火裏去了！”〔第二章，寫清除蟲害，穀粒堅好。〕

有渰萋萋①，興雨祁祁②。雨我公田③，遂及我私。彼有不穫稺④，此有不斂穧；彼有遺秉⑤，此有滯穗：——伊寡婦之利⑥！

　　①有渰萋萋：“渰”音掩，陰雲貌。“萋萋”，齊、韓二家皆作“淒淒”，雲行貌。清段玉裁毛詩故訓傳：“說文‘淒，雨雲起也。’‘渰，雨雲貌。’‘雨雲’謂欲雨之雲。凡大雨之來，黑雲起而風生，風生而雲行，所謂有渰淒淒也。”按，此句猶孟子所謂“天油然作雲”。　　②興雨祁祁：“祁祁”，徐徐。陳啓源說：“小雨必徐徐，則入土深而能生穀。董江都（董仲舒）所謂‘太平之世，雨不破塊’者是也”。　　③“雨我公田”二句：“雨”讀去聲，作動詞用。“公田”，屬於公家的田；“私”，屬於私家的田。此言“雨落在公家的田上，我們私人的田也沾到好處。”　　④“彼有不穫稺”二句：“彼”、“此”猶言“那兒”、“這兒”。“不穫稺”指因未成熟而不收割的禾；“不斂穧”指已割而未及收的禾。“斂”，收；“穧”音劑，收割。　　⑤遺秉，滯穗：“遺秉”是遺漏了的成把的禾，“滯穗”是拋撒在田中的禾穗。以上言年成豐收，餘糧甚多。　　⑥伊寡婦之利：“伊”，維，乃；“寡婦”，指窮苦而無勞動力的女人；“利”，好處。此連上文言“這兒那兒的未收的、未割的、遺留下來的禾穗之類，准許窮苦的寡婦拾取”。〔第三章，寫雨水調和，收成豐

足。〕

曾孫來<u>止</u>①。以其婦子②，饁彼南畝；田畯至喜。來方禋祀③：以其騂黑④，與其黍稷。以享以祀，以介景福⑤。

①曾孫來止：此言周王出觀農事。　②“以其婦子”三句：已見<u>七月</u>。<u>朱熹</u>說：“農夫相告曰：‘曾孫來矣！’於是與其婦子，饁彼南畝之穡者，而田畯亦至而喜之也。”　③來方禋祀：“來”指曾孫來；“方”，祭祀四方之神；“禋祀”，言祭祀時所備之享神之物都極其精潔。“禋”音因。④“以其騂黑”二句：“騂”，赤色牲。此言“用赤色的牲和黑色的牲及黍稷等，以祀四方之神”。　⑤以介景福：“介”，祈求；“景”，大。此言祀神所以祈福。〔第四章，寫周王出觀農事，祀神求福。〕

（六十五）　苕之華（小雅）①

苕之華②，芸③其黃矣。心之憂矣，維其④傷矣！

①這是一首反映荒年饑饉的詩。　②苕之華：“苕”音條，植物名，又名陵苕、淩霄或紫葳。木本蔓生，花黃赤色。“華”即花。　③芸：黃盛貌。　④維其：猶言“何其”。〔第一章，以苕花盛開起興。<u>王引之</u>說：“物自盛而人自衰，詩人所以歎也。”下章與此同義。〕

苕之華，其葉青青。知我如此，不如無生！

牂羊墳首①，三星在罶②。人可以食③，鮮可以飽。

①牂羊墳首：“牂羊”（“牂”音臧），母緜羊；“墳”，大。緜羊頭小角短，但羊身越瘦就顯得頭越大。此指羊因饑饉而瘦小。　②三星在罶：“三星”，即參星（用<u>馬瑞辰</u>說）；“罶”魚笱。<u>朱熹</u>說：“罶中無魚而水靜，但見三星之光而已。”　③“人可以食”二句：言可以得到食物的人也少有能吃飽的。〔第三章，寫百物凋耗，民不聊生。〕

（六十六）　何草不黃（小雅）①

何草不黃②，何日不行③，何人不將④，經營四方。

①這是一首征夫苦於行役的怨詩。　②何草不黃：猶言"無草不枯"。　③何日不行：言一年之中無一日不在外奔走。　④何人不將："將"，行。此言"萬民無不從役，無一人可以幸免"。〔第一章，以草枯起興喻征人之勞瘁。下章與此同義。〕

何草不玄①，何人不矜②，哀我征夫，獨爲匪民③，

①玄：赤黑色。百草由枯而腐，則呈黑色。　②矜：與"瘝"同，音關，作"病"解；此句猶言"何人不病"（用馬瑞辰説）。　③獨爲匪民："匪"同"非"。此連上句言"難道我們征夫就獨獨不是人了嗎？"

匪兕匪虎，率彼曠野①。哀我征夫，朝夕不暇！

①率彼曠野："率"，循着，沿着。此連上句言"人非野獸，竟循曠野而行"。〔第三章，言身役於外，如曠野中的走獸。下章與此同義。〕

有芃者狐①，率彼幽草②。有棧之車③，行彼周道。

①有芃者狐："芃"音蓬，本是衆草叢生之貌，此處形容狐尾蓬鬆之狀（用馬瑞辰説）。　②幽草：深草中。　③有棧之車："棧"即"轏"，高貌；"車"，役車。此言"高高的役車"。（用馬瑞辰説。按，"有棧之車"和"有芃者狐"句法相同，故"棧"應是形容詞。）

（六十七）　緜（大雅）①

緜緜瓜瓞②。民之初生，自土沮漆③。古公亶父④，陶復陶穴⑤，未有家室⑥。

①這是周人記述其祖先古公亶父的詩。古公亶父即太王，是周文王的祖父。周民族的强大固然始於文王，而基礎的奠定實由於古公亶父。按，古公亶父本居於邠（即豳，今陝西邠縣），因被狄人所侵，遷到岐山，定

居下來,子孫才日益强大。此詩所寫,卽從遷<u>岐</u>開始,以見<u>太王</u>遷國開基
的功業;末二章則寫<u>文王</u>能繼承<u>太王</u>遺烈, 武功文治,皆有可觀。
②緜緜瓜瓞:"瓞"音迭,小瓜。"緜緜",不絶貌。<u>朱熹</u>説:"瓜之近本(離根
近的)初生者常小,其蔓不絶,至末而後大也。"清<u>姚炳詩識名解</u>:"瓜生皆
由小而至大,始雖爲瓞,繼漸成瓜,瓜成又復生瓞。此所謂緜緜不絶 意
耳。"按,詩人以瓜瓞起興,比喻<u>周</u>民族的由小而大,日益强盛。　　③自
<u>土沮漆</u>:"土"應從<u>齊詩</u>作"杜",水名,流經今<u>陝西麟遊</u>、<u>武功</u>二縣。<u>武功</u>
<u>縣</u>西南爲故<u>邰城</u>("邰"音胎)所在地。<u>邰</u>是<u>周</u>始祖<u>后稷</u>之國,<u>后稷</u>傳至曾
孫<u>公劉</u>,始離<u>邰</u>至<u>豳</u>。(自<u>公劉</u>至<u>太王</u>,凡十世。)"漆",水名,在今<u>陝西 邠</u>
<u>縣</u>西北,流入<u>涇水</u>。"沮"是"徂"字之訛;"徂",猶言"到"、"往"。(用<u>王引</u>
<u>之</u>説。舊註以沮、漆爲二水名,實誤;<u>王</u>氏考訂甚詳,見<u>經義述聞</u>卷六。)
此連上句言"<u>周</u>民族之發祥地是從<u>杜水</u>流域到<u>漆水</u>流域"。按,沿<u>漆水</u>而
行,乃至<u>岐山</u>之下, 故下文緊接敍<u>古公亶父</u>事。　　④<u>古公亶父</u>:已見前
註。<u>古公</u>是稱號,<u>亶父</u>是名字。"亶"音但。　　⑤陶復陶穴:"陶"與"掏"
義相近,指掘土爲穴;"復"同"覆",卽旁穿之穴(以上用<u>馬瑞辰</u>説)。"覆"
和"穴"都指土室。　　⑥家室:猶言"宮室"。以上二句言<u>古公亶父</u> 初遷
到<u>岐山</u>之下,只能陶穴作土室而居,尚未有宮室。〔第一章,從<u>周</u>民族之
發祥地寫起,以及初至<u>岐山</u>的情況。〕

　　<u>古公亶父</u>, 來朝走馬①。 率西水滸②, 至于<u>岐</u>下③。 爰及<u>姜</u>
<u>女</u>④,聿來胥宇⑤。

　　①來朝走馬:"朝",早晨;"走馬"一作"趣馬","趣"同"趨","趣馬"指
驅馬疾馳。此言<u>太王</u>在清晨馳馬而行。"馬"古音母,與"父"、"滸"叶韻。
②率西水滸:"率",自;"滸",水邊。<u>王引</u>之説:"……率西水滸,正承上章
之漆水而言(原注:若上章未言<u>漆水</u>,而此忽言水滸,則不知爲何水之滸
矣)。爾雅曰:'率,自也。'西,<u>邠</u>之西也。<u>太王</u>自<u>邠</u>西<u>漆水</u>之厓,南行踰
<u>梁山</u>,又西行,至于<u>岐山</u>之下。約而言之,則自<u>邠</u>西<u>漆水</u>之厓,至于<u>岐山</u>
之下。故曰'率西水滸,至于<u>岐</u>下'也。"　　③<u>岐</u>下:卽<u>岐山</u>之下。<u>岐山</u>

在今陝西省岐山縣東北十里。　　④姜女：太王之妃，姓姜氏。一稱太姜。　　⑤聿來胥宇：“胥”，相，視；“胥宇”猶言“相宅”，即考察地勢，選擇建築宮室的地基。〔第二章，寫太王與姜妃一同相地勢，準備修建宮室。〕

周原膴膴①，堇荼如飴②。爰始爰謀③，爰契我龜④。曰止曰時⑤，築室于茲。

①周原膴膴：“周”，岐山之南的地名，周民族由此地而得名；“原”，平原沃野；“膴膴”，肥美貌。“膴”音武。　　②堇荼如飴：堇”音謹，植物名。野生，可食，味苦。“飴”音移，用稻芽或麥芽製的糖漿。此言堇荼雖是苦菜，但種在周原上，竟甘甜如糖漿。足見土質的肥美。　　③爰始爰謀：“始”與“謀”同義（用馬瑞辰説）。此句猶言“既研究又商量”。按，用兩個意義相近的詞合成四字的複語，在詩經中屢見，如“爰居爰處”、此句及下文的“迺慰迺止”都是。　　④爰契我龜：古人占卜用龜甲。先將龜甲鑽鑿，然後在所鑿的孔處用火燒灼，看龜甲上的裂紋以斷吉凶。有時把占卜的結果用文字記述下來，刻在龜甲上。“契”或指鑿龜，或指刻記所卜的結果。　　⑤曰止曰時：“曰”，語詞。“止”言此地可以居住，“時”言此時可以興工。此是占卜的結果。〔第三章，寫太王定宅於周原。〕

迺慰迺止①，迺左迺右②；迺疆迺理③，迺宣迺畝④。自西徂東⑤，周爰執事⑥。

①迺慰迺止：“迺”，古“乃”字；“慰”，“安”；“止”，定。此句猶言“安定下來”，指決定在此定居。　　②迺左迺右：指分派居民，或居於左，或居於右。　　③迺疆迺理：“疆”，定疆界；“理”，分條理。此指對田地的分配和整理。　　④迺宣迺畝：“宣”指導溝洫以洩水，“畝”指耕治其田畝。⑤自西徂東：猶言“從西頭到東頭”，指周原之東西兩端（用胡承珙説）。⑥周爰執事：“周”，普遍，“執事”，從事工作。此言所有的人普遍地從事工作。〔第四章，寫處理田畝，使民定居於周原之上。〕

　　乃召司空①，乃召司徒②：俾立室家③。其繩則直④，縮版以載⑤；作廟翼翼⑥。

　　①司空：掌管營建的官。　　②司徒：掌管調配徒役的官，　　③俾立室家：“立”，建立。此言召司空和司徒主其事，使之建立宮室。“家”，古讀爲姑，與“徒”叶韻。　　④其繩則直：“繩”指繩墨。朱熹說：“繩，所以爲直，凡營度位處，皆先以繩正之。”按，此言先用繩正其地基的經界，然後開始建築。　　⑤縮版以載：“縮”，束，卽綑縛；“版”，築牆時夾土的板；“載”與“栽”通，本指築牆用的長版（説文），此處引申作動詞用，指豎立起木頭以制約築牆的版。俞樾說：“縮版以栽，謂旣以索（繩子）縮（綑住）其築版，又豎木以約之也。”　　⑥作廟翼翼：“廟”，宗廟，用以供奉祖先之宮室。“翼翼”，嚴正貌。〔第五章，寫命令負責官吏開始興建宗廟宮室。下二章皆言建築之事。〕

　　捄之陾陾①，度之薨薨②。築之登登③，削屢馮馮④。百堵皆興，鼛鼓弗勝⑤。

　　①捄之陾陾：“捄”音俱或鳩，指聚土和盛土的動作。“陾”音仍，又作“陑”。“陾陾”舊解爲“衆貌”，今以下三句例之，似應是象聲詞。按，説文：“陑，築牆聲也。”俞樾也主張此應指聲音。因疑“陾陾”當是勞動者在聚土或盛土時發出的聲音。　　②度之薨薨：“度”音奪，作“投”解，指填土於版內（用馬瑞辰引韓詩説）。“薨”音轟，“薨薨”，朱熹解作“衆聲”。從上下文來看，疑指倒土聲。　　③築之登登：“築”，搗土；“登登”，用力搗土聲。　　④削屢馮馮：“屢”，古“婁”字，與“僂”、“塿”同，指牆土隆起之處。“削屢”是將牆土隆起處削平（用馬瑞辰説）。“馮”，此處讀爲憑，“馮馮”指削土培牆，使其平而堅的聲音。　　⑤鼛鼓弗勝：“鼛”音高，大鼓名，長一丈二尺。敲鼓是爲了給勞動者助興。俞樾說：“百堵皆興（同時興工）則衆聲並作，鼛鼓之聲，轉（反而）不足以勝之矣。”解此二句最確。〔第六章，寫勞動人民在修築宮室時的緊張情況。〕

迺立皋門①，皋門有伉②。迺立應門③，應門將將④。迺立冢土⑤，戎醜攸行⑥。

①皋門：王都的郭門。　②伉：音抗，高大貌。　③應門：王宮正門。　④將將：此處的"將"音槍，"將將"，隆重嚴肅之貌。　⑤冢土：卽大社，"社"是祭土神的壇。　⑥戎醜攸行："戎"，兵；"醜"衆；"攸"，所；"行"，往。按，古代有軍事必先祭社，所以連上句言"修建了大社，是兵衆往祭之地"。〔第七章，寫修建門、社的情形。〕

肆不殄厥愠①，亦不隕厥問。柞棫拔矣②，行道兌矣。混夷駾矣③，維其喙矣④。

①"肆不殄厥愠"二句：上句，"肆"，舊解爲"故今"，猶今言"很久以來"；"殄"音忝，杜絕，消滅；"愠"，怒。下句，"隕"，損失；"問"，聲譽，威望。"厥"，其，指周。舊解每將上下兩"厥"字分指"夷狄"和"周"，似未妥。王先謙說："上章言太王事，此下述文王，故以'肆'字爲承接之詞，猶言自昔至今也。周家所愠者，夷狄也。自太王以來，至今……未能殄滅之；而夷狄亦不能得志於我，以隕我國家之聲問。"按，舊解或以此二句指太王。據孟子，當以指文王爲是。　②"柞棫"二句：上句"柞"音昨，灌木名，橡櫟之一種，樹小而葉大；"棫"音域，叢生小木，葉上有刺；"拔"（古音倍，與下文的"兌"叶韻），剪除乾淨。下句，"兌"，通行無阻。此言"把柞、棫都盡行剪除，使道路得以暢通"。　③混夷駾矣："混夷"（"混"音昆），古種族名，又作"昆夷"。"駾"音隊，驚慌奔突。相傳文王初年，混夷甚強，故文王以禮事之。其後周的國勢漸盛，才用武力把它趕走。　④維其喙矣："維其"，何其；"喙"，通"瘵"，困極之意。此連上句言混夷被周所驅逐，以致奔逃而窘迫。〔第八章，寫文王承太王遺烈，武備日盛，故混夷遁逃困窘。〕

虞、芮質厥成①，文王蹶厥生②。予曰有疏附③；予曰有先後④；予曰有奔奏⑤；予曰有禦侮⑥。

①虞、芮質厥成:"虞",古國名,故城在今山西省平陸縣東北五十里。"芮",古國名,故城在今山西芮城縣西十里。兩地相去甚近。"成",鄰國結好之稱(用陳啓源、胡承珙説),是名詞;"質"也作"成"解,是動詞。按,毛傳:"虞、芮之君,相與争田,久而不平。乃相謂曰:'西伯(即文王),仁人也,盍往質焉(何妨去找他平斷一下呢)?'乃相與朝周。入其境,則耕者讓畔,行者讓路;入其邑,男女異路,斑白不提挈;入其朝,士讓爲大夫,大夫讓爲卿。二國之君,感而相謂曰:"我等小人,不可以履君子之庭。'乃相讓,以其所争田爲閒田而退。天下聞之而歸者四十餘國。"此句的"質厥成",猶言"成其好",指虞、芮兩國和好。　　②蹶厥生:"蹶"音愧,作"動"解;"生"同"性",言文王以德感動虞、芮二君之性"。　　③予曰有疏附:"予",我們,周人自稱。"曰"同"聿",語助詞。"疏附",率下親上之臣。　　④先後:前後輔佐相導引之臣。　　⑤奔奏:奔告四方、宣揚國君德譽之臣。　　⑥禦侮:捍衞國家之臣。以上四句言:"文王之時,我周有四種賢臣。"〔第九章,寫文王以德化人,而且人才甚盛,以見其政教之美。〕

（六十八）　生民（大雅）①

厥初生民②,　時維姜嫄③。　生民如何?克禋克祀④,　以弗無子⑤。履帝武敏歆⑥,　攸介攸止⑦。載震載夙⑧,　載生載育:時維后稷⑨。

　　①這是一首周民族的史詩。詩中記述了關於其始祖后稷的傳説,並歌詠其功德和靈蹟。　　②民:即"人",指周人。　　③時維姜嫄:"時",是;"維",爲;"時維"猶言"這就是"。此連上句言"最初誕生周人的祖先的就是姜嫄"。按,姜,姓;嫄,謚號,一作"原",取本原之義。她是周始祖后稷的母親。但秦、漢以來某些史籍又説她是古代帝王高辛氏(帝嚳)的妃。後世學者對後説多不相信。即以此詩的内容來看,后稷的出身似不

是一個古代帝王的後裔。故疑姜嫄爲帝妃的傳說是後起的。　　④克禋克祀："克"作"能"解,此處有"善於"之意。"禋祀",舊指祀禖(音媒,是主生子之神)於郊。　　⑤以弗無子:"弗"爲"祓"之假借字,"祓"是除不祥。"祓無子"即所以求有子。　　⑥履帝武敏歆:"履",踐踏;"帝"指天帝;"武",足迹;"敏",拇("武敏"即足迹的大指處);"歆",欣喜。相傳姜嫄踐履巨人的足迹感而生后稷。鄭玄説:"時則有大神之迹,姜嫄履之,足不能滿;履其拇指之處,心體歆歆然,……如有人道感己者也,於是遂有身(身孕)。"　　⑦攸介攸止:"攸",語助詞;"介"作"偈"(同"憩")解,指休息。"止",止息。此言祭祀後休息(用余冠英説)。　　⑧"載震"二句:"載",語助詞;"震"同"娠",指懷孕;"夙"同"肅",指生活有規律,律己很嚴肅;"生",分娩;"育",養育。此二句寫姜嫄生育后稷的經過。　　⑨時維后稷:猶言"是爲后稷"或"這就是后稷"。后稷一名棄。〔第一章,寫姜嫄履迹感孕的神異。〕

誕彌厥月①,先生如達②。不坼不副③,無菑無害④。以赫厥靈⑤。上帝不寧⑥,不康禋祀?居然生子⑦!

　①誕彌厥月:"誕",發語詞,有欸美之意(參用陳啓源説)。"彌",終,滿。"彌厥月"指滿了懷孕的月數。　　②先生如達:"先生",猶言"頭生",指女子初次生產嬰兒。"如"同"而","達"作"滑利"解(用胡承珙説)。此言"頭生兒很順利地生出"。　　③不坼不副:"坼"音拆,"副"在此處音劈,都是"破裂"、"綻開"的意思。此指胎兒出生時很滑利,產門没有破裂(用余冠英説)。　　④無菑無害:"菑",古"災"字,"害"古音曷,與"月"、"達"、"副"叶韻。此言姜嫄生產時很平安,没有災害。　　⑤以赫厥靈:"赫",顯示。此言后稷出生時的順利情況已顯示出他的靈異。⑥"上帝不寧"二句:此是姜嫄疑問之詞。"寧"、"康"都作"安"解;言"上帝莫非不安享我的禋祀嗎?"因履迹生子是怪異的事,故姜嫄疑爲不祥而惴懼。　　⑦居然生子:"居然",徒然。生子而不敢養育所以説"徒然"。以上三句詞意和下章緊相連接。〔第二章,寫后稷誕生時的靈異。〕

誕寘之隘巷①，牛羊腓字之②。誕寘之平林③。會伐平林④，誕寘之寒冰。鳥覆翼之。鳥乃去矣，后稷呱矣⑤。實覃實訏⑥，厥聲載路⑦。

①誕寘之隘巷："寘"，棄置；"隘"，狹。此言把后稷棄置於狹巷中。②牛羊腓字之："腓"，庇護；"字"，乳育嬰兒。此言牛羊來保護、乳育后稷。　　③平林：平原上的林木。　　④會伐平林："會"，恰值。此言適逢有人伐木，不便棄置。　　⑤呱：音姑，啼聲。　　⑥實覃實訏："實"同"寔"，作"是"解，是關聯詞；"覃"，長；"訏"，大。此言后稷哭時，氣息既長，哭聲又大。　　⑦厥聲載路："載"有"充滿"之意。此言后稷哭聲很大，連路上都聽得見。〔第三章，寫后稷被棄而不死的靈蹟。〕

誕實匍匐①，克岐克嶷②。以就口食③，蓺之荏菽④。荏菽旆旆⑤，禾役穟穟⑥。麻麥幪幪⑦，瓜瓞唪唪⑧。

①匍匐：伏地爬行。自此以下四句寫后稷漸漸長大，有種種特異之處。　　②克岐克嶷："岐"，毛傳："知意也"。段玉裁説："岐者，山之兩岐也，心之開明似之。故曰'知意'。"引申爲凤智早慧，能分別事物之意。"嶷"音尼，本作"嶷"或"擬"，毛傳作"識"解。段玉裁説："説文引詩作'嶷'。……今本毛詩作'嶷'，淺人依'岐'字偏旁改之耳。……'嶷'者，心口間有所識也。"今按，"嶷"與"擬"、"傲"音義相近，疑指模倣動作而言。　　③以就口食："就"，求（用馬瑞辰説）。此言后稷能自求口食。④蓺之荏菽："蓺"，種植；"荏菽"，大豆。　　⑤旆旆：枝葉揚起貌。一説，茂盛貌。都可通。　　⑥禾役穟穟："禾役"，説文引作"禾潁"，即禾尖（參用胡承珙説）。"穟穟"，禾苗美好貌。　　⑦幪幪：茂密覆貌。"幪"音蒙上聲。　　⑧唪唪：同"菶菶"，果實豐盛貌。"唪"音蚌。以上五句，寫后稷在剛一懂事時就愛好種植農作物，所種各物都生長得茂盛繁多。〔第四章，寫后稷從幼年就顯示出不平凡的天才，特別對農藝有卓越的稟賦。〕

誕后稷之穡，有相之道①。茀厥豐草②，種之黃茂③。實方實苞④，實種實褎⑤；實發實秀⑥，實堅實好⑦，實穎實栗⑧。即有邰家室⑨。

①有相之道："相"讀去聲，作"助"解。此連上句言"后稷對於種植五穀有助其成長之道"，指后稷能用人爲的方法使農產品長得豐碩。②茀厥豐草："茀"，拔除。此句言把田中許多野草拔去。　　③黃茂：指嘉穀。　　④實方實苞："方"，生得整齊；"苞"，長得豐茂。　　⑤實種實褎："種"讀上聲，與"腫"義相近，指苗之肥盛(用孔穎達說)；"褎"音袖，指禾苗漸漸長高。　　⑥實發實秀："發"指禾莖舒發；"秀"，禾初生穗，此處兼指禾穗長得又大又好。　　⑦實堅實好："堅"指穀粒充實，"好"指穀粒形味好、顏色正。　　⑧實穎實栗："穎"，指實既繁碩，禾穗末梢下垂之狀；"栗"猶言"栗栗"，衆多貌，指禾穎既熟，收穫甚豐。以上五句依穀物由生長至成熟的次第描寫禾稼的美好，以見用人力輔助之善。　　⑨即有邰家室："邰"見緜"自土沮漆"句註。此言后稷定居於邰。相傳后稷在虞舜時佐禹有功，始封於邰。〔第五章，寫后稷對農業生產的巨大貢獻。〕

誕降①嘉種：維秬維秠②，維穈維芑③。恆④之秬秠，是穫是畝⑤；恆之穈芑，是任是負⑥；以歸肇祀⑦。

①降：指天賜。此句言后稷發現很多好的穀類品種(指下二句)，給人民帶來了好處。　　②維秬維秠："秬"音巨，黑黍；"秠"音痞，黑黍之一稃(音夫，米殼)二米者。　　③維穈維芑："穈"音門，赤苗嘉穀；初生時葉純赤；生三四葉後，赤青相間；七八葉後色始純青。"芑"音起，白苗嘉穀；初生時色微白，故通呼爲白苗(用清程瑤田說，見其所著九穀考)。④恆：即"亙"，作"徧"或"滿"解。此句言田中徧種秬秠。　　⑤是穫是畝：收割之後，堆於田畝之中。　　⑥是任是負："任"，抱。此句與"是穫是畝"的意義相連，指穀物成熟後先收割下來堆在田畝中，再由田畝中抱負而歸。　　⑦以歸肇祀："肇"，始。此連上文言徧種四種穀，及至收穫抱

負而歸，始祭上帝。〔第六章，寫后稷賜給人民很多嘉種，增加了穀物的生產。〕

誕我祀如何？或舂或揄①，或簸或蹂②；釋之叟叟③，烝之浮浮④。載謀載惟⑤，取蕭祭脂⑥，取羝以軷⑦，載燔載烈⑧：以興嗣歲⑨。

①或舂或揄："舂"，用杵在臼中擣米；"揄"古音讀由，"舀"（音咬）之假借字，舊解作"抒臼"，指從臼中把舂好的米舀取出來。（用馬瑞辰說。按，馬說原本於孔穎達而加以引申。）　②或簸或蹂："簸"，揚棄穅皮；"蹂"，說文作"鞣"，即今"揉"字，指用兩手反覆揉搓（參用馬瑞辰說）。③釋之叟叟："釋"，淘米；"叟叟"一作"溲溲"，讀叟平聲，淘米聲。　④烝之浮浮："烝"同"蒸"；"浮浮"，魯詩作"烰烰"，蒸東西時熱氣上升貌。以上四句寫潔治米穀，以備祭祀。　⑤載謀載惟："謀"，商量；"惟"，思慮。此指祭祀以前，鄭重周詳地考慮如何才能做得更好。　⑥取蕭祭脂："蕭"，植物名，即香蒿；"祭脂"，即牛腸脂。古時祭祀以香蒿和牛腸脂合燒，取其香氣。　⑦取羝以軷："羝"音底，牡羊；"軷"音鉢，祭祀的名稱，是祭道路之神的。在郊祀上帝以前，應先祭道路之神；此言取雄性的羊爲牲以用於軷祭。　⑧載燔載烈："燔"即古"焚"字，又音煩。以物附於火上加以燒炙叫"燔"，把東西貫穿起來架在火上燒叫"烈"。按，此句疑合上文"取蕭"、"取羝"二句而言，指焚蕭脂以取其香氣，烈羝羊之肉以供尸羞（神所食用）。　⑨以興嗣歲："嗣歲"猶言"來年"，"興"，興旺。此言祀上帝所以祈求來年的豐收（用胡承珙說，馬瑞辰說略同）。〔第七章，寫用穀物祭祀上帝，以祈來年的豐收。〕

卬盛于豆①，于豆于登②；其香始升。上帝居歆③，胡臭亶時④。后稷肇祀⑤，庶無罪悔，以迄于今。

①卬盛于豆："卬"，我。"豆"，木製食器，盛肉用的。　②登：瓦製食器。此字上部从肉从又，與从"癶"的"登"字不同。以上二句指把祭肉

盛於器中。　　③上帝居歆:"居",安;"歆",享。此言"上帝安享人類所供奉的祭品"。按,此句與末句叶韻。　　④胡臭亶時:"胡",大;"臭",氣息,指芳香的氣息;"胡臭"言芳氣之盛大(用馬瑞辰說)。"亶",誠;"時",善(馬瑞辰引廣雅說)。此句猶言"濃烈的香氣實在不錯",是贊美之詞。按,此句與下二句叶韻。　　⑤"后稷肇祀"三句:"迄",至。言"后稷始創周人的祭祀制度,直到如今;庶幾沒有獲罪於天,遺憾於心的事了"。〔第八章,歸功后稷,總結全詩。〕

(六十九)　公劉(大雅)①

篤公劉②	匪居匪康③。迺場迺疆④;迺積迺倉⑤。迺裹餱糧⑥,于橐于囊⑦。思輯用光⑧。弓矢斯張,干戈戚揚⑨,爰方啓行⑩。

①這也是一首周民族的史詩,是歌詠公劉從邰遷幽的事蹟的。相傳公劉遭夏之亂,乃避中原之難,遷民於幽,諸侯隨其遷者共十八國。②篤公劉:"篤",作"厚"解。公劉厚於國人,故詩人這樣贊美他。"公劉"是后稷的曾孫,"公"是稱號,"劉"是名。　　③匪居匪康:"居",安;"康",寧。此言公劉在邰不敢安居。下文因述其積極生產,準備遷居。　　④迺場迺疆:"場"音易。"場"和"疆"都是田的界畔,"疆"是大界,"場"是小界。此言公劉劃定疆界,修治田畝。又,何楷解此句,以為是整飭邊陲,嚴其守禦,以防戎狄,也有其一定的道理,姑錄以備考。　　⑤迺積迺倉:"積"又稱為"庚",是一種露天的堆積糧食的地方;"倉",倉庫。此言把糧食都存儲在庚中倉中。王先謙說:"邰之民亦有老病而不能行者,則以積倉與之。"　　⑥餱糧:乾糧。　　⑦于橐于囊:"囊"有底的口袋;"橐",無底的囊,盛物時則用繩結束兩端。此言把餱糧裝在囊和橐中,準備動身。⑧思輯用光:"輯",和睦;"用",因而;"光",發揚光大。朱熹說:"思以輯和其民人而光顯其國家。"　　⑨干戈戚揚:"干",盾;"戈",平頭的戟;

"戚",斧,"揚",鉞,卽大斧。這些都是兵器。 ⑩爰方啓行:"方",始;"啓行",動身。此句猶言"這才開始出發"。〔第一章,寫離邠以前的種種準備工作。胡承珙說:"……公劉初遷之時,其民猶有居者,本非一時席卷其民空國而去。故迺場迺疆,所以修邠國之疆場;迺積迺倉,所以充邠國之積倉。亦可見改邑徙民,未嘗全棄其故都。而欲爲行者之利,先謀居者之安,此公劉之所以爲厚也。"〕

篤公劉, 于胥斯原①。既庶既繁②, 既順迺宣③,而無永嘆。陟則在巘④,復降在原。何以舟之⑤? 維玉及瑤⑤,鞸琫容刀。

①于胥斯原:"胥"見〈綿〉"聿來胥宇"句註;"斯",此;"斯原",指豳地的原野。 ②既庶既繁:"庶",衆多。此言隨公劉遷來的人民越來越多。 ③"既順迺宣"二句:上句,"順",適,和;"宣",通暢。下句,"永歎",長歎。馬瑞辰說:"言民心既順,其情乃宣暢也。故下即言'而無永嘆'矣。"此二句言衆人情緒和暢,沒有長歎者。 ④巘:音言,小山。 ⑤何以舟之:"舟"通"周",作"帶"解,即"周身環繞"之意。此句是問話,以引起下文所描寫的公劉身上所佩之物。 ⑥"維玉"二句:上句,"瑤",美石。下句,"鞸"音秉,刀鞘;"琫"音蚌或捧,佩刀上的玉飾;"容",裝飾,此處是動詞。此二句言"用玉和瑤來裝飾鞸琫,使佩刀美觀"。(用馬瑞辰說)〔第二章,寫公劉初到豳地,相土安民。朱熹說:"言公劉至豳,欲相土以居,而帶此劍佩,以上下於山原也。"〕

篤公劉, 逝彼百泉①,瞻彼溥原②。 迺陟南岡,乃覯于京③。京師④之野,于時處處⑤,于時廬旅⑥,于時言言⑦,于時語語。

①逝彼百泉:"逝",往;"百泉",衆泉。 ②瞻彼溥原:"瞻",望;"溥",大;"溥原",廣大的平原。以上二句言公劉去往衆泉之間,視察廣大的原野。 ③乃覯于京:"覯",看見,此處有"發現"之意;"京",豳之地名。此連上句言升到南岡之上才看到京,則京當在南岡之下。 ④京師:"師",都邑的通稱,"京師"猶言"京邑",如"洛邑"也稱作"洛師"(用

宋吳仁傑説，見其所著兩漢刊誤補遺）。按，"京師"連稱最初見於此詩，後世才專稱帝都所在地。　　⑤于時處處："于時"即"於是"；"處處"言人民安居。　　⑥于時廬旅："廬"和"旅"都作"寄居"解，馬瑞辰根據上下文的句法，疑此句原作"廬廬"或"旅旅"，和"處處"、"言言"、"語語"是一致的。其説近是。此連上句的大意是："常住的人使他們有定所，暫住的人使他們有寄居之處。"　　⑦言言；語語：指隨公劉遷來的人民歡樂笑語的情況（用宋人黃櫄説，見佚名所編毛詩集解）。〔第三章，寫開始建造城邑房屋，使民各得安居其所。〕

篤公劉！于京斯依①。蹌蹌濟濟②，俾筵俾几③。既登乃依④，乃造其曹⑤。執豕于牢⑥，酌之用匏⑦。食之飲之⑧，君之宗之。

①于京斯依："依"，安居。此指定都於此，宗廟宮室，都修建在這兒，下文的宴飲，卽是慶賀宗廟始成之禮（參用何楷、錢澄之及馬瑞辰説）。②蹌蹌濟濟：羣臣有威儀貌。"蹌"音搶，"濟"讀上聲。　　③俾筵俾几："俾"，使；"筵"，竹席，鋪在地上用以陳飲食；"几"，坐時憑倚的用具。此言使衆賓就席、就坐。　　④既登乃依："登"指登筵，"依"指依几。此言就坐已畢。　　⑤乃造其曹："造"，猶言"比次"，指按照尊卑長幼的次序排定席位；"曹"作"羣"解，指衆賓。此言就坐以後，衆賓所排定的次序就很清楚了（用俞樾説）。　　⑥牢：養牲畜的牢圈。　　⑦酌之用匏："之"，指衆賓；"匏"，酒器。以一匏剖而爲二，用來盛酒，叫作"匏爵"或"匏樽"。"酌之"，猶言"給衆賓斟酒"。　　⑧"食之"二句：四"之"字皆指衆賓（卽羣臣）。此言"公劉招待衆賓，請他們喝酒（飲，讀去聲），請他們吃飯（食，讀爲嗣）；君臨（君）於他們，做他們的宗主（宗）"。〔第四章，寫公劉宴飲羣臣。朱熹説："此章言宮室既成而落之（慶祝落成典禮），既以飲食勞（犒賞慰勞）其羣臣，而又爲之君、爲之宗焉（定君臣宗法之禮制）。"呂祖謙説："'食之飲之，君之宗之'，謂既饗燕而定經制，使上下相維也。公劉之爲君久矣，於此始曰'君'者，言公劉之整屬其民，上則皆統於君，下則各統於宗，其相維蓋如此也。"顧鎮説："卽飲食之間，而上下以辨，君道彰

焉；親疏以別，宗法立焉。"按，諸家釋此章之義甚簡要，故錄以備考。〕

　　篤公劉↓ 既溥既長①，既景迺岡②；相其陰陽③，觀其流泉④。其軍三單⑤，度其隰原⑥，徹田爲糧⑦。度其夕陽⑧，豳居允荒⑨。

　　①既溥既長：指開墾土地，面積又廣又長。　　②既景迺岡："景"同"影"，此處做動詞用，指測日影定方向。"岡"，也是動詞，指登高岡以望遠。　　③相其陰陽："陰"是山北背陰寒冷之地；"陽"是山南向陽和暖之地。此言視察地勢是否寒暖得宜，以便耕稼。　　④觀其流泉：考察地勢是否有水泉灌溉之利。以上三句都是寫公劉勘查何處有可以耕種開墾的土地。　　⑤其軍三單：此言組織人力和武裝。"單"與"襌"義相近，有"更番代替"之意(參用胡承珙說)。"三單"猶言"使其軍分成三批，輪班服役"。　　⑥度其隰原："度"音奪，測量；"隰原"，地勢較低的平原。⑦徹田爲糧："徹"，作"治"解，指開荒墾田。以上三句似言使"其軍"輪流從事測量地勢和治田生產的工作。　　⑧夕陽：山的西面的代稱。此言"爲了擴展耕地，必須勘測山的西面的土地"。　　⑨豳居允荒："居"，指居住之處；"允"，實在；"荒"，大。此言豳人所居之地的確是很廣大了。〔第五章，寫公劉組織人力，拓墾土田。〕

　　篤公劉↓ 于豳斯館①。 涉渭爲亂②，取厲取鍛。 止基迺理③，爰衆爰有④。 夾其皇澗⑤，遡其過澗。 止旅乃密⑥，芮鞫之卽⑦。

　　①館：館舍。此句言"在豳地修建房舍"。　　②"涉渭"二句：上句，"亂"，用船截流橫渡。下句，"厲"同"礪"，質地粗糙的石，供磨物之用；"鍛"又作"碬"，供椎物之用的石。"礪"、"碬"都是營建時所需之物。此二句言"用船橫截中流，渡過渭水 去取礪石和碬石以修建房舍"。③止基迺理："止基"，居處的基址，"理"，治理。此言房舍修建成功。④爰衆爰有："有"(古音已，與"理"叶韻)，與"衆"同義(用馬瑞辰說)。此言來居住的人非常衆多。　　⑤"夾其皇澗"二句："皇澗"和"過澗"是豳地的澗名。"遡"，面臨。此言"人或夾皇澗而居，或面臨過澗而居"。

⑥止旅乃密：“旅”，寄；“密”，繁。馬瑞辰説：“謂民既寄廬於此，乃見其繁密也。”　　⑦芮鞫之卽：“芮”一作“汭”，“鞫”一作“坑”(音蕊菊)。水厓向内凹處叫“汭”，向外凸處叫“坑”。“卽”，居。此連上句言“遷來的寄居的人日益繁密，便讓他們在水厓曲折之處居住”。胡承珙説：“三章言‘處處’、‘廬旅’，末章又云‘止旅’；五章言‘度其隰原’，末章又云‘止基迺理’，文義重複。此必因民之從遷者先後相繼，故度地居民，屢經營畫，而後能定。”按，胡氏之説近是。正因爲有陸續遷來的人，所以又作一番部署安頓。〔第六章，寫公劉因人口日繁，故繼續營建房舍宮室。〕

（七十）　噫嘻（周頌）①

噫嘻②成王，既昭假爾③。率時農夫④，播厥百穀。駿發爾私⑤，終三十里。亦服爾耕⑥，十千維耦⑦。

①這是一首樂章。舊説以爲是春夏時祈穀於上帝的詩，朱熹則以爲是天子告戒農官之作。今按，此詩述成王既祀上帝，卽率農夫播種百穀，並鼓勵農人墾發田官的私田，號召大家參加勞作。疑是周人歌頌成王的樂章，而奏於每年春耕開始之際(參用顧鎮説)。　　②噫嘻：語氣詞，具有歎美的口氣。　　③既昭假爾：“昭”，明；“假”讀爲“格”，作“至”解，卽今所謂“達於”。按，古書中凡言“昭假”，皆指祀上帝而言。王先謙説：“詩凡言‘昭假’者，義爲‘昭其誠敬以假(達於)神，昭其明德以假(達於)天’；精誠表見曰‘昭’，貫通所至曰‘假’。”“爾”，語助詞，與“矣”同。此句的主語是成王，言“成王既已昭示其誠敬之心於上帝”。　　④率時農夫：“率”，領着；“時”，同“是”，猶言“這些”。　　⑤“駿發”二句：“駿”，大；“發”，開發；“爾”，指農夫，下同；“私”，指田官的私田。此二句言“你們要把三十平方里面積的私田大加開發。”據鄭玄的説法，萬夫(一萬人)所耕之田共三十三平方里掛零，此處的“三十里”但舉成數而已。又，“三十里”合田千畝，此處所言乃是屬於天子畿内的田(用陳奐説)。　　⑥亦服爾耕：“服”，從事。此句猶言“你們要從事於耕種的工作”。　　⑦十千維

耦：“十千”卽萬人，兩人並耕叫“耦”。此是成王號召農夫萬人畢出，並力齊心，從事勞作。

（七十一）　豐年（周頌）①

豐年多黍多稌②。亦有高廩③，萬億及秭④。爲酒爲醴⑤，烝畀祖妣⑥，以洽百禮⑦。降福孔皆⑧。

①這是一首秋收後酬神賽會時所奏的樂歌。朱熹說：“此秋冬報賽田事之樂歌。蓋祀田祖、先農、方社之屬也。言其收入之多，至於可以供祭祀，備百禮，而神降之福將甚徧也。”　②稌：音杜，卽稻。　③高廩：高大的倉房。　④萬億及秭：萬萬爲“億”，億億爲“秭”。此極言穀物收穫之多。　⑤醴：一種甜酒。釀一宿就成熟，只有酒味而已。⑥烝畀祖妣：“烝”，進；“畀”，給予。此連上句言“把糧食所釀成的酒和醴進獻給先祖和先妣”。　⑦以洽百禮：“洽”，備；“百禮”，祀百神之禮。此言“五穀既已豐收，則祀百神之禮無不洽備”。　⑧皆：“嘉”或“佳”之假借字，有“大”、“普徧”之意。

（七十二）　酌（周頌）①

於鑠王師②，遵養時晦③。時純熙矣④，是用大介⑤。我龍受之⑥。蹻蹻王之造⑦。載用有嗣⑧，實維爾公允師⑨。

①這是周人歌頌武王的舞詩。“酌”卽“勺”，舞名。　②於鑠王師：“於”音烏，感歎詞，有讚美之意；“鑠”，盛大；“王師”，指武王伐紂的軍隊。　③遵養時晦：“遵”，順着；“養”，取；“時”，同“是”，猶言“此”；“晦”，昏昧之人，指紂王。此承上句而言，大意是：“偉大的武王的武裝力量，遵順民意伐取了這個昏昧的紂王。”　④時純熙矣：“純”，大；“熙”，光明。馬瑞辰說：“‘純熙’謂大光明也。武王既攻取晦昧，於是遂大光明。”按，此指天下澄平。　⑤大介：卽“大善”，猶言“大祥”（用馬瑞

辰説)。此句言天下因此大祥。　　⑥我龍受之:"龍"是"寵"之假借字,此言武王得天之寵而享有天下(用鄭玄説)。　　⑦蹻蹻王之造:"蹻蹻",武貌。"造",作"爲"解,猶今言"成就"。此言武王的成就是非常英武突出的。　　⑧載用有嗣:指後世能承繼武王的蹻蹻之業。歐陽修説:"謂後世能承其業,爲有嗣矣。"　　⑨實維爾公允師:"實"同"寔",即"是","實維"猶言"是維",即今所謂"那只有";"爾公",猶言"爾先公"(用馬瑞辰説),指武王;"允",信,猶言"實在是";"師",師法,借鑑。此連上句言"如果後世子孫想承繼武王的遺烈,那麽你們的先公——武王——實在是可以供後世取法、借鑑的。"又,"公"舊説多解爲"事",指武王伐紂滅殷之事,於義也可通。

詩經附録

(一)　采詩

天子五年一巡守(狩)。歲二月……巡守(狩)……,命太師陳詩以觀民風。(禮記王制篇)

古者天子命史采詩謠,以觀民風。(孔叢子巡狩篇)

孟春之月,羣居者將散,行人振木鐸徇于路以采詩,獻之太師,比其音律,以聞於天子。故曰,王者不窺牖户而知天下。(漢書食貨志)

書曰:"詩言志,歌詠言。"故哀樂之心感,而歌詠之聲發。誦其言謂之詩,詠其聲謂之歌。故古有采詩之官,王者所以觀風俗、知得失,自考正也。孔子純取周詩,上采殷,下取魯,凡三百五篇①。遭秦而全者,以其諷誦,不獨在竹帛故也。(漢書藝文志)

①此與删詩之説有關,可與附録(二)所引諸説互參。

劉歆與揚雄書曰：“詔問三代、周、秦軒車使者，遒人使者，以歲八月巡路，賒（卽“求”字）代語、童謠、歌戲。欲得其最目。”（方言）

何休曰：“男女有所怨恨，相從而歌。飢者歌其食，勞者歌其事。男年六十、女年五十無子者，官衣食之，使之民間求詩。鄉移於邑，邑移於國，國以聞於天子。故王者不出牖户，盡知天下所苦，不下堂而知四方。”（春秋公羊傳宣公十五年解詁）

𧗽（迋）古之遒人，𠬪木鐸記詩言。……（許慎説文解字“𣥺部”）

顧鎮曰：“孟子歷敍羣聖之事，而以孔子作春秋繼之迹熄詩亡，著明所以作春秋之義，實千古道脈所關。而諸儒相仍舊説，未聞卓論。蓋自康成有不能復雅之云，而范甯序榖梁，遂謂列黍離於國風，齊王德於邦君。此龜山所據，以雅亡爲詩亡者也。然考趙岐註孟，則曰：‘太平道衰，王迹止熄，頌聲不作，故詩亡。’是漢儒原立兩義；後世鄭學盛行，遂遺趙説。李迂仲兼而存之，古義略具。王魯齋則謂風、雅、頌俱亡。而安溪詩所，又特舉風、雅爲説，論莫能一。愚竊以爲都非要義。所欲究者，‘王迹’耳。王者之迹，何預於詩？春秋之作，何與於‘迹’？此義不明，則不獨黍離降風，支離難據；卽迂仲、魯齋、安溪諸説，亦可存而不論。蓋王者之政，莫大於巡狩述職；巡狩則天子采風，述職則諸侯貢俗；太師陳之，以考其得失，而慶讓行焉：所謂‘迹’也。夷、厲以來，雖經板蕩，而甫田東狩，爲荓來同，撻伐震於徐方，疆理及乎南海，中興之迹，爛然著明，二雅之篇可考焉。洎乎東遷，而天子不省方，諸侯不入覲，慶讓不行，而陳詩之典廢，所謂‘迹熄而詩亡’也。孔子傷之，不得已而託春秋以彰衮鉞；所以存王迹於筆削之文，而非進春秋於風、雅之後。今卽諸儒所論詩亡者而衷之，則魯齋爲近。蓋詩者，風、雅、頌之總名，無容舉彼遺此。若疑國風多録東周，魯頌亦當儕世，則愚謂詩之存亡，繫於王迹之熄與不熄，不繫於本書之有與無也。好學深思之君子，尚有以誨予不逮焉。”（虞東學詩卷首詩説：迹熄詩亡説）

段玉裁曰：“左傳襄十四年，師曠引夏書曰：‘遒人以木鐸徇于路，官師相規，工執藝事以諫。正月孟春，於是乎有之。’杜云：‘木鐸徇于路，采歌謠之言也。’何注公羊曰：‘五穀畢入，民皆居宅。男女同巷，相從夜績。從十月盡正月止。男女有所怨恨，相從而歌。飢者歌其食，勞者歌其事。男年六十、女年五十無子者，官衣食之，使之民間求詩。鄉移於邑，邑移於國，國以聞於天子。故王者不出牖户，盡知天下。’食貨志曰：‘孟春之月，行人振木鐸徇於路以采詩，獻之太師，比其音律，以聞於天子。故曰，王者不窺牖户而知天下。’遒人，即班之行人，以木鐸巡於路，使民間出男女歌詠，記之簡牘，遞薦於天子。……按：劉歆與揚雄書云：‘三代、周、秦軒車使者、遒人使者，以歲八月巡路，求代語、僮謠、歌戲。’揚答劉書云：‘嘗聞先代輶軒之使奏籍之書，皆藏於周、秦之室。’又云：‘翁孺猶見輶軒之使所奏言。’二書皆即遒人之事也。遒、輶、遒三字同音，遒人即遒人。揚、劉皆謂使者采集絶代語，釋別國方言。故許檃栝之曰‘詩言’，班、何則但云‘采詩’也。劉云‘求代語、僮謠、歌戲’，則‘詩’在其中矣。周禮大行人：‘屬象胥諭言語、協辭命，屬瞽史諭書名、聽聲音。’豈非揚、劉所謂‘使者’，班所謂‘行人’歟？説者雖殊，可略見古者考文之事，爲政之不外正名矣。”（説文解字注“迆”字注）

桂馥曰：“‘古之遒人，以木鐸記詩言’者，‘迆’、‘記’聲相近。書允征：‘每歲孟春，遒人以木鐸徇于路。’傳云：‘遒人，宣令之官；木鐸，金鈴木舌，所以振文教。'正義：'名曰遒人，不知其意。蓋訓"遒"
爲"聚"，聚人而令之，故以爲名也。'馥案：'遒人'卽輶軒使者。風俗
通：'周、秦以歲八月，遣輶軒之使，采異代方言，還奏之，永藏秘
室。'是也。……胡渭曰：'詩有采有陳。漢藝文志："古有采詩之官，
王者所以觀風俗、知得失、自考正也。"食貨志："孟春之月，羣居者
將散，行人振木鐸徇於路以采詩，獻之太師，比其音律，以聞於天
子。"此采詩之說也。王制："天子五年一巡守（狩），命太師陳詩以
觀民風。"鄭氏詩譜："武王伐紂，定天下，巡守述職，陳誦諸國之詩，
以觀民風俗。"此陳詩之說也。采之於每歲之孟春，陳之於五載巡
守四仲之月，是"國風"所自來也。'"（說文義證"迋"字條）

　　王紹蘭曰："夏書曰：'遒人以木鐸徇于路。'杜注：'遒人，行人
之官也。徇于路，求歌謠之言。'說文'丌部'："迋，古之遒人，以木
鐸記詩言。从辵，从丌，丌亦聲，讀與記同。'謹案，說文'遒人'當作
'迋人'，許君所據左傳作'迋人'，故於'迋'下述之如此。……若如
今本說文作'遒人'，則當述於'辵部'遒字下，不當於丌下述之矣。
且左傳若無'丌人'之文，則此'从辵从丌'之字，何以知爲'古之遒
人以木鐸記詩言'者乎？玉篇引說文，已作'遒人'，則其誤久矣……
（王氏伯申說）。紹蘭案：段氏注不誤，但不知說文'遒人'當作'迋
人'，於許說仍作'遒人'，則不如述聞之精覈，故以伯申所說訂之。"
（段注說文訂補"迋"字條）

　　崔述曰："舊說，周太史掌采列國之風。今自邶（風）鄘（風）以
下十二國風，皆周太史巡行之所采也。余按：克商以後，下逮陳靈，
近五百年。何以前三百年所采殊少，後二百年所采甚多？周之諸
侯千八百國，何以獨此九國有風可采，而其餘皆無之？曰：孔子之

所删也。曰：成、康之世，治化大行，刑措不用，諸侯賢者必多；其民豈無稱功頌德之詞？何爲盡删其盛，而獨存其衰？伯禽之治，郇伯之功，亦卓卓者；豈尚不如鄭、衛？而反删此存彼，意何居焉！①且十二國風中，東遷以後之詩居其大半；而春秋之策，王人至魯，雖微賤無不書者。何以絶不見有采風之使？乃至左傳之廣搜博采，而亦無之！則此言出於後人臆度無疑也。蓋凡文章一道，美斯愛，愛斯傳，乃天下之常理；故有作者，即有傳者。但世近則人多誦習，世遠則漸就湮没。其國崇尚文學而鮮忌諱，則傳者多；反是則傳者少。小邦弱國，偶遇文學之士，録而傳之，亦有行於世者；否則遂失傳耳。不然兩漢、六朝、唐、宋以來，並無采風太史，何以其詩亦傳於後世也？"（讀風偶識卷二：通論十三國風）

①此與删詩之説有關，可與附録（二）所引諸説互參。

宋翔鳳曰："按，説文：'迟，古之遒人，以木鐸記詩言。從辵從丌，丌亦聲，讀與記同。'孟子：'王者之迹熄'，'迹'當作'迟'。言王國無遒人之官，而詩遂亡矣。後人多聞'迹'，寡聞'迟'，故改'迟'爲'迹'。王制：'天子五年一巡守，……命太師陳詩以觀民風。'鄭注：'陳詩，謂采其詩而觀之。'①……歷按諸文，知王者有設官采詩之事。息，止也。（原註：孫奭云：'熄，與息同。'）言此官止而不行，則下情不上通；天下所苦，天子不知。政教流失，風俗陵夷，皆由於此。謂之'詩亡'，可耳。儀封人曰：'天將以夫子爲木鐸。'謂王者不采詩，將使夫子周流四方，以行其教。春秋之志，其見於此歟？若風、雅、頌、成周已具，體各不同；安得有'黍離降風'之事！至以雅亡爲詩亡，則雅之一義，亦不足以該詩也。文中子：'薛收問曰："今之民胡無詩？"子曰："詩者，民之情性也。情性，能亡乎？非民無詩，職

詩者之罪也。"'按,此亦謂'詩亡'爲無采詩之官也"。(孟子趙注補正卷四:"王者之迹熄而詩亡,詩亡然後春秋作"條)

①此下徵引何休、漢書食貨志、漢書藝文志之語,皆已見前,故予删節。

(二) 删詩

孔穎達曰:"史記孔子世家云: '……古者詩本三千餘篇。(及至孔子),去其重,取其可施於禮義(者),……三百五篇。'是詩三百者,孔子定之。如史記之言,則孔子之前,詩篇多矣。案:書傳所引之詩,見在者多,亡逸者少; 則孔子所録,不容十分去九。馬遷言古詩三千餘篇,未可信也。"(毛詩正義: 鄭玄詩譜序"故孔子録懿王、夷王時詩,訖於陳靈公淫亂之事, 謂之'變風'、'變雅'"句下疏文)

朱彝尊曰:"孔子删詩之説,倡自司馬子長。歷代儒生,莫敢異議。惟朱子謂:'經孔子重新整理, 未見得删與不删。'又謂:'孔子不曾删去, 只是刊定而已。'水心葉氏亦謂:'詩不因孔子而删。'誠千古卓見也。竊以詩者,掌之王朝,班之侯服,小學大學之所諷誦,冬夏之所教,莫之有異,故盟會、聘問、燕享,列國之大夫賦詩見志,不盡操其土風。使孔子以一人之見,取而删之,王朝列國之臣, 其孰信而從之者? 且如行以肆夏,趨以采齊(按,漢書作'采薺'),樂師所教之樂儀也; 何不可施于禮義? 而孔子必删之,俾堂上有儀,而門外無儀,何也? 凡射:王以騶虞爲節,諸侯以貍首爲節,大夫以采蘋爲節,士以采蘋爲節。今大小戴記,載有貍首之辭,未嘗與禮義悖; 而孔子于騶虞、采蘋、采蘋則存之,于貍首獨去之, 俾王與大夫士有節,而諸侯無節,又何也? 燕禮:升,歌鹿鳴;下,管新宫。大射儀：乃歌鹿鳴三終，乃管新宮三終。而孔子於鹿鳴則存之，於新宮則去之，俾歌有詩而管無詩，又何也？肆夏、繁遏、渠，天子所以享元侯者，故九夏掌於鐘師。而大司樂：‘王出入，奏王夏；尸出入，奏肆夏；牲出入，奏昭夏。’鄉飲酒之禮：賓出，奏陔。鄉射之禮：賓興，奏陔。大射之儀：公升卽席，奏陔（按，儀禮大射第七：‘公升卽席，奏肆夏。’疑朱氏別有據）；賓醉，奏陔；公入，驁。此又何不可施於禮義？而孔子必刪之，俾禮廢而樂缺，又何也？正考父校商之名頌十二篇於周太師，歸以祀其先王。孔子殷人，乃反以先世之所校、歸祀其祖者，刪其七篇，而止存其五，又何也？穆王欲肆其心，周行天下；祭公謀父作祁招之詩，以止王心。詩之合乎禮義者，莫此若矣！孔子既善其義，而又刪之，又何也？且詩至於三千篇，則軿軒之所采，定不止於十三國矣；而季札觀樂於魯，所歌風詩，無出十三國之外者。又子所雅言，一則曰‘詩三百’，再則曰‘誦詩三百’，未必定屬刪後之言。況多至三千，樂師蒙瞍，安能徧爲諷誦？竊疑當日掌之王朝，班之侯服者，亦止於三百餘篇而已。至歐陽子謂：‘刪詩云者，非止全篇刪去；或篇刪其章，或章刪其句，或句刪其字。’此又不然！詩云：‘唐棣之華，偏其反而。豈不爾思？室是遠而。’惟其詩孔子未嘗刪，故爲弟子雅言之也。詩曰：‘衣錦尚絅。’文之著也。惟其詩孔子亦未嘗刪，故子思子舉而述之也。詩云：‘誰能秉國成？’今本無‘能’字；猶夫‘殷鑒不遠，在于夏后之世’，今本無‘于’字。非孔子去之也，流傳既久，偶脫去爾。昔者子夏親受詩于孔子矣；其稱詩曰：‘巧笑倩兮，美目盼兮，素以爲絢兮。’惟其句孔子亦未嘗刪，故子夏所受之詩，存其辭以相質；而孔子亟許其可與言詩，初未以‘素絢’之語有害于義而斥之也。由是觀之，詩之逸也，非孔子刪之可信已。然則詩何以逸也？曰：一則秦火之後，竹帛無存，而日誦者偶遺忘也。一則作者章句長短不齊，而後之爲章句之學者，必比而齊之，于句之從出者去之，故也。一則樂師蒙瞍，止記其音節而亡其辭。竇公之于樂，惟記周官大司樂一篇，而其餘不知。制氏則僅記其鏗鏘鼓舞，而不能言其義。此樂章之所闕獨多也。且夫六詩之序，自周官；魯（頌）之次周（頌），商（頌）之次魯（頌），不自孔子始也。而後之論者，若似乎私其宗國、存其先祖而然，尤刺謬之甚矣。王制：‘變禮易樂者爲不從，不從者君流。’今以太師之所陳，大司樂之所教，瞽矇之所諷誦，輒取篇章句字而刪去之，是‘變禮易樂’也。若移秦于魏、唐之後，檜後於陳，幽後於檜，其亦何所取義，而孔子必更之？噫！衰周之際，禮不期于壞而壞，樂不期于崩而崩。孔子方憂其放失，考求之不暇；而豈其刪之以自取不從之罪哉？”（曝書亭集卷五十九：詩論一）

　　崔述曰：“世家云：‘古者詩三千餘篇。及至孔子，去其重，取可施於禮義，上采契、后稷，中述殷、周之盛，至幽、厲之缺：……三百五篇。’康成之徒多非其說。孔氏穎達云：‘書傳所引之詩，見在者多，亡逸者少；則孔子所錄，不容十分去九。遷言未可信也。’而宋歐陽氏修云：‘以詩譜推之，有更十君而取一篇者，有二十餘君而取一篇者。由是言之，何啻三千？’邵氏雍亦云：‘諸侯千有餘國，風取十五；西周十有二王，雅取其六。’則又皆以遷言爲然。余按：‘國風’自二南、幽以外，多衰世之音。小雅大半作於宣、幽之世，夷王以前，寥寥無幾。如果每君皆有詩，孔子不應盡刪其盛，而獨存其衰。且武丁以前之頌，豈遽不如周？而六百年之風、雅，豈無一二可取？孔子何爲而盡刪之乎？子曰：‘誦詩三百，授之以政，不達，使於四方,不能專對,雖多亦奚以爲?'子曰:'詩三百,一言以蔽之,曰:思無邪!'玩其詞意,乃當孔子之時,已止此數;非自孔子刪之,而後爲三百也。春秋傳云:'吳公子札來聘,請觀於周樂。'所歌之風,無在今十五國外者。是十五國之外,本無風可采;否則有之而魯逸之,非孔子刪之也。且孔子所刪者,何詩也哉? 鄭、衞之風,淫靡之作,孔子未嘗刪也。'絲麻菅蒯'之句,不遜於'縞衣茹藘'之章;卽棣華'室遠'之言,亦何異於東門'不卽'之意;此何爲而存之,彼何爲而刪之哉? 況以論、孟、左傳、戴記諸書考之,所引之詩,逸者不及十一。則是穎達之言,左券甚明,而宋儒顧非之,甚可怪也。由此論之,孔子原無刪詩之事。古者風尚簡質,作者本不多;而又以竹寫之,其傳不廣。是以存者少而逸者多。國語云:'正考父校商之名頌十二篇於周太師,以那爲首。'鄭司農云:'自考父至孔子,又亡其七篇。'是正考父以前,頌之逸者已多;至孔子又二百餘年,而又逸其七。故世愈近則詩愈多,世愈遠則詩愈少。孔子所得,止有此數;或此外雖有,而缺略不全。則遂取是而釐正次第之,以教門人,非刪之也。"(洙泗考信錄卷三)

又曰:"扶蘇以下三篇(按,指鄭風之山有扶蘇、蘀兮、狡童三篇),序皆以爲刺鄭昭公。……朱子集傳則皆謂爲淫奔之詩,而深闢言刺忽(按,昭公名忽)之謬。然近世說者既以爲孔子刪詩,不當存此淫詩,反以朱子之說爲非是。余按:謂淫詩不當存,似也;然所當刪者,豈獨淫詩哉! 昭公爲君,未聞有大失道之事。君弱臣強,權臣擅命,雖誠有之;然皆用自莊公之世,權重難移,非己之過。……此固不得以爲昭公罪也。如果鄭人妄加毀刺,至目君爲'狡童',悖禮傷教,莫斯爲甚。孔子曰:'惡居下流而訕上者。'何以於此等詩,

反存之而不删哉？……"（讀風偶識卷三）

又曰："……顧自朱子以後，説者猶多從序而非朱子；無他，以爲詩皆孔子所删，不容存此淫靡之作耳。余按：風雨之'見君子'，擬諸草蟲、隰桑之詩，初無大異；卽揚之水、東門之墠，施諸朋友之間，亦無不可。不以淫詞目之，可也。至於同車、扶蘇、狡童、褰裳、蔓草、溱洧之屬，明明男女媟洽之詞，豈得復別爲説以曲解之！若不問其詞，不問其意，而但橫一必無淫詩之念於其胸中，其於説詩，豈有當哉？且孔子删詩，孰言之？孔子未嘗自言之也。史記言之耳。孔子曰：'鄭聲淫。'是鄭多淫詩也。孔子曰：'誦詩三百。'是詩止有三百，孔子未嘗删也。學者不信孔子所自言，而信他人之言，甚矣其可怪也！"（讀風偶識卷三）

（三）　詩入樂

大師……教六詩：曰"風"，曰"賦"，曰"比"，曰"興"，曰"雅"，曰"頌"。（周禮大師）

子贛（貢）見師乙而問焉，曰："賜聞聲歌各有宜也。如賜者，宜何歌也？"師乙曰："乙，賤工也。何足以問所宜！請誦其所聞，而吾子自執焉。寬而靜、柔而正者，宜歌頌；廣大而靜、疏達而信者，宜歌大雅；恭儉而好禮者，宜歌小雅；正直而靜、廉而謙者，宜歌風；肆直而慈愛者，宜歌商（聲）；温良而能斷者，宜歌齊（聲）。……"（禮記樂記）

顧炎武曰："鼓鍾之詩曰：'以雅以南。'子曰：'雅、頌各得其所。'夫二南也，豳（風）之七月也，小雅正十六篇，大雅正十八篇，頌也——詩之入樂者也。邶（風）以下十二國之附於二南之後，而謂之風；鴟鴞以下六篇之附於幽（風），而亦謂之幽；六月以下五十八篇之附於小雅，民勞以下十三篇之附於大雅，而謂之‘變雅’——詩之不入樂者也。……”（日知錄卷三：“詩有入樂不入樂之分”條）

陳啓源曰：“風、雅、頌之名，其來古矣。不獨（詩）大敍言之也；見周禮‘大師’之職，又見樂記師乙答子貢之言，又見荀子儒效篇，歷歷可據也。又三百十一篇，皆古樂章也。二南、雅、頌之入樂，載於儀禮之燕禮、鄉飲禮及（春秋）內、外傳列國燕享所歌，無論已；至魯人歌周禮，則十三國（風）繼二南之後（按，此卽指左傳襄公二十九年吳季札觀周樂於魯之事）。周禮籥章：迎寒暑則歈幽詩，祈年則歈幽雅，祭蜡則歈幽頌。大戴投壺禮稱‘可歌者八篇’，則魏風之伐檀在焉。漢末杜夔能記雅樂，則伐檀之詩與鹿鳴、騶虞、文王並列。十三國‘變風’之入樂，又歷歷可據也。宋程大昌謂：詩有南、雅、頌而無國風，自邶至豳十三國詩，皆不入樂。豈非妄説乎？……”（毛詩稽古編卷二十五總詁舉要：“六義”條）

又曰：“詩篇皆樂章也，然詩與樂實分二教。經解云：‘詩之教溫柔敦厚，樂之教廣博易良。’（按，禮記經解篇原文作‘溫柔敦厚，詩教也。廣博易良，樂教也。’）是教詩教樂，其旨不同也。王制云：‘樂正……立四教（詩、書、禮、樂）以造士：春秋教以禮、樂，冬夏教以詩、書。’是教詩教樂，其時不同也。故敍詩者，止言作詩之意；其用爲何樂，則弗及焉。卽‘鹿鳴燕羣臣’、‘清廟祀文王’之類，亦指作詩之意而言，其奏之爲樂，偶與作詩之意同耳。敍自言詩，不言樂。意歌詩之法，自載於樂經，元無煩敍詩者之贅。及樂經今已不存，則亦無可攷矣。集傳於‘正雅’諸詩，皆欲以樂章釋之：或以爲燕饗通用，或以爲祭畢而燕，或以爲受釐陳戒；俱以詞之相似，億度而爲之說。殊不知古人用詩於樂，不必與作詩之本意相謀（原註：馬端臨文獻通考論之甚悉），如鄉射之奏二南，兩君相見之奏文王、清廟，何嘗以其詞哉！況舍詩而徵樂，亦異乎古人之‘詩教’矣。朱子嘗答陳體仁書，言：‘詩之作本以言意，非爲樂而作。’斯語甚當。及傳詩，則傅會樂章以立義，與己說相違，此不可解也。”（毛詩稽古編卷二十五總詁舉要：“詩樂”條）

　　顧鎮曰：“凡詩皆樂也。樂之八物，所以節詩而從律也。周禮大司樂：‘以樂語教國子。’樂語者，詩也。荀卿曰：‘詩者，中聲之所止也。’蓋以詩爲本，以聲爲用。離詩以言樂，則鐘鼓之徒樂，而非樂也。故謂‘笙詩無辭’者（原註：鄭夾漈。按，指宋鄭樵），非也。離樂以言詩，則後世之徒詩，而非詩也。故謂‘詩有不入樂’者（原註：顧亭林），非也。世徒知雅之用於朝，頌之用於廟，南之用於鄉人邦國；而餘詩者未詳所用，遂以爲不可入樂而徒陳美刺，轉疑司馬氏‘三百皆絃歌’之說爲不可信；而興詩成樂，竟爲截然不相侔之事矣。昔季子請觀周樂，而太師所歌，‘變風’、‘變雅’皆在焉。令非中聲所止，則魯之樂工，何能強叶諸律，以次第歌之？朱子斥鄭、衛諸詩，爲里巷狹邪所歌，不可用之鬼神賓客。夫用之鬼神，未聞也；用之賓客，則鄭伯之享趙孟，六卿之餞韓宣，叔孫豹之食慶封，固有用之者矣。至秦穆公之賦六月，叔孫穆叔之賦鴻雁，中行獻子之賦祈父，戎子駒支之賦青蠅，皆‘變雅’也；而謂有不入樂之詩乎？說者謂：‘賦也，非歌也。’若衛獻公使太師歌巧言之卒章，非歌乎？且樂有不必盡用之鬼神賓客者。詩序云：‘風者，主文而譎諫。’虞書曰：‘工以納言，時而颺之。’注家言：‘樂官誦詩，以納諫也。’又，國語稱：‘師箴，瞍賦，矇誦。’則美刺之詩，譜而歌之，以朝夕獻善敗於君，非卽所以用之者歟？奚必鬼神賓客之用之始爲樂也」劉舍人有言：‘詩爲樂心，聲爲樂體。樂體在聲，瞽師務調其器；樂心在詩，君子宜正其文。’可謂達於其旨者矣。（虞東學詩卷首詩說：詩樂說）

　　馬瑞辰曰：“詩三百篇，未有不可入樂者。虞書曰：‘詩言志，歌永言，聲依永，律和聲。’歌、聲、律，皆承詩遞言之。毛詩序曰：‘在心爲志，發言爲詩。’又曰：‘言之不足，故嗟歎之；嗟歎之不足，故永歌之。’此言詩所由作，卽虞書所謂‘詩言志，歌永言’也。又曰：‘情發於聲，聲成文謂之音。’此言詩播爲樂，卽虞書所謂‘聲依永，律和聲’也。若非詩皆入樂，何以被之聲歌，且協諸音律乎？周官大師教‘六詩’，而云‘以六德爲之本，以六律爲之音’，是‘六詩’皆可以調以‘六律’已。墨子公孟篇曰：‘誦詩三百，弦詩三百，歌詩三百，舞詩三百。’鄭風青衿詩毛傳云：‘古者教以詩樂，誦之，歌之，弦之，舞之。’其說正本墨子。是三百篇皆可誦、歌、弦、舞已。若非詩皆入樂，則何以六詩皆以六律爲音？又何以同是三百篇，而可誦者卽可弦、可歌、可舞乎？左傳：吳季札請觀周樂，使工爲之歌周南、召南，並及於十二國。若非入樂，則十四國之詩，不得統之以周樂也。史記言：‘詩三百五篇，孔子皆弦歌之，以求合於韶、武、雅、頌。’若非入樂，則詩三百五篇，不得皆求合於韶、武、雅、頌也。六藝論云：‘詩，弦歌諷諭之聲也。’鄭志答張逸云：‘國史采衆詩，明其好惡，令瞽矇歌之。其無所主，皆國史主之，令可歌。’據此，則鄭君亦謂詩皆可入樂矣。程大昌謂：南、雅、頌爲樂詩；自邶至豳，皆不入樂，爲徒詩。其說非也。或疑：詩皆入樂，則詩卽爲樂；何以孔子有刪詩訂樂之殊？不知：詩者，載其貞淫正變之詞；樂者，訂其清濁高下之節。古詩入樂，類皆有散聲疊字，以協於音律；卽後世漢、魏詩入樂，其字數亦與本詩不同。則古詩之入樂，未必卽今人誦讀之文一無增損，蓋可知也。古樂失傳，故詩有可歌、有不可歌。大戴禮投壺篇曰：‘凡雅二十六篇：其八篇可歌，歌鹿鳴、貍首、鵲巢、采蘩、采蘋、伐檀、白駒、騶虞；八篇廢不可歌；其七篇商（聲）、齊（聲）可歌也；三篇間歌。’所謂‘可歌’者，謂其聲律猶存；‘不可歌’者，僅存其詞，而聲律已不傳也。若但以其詞言之，則三百五篇俱在，豈獨鹿鳴、鵲巢諸篇爲可歌哉！”（毛詩傳箋通釋卷一：詩入樂說）

　　黃汝成曰：“今按：以‘變雅’而播之於樂，如衞獻公使太師歌巧言之卒章，是也。全氏（祖望）曰：‘古未有詩而不入樂者。特宗廟朝廷祭祀燕享不用，而其屬於樂府，則奏之以觀民風，是亦樂也。是以吳札請觀於周樂，而列國之風並奏。不謂之樂而何？古者四夷之樂，尚陳於天子之庭，況列國之風乎？亭林於是乎失言。……’……”（日知錄集釋卷三：“詩有入樂不入樂之分”條下註文）

六　左　傳

（一）　滕侯薛侯爭長（隱公十一年）

十一年春，滕侯①、薛侯②來朝③，爭長④。薛侯曰：“我先封⑤。”滕侯曰：“我周之卜正⑥也。薛，庶姓⑦也，我不可以後之。”

公⑧使羽父⑨請於薛侯，曰：“君與滕君，辱在寡人⑩。周諺⑪有之曰：‘山有木，工則度⑫之；賓有禮，主則擇⑬之。’周之宗盟⑭，異姓爲後。寡人若朝于薛，不敢與諸任齒⑮。君若辱貺寡人⑯，則願以滕君爲請⑰。”

薛侯許之。乃長滕侯。

①滕侯：滕，國名，姬姓，文王子叔繡之後。武王時，始封於滕，卽今山東滕縣。此處的“滕侯”，名字和諡號都不詳。　②薛侯：薛，國名，任姓。黄帝苗裔奚仲之後。今山東滕縣西南四十里有薛城，卽其國故址。此處的“薛侯”名字和諡號都不詳。　③來朝：來朝見魯君。　④爭長：爭居首位。　⑤我先封：薛國是夏代所封，立國在滕國之先。　⑥卜正：天子的卜官之長。　⑦庶姓：“庶”，作“衆”解。“庶姓”指與周室不同姓的其他姓氏的諸侯。　⑧公：卽魯隱公。隱公名息姑，惠公之子。　⑨羽父：魯國的公子，名翬，“羽父”是字。　⑩辱在寡人：“在”，存問之意（用王引之説，見經義述聞）；“寡人”，國君自謙之稱。此言承你們屈尊來存問我。⑪諺：俗語。⑫度：一作“剫”，音奪，分割，削治；指工匠削治木材。　⑬擇：杜注：“擇所宜而行之。”此句連上句言“如果來賓有禮，做主人的自然也選擇最合宜的禮儀去招待客人”。

⑭"周之宗盟"二句:"宗",作"主"解(用俞樾説,見羣經平議),"宗盟"猶言"主盟"。此言周代的制度,每當諸侯結盟,凡是不與主盟國同姓的諸侯,都應居於下位,不得僭越佔先。　　⑮不敢與諸任齒:"齒",同列,並列。此言薛是任姓國,如魯君往朝薛君,自然不敢同其他的任姓諸侯爭長。　　⑯辱貺寡人:"貺"音况,本作"賜"解,引申爲"加惠"之意,是敬詞。此句猶言"您如屈尊惠臨敝國。"　　⑰以滕君爲請:言請求薛侯允許滕君居薛之上。

(二)齊連稱管至父之亂(莊公八年)

齊侯①使連稱、管至父②戍葵邱③。　瓜時而往④,曰:"及瓜而代⑤。"期戍⑥,公問⑦不至。請代⑧,弗許;故謀作亂。僖公之母弟曰夷仲年,生公孫無知,有寵於僖公,衣服禮秩如適⑨。襄公絀⑩之,二人因之以作亂⑪。　連稱有從妹,在公宫,無寵;使間公⑫,曰:"捷⑬,吾以女爲夫人。"

冬,十二月,齊侯游于姑棼⑭,遂田于貝丘⑮。見大豕,從者曰:"公子彭生⑯也。"公怒曰:"彭生敢見⑰!"射之,豕人立而啼⑱。公懼,隊⑲于車,傷足,喪屨⑳。

反㉑,誅屨於徒人費㉒;弗得,鞭之見血。走出㉓,遇賊于門,劫而束之㉔。費曰:"我奚御哉㉕!"袒而示之背㉖,信之。費請先入㉗,伏公而出鬭㉘,死于門中。石之紛如㉙死于階下。遂入,殺孟陽㉚于牀。曰:"非君也,不類㉛!"見公之足于户下,遂弑之;而立無知。

初,襄公立,無常㉜。　鮑叔牙㉝曰:"君使民慢㉞,亂將作矣!"奉公子小白出奔莒㉟。

亂作,管夷吾㊱、召忽㊲奉公子糾來奔㊳。

初，公孫無知虐于雍廩㉟；九年，春，雍廩殺無知。

①齊侯：卽齊襄公，名諸兒，齊僖公(名禄父)之子。魯桓公十五年(公元前六九七)卽位，在位十二年。　　②連稱、管至父：齊國的兩個大夫。　　③葵邱：齊地名。在今山東臨淄縣東三十里。　　④瓜時而往：據漢人服虔的解釋，“瓜時”是七月，瓜熟的時候。“往”，往戍。⑤及瓜而代：齊襄公答應他們兩人，到次年瓜熟時就派人去替換。⑥期戍：“期”同“朞”，一周年。此言一年戍期已滿。　　⑦問：消息，命令。　　⑧請代：連、管請求襄公派人來接替。　　⑨“衣服”句：“秩”，指爵禄的次第；“適”同“嫡”。此言無知雖是僖公的姪子，但他所穿的衣服和所享受的待遇同嫡子一樣。　　⑩絀：同“黜”，貶低。此句言襄公卽位以後，把無知的享受待遇減削了。　　⑪“二人因之”句：“因”，憑藉，倚仗。此言連、管二人藉口擁立無知以作亂。　　⑫使間公：“間”，讀去聲，窺伺。此言使連稱的從妹窺伺襄公的行動，好乘機下手。　　⑬“捷”二句：這是無知的口氣，言“如果謀殺襄公能够成事，我就封你(“女”同“汝”，指連稱的從妹)做夫人。”以上寫致亂的原由。　　⑭姑棼：地名，又名薄姑，在今山東博興縣東北十五里。“棼”音紛。　　⑮田于貝邱：“田”同“畋”，射獵。“貝邱”，地名，今山東博興縣南五里有貝中聚，卽此地。　　⑯公子彭生：齊同姓公族，襄公曾命他害死魯桓公，事見左傳桓公十八年(已詳詩經齊風南山註)。後來魯國向齊襄公提出質問，襄公只好殺死彭生以推卸責任。彭生的死是冤枉的，所以此處寫他幻化成大豕(野豬)來向襄公索命。　　⑰見：同“現”，出現。　　⑱豕人立而啼：豕像人似的站起來啼叫。　　⑲隊：同“墜”。　　⑳喪屨：丟失了鞋。㉑反：同“返”，言襄公出遊歸來。　　㉒“誅屨”句：“誅”，盤詰，追究；“徒人”，供國君使役的小臣；“費”，人名。此言襄公向徒人費追詰屨的下落。㉓走出：此與下句的主語都是“徒人費”。　　㉔劫而束之：主語是宮門外的作亂者；“束”，綑上；“之”指費。　　㉕我奚御哉：“御”同“禦”。徒人費說：“我哪裏是抵禦你們的呢!”　　㉖袒而示之背：徒人費脫下衣

服，把背上傷痕給那些人看。　㉗費請先入：杜注：“詐欲助賊。”所以請求先進宮去。　㉘伏公而出鬬：費把襄公藏起來，然後出來同外面的人格鬬。　㉙石之紛如：人名，襄公的小臣，也是鬬死的。　㉚孟陽：也是襄公的小臣，假冒襄公，爲人所殺。　㉛不類：不像。　㉜無常：指政令無常。　㉝鮑叔牙：齊國的大夫。本姓姒，因食采邑於鮑，故以鮑爲氏。後薦管仲於齊桓公，使齊國强大。　㉞君使民慢：“慢”，放肆倨傲，政令緩急無常。此言鮑叔看出襄公使用民力不當，故預見内亂將作。　㉟奉公子小白出奔莒：“公子小白”，僖公庶子，即齊桓公；魯莊公九年(公元前六八五)即位，在位四十三年。“莒”音舉，齊邑名。　㊱管夷吾：即管仲。　㊲召忽：齊國的大夫，公子糾的親信。公子糾死，召忽也自殺了。　㊳奉公子糾來奔：“公子糾”，齊僖公的兒子；“來奔”，逃到魯國來。及無知死後，小白先回到都城，自立爲君，是爲桓公。公子糾自魯後至，與小白戰，不勝，復奔魯。魯君因被齊桓公所逼，終於把糾殺死。事見左傳莊公九年及國語齊語。　㊴雍廩：齊國的大夫。因曾受無知的虐待，故殺之。

（三）　齊伐楚盟于召陵（僖公四年）

四年，春，齊侯①以諸侯之師②侵蔡③。蔡潰，遂伐楚④。楚子⑤使與師言曰⑥：“君處北海⑦，寡人處南海，唯是風馬牛不相及⑧也；不虞⑨君之涉吾地也！何故？”管仲對曰：“昔召康公⑩命我先君太公⑪曰：‘五侯九伯⑫，女實征⑬之，以夾輔周室。’賜我先君履⑭：東至于海，西至于河⑮，南至于穆陵⑯，北至于無棣⑰。爾貢包茅不入⑱，王祭不共⑲，無以縮酒⑳，寡人是徵㉑；昭王南征而不復㉒，寡人是問！”對曰：“貢之不入，寡君之罪也；敢不共給！昭王之不復，君其問諸水濱㉓！”

師進，次于陘㉔。

夏，楚子使屈完㉕如師㉖。　師退，次于召陵㉗。

齊侯陳㉘諸侯之師，與屈完乘㉙而觀之。齊侯曰：“豈不穀是爲㉚，先君之好是繼。與不穀同好㉛，何如？”對曰：“君惠徼福於敝邑之社稷㉜，辱收㉝寡君㉞，寡君之願也。”齊侯曰：“以此衆戰，誰能禦之！以此攻城，何城不克！”對曰：“君若以德綏㉟諸侯，誰敢不服？君若以力，楚國方城㊱以爲城，漢水以爲池，雖衆㊲，無所用之！”

屈完及諸侯盟。

①齊侯：齊桓公。　　②諸侯之師：據春秋所載，當時參與此次戰役的有魯、宋、陳、衞、鄭、許、曹等國。　　③蔡：國名，姬姓，武王時所封。今河南省汝南、上蔡、新蔡等縣，即其地。按，左傳僖公三年：“齊侯與蔡姬（桓公的夫人）乘舟于囿，蕩公（蔡姬把船左右摇晃，使桓公坐不安穩）。公懼，變色；禁之，不可。公怒，歸之（把蔡姬送回母家），未之絕也（但並未正式棄絕）。蔡人嫁之（把蔡姬另嫁了）。”則知桓公之侵蔡實是爲了洩私憤。　　④遂伐楚：據史記管晏列傳，“伐楚”是管仲之謀。因爲他覺得桓公以私怨侵蔡並不體面，而伐楚却是名正言順的。　　⑤楚子：即楚成王，名熊頵（音君）。魯莊公二十三年（公元前六七一）即位，在位四十六年。　　⑥使與師言曰：派使臣到齊國軍隊中去對齊桓公説。　　⑦北海、南海：按，齊臨東海，而楚境南不及海；此處所言只是泛指。　　⑧風馬牛不相及：“風”與“放”通。此指兩國相去極遠，絕不相干，雖牛馬放逸，也無從相及。但宋人馬永卿却説：“此……乃譅譺之辭。齊、楚相去南北如此之遠，雖馬牛之病風者（舊説：牛馬牝牡相誘謂之“風”），猶不相及；今汝人也，而輒入吾地，何也？”（見嬾真子卷五）姑録以備考。　　⑨虞：預料到。　　⑩召康公：即周成王時太保召公奭（讀如釋）。　　⑪先君太公：即姜尚（俗稱姜太公），齊之始祖，故稱“先君”。　　⑫五侯九伯：“五侯”指五等爵位，即公、侯、伯、子、男；“九伯”指九州之長。此處當

是泛指所有的諸侯。　⑬征: 有征伐之權。　⑭履: 本指踐履之地，引申爲太公征伐所至之範圍。　⑮河: 黃河。　⑯穆陵: 地名，在楚境內。今湖北省麻城縣西北一百里有穆陵山，疑卽此地。按，上文楚使問齊師何故至楚地，所以管仲回答他說，先君受王命有征伐之權，南可以至穆陵。正與楚使之言針鋒相對。　⑰無棣: 地名。在今山東、河北交界處。一說，在遼西孤竹郡，卽今河北盧龍附近的地帶。　⑱爾貢包茅不入: "爾'指楚王;"茅"，卽菁茅，是楚國的特産植物;"包"，卽"束"、"裹"之意;"包茅"猶言"把茅裹束起來"。這種包茅是楚國應向周王進納的貢品，可是彼時已有三年之久不曾入貢了。(據韓非子外儲說: "是時，楚之菁茅不貢於天子，三年矣。")　⑲王祭不共: "共"同"供"，供給，供應，下同。菁茅本爲祭祀所用，楚久不入貢，自然周王祭祀時就供應不上了。　⑳縮酒: "縮"同"滑"，濾去酒糟。菁茅是用來濾酒的。　㉑寡人是徵: 我特來向你徵求。下文"寡人是問"句法與此全同，言"我特來向你質問。"　㉒昭王南征而不復: "昭王"卽周昭王，成王之孫;"復"，返回。按，周昭王晚年荒於國政，人民對他很厭惡。當他巡狩南方渡過漢水時，當地的人民故意弄了一隻壞船給他(據傳說，這隻船是用膠黏的)，所以行至中流，船就解體了。昭王及其臣屬都被淹死在水裏。這件事就成爲齊人向楚國興師問罪的藉口。　㉓君其問諸水濱: 此言昭王淹死的事，楚國不能負責，你最好自己到水邊上去問一問吧。　㉔陘: 山名，是險要之地，在今河南郾城縣南。按，此連上句寫楚不服罪，所以齊人向前進兵。　㉕屈完: 楚之同姓公族。其先人因食采邑於屈地，故以"屈"爲氏。　㉖如師: 去往齊軍。　㉗召陵: 地名，在今郾城縣東四十五里。此因楚遣使求盟，所以齊又退師。　㉘陳: 陳列。又，"陳"卽古"陣"字，此句言齊桓公把諸侯的軍隊擺開，向楚國示威。　㉙乘: 乘兵車。　㉚"豈不穀是爲"二句: "不穀"，國君自謙之稱。此言"這些諸侯並非由於我個人的關係，而是爲了繼續我們先人的友誼的緣故，才跟從着我一同來的。"　㉛"與不穀同好"二句: 你們楚國也同我建立友好關係，怎麼樣？　　　㉜"君惠"句："徼"，求。此言"蒙您惠臨爲敝國的社稷求福"，是外交辭令。　　　㉝收：接納。　　　㉞寡君：對自己國君的謙稱。　　　㉟綏：安撫。　　　㊱方城：按，今河南葉縣南有方城山，相傳楚人在春秋時因山築長城，以拒中原，即此地。　　　㊲"雖衆"二句：言"你們的軍隊雖然衆多，只怕也沒有用處！"因上文齊侯説的話帶有威脅口氣，所以屈完表示：如果齊以德服人，則楚國願意和好；如果全憑武力，楚國也並非不能奉陪。極寫其善於辭令，不爲强力所屈。

（四）　秦晉韓之戰（僖公十五年）

晉侯之入①也，秦穆姬②屬賈君③焉；且曰："盡納羣公子④。"晉侯烝⑤于賈君，又不納羣公子，是以穆姬怨之。晉侯許賂中大夫⑥，既而皆背之。賂秦伯以河外⑦列城五，東盡虢略⑧，南及華山⑨，内及解梁城⑩；既而不與。晉饑⑪，秦輸之粟；秦饑⑫，晉閉之糴。故秦伯伐晉。

卜徒父⑬筮之，吉。涉河⑭，侯車敗。詰之，對曰："乃大吉也。三敗⑮，必獲晉君。其卦遇'蠱'⑯，曰：'千乘三去⑰；三去之餘，獲其雄狐。'夫狐蠱，必其君也。'蠱'之貞⑱，風也；其悔，山也。歲云秋矣⑲，我落其實而取其材，所以克⑳也。實落材亡，不敗何待？"

三敗及韓㉑，晉侯謂慶鄭曰："寇深㉒矣，若之何？"對曰："君實深之，可若何！"公曰："不孫㉓。"卜右㉔，慶鄭吉；弗使㉕。步揚御戎㉖，家僕徒爲右。乘小駟，鄭入㉗也。慶鄭曰："古者大事㉘，必乘其產㉙；生其水土而知其人心，安其教訓而服習其道㉚。唯所納之㉛，無不如志。今乘異產以從戎事，及懼而變㉜，將與人易㉝。亂氣狡憤㉞，陰血周作；張脈僨興，外彊中乾；進退不可，周旋不能。君必悔之。"弗聽。

九月，晉侯逆㉟秦師。使韓簡視師㊱；復曰：“師少于我，鬭士倍我。”公曰：“何故？”對曰：“出因其資㊲，入用其寵，饑食其粟：三施而無報，是以來也。今又擊之。我怠秦奮，倍猶未也㊳。”公曰：“一夫不可狃㊴，況國乎？”遂使請戰，曰：“寡人不佞，能合其衆而不能離也㊵；君若不還，無所逃命。”秦伯使公孫枝㊶對曰：“君之未入㊷，寡人懼之；入而未定列㊸，猶吾憂也。苟列定矣㊹，敢不承命！”韓簡退曰：“吾幸而得囚㊺。”

壬戌㊻，戰于韓原。晉戎馬還濘而止㊼。公號㊽慶鄭，鄭曰：“愎諫㊾違卜㊿，固敗是求㊿，又何逃焉？”遂去之。梁由靡御韓簡，虢射爲右，輅㊿秦伯，將止㊿之；鄭以救公誤之㊿，遂失秦伯。秦獲晉侯以歸。

晉大夫反首拔舍㊿從之。秦伯使辭㊿焉，曰：“二三子何其慼㊿也！寡人之從君而西㊿也，亦晉之妖夢是踐㊿，豈敢以至㊿？”晉大夫三拜稽首，曰：“君履后土而戴皇天㊿，皇天后土，實聞君之言。羣臣敢在下風㊿！”

　　　①晉侯之入：“晉侯”即晉惠公，名夷吾，晉獻公之子。按，晉獻公有子九人，因寵驪姬，遂殺太子申生，而立驪姬所生的兒子奚齊。於是羣公子如重耳、夷吾等都出亡在外。後來奚齊及其異母弟卓子被大夫里克所殺，晉國無君。夷吾便厚賂秦穆公，由秦國送他回國卽位，是爲惠公。“入”，卽指由秦回晉。　　②秦穆姬：晉獻公的女兒，秦穆公的夫人，是申生的同母姐姐。　　⑧屬賈君：“屬”同“囑”；賈君，申生的妃（用清惠棟左傳補注、洪亮吉春秋左傳詁説）。此言穆姬囑託惠公照顧賈君。④盡納羣公子：穆姬並且囑咐惠公把逃亡在外的羣公子（如重耳等）都接納回國。　　⑤烝：以下淫上。　　⑥中大夫：晉國的執政之臣如里克、丕鄭等。惠公卽位以後，把里克、丕鄭都殺了，故下句言“皆背之”。

⑦河外: 黃河以南。　　⑧東盡虢略: "虢",古國名,其地在今河南陝縣一帶; "略",邊界。此言晉許給秦的地盤,東面直到古虢國邊界的盡頭。

⑨華山: 山名,在陝西華陰縣境内,今所謂"西嶽"。"華"讀去聲。　　⑩解梁城: 即今山西解、臨晉、虞鄉三縣之地。　　⑪"晉饑"二句: 事見左傳僖公十三年: "冬,晉薦饑(連歲不收成謂之"薦"),使乞糴于秦。秦伯(穆公)謂子桑(秦大夫): '與諸乎?'對曰: '重施而報(對人厚施恩德而人有所報答),君將何求?重施而不報,其民必攜(生貳心)。攜而討(討伐)焉,無衆必敗(晉侯既失民心,必然要打敗仗)!'謂百里(秦大夫百里奚): '與諸乎?'對曰: '天災流行,國家代有(常有的事),救災恤鄰,道也。行道有福!'丕鄭之子豹在秦,請伐晉。秦伯曰: '其君是惡,其民何罪!'秦於是乎輸粟于晉。"録以備考。　　⑫"秦饑"二句: 事見左傳僖公十四年: "冬,秦饑,使乞糴于晉,晉人弗與。慶鄭(晉大夫)曰: '背施(恩)無親,幸災不仁,貪愛不祥,怒鄰不義。四德皆失,何以守國?'虢射(惠公的舅父)曰: '皮之不存,毛將安傅(附)?'(杜注: '既背秦施,爲怨已深,雖與之糴,猶無皮而施毛也。')慶鄭曰: '棄信背鄰,患孰恤之(有禍患誰還來救你)?無信患作,失援必斃,是則然矣。'虢射曰: '無損於怨(秦對我們的怨恨並不因此而減少),而厚於寇,不如勿與。'慶鄭曰: '背施幸災,民所棄也;近猶讎之(親近的人都要同你結仇),況怨敵乎?'(晉侯)弗聽,(慶鄭)退曰: '君其悔是哉!'"録以備考。　　⑬卜徒父: 秦之卜官。　　⑭"涉河"二句: 指所卜筮的卦象預示出秦伯的軍隊將要渡河而晉侯之車必敗的徵兆。　　⑮三敗: 一連把晉人打敗三次。　　⑯蠱: 音古,周易的卦名。⑰"千乘三去"三句: 是卦詞。"千乘"本指一千輛兵車,引申爲大國諸侯的代稱,此處指秦國; "去"同"駆"(用清毛奇齡說,見其所著春秋占筮書),猶言"進軍"; "三去之餘"猶言"三次進軍之後"; "雄狐",喩晉惠公。⑱"蠱之貞"四句: "貞",内卦,代表己方; "悔",外卦,代表對方。"風"是秦的象徵,"山"是晉的象徵。解釋詳下註。　　⑲"歲云秋矣"二句: 此言現在已是秋天,風把山上樹木的果實都吹落了,而且山上的木材也可以

取用。正是秦戰勝晉的象徵。　⑳克: 勝利。　㉑韓: 地名。在今山西省河津、萬泉兩縣之間的地方。　㉒深: 深入。　㉓不孫: "孫"同"遜"。此是惠公申斥慶鄭,認爲他說話無禮。今口語還有"口出不遜"的說法。　㉔右: 兵車的右衞。　㉕弗使: 不用。惠公不滿慶鄭屢次直諫,所以卦上雖認爲慶鄭做右衞好,而惠公却不用。　㉖步揚御戎: "步揚",晉國的公族;"御",駕車;"戎",指兵車。　㉗鄭人: 指上文的"小駟"是從鄭國輸入的。　㉘大事: 按,古代以祭祀和戰爭爲大事,此處指戰爭。　㉙其產: 指本國出產的馬。　㉚服習其道: "服習",猶言"熟悉"、"習慣";"道",路徑。　㉛"唯所納之"二句: "納",猶"使";"志",意志。言"任憑怎樣地使用它,無不如意"。　㉜及懼而變: 言馬遇意外因恐懼而改變常態。　㉝易: 猶"異"。此句言所乘的馬將與人的意圖相反。　㉞"亂氣狡憤"四句: 都是描寫馬的。第一句,"亂氣"指馬的神經一受刺激便緊張地呼吸,喘氣失去節奏;"狡"作"戾"解,猶言"錯亂地";"憤",盛,滿,指胸腔膨脹起來。第二句,"陰血",體内的血液;"周作",指血液循環過分急促。第三句,"張"同"漲";"償"音念,"償與",猶言"沸騰"。第四句,"彊",古"强"字;"中乾",指内部氣虛力竭。此言馬遇意外,呼吸急促,血管膨脹,表面很緊張,内心却已虛怯無力了。㉟逆: 迎。　㊱使韓簡視師: "韓簡",晉大夫;"視師",探視秦國兵力的强弱。　㊲"出因其資"二句: 言晉惠公出亡時曾依靠秦的資助,而所以能回國爲君,也是受到秦國厚愛的結果。　㊳倍猶未也: 言秦國的鬥士比晉多一倍還不止。　㊴一夫不可狃: "狃",狎,猶言"輕慢"。此言"一個普通人尚且不可受人輕慢"。　㊵"能合其衆"句: 言既已把軍隊集合起來,就無法解散他們,必須同秦較量一下才行。故下文說: "您如果不退兵,晉國是不想廻避您的進兵的命令的(君若不遺,無所逃命)。"㊶公孫枝: 卽子桑。　㊷"君之未入"二句: 大意是: "當您(晉惠公)未能回到國中時,我(秦穆公)很替您担心。"　㊸定列: 定居於君位。㊹"苟列定矣"二句: "您既已定居於君位,我怎敢不接受您的作戰的命令呢?"言外指晉惠公既已忘恩負義，秦國自然不怕同晉交戰。　　㊺幸而得囚: 做俘虜已是幸運了。言外有可能全軍覆沒之意。　　㊻壬戌: 九月十三日。　　㊼還濘而止:"還"同"旋"。言馬陷於泥濘之中，迴旋而不得出。　　㊽號: 讀平聲，呼救。　　㊾愎諫: 意氣用事，不納諫言。"愎"音弼，頑固，乖戾。　　㊿固敗是求: 實在是自找失敗。　　○51輅: 音路，遇到。　　○52止: 擒獲。此言韓簡遇到秦伯，即將把他擒住。　　○53鄭以救公誤之: 慶鄭自己沒有救惠公，所以招呼韓簡去救;這一來就把擒獲秦穆公的機會就誤了。而惠公卻終被秦兵擄去。　　○54反首拔舍:"反首"是把頭髮披散了向下垂着。"拔"同"茇"，拔去野草;"舍"，作"止息"解;"拔舍"指露宿在野外，就平地拔草除穢而止息。　　○55辭: 好言撫慰。　　○56慼: 憂傷。　　○57從君而西: 實際是指擄晉君而西歸。因係外交辭令，所以反說是"隨從着晉君而西行"。　　○58妖夢是踐:《左傳僖公十年》，載晉大夫狐突遇到了申生的鬼魂，斥責惠公無道，並預言必敗於韓。"妖夢"卽指此事。"踐"，應驗。一說，作"禳息"、"鎮壓"解。也可通。　　○59豈敢以至:"至"，猶言"太過分"。此是秦穆公表示，對晉國絕對不致把事情做得太過分，毫無迴旋餘地。　　○60"君履后土"句:"皇天"和"后土"是對天地的尊稱。此句猶言"頭上有天，腳下有地"。　　○61敢在下風: 謙詞。按，人在下風，則聞語倍切。此言秦伯在上，晉臣在下，秦伯所說的話，晉臣都聽到了。言外希望秦伯說話算話，不會太難爲晉侯。〔以上是第一大段。從戰爭的原由寫起，寫到雙方對戰爭的估計以及戰役的過程，而以晉侯被俘擄爲主要關鍵。〕

穆姬聞晉侯將至，以太子罃①、弘與女簡璧，登臺而履薪②焉。使以免服衰絰逆③，且告曰:"上天降災，使我兩君匪以玉帛相見④，而以興戎。若晉君朝以入，則婢子夕以死; 夕以入，則朝以死。唯君裁⑤之」"乃舍諸靈臺⑥。

大夫請以入⑦。公曰:"獲晉侯，以厚歸⑧也。既而喪⑨，歸焉用之？大夫其何有⑩焉？且晉人感憂以重我⑪，天地以要我⑫。不圖晉憂⑬，重其怒⑭也；我食吾言⑮，背天地也。重怒難任⑯，背天不祥：必歸晉君。”公子縶⑰曰：“不如殺之，無聚慝⑱焉！”子桑曰：“歸之而質其太子⑲，必得大成。晉未可滅，而殺其君，祇以成惡⑳。且史佚㉑有言曰：‘無始禍㉒，無怙亂，無重怒。’重怒難任，陵㉓人不祥。”乃許晉平㉔。

晉侯使郤乞㉕告瑕呂飴甥㉖，且召之㉗。子金教之言㉘，曰：“朝國人而以君命賞㉙。且告之曰：‘孤雖歸，辱社稷矣！其卜貳圉㉚也。’”衆皆哭㉛。晉於是乎作爰田㉜。呂甥曰：“君亡之不恤㉝，而羣臣是憂，惠之至也。將若君何㉞？”衆曰：“何爲而可？”對曰㉟：“征繕以輔孺子㊱。諸侯聞之，喪君有君㊲，羣臣輯睦㊳，甲兵益多：好我者勸㊴，惡我者懼。庶有益乎！”衆悅。晉於是乎作州兵㊵。

①太子罃：卽秦康公。“罃”音營。　②履薪：身居積薪之上，表示要自焚而死。　③以免服衰絰逆：“免”同“絻”，音問；“衰”音崔；“絰”音迭；都是喪服。此言穆姬令人穿了喪服去迎接秦伯。　④匪以玉帛相見：古代兩國互通聘問，都用玉帛做爲贈禮。此言秦、晉不以正常的外交禮節相見。　⑤裁：考慮，決斷。　⑥舍諸靈臺：“舍”，安置；“靈臺”，周之故宮，在陝西鄠縣（“鄠”音戶）。　⑦請以入：請求把晉侯帶回秦國的都城。　⑧厚歸：言擄獲晉君，原是歸國時的光榮。　⑨“旣而喪”二句：上文穆姬表示要自殺，所以此處穆公說：“把晉侯帶回國都，結果却出了喪事，那有什麼用呢？”　⑩何有：猶言“有什麼益處”。　⑪感憂以重我：言晉臣對於他們的國君被俘，表示非常憂傷，其用意是希望我（秦伯自稱）給予足够的重視。　⑫天地以要我：指着天地同我相約。　⑬不圖晉憂：不考慮晉人之所憂。　⑭重其怒：增加他們對我們的怨恨。

⑮我食吾言: 不履行自己的諾言。 ⑯任: 担當, 承受。 ⑰公子縶: 秦大夫, 是穆公的兒子。 ⑱聚慝: "慝"音特, 罪惡。杜注: "恐夷吾歸, 復相聚爲惡。" ⑲"歸之"二句: 把晉侯送回, 而用他的太子作抵押(質), 必有好的結果(大成)。 ⑳祇以成惡: "成惡", 造成相互的仇恨。此言如殺晉君, 適足以造成相互間的惡感。 ㉑史佚: 西周初年的史官。 ㉒"無始禍"二句: 不要做禍首, 不要乘人之危。 ㉓陵: 欺。 ㉔平: 講和。 ㉕郤乞: 晉大夫。"郤"音隙。 ㉖瑕呂飴甥: 晉大夫, 姓呂, 字子金, 又稱呂甥。他食采邑於瑕、陰二地, 故以"瑕"爲氏, 又稱陰飴甥。 ㉗且召之: 此連上句言晉侯使郤乞回國通知呂甥, 告以秦已允許講和, 並且召呂甥來秦談判。 ㉘子金教之言: 呂甥教導郤乞應如何代表晉侯對羣臣發言。 ㉙"朝國人"句: 呂甥讓郤乞接見國人, 並且代表晉侯下命令賞賜他們東西。 ㉚卜貳圉: "貳"作"副"解, 輔助之意(用惠棟、洪亮吉説); "圉"(音羽), 惠公的太子, 即晉懷公。此言可以用卜筮來決定如何輔佐太子即位。以上是呂甥教給郤乞所應做的事和所應説的話。 ㉛衆皆哭: "衆"指晉之羣臣。此言羣臣聽了郤乞的話, 都感動得哭了。 ㉜作爰田: "作", 開始; "爰田", 改易田制, 以稅收賞羣臣。 ㉝"君亡"三句: 言"我們的國君出亡在外, 國內的人不能去救他, 他反而替我們羣臣擔憂, 這對我們真是太有恩惠了!" ㉞將若君何: 我們應該怎樣對待我們的國君呢? ㉟對曰: 主語是呂甥, 以下是他回答衆人的詢問。 ㊱"征繕"句: 徵收賦税, 修整軍備, 以輔佐太子。 ㊲喪君有君: 損失了故君, 卻立了新君。 ㊳輯睦: 和睦團結。 ㊴"好我者勸"二句: 言"凡是同晉國友好的諸侯, 看到我們這樣, 自然會勉勵(勸)我們; 而那些同晉國有惡感的諸侯, 就會懼怕我們了。" ㊵作州兵: 開始訓練地方性的武裝力量。〔以上是第二大段, 寫晉惠公被俘以後, 秦、晉雙方各自考慮如何做下一步的問題。〕

初, 晉獻公筮嫁伯姬①於秦, 遇"歸妹"之"睽"②。 史蘇③占之, 曰: "不吉。其繇④曰: '士刲羊⑤, 亦無衁也; 女承筐, 亦無貺

也.'西鄰責言⑥，不可償也．'歸妹'之'睽'，猶無相⑦也．'震'之
'離'⑧，亦'離'之'震'；爲雷爲火⑨，爲嬴敗姬⑩．車說其輹⑪，火
焚其旗；不利行師，敗于宗邱⑫．'歸妹睽孤⑬，寇張之弧'；姪其從
姑⑭，六年其逋；逃歸其國，而棄其家．明年其死於高梁之虛．"及
惠公在秦，曰："先君若從史蘇之占，吾不及此夫ı"韓簡侍，曰："龜，
象也⑮．　筮，數也⑯．　物生而後有象⑰，象而後有滋，滋而後有數．
先君之敗德，及可數乎⑱？史蘇是占，勿從何益ı詩曰：'下民之
孽⑲，匪降自天；僔沓背憎，職競由人．'"

①伯姬：即秦穆夫人．　　②"歸妹"之"睽"："歸妹"和"睽"都是周易
的卦名，"睽"音魁．"之"，往，指由此變彼．此言所卜的卦是由"歸妹"卦
變成"睽"卦．　　③史蘇：晉獻公時的卜官．　　④繇：同"爻"，此處指
"爻詞"．　　⑤"士刲羊"四句：今周易"歸妹"卦所錄的詞句與此略有不
同．"刲"音虧，刺，割；"盂"音荒，血；"覛"，賜，此處猶言"收穫"．刺羊而
無血，用筐承接而無所得，以喻對自己不利．　　⑥"西鄰"二句：晉之"西
鄰'即秦國．"責言"，指責的話；"不可償"，言已理虧，無法答對．此二句
言從卦象上看，西鄰將同晉不睦，而伯姬所嫁之國，恰是西鄰，所以説"不
吉"．　　⑦無相："相"作"助"解．按，上句從字面講，"歸妹"即"少女出
嫁"之意，"睽"即"乖離"之意．女子出嫁而有乖離之兆，自然對母家沒有
幫助．　　⑧"震之離"二句："歸妹"是兌下震上之卦，"睽"是兌下離上之
卦，所以"歸妹之睽"即等於"震變離"．而"震之離"和"離之震"也是一樣
的．按，其語甚玄虛難解，不必深求．　　⑨爲雷爲火："震"代表雷，"離"
代表火，都是晉國的象徵．　　⑩爲嬴敗姬："嬴"，秦國姓；"姬"，晉國姓．
據上句，"雷"、"火"都代表晉方，是火氣太盛的象徵；火盛是女子嫁後反
害其母家的預兆(用杜注)，所以説"爲嬴敗姬"．　　⑪車説其輹："説"即
"脱"之假借字；"輹"，車軸(詳詩經正月註)．"車脱軸"和"火焚旗"，都是
打敗仗的徵兆．　　⑫宗邱：即"韓原"之別名(用王引之説)．　　⑬"歸

妹睽孤”二句：今周易“睽”卦所録的詞句與此略有不同。上句，言“出嫁
的少女與母家極端乖離（‘孤’有‘極端’之意）”；下句，“孤”即弓，言“敵人
張弓要向自己進攻”。　　⑭“姪其從姑”五句：指太子圉（晉懷公）入秦爲
質之事（見左傳僖公十七年）。第一句，因圉是伯姬的姪子，故言“姪其從
姑”。第二、三句，“逋”，逃走，指六年以後（僖公二十二年秋）圉逃歸本
國。第四句，指圉在秦娶穆公女懷嬴；當其逃歸時，懷嬴留秦未與同逃，
所以説“棄其家”。“家”古音姑。第五句，指圉終於在次年（僖公二十四
年）被重耳殺於高梁（地名，詳下篇註）之墟（“虛”同“墟”，即境内）。按，
左傳記卜筮之詞最多，實際上都是事後追記的，所以看起來非常靈驗。今
天應該用科學的觀點來對待這些材料，不可把這種預言信以爲真，對於
這些惝況玄虛的卜筮之詞也無須加以深究。　　⑮龜，象也：用火灼龜
甲，顯現出裂紋以占吉凶，“象”即指裂紋的形象。　　⑯筮，數也：以蓍草
占卜，是用數目來預測吉凶的。　　⑰“物生”三句：此言“必須先有事物，
才有代表事物的‘象’；‘象’多了才有種種演變（滋）；根據種種演變（滋），
然後歸納爲‘數’”。意指“象”或“數”不能先事物而生，而是先有了事物
才産生“象”和“數”的。　　⑱及可數乎：此是倒裝句，猶言“數可及乎”
（用洪亮吉説）。連上句言：“先君（晉獻公）所做的壞事太多了，哪裏是
‘數’所能完全反映出來的呢？”　　⑲“下民”四句：見詩經十月之交註。
〔以上是第三大段，追論獻公時卜筮之詞，並通過韓簡的話説明事在人
爲，與定數無關。〕

十月，晉陰飴甥會秦伯，盟于王城①。　秦伯曰：“晉國和②乎？”
對曰：“不和。小人恥失其君而悼喪其親，不憚③征繕以立圉也，
曰：‘必報讎④，寧事戎狄。’君子愛其君而知其罪，不憚征繕以待秦
命，曰：‘必報德⑤，有死無二。’以此不和。”秦伯曰：“國謂君何⑥？”
對曰：“小人慼，謂之不免；君子恕，以爲必歸。小人曰：‘我毒⑦秦，
秦豈歸君？’君子曰：‘我知罪矣，秦必歸君。貳而執之⑧，服而舍

之⑨，德莫厚焉，刑莫威焉！服者懷德，貳者畏刑；此一役也，秦可
以霸！納而不定⑩，廢而不立⑪，以德爲怨，秦不其然！’”

秦伯曰：“是吾心也。”改館晉侯⑫，饋七牢⑬焉。

蛾析⑭謂慶鄭曰：“盍行乎⑮？”對曰：“陷君於敗；敗而不死⑯，
又使失刑，非人臣也。臣而不臣，行將焉入⑰？”十一月，晉侯歸。
丁丑⑱，殺慶鄭而後入。

是歲，晉又饑，秦伯又餼⑲之粟；曰：“吾怨其君而矜⑳其民。
且吾聞唐叔㉑之封也，箕子㉒曰：‘其後必大。’晉其庸可冀乎㉓？
姑樹德焉㉔，以待能者！”

於是秦始征晉河東㉕，置官司㉖焉。

①王城：在今陝西朝邑縣西南二里。　②和：指意見一致。　③不
憚：不怕，不惜；此言不惜征繕之勞以立太子。　④“必報讎”二句：
這是呂甥傳達晉國人民的話，言寧可向戎狄低頭也要報秦伐晉之仇。
⑤“必報德”二句：這是傳達晉國的君子（統治階級）說的話，言秦曾對晉
有恩，今後一定要報答秦國，縱死也無二心。按，這些話都是外交辭令，
一面說人民堅決要復仇，一面又說羣臣對秦寄以希望，適足以表示其不
抗不卑的身分和似柔實剛的外交手腕。　⑥國謂君何：晉國的人對晉
君的看法怎樣？　⑦毒：怨恨。　⑧貳而執之：晉侯當初對秦存二心，
就把他擒住。　⑨服而舍之：“舍”同“捨”，言晉侯既已認錯服罪，秦就
會把他放了。　⑩納而不定：秦既送（納）晉侯回國，却又使他不安於
位。　⑪廢而不立：廢晉侯而不爲晉立新君。　⑫改館晉侯：給晉侯
換地方住，遷入接待外賓的館舍。　⑬七牢：一牛、一羊、一豬叫作“一
牢”，此指餽贈晉侯牛、羊、豬各七頭。　⑭蛾析：晉大夫。　⑮盍行
乎：猶言“還不走嗎？”按：慶鄭得罪晉侯，所以蛾析勸他逃走。　⑯“敗
而不死”二句：上句，言國君既敗而自己不以身殉國；下句，言自己如果出
走，刑罰自然不會加到身上，豈非使國君有失刑之譏。　⑰行將焉入：

就是出走，又將到何處去呢？言外指別的國家也不見得容納自己這樣一個陷君於不義的人。　⑱丁丑：十一月二十九日。　⑲餼：音戲，餽送。　⑳矜：憐憫。　㉑唐叔：武王之子，成王時始封於晉，爲晉之祖先。　㉒箕子：殷紂王的叔父，殷亡後歸周。　㉓晉其庸可冀乎：哪裏能够對晉國存分外的野心，企圖去侵犯它呢？　㉔"姑樹德焉"二句：目前對晉國還是樹立一些恩德，等到將來，晉國總會有能幹的人材出現的。㉕晉河東：卽上文所言的解梁城等地，在今山西省境内。　㉖置官司：設置官吏，負責管理。〔以上是第四大段，寫晉惠公歸國前後的情況。〕

（五）　晉公子重耳之亡（僖公二十三年、二十四年）

晉公子重耳之及於難①也，晉人伐諸蒲城②。蒲城人欲戰，重耳不可，曰："保君父之命而享其生禄③，於是乎得人；有人而校④，罪莫大焉。吾其奔也。"遂奔狄⑤。從者狐偃⑥、趙衰⑦、顛頡、魏武子⑧、司空季子⑨。狄人伐廧咎如⑩，獲其二女叔隗、季隗，納諸公子。公子取季隗，生伯儵⑪、叔劉；以叔隗妻趙衰，生盾。將適齊，謂季隗曰："待我二十五年，不來而後嫁。"對曰："我二十五年矣；又如是而嫁，則就木⑫焉。請待子。"處狄十二年而行。

過衞，衞文公⑬不禮焉。出於五鹿⑭，乞食於野人，野人與之塊⑮。公子怒，欲鞭之。子犯曰："天賜⑯也。"稽首，受而載之⑰。

及齊，齊桓公妻之，有馬二十乘。公子安之，從者以爲不可。將行，謀於桑下。蠶妾在其上⑱，以告姜氏。姜氏殺之，而謂公子曰："子有四方之志，其聞之者，吾殺之矣。"公子曰："無之。"姜曰："行也。懷與安⑲，實敗名。"公子不可。姜與子犯謀，醉而遣之⑳。醒，以戈逐子犯㉑。

及曹，曹共公㉒聞其駢脅㉓，欲觀其裸。浴，薄而觀之㉔。僖負羈㉕之妻曰:"吾觀晉公子之從者,皆足以相國㉖;若以相㉗,夫子必反其國;反其國,必得志於諸侯;得志於諸侯,而誅無禮,曹其首也。子盍蚤自貳焉㉘?"乃饋盤飧㉙,寘璧㉚焉。公子受飧反璧㉛。

及宋,宋襄公㉜贈之以馬二十乘。

及鄭,鄭文公㉝亦不禮焉。叔詹㉞諫曰:"臣聞天之所啓㉟,人弗及也。晉公子有三焉㊱,天其或者將建諸㊲?君其禮焉㊳! 男女同姓㊴,其生不蕃,晉公子,姬出也,而至于今,一也;離外之患㊵,而天不靖晉國,殆將啓之,二也;有三士㊶,足以上人,而從之,三也。晉、鄭同儕㊷,其過子弟㊸,固將禮焉;況天之所啓乎?"弗聽。

及楚,楚子饗之㊹,曰:"公子若反晉國,則何以報不穀?"對曰:"子女玉帛,則君有之;羽毛齒革㊺,則君地生焉。其波及晉國者,君之餘也。其何以報君?"曰:"雖然㊻,何以報我?"對曰:"若以君之靈㊼,得反晉國,晉、楚治兵,遇於中原,其辟君三舍㊽。若不獲命㊾,其左執鞭弭㊿,右屬櫜鞬,以與君周旋。"子玉[51]請殺之。楚子曰:"晉公子廣而儉[52],文而有禮;其從者肅而寬[53],忠而能力[54]。晉侯[55]無親,外内惡之。吾聞姬姓,唐叔之後,其後衰者也[56]。 其將由晉公子乎[57]? 天將興之,誰能廢之?違天必有大咎。"乃送諸秦。

秦伯納女五人[58], 懷嬴與焉[59]。奉匜沃盥[60]。 既而揮之[61]。怒曰[62]:"秦、晉匹也,何以卑我?"公子懼,降服而囚[63]。 他日,公[64]享之。子犯曰:"吾不如衰之文[65]也,請使衰從。"公子賦河水[66],公賦六月[67]。 趙衰曰:"重耳拜賜[68]!"公子降[69],拜,稽首。公降一級而辭焉⑦。　衰曰："君稱所以佐天子者命重耳⑦，重耳敢不拜？"

　　①及於難: 指驪姬讒害太子申生之難。按左傳僖公四年十二月，晉獻公因受驪姬的讒言，逼迫太子申生自縊而死，重耳、夷吾也同時出奔。
　　②晉人伐諸蒲城: 事見左傳僖公五年: "及難(及驪姬之難)，公(晉獻公)使寺人披伐蒲。重耳曰: '君父之命不校(不能抵抗君父之命)。'乃徇(下令)曰: '校者吾讎也。'披斬其袪(衣袖)，遂出奔狄。"可與本篇參看。"蒲城"，即今山西隰縣。　　③"保君父之命"二句: "保"，仗恃，靠着；"生禄"，即"養生之禄邑"，指貴族從指定的采邑中所取得的由剥削而來的生活資料。此言"靠着君父之命，享受到優越的禄位，然後才得到自己手下人的擁護"。　　④"有人而校"二句: "校"同"較"，較量，對抗。言"由於自己有了擁護者，便藉此同君父較量，那是再没有比這樣做罪過更大的了"。　　⑤狄: 中國古代北方的種族名，春秋時散處於北方各諸侯國家之間。　　⑥狐偃: 重耳的舅父，字子犯。　　⑦趙衰: 晉大夫，字子餘。"衰"音崔。　　⑧魏武子: 晉大夫，名犨(音仇)。　　⑨司空季子: 一名胥臣臼季。　　⑩廧咎如: 狄族的别種，隗姓。"廧"音牆，"咎"音皋。　　⑪伯儵: "儵"音鯈。　　⑫就木: 猶言"進棺材"。此指年老將死，怎麼能再嫁人。　　⑬衛文公: 名燬，是衛國的中興之主。魯僖公元年(公元前六五九)即位，在位二十四年。　　⑭五鹿: 在今河北省濮陽縣的東面。　　⑮塊: 土塊。　　⑯天賜: 土塊是象徵土地的，有土地是能够立國的預兆，所以説"天賜"。　　⑰稽首，受而載之: 重耳向田野裏的人叩頭致謝，把土塊收下，裝到車上。　　⑱寘妾在其上: 采桑飼蠶的女奴隸(舊説是重耳之妻姜氏所用)正在桑樹上採桑葉。　　⑲"懷與安"二句: 眷戀享受，安於現狀，實在容易毀壞一個人的名聲。　　⑳醉而遣之: 把重耳灌醉，打發他上路。　　㉑以戈逐子犯: 重耳本無去志，以爲這是受了狐偃的欺騙，所以很生氣，持戈追着要刺他。　　㉒曹共公: 名襄。魯僖公七年(公元前六五三)即位，在位三十五年。　　㉓駢脅: 腋下肋骨相連如一骨。　　㉔薄而觀之: "薄"，迫近。此言在重耳沐浴時，曹共公到他身邊去偷看他

的肋骨。這是非常不禮貌的舉動。　㉕僖負羈：曹大夫。　㉖相國：做國家的輔佐之臣。　㉗"若以相"二句："夫"讀陽平，猶言"那個"；"夫子"猶言"那個人"，指重耳。言重耳如用他們爲輔佐之臣，一定能回到晉國爲君。一說，上句應在"子"字處斷句，文義亦通。　㉘子盍蚤自貳焉："蚤"同"早"；"貳"，有所區別。此言爲什麼你不早一些對重耳有所表示，以區別於曹國其它的人。　㉙盤飧："飧"音孫，指晚飯。"盤"，用盤子盛着。　㉚寘璧："寘"同"置"。此言把璧藏在食物中。按，一國的大夫不能私自同別國人交往，所以在盤飧中藏璧，爲了不使人看見。㉛受飧反璧："受飧"表示領情，把璧退回來表示不貪。　㉜宋襄公：名茲父。魯僖公九年(公元前六五一)卽位，圖霸諸侯，竟被楚所敗，受傷而死。在位十四年。　㉝鄭文公：名捷。魯莊公二十二年(公元前六七二)卽位，在位四十五年。　㉞叔詹：鄭大夫，執政有賢名。　㉟天之所啓："啓"本作"開"解，此言重耳是上天所開導、所贊助的人。　㊱有三焉：有三件特殊的事非他人所能及。　㊲建諸："建"指建立爲君；"諸"，猶"之乎"，"之"指重耳。　㊳君其禮之：請鄭君以禮節對待重耳。㊴"男女同姓"至"一也"："蕃"，旺盛。按，同一血統的男女是不宜結婚的，我國古代就有"同姓不婚"的説法。此言如果同姓結婚，則子孫必不蕃盛；重耳的母親是戎族的狐姬，與晉都是姬姓，但重耳却一直活到今天。這是第一件特殊的事。　㊵"離外之患"至"二也"："離"同"罹"，遭遇；"外"，出亡在外；"靖"，安定；"殆"，大約。此言重耳遭到出亡在外的患難，而上天却不讓晉國安定下來(指奚齊、卓子的被殺和晉惠公的失民心)，大約上天正在替重耳開創有利的條件。這是第二件。　㊶"有三士"至"三也"：據國語，"三士"指狐偃、趙衰和賈佗。此言有三個足以勝過一般人的賢士都跟着重耳，這是第三件他人不可及的事。　㊷同儕：處於同等地位。　㊸其過子弟：言晉國子弟來往經過鄭國。　㊹楚子饗之："楚子"指楚成王。"饗"同"享"，以酒食款待。　㊺羽毛齒革：指鳥羽、獸毛、象牙、牛皮等物。　㊻雖然：猶言"話雖如此'。　㊼以君之靈：猶言"託您的福"。　⑱辟君三舍："辟"同"避"；一舍，三十里。此言萬一晉、楚兩國有了戰爭，爲了報答楚子的恩德，晉國一定把軍隊撤退三舍。　⑭若不獲命："命"指楚國退兵的命令。此言在晉軍退避三舍以後，如果仍不能獲得楚國的諒解而退兵，那就要同楚國周旋一下了（即下文之意）。　⑳"左執鞭弭"二句："鞭"，馬鞭；"弭"，沒有邊緣的弓；"鞬"音高，盛箭之器；"韔"音堅，盛弓之器。"執"，用手握着；"屬"，用手摸着。此二句實是泛言手持武器之意。　㉑子玉：楚之執政者，名得臣。　㉒廣而儉："廣"指志向遠大；"儉"與"檢"通，有"檢束"之意，指律己很嚴。不作"節儉"解。　㉓肅而寬：態度嚴肅而待人寬大。　㉔忠而能力：效忠於重耳，能爲他出力。　㉕晉侯：指晉惠公。　㉖其後衰者也：言晉德澤久長，不會馬上衰落。　㉗其將由晉公子乎：言晉國所以後衰，或將由於重耳能使國勢復振。　㉘納女五人：送給重耳五個女子作妾媵。　㉙懷嬴與焉：有懷嬴在內。按，懷嬴是秦穆公的女兒，曾嫁給晉惠公的太子圉（懷公），故名"懷嬴"。餘詳秦晉韓之戰第三大段註。　㉚奉匜沃盥："奉"同"捧"；"匜"音移，盛水器；"沃"，澆；"盥"音灌，洗手。此言懷嬴捧匜，傾水給重耳洗手。　㉛揮之：重耳以濕手揮懷嬴。　㉜怒曰：主語是懷嬴。　㉝降服而囚：重耳脫去上服，自囚以謝罪。　㉞公：指秦穆公。　㉟文：指談吐多文采，善於外交辭令。　㊱河水：逸詩的篇名。杜注："義取河水朝宗於海（許多小河都向大海集中地流去），海喻秦也。"表示對秦的尊敬。據國語韋昭注，"河水"應是詩經小雅"沔水"之誤。此說疑近是。沔水的首章說："沔（音免，水流滿溢貌）彼流水，朝宗于海。"與杜注所釋相合。　㊲六月：詩經小雅篇名，是稱頌尹吉甫輔佐周宣王北伐獲勝的詩。穆公賦此詩，隱以重耳比尹吉甫，預祝他必能歸晉，並勉勵他佐周王以成功業。　㊳拜賜：意指拜謝秦伯所賜予的美言。　㊴降：下階。　㊵公降一級而辭焉：秦伯下階一級，表示不敢接受稽首的大禮。　㊶"君稱"句：承上文而言。意謂秦伯稱引六月之詩以告重耳，對重耳寄以輔佐天子的期望。〔以上是第一

大段，歷敍重耳周游各國的情況。〕

二十四年，春，王正月①，秦伯納之②。不書③，不告入也。及河④，子犯以璧授公子，曰：“臣負羈紲從君巡於天下⑤，臣之罪甚多矣！臣猶知之⑥，而況君乎？請由此亡⑦。”公子曰：“所不與舅氏同心者⑧，有如白水！”投其璧于河。

濟河，圍令狐⑨，入桑泉⑩，取臼衰⑪。

二月，甲午，晉師軍于廬柳⑫。秦伯使公子縶如晉師；師退，軍于郇⑬。辛丑，狐偃及秦、晉之大夫盟于郇。壬寅，公子入于晉師。丙午，入于曲沃⑭。丁未，朝于武宮⑮。戊申，使殺懷公于高梁⑯，不書，亦不告也。

①王正月：“王”指周王，此指周曆正月。　②納之：“之”指重耳。此言秦伯派人送重耳入晉。　③“不書”二句：此言重耳回國的事件在魯史春秋中無記載，是因爲晉國沒有把重耳已經入國的消息通知魯國的緣故。這是左傳作者對於春秋的著述條例的解釋。　④河：黃河。　⑤“臣負羈紲”句：“羈”，馬絡頭；“紲”音洩，馬韁繩；“負”指用肩背牽挽韁繩。此句大意是：“我服侍您巡行於各地。”　⑥“臣猶知之”二句：連我自己都知道得罪您的地方是太多了，何況您本人呢？　⑦請由此亡：“亡”指出奔。此言“請您允許我從此離開您吧。”　⑧“所不與”二句：此指河水爲誓，與詩經大車的“謂予不信，有如皦日”語氣完全相同。大意是：“我保證和舅氏一條心；如果您不相信，有白水爲證。”下文寫重耳投璧於河，以示取信於河神。　⑨令狐：地名，即今山西猗氏縣。　⑩桑泉：在今山西解縣西。　⑪臼衰：在解縣東南。“衰”音崔。　⑫廬柳：在猗氏縣境内。此言晉懷公派兵拒重耳。　⑬郇：地名，音荀。即今解縣西北之郇城。　⑭曲沃：今山西聞喜縣。　⑮武宮：重耳的祖父晉武公的神廟。　⑯高梁：今山西臨汾縣有高梁都，即此地。

〔以上是第二大段，寫重耳返國即位的經過。〕

吕、郤畏偪①，將焚公宮而弒晉侯②。寺人披③請見，公使讓④之，且辭焉；曰：“蒲城之役，君命一宿，女即至⑤。其後余從狄君以田⑥渭濱，女爲惠公來求殺余；命女三宿，女中宿至⑦。雖有君命，何其速也？夫袪猶在⑧，女其行乎⑨？”對曰：“臣謂君之入也⑩，其知之矣；若猶未也，又將及難。君命無二⑪，古之制也。除君之惡，唯力是視。蒲人、狄人⑫，余何有焉？今君即位，其無蒲、狄乎⑬？齊桓公置射鉤而使管仲相⑭；君若易之，何辱命焉⑮？行者甚衆，豈唯刑臣⑯！”公見之，以難⑰告。三月，晉侯潛會秦伯於王城。己丑，晦⑱，公宮火。瑕甥、郤芮不獲公，乃如河上；秦伯誘而殺之。

晉侯逆夫人嬴氏以歸。秦伯送衞於晉⑲三千人，實紀綱之僕⑳。

初，晉侯之豎㉑頭須，守藏㉒者也；其出也㉓，竊藏以逃，盡用以求納之㉔。及入，求見；公辭焉以沐㉕。謂僕人曰㉖：“沐則心覆㉗，心覆則圖反，宜吾不得見也。居者爲社稷之守㉘，行者爲羈紲之僕，其亦可也，何必罪居者㉙？國君而讎匹夫㉚，懼者甚衆矣。”僕人以告，公遽見㉛之。

①吕、郤畏偪：“吕”即吕甥，“郤”即郤芮，都是晉惠公的舊臣。“畏偪”，怕受到重耳的迫害。　　②晉侯：即重耳。即位以後，是爲文公。自此以下凡稱“公”或“晉侯”皆指重耳。　　③寺人披：“寺人”即閹人。披曾奉命殺重耳，見本篇第一大段註②。　　④讓：斥責。讀上聲。　　⑤君命一宿，女即至：“女”同“汝”，下同。此言“獻公命你一夜之後到達蒲城，你馬上就來了。”　　⑥田：田獵。　　⑦命女三宿，女中宿至：惠公命你三夜之後來殺我，你第二夜就來了。所以下文說“雖有君命，何其速也”。　　⑧夫袪猶在：披曾斬重耳之袪（音驅，衣袖），見本篇第一大段註②。此言“你所斬斷的殘袖我還保存着呢！”　　⑨女其行乎：你

還是快走開吧。　　⑩"臣謂君之入也"至"又將及難"：大意是："我以爲您既然回國爲君，當然已經懂得爲君的道理了；如果您還沒有懂得什麼是爲君之道，那麼，恐怕您還得遇到災難。"　　⑪"君命無二"至"唯力是視"：大意是："執行國君的命令必須毫無二心，這是古代的遺制。我替國君除惡，自然要盡我最大的力量。"言外指替獻公、惠公出力謀殺重耳，原是理所當然的事。這是寺人披爲自己辯護的話。　　⑫"蒲人、狄人"二句：大意是："彼時我站在獻公、惠公的立場，不過把你（重耳）看做同國君對立的蒲人或狄人而已；殺一個蒲人或狄人，於我有什麼關係呢？"⑬其無蒲、狄乎：意指重耳卽位之後，難道就沒有表示反對的人了麼。⑭"齊桓公"句：當初管仲奉公子糾與桓公（卽公子小白）戰於乾（地名），管仲用箭射中了桓公衣上的帶鈎。但後來桓公却置射鈎之事不問，使管仲爲相（事見左傳莊公九年）。　　⑮君若易之，何辱命焉："易"，指不同於齊桓公的做法。此二句大意是："您如果沒有齊桓公那樣大量而念斬袪之怨，那我自然會走開，又何必屈尊您下命令驅逐我呢？"　　⑯行者甚衆，豈唯刑臣："刑臣"猶言"刑餘之臣"；此是披自稱，因爲他是閹人。此二句大意是："如果您器量狹隘，那麼懼罪出奔的人一定很多，豈止我一人而已！"　　⑰難：指呂、郤焚宮的計劃。　　⑱晦：月末三十日（月小盡則是二十九日）。此言"己丑"是月末之日。　　⑲送衛於晉：秦伯恐晉國內部尚未安定，所以派人護衛重耳。　　⑳紀綱之僕：有辦事能力的幹練的僕人。　　㉑豎：小臣。　　㉒守藏：看守庫藏。"藏"讀去聲。　　㉓其出也：指重耳出亡之時。下文"及入"的"入"主語也是重耳。㉔盡用以求納之：此言頭須把庫中財貨都爲了爭取接納重耳回國而花費了。"之"指重耳。　　㉕公辭焉以沐："沐"，洗頭，重耳藉口正在洗頭，推辭不見。按，重耳只知頭須"竊藏以逃"，並不知他曾爲自己奔走，所以不想見他。　　㉖謂僕人曰：此句主語是頭須。㉗"沐則心覆"二句：洗頭時低頭向水，因而心的地位反覆；心既反覆，想法（圖）也就不對頭（反）了。　　㉘"居者"二句：大意是："留在國中的人是替重耳看守社稷的,隨從出亡的人是替重耳奔走服役的。"　　㉙何必罪居者: 此速上文言"無論居者行者,他們的行動都是對的,何必一定認爲留在國中的人就是有罪的呢?"　　㉚匹夫: 普通人民。　　㉛遽見: 立即出見。〔以上是第三大段,寫晉文公卽位後用種種方法安頓內部,以鞏固政權。他一面借助於秦國的兵力,一面又盡量收拾人心,不計前嫌。〕

狄人歸季隗于晉,而請其二子①。文公妻趙衰②,生原同、屛括、樓嬰。趙姬③請逆盾與其母,子餘辭。姬曰:"得寵而忘舊,何以使人?必逆之!"固請,許之。來④,以盾爲才⑤,固請于公,以爲嫡子;而使其三子下之。以叔隗爲內子⑥,而己下之。

①請其二子: 狄人請重耳指示,對其二子如何處理(指伯儵、叔劉)。　②文公妻趙衰: 重耳把自己的女兒嫁給趙衰。"妻"讀去聲,作動詞用。　③趙姬: 卽重耳的女兒。　　④來: 言叔隗和趙盾回到晉國。　⑤"以盾爲才"以下各句: 主語都是趙姬。　　⑥內子: 嫡妻。〔以上是第四大段,補敍狄事,結束前文。〕

晉侯賞從亡者①,介之推②不言祿;祿亦弗及。推曰:"獻公之子九人,唯君③在矣!惠、懷無親,外內弃之。天未絕晉,必將有主。主晉祀者④,非君而誰?天實置⑤之,而二三子⑥以爲己力,不亦誣乎?竊人之財,猶謂之盜;況貪天之功以爲己力乎?下義其罪⑦,上賞其姦;上下相蒙⑧,難與處矣。"其母曰:"盍亦求之⑨,以死誰懟?"對曰:"尤而效之⑩,罪又甚焉!且出怨言,不食其食。"其母曰:"亦使知之,若何?"對曰:"言,身之文也⑪;身將隱,焉用文之?是求顯⑫也。"其母曰:"能如是乎?與女偕隱。"遂隱而死。晉侯求之不獲,以綿上爲之田⑬,曰:"以志⑭吾過,且旌⑮善人。"

①從亡者: 跟重耳一起出亡的人。　　②介之推: 重耳的微臣。姓介名推,"之"是語助詞。古人在姓名中往往加有虛字,如孟子中有尹公

之他、庚公之斯等。　　③君：指晉文公。　　④“主晉祀者”二句：言“爲晉國之君以主持祭祀的人，除了重耳之外還有誰呢？”　　⑤置：立。⑥二三子：指“從亡者”。　　⑦“下義其罪”二句：在下的人把罪惡當做正義的行爲，在上的人也對他們所做的壞事加以贊揚，有所賞賜。　　⑧上下相蒙：上下互相欺詐蒙蔽。　　⑨“盍亦求之”二句：“懟”音對，怨恨。此言“你爲什麼不去向晉侯求封賞呢？如果不求他而就這樣死去，那又將怨誰呢？”　　⑩“尤而效之”二句：“尤”本作“過”解，此處有“譴責”之意。言“既已指責那些人的行爲不對，反而效法他們去求祿，罪過豈不更大了麼！”　　⑪言，身之文也：言語原是一身行動的文飾。　　⑫求顯：求顯達，求爲人所知。　　⑬以綿上爲之田：“綿上”，地名，在今山西省介休縣南、沁源縣西北的介山（一説名綿山）之下。“爲之田”，做爲介之推的祭田。　　⑭志：同“誌”，標誌着。　　⑮旌：表揚〔以上是第五大段，敍介之推事，結束文公出亡始末。〕

（六）　晉楚城濮之戰（僖公二十七年、二十八年）

楚子① 將圍宋。使子文② 治兵於睽③，終朝而畢④，不戮一人。子玉復治兵於蒍⑤，終日⑥ 而畢，鞭七人，貫三人耳⑦。國老⑧ 皆賀子文⑨，子文飲之酒⑩。蒍賈⑪ 尚幼，後至，不賀。子文問之，對曰：“不知所賀。子之傳政於子玉，曰：‘以靖國也⑫。’靖諸内而敗諸外⑬，所獲幾何！子玉之敗，子之舉⑭ 也；舉以敗國，將何賀焉？子玉剛而無禮，不可以治民。過三百乘⑮，其不能以入矣。苟入而賀⑯，何後之有？”

冬，楚子及諸侯圍宋⑰。宋公孫固⑱ 如晉告急。先軫⑲ 曰：“報施救患⑳，取威定霸，於是乎在矣！”狐偃曰：“楚始得曹，而新昏於衛㉑。若伐曹、衛，楚必救之，則齊、宋免矣㉒。”

於是乎蒐于被廬㉓。作三軍。謀元帥，趙衰曰：“郤縠㉔可。臣
亟㉕聞其言矣，説禮、樂而敦詩、書㉖。詩、書，義之府也㉗；禮、樂，
德之則㉘也。德、義，利之本也。夏書曰：‘賦納以言㉙，明試以功，
車服以庸。’君其試之I”乃使郤縠將㉚中軍，郤溱佐之。使狐偃將
上軍，讓於狐毛而佐之㉛。命趙衰爲卿㉜，讓於欒枝、先軫；使欒枝
將下軍，先軫佐之。荀林父御戎，魏犫爲右。

晉侯始入，而教其民。二年，欲用之。子犯曰：“民未知義㉝，
未安其居。”於是乎出定襄王㉞，入務利民㉟。民懷生㊱矣。將用之，
子犯曰：“民未知信㊲，未宣其用。”於是乎伐原以示之信㊳。民易資
者㊴，不求豐焉㊵，明徵其辭㊶。公曰：“可矣乎？”子犯曰：“民未知
禮，未生其共㊷。”於是乎大蒐以示之禮㊸，作執秩以正其官㊹。民
聽不惑㊺，而後用之。出穀戍㊻，釋宋圍，一戰而霸——文㊼之
教也。

①楚子：楚成王。　　②子文：名鬭縠於菟（“縠”音叩，“於”音烏，
“菟”音兔陰平），魯莊公三十年爲楚令尹（相當於宰相的職權），毀家紓
難，楚國大治。魯僖公二十三年，薦子玉（得臣）爲令尹。　　③治兵於
睽：“治兵”即練兵，使士卒明習號令。“睽”，楚邑名。　　④終朝而畢：自
晨至中午，叫做“朝”。此言子文爲了使子玉有突出的表現，所以治兵時
故意草率疎忽，僅半日即結束，並且没有懲罰一個人。　　⑤蒍：音委，楚
邑名。　　⑥終日：一整天，從晝到夜。　　⑦貫三人耳：軍隊中的刑罰，用
箭穿耳。按，子玉爲人剛暴，所以軍紀嚴而刑罰酷。　　⑧國老：國家退職
的老臣。　　⑨賀子文：子玉是子文所引用的，故賀其所薦得人。　　⑩飲
之酒：請大家飲酒。“飲”讀去聲。　　⑪蒍賈：一名伯嬴，是楚國名相孫
叔敖之父。　　⑫以靖國也：“靖”，安定。按左傳僖公二十三年，子玉伐
陳有功，子文於是使他代自己爲令尹。當時楚大夫叔伯問子文道：“子若

國何?"(意謂恐子玉不能勝任,你這樣做對國家的利害又將如何呢?)子文答道:"吾以靖國也。夫有大功而無貴仕(大官),其人能靖者歟,有幾?"(言外指子玉爲人有野心,不給他較高的職位,恐對國家不利。)此處蔿賈即提起彼時子文所説的話。　⑬"靖諸內"二句:指子玉如對它國作戰,必致失敗;故言"國內雖獲得暫時的安定,但對外却可能要失敗,豈非得不償失?"　⑭舉:舉薦。　⑮"過三百乘"二句:言子玉不足以任大事,如果對外作戰的軍隊超過三百乘(二萬二千五百人)時,恐怕他就不能安全地回國(人)了。　⑯"苟入而賀"二句:等他全師回國時,再來祝賀也不算遲。(以上寫楚用子玉,準備興師圍宋,是城濮之戰的導火線。並從蔿賈的話裏已預見出楚之必敗。)　⑰楚子及諸侯圍宋:據春秋所載,圍宋的諸侯還有陳、蔡、鄭、許等國。　⑱公孫固:宋莊公的孫子,曾爲大司馬。　⑲先軫:又名原軫,晉之名將。　⑳"報施救患"二句:報宋襄公贈馬之恩(見前篇),救宋被圍之患;在諸侯中取得威信,使晉國的霸業穩固下來。　㉑新昏於衛:"昏"同"婚",指楚、衛兩國新結爲婚姻。按,此事於史籍無考。　㉒齊、宋免矣:據左傳僖公二十六年,楚伐齊,取穀(齊邑名,即今山東東阿縣),命申公叔侯留戍其地以威脅齊國。此處狐偃言楚如分兵救曹、衛,則齊和宋都可免於威脅。　㉓蒐于被廬:"蒐"音搜,大規模的檢閱軍隊;"被廬",晉地名。　㉔郤縠:晉大夫。"縠"音斛。　㉕亟:屢次。　㉖説禮、樂而敦詩、書:"説"同"悦";"敦",崇尚。此言郤縠愛好禮、樂,重視詩、書。　㉗義之府:"義",義理;"府",庫藏。言事物的義理都蘊藏在詩、書之中。　㉘德之則:道德修養的準則。　㉙"賦納以言"三句:"賦納",猶言"聽取";"試",嘗試;"功",作"事"解,指具體的任務;"庸",功績。此三句的大意是:"使用一個人材,應該聽取他的意見;把一件具體的任務交給他去試辦,使他受到明白的考驗;如果他有了功績,就用車馬服飾賞賜給他做爲酬勞。"按,此三句是佚文,不見於今本尚書。　㉚將:率領。　㉛讓於狐毛而佐之:狐毛是狐偃的哥哥。此言狐偃讓狐毛率領中軍,而自己居於副位以輔佐他。　　㉜爲卿: 據宋林堯叟注，卽指“將下軍”的職務。（見明人王道焜、趙如源同編左傳杜林合注）。（以上寫晉國的軍事有充分準備，已見出下文戰勝楚國是完全有條件的。）　　㉝“民未知義”二句: 言晉國戰亂多年，人民尚未能明辨是非，往往不能安居，輕易離鄉背井。　　㉞出定襄王: “出”指外交活動；“定”，定於位。據左傳僖公二十四年，周襄王爲其弟王子帶所逐，逃至鄭國。僖公二十五年，晉文公出兵救周王，殺王子帶，送襄王歸國復位。杜注: “定襄王，以示事君之義。”　　㉟入務利民: “入”，指內政的措施。言一切務求對人民有利。　　㊱民懷生: “懷”，眷戀；“生”，產業。此言人民逐漸安土重遷，各安於生計。　　㊲“民未知信”二句: “宣”，明瞭；“用”，措施。此言人民對晉君還不十分信任，不了解一切措施的用意。　　㊳伐原以示之信: “伐原”事見左傳僖公二十五年: “冬晉侯圍原(小國名)，命三日之糧(命軍士攜帶三日的軍糧)。原不降(至三日而未降)，命去之(下令撤圍離開)。謀出，曰: ‘原將降矣。’軍吏曰: ‘請待之(多等幾天，先不要撤兵)。’公曰: ‘信，國之寶也，民之所庇(倚賴)也。得原失信(旣與軍士約好了三日撤兵，如果多等幾天，則雖得原地而失信於民)，何以庇之? 所亡滋多(失信於民，損失更大)!’退一舍(三十里)而原降。”此言“示之信”，就是指這件事。　　㊴民易資者: 人民生活中經常取用的必需品。　　㊵不求豐焉: 不求過分的豐足。　㊶明徵其辭: 猶言“說話算話”。意指對民應有信用，答應了人民，就應該設法滿足人民的需要。　　㊷未生其共: “共”同“恭”。　此言人民還不知貴賤尊卑之禮，沒有生出恭敬之心。　　㊸大蒐以示之禮: 因爲大規模的閱兵是要講求禮節儀式的。　　㊹作執秩以正其官: “作”，開始設置；“執秩”，負責管理爵祿秩位的官；“正其官”，對國家官吏加以調整和安排，使之合於正規。　　㊺民聽不惑: 人民服從命令而不表示懷疑。　㊻出穀戍: 指下文楚國撤去在穀的戍軍（參閱註㉒）。此與以下的兩句皆預言下文城濮之戰的後果。　　㊼文: 晉文公。按，這一小段是史官夾敍夾議，追述重耳入國以來的種種政治措施以及其後效，說明城濮之戰晉之所以獲勝不

是偶然的。〔以上是第一大段，寫出城濮之戰的原因，並分敘楚、晉兩國的實際情況，以預示戰爭勝負的一定趨勢。〕

二十八年，春，晉侯將伐曹，假道于衞①。衞人弗許。還自南河濟②。侵曹，伐衞。正月，戊申，取五鹿。

二月，晉郤縠卒。原軫將中軍，晉臣③佐下軍。上德④也。

晉侯、齊侯盟于斂盂⑤。衞侯請盟⑥，晉人弗許。衞侯欲與楚⑦，國人不欲；故出其君，以說于晉⑧。衞侯出居于襄牛⑨。

公子買戍衞⑩。楚人救衞，不克；公懼於晉⑪，殺子叢以說焉⑫。謂楚人曰：“不卒戍⑬也。”

晉侯圍曹。門焉⑭，多死⑮。曹人尸諸城上⑯。晉侯患之，聽輿人⑰之謀曰⑱：“稱舍於墓⑲。”師遷焉。曹人兇懼⑳；爲其所得者，棺而出之㉑。因其兇也而攻之㉒。三月，丙午，入曹。數之㉓；以其不用僖負羈，而乘軒者三百人㉔也。且曰：“獻狀㉕！”令無入僖負羈之宮㉖，而免其族㉗，報施也。魏犫、顛頡怒曰：“勞之不圖㉘，報於何有！”燔僖負羈氏㉙。魏犫傷於胸，公欲殺之，而愛其材。使問，且視之；病，將殺之㉚。魏犫束胸見使者曰：“以君之靈㉛，不有寧也？”距躍三百㉜，曲踊三百。乃舍之㉝。殺顛頡以徇于師㉞。立舟之僑以爲戎右㉟。

宋人使門尹般㊱如晉師告急。公曰：“宋人告急㊲，舍之則絕；告楚。不許。我欲戰矣，齊、秦未可。若之何？”先軫曰：“使宋舍我㊳，而賂齊、秦，藉之告楚㊴。我執曹君，而分曹、衞之田，以賜宋人。楚愛曹、衞㊵，必不許也。喜賂怒頑㊶，能無戰乎？”公說。執曹伯，分曹、衞之田，以畀㊷宋人。

①假道于衞：曹在衞東，晉從西方往攻，故向衞人借道通行。　②還

自南河濟: 繞路從衞國南面渡河。　③胥臣: 卽司空季子。　④上德: "上"同"尚", 崇尚, 注重。言因先軫有德, 所以令他將中軍。　⑤斂盂: 衞地名。今河北濮陽縣東南有斂盂聚 ("聚", 市集), 卽此地。　⑥衞侯請盟: "衞侯", 衞成公, 名鄭, 魯僖公二十六年(公元前六三四)卽位, 在位三十五年。此言衞侯也願意同齊、晉結盟。　⑦欲與楚: "與", 親近。此言衞侯想同楚合作。　⑧以說于晉: "說"同"悅"(下文同此)。此言衞人爲了取悅於晉, 便把成公逐出。　⑨襄牛: 衞地名, 後歸宋; 卽今河南睢縣。　⑩公子買戍衞: "公子買"是魯國的大夫, 因魯本與楚同盟, 所以遣買戍衞。　⑪公懼于晉: "公"指魯僖公。僖公見楚救衞不勝, 怕晉要討伐自己。　⑫殺子叢以說焉: "子叢"是公子買的字。此言"殺公子買以取悅於晉"。　⑬不卒戍: 杜注: "詐告楚人, 言子叢不終戍事而歸, 故殺之。"　⑭門焉: "門"作動詞用, 指攻打城門。　⑮多死: 晉人死的很多。　⑯尸諸城上: 把晉人的死屍擺列在城上。一說, "尸"作"磔"(音折)解, 指用刀剮碎屍體。　⑰輿人: 役卒。　⑱曰: 據王引之考證, 此"曰"字是衍文。原文應作"聽輿人之謀, 稱: '舍於墓, '。""稱"猶言"說道"。　⑲舍於墓: 把軍隊駐紮在曹人的墓地上, 表示要掘墓曝屍。下文言"師遷焉", 是晉侯採納輿人之言, 把軍隊遷至墓地。　⑳兌懼: "兌"有二解。一、與"怴"通, 擾攘恐懼之意(惠棟說); 二、與"吶"通。"吶吶", 喧嘩之聲(洪亮吉說)。都可通。　㉑爲其所得者, 棺而出之: 曹人把得到的晉人屍首都裝入棺中送了出來。　㉒因其兌也而攻之: 晉人趁着曹人亂哄哄的時候去攻城。　㉓數之: "數"讀上聲, 責問。"之"指曹共公。　㉔乘軒者三百人: "軒", 大夫所乘的車。此言曹國雖小, 卻濫封官爵, 大夫竟有三百人之多。　㉕獻狀: 杜注: "言其無德居位者多, 故責其功狀。"意謂晉侯質問曹大夫, 令其說明究有何功而獲祿位。一說, 這是指晉侯要報復曹君觀脅之辱, 所以說, "我現在獻出自己的容狀讓你們看!"錄以備考。　㉖宮: 住宅。　㉗免其族: 赦免僖負羈同族的人。　㉘"勞之不圖"二句: "勞", 功勞; "圖", 考慮; "報於何有"，猶言"何報之有"。按，魏等是從亡之人，而晉侯作三軍，只命魏爲戎車右衞；顛頡的地位可能更低。因此他們非常不平，説道："對我們的功勞都不予考慮，還談什麼報答僖負羈？"　㉙燄僖負羈氏："燄"，燒。此當指焚燒其居室。　㉚病，將殺之："病"指重傷。此言魏犨如果重傷不起，則將殺死他。　㉛"以君之靈"二句：託國君的福，你看我不是很安寧的麼？　㉜"距躍"二句："距躍"，直躍向前；"曲踊"，回身聳跳。"百"同"拍"，指拊合兩手。此言向前跳越，合掌三次；回身聳跳，又合掌三次。表示他受傷不重。　㉝舍之：寬宥其罪。　㉞徇於師：示衆於軍中。㉟"立舟之僑"句："舟之僑"，虢國舊臣，魯閔公二年奔晉；"戎右"，卽兵車的右衞。　㊱門尹般：宋大夫。　㊲"宋人告急"至"不許"：言"宋人向我們求救，如果我們不理睬它，則將與我們斷絶邦交；但我們請楚退兵，楚又不允許。"　㊳使宋舍我而賂齊、秦：設法使宋國不來求救於晉，而去用財物賂齊、秦兩國，向他們求救。　㊴藉之告楚：杜注："假借齊、秦，使爲宋請（讓齊、秦兩國替宋向楚請求退兵）。"　㊵"楚愛曹、衞"二句：言"楚捨不得失掉曹、衞之地，必不允許齊、秦兩國的請求，把圍宋的軍隊撤退"。　㊶喜賂怒頑：言齊、秦兩國旣喜得宋之賂，又怒楚之頑抗，自然要參戰了。　㊷畀：給與。〔以上是第二大段，寫晉、楚正式交兵以前，晉先聲奪人，使魯、衞與楚疏遠，使齊、秦與晉聯盟，陷楚師於孤立。〕

　　楚子入居于申①，使申叔去穀，使子玉去宋；曰："無從晉師②。晉侯在外，十九年矣，而果得晉國。險阻艱難，備嘗之矣。民之情僞③，盡知之矣。天假之年④，而除其害⑤；天之所置，其可廢乎？軍志⑥曰：'允當則歸⑦。'又曰：'知難而退。'又曰：'有德不可敵。'此三志者，晉之謂矣」子玉使伯棼⑧請戰，曰："非敢必有功也，願以間執讒慝之口⑨」"王怒，少與之師；唯西廣、東宮與若敖之六卒⑩，實從之。

　　子玉使宛春⑪告於晉師曰："請復衞侯，而封曹；臣亦釋宋之圍。”子犯曰：“子玉無禮哉，君取一，臣取二⑫！不可失矣⑬。”先軫曰：“子與之⑭！定人之謂禮⑮。楚一言而定三國，我一言而亡之；我則無禮，何以戰乎？不許楚言，是弃宋也；救而弃之⑯，謂諸侯何！楚有三施⑰，我有三怨，怨讎已多，將何以戰？不如私許復曹、衞以攜⑱之，執宛春以怒楚。既戰而後圖之⑲。”公說。乃拘宛春於衞，且私許復曹、衞；曹、衞告絶於楚。

子玉怒，從晉師；晉師退。軍吏曰：“以君辟⑳臣，辱也。且楚師老㉑矣！何故退？”子犯曰：“師直爲壯㉒，曲爲老，豈在久乎？微楚之惠，不及此㉓；退三舍辟之，所以報也。背惠食言㉔，以亢其讎，我曲楚直。其衆素飽㉕，不可謂老。我退而楚還㉖，我將何求！若其不還，君退臣犯，曲在彼矣。”退三舍。楚衆欲止，子玉不可。

夏，四月，戊辰，晉侯、宋公㉗、齊國歸父、崔夭㉘、秦小子憖㉙，次于城濮㉚。楚師背酅而舍㉛，晉侯患之。聽輿人之誦曰：“原田每每㉜，舍其舊而新是謀㉝。”公疑焉㉞。子犯曰：“戰也！戰而捷，必得諸侯㉟；若其不捷，表裏山河㊱，必無害也！”公曰：“若楚惠何㊲？”欒貞子㊳曰：“漢陽諸姬㊴，楚實盡之；思小惠而忘大恥，不如戰也。”晉侯夢與楚子搏，楚子伏己而盬其腦㊵。是以懼。子犯曰：“吉！我得天㊶，楚伏其罪㊷，吾且柔之㊸矣！”

子玉使鬬勃㊹請戰，曰：“請與君之士戲㊺，君馮軾而觀之，得臣與寓目焉㊻！”晉侯使欒枝對曰：“寡君聞命矣。楚君之惠，未之敢忘；是以在此㊼。爲大夫退㊽，其敢當君乎？既不獲命㊾矣，敢煩大夫，謂二三子：戒爾車乘㊿，敬爾君事。詰朝(51)將見。”

晉車七百乘(52)，韅靷鞅靽(53)。晉侯登有莘之虛(54)，以觀師。曰：“少長有禮(55)，其可用也。”遂伐其木(56)，以益其兵。己巳，晉師陳于莘北⁵⁷。胥臣以下軍之佐當陳、蔡。子玉以若敖之六卒將中軍，曰：
"今日必無晉矣！"子西⁵⁸將左，子上⁵⁹將右。胥臣蒙馬以虎皮，先
犯陳、蔡，陳、蔡奔；楚右師潰。狐毛設二旆而退之⁶⁰。欒枝使輿曳
柴而偽遁⁶¹，楚師馳⁶²之。原軫、郤溱以中軍公族⁶³橫擊之。狐毛、
狐偃以上軍夾攻子西，楚左師潰。楚師敗績⁶⁴。子玉收其卒而止，
故不敗。晉師三日館⁶⁵，穀⁶⁶，及癸酉而還。

①申：國名，姜姓，後爲楚所吞併。今河南南陽縣，卽申國故址。
②無從晉師："從"有"與之周旋"之意，此言不要同晉軍交戰。　③情僞：
猶言"真假虛實"。　④天假之年：言天使晉侯享高年。按，史記晉世家，
晉文公入國卽位時，年已六十二。　⑤除其害：除晉之害。　⑥軍志：
兵書。　⑦允當則歸："允當"，恰如其分，無過與不及。此句猶言"適可
而止"。　⑧伯棼：楚臣，卽鬭椒，一字子越。　⑨閒執讒慝之口："閒"
與"閑"通，卽"防閑"之意。"閒執"猶言"防止"、"杜塞"。"讒慝之口"指
反對子玉的人（如蔿賈）所說的不滿子玉的話。　⑩西廣、東宮與若敖
之六卒：都是軍隊的名稱。楚國的軍隊有"左右廣"，"西廣"卽"右廣"。左
傳宣公二年杜注，以"十五乘爲一廣"，孔穎達春秋左傳正義則認爲"廣"
可能是兵車之名。"東宮"，本是隸屬於太子的部下。"若敖"，子玉之祖；
"若敖之六卒"指子玉的親兵六百人，都是他的同族。　⑪宛春：楚大
夫。"宛"音駕。　⑫君取一，臣取二：此言子玉要求晉侯做"復衞"、"封
曹"兩件事，而自己只做"釋宋圍"一件事。晉侯是"君"，結果只得到一椿
好處，子玉是"臣"，反而得到兩椿好處。　⑬不可失矣：言應向楚國進
攻，不可失去機會。　⑭子與之："與之"猶"許之"；先軫勸子犯應該允
許子玉。　⑮定人之謂禮：安定別人的國家叫做有禮。　⑯"救而弃
之"二句：本爲救宋而來，結果反棄而不顧，將爲諸侯所怪。"謂諸侯何"
猶言"其奈諸侯不滿意何"。　⑰三施，三怨：卽指上文"楚一言而定三
國"二句之意。復衞、封曹、釋宋，是楚施恩於三國，故言"三施"；晉不從子

犯之言，則將使三國之人對晉不滿，故言“三怨”。　⑱攜：離間。此言暗中同曹、衞講和，以離間它們同楚的關係。　⑲既戰而後圖之：言等決戰以後再去考慮曹、衞復不復的問題。　⑳辟：同“避”。　㉑老：指楚師連年在外，疲弊已極。　㉒“師直爲壯”二句：言戰爭的勝負，決定於理之曲直；理直的一方卽爲強壯，無理的一方卽爲衰老，不在用兵的時間長短。　㉓微楚之惠，不及此：言晉文公如果沒有楚國施予的恩惠，是沒有今天的。　㉔“背惠食言”三句：第一句，言晉如不退避三舍，就是對楚負恩失信。第二句，“亢”，作“扞禦”解（用王引之説）；“其”，指楚；“讎”，指宋國；言晉還去保護楚國的仇人——宋國。第三句緊承上句，言這樣是説晉理虧而楚理直了。　㉕“其衆素飽”二句：言楚軍給養素來很充足，吃得很飽，不能算疲弊。　㉖“我退”二句：言晉退兵而楚也撤兵，我們還要希望什麼呢？”　㉗宋公：宋成公，名王臣，魯僖公二十四年（公元前六三六）卽位，在位十七年。　㉘國歸父、崔夭：都是齊大夫。㉙秦小子憖：秦穆公的兒子。“憖”音俟。　㉚城濮：衞地名。今山東濮縣南七十里有臨濮故城，卽此地。　㉛背酅而舍：“酅”音攜，地名，是一個險要的邱陵地帶；“舍”，駐軍。此言楚人背負着險要之地而駐屯軍隊。㉜每每：“每”一作“莓”，草盛貌。　㉝舍其舊而新是謀：此連上句的大意是：“原田中的草正在茂盛地生長，應該去掉舊根，考慮着想快播新種。”　㉞公疑焉：按，上文言“晉侯患之”，是怕不易戰勝楚國；等聽到輿人（役卒）唱的歌，又覺得軍士們有希望快些作戰的意思，所以有些疑慮。　㉟必得諸侯：一定得到諸侯的信賴。　㊱表裏山河：外表有山，內裏有河。　㊲若楚惠何：猶言“楚國對我有恩，奈何？”　㊳欒貞子：卽欒枝。　㊴“漢陽諸姬”二句：水之北岸叫“陽”。此言漢水以北很多的姬姓國家，都被楚國消滅盡了。　㊵楚子伏己而盬其腦：“盬”，咬，齧。此言楚子伏在晉侯的身上，並且用嘴咬他的腦袋。　㊶我得天：因晉侯面朝上，所以説“得天”。　㊷楚伏其罪：楚子面向地，所以説“伏罪”。㊸柔之：“柔”作動詞用，有“柔可以克剛”之意；此處猶言“使楚馴伏”。按，晉侯的夢境因疑懼而生，原不足信，狐偃於是加以曲解，以消晉侯的疑慮，不過是一時權宜之計。 ㊹鬭勃：楚大夫。 ㊺"請與君之士戲"二句："戲"，角力(用王引之説)；"馮"同"憑"；"軾"，車前横木。此二句的大意是："請求同您的軍隊較量較量，您可以靠在軾上看看熱鬧。" ㊻得臣與寓目焉：此是鬭勃代表子玉的口氣向晉侯談話，猶言"我自己也陪您看看"。 ㊼是以在此：所以一直停留在此，不向前進軍。 ㊽"爲大夫退"二句：此言"晉軍對於子玉，尚且退避三舍，又怎敢出兵抵擋楚君呢？" ㊾既不獲命：既然不能獲得楚國退兵的命令。 ㊿戒爾車乘：準備好你們的戰車。 (51)詰朝：次日清早。 (52)七百乘：戰車七百輛，共有軍士五萬二千五百人。 (53)韅靷鞅靽：指馬身上的韁繩絡頭之類。杜注："在背曰韅(音顯)，在胸曰靷(音引)，在腹曰鞅(音養)，在後曰靽(音半)。"此言人馬的裝備都已齊全。 (54)有莘之虚："有莘"，本古國名，在山東曹縣北十八里。"虚"同"墟"，舊城的廢址。 (55)少長有禮：指晉軍年壯者在前，年長者在後；晉侯知士兵已懂得禮讓，所以下文説"可用"。 (56)"遂伐其木"二句："兵"指兵器。杜注："伐木以益(增加)攻戰之具。" (57)莘北：卽城濮。 (58)子西：楚大夫，名鬭宜申。 (59)子上：卽鬭勃。 (60)設二旆而退之："旆"，軍中大旗。按，古代行軍，只有中軍是主帥所居之地才樹立二旆；狐毛所率領的本是上軍，他却故意設二旆而向後撤退，使楚人疑爲中軍敗走，以誘其深入。 (61)使輿曳柴而僞遁："輿"，車。杜注："曳(拖着)柴起塵，詐爲衆走。" (62)馳：急追。 (63)公族：晉侯所率領的親兵。 (64)敗績：軍隊大崩潰叫"敗績"。 (65)三日館："館"作"舍"解；此句猶言"歇兵三日"。 (66)穀：吃楚軍的糧食。〔以上是第三大段，是城濮戰事的正文。〕

甲午，至于衡雍①。作王宮于踐土②。

鄉役之三月③，鄭伯④如楚，致其師⑤；爲楚師既敗而懼，使子人九⑥行成⑦于晉。晉欒枝入盟鄭伯。五月，丙午，晉侯及鄭伯盟于衡雍。

丁未，獻楚俘于王；駟介⑧百乘，徒兵⑨千。鄭伯傅王⑩，用平禮⑪也。己酉，王享醴⑫，命晉侯宥⑬。王命尹氏及王子虎、內史叔興父⑭，策命晉侯爲侯伯⑮；賜之大輅之服⑯、戎輅之服⑰，彤弓⑱一、彤矢百，玈弓矢⑲千，秬鬯一卣⑳，虎賁㉑三百人。曰：“王謂叔父㉒：敬服王命㉓，以綏四國㉔，糾逖王慝㉕。”晉侯三辭，從命。曰：“重耳敢再拜稽首，奉揚㉖天子之丕顯休命㉗。”受策以出。出入三覲㉘。

衛侯聞楚師敗，懼，出奔楚，遂適陳；使元咺㉙奉叔武㉚以受盟。癸亥，王子虎盟諸侯于王庭。要言㉛曰：“皆獎㉜王室，無相害也。有渝㉝此盟，明神殛㉞之：俾隊㉟其師，無克祚國㊱；及而玄孫㊲，無有老幼！”君子謂：是盟也信；謂晉：於是役也，能以德攻㊳。

①衡雍：地名。在今河南原武縣西北五里。　　②作王宮于踐土：按，周襄王聞晉師獲勝，親往慰勞，所以晉侯給他建造一所行宮。今河南滎澤縣西北有王宮城，城內東北角上有踐土臺，距衡雍三十餘里。　③鄉役之三月：“鄉”同“曩”，音向，猶言“不久以前”。城濮之役發生在四月，故此句言“在城濮之役以前的三月”。　　④鄭伯：卽鄭文公。　　⑤致其師：把鄭國的軍隊給楚國送去，準備同晉作戰。　　⑥子人九：鄭臣，姓子人，名九。　　⑦行成：猶言“求和”。　　⑧駟介：帶甲的馬。　　⑨徒兵：步卒。以上二句言晉用軍隊押解着楚國的俘虜。　　⑩鄭伯傅王：“傅”作“相”解；言鄭伯給周王擔任贊禮的職務。　　⑪用平禮：襄王用當初周平王接待晉文侯的儀式來接待晉文公。　　⑫王享醴：“醴”，甜酒。此言周王賜給晉文公醴酒喝。　　⑬命晉侯宥：“宥”同“侑”，勸人進餐。此言周王勸晉文公進餐。　　⑭尹氏等三人：尹氏及王子虎是周王的卿士，叔興父是周大夫。　　⑮“策命”句：杜注：“以策書(以簡策書王命，猶後世

所謂的"詔書")命晉侯爲伯也。"　　⑯大輅之服："大輅"("輅"音路)，金色的車，祭祀時所乘；乘大輅時以鷩冕("鷩"音別，赤羽的雉鳥。此言冕上以鷩羽爲飾)爲服。　　⑰戎輅之服："戎輅"卽兵車；乘兵車時以韋弁(熟皮所製的冠)爲服。按，周王所賜的車服，是包括車馬之飾和乘者的衣服一併在內的。　　⑱彤弓、彤矢：漆了紅色的弓和箭。　　⑲旅弓矢：漆了黑色的弓和箭。"旅"音廬，黑色。　　⑳秬鬯一卣："秬"音巨，黑黍；"鬯"音暢，香酒，所以降神；"卣"音由，器名。　　㉑虎賁：勇士之稱，指天子的侍衛。"賁"音奔。　　㉒叔父：周王對晉文公的稱呼。　　㉓敬服王命：恭敬地服從天子的命令。　　㉔以綏四國：猶言"以安定四方"。　　㉕糾逷王慝："糾"，糾舉，劾責；"逷"，剔除；"慝"，惡。此言"爲周王糾劾、除治壞人"。　　㉖奉揚：承受、發揚。　　㉗丕顯休命："丕"，大；"顯"，明；"休"，美。都是形容天子所發布的命令的狀詞，言其偉大，光明，美好。　　㉘出入三覲：言晉文公前後一共朝見了三次。　　㉙元咺：衛大夫。"咺"音宣。　　㉚叔武：衛君的兄弟。按，後文載："六月，晉人復衛侯。"卽因晉已與衛盟於周王之庭的緣故，所以把衛侯送回去了。　　㉛要言：猶"約言"。"要"音邀。　　㉜獎：扶助。　　㉝渝：叛變，違反。　　㉞明神殛之："明神"，日月山川之神；"殛"，誅，罰；猶言"嚴懲"。　　㉟隊：同"墜"，喪失。　　㊱無克祚國："祚"音租去聲，好命運。此句言"使國運不能久長"。　　㊲"及而玄孫"二句：言卽使是傳到你們的玄孫，無論老幼，如有人違背此盟，也會受到明神所給予的喪師亡國的懲罰。　　㊳能以德攻：指晉能以有德敎的軍隊去攻打不義之師，所以獲勝。〔以上是第四大段，寫周王封賞晉侯及盟於王庭的情況。這表示晉之勝楚是與周室的利益相一致的，同時也在誇耀晉文公的業績。〕

　　初，楚子玉自爲瓊弁玉纓①，未之服也②。先戰，夢河神謂己曰："畀余③，余賜女孟諸之麋。"弗致也④。大心⑤與子西使榮黃⑥諫，弗聽。榮季曰："死而利國⑦，猶或爲之，況瓊玉乎？是糞土也。

而可以濟師，將何愛焉？"弗聽。出告二子曰："非神敗令尹，令尹其不勤民⑧，實自敗也¡既敗，王使謂之曰："大夫若入⑨，其若申、息之老何？"子西、孫伯曰："得臣將死⑩，二臣止之，曰：'君其將以爲戮。'"及連穀而死⑪。晉侯聞之，而後喜可知也⑫，曰："莫余毒也已⑬¡"蔿呂臣⑭實爲令尹，奉己而已⑮，不在民矣。

①瓊弁玉纓：是馬身上的飾物。"瓊"，紅色的玉；"弁"，馬冠；以瓊玉綴於弁上叫做"瓊弁"。"纓"，馬鞅；以玉爲鞅飾，叫作"玉纓"。　②未之服也：還没有用過。　③"畀余"二句：河神對子玉説："你把你所製的瓊弁玉纓送給我，我把孟諸之麋賜給你。""孟諸"，宋地，今河南商邱縣東北有孟諸澤。"麋"同"湄"，水草相交接之處。此二句言外指你如果送給我禮物，我就讓你打勝仗，使你能佔領宋國的地盤。　④弗致也：子玉捨不得把瓊弁玉纓送給河神。按，給河神送禮，應把禮物投於河中。⑤大心：子玉的兒子，即下文的孫伯。　⑥榮黃：楚臣，即下文的榮季。⑦"死而利國"三句：大意是："只要是對國家有利，就是犧牲性命也要做，何況是犧牲瓊玉呢？"　⑧不勤民：不盡心於民事。　⑨"大夫若入"二句："申"已見前註；"息"，小國名，姬姓。魯莊公十四年，爲楚所滅。其地在今河南息縣。"老"，父老。此言子玉打了敗仗，申、息等地的子弟都戰死了，子玉如果回國，有什麼面目見申、息等地的父老呢？　⑩"得臣將死"三句：這是子西、大心二人回答使臣的話。言"子玉本要自殺，我們兩人曾加以制止，説：'楚王會制裁你的。'"　⑪及連穀而死："連穀"，楚地名。子玉行至連穀，因無赦命，只好自殺。　⑫而後喜可知也："知"猶"見"，指文公喜悦之情，見於顏色（用顧炎武申杜説，顧説見其所著左傳杜解補正）。　⑬莫余毒也已："毒"，猶"害"。此句大意是："從此可再没有同我做對的人了。"可見子玉對晉文公的威脅是很大的。按，説苑："楚有子玉得臣，文公爲之側席而坐（坐不安席）。"正是指此。又，文公在楚時，子玉曾勸楚子把他殺掉，此處疑因憶及往事而爲此言。　⑭蔿呂

臣：卽叔伯，見本篇第一大段註⑫。　　⑮"奉己而已"二句：言蔿呂臣只知保全自己而已，他是不會爲人民的事用心的。一説，末尾這三句也是晉文公説的話。〔以上是第五大段，補敍子玉之死，也寫出子玉是晉文公的勁敵。〕

（七）　燭之武退秦師（僖公三十年）

九月，甲午，晉侯、秦伯① 圍鄭，以其無禮於晉②，且貳于楚③也。晉軍函陵④，秦軍氾南⑤。

佚之狐⑥ 言於鄭伯⑦ 曰："國危矣！若使燭之武⑧ 見秦君，師必退。"公從之。辭曰⑨："臣之壯也，猶不如人；今老矣，無能爲也已⑩！"公曰："吾不能早用子；今急而求子，是寡人之過也。然鄭亡，子亦有不利焉！"許之⑪。

夜縋⑫ 而出。見秦伯曰："秦、晉圍鄭，鄭既知亡矣⑬！若亡鄭而有益於君，敢以煩執事⑭。越國以鄙遠⑮，君知其難也；焉用亡鄭以陪鄰⑯？鄰之厚⑰，君之薄也。若舍鄭以爲東道主⑱，行李之往來⑲，共其乏困，君亦無所害。且君嘗爲晉君賜⑳ 矣，許君焦、瑕㉑，朝濟而夕設版㉒ 焉，君之所知也！夫晉何厭㉓ 之有？既東封鄭㉔，又欲肆其西封；若不闕㉕ 秦，將焉取之？闕秦以利晉，唯君圖之㉖！"

秦伯説，與鄭人盟。使杞子、逢孫、揚孫戍之㉗，乃還。

子犯請擊之㉘。公曰："不可！微夫人之力不及此㉙。因人之力而敝之㉚，不仁；失其所與㉛，不知；以亂易整㉜，不武㉝。吾其還也！"亦去之。

①晉侯、秦伯：卽晉文公和秦穆公。　　②無禮於晉：指重耳出亡時過鄭，鄭文公不爲禮的事。　　③貳於楚：對晉有二心，而同楚親近。指

城濮之戰篇“鄭伯如楚致其師”的事。　④函陵:在今河南新鄭縣北十三里。　⑤氾南:“氾”音凡,水名;此處指東氾水,在今河南中牟縣南。按,此水早已乾涸了。　⑥佚之狐:鄭大夫。“之”是語助詞,此名和下文的“燭之武”都與“介之推”同樣,以“之”介於姓名之間。　⑦鄭伯:即鄭文公。　⑧燭之武:鄭大夫。“燭”是姓。按,“燭”指燭城,在洧水旁;燭之武是燭城人,故以邑爲氏。　⑨辭曰:主語是燭之武。“辭”,推辭,謝絕。　⑩無能爲也已:什麼也不能做了。　⑪許之:主語是燭之武,“之”指鄭伯。　⑫縋:用繩縛住身體,從城牆上繫下來。“縋”音墜。　⑬鄭既知亡矣:自知必定要亡國了。　⑭敢以煩執事:從字面看,“執事”是指秦伯手下辦事的官吏,實際是指秦伯本人(參看前詩經小雅車攻篇“之子于苗”句註)。此連上句言:“鄭亡國而對秦有益,那就麻煩您用兵也無所謂。”　⑮“越國以鄙遠”二句:“越”,超越;“鄙”,國家的邊境。按,秦在西,鄭在東,而晉居其中。所以此處燭之武說“假定秦征服了鄭國,使鄭國做爲秦的邊邑;那就必須超越過晉國,才能把秦的國境伸到很遠的鄭國去。您一定會想到,這樣做是很難的。”　⑯焉用亡鄭以陪鄰:“陪”,增益。此句是緊承上文的,言“您何苦爲了您的鄰國增加地盤而把鄭滅掉呢?”因秦既不能以鄭爲邊邑,自然緊鄰着鄭國的晉要把鄭劃歸己有了。　⑰“鄰之厚”二句:鄰國(晉)的實力雄厚了,就等於您本身(秦)的力量削弱了。　⑱“若舍鄭”句:“舍”同“捨”,放棄;“東道主”,東路上的居停主人(按,鄭在秦東,所以說“東道”,後世却把“東道”作爲“主人”的代稱了)。此言:“您如果能放棄鄭國而不向它進攻,它將可以做爲東路上的一個招待您的主人。”　⑲“行李”二句:“行李”即後世所謂的外交使節;“共”同“供”;“乏困”,猶言“不足”,指旅行的人資糧方面的缺乏。此言“秦國的外交官員如果經過鄭國,遇有資糧不足的情形,鄭國可以盡地主之誼,予以供應”。　⑳嘗爲晉君賜:曾對晉君(指晉惠公)施給恩賜。　㉑許君焦、瑕:晉惠公曾把晉國的焦、瑕二邑許給秦國。按,“焦、瑕”二城故址都在今河南陜縣附近。　㉒朝濟而夕設版:晉惠公在早晨剛剛渡河歸國，到了晚上就設版築城，修建防禦工事，準備同秦對立了。此指晉不但受恩不報，反而很快地背叛了秦。　㉓厭：同"饜"，滿足。此言晉永遠不會滿足。　㉔"既東封鄭"二句："封"，疆界；"肆"，延展，伸長。此言晉既滅鄭，以鄭爲其東面的國界，那就必然要擴展它西面的國界。　㉕"若不闕秦"二句："闕"作"損"解(用顧炎武説)。此言晉既要在西面擴充地盤，那它除了侵佔秦國的土地以外，還能到什麽其它的地方去取得地盤呢？按，一本上句無"若"字。　㉖唯君圖之：只看您如何考慮了。　㉗"使杞子"句："杞子"等三人都是秦大夫；"戍之"，據杜注："反爲鄭守"。則是駐軍於鄭，代鄭設防之意。　㉘請擊之："之"指秦國。　㉙"微夫人之力"句："微"，非；"夫人"，猶言"那人"，指秦穆公。此言"我如果沒有那個人的力量是到不了今天的。"　㉚因人之力 而敝之：依靠了他人的力量，又反過來傷害他。　㉛失其所與："與，猶言"同盟"。秦、晉本是盟國，如對秦用兵，則是失掉了盟國。　㉜以亂易整："整"，猶言"步調一致"；"亂"，猶言"自相衝突"；"易"，變成。秦、晉的步調本是一致的，如果彼此相攻，則是起了內鬨。　㉝不武："武"，以力服人之意。言兩國由合作變成彼此相攻，乃是很不體面的事，不足以服人之心。

（八）　秦晉殽之戰（僖公三十二年、三十三年）

冬，晉文公卒。庚辰，將殯于曲沃①；出絳②，柩③有聲如牛。卜偃④使大夫拜，曰："君命大事⑤，將有西師過軼我⑥；擊之，必大捷焉。"

杞子自鄭使告于秦曰："鄭人使我掌其北門之管⑦，若潛師以來⑧，國可得也。"穆公訪⑨諸蹇叔⑩。蹇叔曰："勞師以襲遠⑪，非所聞也。師勞力竭，遠主備之，無乃不可乎？師之所爲，鄭必知之；勤而無所⑫，必有悖心⑬。且行千里，其誰不知！"公辭⑭焉。召孟明⑮、西乞、白乙⑯，使出師於東門之外。蹇叔哭之曰：“孟子⑰！吾見師之出，而不見其入⑱也！”公使謂之曰：“爾何知？中壽⑲，爾墓之木拱矣⑳！”

蹇叔之子與師㉑。哭而送之，曰：“晉人禦師必於殽㉒。殽有二陵㉓焉：其南陵，夏后皋㉔之墓也；其北陵，文王之所辟㉕風雨也。必死是間㉖！余收爾骨焉！”

秦師遂東㉗。

①將殯于曲沃：“殯”，埋棺於墓穴；“曲沃”，今山西聞喜縣。據杜注，曲沃是晉君祖墳所在之地。　②絳：晉的國都，故城在今山西翼城縣東南。　③柩：音救，卽棺。　④卜偃：晉卜筮之官。　⑤君命大事：“君”指晉文公；“命”，命令，指示；“大事”，指軍事。杜注：“聲自柩出，故曰君命。”　⑥將有西師過軼我：“西師”指秦軍，因秦在晉西；“過”，越過；“軼”，本解作“後車超過前車”，此處連“過”字則指秦軍越境而過。一說，“我”字屬下句，亦可通。　⑦管：鎖鑰。此句言杞子負責掌管鄭都北門的鎖鑰。按，杞子於僖公三十年戍鄭，已見前篇。　⑧潛師以來：祕密派軍隊前來。　⑨訪：詢問。　⑩蹇叔：秦國的元老。“蹇”音檢。　⑪勞師以襲遠：辛苦地調動自己的軍隊去襲擊遠方的國家（指鄭國；又，下文“遠主備之”的“遠主”亦指鄭君）。　⑫勤而無所：勞苦而無所得。　⑬悖心：猶言“懊喪怨恨之心”。此指秦的士兵將生悖心。“悖”音背。　⑭辭：拒絕不聽。　⑮孟明：秦賢臣百里奚之子，名視。“孟明”是字。　⑯西乞、白乙：皆秦將。“西乞”名術，“白乙”名丙。　⑰孟子：卽孟明。　⑱見師之出，而不見其入：指秦軍不能全師而歸。言外有必敗無疑之意。　⑲中壽：六七十歲的光景（參用洪亮吉、俞樾說）。從文義推測，蹇叔當時大約有七八十歲，已經超過中壽了。　⑳爾墓之木拱矣：“拱”，兩手合抱。此與上二句都是秦伯詛咒蹇叔的話，言“如果你僅活到中壽就已死去，現在你墳墓上種的樹都快有兩手合抱那麼粗了！”言外斥其老悖無

知，出語不祥。按，上文蹇叔所言，分明有詛咒孟明可能戰死在外面的意思，所以秦伯也用詛咒的話相報。　　㉑與師：參加了這次出征的隊伍。㉒"晉人"句："禦師"，指晉設伏兵攔擊秦師；"殽"同"崤"，山名。在河南洛寧縣北，西北接陝縣，東接澠池。有兩山（即下文所謂的"二陵"），相距三十五里，故稱"二崤"。其山上有峻坡，下臨絕澗，山路奇狹，不能同時容兩車並進，故爲絕險之地。　　㉓陵：猶言"山頭"。　　㉔夏后皋："夏后"猶言"夏代的天子"；"皋"，是桀的祖父。　　㉕辟：同"避"。　　㉖必死是間：指其地必有晉軍埋伏。近人林紓説："不言險地渡兵，爲人劫躓（暗算），但虛寫險阻之狀，隱詔（暗示）三帥早爲之備；……'必死是間'，正是（晉人）必備是間，惜三帥無謀，岸然不顧。"（見其所選左傳擷華）㉗東：東行。〔以上是第一大段，寫秦出師襲鄭，而以蹇叔哭師爲主要內容，預見秦師之必敗。〕

三十三年，春，秦師過周北門①。左右免胄而下②，超乘③者三百乘。王孫滿④尚幼，觀之；言於王曰："秦師輕⑤而無禮，必敗。輕則寡謀，無禮則脱⑥；入險而脱⑦，又不能謀，能無敗乎？"

及滑⑧。鄭商人弦高將市於周⑨，遇之⑩。以乘韋先⑪，牛十二，犒⑫師。曰："寡君聞吾子將步師⑬出於敝邑⑭，敢犒從者。不腆敝邑⑮，爲從者之淹，居則具一日之積，行則備一夕之衛。"且使遽告于鄭⑯。

鄭穆公⑰使視客館⑱，則束載、厲兵、秣馬⑲矣。使皇武子辭焉⑳，曰："吾子淹久於敝邑，唯是脯資餼牽竭矣㉑。爲吾子之將行也，鄭之有原圃㉒，猶秦之有具囿㉓也；吾子取其麋鹿，以閒敝邑㉔，若何？"杞子奔齊；逢孫、揚孫奔宋。

孟明曰："鄭有備矣，不可冀㉕也！攻之不克㉖，圍之不繼。吾其還也！"滅滑而還。

①周北門：周王都城洛邑的北門。　　②左右免胄而下：“左右”，戎車的左右衞；“胄”音宙，一名兜鍪（“鍪”音牟），兵士戴的鐵盔。此言秦軍過周北門時，戎車上的左右衞都把鐵盔除去，下車步行。按，這種行動是對周王表示敬意。　　③超乘：一躍而登車。上文言“免胄而下”，此又言“超乘”，則是剛一下車就又跳上車去。這是輕狂無禮的舉動。　　王孫滿：周共王的兒子圉的曾孫。　　⑤輕：輕狂放肆。　　⑥脫：粗疏，忽略；猶今言“粗心大意”。　　⑦入險而脫：行軍入於險要之地而粗心大意。⑧滑：原爲姬姓小國，魯僖公三十三年被秦所滅。後因秦不能守其地，終爲晉所得，淪爲縣邑。其地在今河南滑縣。　　⑨將市於周：到周王的都城去做生意。　　⑩遇之：與秦國的軍隊相遇。　　⑪以乘韋先：“乘”即“四”（按，一輛兵車叫一乘，每乘駕以四馬，故“乘”可做爲“四”的代稱）；“韋”，熟皮；“先”，古人送禮，往往有所先後，禮物的質量則是先輕後重。此言弦高先給秦軍送上四張熟皮，然後又送去十二頭牛。十二頭牛自然要比四張熟皮貴重。　　⑫犒：音靠，以食物慰勞軍隊。　　⑬步師：猶言“行軍”。　　⑭出於敝邑：到敝國去。　　⑮“不腆敝邑”至“一夕之衞”：“腆”，厚；“淹”，躭擱；“積”，指每天食用的米、菜、薪、芻（馬吃的草料）之類。此四句的大意是：“敝國雖不甚富厚，但因爲怕你們的部下在外面躭擱的日子太久，所以我們願意爲你們效勞。如果你們的軍隊要住下來，我們願意供給你們每天的日用必需品；如果你們的隊伍要開拔，我們願意在你們動身的前夕代你們守夜，保衞你們。”　　⑯且使遽告于鄭：“遽”，即驛車，每過一驛站，就換一次馬。此言“弦高並且使人用接力的快馬駕了車給鄭國去送信”。　　⑰鄭穆公：名蘭，文公庶出的兒子。魯僖公三十三年（公元前六二七）即位，在位二十二年。　　⑱客館：招待外賓的住所。按，杞子等三人戍鄭，就住在鄭的客館中。　　⑲束載、厲兵、秣馬：“束載”，細束行裝；“厲”同“礪”，“礪兵”是磨礪兵刃；“秣馬”，餵馬。這些都是準備作戰的行動。　　⑳使皇武子辭焉：“皇武子”，鄭大夫；“辭”，用一番言詞要求秦人離開鄭國。　　㉑“唯是”句：“脯”，乾肉；“資”同“粢”，

食糧；“餼”，已宰殺的牲畜的肉；“牽”，尚未宰殺的牲畜(牛、羊、豬之類)。此連上句言：“大約你們因爲在敝國就擱得太久，一切吃的用的都沒有了”。　⑫原圃：鄭國的獵苑，在今河南中牟縣西北。　㉓具囿：秦國的獵苑，在今陝西鳳縣縣境內。　㉔以閒敝邑：使我們國家鬆一口氣。此連上下文，大意是：“鄭國同秦國一樣，也有一個打獵的苑圃；你們如果要回去，我們獵苑中的麋鹿可以隨便獵取，供你們路上食用。你們覺得如何呢？”按，皇武子說這些話，正是透露出鄭國已經窺破了秦的陰謀，所以下文緊接着就寫杞子等出奔之事。　㉕不可冀：不可對鄭國存侵略的野心。　㉖“攻之不克”二句：此言秦如果進攻，則鄭已有準備，無法取勝；如包圍鄭都，則因兵少，沒有後繼之師，也無法持久。〔以上是第二大段，寫秦軍徒勞往返，師出無功。〕

晉原軫①曰：“秦違蹇叔，而以貪勤民②，天奉③我也。奉不可失，敵不可縱。縱敵患生④，違天不祥。必伐秦師！”欒枝曰：“未報秦施，而伐其師，其爲死君乎⑤？”先軫曰：“秦不哀吾喪，而伐吾同姓⑥；秦則無禮，何施之爲⑦！吾聞之：一日縱敵，數世之患也。謀及子孫⑧，可謂死君乎？”遂發命，遽興姜戎⑨。子墨衰絰⑩。梁弘⑪御戎，萊駒爲右。

夏，四月，辛巳，敗秦師于殽。獲百里孟明視、西乞術、白乙丙以歸。遂墨以葬文公。晉於是始墨⑫。

文嬴請三帥⑬，曰：“彼實構吾二君⑭，寡君若得而食之，不厭⑮；君何辱討焉⑯！使歸就戮于秦⑰，以逞寡君之志，若何？”公許之。

先軫朝，問秦囚；公曰：“夫人請之，吾舍⑱之矣！”先軫怒曰：“武夫力而拘諸原⑲，婦人暫而免諸國⑳。墮軍實㉑而長寇讎㉒，亡無日矣㉓！”不顧而唾㉔。

公使陽處父㉕追之。及諸河，則在舟中矣㉖。釋左驂，以公命贈孟明㉗。孟明稽首曰："君之惠，不以纍臣釁鼓㉘，使歸就戮于秦；寡君之以爲戮，死且不朽㉙！若從君惠而免之㉚，三年，將拜君賜㉛！"

秦伯素服郊次㉜，鄉師㉝而哭曰："孤違蹇叔，以辱二三子，孤之罪也。不替孟明㉞，孤之過也。大夫何罪！且吾不以一眚掩大德㉟！"

①原軫：卽先軫，因食采邑於原，所以又稱原軫。　②以貪勤民：因爲貪於得鄭以致使人民勞苦。　③奉：作"助"解(用清梁履繩説，見其所著左通補釋)；"天奉我"卽"天助我"。　④縱敵患生：放走了敵人就會生出後患。　⑤其爲死君乎："君"指晉文公。顧炎武説："死君，謂忘其先君。"此處猶言"這豈不是忘記了先君(文公)的遺命麽？"　⑥伐吾同姓：指伐鄭滅滑而言。鄭和滑都是姬姓國，所以説是晉之同姓。⑦何施之爲：猶言"還講什麽恩惠！"　⑧"謀及子孫"二句：言"伐秦師正是替後世子孫打算，怎麽能説是忘記先君的遺命呢？"　⑨遽興姜戎："遽"，驟然。言驟興姜戎之兵。姜戎本是秦、晉之間的一個種族，一向被秦所逐，所以肯爲晉人出力。　⑩子墨衰絰："子"指晉襄公(名驩，文公之子，魯僖公三十三年卽位，在位七年)，因文公尚未葬，故稱"子"。"衰"音崔，是孝服，白色；"絰"音跌，是麻的腰帶；行軍時穿孝顯得不吉祥於是把衰服染黑，然後束絰。　⑪梁弘、萊駒：皆晉臣。　⑫晉於是始墨：從此以後，穿黑色喪服就成爲晉人的習俗。　⑬文嬴請三帥："文嬴"，晉文公的夫人，秦穆公的女兒，晉襄公的嫡母；"請三帥"，替百里孟明等三人請求。　⑭彼實構吾二君：他們實在是挑撥離間秦、晉二君的人。⑮寡君若得而食之，不厭：言秦伯如能得到這三個人，雖食其肉都嫌不甘心。　⑯君何辱討焉：何必屈尊你去懲罰他們呢！　⑰"使歸"三句：讓他們回到秦國去受刑戮，好滿足秦伯的願望，你看如何？　⑱舍：同

"捨",放掉了。　　⑲"武夫"句: 戰士們在戰場上出了很大的氣力才把他們擒獲。　　⑳"婦人"句:"暫",倉卒之間;"免",赦免。此言"一個女人倉卒之間就輕易地把他們從國裏赦免"。按,先軫稱文嬴爲"婦人",是怒極而忘了尊卑的口氣。　　㉑墮軍實:"墮"同"隳",卽"毀"字,猶今言"糟蹋","損失";"軍實",指軍隊中的輜重等物。　　㉒長寇讎: 助長了敵人的氣燄。　　㉓亡無日矣: 距離亡國的時候沒有多久了。　　㉔不顧而唾: 不顧襄公在面前而向地上吐唾沫。此極寫先軫因怒而失禮之狀。㉕陽處父: 晉大夫,又稱陽子。　　㉖則在舟中矣: 孟明等已登舟離岸了。㉗以公命贈孟明: 陽處父假託晉君之命,把左驂送給孟明。其意乃欲使他們回來拜謝,然後捉住他們。　　㉘不以纍臣釁鼓:"纍臣"猶言"囚臣"、"俘虜之臣";殺人以血塗鼓叫"釁鼓"。按,古代有"釁祭"的儀式。凡新製成的鐘鼓之類,都用牲血塗抹於上,然後祭之。此連上句的大意是:"蒙晉君開恩,不把我們這些俘虜殺死。"　　㉙死且不朽: 猶言"身雖死,也不忘大恩"。　　㉚若從君惠而免之: 如果託晉君的福而得到赦免。㉛三年,將拜君賜: 三年以後,再來拜領晉君所賜的禮物。言外指三年後再來復仇。　　㉜郊次: 在郊外等待着。　　㉝鄉師:"鄉"同"向";言面對着秦軍。　　㉞不替孟明:"替"作"廢"解,引伸有"中止"、"廢除"之意。此句大意是:"不曾下令中止孟明所率領的伐鄭之師。"按,一本此句之下多一"曰"字,故王引之以爲此句是史官的客觀敍述,下面的"孤之過也"才是秦伯說的話。謹錄以備考。　　㉟不以一眚掩大德:"眚"音醒,本指眼翳,引伸作"過失"解。此句是慰勉三帥之詞,大意是:"不因小的過失而抹殺大的成就。"意謂雖敗於晉,乃是小過,不足介意。〔以上是第三大段,寫秦師敗於殽,及三帥逃歸的情況,而以秦伯之自行認過引咎作結。〕

（九）　鄭敗宋師獲華元（宣公二年）

二年,春,鄭公子歸生① 受命于楚,伐宋。宋華元②、樂呂③御④ 之。二月,壬子,戰于大棘⑤。宋師敗績。囚華元,獲⑥ 樂呂,及甲車⑦四百六十乘。俘二百五十人，馘百人⑧。

狂狡輅鄭人⑨，鄭人入于井。倒戟而出之⑩，獲狂狡⑪。

君子曰⑫："失禮違命⑬，宜其爲禽也。戎，昭果毅以聽之之謂禮⑭。殺敵爲果⑮，致果爲毅⑯。易之，戮也⑰。"

將戰⑱，華元殺羊食士⑲，其御羊斟不與⑳。及戰，曰："疇昔㉑之羊，子爲政㉒；今日之事，我爲政。"與入鄭師，故敗。

君子謂："羊斟，非人也！以其私憾，敗國殄民；於是刑孰大焉㉓！詩所謂'人之無良'㉔者，其羊斟之謂乎？殘民以逞㉕！"

宋人以兵車百乘，文馬百駟㉖，以贖華元于鄭。半入㉗，華元逃歸。立于門外，告而入㉘。見叔牂㉙，曰："子之馬然也㉚。"對曰㉛："非馬也㉜，其人也！"既合而來奔㉝。

宋城㉞，華元爲植㉟，巡功㊱。城者謳曰㊲："睅其目㊳，皤其腹㊴；弃甲而復㊵！于思㊶于思，弃甲復來！"使其驂乘謂之曰㊷："牛則有皮㊸，犀兕尚多；弃甲則那！"役人曰："從其有皮㊹，丹漆若何？"華元曰："去之㊺！夫其口衆我寡㊻！"

①公子歸生：鄭同姓公族，字子家。　②華元：宋大夫華父督的後裔，前後在宋國執政約四十年。　③樂呂：宋臣，曾爲司寇。　㈣御：同"禦"，防禦，抵抗。　⑤大棘：地名。今河南柘城縣西北有大棘城故址。　⑥獲：不論"擒獲"（活捉）或"斬獲"（殺死）都叫作"獲"，此處指樂呂被鄭人所殺。　⑦甲車：有甲士的兵車。按，每一乘兵車有甲士三人，步卒七十二人。　⑧馘百人：凡殺敵而截其左耳以獻功叫"馘"（音國）。一本此句"百"下無"人"字。　⑨狂狡輅鄭人："狂狡"，宋大夫；"輅"，遇到。　⑩倒戟而出之：狂狡把戟倒拿着，從井裏把那個鄭國的兵士救出來。　⑪獲狂狡：倒拿着戟，正是授人以柄，所以狂狡反爲鄭人所獲。　⑫君子曰：以下是史官批判狂狡的話。　⑬"失禮違命"二

句：言狂狡失行軍之禮，違殺敵之命，當然要被人擒獲（"禽"同"擒"）了。按，古代軍法以殺敵爲上，狂狡竟去救敵人，所以是"失禮違命"。　⑭戎，昭果毅以聽之之謂禮："昭"，明；"果"，勇敢；"毅"，有毅力；"禮"，猶言"制度"。此言："凡用兵之道，做主帥的應該把果敢和有毅力這兩種品質向兵士們明白曉諭，使大家聽命，這就是軍中的禮制。"　⑮殺敵爲果：敢於殺敵人叫做"果"（果斷，勇敢）。　⑯致果爲毅：養成這種果敢的品質就是有毅力。　⑰易之：戮也：不按照上述的道理去做，就是自取滅亡。林堯叟說："反易其道，如狂狡倒戟之類，受戮之道也。"　⑱將戰：以下是左傳的作者補敍華元被俘的經過。　⑲食士：犒賞軍士。"食"讀爲寺。　⑳其御羊斟不與：給華元駕車的人叫做羊斟的，沒有分到東西吃。　㉑疇昔：猶今言"日前"。　㉒子爲政：猶言"由你做主"。下文的"我爲政"即"由我做主"。　㉓於是刑孰大焉：按照刑法，像羊斟這樣的情況，罪惡沒有比他再大的了。　㉔詩所謂"人之無良"："人之無良"句見鄘風鶉之奔奔，小雅角弓篇中也有"民之無良"的話。"無良"，即不良。㉕殘民以逞：只顧自己逞一時的快意，結果竟使人民受到殘害。按，此是倒裝句法，言羊斟之"殘民以逞"，乃是"無良"的表現。　㉖文馬百駟："文馬"，據杜注，是指身上畫着文采的馬；一說，指馬之毛色有文采者（參看洪亮吉春秋左傳詁卷十）。也可通。"百駟"，四百匹。　㉗半入：剛把一半車馬送入鄭國。　㉘告而入：華元向守城的官吏說明自己的身分，然後進入。這是表示華元的行動一絲不苟。　㉙叔牂：據杜注，此人即羊斟。"牂"音臧。　㉚子之馬然也：據杜注，此是華元安慰羊斟的話。大意是："我之被俘，是由於你的馬不聽指揮的緣故吧！"言外指不是由於羊斟的挾私怨。　㉛對曰：主語是羊斟。　㉜"非馬也"二句：羊斟說："不是由於馬，還是由於人的緣故。"因其尚有餘怨，故忿然作答。㉝既合而來奔："合"，猶言"答對"；言羊斟既答之後，因爲懼罪，就出奔到魯國去了。作者做爲魯人的口氣，故言"來奔"。按，從"告而入"至此句，所釋文義大抵依據杜注。而洪亮吉引漢賈逵之說，對此數句別有解釋，因而對於原文的讀法也就有所不同。茲重新標原文於下，並依洪引賈説略加解釋："……告而入見。叔牂(賈逵説：'叔牂，宋守門大夫。')曰：'子之馬然也(你所以被俘，是由於馬的緣故吧)！'對曰(華元回答道)：'非馬也，其人也(不是馬自動地奔入鄭軍，而是有人同我作對的緣故)！既合而來奔。'('合'，講和；'來奔'，跑回來；此言'既已講和，我就跑回來了！')"洪氏又説："按，以叔牂爲羊斟，始于鄭衆(漢代的經學家)，而杜用之；又無別據，第云'羊斟與叔牂，當是名字相配'(語見孔穎達春秋左傳正義)。今考'羊'當是氏，無緣作字(別名)與氏相配(洪氏意謂，古人取別名，意義往往與本名相配，但是没以以別名與姓氏相配的)。……斟前既有言，則元亦不必反爲飾辭(謂斟前已説出'今日之事我爲政'的話，華元何必反去用飾辭安慰他)，杜説亦非。賈以叔牂爲宋守門大夫，其義最確；服虔稱或一説，亦云'叔牂，宋人'，與賈注合也。……"洪氏之言不爲無據，故録以備考。又，此數句除賈、杜二説外，還有另外兩種解釋，詳見春秋左傳正義卷二十一和春秋左傳詁卷十，可以參看，茲不贅。(以上寫戰役已畢，下文則寫宋國的勞動人民對華元的嘲笑。) ㉞城：築城。 ㉟植：以主帥任監工之事(用孔穎達説)。 ㊱巡功：巡視工程進行的情況。 ㊲城者謳曰：築城的人民唱道。 ㊳睅其目："睅"音旱，大目。此言"瞪着大眼睛"。 ㊴皤其腹："皤"音婆，大貌。此句猶言"大腹便便"，今口語所謂"腆着大肚子"。 ㊵弃甲而復："弃甲"猶言"丢盔卸甲"，指打敗了仗；"復"，歸來(下文的"復來"也與此同義)。 ㊶于思"于"，發語詞；"思"同"偲"，又作"毸"(可讀爲腮，與下文的"來"字叶韻)多鬚貌。按，即今口語所謂的"連鬢鬍子"。以上"睅目"、"皤腹"和"于思"都是人民眼中所看到的華元的形象。 ㊷使其驂乘謂之曰：華元使侍衞在車旁的騎兵去對築城的人民説。 ㊸"牛則有皮"三句："犀"和"兕"的皮皆可製甲。"那"音挪，猶言"奈何"。此三句言："牛的皮可以造甲，犀牛、兕牛也還有不少；就是丢棄了甲又有什麼要緊呢！"這是華元勉強解嘲的話。 ㊹"從其有皮"二句："從"同"縱"；"丹"，紅色；"漆"，漆

樹的膠液，此處指黑色；都是塗在甲上的染料。此言"縱然牛皮很多，可
是丹和漆却不够用的，你看怎麽辦呢？"這是築城的人民反問華元的話。
㊺去之：快些走開吧。　　㊻夫其口衆而我寡："夫"，猶"彼"。此言"他們
的人多口衆，我只有一張嘴，説不過他們」"

（十）　晉靈公不君（宣公二年）

晉靈公不君①：厚斂②以雕牆③；從臺上彈人，而觀其辟丸④
也。宰夫胹熊蹯不孰⑤，殺之；寘諸畚⑥，使婦人載以過朝⑦。趙
盾⑧、士季⑨見其手，問其故，而患之。將諫，士季曰："諫而不入⑩，
則莫之繼也。會請先；不入，則子繼之。"三進及溜⑪，而後視之。
曰："吾知所過矣⑫，將改之」"稽首而對曰："人誰無過」過而能改，
善莫大焉。詩曰：'靡不有初⑬，鮮克有終。'夫如是，則能補過者鮮
矣」君能有終，則社稷之固也；豈唯羣臣賴之⑭」又曰：'袞職有
闕⑮，唯仲山甫補之。'能補過也。君能補過⑯，袞不廢矣。"

猶不改。宣子驟諫⑰。公患之。使鉏麑賊之⑱。晨往，寢門闢
矣⑲。盛服將朝⑳，尚早，坐而假寐。麑退，歎而言曰："不忘恭敬，
民之主也」賊民之主，不忠；弃君之命，不信。有一於此㉑，不如死
也。"觸槐而死。

秋，九月，晉侯飲趙盾酒，伏甲將攻之㉒。其右提彌明㉓知之，
趨登曰："臣侍君宴，過三爵㉔，非禮也。"遂扶以下㉕。公嗾夫獒
焉㉖。明搏而殺之。盾曰："弃人用犬，雖猛何爲」"鬬且出，提彌明
死之。

初，宣子田於首山㉗，舍于翳桑㉘。見靈輒㉙餓，問其病，曰：
"不食三日矣」"食之㉚，舍其半㉛。問之，曰："宦三年矣㉜，未知母

之存否㉝　今近焉㉝，請以遺之㉞。”使盡之㉟，而爲之簞食與肉㊱，寘諸橐以與之㊲。既而與爲公介㊳，倒戟以禦公徒㊴，而免之㊵。問何故？對曰：“翳桑之餓人也！”問其名居㊶，不告而退。遂自亡也㊷。

乙丑㊸，趙穿㊹攻靈公於桃園㊺。宣子未出山而復㊻。太史㊼書曰：“趙盾弒其君㊽。”以示於朝。宣子曰：“不然！”對曰：“子爲正卿，亡不越竟㊾，反不討賊㊿，非子而誰？”宣子曰：“烏呼！‘我之懷矣⑤，自詒伊慼’，其我之謂矣！”孔子曰：“董狐，古之良史也，書法不隱㊺；趙宣子，古之良大夫也，爲法受惡㊺。惜也，越竟乃免㊺！”

宣子使趙穿逆公子黑臀㊺于周而立之。壬申㊺，朝于武宮。

①晉靈公不君：“靈公”名夷皋（公羊傳作“夷獔”），晉襄公之子。魯文公七年（公元前六二〇）卽位，在位十四年，魯宣公二年（公元前六〇七）被趙穿所殺。“不君”，失其爲君之道。　　②厚斂：大量剝削人民，多聚財貨。　　③雕牆：“雕”，繪飾。此處是泛指晉君奢侈浪費，裝潢宮室。　　④觀其辟丸：“辟”同“避”。靈公從臺上用彈弓射人，看着羣臣躲避彈丸，以爲娛樂。　　⑤宰夫胹熊蹯不孰：“宰夫”，天子的廚工；“胹”音而，把食物煮爛；“熊蹯”，熊掌，“蹯”音煩；“孰”同“熟”。此言宰夫沒有把熊掌燉熟。　　⑥寘諸畚：“畚”音本，用植物枝條編成的簸箕。此言把宰夫的屍體肢解了，放在簸箕裏。　　⑦使婦人載以過朝：使宮中的女子拿出去，走過朝廷之上。孔穎達說：“過朝，以示人，令衆懼己。”　　⑧趙盾：趙衰之子，狄女叔隗所生。晉襄公七年（魯文公六年）嗣父爲卿，屢立戰功，前後執政二十年，謚宣子，一稱宣孟。　　⑨士季：晉大夫士蔿之孫，名會，“季”是字。先食采邑於隨，故稱隨會、隨季、隨武子；後又食邑於范，故又稱范武子。會執政時，講求禮典法度，國中大治。此句言趙盾、士季二人看到了死人的手。　　⑩諫而不入二句：“不入”猶言“不納”。此二句言如果兩人同時進諫而晉君不採納，就沒有人繼續再諫了。　　⑪“三進及溜”二句：“溜”，簷下。“三進”，前進三次。按，古代臣朝於君，升

堂見君以前,應行禮三次,卽所謂"三進"。每一次行禮,國君坐在殿堂以上就會看到。此處則因靈公知<u>士</u>季欲諫,便故意裝做沒有看見;及至<u>士</u>季走到簷下,靈公才無法不看到他。　⑫吾知所過矣:靈公怕<u>士</u>季向他規諫,所以先承認錯誤,以免<u>士</u>季開口。　⑬"靡不有初"二句:見<u>詩經大雅蕩篇</u>。"靡",無;"初",開始;"鮮克",很少能夠。此處係借用詩句的字面意義,指一般人改過遷善,往往有始無終。　⑭豈唯羣臣賴之:意指"國君如能改過,豈但羣臣有所倚賴,連所有的<u>晉</u>國臣民也是十分仰望的"。　⑮"袞職有闕"二句:見<u>詩經大雅烝民篇</u>。"袞",本是天子之服,引伸爲穿袞服的人,卽天子;"職",職責;"闕",過失;"仲山甫",<u>周宣王</u>時的宰相。此詩本是歌頌<u>周宣王</u>君臣的,言<u>宣王</u>有過,<u>仲山甫</u>能夠予以彌補。這裏是<u>士</u>季引用此詩以勸勉靈公,希望他也能彌補過失。　⑯"君能補過"二句:"袞",卽上文所謂的"袞職",指國君的職責。此言"您如果能夠補過,就不至於荒廢您所應盡的職責了。"　⑰驟諫:"驟"作"疾"解。指<u>趙盾</u>的進諫太激烈、太急遽了,沒有<u>士</u>季來得緩和。又,"驟"有"屢次"之意。此言<u>趙盾</u>屢屢進諫,故靈公患之。亦通。　⑱使鉏麑賊之:"鉏麑"音鋤迷,<u>晉</u>之力士。"賊",暗害。此言靈公派刺客去暗殺<u>趙盾</u>。　⑲寢門闢矣:<u>趙盾</u>的臥室的門已經開了。　⑳盛服將朝:<u>趙盾</u>已經穿好了隆重的朝服,準備上朝。　㉑"有一於此"二句:意謂無論不忠或不信,都是不應該做的,還不如死掉的好。　㉒伏甲將攻之:靈公埋伏了甲士,準備殺死<u>趙盾</u>。　㉓提彌明:"提"音是平聲。此人<u>公羊</u>傳作"祁彌明",<u>史記</u>作"示眯明",當是因傳寫不同而異其字。　㉔過三爵:超過了三杯酒。　㉕遂扶以下:此寫提彌明不等<u>趙盾</u>考慮,就立刻把他扶下殿來。可見形勢的急迫。　㉖公嗾夫獒焉:"嗾"音叟,喚犬的聲音;"獒"音熬,猛犬名。此言靈公用口作聲,把一隻猛狗喚出來咬<u>趙盾</u>。　㉗田于首山:"田",畋獵;"首山",又名首陽山,在<u>山西永濟縣</u>南。　㉘舍于翳桑:據<u>杜</u>注,"舍",休息;"于",在;"翳桑",桑樹的陰涼處。<u>王引之</u>則以"翳桑"屬地名,"舍"作"宿"解。都可通。　㉙靈輒:<u>晉</u>人。　㉚食之:"食"

音寺。言趙盾給靈輒東西吃。　　㉛舍其半：“舍”同“捨”。言靈輒留下一半不吃。　　㉜宦三年矣：“宦”，舊説以爲出外學爲宦之事；但據詩經、國語、禮記等書，皆以“宦”爲貴族的臣隸，則此處的“宦三年”亦可解作“做了三年貴族的家臣僕隸”。　　㉝今近焉：現在離家不遠了。　　㉞請以遺之：請求把剩下的食物留給母親去吃。“遺”讀去聲。　　㉟使盡之：趙盾讓他把食物全吃了。　　㊱爲之簞食與肉：“簞”音丹，盛飯用的竹筐。此言趙盾另外給靈輒準備了一籃飯和一些肉。　　㊲寘諸橐以與之：擺在一個口袋裏送給靈輒。　　㊳與爲公介：“與”，參加；“介”，甲士。此言靈輒做了晉君的甲士。　　㊴倒戟以禦公徒：把兵器掉過頭來抵禦靈公手下的人。　　㊵而免之：使趙盾免於難。　　㊶問其名居：問他的姓名和住處。　　㊷遂自亡也：於是靈輒就逃亡了。　　㊸乙丑：九月二十七日。　　㊹趙穿：趙盾的同族，晉襄公的女婿。　　㊺桃園：園名。㊻未出山而復：趙盾出奔，尚未走出晉國的山界，聽説靈公已死，就回來了。　　㊼太史：卽董狐，晉之良史官。　　㊽趙盾弑其君：在下位者殺死在上的人叫“弑”。晉君雖爲趙穿所殺，但史官的意思却認爲趙盾應負主要責任，有弑君之罪。言外指弑君的舉動可能是由趙盾主使的。　　㊾亡不越竟：“竟”同“境”，逃亡而不走出國境。　　㊿反不討賊：回朝以後又不討伐殺死國君的賊人(指趙穿)。　　51“我之懷矣”二句：據杜注，此是已經亡佚的詩篇中的兩句話。今邶風雄雉有“我之懷矣，自詒伊阻”之句，小雅小明有“心之憂矣，自貽伊戚”之句，都與此大盡相同。“懷”，眷戀；“詒”同“貽”，給；“伊”，其；“感”，憂。此二句的大意是：“由於我對國家多所留戀，結果反而給自己找來了苦惱。”　　52書法不隱：“隱”，曲意迴護之意。此言董狐不枉法徇私，迴護趙盾的罪行，而秉筆直書。　　53受惡：受到弑君的惡名。　　54惜也，越竟乃免：舊説，這是孔子惋惜趙盾的話。言盾如已走出國境，就可以避免弑君的惡名了。(杜注：“越境則君臣之義絶，可以不討賊。”)　　55公子黑臀：晉文公之子，久居於周，故由周迎回。卽位以後，是爲成公，在位七年。“臀”音豚。　　56壬申：十月五日。

（十一） 晉楚邲之戰（宣公十二年）①

十二年，春，楚子②圍鄭。旬有七日，鄭人卜行成③，不吉；卜臨④于太宮⑤，且巷出車⑥，吉。國人大臨⑦，守陴者皆哭。

楚子退師。鄭人脩城，進復圍之。三月，克之⑧。入自皇門⑨，至于逵路⑩。鄭伯肉袒⑪牽羊以逆，曰：“孤不天⑫，不能事君；使君懷怒，以及敝邑，孤之罪也。敢不唯命是聽！其俘諸江南，以實海濱⑬，亦唯命；其翦⑭以賜諸侯，使臣妾之⑮，亦唯命！若惠顧前好，徼福於厲、宣、桓、武⑯，不泯⑰其社稷，使改事君，夷於九縣⑱，君之惠也，孤之願也。非所敢望也⑲，敢布腹心。君實圖之。”

左右曰：“不可許也，得國無赦⑳！”王曰：“其君能下人㉑，必能信用其民矣！庸可幾乎㉒？”退三十里，而許之平。

潘尪㉓入盟，子良㉔出質。

①按，晉、楚邲之戰，實由鄭國而起。鄭介於晉、楚兩大强國之間，自城濮之役以來，其外交政策始終搖擺不定；親晉則楚怨，親楚則晉怨。兹據左傳所載，將邲之戰發生以前的一些有關晉、楚、鄭三國邦交的事實摘錄於下，以供參考。宣公三年：“晉侯（成公）伐鄭，及郔（地名，音延，在今鄭州附近）；鄭及晉平。士會入盟。夏，楚人侵鄭，鄭卽（親近）晉故也。”宣公四年：“冬，楚子（莊王）伐鄭，鄭未服也。”宣公五年：“楚子伐鄭，……晉荀林父救鄭……。”宣公六年：“楚人伐鄭，取成（講和）而還。”（按，這一次戰役是在厲的地方發生的，故後文稱‘厲之役’。厲，古小國名，爲楚所滅；其地在今湖北隨縣附近的厲鄉。）宣公七年：“鄭及晉平，公子宋（鄭公子，曾弒鄭靈公，其所以與晉結盟是爲了求媚於晉）之謀也，故相（輔助）鄭伯（鄭襄公，名堅，魯宣公五年卽位，在位十八年）以會。冬，盟於黑壤

(地名)……。”宣公九年:“楚子爲厲之役故，伐鄭。晉郤缺救鄭，鄭伯敗楚師于柳棼(鄭地名)。國人皆喜，唯子良(鄭襄公弟)憂；曰：‘是國之災也，吾死無日矣！’”宣公十年:“冬，……楚子伐鄭。晉士會救鄭，逐楚師于潁(水名，在河南境内，流入淮河)北。諸侯之師戍鄭。”宣公十一年:“春，楚子伐鄭，及櫟(地名)。子良曰：‘晉、楚不務德而兵争，與其來者(誰來伐我們，我們就同誰講和)，可也。晉、楚無信，我焉得有信！’乃從楚。夏，楚盟于辰陵(陳國的地名，在今河南淮寧縣西南)，陳、鄭服也。”又:“厲之役，鄭伯逃歸。自是楚未得志焉。鄭既受盟于辰陵，又徼(企圖)事于晉。”所以到宣公十二年，楚子就帶兵圍鄭了。　　②楚子:即楚莊王，名旅，魯文公十四年(公元前六一三)即位，在位二十三年。　　③行成:派人與楚求和。　　④臨:哭於宗廟叫“臨”。　　⑤太宮:鄭國的祖廟。　　⑥巷出車:把兵車陳於里巷之間，準備巷戰，表示雖困不降(用惠棟引賈逵說)。　　⑦“國人大臨”二句:上句，言鄭人皆至太宮而哭；下句，“陴”音卑，城上女牆。此言守城的士兵也都哭了。按，鄭人之哭，示有必死的決心。　　⑧克之:楚人攻下鄭的都城。據下文，城之被攻破是由於鄭人石制做内奸的緣故。　　⑨皇門:鄭城門名。　　⑩逵路:據杜注，能同時並行九輛車的大路叫“逵”。此處當指一般的通衢大道。　　⑪肉袒:脱去上衣，赤裸着肩背；表示願意服罪受刑。　　⑫不天:不蒙天佑。　　⑬以實海濱:此連上句，意指被楚所俘，移居沿海一帶，以充實海濱無人居住的地方。　　⑭翦:翦除，割截。　　⑮使臣妾之:“臣妾”作動詞用，言使自己做諸侯的奴僕。　　⑯“徼福”句:“徼福”見前齊伐楚盟于召陵篇註。“厲”、“宣”，指周厲王、周宣王；“桓”、“武”，指鄭桓公、鄭武公。按，鄭桓公是周厲王之子，宣王時始封於鄭。鄭武公，桓公之子；桓公、武公都是鄭開國時的賢君。　　⑰泯:猶“滅”。　　⑱夷於九縣:“夷”作“等於”解。時楚封其所滅的國家之君爲縣公者共九人，故稱“九縣”。此言願以鄭屬楚，做爲楚的一個縣邑，而鄭伯本人則自比於楚子所封的縣公之列。　　⑲“非所敢望也”二句:言“我並不敢存什麼希望，不過把心裏的話向您陳述而已。”　⑳得國無赦：既已得人之國，就不宜予以赦免。㉑能下人：能屈居於他人之下。　㉒庸可幾乎："幾"同"冀"，此句之意已見秦晉韓之戰末段註。　㉓潘尪：楚大夫，一稱師叔。"尪"音汪。㉔子良：已見前，卽公子去疾。其人仁讓忠良，四方皆稱其賢。〔以上是第一大段，寫楚子圍鄭，爲邲之戰的導火線。〕

夏，六月，晉師救鄭。荀林父①將中軍，先縠②佐之。士會將上軍，郤克③佐之。趙朔④將下軍，欒書⑤佐之。趙括⑥、趙嬰齊⑦爲中軍大夫。鞏朔⑧、韓穿⑨爲上軍大夫。荀首⑩、趙同⑪爲下軍大夫。韓厥⑫爲司馬。

及河，聞鄭既及楚平；桓子欲還，曰："無及於鄭⑬而勦⑭民，焉用之？楚歸而動，不後⑮。"隨武子曰："善！會聞用師，觀釁而動⑯；德、刑、政、事、典、禮不易⑰，不可敵也。不爲是征⑱。楚軍討鄭，怒其貳而哀其卑；叛而伐之⑲，服而舍之，德、刑成矣：伐叛，刑也；柔服⑳，德也。二者立矣㉑！昔歲入陳㉒，今茲入鄭，民不罷勞㉓，君無怨讟㉔，政有經矣㉕。荆尸而舉㉖，商農工賈，不敗其業，而卒乘輯睦㉗，事不奸矣㉘。蔿敖爲宰㉙，擇楚國之令典㉚；軍行：右轅㉛；左追蓐㉜；前茅慮無㉝；中權㉞；後勁㉟；百官象物而動㊱，軍政不戒而備㊲；能用典矣。其君之舉㊳也，內姓選於親㊴，外姓選於舊；舉不失德㊵，賞不失勞；老有加惠㊶，旅有施舍；君子小人，物有服章㊷，貴有常尊㊸，賤有等威，禮不逆矣。德立，刑行，政成，事時㊹，典從㊺，禮順，若之何敵之？見可而進，知難而退，軍之善政也；兼弱攻昧㊻，武之善經㊼也。子姑整軍而經武㊽乎！猶有弱而昧者㊾，何必楚？仲虺㊿有言曰：'取亂侮亡(51)。'兼弱也。汋(52)曰：'於鑠王師，遵養時晦。'耆昧(53)也。武(54)曰：'無競爲烈(55)。'撫弱耆昧，以務烈所⑤⑥，可也。”彘子曰：“不可！晉所以霸，師武臣力⑤⑦也。今失諸侯⑤⑧，不可謂力；有敵而不從⑤⑨，不可謂武。由我失霸，不如死！且成師以出，聞敵彊⑥⑩而退，非夫⑥①也！命爲軍帥⑥②，而卒以非夫，唯羣子能；我弗爲也！”以中軍佐濟⑥③。

知莊子曰：“此師殆⑥④哉！周易有之：在‘師’之‘臨’⑥⑤，曰：‘師出以律⑥⑥，否臧，凶。’執事順成爲臧⑥⑦，逆爲否。衆散爲弱⑥⑧，川壅爲澤⑥⑨。有律以如己也⑦⑩，故曰‘律’；否臧⑦①，且律竭也。盈而以竭⑦②，天且不整，所以凶也。不行⑦③之謂‘臨’；有帥而不從，臨孰甚焉？此之謂矣！果遇⑦④，必敗，彘子尸之⑦⑤；雖免而歸，必有大咎。”

韓獻子謂桓子曰：“彘子以偏師陷，子罪大矣！子爲元帥，師不用命⑦⑥，誰之罪也？失屬亡師⑦⑦，爲罪已重；不如進也。事之不捷⑦⑧，惡有所分；與其專罪⑦⑨，六人同之，不猶愈乎？”師遂濟。

①荀林父：晉大夫。一稱桓子，又稱荀伯。據左傳，魯僖公二十八年，晉文公設上、中、下三行（“行”音杭，是軍隊的名稱；皆屬徒兵，不用戰車）；林父將中行，故又稱中行氏。　②先縠：先軫的後裔，一稱彘子，又稱原縠。邲之役，因剛愎自用而敗於楚，後又召狄伐晉。魯宣公十三年，晉人殺之，並滅其族。　③郤克：卽郤獻子，一稱郤伯。晉大夫郤芮的後裔。　④趙朔：趙盾之子，晉成公的女婿，一稱趙莊子。　⑤欒書：卽欒武子，一稱欒伯。他是欒貞子（枝）的孫子，祖孫皆爲晉之名將。⑥趙括：衰之子，盾之異母弟。因食采邑於屛，故稱屛括；又稱屛季。⑦趙嬰齊：括同母弟。一名嬰。因食采邑於樓，故稱樓嬰。　⑧鞏朔：晉大夫。一稱鞏伯，又稱士莊伯。　⑨韓穿：晉大夫韓簡的同族。⑩荀首：卽知莊子。他是荀林父的弟弟。因食采邑於知，故別爲知氏。“知”音智。　⑪趙同：盾之異母弟，括和嬰齊的同母兄。因食采邑於原，故稱原同；一稱原叔。　⑫韓厥：卽韓獻子。他是韓簡的孫子，爲

晉之名臣。（以上寫晉救鄭時諸將分擔的職務。）　⑬無及於鄭：猶言"救鄭已經來不及"。　⑭勤：勞。　⑮楚歸而動，不後：等楚兵歸國，再興師伐鄭，也不算晚。　⑯觀釁而動："釁"，間隙，機會；"動"，出兵。此言"看敵人有隙可乘，才能發動人馬"。　⑰不易：猶言"不變常規"。　⑱不爲是征：不因此而行征伐之事。言外指楚國非常强盛，不可冒然向它進攻。　⑲"叛而伐之"二句：鄭叛楚，楚就討伐它；鄭服罪，楚就赦免它。　⑳柔服：用懷柔之道對待服罪的國家。　㉑二者立矣：言楚國的"德"與"刑"已經都樹立起來了。　㉒昔歲入陳：按，左傳魯宣公十年，夏徵舒因陳靈公與其母夏姬私通，忿而殺死靈公（參看詩經株林註）；宣公十一年，楚莊王乃因陳之亂而伐陳，殺夏徵舒，立靈公之子成公。此句卽指其事。　㉓罷勞："罷"同"疲"。　㉔君無怨讟："讟"音讀，怨謗之意。此句言楚君並未因連年出兵而受到人民的怨恨誹謗。　㉕政有經矣："政"，政治措施；"經"，常規。　㉖荆尸而舉："荆尸"猶言"楚陣"，是作戰時的一種陣法，由楚武王時創始的（事見左傳魯莊公四年）；"舉"，舉兵。　㉗卒乘輯睦："卒"，步兵；"乘"，車上的甲士；"輯睦"，猶"和睦"。　㉘事不奸矣："事"，指國家對內對外的大事；"奸"，本作"犯"解，此處有"抵觸"、"騷擾"之意。此承上文而言，意謂國家對外用兵，本是大事；但内不致影響國內商（行商）農工賈（坐商）的正常生活，外不致使卒乘不和，則顯然對人民不致有所抵觸騷擾。　㉙蒍敖爲宰："蒍敖"卽孫叔敖；"宰"，令尹。　㉚擇楚國之令典："令典"，指政令和法典。斟酌古代的政令法典以施於今，故稱爲"擇"。　㉛右轅："右"與下文的"左"、"前"、"中"、"後"，都指軍隊而言。杜注："在轅之右者，挾轅爲戰備。"孔穎達說："所言'左'、'右'者，分步卒爲左右也。兵車一轅，服馬夾之，而言'挾轅'者，步卒被分在右者，當軍行之時，又分之使在兩廂，挾轅以爲戰備。楚陣以轅爲主，故以轅表車，正是挾車嚴兵以備不虞也。"　㉜左追蓐：左軍負責尋求草蓐，以爲軍隊住宿的準備。　㉝前茅慮無："前"，前鋒，前哨；"茅"，以茅爲旌，做爲行軍的標誌；"慮"

無",指偵查有無敵人的踪迹。此言"前鋒負責偵查敵踪,而以茅旌發出信號"。　　㉞中權:中軍負責權衡一切。　　㉟後勁:以精兵爲殿後之軍。　　㊱百官象物而動:"物",指繪有各種鳥獸圖案的旗幟。古代行軍,都用各種旗幟做爲行動的標誌。此言"百官必須按照各種旗幟所表明的趨向來行動"。按,管子兵法篇:"九章(九種繪有圖案的旗幟):一曰,舉日章則晝行;二曰,舉月章則夜行;三曰,舉龍章則行水;四曰,舉虎章則行林;五曰,舉鳥章則行陂;六曰,舉蛇章則行澤;七曰,舉鵲章則行陸;八曰,舉狼章則行山;九曰,舉韓章("韓"音高,弓韇,謂以韇藏其章而舉之)則載食而駕(裝載食物,駕車而行)。"所謂"象物而動",即指此類。　　㊲軍政不戒而備:"軍政"猶言"軍中政令";"戒",下令戒備。此言"不待主帥下令,士卒們就都已提高警惕,有所防備"。　　㊳舉:選用人材。　　㊴"內姓"二句:同姓中有才能的人,都從國君的親族中選出;異姓中有才能的人,都從國家的舊臣中選出。　　㊵"舉不失德"二句:任用人材,不曾把有德的人遺漏;賞賜官爵,不曾把有功勞的人遺漏。　　㊶"老有加惠"二句:"加惠"猶言"優待";"施舍"同"施捨",猶言"賜與"。此言"年老的人受到優待,過路的旅客受到賜與"。　　㊷物有服章:言所服用的衣飾器物都各有標誌和章紋,以別尊卑。　　㊸"貴有常尊"二句:"常",指經常不變;"等",等差。林堯叟說:"其處貴者有常尊之勢分,其處賤者有威儀之等差。"　　㊹事時:辦事合於時宜,不違反人民的意願。　　㊺典從:頒布法典,人人都樂於服從。　　㊻兼弱攻昧:弱而不振的國家,可以把它兼併;政治昏昧的國家,可以把它攻取下來。　　㊼武之善經:用兵的良好的原則。　　㊽整軍而經武:整頓軍旅,經營武備。　　㊾"猶有"二句:言"諸侯中尚有弱小和政治昏昧的國家可以討伐,何必非要同楚國爭鋒不可呢?"　　㊿仲虺:湯的左相。姓任。　　(51)取亂侮亡:猶言"亂者取之,亡者侮之"。指它國有亂亡之道,則可以進兵征服奪取。(52)汋:即詩經周頌的"酌"。下文"於鑠王師"二句已見前酌篇的註釋。　　(53)耆昧:此處的"耆"音旨,與"致"同。"耆昧"言"致討伐於昏昧之國"，指<u>武王</u>伐<u>紂</u>之事。　⑤<u>武</u>：<u>詩經周頌</u>中的一篇。
⑤無競惟烈："競"，强盛；"烈"，功業。此言"<u>武王</u>功烈的盛大，是無可比擬的。"　⑤以務烈所："務"，求；"烈所"，功烈之所在。此連上句的大意是："安撫弱小的國家，攻取政治昏昧的國家，以求建功立業。"　⑤師武臣力：軍隊强大，羣臣盡力。　⑤"今失諸侯"二句："諸侯"指<u>鄭</u>國。言"現在失掉了<u>鄭</u>國，我們不能說是盡到了力量。"　⑤有敵而不從：有敵人在面前，而我們不與他周旋。　⑥彊：同"强"。　⑥夫：猶言"大丈夫"。　⑥"命爲軍帥"二句：言受命於君，爲一軍之統帥，結果却做出不是大丈夫所應做的事來。　⑥以中軍佐濟：<u>先縠</u>是中軍的佐帥，此句的"中軍佐"指他所率領的那一部分軍隊。言<u>先縠</u>不服從主帥的指揮，竟領着自己所統率的軍隊渡過河去。　⑥殆：危險。　⑥在"師"之"臨"："師"和"臨"都是<u>周易</u>的卦名。"師"卦是坎下坤上，"臨"卦是兑下坤上。此言由"師"卦變爲"臨"卦，即"坎"變爲"兑"。　⑥"師出"三句：這是"師"卦中的爻辭。"律"，紀律，法度；"否"音痞，作"不"解；"臧"，善。此三句的大意是："行軍出征，必須有法度紀律；如果法度紀律不善，結果自然是凶的。"　⑥"執事"二句："順"，順從。此言"每辦一件事，如果順從主帥，完成使命，結果自然是善的；如果不服從主帥，結果自然就不善了。"　⑥衆散爲弱："坎"是"衆"的象徵，"兑"是"柔弱"的象徵；由"坎"變爲"兑"，正象徵着衆心渙散，力量變得軟弱了。　⑥川壅爲澤："坎"代表"川"，"兑"代表"澤"（"澤"是窪下難行的沖積泥地）；由"坎"變"兑"，正如流動的川水因壅塞而變成一片難行的泥淖。　⑦"有律"二句：按，舊本"故曰律否臧"作一句讀，今依<u>明傅遜左傳屬事</u>（見<u>顧炎武左傳杜解補正引</u>）斷爲三句。<u>傅遜</u>說："將師（統領兵馬）之貴於法律者，能使其下如己之志，故謂之'律'，所謂順成而臧也。否臧，則律且竭而敗矣。""如"，猶言"順從"；"己"，指主帥。此二句的大意是："行軍之有紀律，是爲了讓部下都能聽從主帥的指揮，進退一如己意，所以叫做'律'。"　⑦"否臧"二句："竭"，猶言"敗壞"。此言將佐不服從領導，卽

爲不善，正是法紀敗壞的徵象。詳上引傅遜語。　　⑫“盈而以竭”三句：第一句，以水爲喻。“盈”，滿；“竭”，乾涸。第二句，承上文“衆散”句而言。“夭”，塞；“不整”，指水不能暢流。此三句的大意是：“水由盈而竭，壅塞而不能整流，自然是凶險之兆了。”　　⑬不行：猶言“行不通”。⑭果遇：“遇”的賓語是“敵人”，此處省略了。　　⑮堯子尸之：“尸”，猶“居”。此言先縠必受其禍。　　⑯師不用命：軍隊不服從命令。　　⑰失屬亡師：丟掉屬國（指鄭國），喪亡軍隊。　　⑱“事之不捷”二句：言戰如不勝，罪過可由大家分擔。　　⑲“與其專罪”三句：杜注：“三軍皆敗，則六卿同罪，不得獨責元帥。”意謂與其元帥一人專罪，不如六人分擔罪名更好一些。〔以上是第二大段，寫晉方因楚、鄭已言和，故諸將討論是否進兵。終因先縠不服從主帥的命令而單獨進軍，見出晉之必敗。〕

楚子北師次於郔。沈尹①將中軍，子重②將左，子反③將右。將飲馬於河而歸。聞晉師既濟，王欲還；嬖人伍參④欲戰，令尹孫叔敖不欲，曰：“昔歲入陳，今兹入鄭，不無事矣；戰而不捷，參之肉，其足食乎⑤？”參曰：“若事之捷，孫叔爲無謀矣；不捷，參之肉將在晉軍，可得食乎？”令尹南轅反旆⑥。伍參言於王曰：“晉之從政者新⑦，未能行令；其佐先縠，剛愎不仁，未肯用命；其三帥⑧者，專行不獲⑨；聽而無上⑩，衆誰適從？此行也，晉師必敗！且君而逃臣⑪，若社稷何！”王病之⑫。告令尹，改乘轅而北之⑬。次于管以待之⑭。

①沈尹：楚大夫。按：杜注以沈尹與孫叔敖爲一人；但呂氏春秋、說苑諸書，每以孫叔敖和沈尹並舉，高誘注呂氏春秋，也說他們是“二大夫”。疑高說近是。　　②子重：即公子嬰齊，是楚莊王的兄弟。“子重”是字。　　③子反：本是宋國的公子，名側。仕楚，爲司馬。　　④嬖人伍參：“嬖人”，國王所寵幸的小臣，“伍參”，楚臣伍奢的祖父，伍子胥的曾祖。　　⑤參之肉，其足食乎：言戰而不勝，雖殺伍參不足以謝罪於國人。　　⑥南轅反旆：“反”同“返”；“旆”，軍中大旗。此言把車轅轉向南方，把軍

旗也掉過頭來，準備罷兵回國。　⑦從政者新：“從政者”指荀林父；“新”，言新任未久。按，林父將中軍是宣公十一年秋後的事，歷時僅數月，故衆將不聽其指揮。　⑧三帥：指上、中、下三軍之帥。　⑨專行不獲：此是倒裝句，卽“不獲專行”之意。言三帥不能專一做主；執行軍令。⑩“聽而無上”二句：“上”指最高統帥。此言士兵們原應聽從主帥指揮，但最高統帥却無力控制部下，一任衆將擅發命令，羣衆也不知聽從誰的話才對。　⑪君而逃臣：楚莊王是“君”，晉之諸將是“臣”；楚如退兵，則是君從臣的面前逃開，未免不光榮。　⑫王病之：“病”，猶言“忌諱”。指楚莊王對“君而逃臣”的話感到不愉快。　⑬“改乘轅”句：改變車轅的方向，繼續向北行進。　⑭“次于管”句：“管”，地名，在今鄭州北二里，春秋時此地屬鄭國。此言楚軍駐屯在管的地方以待晉師。〔以上是第三大段，寫楚方決定戰略以待晉之進攻。〕

晉師在敖、鄗①之間。

鄭皇戌使如晉師曰：“鄭之從楚，社稷之故也；未有貳心②。楚師驟勝而驕，其師老矣，而不設備；子擊之，鄭師爲承③，楚師必敗。”彘子曰：“敗楚服鄭，於此在矣④！必許之。”欒武子曰：“楚自克庸以來⑤，其君無日不討國人而訓之⑥：于民生之不易⑦，禍至之無日，戒懼之不可以怠。在軍，無日不討軍實而申儆之⑧：于勝之不可保⑨，紂之百克，而卒無後。訓之以若敖、蚡冒⑩，篳路藍縷，以啓山林；箴之曰⑪：‘民生在勤，勤則不匱。’不可謂驕。先大夫子犯有言曰：‘師直爲壯，曲爲老。’我則不德，而徼怨于楚⑫；我曲楚直，不可謂老。其君之戎，分爲二廣；廣有一卒⑬，卒偏之兩。右廣初駕⑭，數及日中；左則受之⑮，以至于昏。內官序當其夜⑯，以待不虞⑰。不可謂無備。子良，鄭之良也；師叔，楚之崇也⑱。師叔入盟，子良在楚，楚、鄭親矣！來勸我戰，我克則來⑲，不克遂往；以我卜也⑳，鄭不可從。”趙括、趙同曰：“率師以來，唯敵是求㉑；克敵得屬㉒，又何俟？必從彘子！”知季曰：“原、屏，咎之徒也㉓！”趙莊子曰：“欒伯善哉！實其言㉔，必長晉國。”

楚少宰如晉師，曰：“寡君少遭閔凶㉕，不能文㉖。聞二先君之出入此行也㉗，將鄭是訓定㉘；豈敢求罪于晉？二三子無淹久！”隨季對曰：“昔平王命我先君文侯曰㉙：‘與鄭夾輔周室，毋廢王命！’今鄭不率㉚，寡君使羣臣問諸鄭；豈敢辱候人㉛？敢拜君命之辱㉜！”彘子以爲諂，使趙括從而更之㉝曰：“行人失辭㉞。寡君使羣臣遷大國之迹於鄭㉟，曰：‘無辟敵㊱！’羣臣無所逃命㊲！”

①敖、鄗：二山名。在今河南滎澤縣附近。“鄗”音敲。 ②未有貳心：言鄭對晉並無二心。 ③鄭師爲承：“承”，後繼。此言鄭師可爲晉軍打接應。 ④於此在矣：此是倒裝句，即“在於此矣”，猶今言“就在這一次了”。 ⑤楚自克庸以來：“庸”，古國名，在漢中境内。左傳魯文公十六年，載庸人率羣蠻以叛楚，楚莊王遂滅庸。這是楚莊王即位以來對外第一次用兵。自此以後，莊王的霸業就日益擴張了。 ⑥討國人而訓之：“討”作“治”解。“訓”，教導。此言莊王治理楚國的人民，並教導他們應該注意下文所述的情況。 ⑦“于民生之不易”至“不可以怠”：“于”，發語詞，有關聯詞“關於”的作用。從“民生”至“不可以怠”應一氣連下，作一整句讀。意謂楚王教導國人關於人民生計的不易、外患可能不久就要來臨、警惕性不可稍有疎忽等等。 ⑧討軍實而申儆之：“軍實”，據國語韋昭注，即指士兵；“申”，申明號令；“儆”音警，告誡。此言楚王在軍中則治理士兵並加以申明告誡，使他們注意下文所述的情況。⑨“于勝之不可保”至“無後”：從“勝之不可保”至“無後”也應連成一句讀，做爲“于”的賓位。此連上文的大意是：“楚王無日不告誡士兵關於打勝仗之不足恃以及紂王雖百戰百勝但終於亡國絶後等等。”按，紂之百戰百勝，古書没有記載，當是泛指兵力强盛之意。 ⑩“訓之以若敖、

蚡冒”至“山林”：“若敖”、“蚡冒”（“蚡”音汾）都是楚國的遠祖。“路”，大車；以荊柴之類編物叫“篳”；“篳路”，用竹木編成的車。“藍縷”，一作“襤褸”，破舊的衣服。“啓山林”，指開闢山林，墾拓荒野。此言楚國的祖先在開基創業時是非常艱辛勤儉的；而楚莊王就用他們的事迹來教導人民和士兵。　　⑪“箴之曰”至“勤則不匱”：“箴”，用良言規勸；“勤”，辛勤地勞作；“匱”，困乏。此言楚莊王規勸人民説：“人民的生計在於辛勤地勞作；只要肯辛勤勞作，生活資源就不致困乏竭盡。”　　⑫徼怨于楚：“徼怨”猶言“招怨”。此言使得楚國對我們怨恨。　　⑬“廣有一卒”二句：“廣”已見城濮之戰註，每廣有兵車十五乘。“卒”、“偏”、“兩”都是軍隊中的專名（如現代的“排”、“連”、“團”之類）；百人爲“卒”，五十人爲“偏”，二十五人爲“兩”。“廣有一卒”言每廣有一百人做爲它的後備力量；“卒偏之兩”，“之”猶“與”，言每一卒又有一偏（五十人）和一兩（二十五人）做爲它的後備力量。按：周制：車一乘，有甲士三人，步卒七十二人。每廣十五乘，已有兵一千一百二十五人；今楚制，每廣復有一百七十五人做爲後備，計一千三百人，則兩廣共有二千六百人了（參用清儒説）。　　⑭“右廣初駕”二句：右廣從雞鳴時開始駕車，數（讀上聲）其時刻，至中午而止。⑮“左則受之”二句：然後由左廣接替，一直到日落黄昏之時爲止。⑯内官序當其夜：“内官”，猶言“近官”，指國君左右的衛士；“序”，依照次序；“當其夜”，值夜班。　　⑰以待不虞：猶言“以防意外”。　　⑱楚之崇也：此言師叔（卽潘尫）是楚人所崇敬的人。　　⑲“我克則來”二句：言晉勝則鄭來相親，不勝則鄭往接楚。　　⑳“以我卜也”二句：照我的推測，鄭人的意見是不可從的。　　㉑唯敵是求：就是爲了求與敵人交戰。　　㉒克敵得屬：把敵人克服，獲得屬國（指鄭）的服從。　　㉓原、屏，咎之徒也：“徒”，猶言“這一類的人”。此言趙同和趙括，都是和先縠一樣的想要自找倒楣的傢伙！按，此句是承上文論先縠“必有大咎”的話而言的。　　㉔“實其言”二句：“實”，實踐，履行；“長晉國”，成爲晉國執政者的首腦人物。　　㉕閔凶：“閔”，憂；“閔凶”猶言“憂愁困苦的處境”。　　㉖不能文: 不善於辭令。　　㉗“聞二先君”句: “二先君”，指楚成王、楚穆王；“行”，道路；“出入此行”，指來往於此路以征伐鄭國。㉘將鄭是訓定: 爲的是教導鄭國，使鄭國安定。此連上文，意指楚國歷來就是鄭的宗主國，有權利干涉鄭國的事。　　㉙“昔平王”句至“毋廢王命”: 大意是: “從前周平王命令晉文侯説: ‘晉應與鄭一同輔佐周室。這是天子的命令，你們不得廢而不聽!’”言外指晉之所以過問鄭國的事，乃是奉了周王之命，完全是名正言順的。　　㉚今鄭不率: “率”，遵從。此言現在鄭國不遵從命令。　　㉛豈敢辱候人: “候人”，偵查敵情的哨兵。此連上句，大意是: “晉君是讓我們來質問鄭國的，並没有想同楚國作戰；因此，我們怎敢屈尊你們的候人，來偵查我們的動静呢?”　　㉜敢拜君命之辱: “拜”，接受；“君命之辱”，猶言“楚君所賜予的命令”。此言“晉國願意接受楚國所賜予的命令”。意指晉同意可以退兵。　　㉝從而更之: 趕緊地更改。　　㉞行人失辭: “行人”猶今言“外交使節”。此言“我們的外交代表把話説錯了。”　　㉟遷大國之迹於鄭: “大國”指楚；“迹”，足迹。此言晉君命令羣臣把楚國人的踪迹從鄭國挪移開去。意指把楚軍從鄭國境内驅逐出去。　　㊱“無辟敵”: “辟”同“避”。言晉君曾指示羣臣，不許躲避敵人。　　㊲羣臣無所逃命: 大意是: “羣臣是無法逃避國君所發布的命令的。”言外指必須同楚作戰。〔以上是第四大段，寫晉、楚雙方都有意停戰，但因晉軍統帥意見紛歧，終於挑起釁端。〕

　　楚子又使求成于晉，晉人許之；盟有日矣。楚許伯御樂伯，攝叔爲右①，以致晉師②。　許伯曰:“吾聞致師者，御靡旌摩壘而還③。”樂伯曰:“吾聞致師者，左射以菆④，代御執轡⑤，御下，兩馬掉鞅而還⑥。”攝叔曰:“吾聞致師者，右入壘⑦，折馘、執俘而還⑧。”皆行其所聞而復⑨。

　　晉人逐之，左右角之⑩。　樂伯左射馬而右射人，角不能進。矢一而已⑪。麋興於前⑫，射麋麗龜⑬。晉鮑癸當其後，使攝叔奉麋獻焉⑭，曰：“以歲之非時⑮，獻禽之未至，敢膳諸從者！”鮑癸止之⑯，曰：“其左⑰善射，其右有辭⑱，君子也。”既免。

晉魏錡求公族未得⑲，而怒，欲敗晉師。請致師，弗許；請使⑳，許之。遂往，請戰而還㉑。楚潘黨㉒逐之，及滎澤㉓。見六麋，射一麋以顧獻㉔；曰：“子有軍事，獸人無乃不給於鮮㉕；取獻於從者！”叔黨命去之㉖。

趙旃㉗求卿未得，且怒於失楚之致師者㉘，請挑戰，弗許；請召盟㉙，許之。與魏錡皆命而往。

郤獻子曰：“二憾㉚往矣，弗備必敗！”彘子曰：“鄭人勸戰，勿敢從也；楚人求成，弗能好也。師無成命㉛，多備何爲？”士季曰：“備之善㉜！若二子怒楚，楚人乘我㉝，喪師無日矣！不如備之。楚之無惡㉞，除備而盟㉟，何損於好；若以惡來，有備不敗。且雖諸侯相見，軍衛不徹㊱，警也。”彘子不可。士季使鞏朔、韓穿帥七覆㊲于敖前，故上軍不敗。趙嬰齊使其徒先具舟于河，故敗而先濟㊳。

潘黨既逐魏錡；趙旃夜至於楚軍，席㊴於軍門之外，使其徒入之。

楚子爲乘廣三十乘，分爲左右。右廣，雞鳴而駕，日中而說㊵；左則受之，日入而說。許偃㊶御右廣，養由基㊷爲右；彭名御左廣，屈蕩爲右。乙卯，王乘左廣以逐趙旃；趙旃弃車而走林㊸，屈蕩搏之，得其甲裳。

晉人懼二子之怒楚師也，使軘車逆之㊹。潘黨望其塵，使騁而告曰：“晉師至矣！”楚人亦懼王之入晉軍也，遂出陳㊺。孫叔曰：“進之！寧我薄㊻人，無人薄我！詩云：‘元戎十乘㊼，以先啓行。’先人㊽也。軍志曰：‘先人有奪人之心㊾。’薄之也。”遂疾進師，車馳卒奔，乘晉軍。桓子不知所爲，鼓於軍中曰："先濟者有賞(50)！"中軍、下軍争舟，舟中之指可掬(51)也。

晉師右移(52)，上軍未動(53)。工尹齊(54)將右拒(55)卒，以逐下軍。

楚子使唐狡與蔡鳩居(56)告唐惠侯(57)曰："不穀不德而貪(58)，以遇大敵；不穀之罪也。然楚不克，君之羞(59)也。敢藉君靈(60)，以濟楚師。"使潘黨率游闕(61)四十乘，從唐侯以爲左拒，以從上軍。駒伯(62)曰："待諸乎(63)？"隨季曰："楚師方壯；若萃(64)於我，吾師必盡。不如收而去之。分謗生民(65)，不亦可乎？"殿其卒而退(66)，不敗。

①許伯、樂伯、攝叔：皆楚臣。此言許伯駕車，樂伯乘車，居車左，攝叔爲右衞。　②以致晉師："致晉師"猶言"去到晉軍陣前挑戰"。杜注："單車挑戰，又示不欲崇和，以疑晉之羣帥。"　③御靡旌摩壘而還："旌"，軍旗；"靡"，傾斜着；此言車行甚速，車上的軍旗不是直立着而是傾側地斜在一邊。"摩"，迫近；"壘"，軍壘，古代作戰在陣地外圍築有壁壘，相當於近世碉堡之類。此處許伯説："據我聽説，在致師時，做爲一個御者，應該很快地駕着戰車走近敵陣，把軍旗斜舉着，使它磨擦着敵人的軍壘，然後回來。"按，此言御車者致師之道。　④左射以菆："左"，車左；"菆"音鄒，一種質量堅好的箭。此言從車左射出菆矢。　⑤代御執轡：替駕車的人拿着轡繩。　⑥御下，兩馬掉鞅而還："下"，下車；"兩"，動詞，作"排比"解，"兩馬"指把駕車的馬兩兩地排列整齊(用俞樾説)；"掉鞅"，把馬的韁絡之類調整一下，使之不偏敧。此言乘車者既代執轡繩，使御車的人故意下車整頓鞍馬，以示從容不迫。按，以上所言是乘車者致師之道。　⑦右入壘：做爲右衞的人應該進入敵人的軍壘。　⑧折馘、執俘而還：殺死一個敵人，截其左耳，並擒來一名俘虜，然後回來。以上所言是做爲車右的人的致師之道。　⑨皆行其所聞而復：這三個人都根據他們所聽説的致師的方式照樣做了一遍，然後回來。　⑩左右角之：張左右翼從旁夾攻。　⑪矢一而已：只剩下最後的一枝箭了。

⑫麋興於前：恰巧此時面前出現了一隻麋鹿。　　⑬射麋麗龜：射中了，箭附著於物上叫"麗"；"龜"，背脊中央聳起的部分。此言中了麋鹿的脊背中央。　　⑭使攝叔奉麋獻焉：此時晉將鮑癸正從後面追來，故樂伯使攝叔把這隻麋鹿獻給鮑癸。　　⑮"以歲之非時"三句：此是外交辭令。據周禮，每年夏中，各地有專門負責獵取禽獸的人（即下文的"獸人"）來獻禽獸。邲之役是在初夏，所以攝叔說："現在還不到一年內獻禽的季節，因此給你們獻禽的人還沒有來；姑且饋送你們一隻麋鹿，供給你們的手下人做爲膳食之用吧！"　　⑯止之：停下來不追。　　⑰其左：指樂伯。　　⑱有辭：善於講話。　　⑲魏錡求公族未得："魏錡"，魏犨之子；他想做公族大夫的官，沒有到手。　　⑳請使：請求做爲使臣去往楚軍。　　㉑請戰而還：魏錡去到楚軍，竟請求楚方同晉交戰，然後回來。　　㉒潘黨：一稱叔黨，潘尪之子。　　㉓滎澤：本爲澤名，其地在今河南省滎澤縣附近；因東漢時此澤已堙塞爲平地，故不詳其方位。　　㉔射一麋以顧獻：魏錡射中一麋，掉過頭來獻給追他的潘黨。　　㉕無乃不給於鮮：鮮的肉類可能供應不足。　　㉖命去之：潘黨下令，不再追趕魏錡。　　㉗趙旃：趙穿的兒子。　　㉘怒於失楚之致師者：晉人把楚方來挑戰的人放走，他感到很生氣。　　㉙請召盟：趙旃請求去往楚軍，召楚人來訂和約。實際他也是去挑釁的。　　㉚二憾：兩個挾有私怨的人。　　㉛師無成命："成"，"一成不變"之意。此言出兵作戰，而意圖屢變，命令不能始終如一。　　㉜備之善：猶今言"還是有防備的好！"　　㉝乘我：暗中襲擊我方。　　㉞楚之無惡：如果楚無惡意。　　㉟除備而盟："除"，修，治。"除備"猶言"有所戒備"。此連下句言"有了戒備而去同它訂盟，於邦交也並無損害"。　　㊱軍衛不徹："徹"同"撤"，撤除。此連上句言"就是兩國諸侯相見，雙方的軍事防衛也並不撤去"。　　㊲七覆：七處埋伏。　　㊳敗而先濟：雖敗而已有準備，所以能先渡河撤退。按，此處寫士季、趙嬰齊兩事，是預將戰後的情況提前交代清楚。（以上寫大戰前的零星接觸，並寫出晉方諸帥的號令不一，人心不齊。）　　㊴席

席地而坐。表示無所畏懼。 ㊵說：音稅，休止。 ㊶許偃、彭名、屈蕩：皆楚臣。 ㊷養由基：一稱養叔，春秋時有名的善射者。 ㊸走林：走入樹林。 ㊹使軘車逆之：“軘”音屯，“軘車”是做爲駐守用的兵車。按，晉人意不在戰，所以用軘車去迎魏錡、趙旃。 ㊺出陳：“陳”與“陣”同。 ㊻薄：同“迫”，逼近。“寧我薄人”二句言“寧可使我們的軍隊逼近敵人，不要讓敵軍逼近我們。” ㊼“元戎十乘”二句：見詩經小雅六月。“元戎”，大的兵車；“以先啓行”，猶言“在前面開道”。 ㊽先人：搶敵人的先，佔敵人的上風。 ㊾先人有奪人之心：“心”，指心志。此言“先發制人，則可以把敵人作戰的勇氣奪去”。 ㊿先濟者有賞：先渡河撤退的人有賞。按，此極寫主帥荀林父之漫無主張。 (51)舟中之指可掬：雙手合捧叫“掬”。此言晉軍争渡，用手攀附船舷，船上的人恐過重而船沉，故不許後至者登舟，就用刀亂砍。結果船中的手指竟多得可以用兩手掬成一捧。 (52)右移：河在晉軍右方，晉軍退過河去，故言“右移”。 (53)上軍未動：只有士會所統率的上軍没有敗退。 (54)工尹齊：楚大夫。 (55)右拒：“拒”，陣名。“右拒”與下文的“左拒”，猶言軍隊的“右翼”或“左翼”。 (56)唐狡與蔡鳩居：二人都是楚大夫。 (57)唐惠侯：“唐”，小國名，堯之後裔，祁姓；春秋時已成爲楚之屬國，後終爲楚所滅。其地約在今湖北隨縣附近。“惠侯”，唐君之謚。 (58)不德而貪：無德而貪功。 (59)羞：恥辱。 (60)“敢藉君靈”二句：大意是：“願意借重您的威力，來幫助楚國的軍隊。” (61)游闕：兩種兵車的名稱。“游”，游擊之車；“闕”，補缺之車。前者不專屬於正軍，後者遇兵車有損壞時則用以補其缺。 (62)駒伯：郤克之子，名錡，時與其父同在軍中（用惠棟說）。杜注則以爲卽郤克本人，但後文又以爲是郤錡；疑非是。 (63)待諸乎：“待”引申作“禦”解（用王引之說）；言“我們等待着同楚軍接戰嗎？” (64)萃：指兵力集中。 (65)分謗生民：杜注：“同奔爲分謗，不戰爲生民。”言退而不戰，既分擔其他統帥失敗的罪名，又減少士卒們生命的危險。 (66)殿其卒而退：言士會以上軍爲晉軍之殿（最後），

然後退却。〔以上是第五大段，爲大戰正文，中軍、下軍戰敗，上軍不敗。〕

王見右廣，將從之乘；屈蕩戶① 之，曰：“君以此始②，亦必以終。”自是楚之乘廣先左③。

晉人或以廣隊④，不能進；楚人惎之脫扃⑤。少進，馬還⑥；又惎之拔旆投衡⑦，乃出。顧曰：“吾不如大國之數奔也⑧।”

趙旃以其良馬二，濟其兄與叔父；以他馬反⑨。遇敵不能去，弃車而走林。逢大夫⑩與其二子乘，謂其二子：“無顧⑪।”顧曰：“趙傁在後⑫।”怒之，使下⑬。指木曰：“尸女於是⑭。”授趙旃綏⑮以免。明日，以表尸之⑯，皆重獲⑰在木下。

楚熊負羈⑱囚知罃⑲，知莊子以其族反之⑳。廚武子㉑御，下軍之士多從之。每射㉒，抽矢菆㉓，納諸廚子之房。廚子怒曰：“非子之求㉔，而蒲之愛；董澤之蒲㉕，可勝既乎？”知季㉖曰：“不以人子㉗，吾子其可得乎？吾不可以苟射故也。”射連尹襄老㉘，獲之，遂載其尸；射公子穀臣㉙，囚之；以二者還㉚。

及昏，楚師軍於邲㉛。晉之餘師不能軍，宵濟㉜，亦終夜有聲。

①戶：同“扈”，作“阻止”解。　　②“君以此始”二句：言楚王始出時既乘左廣，就必須直乘到最終。杜注：“軍中易乘，則恐軍人惑。”　　③先左：本是右廣雞鳴而駕，日中以後才由左廣接替，自此役之後，改爲左廣先駕，日中以後由右廣接替了。　　④晉人或以廣隊：“廣”，兵車；“隊”同“墜”，墜陷於坑。此言晉有兵車陷於坑中而不能出。　　⑤惎之脫扃：“惎”音其去聲，作“教”解；“扃”讀迥平聲，是兵車前面的橫板。用以遮攔車上的兵器，以防其遺落。此言楚人教給晉人把車上的扃卸掉。　　⑥馬還：“還”同“旋”，言馬迴旋不能前進。　　⑦拔旆投衡：“衡”，車轅端之橫木。此言拔去軍旗，扔在車的衡木上。　　⑧“吾不如”句：此是晉

人反譏楚人、藉以解嘲的話。"數"音朔,屢次;"奔", 逃跑。大意是:"我們不如你們大國好打敗仗,經常逃跑, 所以你們有經驗知道怎樣使兵車脫險。"　⑨以他馬反:"反"同"返"。言趙旃用另外的不良的馬駕車回來。　⑩逢大夫:"逢",姓氏。此大夫是晉人。　⑪無顧:不許回頭看。其意當是不欲他的兩個兒子看到趙旃。　⑫趙傁在後:"傁"同"叟",對長輩的敬稱。此言這兩個年輕人偏偏回頭看,並且對父親說:"趙叟在後面呢!"　⑬怒之,使下:逢大夫很生氣,命令他的兩個兒子下車。　⑭尸女於是:"尸",求屍;"女"同"汝"。此連上句言"逢氏指着林中的樹木說道,就在這個地方找你們的屍首吧!"　⑮綏:用手挽以登車的繩索。　⑯以表尸之:"表",猶言"標誌",即記號。此言按着標記去找屍首。　⑰重獲:"重",重疊着;"獲",被敵所殺。　⑱熊負羈:楚大夫。　⑲知罃:知莊子(荀首)的兒子。　⑳以其族反之:"族",部屬。此言荀首帶着部下重新回來尋找兒子。　㉑廚武子:即魏錡,下文又稱"廚子"。㉒每射:主語是荀首。　㉓"抽矢菆"二句:"抽",挑選;"房",箭袋。此言荀首把品質堅好的箭挑選出來,裝進魏錡的箭袋,按,御者的位置在車的前部,荀首在其身後,所以把箭順手都裝在御者的箭袋中。　㉔"非子之求"二句:"蒲",蒲柳,一名赤楊,其榦堅直,可以製箭。此言"你不去找你的兒子,却一味在這裏心疼好箭。"言外責荀首不用箭射敵人。　㉕"董澤"二句:上句,"董澤",晉地名,今山西聞喜縣東北有董氏陂,盛產蒲柳,即此地。下句,"既",猶"盡"。此言"董澤出產的蒲柳多得很呢,你這樣選來選去,那還有挑選完的時候嗎?"　㉖知季:即荀首。　㉗"不以人子"三句:林堯叟說:"言不得他人之子,我子其可得乎? 我必擇其人而以好箭射之,不可苟然(輕易地、隨便地)而射故也。"　㉘連尹襄老:"連尹",楚官名;"襄老",人名。　㉙公子穀臣:楚莊王之子。　㉚以二者還:言荀首雖未找到知罃,但他却獲得了襄老的屍首,並且俘虜了穀臣回來。到了魯成公三年,終以襄老的屍首和穀臣換回知罃。　㉛邲:地名,在今鄭州附近。　㉜宵濟:連夜渡

河。〔以上是第六大段，雜敍戰役中的五件瑣事，以爲大戰的餘波。〕

丙辰，楚重①至於邲。遂次于衡雍。

潘黨曰：“君盍築武軍②，而收晉尸以爲京觀③？臣聞克敵，必示子孫，以無忘武功।”楚子曰：“非爾所知也。夫文④：止戈爲武。武王克商，作頌曰：‘載戢干戈⑤，載櫜弓矢。我求懿德，肆于時夏。允王保之。’又作武⑥，其卒章曰：‘耆定爾功⑦。’其三曰：‘鋪時繹思⑧，我徂惟求定。’其六曰：‘綏萬邦⑨，屢豐年。’夫武：禁暴，戢兵⑩，保大⑪，定功，安民，和衆，豐財者也，故使子孫無忘其章⑫。今我使二國暴骨⑬，暴矣；觀兵以威諸侯⑭，兵不戢矣；暴而不戢，安能保大？猶有晉在，焉得定功？所違民欲猶多，民何安焉？無德而強爭諸侯，何以和衆？利人之幾⑮，而安人之亂，以爲己榮，何以豐財？武有七德⑯，我無一焉，何以示子孫？其爲先君宮⑰，告成事⑱而已；武非吾功⑲也。古者明王，伐不敬，取其鯨鯢⑳而封㉑之，以爲大戮；於是乎有京觀，以懲淫慝㉒。今罪無所㉓，而民㉔皆盡忠，以死君命，又何以爲京觀乎？”

祀于河㉕，作先君宮；告成事而還。

①重：輜重。　②築武軍：杜注：“築軍營以彰武功。”　③京觀：“京”，高丘；“觀”，讀去聲，古建築物的名稱，其形狀似今之城闕。取其可以觀示四方，故名爲“觀”。杜注：“積尸封土其上，謂之京觀。”按，潘黨之意，是勸莊王就當地埋屍之處，起造巨大的建築物，以誇耀楚之武功。　④“夫文”二句：“文”，文字。此言“武”字的字義是“止戈”。意謂有力量控制戰爭，使干戈止息，才是真正的“武”。窮兵黷武是不正確的。　⑤“載戢干戈”五句：見於詩經周頌時邁。前二句，“戢”，收藏；“櫜”音高，把兵器藏入橐鞞之中。此言武王克商以後，把干戈都收藏起來，把弓矢都裝進櫜和鞞裏，表示不再用兵了。後三句，“懿德”，猶言“美德”；“肆”，頌

布；“時”，同“是”(下同)；“夏”，指中國；“允”，作“信”解，猶今言“實在是”；“保之”，指保有天下。此言“武王求有美德之人以治理人民，並將此求賢之意頒布於宇内，所以他實在能保有天下。”　　⑥武：詩經周頌篇名。　　⑦耆定爾功：“耆”音旨，義同“致”，猶言“使之得到”；“定功”，猶今言“把功績鞏固下來”。此言武王誅紂，獲得了豐功偉績，並將它鞏固下來。　　⑧“鋪時繹思”二句：見詩經周頌賚篇。上句，“鋪”，今本詩經作“敷”，頒布；“繹”，作“推演”解，有“發揚光大”之意；“思”，語尾助詞。下句，“徂”，往，指往征討紂王；“求定”，求天下安定。此言“武王把先王的德意頒布於民，並加以發揚光大；他所以去征討紂王，只是爲了求得天下的安定。”　　⑨“綏萬邦”二句：見詩經周頌桓篇。“綏”，安定；“邦”，國；“屢”，屢次。此言“萬邦安定，常有豐年”。按，此處莊王以賚爲周頌的第三篇，以桓爲第六篇，皆與今本詩經篇次不同。杜注以爲此是楚樂歌之次第，並無確據。　　⑩戢兵：消弭戰爭。　　⑪保大：指保有天下。因天下至大，故言“保大”。　　⑫無忘其章：不忘其顯著的功業。　　⑬暴骨：暴露屍體。“暴”音曝。　　⑭“觀兵”句：“觀”猶言“陳列”。此言“誇示兵力，用威勢使諸侯畏服”。　　⑮“利人之幾”至“以爲己榮”：“幾”，危。林堯叟說：“以人之危而爲己利，以人之亂而爲己安，以晉之危亂而勝之以爲楚榮。”按，乘人之危以利己，不是豐財的正道，故下文說“何以豐財”。　　⑯七德：指上文“禁暴”至“豐財”七項。　　⑰爲先君宫：給楚國的先王修建神廟。　　⑱告成事：“成”，成功；“事”指戰事。此言將勝晉之事告於先王之廟。　　⑲功：猶“事”。　　⑳鯨鯢：大魚名。以喻吞食小國的不義之人。　　㉑封：封閉。林堯叟說：“取而殺之，以土封其屍骸。”　　㉒淫慝：猶言“罪惡”。　　㉓今罪無所：“所”，處所。此言“現在不能確指晉之罪在何處”。　　㉔民：指晉民。　　㉕祀于河：據顧棟高春秋大事表八所載，這條河卽汴河，古稱邲水。他說：“今河南原武縣(按，卽今河南省原陽縣)西北大河，卽晉師敗而濟河，楚莊王祀河告成處。原武縣……係鄭地。”〔以上是第七大段，寫戰勝國楚方的善後

情況。〕

是役也，鄭<u>石制</u>①實入<u>楚</u>師，將以分<u>鄭</u>②，而立<u>公子魚臣</u>③。辛未，<u>鄭</u>殺<u>僕叔</u>及<u>子服</u>。君子曰：“<u>史佚</u>所謂‘毋怙亂④’者，謂是類也。詩曰：‘亂離瘼矣⑤，爰其適歸？’歸於怙亂者也夫⑥！”

<u>鄭伯</u>、<u>許男</u>⑦如<u>楚</u>。

①<u>石制</u>：<u>鄭</u>大夫，字<u>子服</u>。此句言“實在是<u>石制</u>把<u>楚</u>師引進城來的”。②分<u>鄭</u>：把<u>鄭</u>一半分給<u>楚</u>，一半立<u>魚臣</u>爲君　③<u>公子魚臣</u>：<u>鄭</u>同姓公族，一稱<u>僕叔</u>。　④毋怙亂：“怙”音戶，作“恃”解。“怙亂”猶言“乘人之亂以利己”。　⑤“亂離”二句：見<u>詩經小雅四月</u>。“瘼”音莫，病，“爰”，今本<u>詩經</u>作“奚”，作“何”解；“適”，往。原文的大意是：“在亂離的歲月裏，人民感到十分困苦，他們將要到什麼地方去才是歸宿呢？”（用<u>朱熹詩集傳</u>說）但此處的“歸”與原意不同，指“禍患歸於誰的身上”。⑥“歸於”句：承上文所引詩句而言。大意是：“恐怕就要歸到那些乘機作亂的人們的身上了吧！”　⑦<u>許男</u>：即<u>許昭公</u>，名<u>錫我</u>。〔以上是第八大段，補敍<u>鄭</u>事，並收束前文。〕

秋，<u>晉</u>師歸。<u>桓子</u>請死，<u>晉侯</u>①欲許之。<u>士貞子</u>②諫曰：“不可！<u>城濮</u>之役，<u>晉</u>師三日穀，<u>文公</u>猶有憂色。左右曰：‘有喜而憂，如有憂而喜乎③？’公曰：‘<u>得臣</u>猶在，憂未歇也。困獸猶鬭，況國相乎？’及<u>楚</u>殺<u>子玉</u>，公喜而後可知也；曰：‘莫余毒也已！’是<u>晉</u>再克，而<u>楚</u>再敗④也。<u>楚</u>是以再世不競⑤。今天或者大警<u>晉</u>⑥也，而又殺<u>林父</u>以重<u>楚</u>勝⑦，其無乃久不競乎⑧？<u>林父</u>之事君也，進思盡忠，退思補過，社稷之衛⑨也。若之何殺之？夫其敗也，如日月之食焉⑩，何損於明？”<u>晉侯</u>使復其位。

①<u>晉侯</u>：即<u>晉景公</u>，名<u>獳</u>（音 nòu 去聲），<u>晉成公</u>之子。<u>魯宣公</u>十年（公元前五九九）即位，在位十九年。　②<u>士貞子</u>：名<u>渥濁</u>，一稱<u>士貞伯</u>，

又稱士伯。他是士會的庶子。　　③如有憂而喜乎：此承上句而言。大意是：“有喜事而面有憂色，難道有憂事時反倒面呈喜色麼？”　　④晉再克而楚再敗：此言城濮之役，楚敗而晉勝；可是子玉因戰敗而死，等於晉打了兩次勝仗，楚打了兩次敗仗。可見敵人死去一員主帥，無異於吃了一次敗仗。　　⑤再世不競：“再世”猶言“兩代”；“競”，強，引申有“振作”之意；此言楚成王、穆王兩代，國勢一直不強，不能與諸侯爭霸。　　⑥大警：對晉國做一次很嚴厲的警告。　　⑦以重楚勝：“重”，猶言“增加”。此與上文相承，言晉方如果殺死楚主帥，等於讓楚國也多打了一次勝仗。　　⑧其無乃久不競乎：大意是：“那麼晉國豈不一蹶不振，再也不能強大了麼？”　　⑨社稷之衞：捍衞國家的人。　　⑩“如日月之食焉”二句：“食”同“蝕”。言日蝕月蝕，雖暫時使日月失去光明，並不損傷日月的本體，所以終於對日月無損。指荀林父雖敗，而無損於他對國家的忠誠。〔以上是第九大段，寫戰敗國晉方寬宥了主帥的死罪。〕

（十二）　宋人及楚人平（宣公十四年、十五年）

楚子使申舟①聘于齊，曰：“無假道于宋②。”亦使公子馮③聘于晉，不假道于鄭。申舟以孟諸之役惡宋④，曰：“鄭昭宋聾⑤；晉使不害，我則必死。”王曰：“殺女，我伐之!”見犀而行⑥。

及宋，宋人止之。華元曰：“過我而不假道，鄙我⑦也；鄙我，亡也⑧。殺其使者，必伐我。伐我，亦亡也。亡，一也。”乃殺之。

楚子聞之，投袂⑨而起。屨及於窒皇⑩，劍及於寢門之外，車及於蒲胥之市。秋，九月，楚子伐宋。

　⑴申舟：楚大夫。名無畏，一作毋畏，字子舟。　　②無假道于宋：“假道”猶“借路”。按，諸侯過他國之境，必須公開要求借道，才合於外交的禮節。此言“無假道”，正是楚國藐視宋國的表示。當時宋與晉親，楚之不假道於宋，實有挑釁之意。　　③公子馮：楚之同姓公族。“馮”音

憑。　　④以孟諸之役惡宋："孟諸"，澤名，在今河南商邱縣東北。據左傳文公十年，宋昭公畏楚伐己，遂迎楚穆王至宋，並引導楚子在孟諸射獵。因宋君違楚子之命，申舟竟將宋君的御者痛毆了一頓。所謂"孟諸之役"即指此事。"惡"，讀去聲，作"憎嫌"解。　　⑤鄭昭宋聾："昭"，明，"聾"，本指耳朵聽聞不見，引申作"昏聵"解。此言鄭人頭腦清楚，宋人見事不明。　　⑥見犀而行："見"，音現，作"使他人接見"解；"犀"，申舟之子。此言申舟使楚莊王接見了申犀，然後動身。按，申舟自知必死，所以將自己的兒子申犀囑託於楚王。　　⑦鄙我："鄙"，邊邑。此言"把我們的國土當成了楚國的邊邑。"　　⑧鄙我，亡也：杜注："以我比其邊鄙，是與亡國同。"　　⑨投袂："投"，振，揮；"袂"音妹，袖。　　⑩"履及於窒皇"三句："履"，鞋；古人在室內是不穿鞋的。"窒皇"，指宮中的甬道（用洪亮吉説）。"寢門"，國王後宮的殿門。"蒲胥"，楚市名。洪亮吉説："按，窒皇至蒲胥之市，皆由近至遠。""及"，追及之意。桂馥説："……，追而及之也。……楚子未納履（穿鞋）、未帶劍、未乘車，急遽而走。左右奉履，追及于窒皇；奉劍，追及于寢門之外；御者駕車，追及于蒲胥之市。"（見其所著札樸）今按，此三句是描寫楚王忿怒之狀，故興師亦甚速。〔以上是第一大段，寫楚人圍宋的原因，是宣公十四年事。〕

宋人使樂嬰齊①告急于晉。晉侯欲救之。伯宗②曰：不可！古人有言曰：'雖鞭之長③，不及馬腹。'天方授楚④，未可與爭；雖晉之彊，能違天乎？諺曰：'高下在心⑤。'川澤納汙⑥，山藪藏疾，瑾瑜匿瑕，國君含垢，天之道也。君其待之！"乃止。

使解揚⑦如宋，使無降楚；曰："晉師悉起，將至矣！"鄭人囚而獻諸楚。楚子厚賂之，使反其言⑧，不許；三而許之⑨。登諸樓車⑩，使呼宋人而告之。遂致其君命⑪。楚子將殺之，使與之言曰："爾既許不穀，而反之，何故？非我無信⑫，女則弃之。速即爾刑⑬！"對曰："臣聞之：君能制命爲義⑭，臣能承命爲信⑮。信載義而行之爲利⑯。謀不失利，以衞社稷，民之主也。義無二信⑰，信無二命⑱。君之賂臣，不知命⑲也；受命以出⑳，有死無霣，又可賂乎？臣之許君㉑，以成命也；死而成命㉒，臣之禄也。寡君有信臣，下臣獲考㉓；死，又何求！”楚子舍之以歸㉔。

夏，五月，楚師將去宋。申犀稽首於王之馬前，曰：“毋畏知死，而不敢廢王命。王弃言㉕焉！”王不能答。申叔時㉖僕㉗，曰：“築室，反耕者㉘，宋必聽命。”從之。

宋人懼，使華元夜入楚師，登子反之牀㉙。起之㉚曰：“寡君使元以病告㉛，曰：‘敝邑易子而食，析骸以爨㉜；雖然，城下之盟，有以國斃㉝，不能從也。去我三十里，唯命是聽！’”子反懼㉞，與之盟，而告王，退三十里。

宋及楚平。華元爲質。盟曰：“我無爾詐㉟，爾無我虞！”

①樂嬰齊：宋公族，是宋戴公的五世孫。　　②伯宗：晉大夫。③“雖鞭之長”二句：據杜注，大意是：“馬鞭雖長，也不宜鞭撻在馬腹上。”“鞭長”喻晉之强大，“馬腹”喻非所宜擊；言楚國不是晉國所宜攻擊的對象，即下文不可違天命與楚争强之意。一説，“不及馬腹”喻力所不及，言晉雖强，恐亦無力勝楚。也可通。　　④天方授楚：意指楚正是得天命而日益强大的時候。　　⑤高下在心：“高下”，猶言“屈伸”。言遇事能屈能伸，必須心中有數。意指行動必須因時制宜，不可不知權變。　　⑥“川澤”四句：前三句是比喻，末句是本意。第一句，“川澤”是衆水所歸之處，無所不容，故可容納污濁之物。第二句，“山藪”，指山林草莽之中；“疾”，指蛇蝎一類的毒蟲；言山藪之中，可以允許毒蟲隱藏。第三句，“瑾瑜”，美玉；“匿”，藏；“瑕”，玉上的瘢疵；言玉質雖美，上面也不妨含有瑕疵。第四句，“含垢”，猶言“忍恥”；此言晉應忍一時之辱，不宜以不救宋爲恥。因爲小惡是無損於大德的，正如雖有污濁，不害其爲川澤；雖藏

毒蟲，不害其爲山藪；雖有瑕疵，不害其爲美玉。　　⑦**解揚**：晉之壯士，字**子虎**。　　⑧**反其言**：説相反的話。意謂使解揚對宋人説晉不肯出師相救。　　⑨**三而許之**：強迫解揚三次，解揚才答應楚王。　　⑩**樓車**：雲梯一類的東西。　　⑪**致其君命**：解揚並未依照楚王的意思，還是把晉君的命令如實地傳達給宋國。　　⑫**"非我無信"二句**：不是我不講信用，是你違反了我的意思。　　⑬**速即爾刑**：快快接受你應該受的刑罰。　　⑭**君能制命爲義**：做國君的能够發布正確的命令叫作"義"。　　⑮**臣能承命爲信**：做臣子的能够承擔國君所分派的任務叫作"信"。　　⑯**"信載義"句**：林堯叟説："以臣之信，載君之義而行之，是爲國家無疆之利。"　　⑰**義無二信**：大意是："正義的命令不是模稜兩可的，因此不能發布兩種自相矛盾的命令讓臣子去執行。"　　⑱**信無二命**：大意是："守信的臣子也絕對不能接受兩種互相矛盾的命令。"　　⑲**不知命**："命"指正義的命令。此言楚王不知發布命令應合於正義。　　⑳**"受命以出"二句**："寘"同"隕"，廢棄之意。言"我受國君的命令出使於外，寧死也不能把君命廢棄。"　　㉑**"臣之許君"二句**：我之所以假意許諾你，目的原是爲了完成晉君給我的使命。　　㉒**"死而成命"二句**："禄"，猶"幸"。此言"身雖死而終能完成使命，正是我的幸事。"　　㉓**下臣獲考**："考"，作"成"解，指完成使命。此言做臣子的獲得了完成使命的光榮。　　㉔**舍之以歸**："舍"同"捨"，赦免；此言楚王把解揚放歸晉國。　　㉕**弃言**：猶言"失信""説話不算話"。　　㉖**申叔時**：楚臣。　　㉗**僕**：駕車。與"御"同義。　　㉘**築室，反耕者**：楚軍築室於野，以示久居；並且把在當地耕種的農人都招呼回來。按，楚軍所過之地，農民多逃亡他去，所以楚人把他們找了回來。這是楚人表示没有去志。　　㉙**登子反之牀**："子反"，即公子側。據杜注，華元是探知楚軍虛實之後，混入子反的營中的。　　㉚**起之**：子反已睡，華元把他叫了起來。　　㉛**使元以病告**：讓我把宋國的困難告訴你。　　㉜**析骸以爨**：拆散了屍骨當柴用，來燒飯吃。　　㉝**"有以國斃"二句**：言寧可全國犧牲，也不能從楚訂城下之盟以喪權辱國。　　㉞**子**

反懼：子反因華元深入楚軍，自己又被元所劫持，自然很駭怕。　㉟"我無爾詐"二句：我不欺騙你，你也不必防備我。〔以上是第三大段，寫宋與楚講和的經過，是宣公十五年事。〕

（十三）　齊晉鞌之戰（成公二年）

二年，春，齊侯①伐我北鄙②，圍龍③。頃公之嬖人盧蒲就魁④門焉⑤，龍人囚之。齊侯曰："勿殺｜吾與而⑥盟，無入而封⑦｜"弗聽，殺而膊諸城上⑧。齊侯親鼓⑨，士陵城⑩，三日取龍。遂南侵及巢丘⑪。

衞侯使孫良夫⑫、石稷⑬、甯相⑭、向禽⑮將侵齊，與齊師遇。石子欲還；孫子曰："不可｜以師伐人，遇其師而還，將謂君何⑯｜若知不能，則如無出。今既遇矣，不如戰也。"⑰

⋯⋯⋯⋯⋯

石成子曰："師敗矣｜子不少須⑱，衆懼盡⑲｜子喪師徒⑳，何以復命？"皆不對。又曰："子，國卿也；隕子㉑，辱矣。子以衆退，我此乃止㉒｜"且告㉓：車來甚衆㉔。齊師乃止，次于鞫居㉕。

新築人仲叔于奚㉖救孫桓子，桓子是以免。既㉗，衞人賞之以邑，辭。請曲縣、繁纓以朝㉘，許之。

仲尼聞之，曰："惜也，不如多與之邑｜惟器與名㉙，不可以假人；君之所司㉚也。名以出信㉛，信以守器㉜，器以藏禮㉝，禮以行義，義以生利，利以平民㉞：政之大節也。若以假人㉟，與人政也。政亡㊱，則國家從之，弗可止也已。"

①齊侯：卽齊頃公，名無野，魯宣公十一年（公元前五九八）卽位，在位十七年。　②我北鄙：魯國北部邊境的城邑。　③龍：魯邑名。今山東泰安縣東南五十里有龍鄉，卽其地。　④盧蒲就魁："盧蒲"是氏，

本爲姜姓，齊桓公之後。"就魁"是名字。　⑤門焉：攻打城門。　⑥而：同"爾"，你們。　⑦無入而封：軍隊不進你們的境內。　⑧脯諸城上："脯"與"曝"同義，作"暴露"解（用洪亮吉說）；此猶言"陳屍於城上"。　⑨親鼓：親自敲戰鼓。　⑩陵城：爬上城牆。　⑪巢丘：魯邑名，也在泰安附近。　⑫孫良夫：衞大夫，卽孫桓子。　⑬石稷：卽石成子，衞國名臣石碏的四世孫。　⑭甯相：衞公族甯武子的兒子。　⑮向禽：衞臣。一說，他的名字應該是向禽將，則下文的"將"字連上讀。　⑯將謂君何：猶言"將何以答衞君之命"。　⑰以下原書有殘缺，今僅存"夏有"二字。從上下文義來看，所缺的一段應該是關於衞、齊在新築地方發生戰事的記載。　⑱少須：少待。　⑲衆懼盡：恐怕士兵都要死光了。　⑳師徒：軍士卒徒。　㉑隕子：猶言"如果使你受到損失"。　㉒我此乃止：倒裝句，卽"我乃止此"。　㉓且告：衞人佈告軍中。　㉔車來甚衆：救援的兵車來得很多。按，來救援者卽下文新築人仲叔于奚。　㉕鞫居：衞地名。今河南封丘縣有鞫亭，卽其地。　㉖新築人仲叔于奚："新築"，衞邑名，在今河北大名縣附近；"仲叔于奚"，新築的邑大夫。　㉗既：事過之後。　㉘請曲縣、繁纓以朝："縣"同"懸"，音玄，指懸掛着的樂器如鐘磬之類；"曲縣"，是諸侯所用之樂器，又名"軒縣"。"繁纓"，諸侯所用的馬飾。按，此二物都是諸侯之物，非邑宰所宜用，而仲叔于奚竟請求衞君賜此二物。"以朝"，朝見於君。　㉙"惟器與名"二句："器"，指車馬服飾之類的器物；"名"，指爵位名號。此言"惟有這兩種東西不能隨便賜給人"。　㉚君之所司：言器與名都是由人君所主管的。　㉛名以出信：爵位名號是代表一個人的身分高低、職責大小的，所以它是使人民信賴的表徵。　㉜信以守器：在上位的人必須能使人民信賴，才能享有他所用的器物。　㉝器以藏禮："藏"，猶言"蘊涵着"；"禮"，指社會的尊卑貴賤之序。此言根據人們所用器物的不同，就可以看出身分的尊卑高下。　㉞平民："平"猶"治理"。　㉟"若以假人"二句：如果把名位、器物隨便地賜給那些身分不相稱的人，等於把政權交出去一樣。　　⑯"政亡"至"弗可止也已"：一旦政權喪失，國家也就跟着亡了，那就無可挽回了。〔以上是第一大段，寫齊師侵魯，及齊、衞新築之役，爲鞌之戰的導火線。〕

　　孫桓子還於新築，不入，遂如晉乞師。臧宣叔①亦如晉乞師。皆主郤獻子②。晉侯許之七百乘。郤子曰："此城濮之賦③也；有先君之明④，與先大夫之肅，故捷。克於先大夫⑤，無能爲役！"請八百乘，許之。郤克將中軍，士燮⑥佐上軍，欒書將下軍，韓厥爲司馬，以救魯、衞。臧宣叔逆晉師，且道⑦之。季文子⑧帥師會之。及衞地，韓獻子將斬人，郤獻子馳將救之。至，則既斬之矣。郤子使速以徇⑨；告其僕曰："吾以分謗也⑩！"師從齊師于莘⑪。

　　①臧宣叔：魯大夫，名許。　　②皆主郤獻子：都以郤獻子（即郤克）爲居停主人。按，郤克跛一足，魯宣公十七年（穀梁傳則以爲成公元年）時曾出使於齊，被齊國後宮的婦人所笑，心中深以爲恨，所以魯、衞來乞援的人都投奔他。　　③賦：指兵員的數目。此言"七百乘"是城濮之役時軍隊的人數。　　④"有先君之明"三句："先君"指晉文公，"先大夫"指先軫、狐偃等人。"肅"，猶言"才具敏捷"。"捷"，獲勝。言城濮之役以七百乘而獲勝，是由於君臣的聰明才智之故。　　⑤"克於先大夫"二句：此是謙詞。言"我比起先大夫們，簡直連供他們役使都不配。"意指自己的才幹遠不能與先軫等人相比。　　⑥士燮：即范文子，一稱范叔，士會之子。魯宣公十七年代父爲卿。　　⑦道：同"導"，嚮導。　　⑧季文子：名行父，魯公族。　　⑨徇：示衆。　　⑩吾以分謗也：郤克本擬勸阻韓厥不要殺人，及見人已被殺，他反勸厥快些把死屍拿出去示衆。其意是不欲使韓厥獨受殺人之謗，故言"分謗"。　　⑪莘：衞地名，在今山東莘縣境内。杜注以爲齊地，非是。〔以上是第二大段，寫晉郤克率師救魯、衞而伐齊。〕

　　六月，壬申，師至于靡笄①之下。齊侯使請戰，曰："子以君師辱於敝邑，不腆敝賦②，詰朝請見。”對曰：“晉與魯、衞③，兄弟也；來告④曰：‘大國朝夕釋憾於敝邑之地⑤。’寡君不忍，使羣臣請於大國，無令輿師淹於君地⑥；能進不能退⑦，君無所辱命﹗齊侯曰：“大夫之許，寡人之願也。若其不許⑧，亦將見也。”齊高固⑨入晉師，桀石⑩以投人；禽之⑪，而乘其車，繫桑本焉，以徇齊壘。曰：“欲勇者賈余餘勇⑫﹗”

　　癸酉，師陳于鞌⑬。邴夏⑭御齊侯，逢丑父爲右。晉解張⑮御郤克，鄭丘緩⑯爲右。齊侯曰：“余姑翦滅此而朝食⑰﹗”不介馬⑱而馳之。郤克傷於矢，流血及屨；未絕鼓音⑲，曰：“余病矣﹗張侯曰：“自始合⑳，而矢貫余手及肘；余折以御㉑，左輪朱殷㉒。豈敢言病？吾子忍之﹗”緩曰：“自始合，苟有險，余必下，推車。子豈識之㉓？然子病矣﹗”張侯曰：“師之耳目，在吾旗鼓；進退從之㉔。此車，一人殿之㉕，可以集事㉖；若之何其以病敗君之大事也？擐甲執兵㉗，固卽死也；病未及死，吾子勉之﹗”左并轡㉘，右援枹而鼓，馬逸不能止㉙。師從之㉚。齊師敗績。逐之，三周華不注㉛。

　　韓厥夢子輿㉜謂己曰：“且辟左右㉝﹗”故中御而從齊侯㉞。邴夏曰：“射其御者，君子也。”公曰：“謂之君子而射之，非禮也。”射其左，越㉟于車下；射其右，斃于車中。綦毋張喪車㊱，從韓厥曰：“請寓乘㊲﹗”從左右㊳，皆肘之㊴，使立於後。韓厥俛定其右㊵。

　　逢丑父與公易位㊶。將及華泉㊷，驂絓於木㊸而止。丑父寢於轏㊹中，蛇出於其下，以肱擊之；傷㊺，而匿之㊻。故不能推車，而及㊼。韓厥執縶㊽馬前，再拜稽首，奉觴加璧以進㊾。曰：“寡君使羣臣爲魯、衞請，曰：‘無令輿師陷入君地。’下臣不幸，屬當戎行㊿，無所逃隱；且懼奔辟[51]，而忝兩君。臣辱戎士[52]，敢告不敏[53]，攝官承乏।”丑父使公下⑤，如華泉取飲；鄭周父御佐車⑤，宛茷⑥爲右，載齊侯以免⑤。韓厥獻丑父，郤獻子將戮之。呼曰：“自今無有代其君任患者；有一於此⑧，將爲戮乎？”郤子曰：“人不難以死免其君⑨，我戮之不祥！赦之以勸事君者⑩।”乃免之。

齊侯免，求丑父，三入三出⑥。每出，齊師以帥退⑥。入于狄卒⑥，狄卒皆抽戈楯冒之⑥。以入于衞師，衞師免之⑥。遂自徐關⑥入。齊侯見保者⑥曰：“勉之，齊師敗矣！”辟女子⑥，女子曰：“君免乎？”曰：“免矣。”曰：“銳司徒⑥免乎？”曰：“免矣。”曰：“苟君與吾父免矣，可若何⑦！”乃奔。齊侯以爲有禮⑦；既而問之，辟司徒⑦之妻也。予之石窌⑦。

①靡笄：山名，在今濟南市附近。或謂卽濟南的千佛山。“笄”音鷄。②“不腆敝賦”二句：上句，“腆”音忝，厚，多；“敝”，疲弱；“賦”，指兵士。下句，“詰朝”，明天一早。此言“齊國將以人數不多的疲弊之兵，請求在明天一早同你們晉國的軍隊見面。”　③“晉與魯、衞”二句：晉、魯、衞三國都是姬姓，所以説是“兄弟”。　④來告：指魯、衞兩國來求救。　⑤“大國”句：“大國”指齊；“朝夕”，猶言“不分晝夜”，極言其頻繁；“釋憾”，猶言“洩忿”。此言“齊國經常跑到我們的國土上來發洩它的氣憤。”⑥“無令”句：“興師”，衆多的軍隊；“淹”，久留。此連上句言“晉君使羣臣要求齊國不要同魯、衞作對，並且不讓晉國的軍隊久留於齊境。”　⑦“能進不能退”二句：言“既向齊國出兵，自然有進無退，不必等你的吩咐了。”　⑧“若其不許”二句：卽使你們不答應作戰，我也一定要以兵戎相見。　⑨高固：齊大夫，一稱高宣子。　⑩桀：同“揭”，舉起。⑪“禽之”至“以徇齊壘”：“禽”同“擒”；“桑本”，連着根的桑樹；“徇”，示威。此言高固擒住了晉人，然後乘上晉人的兵軍；拔下一棵桑樹，繫在車後，回到自己的營壘向軍士們炫燿示威。　⑫欲勇者賈余餘勇：誰需要勇氣，可以來買我的富餘的勇氣。“賈”音古，作“買”解。　⑬陳于鞌：

"陳"同"陣";"鞌","靯",地名,在今山東歷城縣附近。　　⑭邴夏,逢丑父:都
是齊國的大夫。　　⑮解張:晉臣,一稱張侯。　　⑯鄭丘緩:"鄭丘",
複姓;"緩"是他的名字。　　⑰姑翦滅此而朝食:"姑",且;"翦滅",翦
除,消滅;"朝食",早飯。此言"我先把敵人消滅了再去吃早飯。"極寫齊
侯之驕傲輕敵。　　⑱不介馬:馬不披甲。　　⑲未絕鼓音:郤克本來
自己打鼓,雖受傷流血,而擊鼓不息。　　⑳自始合:從一開始交戰。
㉑余折以御:我把箭折斷了,仍舊繼續駕車。　　㉒朱殷:"朱",紅色;
"殷"音烟,深紅色。血凝後就變成深紅色。此言車輪都被血染紅了。
㉓子豈識之:你哪裏曉得呢?　　㉔進退從之:此承上二句而言。大意
是:"整個軍隊都以中軍的旗幟和鼓聲爲進退的標誌。"　　㉕一人殿之:
有一個人在這兒坐鎮。　　㉖集事:成事。　　㉗"擐甲執兵"二句:"擐"
音關或貫,"擐甲"即穿上軍裝;"執兵",手拿兵器。此言"既然參加戰鬥,
就必已抱了戰死的決心。"　　㉘"左并轡"二句:"援",作"引"、"助"解。
"枹"音孚,鼓槌。清焦循春秋左傳補疏:"循按,'援'爲引,謂牽持而引
之。此時郤克傷於矢,而病不堪擊鼓,張侯既勉以'不可以病敗君事',言
畢,以轡并持於左手,而以右手引枹,以助郤克之擊。枹本在克手,張
侯又以手持而牽引之使擊,一手助鼓,一手并轡,故馬逸不能止。'援'
訓'引',亦訓'助','引之'即所以'助之'。蓋一枹克執之,今張侯又加執
之,張侯助力牽引郤克之手,並擊鼓也。"　　㉙馬逸不能止:因解張手已
受傷,又要一手敲鼓,所以馬跑起來就無法制止了。　　㉚師從之:主帥
的戰車既然奔逸不止,晉軍也就跟了下去。　　㉛三周華不注:"華不
注",山名,在山東歷城縣東北。"華"可讀爲去聲,"不"音付。此言繞着
華不注山追了三個圈兒。　　㉜子輿:韓厥的父親。　　㉝且辟左右:
"且",指明天;"辟"同"避";"左右",指兵車的左右兩側。此言"明天出
兵,你不要站在兵車的左右兩側,以免危險。"且"一本作"旦",非是。
㉞中御而從齊侯:韓厥因此居於車的中央,代替御者,追逐齊侯。　　㉟越
轚。　　㊱綦毋張喪車:"綦毋張",晉大夫;"綦毋"是複姓,"綦"音

其。“喪車”，丟失了自己所乘的兵車。　　㊲請寓乘：請你允許我搭乘一下兵車。　　㊳從左右：綦毋張或立於左，或立於右，跟從着韓厥。㊴“皆肘之”二句：韓厥雙手執轡，故用肘推綦毋張，命他站在自己身後。因左右兩人都被射死，所以韓厥不讓他仍立原處，以免不測。　　㊵俛定其右：“俛”同“俯”，低着身子；“定”，猶言“放妥當”。因韓厥的車右被射死在車上，所以他俯下身子把屍體放穩當了。　　㊶逢丑父與公易位：丑父恐有意外，便同齊侯換了位置，以自己代替國君。　　㊷華泉：在華不注山下，泉流入濟水。　　㊸驂絓於木：“絓”音掛，絆住。此言齊侯車上的驂馬絆在路旁的樹上。　　㊹輅：音棧，有棚的臥車。　　㊺傷：逢丑父的臂肘受了傷。　　㊻而匿之：言丑父隱匿傷臂之事。按，根據杜注，丑父寢於車中擊蛇應該是頭一天夜裏的事，作者此處是補敍。次日丑父要充任齊侯的車右，因此他隱匿了傷臂之事。但等到車被絆在樹上，他却推不動車了。　　㊼而及：因而被韓厥追上了。　　㊽縶：絆馬索。　　㊾奉觴加璧以進：“進”，獻。以上三句，都是寫韓厥對齊君修臣僕之禮，表示敬意。　　㊿“屬當戎行”二句：上句，“屬”，恰值；“戎”，兵車；“行”音杭，道路。此言“剛巧和您的兵車在同一條路上碰到了。”下句，猶言“無法迴避”。　　51“且懼”二句：上句，“辟”同“避”；下句，“忝”，辱；“兩君”，指齊、晉雙方的國君。此二句的大意是：“如果我奔走逃避的話，又怕成爲晉君的恥辱，就連齊君的臉上也不好看。”　　52臣辱戎士：自謙之詞。言自己充數爲戰士，很覺慚愧。　　53“敢告不敏”二句：上句，“敏”，聰明。下句，“攝官”，猶言“任職”；“承乏”，意謂因人才缺乏，自己勉强承擔這個工作。大意是：“我敢向齊君表示，我是很不會辦事的；但我既任此職，只好勉强承擔我所應該做的事情了。”這完全是外交詞令，言外指俘擄齊君，乃是自己的職務，只好不客氣了。　　54“丑父使公下”二句：林堯叟説：“時丑父代爲齊侯，故詐使公下車，往華泉取水而飲，欲使公因而走逸。”　　55鄭周父御佐車：“鄭周父”，齊臣；“佐車”，諸侯的副車。　　56宛茷：齊臣。音駕廢。　　57免：免於被俘擄。　　58有一於此：現在既有一個人肯替他的國君承受禍患。 (59)不難以死免其君："難"作"懼怕"解。 (60)以勸事君者："勸"，鼓勵。 (61)三入三出：三次衝入晉軍，三次殺出重圍。 (62)齊師以帥退："齊"，整頓；"帥"，督促，鼓勵。言每次殺出重圍以後，必整頓隊伍，鼓勵那些想潰退的兵卒，使士氣復振。 (63)入于狄卒："狄卒"，是晉國帶來的狄人的軍隊。此言齊侯進入狄人的軍中尋找丑父。 (64)抽戈楯冒之："抽"，拿出；"楯"同"盾"；"冒"，遮攔，庇護。 (65)衞師免之："免"，猶言"不加害"。按，狄人衞人皆畏齊之强，不敢得罪齊軍，所以反而保護他們，不傷害他們。 (66)徐關：地名。在今山東省臨淄縣西。 (67)保者：把守各個城邑的人。 (68)辟女子："辟"作"驅除"解，指前驅的軍士使路上的一個女子躲開。 (69)銳司徒：官名，在軍中主管鋒利的軍械的。按，這個官是女子的父親。 (70)可若何：猶言"還要怎麽樣呢！" (71)齊侯以爲有禮：因爲這個女子先問君後問父，所以認爲她"有禮"。 (72)辟司徒：官名。"辟"同"壁"，是主管軍中營壘的官。 (73)予之石窌："石窌"，邑名，在今山東長清縣東南三十里。"窌"音柳去聲。此言齊侯把石窌賜給那個女子，做爲她的封地。〔以上是第三大段，爲戰事正文，寫齊侯之驕，晉中軍之勇，以及韓厥擒獲逢丑父、齊侯逃歸等經過。〕

晉師從齊師，入自丘輿①，擊馬陘②。齊侯使賓媚人③賂以紀甗④、玉磬與地；不可，則聽客之所爲。賓媚人致賂，晉人不可，曰："必以蕭同叔子⑤爲質，而使齊之封内⑥盡東其畝⑦。"對曰："蕭同叔子非他，寡君之母也；若以匹敵⑧，則亦晉君之母也。吾子布大命於諸侯，而曰必質其母以爲信，其若王命何⑨？且是以不孝令也。詩曰：'孝子不匱⑩，永錫爾類。'若以不孝令於諸侯，其毋乃非德類也乎？先王疆理天下，物土之宜而布其利⑪；故詩曰：'我疆我理⑫，南東其畝。'今吾子疆理諸侯，而曰盡東其畝而已；唯吾子戎車是利，無顧土宜，其無乃非先王之命也乎？反先王則不義，何以爲盟主? 其晉實有闕⑬！ 四王之王⑭也,樹德而濟同欲⑮焉; 五伯⑯之霸也,勤而撫之⑰,以役王命⑱; 今吾子求合諸侯,以逞無疆之欲⑲。詩曰: '布政優優⑳,百祿是遒。'子實不優,而弃百祿,諸侯何害焉！不然㉑,寡君之命使臣,則有辭矣。曰: '子以君師辱於敝邑,不腆敝賦,以犒從者㉒; 畏君之震㉓,師徒橈敗㉔。吾子惠徼齊國之福,不泯其社稷,使繼舊好; 唯是先君之敝器土地不敢愛,子又不許。請收合餘燼㉕,背城借一㉖。敝邑之幸㉗,亦云從也; 況其不幸,敢不唯命是聽！'"

魯、衛諫曰:"齊疾㉘我矣！ 其死亡者㉙,皆親暱也。子若不許,讎我必甚。唯子則又何求? 子得其國寶㉚,我亦得地㉛,而紓於難㉜,其榮多矣。齊、晉亦唯天所授㉝,豈必晉?"晉人許之,對曰:"羣臣帥賦輿㉞以爲魯、衛請,若苟有以藉口而復於寡君㉟,君之惠也。敢不唯命是聽！"

禽鄭自師逆公㊱。

秋,七月,晉師及齊國佐盟于袁婁㊲,使齊人歸我汶陽㊳之田。公會晉師于上鄍㊴,賜三帥㊵先路㊶三命之服㊷,司馬、司空、輿帥、候正、亞旅㊸,皆受一命之服㊹。

①丘輿: 齊邑名。在今山東益都縣界。　　②馬陘: 齊邑名。在益都縣的西南。　　③賓媚人: 齊大夫,一稱國佐。　　④紀甗: 一件古物。"紀",古國名,爲齊所滅。"甗"音衍,陶器名,是甑的一種。紀國滅後,此物遂歸齊所有。　　⑤蕭同叔子: 齊頃公的母親。按,"蕭",國名;"同叔",蕭國國君的字,此人卽齊頃公的外祖父;"子",女兒。晉人不便直言以頃公的母親爲質(抵押),所以才這樣稱呼她。　　⑥封內: 境內。⑦盡東其畝: 使田間的隴埂都順着東西的方向開,以便日後晉國的兵車入齊境時易於通行。　　⑧若以匹敵: 如果説齊、晉兩國的地位是平等

的。　　⑨其若王命何：“王命”指周王之命。言以齊侯的母親爲質是違反天子之命的行爲。　　⑩“孝子不匱”二句：見詩經大雅既醉篇。“不匱”，猶言“無盡”、“無限”；“錫”，賜與，分給；“類”，同類的人。此二句的大意是：“孝子的孝心是無限的，他永遠把自己的孝思感染給同類的人，使大家都知道孝親。”　　⑪“物土之宜”句：“物”，此處是動詞，作“物色”解；“布”，散佈。此言“按照不同的土地的性質，來分佈它所宜生產的作物，以獲其應得之利”。　　⑫“我疆我理”二句：見詩經小雅信南山篇。上句，“疆”、“理”見前詩經緜篇註釋。下句，言田中的隴埂有的是南北向，有的是東西向。　　⑬其晉實有闕：“闕”，過失。此言“這樣一來，晉國可就有過失了”。　　⑭四王之王：“四王”，指禹、湯、周文王和周武王；下面的“王”讀去聲，指“行王政”而言。　　⑮濟同欲：“濟”，滿足之意；“同欲”，指天下諸侯共同的欲望。此言四王爲政，都盡量使天下諸侯滿意。　　⑯五伯：“伯”同“霸”；“五霸”指夏的昆吾，商的大彭、豕韋，周的齊桓公、晉文公。按，此處所謂的“五霸”似不宜指齊桓、晉文、宋襄、秦穆、楚莊五人，因國佐說此話時，楚莊王剛去世不久。　　⑰勤而撫之：“勤”，辛勞，“撫”，安撫；“之”指其它的諸侯。　　⑱以役王命：服役於天子之命。　　⑲無疆之欲：沒有止境的欲望。　　⑳“布政優優”二句：見商頌長發篇。“布”，施行；“優優”，和緩寬大貌；“祿”，幸福；“遒”，聚集。此二句的大意是：“一百種幸福都將集中在那個施行寬仁之政的君王的身上。”　　㉑不然：你們如果不答應。　　㉒以犒從者：“犒”本指慰勞軍士，此處是外交辭令，指與晉人作戰。　　㉓震：引伸作“威嚴”解。　　㉔橈敗：“橈”一作“撓”，挫折；“敗”，失敗。　　㉕收合餘燼：“燼”，燒殘的灰，比喻殘餘的軍隊。此言把殘餘的軍隊收拾、集合起來。㉖背城借一：背靠着自己的城牆（意指敵人已兵臨城下），再謀求一戰。言外指再同晉拚一下。　　㉗“敝邑之幸”四句：言幸而齊國戰勝，也還是依從晉國的意思；如果不幸而敗，那就更不敢不服了。按，此語表面上雖是謙遜之詞，實甚強硬。　　㉘疾：怨恨。　　㉙“其死亡者”二句：在這次戰役中死亡的，都是齊侯的最親近的人。　　㉚子得其國寶：言晉人得甗、磬等寶物。　　㉛我亦得地：齊國從前所侵佔的土地，現在也都償還給魯、衞。　　㉜紓於難：猶言"免於禍患"。"紓"作"緩"解。　　㉝"齊、晉"二句：言"齊、晉都是天命所歸的强國，豈但晉一國而已！"言外指晉不見得永久能戰勝齊國。　　㉞賦輿：兵車。　　㉟"若苟"句：大意是："只要能使我們有理由回覆晉君。"按，一本無"若"字，疑近是。因"若"和"苟"同義，不必複用。　　㊱禽鄭自師逆公："禽鄭"人名，魯大夫。"公"，指魯成公。此言禽鄭自軍中往迎成公，與齊、晉同訂盟約。　　㊲袁婁：地名。在山東淄川縣境。　　㊳汶陽：魯地名。故城在今山東寧陽縣北。　　㊴上鄍：地名。在今山東陽穀縣境。"鄍"音冥。　　㊵三帥：郤克、士燮、欒書。　　㊶先路："路"同"輅"，車；"先路"卽卿所乘的正車。　　㊷三命之服："三命"是卿的品級，此言魯君以卿的禮服賜給三帥。　　㊸"司馬"至"亞旅"："司馬"，主管甲兵的大夫；"司空"，主管營壘的大夫；"輿帥"，主管兵車的大夫；"候正"，主管巡邏哨兵的大夫；"亞旅"，比卿的地位低一些，也是大夫。　　㊹一命之服：比三命的品級低兩等的禮服。〔以上是第四大段，寫晉人允許齊國與之言和。〕

晉師歸。范文子後入。武子①曰："無爲吾望爾也乎②？"對曰："師有功，國人喜以逆之。先入，必屬耳目③焉；是代帥受名④也。故不敢。"武子曰："吾知免矣⑤。"

郤伯⑥見。公曰："子之力也夫！"對曰："君之訓也，二三子之力也；臣何力之有焉！"范叔見，勞⑦之如郤伯；對曰："庚所命⑧也，克之制⑨也；燮何力之有焉！"欒伯⑩見，公亦如之；對曰："燮之詔⑪也，士用命⑫也；書何力之有焉！"

①武子：卽士會。士燮之父。　　②無爲吾望爾也乎：你難道不因爲我盼望你而早些回來嗎？　　③屬耳目：猶言"惹人注意"。　　④代帥受名：代元帥受有功之名。　　⑤吾知免矣："免"，指"免禍"而言。此言

士燮的行爲很謙遜,所以士會認爲可以使他的家族免於禍患。　⑥郤伯:卽郤克。　⑦勞:讀去聲,慰勞。　⑧庚所命:"庚",苟庚,苟林父之子。晉之上軍本由苟庚率領,此次戰役苟庚没有參加,只由士燮代理,故燮言自己只是受苟庚的吩咐而已。　⑨克之制:士燮言自己只是服從郤克的號令節制而已。　⑩欒伯:卽欒書。　⑪詔:指示。⑫士用命:兵士服從指揮。〔以上是第五大段,寫晉之諸帥歸國後謙遜有禮,不自矜其功。〕

（十四）　晉侯夢大厲（成公十年）

晉侯夢大厲①,被②髮及地,搏膺而踊③,曰:"殺余孫,不義;余得請於帝④矣!"壞大門⑤及寢門而入。公懼,入于室;又壞户。公覺,召桑田⑥巫。巫言如夢⑦。公曰:"何如?"曰:"不食新⑧矣!"

公疾病,求醫于秦。秦伯使醫緩爲之⑨。未至,公夢疾爲二豎子⑩,曰:"彼良醫也,懼傷我;焉逃之?"其一曰:"居肓之上,膏之下⑪,若我何⑫!"醫至,曰:"疾不可爲也!在肓之上,膏之下,攻⑬之不可,達⑭之不及,藥不至焉⑮;不可爲也!"公曰:"良醫也!"厚爲之禮而歸之。

六月,丙午,晉侯欲麥,使甸人⑯獻麥,饋人爲之⑰。召桑田巫,示而殺之⑱。

將食,張⑲,如廁⑳,陷而卒㉑。小臣有晨夢負公以登天;及日中,負晉侯出諸廁。遂以爲殉㉒。

①大厲:大鬼。按,左傳成公八年,曾載晉景公冤殺其大夫趙同、趙括之事,而本篇下文有"殺余孫"之言,所以舊説以爲這個大鬼就是趙氏的先祖。　②被:同"披"。　③搏膺而踊:"搏",搥擊;"膺",胸;"踊",跳躍。此言這個大鬼搥着胸跳了起來。　④帝:指上帝。鬼言

已訴於上帝，上帝允許他爲其子孫復仇。　　⑤大門：宮門。　　⑥桑田：晉邑名，本是舊虢國的地方。　　⑦巫言如夢：巫人所説同晉侯夢見的情況一樣，認爲是鬼對他發怒了(用杜注)。　　⑧新：據下文“晉侯欲麥”，則知此處的“新”指新收成的農産品。　　⑨秦伯使醫緩爲之：“秦伯”，秦桓公。桓公名榮，魯宣公五年(公元前六〇三)即位，在位二十八年。“醫緩”，春秋時的名醫，“緩”是他的名字。“爲”，作“治”解。　　⑩夢疾爲二豎子：夢見疾病化爲兩個小孩子。　　⑪肓之上，膏之下：“肓”音荒，即胸腹之間的横鬲膜；“膏”，心臟下面有微脂之處。　　⑫若我何：他能把我們怎樣。　　⑬攻：指用灸法攻治。　　⑭達：指用針法治療。按，針灸之法都是我國最古的醫術。　　⑮藥不至焉：“藥”指内服的藥。此言藥力也達不到。　　⑯甸人：給諸侯管理土地的人。　　⑰饋人爲之：“饋人”，給諸侯做炊事工作的人；“爲之”，把新麥烹調好了。　　⑱示而殺之：把烹調好的新麥拿給巫人看，以見其言之不足信，然後把他殺死。　　⑲張：同“脹”，腹中脹滿。　　⑳如廁：到廁所去。　　㉑陷而卒：陷於廁中而死。按，此言晉侯到底没有吃着新麥就死去了。　　㉒遂以爲殉：以負晉侯出廁的小臣殉葬。

(十五)　呂相絶秦(成公十三年)①

夏，四月，戊午，晉侯使呂相絶秦②，曰：

“昔逮我獻公及穆公相好③，勠力④同心，申⑤之以盟誓，重之以昏姻⑥。天禍晉國⑦，文公如齊，惠公如秦。無禄獻公即世⑧，穆公不忘舊德，俾我惠公用能奉祀于晉⑨；又不能成大勳⑩，而爲韓之師⑪；亦悔于厥心⑫，用集我文公⑬：是穆之成⑭也。

“文公躬擐甲胄⑮，跋履⑯山川，踰越險阻⑰，征東之諸侯⑱——虞、夏、商、周之胤⑲——而朝諸秦⑳，則亦既報舊德矣。鄭人怒君之疆埸㉑，我文公帥諸侯及秦圍鄭㉒。秦大夫不詢于我寡君，擅及鄭盟。諸侯疾㉓之，將致命于秦㉔；文公恐懼，綏靖㉕諸侯，秦師克還無害：則是我有大造于西㉖也。

“無祿文公即世，穆爲不弔㉗，蔑死我君㉘；寡我襄公㉙，迭㉚我殽地，奸絕我好㉛，伐我保城㉜；殄滅我費滑㉝，散離我兄弟㉞，撓亂我同盟，傾覆我國家。我襄公未忘君之舊勳，而懼社稷之隕，是以有殽之師。猶願赦罪于穆公㉟；穆公弗聽，而即楚謀我㊱。天誘其衷㊲，成王隕命，穆公是以不克逞志㊳于我。

“穆、襄即世㊴，康、靈即位㊵。康公我之自出㊶，又欲闕翦㊷我公室，傾覆我社稷，帥我蝥賊㊸，以來蕩搖我邊疆。我是以有令狐之役。康猶不悛㊹，入我河曲㊺，伐我涑川㊻，俘我王官㊼，翦我羈馬㊽。我是以有河曲之戰㊾。東道之不通㊿，則是康公絕我好也。

“及君(51)之嗣也，我君景公引領(52)西望，曰：‘庶撫我乎(53)？’君亦不惠稱盟(54)；利吾有狄難(55)，入我河縣(56)，焚我箕、郜(57)，芟夷我農功(58)，虔劉我邊陲(59)。我是以有輔氏之聚(60)。君亦悔禍之延(61)，而欲徼福于先君獻、穆，使伯車(62)來命我景公，曰：‘吾與女同好棄惡，復脩舊德，以追念前勳。’言誓未就，景公即世。我寡君是以有令狐之會。君又不祥(63)，背棄盟誓。白狄及君同州(64)，君之仇讎，而我之昏姻(65)也。君來賜命曰：‘吾與女伐狄。’寡君不敢顧昏姻，畏君之威，而受命于吏。君有二心於狄(66)，曰：‘晉將伐女。’狄應且憎，是用告我。楚人惡君之二三其德(67)也，亦來告我曰：‘秦背令狐之盟，而來求盟于我，昭告昊天上帝、秦三公、楚三王(68)，曰：“余雖與晉出入(69)，余惟利是視。”不穀惡其無成德(70)，是用宣之，以懲，不壹。’諸侯備(71)聞此言，斯是用痛心疾首，暱就(72)寡人；寡人帥以聽命，惟好是求。君若惠顧諸侯，矜哀寡人，而賜之盟，則寡人之願也；

其承寧諸侯以退⑺，豈敢徵亂⑺？君若不施大惠，寡人不佞⑺，其不能以諸侯退矣!

　　"敢盡布之執事⑺，俾執事實圖利之₁"

　　①這是一篇完整的外交辭令，開戰國時縱橫家的游説之辭和後世以論辯爲主的書信的先河。文中列舉秦、晉兩國歷世邦交的情況，有些事實已見於前面各篇，這裏就不再詳加註釋。　　②晉侯使呂相絶秦："晉侯"，晉厲公。厲公名州蒲，景公之子，魯成公十一年（公元前五八〇）即位，在位八年。"呂相"，人名，晉大夫魏錡之子。按，左傳成公十一年，晉厲公原定與秦桓公盟會於令狐，結果晉君先至，秦君臨時變了主意，違反盟約。後來秦又召狄與楚，打算引導它們伐晉。於是，晉派呂相爲使，數秦之罪，與之絶交。但文中所列舉的秦方的罪狀，有些地方是誣枉不實的。　　③昔逮我句："逮"，自從；"獻公"，晉獻公；"穆公"，秦穆公。此言從他們兩君開始，彼時秦、晉的關係是友好的。　　④勠力：併力。"勠"音陸，又音留。　　⑤申：作"明"解。　　⑥重之以昏姻："重"，作"加重"解；"昏"同"婚"；言兩國結爲婚姻加重了彼此間的關係。此指秦穆公的夫人是晉獻公的女兒。　　⑦天禍晉國三句：指獻公時驪姬之亂。參看前面秦晉韓之戰、晉公子重耳之亡兩篇的正文及註釋。　　⑧無祿獻公即世："無祿"，不幸；"即世"，去世。　　⑨用能奉祀于晉："用"，因而；"奉祀"，主持祭祀，指立爲國君。按，晉惠公是由秦穆公送回國來即位爲君的。　　⑩大勳：大功。　　⑪而爲韓之師：詳前秦晉韓之戰。　　⑫悔于厥心："悔"，表示遺憾；"厥"，其，指秦穆公。此言穆公對擄獲晉惠公的事表示遺憾。　　⑬集我文公："集"，安定。此言穆公又助立重耳，使其入國，安定於君位。　　⑭成：成全，幫助。　　⑮躬擐甲冑：猶言"親自穿戴着甲冑"。"擐"已見前註。　　⑯跋履：猶言"跋涉"。杜注："草行爲跋。"　　⑰踰越險阻："踰越"，越過；"踰"音俞，也可讀爲遥。"險阻"，自高趨下叫作"險"，自下登高叫作"阻"；此處是泛言道路艱難。　　⑱征東之諸侯："征"，號令，率領，調動。"東"，東方；此言文

公率領着東方的諸侯之國。　　⑲胤: 音印，後裔。　　⑳朝諸秦: 言文公命諸侯往朝於秦。按，此事史籍無考。疑當時或有小國諸侯往朝於秦，而未必皆由於晉文公之力。此處恐是誇大其辭，以爲晉國之功(參用林堯曳説)。　　㉑鄭人怒君之疆埸: "怒"，侵犯; "疆埸"，邊境。按，鄭人當時並未侵秦，此是晉方誣枉之辭。　　㉒"我文公帥諸侯"句至"擅及鄭盟": 事見左傳僖公三十年。"詢"，作"謀"解; 言秦人不同晉國商量，就私自同鄭訂立盟約。參看燭之武退秦師篇正文。　　㉓疾: 憎惡。　　㉔致命於秦: 同秦國拚命。按，當時秦、鄭締盟，確使晉國不利，但諸侯也未必卽因此對秦深惡痛絶; 疑亦晉方誇大之辭。　　㉕綏靖: 作"安撫"解，引申有"説服"之意。　　㉖有大造于西: "造"，恩; "西"，指秦，因秦在晉之西。此猶言"有大恩於秦"。　　㉗不弔: 不來弔唁慰問。　　㉘蔑死我君: "死"在此處作動詞用; "蔑死"，言秦以晉文公死而無知，因而加以輕蔑。　　㉙寡我襄公: "寡"也作動詞用。言秦以晉襄公爲弱者而加以侮慢。　　㉚迭: 侵襲。按，左傳僖公三十三年，秦過晉而伐鄭，並未侵晉之殽; 此亦誣枉之辭。此與下文皆詳見前秦晉殽之戰。　　㉛奸絶我好: "奸"，"扞"的假借字; "扞絶"猶言"排斥"、"拒絶"。此言秦拒不與晉和好。　　㉜伐我保城: "保城"，指晉人所保守的城邑。按，秦兵過晉，並未伐晉的城邑; 此亦誣枉之辭。　　㉝費滑: "費"音必，是滑國的都城，其地在今河南偃師縣附近。按，秦滅滑事亦見前秦晉殽之戰。　　㉞"散離我兄弟" 二句: "鄭"、"滑"都是晉之同姓，又是同盟之國，故言"兄弟"、"同盟"; "撓亂"，猶言"擾亂"。　　㉟"猶願赦罪"句: 此是外交辭令。言秦雖如此無禮，而晉襄公還是希望穆公能赦免晉的罪，使兩國和解。　　㊱卽楚謀我: "卽"，親近。按，楚臣鬬克本囚於秦，魯僖公三十三年，秦敗於殽之後，就釋鬬克歸楚，以求與楚締結盟好。但因次年(魯文公元年) 楚成王被其太子商臣所殺，故所謀不成。因而下文有"不克遑志"的話。　　㊲天誘其衷: "誘"，作"開"解; "衷"，内心; "天開其心"，猶今所謂"上天是有眼睛的"。意指上天之心不願秦、晉兩國再有戰爭。

㊳逞志: 猶言"快意"或"滿足心願"。　　㊴穆、襄卽世: 魯文公六年，秦穆公和晉襄公都死去了。　　㊵康、靈卽位: "康"，秦康公，卽穆公的太子。名罃，魯文公七年(公元前六二〇)卽位，在位十二年。"靈"，晉靈公，與秦康公同年卽位。餘詳前晉靈公不君註釋。　　㊶康公我之自出: 秦康公的母親穆姬，是晉獻公的女兒，故云。　　㊷闕翦: 削弱，損害。　　㊸蟊賊: 本是兩種食禾稼的害蟲，詳見前詩經大田註; 此處指晉之公子雍。按，公子雍是晉文公的兒子，一直寄居在秦國。晉襄公死後，晉國的卿大夫趙盾、先蔑、士會等因太子夷皋(卽晉靈公)年幼，都主張立公子雍。於是晉國準備派先蔑和士會到秦國去迎接公子雍，秦國也派了軍隊送他回國。可是這時晉襄公的夫人穆嬴出頭反對，堅持要立太子夷皋。趙盾爲了保全自己，就臨時變卦改立靈公，並且還出兵拒秦，在令狐地方把秦師擊退。事見左傳文公六年和七年。後來公子雍就死在秦國，先蔑、士會也逃亡到秦國去。三年以後，士會才回國，而先蔑就一直沒有回來。此處呂相指公子雍爲"蟊賊"(意爲內奸)，並說秦康公有意傾覆晉國云云，完全是片面之詞，不足深信。　　㊹康猶不悛: "康"指秦康公，"悛"音全，改悔。　　㊺河曲: 晉地名。故城在今山西永濟縣東南。其地恰值黃河轉折之處，故名"河曲"。　　㊻涑川: 水名。源出山西絳縣，西經聞喜縣，至永濟縣流入黃河。　　㊼俘我王官: "俘"，劫掠，擄取; "王官"，晉地名，在今山西猗氏縣南。　　㊽羈馬: 地名，在今山西永濟縣南。　　㊾河曲之戰: 事見左傳文公十二年。按，此戰秦、晉雙方無勝負。　　㊿東道之不通: 晉在秦東，故言"東道"。此指兩國邦交斷絶。　　51君: 指秦桓公。　　52引領: 伸長着頸項。　　53庶撫我乎: 秦國或者會對我們晉國加以撫卹了吧? 按，此處所寫都是有意强調自己有理的話。　　54不惠稱盟: 不肯加惠於晉，滿足晉之願望而締結盟約。　　55有狄難: 按，左傳宣公十五年，載晉滅赤狄潞氏之事。滅狄而稱"有難"，也是故意歪曲事實的話。　　56河縣: 指濱河的縣邑，如下文的箕、郜和輔氏都是。　　57箕、郜: 今山西蒲縣東北有箕城，卽春秋時晉之箕

邑;"郤",在今山西祁縣西七里。　　58芟夷我農功:"芟"音刪,本指除草,引申爲"割除"之意;"夷",傷;"農功",指農作物。此言秦人割除、損傷了晉人的農作物。　　59虔劉我邊陲:"虔"、"劉"原是兩個詞,都作"殺"解;"邊陲",邊境。此指殺戮晉國邊境的人民。　　60輔氏之聚:"輔氏",地名。在今陝西朝邑縣西北。"聚",指聚集羣衆。此言聚衆於輔氏以拒秦師。　　61悔禍之延:對於延長兩國的災禍感到後悔。　　62伯車:秦桓公的兒子。　　63君又不祥:"祥",善。此言秦桓公又萌不善之心。　　64白狄及君同州:此言白狄與秦同居住於雍州界內。"雍州",包括今陝西、甘肅二省及青海的一部分。　　65我之昏姻:據杜注,以爲此語卽指季隗嫁重耳事。但據左傳僖公二十三年,季隗是赤狄廧咎如之女,並非白狄。所以孔穎達説:"未必晉於白狄,別無婚姻。"則是闕疑之辭。今按,狄與晉之婚姻關係,除季隗一事外,史傳無攷,只可存而不論。66君有二心於狄:言秦君又對狄表示友好,施展兩面派的手段。故言"二心"。　　67二三其德:三心二意,反覆無常。　　68"昭告"句:"昭",明;"昊天",猶言"偉大的天";"秦三公",指秦穆公、康公、共公;"楚三王",指楚成王、穆王、莊王。此言秦君向着皇天上帝和秦、楚的先君宣誓。　　69出入:有來往。　　70"不穀"三句:第一句,"不穀"是楚王自稱。"惡其無成德",猶言"憎惡秦之二三其德"。第二句,"宣",揭露。第三句,"壹"同"一","不一"指言行不符的人。　　71備:盡,完全,都。72暱就:親近。　　73承寧諸侯以退:"承",接受;"寧",寧静,安定。此言秦如允許訂盟,則晉當承受秦君之命,把諸侯安定下來,然後退去。74豈敢徼亂:"徼",求。此言"晉豈敢用兵以自求禍亂呢?"　　75不佞:不才。　　76"敢盡"二句:"執事"見燭之武退秦師註14。此處指秦君,是外交辭令中的敬稱。此二句的大意是:"我大胆地把所有的意見都向您宣布了,使您好好地權衡一下輕重利害。"

（十六）　晉楚鄢陵之戰（成公十六年）

晉侯將伐鄭。范文子曰：“若逞吾願①，諸侯皆叛，晉可以逞；若唯鄭叛②，晉國之憂，可立俟也。”欒武子曰：“不可以當吾世而失諸侯③。必伐鄭│”乃興師。欒書將中軍，士燮佐之；郤錡將上軍，荀偃④佐之；韓厥將下軍；郤至⑤佐新軍⑥；荀罃⑦居守。

郤犨⑧如衛，遂如齊，皆乞師焉⑨。欒黶⑩來乞師⑪，孟獻子⑫曰：“有勝矣⑬│”戊寅，晉師起。

①若逞吾願”三句：言“爲了逞一時的快意來滿足我們的欲望，只有當諸侯都背叛我們的時候，我們才可以這樣做。”　②“若唯鄭叛”三句：大意是：“如果只有鄭國背叛我們，我們也竟逞一時的快意，那麼晉國的憂患馬上就會來了。”此連上文，言外指如果諸侯皆叛，晉君或知有所戒懼，然後興師動衆，尚無大礙；現在只有鄭一國背叛，晉國一戰可勝，勝則必驕，驕則禍患便會馬上來了。　③“不可以當吾世”句：林堯叟說：“言不可以當我執政之世而失諸侯。”　④荀偃：字伯游，即中行獻子，一稱中行伯。荀林父之孫，荀庚之子。　⑤郤至：郤克、郤錡的同族。因食采邑於溫，故一稱溫季。　⑥新軍：按，左傳成公三年，載晉於上、中、下三軍之外，又立新三軍，以賞在鞌之戰時有戰功的諸將。後來新三軍只餘一軍，即此處所謂的“新軍”。　⑦荀罃：知莊子（荀首）的兒子，一稱知武子。邲之役，曾被楚國俘虜，魯成公三年始由晉贖回。　⑧郤犨：一稱苦成叔，是步揚（按，韓之戰時，揚曾爲晉惠公御戎車）之子，也是郤克的同族。　⑨皆乞師焉：此連上言郤犨到衛、齊兩國去，並向它們乞師。　⑩欒黶：欒書之子，一稱欒桓子。“黶”音掩。　⑪來乞師：指到魯國來乞師。　⑫孟獻子：魯之公族，名蔑。　⑬有勝矣：猶言“有戰勝的希望啊│”〔以上是第一大段，寫晉興師伐鄭，並向諸侯乞求援軍。〕

　　鄭人聞有晉師，使告于楚。<u>姚句耳</u>①與往。<u>楚子</u>②救鄭，司馬③將中軍，令尹將左，右尹<u>子辛</u>④爲右。

　　過申，<u>子反</u>入見<u>申叔時</u>，曰：“師其何如？”對曰：“德、刑、詳⑤、義、禮、信，戰之器⑥也。德以施惠，刑以正邪，詳以事神，義以建利⑦，禮以順時⑧，信以守物⑨。民生厚而德正⑩，用利而事節⑪，時順而物成⑫。上下和睦，周旋不逆；求無不具，各知其極⑬。故詩曰：‘立我烝民⑭，莫匪爾極。’是以神降之福，時無災害。民生敦厖⑮，和同以聽⑯；莫不盡力，以從上命，致死以補其闕⑰：此戰之所由克也。今楚內弃其民，而外絕其好；瀆齊盟而食話言⑱；奸時以勤⑲，而疲民以逞。民不知信，進退，罪也⑳。人恤所厎㉑，其誰致死！子其勉之，吾不復見子矣！”

　　<u>姚句耳</u>先歸，<u>子駟</u>㉒問焉；對曰：“其行速，過險而不整；速則失志㉓，不整喪列㉔；志失列喪，將何以戰！楚懼不可用也。”

　　①<u>姚句耳</u>：鄭大夫。“句”同“勾”。　　②<u>楚子</u>：楚共王，名審，<u>魯成公</u>元年(公元前五九〇)卽位，在位二十一年。　　③“司馬”二句：“司馬”卽<u>子反</u>。下句的“令尹”卽<u>公子嬰齊</u>，字<u>子重</u>。　　④<u>子辛</u>：鄭公族<u>公子壬夫</u>的字。　　⑤詳：同“祥”，指用心精誠專一。故下文有“詳以事神”的話。　　⑥戰之器：“器”作“用”解。<u>林堯叟</u>說：“有此六者，則可以戰，如器用之不可闕。”　　⑦義以建利：“義”指是非的標準。有了標準，人們才不致取不義之利，真正對國家有利的措施才建立得起來。　　⑧禮以順時：“順時”，指順時而動。此言人民的舉止都受“禮”的節制，合於時宜，不致輕舉妄動。　　⑨信以守物：“物”，猶言“事務”。此言有了信才能使人們對各種事務專其職守。　　⑩民生厚而德正：此句承“德”、“刑”二者而言。言人民的生計富厚，自然不爲非做歹，故民德一歸於正。　　⑪用利而事節：此句承“詳”、“義”二者而言。“用”，指人民所需；“利”，便

利；“事”，指祭祀之事；“節”，合理的規定和安排。此言“人民很便利地取得了自己所需用的生活資料，而祭祀也有了合理的規定和安排”。　⑫時順而物成：此句承“禮”、“信”二者而言。言人皆順時而動，一切事務皆能成功。　⑬各知其極：“極”，舊作“中”解，猶今所謂“標準”、“原則”。此言上下之人皆知其行事所依據的準則。　⑭“立我烝民”二句：見周頌思文篇。“烝”，衆。杜注：“言先王立其衆民，無不得中正。”按，此指治民之道，主要是立下一個準則，使人民的行動有所依據。　⑮民生敦厖：“民生”指人民的生計（用孔穎達説）；“敦”，富厚；“厖”，本作“大”解，此猶言“富足”。　⑯和同以聽：“和同”，齊心一致；“聽”，聽從在上者的命令。　⑰致死以補其闕：人民皆願犧牲性命，以補救國家的損失。　⑱“瀆齊盟”句：“瀆”，褻瀆；“齊”同“齋”，“齋盟”指祭祀時齋肅盟誓之事；“話言”，善言。此言在上者對待祭祀之事太不嚴肅，對人民説了很多好話，也都不兑現。　⑲奸時以動：“奸”，犯；“奸時”，猶言“違時”。按，鄢陵之戰在四月，正是農忙之時，不宜濫用人力於軍事方面，故言“奸時以動”。　⑳進退，罪也：人民或進或退，都有犯罪的可能，以致不知所措。　㉑人恤所厎：“恤”，作“憂”解，猶今言“有顧慮”；“厎”音紙，作“往”解，指開往前線。此言士兵們對於所去的地方都有些顧慮。　㉒子駟：鄭公族公子騑的字。他曾執鄭國之政，强奪民田，甚爲强暴，終於被人所殺。　㉓失志：思慮得不周密。　㉔不整喪列：軍容不整齊，使隊伍失去紀律性。〔以上是第二大段，寫楚、鄭諸臣料楚必敗。〕

五月，晉師濟河。聞楚師將至，范文子欲反；曰：“我偽逃楚，可以紓憂。夫合諸侯①，非吾所能也；也遺②能者。我若羣臣輯睦以事君③，多矣！”武子曰：“不可！”

六月，晉、楚遇於鄢陵④。范文子不欲戰。郤至曰：“韓之戰，惠公不振旅⑤；箕之役，先軫不反命⑥；邲之師，荀伯不復從⑦；皆晉之恥也！子亦見先君之事矣；今我避楚，又益恥也！”文子曰：“吾先君之亟⑧戰也有故。秦、狄、齊、楚皆彊，不盡力，子孫將弱；今三彊服矣，敵，楚而已。唯聖人能外内無患；自非聖人，外寧必有内憂。盍釋楚以爲外懼乎⑨？"

　　甲午，晦，楚晨壓晉軍而陳⑩。軍吏患之。范匄⑪趨進，曰："塞井夷竈⑫，陳於軍中而疏行首⑬。晉、楚唯天所授，何患焉！"文子執戈逐之，曰："國之存亡，天也。童子何知焉！"欒書曰："楚師輕窕⑭。固壘而待之，三日必退；退而擊之，必獲勝焉！"郤至曰："楚有六間⑮，不可失也；其二卿相惡⑯；王卒以舊⑰；鄭陳而不整⑱；蠻軍而不陳⑲；陳不違晦⑳；在陳而囂㉑。合而加囂㉒，各顧其後，莫有鬬心；舊不必良㉓，以犯天忌㉔。我必克之！"

　　①合諸侯：與諸侯交戰。下文"合而加囂"的"合"與此同義，也作"交戰"解。　　②遺：留給。讀去聲。　　③"我若"句至"多矣"："若"，猶"與"。大意是："我只希望與羣臣和衷共濟以侍奉君主，那已經很不錯了！"　　④鄢陵：鄭邑名。即今河南鄢陵縣。　　⑤不振旅："振"，作"整"解；"旅"，軍隊。"不振旅"，言不能整軍而歸，指戰敗。　　⑥先軫不反命：按，左傳僖公三十三年："狄伐晉，及箕。八月，戊子，晉侯敗狄于箕。……先軫……免胄入狄師，死焉。狄人歸其元（首級），面如生。"郤至所言，即指此事。　　⑦荀伯不復從："從"指與楚師周旋。此言邲之役，荀林父一敗即退，不復與楚師周旋。　　⑧亟：屢次。　　⑨"盍釋楚"句：按，林堯叟說："中才常主，外患既平，未有不以驕亢而生在内之憂患者。"即此處范文子言外之意。此句言"何不暫時放過楚國，使晉君對外有所戒懼呢？"　　⑩壓晉軍而陳："壓"，逼近；"陳"同"陣"。　　⑪范匄：一稱范宣子，范文子（士燮）之子。"匄"音丐。　　⑫塞井夷竈："夷"，剷平。按，軍中必自鑿井以供水，自起竈以炊飯。楚軍既壓晉軍而佈陣，則晉之戰地狹窄，必填井平竈，以爲陣地。　　⑬"陳於軍中"句：因楚軍相距太近，晉軍不能把陣勢排開，只好列陣於軍中。"行"音杭，行列；"行

首"指隊伍的前列。此言晉人自列陣於軍中，並把前列的軍隊疏散開來。
⑭輕窕："窕"同"佻"；"輕佻"指軍心浮躁。　　⑮間：間隙，猶口語所謂
的"空子"。此言楚軍的情況有六個空子可鑽。　　⑯二卿相惡：指子反
和子重兩人彼此不和。這是"一間"。　　⑰王卒以舊：由楚王直接率領的
親兵都是舊人，年紀已老，缺乏代替的後備力量。這是"二間"。　　⑱鄭
陳而不整：鄭國的軍隊雖排開陣勢，但軍容不整。這是"三間"。　　⑲蠻
軍而不陳："蠻"，指楚國帶來的南方少數民族的軍隊。此言雖然有蠻
人軍隊，但並未佈成陣勢。這是"四間"。　　⑳陳不違晦：古人以爲在
晦日(每月的三十日)出師，是兵家所忌。而楚軍竟在晦日佈陣，所以是
不吉的。這是"五間"。　　㉑在陳而囂："囂"，喧嘩。軍中宜肅靜，而楚
之軍士在行列之中還喧嘩不已，足見紀律不嚴。這是"六間"。　　㉒"合
而加囂"三句："加"，猶今口語所謂"加上了"。此言戰爭是不宜喧嘩
的，但楚軍卻在戰時加上了喧嘩，足見士兵們因不團結而有後顧之憂，缺
乏鬥志。此三句承上面第一、三、四、六各句而言。　　㉓舊不必良：舊
卒不見得是精兵。此承上文"王卒以舊"而言。　　㉔以犯天忌：言晦日
出兵，是犯天之所忌的。此承"陳不違晦"句而言。〔以上是第三大段，寫
晉方諸帥有人主退，有人主進。但主退者是怕勝楚而有內憂；主進者是
已深知敵情，不願放棄機會。皆預示晉方必勝之勢。〕

　　楚子①登巢車②以望晉軍，子重使太宰伯州犁③侍于王後。王
曰："騁而左右④，何也？"曰⑤："召軍吏也。""皆聚於中軍矣！"曰：
"合謀也。""張幕⑥矣！"曰："虔卜於先君⑦也。""徹幕矣！"曰："將
發命也。""甚囂⑧，且塵上矣！"曰："將塞井夷竈而爲行⑨也。""皆
乘矣，左右執兵而下矣！"曰："聽誓⑩也。""戰乎？"曰："未可知也。"
"乘而左右皆下矣！"曰："戰禱⑪也。"伯州犁以公卒告王。

　　苗賁皇⑫在晉侯之側，亦以王卒告。皆曰："國士⑬在，且厚⑭，
不可當也！"苗賁皇言於晉侯曰："楚之良⑮，在其中軍王族而已。請

請分良以擊其左右，而三軍萃⑯於王卒，必大敗之。”公筮之。史曰：“吉。其卦遇‘復’⑰，曰：‘南國蹙⑱；射其元王，中厥目。’國蹙王傷，不敗何待？”公從之。

有淖⑲於前，乃皆左右相違於淖⑳。步毅㉑御晉厲公，欒鍼㉒為右。彭名御楚共王，潘黨為右。石首御鄭成公㉓，唐苟為右。欒、范以其族夾公行，陷於淖。欒書將載晉侯，鍼曰：“書退丨國有大任，焉得專㉔之？且侵官，冒也㉕；失官，慢也㉖；離局，姦也㉗。有三罪焉丨不可犯也。”乃掀公以出於淖㉘。

癸巳，潘尪之黨㉙與養由基，蹲㉚甲而射之。徹七札㉛焉丨以示王，曰：“君有二臣如此㉜，何憂於戰？”王怒，曰：“大辱國㉝丨詰朝，爾射死藝㉞丨”

呂錡㉟夢射月，中之，退入於泥。占之曰：“姬姓，日也；異姓，月也，必楚王也。射而中之，退入於泥，亦必死矣。”及戰，射共王中目。王召養由基，與之兩矢，使射呂錡。中項，伏弢㊱。以一矢復命㊲。

郤至三遇楚子之卒，見楚子必下，免冑而趨風㊳。楚子使工尹襄㊴問之以弓㊵，曰：“方事之殷㊶也，有韎韋之跗注㊷，君子也。識見不穀而趨，無乃傷乎㊸？”郤至見客，免冑承命曰：“君之外臣㊹至，從寡君之戎事；以君之靈，間蒙甲冑㊺，不敢拜命，敢告不寧君之辱㊻。為事之故㊼，敢肅㊽使者丨”三肅使者而退。

晉韓厥從鄭伯，其御杜溷羅㊾曰：“速從之丨其御屢顧㊿，不在馬，可及51也。”韓厥曰：“不可以再辱國君52。”乃止。郤至從鄭伯，其右茀翰胡曰：“諜輅之53。余從之乘54，而俘以下。”郤至曰：“傷國君有刑55。”亦止。石首曰：“衛懿公唯不去其旗56，是以敗於熒。”

乃内旌於弢中(57)。唐苟謂石首曰:"子在君側。敗者壹大(58),我不如子;子以君免(59),我請止!"乃死。

楚師薄於險(60)。叔山冉(61)謂養由基曰:"雖君有命(62),爲國故,子必射!"乃射,再發盡殪(63)。叔山冉搏人以投(64),中車折軾。晉師乃止。囚楚公子茷。

欒鍼見子重之旌,請曰(65):"楚人謂夫旌(66),子重之麾也,彼其子重也。日臣之使於楚也(67),子重問晉國之勇;臣對曰:'好以衆整(68)。'曰:'又何如?'臣對曰:'好以暇(69)。'今兩國治戎,行人不使(70),不可謂'整';臨事而食言(71),不可謂'暇'。請攝飲(72)焉。"公許之。使行人執榼承飲(73),造于子重,曰:"寡君乏使,使鍼御持矛(74),是以不得犒從者。使某攝飲。"子重曰:"夫子嘗與吾言於楚,必是故也。不亦識(75)乎!"受而飲之。免使者而復鼓(76)。

旦而戰(77),見星未已。子反命軍吏:"察夷傷(78),補卒乘(79),繕甲兵,展車馬(80);雞鳴而食,唯命是聽。"晉人患之。苗賁皇徇(81)曰:"蒐乘補卒(82),秣馬利兵,脩陳固列(83),蓐食申禱(84);明日復戰!"乃逸楚囚(85)。

王聞之,召子反謀。穀陽豎(86)獻飲於子反,子反醉而不能見。王曰:"天敗楚也夫!余不可以待!"乃宵遁。

晉入楚軍,三日穀。范文子立於戎馬之前,曰:"君幼,諸臣不佞,何以及此!君其戒之。周書曰:'惟命不于常(87)。'有德之謂(88)。"

①楚子:見前註。 ②巢車:"巢",説文作"轈",一種高的兵車,如樹上的鳥巢,可以望敵人。 ③太宰伯州犂:"太宰",官名。"伯州犂",晉大夫伯宗之子,魯成公十五年,因父親被殺,遂奔楚。 ④騁而左右:有人騎着馬左右奔跑。 ⑤曰:主語是伯州犂,此下是他回答楚王的

話。按，以下若干句，凡不加"曰"字的，都是楚王述其所見之事物的話；凡加"曰"字的，都是伯州犂回答楚王的話。　⑥張幕：陳設了帳幕。下文的"徹幕"即是將帳幕撤去。　⑦虔卜於先君：晉人誠敬地向其先君預卜勝負。　⑧"甚囂"二句：晉軍很喧嘩，而且塵土都揚起來了。⑨爲行：猶言"列陣"。　⑩聽誓：士兵聽主帥發布誓師的命令。　⑪戰禱：戰前祝禱鬼神。　⑫苗賁皇：楚鬭椒之子，魯宣公四年奔晉。⑬國士：據杜注，指伯州犂，謂其本爲晉國之士；而日人安井衡左傳輯釋則以爲指楚王的親兵。連下文"且厚"之語來看，後説近是。　⑭且厚："厚"指人數衆多。　⑮良：猶言"精兵"。　⑯萃：集中。　⑰"復"：周易的卦名。　⑱"南國蹙"三句：此是卜者之辭。"蹙"音促，窘迫；"元王"，猶言"最高領袖"；"厥"，其。此言根據卦象，主南方國家受窘之兆，並且還能射中了軍中最高領袖的眼睛。　⑲淖：音閙，泥坑。⑳"乃皆左右"句：於是都從左右兩側繞行，避開泥坑。　㉑步毅：即郤毅，也是晉郤氏的同族。　㉒樂鍼：樂書之子，樂黶之弟。　㉓"石首"二句："石首"、"唐苟"，皆鄭臣。"鄭成公"，名睔，魯成公七年（公元前五八四）即位，在位十四年。　㉔專：猶今言"一手包辦"。　㉕侵官，冒也：侵奪他人的職責，是冒犯別人的行爲。　㉖失官，慢也：擅離自己的職守，是怠慢了本人分內的責任。　㉗離局，姦也："局"，部下。遠離自己的部下，也是犯錯誤的。　㉘掀公以出於淖："掀"，舉起。此指捧住車輪，把晉侯的車子舉了起來，推出泥坑。　㉙潘尫之黨：猶言"潘尫之子名叫黨的"。此類句法，左傳中還有不少，往往把兩者的關係省略了。　㉚蹲：堆積。　㉛徹七札："札"，指一件甲的厚度；"徹"，貫穿。此言潘黨和養由基一箭可以射穿七層甲（用惠棟説）。　㉜"君有二臣"二句：是潘黨等自誇之辭。　㉝大辱國：杜注："賤其不尚智謀。"意謂爲將之人，應有勇有謀，如只憑技藝而不懂謀略，實是國家的恥辱。　㉞爾射死藝：你們如單憑射箭，只怕要死在這武藝上呢。　㉟呂錡：即晉之魏錡。　㊱中項，伏弢："弢"音韜，弓衣，即盛弓的套子。

此言養由基射中了呂錡的頸項，錡伏於弓衣上而死。　　㊲以一矢復命：此言養由基一發而中，所以拿着所剩餘的一枝箭去復命。　　㊳免胄而趨風：脱去盔胄，疾走如風，表示恭敬之意。　　㊴工尹襄：“工尹”，官名；“襄”，人名。　　㊵問之以弓：“問”，餽贈。此言楚王派人贈送給郤至一張弓。　　㊶方事之殷：“事”指戰事；“殷”，作“盛”解，猶言“緊張”。此言正當戰事很緊張的時候。　　㊷有韎韋之跗注：“韎”音昧，赤色；“韎韋”，赤色熟皮；“跗注”，一種緊身的軍服，衣褲相連，而褲脚繫在踝跗之上，大抵似今之裹腿。此言“有一個穿着用紅色熟皮製成的跗注的人”。　　㊸無乃傷乎：不知受傷了没有？按，以上是楚王慰問之辭。㊹君之外臣：郤至自稱。“君”指楚王，“外臣”，外邦之臣。楚王的外邦之臣，即郤至自己。　　㊺“間蒙甲胄”二句：“間”，猶言“近來”；“蒙”，披上，穿上；“拜命”，拜而受命。此連上言：“我託楚君之福，現在正穿着軍服從事戰鬥，無法行下拜之禮來接受楚君賜物之命。”　　㊻不寧君命之辱：猶言“辱君之命，使我非常不安”。　　㊼爲事之故：因爲軍事的緣故。　　㊽肅：合雙手下垂叫“肅”。按，即與今之作揖相類似。　　㊾杜涊羅：晉臣。“涊”音混上聲。　　㊿屢顧：屢次回頭看。　　51可及：一定追得上。　　52不可以再辱國君：因在鞌之戰時，韓厥已擄獲過齊君，故云。　　53諜輅之：“諜”，輕兵。此言“用輕兵抄到前方去攔阻他”。　　54余從之乘：我從後面登上他的車。　　55傷國君有刑：使國君遭到損害，自己是要受懲罰的。　　56“衛懿公”二句：“衛懿公”，春秋初年衛國的國君，名赤。魯閔公二年，他與狄人交戰，敗死。“熒”，即熒澤，地名，在黄河以北。按，“不去其旗”，則敵人一望而知車上所載的人是誰，所以易敗。　　57内旌於弢中：“内”同“納”。此言把旗幟納入弓袋内。　　58敗者壹大：杜注：“謂軍大崩也。”此句疑即“如果一旦大敗”之意。　　59子以君免：你帶着國君快些逃走。　　60薄於險：“薄”同“迫”，言楚軍被逼於險地。　　61叔山冉：楚之勇士。　　62雖君有命：指前文“爾射死藝”之語；言楚王雖有命令，不讓你逞能射箭。　　63再發盡殪："殪"音肆，作"斃"解。此言一再放箭，而矢無虛發，所射盡死。
⑭搏人以投：捉住晉人，然後向晉軍投擲過去。　　　　⑮請曰：向晉侯請求
道。　　　　⑯"楚人謂夫旌"三句："旌"、"麾"（音揮），都作"旗幟"解。此言：
"楚人說那個旌旗是子重的旗幟，那麼，子重一定是在那兒了。"　　　　⑰曰
臣之使於楚也：當初我出使到楚國去的時候。　　　　⑱好以衆整：言晉
之勇將，最喜好軍容整飭，不因戰争的緊急而使隊伍散亂。　　　　⑲好
以暇："暇"，閒暇，猶言"從容不迫"。　　　　⑳行人不使：外交使節不相往
來。　　　　㉑臨事而食言：當初我說過的話，臨到真有戰事時却不能兑現。
㉒攝飲：持酒往楚軍，請子重飲酒。　　　　㉓執榼承飲："榼"同"盒"，盛食
物的器具；"執榼"，指拿着食物。"承飲"，拿着飲料。　　　　㉔御持矛：猶
言"任持矛之職"，指命欒鍼爲晉侯的車右。　　　　㉕識：音志，記得。此句
言欒鍼能記得前言。　　　　㉖免使者而復鼓：等使者走脱以後，然後重新
鳴鼓作戰。　　　　㉗"且而戰"二句：從早晨一直戰到天夕。　　　　㉘夷傷：
"夷"也是"傷"的意思。　　　　此指查點受傷的軍士。　　　　㉙補卒乘：人死
車毀，則予以補充。　　　　㉚展車馬："展"，省閲，巡視。　　　　㉛徇：號令軍
中。　　　　㉜蒐乘補卒："蒐"，查點，巡閲。此句與上文"補卒乘"、"展車馬"
二句意義相近。　　　　㉝帨陳固列：整頓車容，鞏固行列。　　　　㉞蓐食申
禱："蓐食"，天明之時，不等起身，就在寢席之上吃早飯。"申禱"，加重禱
祝。　　　　㉟逸楚囚：放回俘擄來的楚人。按，其用意是使楚囚告知楚方，
晉人也有準備。　　　　㊱穀陽豎：子反的小臣。　　　　㊲惟命不于常：見於
尚書康誥。言命運並不是一成不變的。　　　　㊳有德之謂：此是解釋上句
的話。言只有有德者才能享受天命。〔以上是第四大段，爲戰事正文。
從雙方互相窺測虛實寫起，而最後並未分勝負；只因子反酒醉，晉方才僥
倖獲勝。所以范文子勸晉君應知戒惕。〕

　　楚師還，及瑕①。　王使謂子反曰："先大夫之覆師徒者②，君不
在；子無以爲過③；不穀之罪也。"子反再拜稽首曰："君賜君死，死
且不朽。臣之卒實奔；臣之罪也。"子重使謂子反曰："初隕師徒

者④，而亦聞之矣。盍明之⑤！”對曰：“雖微先大夫有之⑥，大夫命
側，側敢不義！側亡君師，敢忘其死⑦！”王使止之，弗及而卒。

　　①瑕：楚地名。　　　②“先大夫”二句：“先大夫”指子玉（得臣）；“覆
師徒”，言軍隊覆没。此言當初子玉在城濮之役吃了敗仗，國君並不在軍
中，所以責任應由子玉來擔負。　　　③“子無以爲過”二句：言此次國君
同在軍中，所以子反並没有錯，罪在國君本身。　　　④“初隕師徒者”二
句：大意是：“當初那個打敗仗的人（指子玉）是怎樣的結果，你大概也聽
説了。”　　　⑤盍圖之：大意是：“你似乎也該考慮考慮了！”言外有逼子反
自殺之意。按，子重與子反本不相容，所以才這樣逼他。　　　⑥“雖微先
大夫有之”三句：即使没有子玉自殺的事，您既然以大義相責，我又怎敢
不義而偷生呢！〔以上是第五大段，寫子反因兵敗自殺。〕

（十七）　吴公子札來聘（襄公二十九年）

　　吴公子札①來聘，見叔孫穆子②，説之③，謂穆子曰：“子其不得
死乎？好善而不能擇人！吾聞君之務在擇人；吾子爲魯宗卿④，而
任其大政，不慎舉⑤，何以堪之？禍必及子！”

　　請觀於周樂⑥。使工⑦爲之歌周南、召南；曰：“美哉！始基之
矣⑧，猶未也⑨；然勤而不怨⑩矣！”爲之歌邶、鄘、衛，曰：“美哉，淵⑪
乎！憂而不困⑫者也。吾聞衛康叔、武公⑬之德如是，是其衛風
乎？”爲之歌王，曰：“美哉！思而不懼⑭，其周之東乎⑮？”爲之歌
鄭，曰：“美哉！其細已甚⑯，民弗堪也。是其先亡乎？”爲之歌齊，
曰：“美哉！泱泱⑰乎，大風⑱也哉！表東海者⑲，其太公乎？國未
可量也。”爲之歌豳，曰：“美哉，蕩⑳乎！樂而不淫㉑，其周公之東
乎㉒？”爲之歌秦，曰：“此之謂夏聲㉓。夫能夏則大㉔，大之至也！
其周之舊乎？”爲之歌魏，曰：“美哉，渢渢㉕乎！大而婉㉖，險而易

行；以德輔此㉗，則明主也」"爲之歌唐，曰："思深哉㉘！其有陶唐氏之遺民乎？不然，何憂之遠也？非令德㉙之後，誰能若是」"爲之歌陳，曰："國無主，其能久乎？"自鄶㉚以下，無譏焉㉛。

爲之歌小雅，曰："美哉！思而不貳㉜，怨而不言，其周德之衰乎？猶有先王之遺民焉」"爲之歌大雅，曰："廣哉，熙熙㉝乎！曲而有直體㉞，其文王之德乎？"爲之歌頌，曰："至矣哉！直而不倨㉟，曲而不屈㊱；邇而不偪㊲，遠而不攜㊳；遷而不淫㊴，復而不厭㊵；哀而不愁，樂而不荒㊶；用而不匱㊷，廣而不宣；施而不費，取而不貪；處而不底㊸，行而不流。五聲和㊹，八風平㊺；節有度㊻，守有序㊼。盛德之所同也㊽！"

見舞象箾、南籥㊾者，曰："美哉！猶有憾㊿。"見舞大武[51]者，曰："美哉！周之盛也，其若此乎！"見舞韶濩[52]者，曰："聖人之弘也[53]，而猶有慙德！聖人之難也。"見舞大夏[54]者，曰："美哉！勤而不德[55]，非禹其誰能脩之[56]！"見舞韶箾[57]者，曰："德至矣哉！大矣，如天之無不幬[58]也，如地之無不載也！雖有盛德，其蔑以加於此[59]矣。觀止矣[60]！若有他樂，吾不敢請已」"……

①公子札：吳王壽夢最小的兒子。一稱季札，又稱季子。因食采邑於延陵、州來二地，所以又稱爲延陵季子或延州來季子。壽夢死，國人欲立季札爲王，他固辭不受。魯襄公二十九年，乃歷聘於魯、齊、晉、鄭、衞諸國。　②叔孫穆子：魯公族叔孫莊叔之子，名豹，一稱穆叔。　③說之："說"同"悅"。　④宗卿：與國君同宗的世卿。　⑤不慎舉：用人不慎重。　⑥周樂：魯爲周公之後，所以有天子之樂。　⑦工：樂工。　⑧始基之矣：舊說，二南產生的時代較早，所以季札說："從二南中聽出周之教化已經奠基了。"　⑨猶未也：言猶未盡善。　⑩勤而不怨：猶言"勞而不怨"。此指從二南的樂歌中所體現的民情。以下多仿此。　⑪淵

深。　⑫憂而不困：言民雖有憂思，尚未至於困窮。　⑬衞康叔、武公：「康叔」，周公之弟，始封於衞；「武公」，康叔的九世孫。二人皆衞之賢君。　⑭思而不懼：言雖有憂思，但無恐懼之意。杜注：「宗周隕滅，故憂思；猶有先王之遺風，故不懼。」　⑮其周之東乎：莫非是周室東遷以後的詩麼？　⑯「其細已甚」二句：「細」本指音節的煩瑣細碎；但也正象徵着鄭國政令的過於苛細煩瑣，所以人民無法忍受。　⑰浟浟：猶言「汪洋」，深廣宏大貌。據服虔的說法，以此爲形容音節的舒緩深遠，而杜注則以爲是形容聲音的宏大。疑二者兼而有之。　⑱大風：大國之風。　⑲「表東海者」二句：大意是：「這種聲音象徵着它可以做爲東海一帶的諸侯的表率，那莫非是太公（姜尚）的國家麼？」按，齊是姜姓國，太公是其遠祖，已見前註。　⑳蕩：其音坦蕩無邪。　㉑樂而不淫：「淫」是太過度、沒有節制之意；此言雖歡樂而有節制，非荒淫無度之音。㉒其周公之東乎：莫非是周公東征時的詩麼？　㉓夏聲：猶言「京音」（用日人安井衡左傳輯釋引中井積德說）。按，秦地在陝、甘一帶，本西周舊都，故云。　㉔能夏則大：「夏」本作「大」解。此言能發京音，自然聲音宏大。　㉕渢渢：「渢」音泛，又音凡，浮貌（用洪亮吉說）。此指音節輕飄浮泛。　㉖「大而婉」二句：上句，言聲雖大而委婉多曲折。下句，「險」，杜注以爲應作「儉」，「險」、「儉」都作「狹隘」、「迫促」解，指樂歌的節拍急促；「易行」，指樂調易於使轉，並不艱澀難歌。按，魏是姬姓國，在今之山西，後爲晉所滅。此處所描寫的卽是晉樂的風格。　㉗「以德輔此」二句：此仍是以聲音爲政治的象徵。言晉樂音節欠沉著，正如政治措施方面的德教不足；如果有人用德教來輔助，那一定是個開明的君主。㉘思深哉：「思」指憂思。　㉙令德：猶言「美德」、「盛德」。　㉚鄶：同「檜」，卽詩經中的檜風。按，檜風以下，還有曹風。　㉛無譏：沒有給予批評。按，此處的「譏」不一定是貶辭。　㉜「思而不貳」二句：上句，言樂歌中雖流露出憂思，但無背叛之心。下句，言雖有怨恨而不敢盡情傾吐。　㉝熙熙：和美，融洽。　㉞曲而有直體：言音節表面曲折柔緩而內裏剛勁有骨力。　　㉟直而不倨：剛勁而不放肆。按，此下十四句都是形容頌的樂調之美的。　　㊱曲而不屈：柔婉曲折而不卑下靡弱。　　㊲邇而不偪：緊密而不局促逼迫。　　㊳遠而不攜：悠遠疏曠而不散漫游離。　　㊴遷而不淫：多變化而不使人感到過火。　　㊵復而不厭：多反覆重疊而不使人感到厭倦。　　㊶樂而不荒："荒"也是"過度"的意思。　　㊷"用而不匱"至"取而不貪"四句：此是以物質作比喻。第一句，言聲音如物資的用之不竭；以喻樂調的豐富多采。第二句，言聲音如大量的物資，但並不是完全顯露在外面的；以喻樂調含蓄有餘味。第三句，言聲音如施物與人，但物之本身不見減少；第四句，言聲音如向人取物，而所取之物並不見增多；以喻樂調的節奏勻稱適宜，無畸輕畸重之病。　　㊸"處而不底"二句：上句，言聲音好像靜止了，但實未停頓中斷；下句，言聲音好像流動不已，但實非泛濫無歸。　　㊹五聲和："五聲"，宮、商、角、徵、羽；"和"，和諧。　　㊺八風平："八風"即"八音"，指用金、石、絲、竹、匏、土、革、木八類樂器。"平"，協調。　　㊻節有度：節奏有一定的尺度。　　㊼守有序：各種樂器交相鳴奏，但皆有一定的次第，相守不亂。　　㊽盛德之所同：此仍以音樂做爲政治的象徵，言言樂之盡美盡善，正與有盛德的人爲政一樣，也是盡美盡善的。杜注以爲魯頌、商頌皆與周頌所體現的盛德相同，未免迂曲，似可不從。　　㊾象簫、南簫：兩種舞名。"象"，鄭玄說："象用兵時刺伐之舞。""簫"音朔，舞蹈時舞者所持的竿子。"象簫"，執竿而舞，彷彿戰爭時用干戈擊刺之狀，是一種武的舞蹈。"簫"，一種管樂器，與笛相似。"南簫"，以簫伴奏而舞，是一種文的舞蹈（以上用孔穎達說）。一說，"簫"即"簫"，"象簫"是簫舞（見唐司馬貞史記索隱），其說亦非無據，可以並存互參。　　㊿有憾：有遺憾，感到美中不足。　　(51)大武：周武王之樂。　　(52)韶濩：殷湯之樂。"濩"音護。　　(53)"聖人之弘也"三句："弘"，偉大；"慙德"，猶言"缺點"。舊說皆以此爲季札批評湯的人格的話，意謂湯雖偉大，而以臣伐君，未免於君臣之義有虧，故言"有慙德"。而清姚際恆、閻若璩二氏則以爲這是季札批評音樂的話，與上文"猶有憾"的語氣正同。大意是："韶濩之樂，雖能體現出聖人的偉大，但仍不免有缺點；可見用音樂來體現聖人的盛德是非常之難的。"(詳見閻著尚書古文疏證卷八引姚説)。按，原文"見舞象箾……"以下，是季札觀舞容的評語。通過舞容，也很可能體察出古代帝王政教的業績。故季札之言，也未嘗不可以認爲是人格方面的評語。姚、閻之説，但録以備考而已。 (54)大夏：夏禹之樂。 (55)勤而不德：勤勞於民事，而不自以爲功。 (56)"非禹"句：如果不是禹，還有誰能做得到呢？ (57)韶箾：一作簫韶，虞舜之樂。 (58)幬：音導，又音陶，覆蓋。 (59)蔑以加於此：指舜之樂盡善盡美，無以復加了。 (60)"觀止矣"三句：大意是："欣賞了這種音樂，實在是達到止境(頂點)了，卽使有别的音樂，我也不想要求再欣賞了。"

(十八) 鄭子産相國(襄公三十年、三十一年)

鄭子皮①授子産②政。辭曰："國小而偪③，族大寵多④，不可爲⑤也。"子皮曰："虎帥以聽⑥，誰敢犯子！子善相之。國無小⑦；小能事大，國乃寬⑧。"

子産爲政，有事伯石⑨，賂與之邑。子太叔⑩曰："國皆其國也⑪，奚獨賂焉？"子産曰："無欲實難⑫。皆得其欲，以從其事，而要其成。非我有成⑬，其在人乎？何愛於邑！邑將焉往⑭？"子太叔曰："若四國⑮何？"子産曰："非相違也⑯，而相從也，四國何尤⑰焉！鄭書⑱有之，曰：'安定國家，必大焉先⑲。'姑先安大⑳，以待其所歸。"既，伯石懼而歸邑，卒與之。

伯有㉑既死，使太史命伯石爲卿。辭㉒。太史退，則請命㉓焉。復命之，又辭。如是三，乃受策入拜。子産是以惡其爲人也，使次己位㉔。

子產使都鄙有章㉕，上下有服㉖，田有封洫㉗，廬井有伍㉘。大人㉙之忠儉者，從而與之；泰侈者，因而斃之。豐卷㉚將祭，請田㉛焉；弗許，曰："唯君用鮮㉜。衆給而已﹗"子張怒，退而徵役㉝。子產奔晉，子皮止之，而逐豐卷。豐卷奔晉。子產請其田里㉞，三年而復之㉟；反其田里㊱，及其入焉。

從政一年，輿人㊲誦之曰："取我衣冠而褚之㊳，取我田疇而伍之㊴。孰殺子產，吾其與之㊵﹗"及三年，又誦之曰："我有子弟，子產誨之；我有田疇，子產殖㊶之；子產而死㊷，誰其嗣之﹗"

①子皮：鄭大夫，名罕虎。知子產之賢，遂授之以政。　②子產：名公孫僑，一字子美，鄭大夫公子發之子。爲人有見事之明，應變之略。魯襄公三十年，代子皮執政，當國二十餘年，無論內政外交，皆有顯著功績。魯昭公二十年病卒，孔子稱他爲"古之遺愛"。　③國小而偪：領土狹小，處於大國之間，易受迫害。　④族大寵多：鄭之公族盛大，而恃寵專橫之人甚多。　⑤不可爲：猶言"不可治"。　⑥虎帥以聽：子皮自言："我率領着這些公族聽命於你。"　⑦國無小：猶言"國不在小"。　⑧國乃寬："寬"對前文"國小而偪"言，指國勢可以寬舒緩和，有發展的餘地。　⑨有事伯石："伯石"，鄭大夫公孫段的字，一稱子石。此言"國家有政事需要伯石去辦"。　⑩子太叔：名游吉，也是鄭的賢臣。　⑪"國皆其國也"二句：言鄭國是所有鄭國人的國家，爲什麼找伯石辦事就特別需要賄賂呢？　⑫"無欲實難"至"而要其成："大意是："一個人沒有欲望實在是很難的。我現在就是要使他們的欲望得到滿足，好讓他們替國家辦事；但一定要責成他們把事情辦得圓滿成功。"　⑬"非我有成"二句：此承上文而言。大意是："只要事情成功，那還不是由於我才辦成的，何嘗是由於別人呢？"言外指自己是主動者，以邑賂人無非是一種手段。　⑭邑將焉往：猶今口語所謂"那個邑是跑不了的"。意指雖把邑賜給伯石，實際上那塊土地還是屬於鄭國的。

⑮四國: 四方的鄰國。　　⑯"非相違也"二句: 言賜邑給伯石,並不是違反伯石的利益而是順從了他的利益。　　⑰尤: 見怪。　　⑱鄭書: 鄭國的史籍。　　⑲必大焉先: 此句是賓語提前,猶言"必先於大焉者"。此連上句的大意是: "要使國家安定,必須使國中的大族得到優先的待遇。"⑳"姑先安大"二句: 姑且先使大族安定下來,以觀其後果。　　㉑伯有: 卽鄭大夫良霄。因剛愎酗酒,被公孫黑(也是鄭國的大夫)所殺。　　㉒辭: 伯石辭不就職。　　㉓請命: 伯石請求仍命其爲卿。按, 由此可見,伯石是非常虛偽矯情的。　　㉔使次己位: 子產使伯石居於僅次於自己的地位。按, 子產雖惡伯石之爲人, 但畏其作亂, 故寵之 (用杜注)。㉕都鄙有章: "都",國都;"鄙", 邊境。此言使國都及邊境之上的一切事物,都有一定的規章。　　㉖上下有服: "服",制度。此言上下尊卑皆有一定的制度。　　㉗封洫: "封", 疆界;"洫", 溝渠,所以導水灌田。㉘廬井有伍: "廬",房舍;"伍",杜注: "使五家相保。"此處當是泛指農村中的房舍和水井,皆按照戶口有一定的安排。　　㉙大人: 指鄭之卿大夫。　　㉚豐卷: 鄭大夫,字子張。按,豐氏是鄭國的大族之一。　　㉛田: 田獵。　　㉜"唯君用鮮"二句: "鮮",指新殺的動物;"給", 一般的供應。此言"唯有國君在祭祀時才用新殺的動物,至於羣臣,只要一般的祭品已經齊備, 也就可以了"。　　㉝徵役: 招聚兵卒, 想要攻打子產。㉞子產請其田里: 子產請求鄭君不沒收豐卷的田地住宅。　　㉟三年而復之: 到了三年,便讓豐卷回國。　　㊱"反其田里"二句: 此言當豐卷回國的時候,不但把田地住宅都還給他,連三年的收入也都給了他。　　㊲輿人: 猶言"衆人"。㊳"取我衣冠"句: "褚"同"貯",儲藏,引申有"沒收"之意。此言子產把奢侈之家的衣冠都沒收了。　　㊴"取我田疇"句: 言子產把人們的田畝都取來重新劃分、安排。　　㊵吾其與之: "與"作"助"解。此連上句言: "誰要想殺子產,我願意幫助他。"㊶殖: 蕃殖,增產。　　㊷"子產而死"二句: 子產如果死了,誰是他的後繼者呢?〔以上載襄公三十年,寫子產初執政時遭遇的困難及其政治措施的成就。〕

公薨之月①，子產相②鄭伯③以如晉。晉侯以我喪故，未之見也。子產使盡壞其館之垣④，而納車馬焉。

士文伯⑤讓⑥之曰：“敝邑以政刑之不脩，寇盜充斥⑦，無若諸侯之屬辱在寡人者何⑧；是以令吏人完客所館⑨。高其閈閎⑩，厚其牆垣，以無憂客使⑪。今吾子壞之，雖從者能戒⑫，其若異客⑬何！以敝邑之爲盟主，繕完葺牆⑭，以待賓客；若皆毀之，其何以共命⑮？寡君使匄請命⑯。”

對曰：“以敝邑褊小，介於大國。誅求無時⑰，是以不敢寧居，悉索敝賦⑱，以來會時事。逢執事之不閒⑲，而未得見；又不獲聞命⑳，未知見時。不敢輸幣㉑，亦不敢暴露。其輸之㉒，則君之府實也，非薦陳之，不敢輸也；其暴露之，則恐燥濕之不時而朽蠹㉓，以重敝邑之罪。僑聞文公之爲盟主也，宮室卑庳㉔，無觀臺榭㉕，以崇大諸侯之館；館如公寢㉖，庫廄㉗繕脩，司空以時平易道路㉘，圬人以時塓館宮室㉙。諸侯賓至，甸設庭燎㉚，僕人巡宮㉛；車馬有所㉜，賓從有代㉝；巾車脂轄㉞，隸人牧圉㉟，各瞻其事；百官之屬，各展其物㊱。公不留賓㊲，而亦無廢事；憂樂同之㊳，事則巡之㊴；教其不知㊵，而恤其不足。賓至如歸。無寧菑患㊶，不畏寇盜，而亦不患燥濕。今銅鞮之宮㊷數里，而諸侯舍於隸人㊸。門不容車㊹，而不可踰越。盜賊公行，而天癘不戒㊺。賓見無時㊻，命不可知。若又勿壞，是無所藏幣，以重罪也；敢請執事，將何所命之㊼？雖君之有魯喪㊽，亦敝邑之憂也。若獲薦幣，脩垣而行㊾，君之惠也。敢憚勤勞！”

文伯復命。趙文子㊿曰：“信！我實不德，而以隸人之垣，以贏⑤⑵諸侯；是吾罪也！”使士文伯謝不敏焉。

晉侯㊽見鄭伯，有加禮，厚其宴好㊷而歸之。乃築諸侯之館。

叔向㊹曰："辭㊺之不可以已㊻也如是夫！子產有辭，諸侯賴之；若之何其釋辭㊼也！詩曰：'辭之輯矣㊽，民之協矣；辭之繹矣，民之莫矣。'其知之矣㊾！"

　①公薨之月："公"指魯襄公。據春秋，襄公死於三十一年六月。"薨"音烘，諸侯死去叫"薨"。此連下文，言襄公三十一年六月，子產相鄭伯往晉國。　②相：輔佐。　③鄭伯：卽鄭簡公，名嘉，魯襄公八年（公元前五六五）卽位，在位三十六年。　④盡壞其館之垣：把晉國招待外賓的館舍的圍牆完全拆毀。　⑤士文伯：晉大夫，名匄，字伯瑕。⑥讓：讀上聲，責問。　⑦充斥："充"，充滿；"斥"，作"大"、"廣"解（用梁履繩説）。此句猶言"寇盜到處都有"。　⑧'無若'句："諸侯之屬"，諸侯的臣屬；"在"，存問。此連上文言："盜賊很多，這對於屈尊來存問晉君的諸侯的臣屬説來，是無可奈何的事。"　⑨完客所舍：修繕外賓所住的館舍。　⑩閈閎："閈"音旱，大門；"閎"音宏，里巷之門；此處連用，卽指館舍的大門。　⑪無憂客使：使外國使節無寇盜之憂。　⑫雖從者能戒：卽使你的手下人能够戒備。　⑬異客：他國的賓客。　⑭繕完葺牆："完"當是"院"字，指圍牆而言（用段玉裁説，見説文解字注），與"牆"同義，"繕"和"葺"都作"修治"解。此句猶言"修葺垣牆"。　⑮其何以共命："共"同"供"；"命"指他國諸侯的要求。此連上文言："如果把牆垣都拆毀了，那將怎樣供應其他賓客的需要呢？"　⑯請命：請問拆毀牆垣的用意何在。　⑰誅求無時："誅"作"責"解。此言"大國責成鄭國貢獻禮物，没有定時"。所謂"大國"，卽隱指晉而言。　⑱"悉索敝賦"二句："賦"，指財物；"會"，朝會；"時事'，指聘問之禮。此言"盡量搜索敝國的財富，拿來朝見晉君，行聘問之禮。"　⑲閒：閒暇。⑳"又不獲聞命"二句：又没有得到晉君的指示，不知什麼時候才能召見。㉑不敢輸幣："輸"，獻納；"幣"，財帛之類的禮物。此言因未蒙晉君召見，

所以不敢把禮物獻納。　　㉒"其輪之"至"不敢輪也"："府實"，府庫中的物品；賓主相見，而陳列其幣於庭，叫作"薦陳"。此言"只要把這些東西獻納給你們，那麼它們早晚是晉君府庫中的財物；可是不經過一定的外交儀式，我是不敢獻納的。"　　㉓朽蠹：朽爛，殘毀。　　㉔卑庫：猶"卑小"。"庫"音婢，作"小"解。　　㉕無觀臺榭："觀"，讀去聲，指遊賞之地。此言從前晉文公並沒有給自己建造臺榭（"臺"，樓臺；"榭"，周圍有樹木的臺），以爲遊賞之地。　　㉖館如公寢：諸侯的館舍，同晉君的寢宮相似。　　㉗庫廄："庫"，倉庫，所以儲藏幣物；"廄"音救，馬房。　　㉘"司空"句："司空"，負責興造土木工程的官吏；"易"，作"治"解。此言司空及時地修治道路。　　㉙"圬人"句："圬人"，泥水工匠；"墁"音曼，粉刷牆壁。　　㉚旬設庭燎："旬"，卽旬人，負責管理薪火之官。"庭燎"，在庭院中設置大燭以照明。　　㉛僕人巡宮："巡"，巡視。此言僕人輪迴地巡視館舍，以爲警衛。　　㉜車馬有所：車馬都安置在一定的處所。㉝賓從有代：設有專人，代替外賓的僕從服勞役。　　㉞巾車脂轄："巾車"，管理車輛的官；"脂"，塗油；"轄"，裹在車軸上的鐵皮，此處卽指車軸。此言由專門管車輛的官把車軸上都塗了油，爲了車輪易於旋轉，行走起來方便。　　㉟"隸人牧圉"二句：上句，"隸人"，是管洒掃房舍、清除廁所的人；"牧"，看守牛羊的人；圉"，看馬的人。下句，"瞻"，照管，看顧。此言"隸人和牧人、圉人等各自照看自己分內的工作"。　　㊱各展其物："展"，陳列。"展物"所以招待外賓。㊲"公不留賓"二句：言晉文公對於賓客隨到隨見，從不就擱外賓的時間，因而外國的使節可以速歸；但一切外交儀式也都應有盡有，並不因時間短促就把禮節廢除。　　㊳憂樂同之：言文公與賓客同憂樂。㊴事則巡之："事"指意外的事變。言萬一有意外之事，則格外注意警衛巡邏的工作（參用日人安井衡說）。㊵"教其不知"二句：言文公對外賓事事周到，外賓有不知道的事情則加以教導，物質方面有缺乏的則加以接濟贈恤。　　㊶"無寧菑患"三句："無寧"是關聯詞，猶言"豈但沒有"。此三句大意是："豈但沒有什麼災患，不怕寇盜，而且也不怕天時燥熱或潮濕。” ㊷銅鞮之宮：晉君别宮。故址在今山西沁縣南十里。 ㊸諸侯舍於隸人：言諸侯的館舍彷彿是奴隸居住的地方。 ㊹“門不容車”二句：大門進不去車。而又有闉牆之限，無法越過。 ㊺天癘不戒：“天癘”即天災，即指上文的“燥濕之不時”；一本作“天厲”，非是。“戒”，準備。 ㊻“賓見無時”二句：没有一定的時間接見賓客，也不知道究竟什麽時候才發布召見外賓的命令。 ㊼將何所命之：此連上文言：“我敢向您請示，您對我將有什麽指教？”按，此是反過來質問士文伯的語氣。 ㊽“雖君之有魯喪”二句：大意是：“雖然晉君藉口魯國有喪事而不接見我們，但鄭國和魯國也是同姓，也是同樣地感到憂戚啊！”言外指鄭君並不因魯喪而中止朝見晉君，晉侯自不能藉口魯喪而不見鄭伯。 ㊾脩垣而行：鄭替晉把牆修好，然後回國。 ㊿趙文子：名武，趙盾之孫。 ㊿①信：指子産説的話完全正確。 ㊿②贏：作“受”解，引申有“接待”、“容納”之意。 ㊿③晉侯：即晉平公，名彪，悼公之子。魯襄公十六年（公元前五五七）即位，在位二十六年。 ㊿④厚其宴好：厚加款待，增强友好關係。 ㊿⑤叔向：晉之賢大夫。姓羊舌，名肸（音吸）。 ㊿⑥辭：口才，辭令。 ㊿⑦不可以已：猶言“不可以廢”。 ㊿⑧釋辭：放棄辭令。 ㊿⑨“辭之輯矣”四句：見詩經大雅板篇。前二句，“輯”，和；“協”，今本詩經作“洽”，融洽。後二句，“繹”通“懌”，喜悦；“莫”，安定。大意是：“善於辭令的把話説得非常和諧，那麽人民也就融洽一心了；把話説得非常動聽，使人聽了高興，那麽人民也就安定了。” ⑥⓪其知之矣：言此詩的作者是懂得善於辭令的好處的。〔以上寫子産在外交方面的成功。自此以下各段，都見於襄公三十一年。〕

十二月，北宫文子① 相衛襄公② 以如楚；宋之盟③ 故也。過鄭，印段迋勞于棐林④，如聘禮而以勞辭⑤。文子入聘⑥；子羽⑦ 爲行人，馮簡子⑧ 與子太叔逆客。事畢而出，言於衛侯曰：“鄭有

禮，其數世之福也。 其無大國之討乎⑨？ 詩云：‘誰能執熱⑩，逝
不以濯。’禮之於政，如熱之有濯也。濯以救熱，何患之有？”

子產之從政也，擇能而使之。馮簡子能斷大事。子太叔美秀
而文⑪。 公孫揮能知四國之為⑫，而辨於其大夫之族姓、班位、貴
賤、能否，而又善為辭令。裨諶⑬ 能謀；謀於野則獲⑭，謀於邑則
否。鄭國將有諸侯之事，子產乃問四國之為於子羽，且使多為辭
令；與裨諶乘以適野，使謀可否，而告馮簡子，使斷之⑮；事成，乃授
子太叔，使行之，以應對賓客。是以鮮有敗事⑯。北宮文子所謂有
禮也。

①北宮文子：衞大夫，名佗。　　②衞襄公：名惡，魯襄公三十年(公
元前五四三)卽位，在位九年。　　③宋之盟：按，左傳襄公三十年載，諸
侯因宋有災，乃會盟於宋。此處卽指其事，言衞君到楚國去，是由於踐盟
的緣故。　　④“印段”句：“印段”，鄭大夫，字子石。“迋”同“往”。“勞”，
慰問。“棐林”，鄭地名，一名林鄉，在今河南新鄭縣東二十五里。　　⑤“如
聘禮”句：按照正規的外交上所行的聘問之禮接待衞君，並向衞君致
慰勞之辭。　　⑥文子入聘：北宮文子因酬答鄭國迎勞之誼，故入鄭行
聘問之禮。　　⑦子羽：卽公孫揮，是春秋時鄭國有名的外交官員。博
學多聞，善為辭令。　　⑧馮簡子：鄭大夫。　　⑨其無大國之討乎：
“討”，討伐。言鄭國在數世之內，將不致受到大國的侵伐。　　⑩“誰能
執熱”二句：見詩經大雅桑柔篇。舊說以“執熱”為用手持熱物；“濯”指用
水洗手；“逝”，關聯詞，猶“而”。大意是：“誰能用手拿了炙熱的物件而不
用冷水洗手以解熱呢？”但清人段玉裁則以為：“執熱，言觸熱、苦熱；濯，
謂浴也。”(見其所著經韻樓集卷一詩執熱解)意謂“誰能在最熱的環境中
而不洗浴身體以求涼快呢？”似較舊說為優，謹錄以備考。　　⑪美秀而
文：貌美才高，而且談吐有文采。　　⑫“公孫揮”句至“善為辭令”：言公
孫揮能够預料四方諸侯的行動，並對各國大夫的家族姓氏、祿秩爵位、身

分的貴賤、才能的高低，都知道得清楚，而且又極會講話。　⑬神諶：鄭大夫。音卓忱。　　　⑭“謀於野”二句：“野”，郊外；“邑”，城內。梁履繩說：“謀於野者，以靜曠無繁擾也。”（按，梁說本於林堯叟。）其意蓋謂神諶之爲人喜靜不喜鬧，所以考慮問題時必須到野外去，才能有所收獲。故下文有“與神諶乘以適野（乘了車子到郊外去），使謀可否”的話。　　　⑮使斷之：使他判斷，做最後決定。　　　　　⑯鮮有敗事：很少有事情辦壞了的時候。〔以上寫子産善於擇賢材而用之。〕

鄭人游于鄉校①，以論執政。　然明②謂子産曰：“毀鄉校如何？”子産曰：“何爲！夫人朝夕退而游焉③，以議執政之善否。其所善者，吾則行之；其所惡者，吾則改之；是吾師也。若之何毀之？我聞忠善以損怨④，不聞作威以防怨。　豈不遽止⑤，然猶防川⑥：大決所犯⑦，傷人必多，吾不克救也；　不如小決使道⑧——不如吾聞而藥之⑨也。”

然明曰：“蔑也，今而後知吾子之信可事⑩也！小人實不才。若果行此，其鄭國實賴之；豈唯二三臣？”

仲尼聞是語也，曰：“以是觀之⑪，人謂子産不仁，吾不信也。”

　　①鄉校：鄉間的公共場所。既是學校，又是鄉人聚會議事的地方。②然明：鄭大夫鬷蔑的字（“鬷”音宗）。　　③朝夕退而游焉：“退”，指工作完畢的休息時間；“焉”，作“於彼”解（“彼”指鄉校）。此言“在早晚工作的餘暇到鄉校去走走”。　　④忠善以損怨：此與下句爲對文。“忠”，作動詞用，“忠善”猶言“忠於爲善”，此處有“擇善而從”之意；“損怨”，減少怨恨。　　⑤豈不遽止：“遽”，馬上，立刻。此句承“作威’句而言，意謂“如果用强硬的手段去制止輿論，那未嘗不能把大家的嘴立刻堵住”。⑥然猶防川：但是那種作法却同防水決口一樣。按，國語周語有“防民之口。甚於防川”的話；漢賈讓說：“治土而防其川，猶止兒啼而塞其口；豈不遽止，然其死可立而待也。”（見漢書溝洫志）皆與此處之語意義相近。

錄以備考。　　⑦"大決所犯"三句：此承上文，仍以防水爲喻。大意是："如果我們用强硬手段制止大家説話，那將會像河水決了大口子一樣，傷人必多，我也無法挽救了。"　　⑧小決使道：小決河水，使之疏導通暢；以喻發揚輿論，使大家有意見能隨時説出來。　　⑨吾聞而藥之：我聽到輿論之後，就用來當做治病的藥石。　　⑩信可事：實在可以成事。　　⑪"以是觀之"三句：此是孔子之言。按，魯襄公三十一年，孔子僅十歲，此語當是孔子在成長以後所説。〔以上寫子産集思廣益，發揚輿論，不壓制一般人對政治的意見。〕

　　子皮欲使尹何爲邑①。　子産曰："少②，未知可否。"子皮曰："愿③，吾愛之；不吾叛也。使夫往而學焉④，夫亦愈知治矣。"子産曰："不可↓人之愛人⑤，求利之也；今吾子愛人則以政⑥，猶未能操刀而使割也⑦，其傷實多。子之愛人，傷之而已；其誰敢求愛於子↓子於鄭國，棟也；棟折榱崩⑧，僑將厭焉⑨。　敢不盡言↓子有美錦，不使人學製焉⑩；大官大邑，身之所庇⑪也，而使學者製焉；其爲美錦⑫，不亦多乎？僑聞學而後入政，未聞以政學者也⑬。若果行此，必有所害。譬如田獵，射御貫⑭，則能獲禽；若未嘗登車射御，則敗績厭覆是懼⑮。何暇思獲⑯？"

　　子皮曰："善哉↓虎不敏。吾聞君子務知大者、遠者，小人務知小者、近者。我小人也；衣服附在吾身，我知而慎之；大官大邑，所以庇身也，我遠而慢之⑰。微子之言⑱，吾不知也。他日我曰⑲：'子爲鄭國⑳，我爲吾家，以庇焉，其可也。'今而後知不足。自今請雖吾家聽子而行㉑↓"子産曰："人心之不同，如其面焉；吾豈敢謂子面如吾面乎㉒？抑心所謂危㉓，亦以告也。"

　　子皮以爲忠㉔，故委政焉。子産是以能爲鄭國。

　　①子皮欲使尹何爲邑："尹何"，子皮的小臣。此言子皮欲使尹何擔

任自己所食采邑的邑宰。　②少:年輕。　③愿:爲人謹厚。　④"使夫"二句:"夫"與"彼"同義。此二句大意是:"尹何雖然缺乏爲政的經驗,但可以使他去學習;等他閱歷久了,他也就更懂得爲政的道理了。"⑤"人之愛人"二句:大凡一個人愛護另一個人,總希望對被愛護者本身有利。　⑥"今吾子"句:現在你愛護一個人,却把政事交給他。　⑦"猶未能"二句:正如你讓一個不會拿刀的人去割東西,那是會給割東西的人帶來很大損害的。　⑧棟折榱崩:"榱"音崔,屋椽。棟所以架椽,棟折則椽自然也要崩毁。　⑨僑將厭焉:"厭"同"壓"。上文子產把子皮比做鄭國的棟梁,鄭國是房子,鄭國的人民則是房子裏的居民。現在棟折榱崩,房子自然要倒了,那麽連子產本人也要被壓在下面了。　⑩不使人學製焉:此連上文言:"你如果有美錦,你將不使一個不會裁衣的人學着把美錦裁製成衣服,因爲你唯恐把錦給糟蹋了。"　⑪庇:寄託,依賴,庇護。　⑫"其爲美錦"二句:你這樣的作法,豈不是對於美錦比對於大官大邑還看得重嗎?　⑬"未聞"句:沒有聽說過藉做官的機會來學習爲政的。　⑭"射御貫"二句:"貫"同"慣"。此言對於射箭駕車必須熟練有經驗,才能獲得禽獸。　⑮敗績厭覆是懼:此處的"敗績"指車輛崩壞;"厭"同"壓","壓覆"指乘車的人有被傾覆輾壓的危險。　⑯何暇思獲:此連上文言"沒有射御經驗的人一心只怕車馬出意外,哪裏還有閒心去想着獵獲禽獸呢?"　⑰遠而慢之:"遠"有"疏忽"之意;"慢",輕視。⑱微子之言:如果不是你這樣一說。　⑲他日我曰:從前我曾説過。⑳"子爲鄭國"至"其可也":"爲",治,下同。此言"你治理鄭國,我只治理我的家產,使我的身體有所寄託,也就足够了。"　㉑"自今"句:從今以後,我向你請求,就連我的家事也聽從你的指示去做吧!　㉒"吾豈敢"句:子產言外指自己心裏的想法並不見得與子皮相同。　㉓"抑心所謂危"二句:不過我心裏覺得你這樣做很危險,所以就以實相告了。㉔"子皮以爲忠"二句:言子皮以子產爲忠,所以把鄭國的政事完全委託給他。〔以上寫子產對人知無不言,故能忠於國事。〕

（十九）　楚靈王乾谿之難（昭公十二年、十三年）

楚子①狩于州來②，次于潁尾③；使蕩侯④、潘子、司馬督、囂尹午、陵尹喜帥師圍徐⑤，以懼吳⑥。楚子次于乾谿⑦，以爲之援⑧。

雨雪，王皮冠、秦復陶⑨、翠被、豹舄，執鞭以出。僕析父⑩從。右尹子革⑪夕⑫，王見之。去冠、被，舍鞭，與之語曰：“昔我先王熊繹⑬，與呂伋⑭、王孫牟⑮、燮父⑯、禽父⑰並事康王⑱。四國皆有分⑲，我獨無有。今吾使人於周，求鼎⑳以爲分，王其與我乎？”對曰：“與君王哉㉑！昔我先王熊繹，辟在荆山㉒；篳路藍縷，以處草莽；跋涉山林，以事天子；唯是桃弧棘矢㉓，以共禦王事㉔。齊，王舅也㉕；晉及魯、衞㉖，王母弟也。楚是以無分，而彼皆有。今周與四國㉗，服事君王，將唯命是從，豈其愛鼎？”王曰：“昔我皇祖伯父昆吾㉘，舊許是宅㉙。今鄭人貪賴其田，而不我與；我若求之，其與我乎？”對曰：“與君王哉！周不愛鼎，鄭敢愛田？”王曰：“昔諸侯遠我而畏晉，今我大城陳、蔡、不羹㉚，賦皆千乘㉛，子與有勞焉㉜。諸侯其畏我乎？”對曰：“畏君王哉！是四國者㉝，專足畏也㉞，又加之以楚，敢不畏君王哉！”

工尹路㉟請曰：“君王命剥圭以爲鏚柲㊱，敢請命。”王入視之。析父謂子革：“吾子，楚國之望㊲也。今與王言如響㊳，國其若之何？”子革曰：“摩厲以須㊴。王出，吾刃將斬矣㊵！”

王出，復語。左史倚相趨過㊶。王曰：“是良史也！子善視之。是能讀三墳、五典、八索、九丘㊷。”對曰：“臣嘗問焉。昔穆王欲肆其心㊸，周行天下，將皆必有車轍馬跡焉。祭公謀父作祈招之詩以止王心㊹，王是以獲没於祗宫㊺。臣問其詩，而不知也；若問遠焉㊻，其焉能知之？”王曰：“子能乎？”對曰：“能。其詩曰：‘祈招之愔愔㊼，式昭德音㊽。思我王度㊾，式如玉，式如金。形民之力㊿，無醉飽之心。’”

王揖而入。饋不食(51)，寢不寐；數日，不能自克(52)，以及於難。

仲尼曰：“古也有志(53)：‘克己復禮(54)，仁也。’信善哉！楚靈王若能如是，豈其辱於乾谿？”

①楚子：即楚靈王，名圍，後改名虔，楚共王庶出的兒子。共王死，傳位於康王；康王死，傳位於其子麇（音君）。魯昭公元年（公元前五四一）十一月，靈王殺楚王麇自立。因其貪侈喜功，終於在魯昭公十三年（公元前五二九）爲公子比等所逼，自縊而死。　②狩于州來：冬獵叫“狩”，此處泛指楚王出遊。“州來”，古小國名，在今安徽鳳臺縣北。初爲楚之屬邑，後爲吴所滅。　③潁尾：潁水的下游入淮河處，即今安徽潁上縣東南之西正陽鎮。　④“蕩侯”等五人：皆楚大夫，後乃爲吴所擄獲。⑤徐：小國名。在吴、楚之間，其地即今江蘇徐州一帶。　⑥以懼吴：威脅吴國。　⑦乾谿：地名，在今安徽亳縣。　⑧以爲之援：做蕩侯等五人的聲援。　⑨“秦復陶”至“豹舄”：“秦復陶”，是秦國所進的一種羽衣；“翠被”，“被”即今所謂“披肩”，而以翠羽爲飾者；“豹舄”，用豹皮做的鞋。按，自“皮冠”至“豹舄”，是描寫楚子的衣服冠履。　⑩僕析父：楚大夫。　⑪子革：鄭大夫子然之子，名丹（下文的然丹即是子革），由鄭奔楚，任右尹之職。　⑫夕：按，晨見爲“朝”，暮見爲“夕”，是謁見國君的專稱。此指子革在傍晚時參謁楚靈王。　⑬先王熊繹：楚始封之君。　⑭吕伋：齊太公姜尚之子。　⑮王孫牟：衛始封之君康叔之子，一稱康伯。　⑯燮父：晉始封之君唐叔之子。　⑰禽父：周公之子，名伯禽，始封於魯。　⑱康王：即周康王，名釗。周成王之子。　⑲分：疑與“頒”同，作“頒賜”解。此指周天子賞賜齊、衛、晉、魯

之君以珍寶之物。　　⑳鼎:相傳禹鑄九鼎,歷經夏、商、周三代,爲周室的國寶。　　㉑與君王哉:猶言"當然要給您的囉!"按,子革此言表面上雖同意楚王,而其語氣實含諷喻。以下數句皆仿此。　　㉒辟在荊山:"辟"同"僻",指僻居偏遠之地;"荊山",楚人最早的發祥地,在今湖北南漳縣西八十里。　　㉓桃弧棘矢:桃木做的弓,棘木(酸棗木)做的箭,據云用此可以袪除不祥。　　㉔以共禦王事:"共"同"供","禦"同"御","供御"猶言"進貢"、"奉獻"。此連上文言楚先王熊繹用桃弧棘矢做爲貢物以供奉周王之用。按,此處所言,蓋謂楚僻在山林,無甚出產,只用弧矢之類奉獻給周王,其勞績遠不及齊、晉、魯、衞之大。　　㉕齊,王舅也:周成王之母是姜太公的女兒,所以說齊君是周王的舅父。　　㉖"晉及魯、衞"二句:言此三國皆爲周之同姓,是周王的兄弟輩。　　㉗"今周與四國"二句:"服事"猶言"侍奉"。此言目前楚已非常强大,周天子和齊、晉、魯、衞四國,都已來侍奉楚王了。　　㉘皇祖伯父昆吾:據杜注,陸終氏生六子,長名昆吾,少名季連。季連乃是楚的遠祖,所以稱昆吾爲"皇祖伯父"。　　㉙舊許是宅:"舊",從前;"許",小國名,即今河南許昌縣。此言現在的許地,原是從前昆吾所居住的地方。　　㉚今我大城陳、蔡、不羹:"陳"、"蔡"兩國,皆爲楚所滅;"不羹"("羹"舊注音郎,今讀爲庚),地名,有東西二邑。東不羹在河南舞陽縣北,西不羹在河南襄城縣東南(詳國語韋昭注,杜注卽本韋説)。此言楚人把陳、蔡、不羹等地的城池,都大加修築起來。餘詳下"是四國者"句註。　　㉛賦皆千乘:"賦"指軍備。此言陳、蔡、不羹等地皆有兵軍千乘。　　㉜子與有勞焉:言築城、練兵之事,子革也有一定的勞績。　　㉝是四國者:此句有三解。一、據杜注,"四國"指陳、蔡和東、西不羹。二、左傳正義引隋劉炫説,以爲此句的"四"實爲"三"之誤,"三國"卽指陳、蔡、不羹三地。古代寫"四"字作"亖",與"三"字僅差一筆,此兩字因形近而致誤。清王引之經義述聞卽主此説。三、清顧炎武、洪亮吉引漢賈誼新書:"楚靈王曰:'我欲大城陳、蔡、葉與不羹。'"以爲左傳脱落一"葉"字。按,洪亮吉説:

"韋昭解云:'潁川定陵有東不羹城,襄城有西不羹亭。'所云'不羹亭',似不可以爲國,杜注蓋誤。"而國語楚語,亦僅言陳、蔡、不羹三國,且有"今吾城三國"之語,則劉炫、王引之之說,證據稍足,似較可信。詳細考證請參閱日人安井衡左傳輯釋卷二十及竹添光鴻左氏會箋卷二十二。　　㉞專足畏也: "專"作"單"解。此連上句言"單只這幾個小國的防禦工事和軍事力量,已足够使諸侯畏懼的了"。　　㉟工尹路:人名。　　㊱剥圭以爲鍼柲: "剥",破,剖開;"圭",玉;"鍼"音戚,斧;"柲"音必,柄。此言破圭玉以飾斧柄。　　㊲楚國之望:楚國有聲望的人。　　㊳今與王言如響:指子革回答靈王,每句話都順口答音,好像回響一樣。言外譏其隨聲附和,順王之心。　　㊴摩厲以須: "摩厲"同"磨礪";"須",等待。按,子革把自己的言語比成刀刃,言我已經把刀磨快了,只在等機會了。　　㊵吾刃將斬矣:此承上文而言,大意是:"等楚王出來,我就要用我言語的刀鋒對準君王的要害斬去了。"意指將諫阻靈王不要好大喜功,害民生事。㊶"左史"句: "左史",官名;"倚相",人名;"趨過",從楚王跟前迅疾地走過。　　㊷"三墳"至"九丘":皆古書名。其書都已亡佚,故內容不詳。大抵爲記述遠古史實的書籍。後世學者對此解釋紛紜,皆無確據,兹一概從略。　　㊸"昔穆王"三句: "穆王",周穆王,名滿,昭王之子。"肆",放縱。此言昔日周穆王想要逞其野心,周遊天下,打算使自己的車轍馬跡無處不遍。按,古史載穆王雖有遠遊之心,其實並未達到目的。後人撰穆天子傳,乃小說家附會其事。　　㊹"祭公"句: "祭公謀父",周之卿士。"祈招之詩",舊說謂"祈招"是人名,即周司馬祈父。今按,"招"即"韶"之假借字,故疑是音樂名(孟子稱"徵招"、"角招",都是音樂名;而下文有"愔愔"、"德音"等語,如作人名解,則不相銜接)。"止王心",猶言"打消穆王的意圖"。　　㊺祇宮:穆王的別宮,在陝西南鄭縣。"祇"音支,又音祁。　　㊻若問遠焉:如果要問他久遠的事情。按,此連上下文言:"倚相連周穆王時的近事都不知道,要問他三墳、五典等遠古之事,恐怕他更不知道了。"　　㊼愔愔:深靜貌,形容音樂的狀詞。　　㊽式昭德音:"式",關聯詞,猶"乃";"昭",明白地表現;"德音",指有德者之音。此連上句,大意是:"<u>祈招</u>的聲音是非常幽靜深沉的,它明白地表現出是一種象徵有德者的調子。"　　㊽"思我王度"三句:"度",儀度,行動,舉止。大意是:"想像中我們國王的行動,就好像金和玉那樣地完美而堅重。"　　㊾"形民之力"二句:上句,"形"同"型",有"衡量"之意。下句,"醉飽之心",以喻放縱過度。按,詩意謂統治者使用人民,必須量力而爲,如飲食之適於飢飽之度;若放縱己意,正如飲食之過於醉飽,則民力必將疲病不能勝任,統治者的後果也就不堪設想了。　　㊿"餽不食"二句:"餽",進餐。此言<u>楚靈王</u>已悟<u>子革</u>諷諫之意,所以吃不下、睡不着。
(52)不能自克:"克",克制。此言<u>楚王</u>終於不能抑制自己的野心。　　(53)古也有志:"志",記載。此猶言"古時書上記載着有這樣的話"。　　(54)克己復禮:克制自己,使自己遵循先王的禮法。〔以上是第一大段,爲<u>昭公</u>十二年之事。寫<u>子革</u>諷諫,<u>靈王</u>不聽,已預示<u>靈王</u>之必遭危難。〕

　　<u>楚子</u>之爲令尹也①,殺大司馬<u>蒍掩</u>②而取其室③。及卽位,奪<u>蒍居</u>④田。遷<u>許</u>⑤,而質<u>許圍</u>。<u>蔡洧</u>⑥有寵於王——王之滅<u>蔡</u>也⑦,其父死焉——王使與於守而行⑧。<u>申</u>之會⑨,<u>越</u>大夫戮焉。王奪<u>鬬韋龜中犫</u>⑩;又奪<u>成然</u>⑪邑,而使爲郊尹⑫——<u>蔓成然</u>故事<u>蔡公</u>⑬。故<u>蒍</u>氏之族,及<u>蒍居</u>、<u>許圍</u>、<u>蔡洧</u>、<u>蔓成然</u>,皆王所不禮也;因<u>羣喪職之族</u>⑭,啓⑮<u>越</u>大夫<u>常壽過</u>作亂:圍<u>固城</u>⑯,克<u>息舟</u>⑰,城而居之⑱。

　　<u>觀起</u>⑲之死也,其子<u>從</u>在<u>蔡</u>,事<u>朝吳</u>⑳,曰:"今不封<u>蔡</u>㉑,<u>蔡</u>不封矣。我請試之㉒!"以<u>蔡公</u>之命,召<u>子干</u>㉓、<u>子晳</u>㉔。及<u>郊</u>㉕,而告之情㉖;强與之盟㉗,入襲<u>蔡</u>。<u>蔡公</u>將食,見之而逃。<u>觀從</u>使<u>子干</u>食㉘,坎用牲㉙,加書而速行㉚。已徇於<u>蔡</u>㉛,曰:"<u>蔡公</u>召二子,將納之㉜,與之盟而遣之矣。將師而從之㉝!"<u>蔡</u>人聚,將執之㉞。

辭曰:"失賊成軍㉟,而殺余,何益?"乃釋之。朝吳曰:"二三子若能死亡㊱,則如違之,以待所濟;若求安定㊲,則如與之,以濟所欲。且違上㊳,何適而可?"衆曰:"與之!"乃奉蔡公,召二子而盟于鄧㊴,依陳、蔡人以國㊵。

楚公子比、公子黑肱、公子弃疾、蔓成然、蔡朝吳,帥陳、蔡、不羹、許、葉㊶之師,因四族之徒㊷以入楚㊸。及郊,陳、蔡欲爲名㊹,故請爲武軍。蔡公知之,曰:"欲速㊺,且役病矣㊻!請藩而已㊼。"及藩爲軍。蔡公使須務牟與史猈㊽先入,因正僕人㊾殺太子禄及公子罷敵㊿。

公子比爲王,公子黑肱爲令尹,次于魚陂(51);公子弃疾爲司馬,先除王宫(52)。使觀從從師于乾谿(53),而遂告之(54);且曰:"先歸復所(55),後者劓。"師及訾梁而潰(56)。

王聞羣公子之死也,自投于車下,曰:"人之愛其子也,亦如余乎?"侍者曰:"甚焉(57)!小人老而無子(58),知擠于溝壑矣。"王曰:"余殺人子多矣,能無及此乎(59)?"

右尹子革曰:"請待于郊(60),以聽國人。"王曰:"衆怒不可犯也。"曰:"若入於大都(61),而乞師於諸侯。"王曰:"皆叛矣!"曰:"若亡於諸侯(62),以聽大國之圖君(63)也。"王曰:"大福不再(64),祇取辱焉。"然丹乃歸于楚。

王沿夏(65),將欲入鄢(66)。芋尹無宇(67)之子申亥曰:"吾父再奸王命(68),王弗誅,惠孰大焉!君不可忍(69),惠不可弃,吾其從王!"乃求王,遇諸棘闈(70),以歸(71)。

夏,五月,癸亥(72),王縊于芋尹申亥氏。申亥以其二女殉,而葬之(73)。

①"楚子"句:按,楚王麇元年,即魯襄公二十九年(公元前五四四),楚靈王(當時稱公子圍)繼屈建爲令尹。　②薳掩:"薳"卽"蔿"。按,殺薳掩事見左傳襄公三十年。　③取其室:"室",包括妻室、財產。　④薳居:薳掩的同族。　⑤"遷許"二句:上句,據左傳昭公九年,楚遷許人於夷(今安徽亳縣東南七十里)。下句,"許圍",許大夫。此言楚在遷許時,把許圍帶回楚國來做抵押。　⑥蔡洧:蔡人。蔡被楚滅以後,洧入仕於楚。　⑦"王之滅蔡也"二句:此是左傳作者的夾註語。言楚靈王滅蔡之時,蔡洧的父親是被王殺死的。按,靈王滅蔡事,見左傳昭公十一年。　⑧王使與於守而行:言楚靈王使蔡洧參與守護國都的任務,然後向乾谿出發。"行"的主語是"王"。　⑨"申之會"二句:按,左傳昭公四年六月,楚靈王曾會合諸侯於申。上句卽指此事。下句,"越大夫",卽下文的常壽過;"戮",作"辱"解。此言楚靈王在申會合諸侯之時,曾使常壽過受到了侮辱。　⑩王奪鬬韋龜中犫:"鬬韋龜",楚令尹子文的玄孫;"中犫",邑名,約在河南南陽附近。此言中犫本是鬬韋龜的采邑,竟被楚靈王給奪佔了去。　⑪成然:鬬韋龜之子。因其食采邑於蔓,故一稱蔓成然。　⑫郊尹:治理郊境的官。　⑬"蔓成然"句:此句也是左傳作者的夾註語。"故",指從前;"事",侍奉;"蔡公",卽靈王幼弟公子弃疾(按,弃疾亦爲楚共王庶出之子)。靈王滅蔡之後,封弃疾於蔡,故稱蔡公。此句言成然以前是曾經侍奉弃疾的。　⑭因羣喪職之族:"因",憑藉。"羣喪職之族",指楚靈王時很多喪失了職位的人的親族。這些喪職的人都是被靈王所黜免的,因此他們都怨恨靈王。故薳居等人藉其力以叛變。　⑮啓:誘導。　⑯固城:楚東境邑名,約在河南臨汝縣附近。　⑰息舟:據杜注,亦楚邑名。梁履繩則疑"息"爲故息國,而以"舟"爲另一邑名;則是分"息"、"舟"爲二了。姑錄以備考。　⑱城而居之:言常壽過等攻下息舟以後,卽增築城垣而居其中,以爲根據地。　⑲觀起:楚令尹子南所寵信的人。魯襄公二十二年,楚康王(亦共王之子,靈王之兄。餘詳下文註)殺子南,並用車磔裂觀起。　⑳朝吳:蔡

大夫歸生之子。蔡爲楚滅，朝吳依公子弃疾。及靈王亂後，弃疾卽王位，蔡乃復國。故朝吳實有復蔡之功。　㉑"今不封蔡"二句："封"，指使蔡復國。此言楚王至今没有使蔡復國之意，大約他是不想重建蔡國了。按，觀從因父死怨楚，故擬作亂；於是向朝吳進言，以圖起事。　㉒我請試之："試"，指擬乘常壽過之亂試爲復蔡之謀。　㉓子干：卽公子比，楚共王之子，曾爲右尹。魯昭公元年，楚靈王既殺楚王麇而自立，子干乃奔晉。至昭公十三年，始被觀從假託蔡公之命召回楚國。餘詳下正文。　㉔子晢：卽公子黑肱，亦共王之子。魯昭公元年，靈王纂位自立，子晢乃奔鄭。後與子干一同入國起事，又與子干同時自殺。均詳下文。　㉕及郊：子干、子晢到了蔡郊。　㉖而告之情：觀從把假託蔡公之命的實情告訴他們。　㉗強與之盟：強迫子干等訂了盟約。㉘觀從使子干食：據杜注，卽指吃蔡公所没有吃的食物。按，觀從此舉，是爲了使子干在蔡公處多就擱些時候，好讓外人以爲他們是在商談問題。　㉙坎用牲："坎"卽坑，殺牲而祭叫"用"。古人訂盟，掘地爲坎，殺牲而歃血。此言在坎祭時殺牲做爲儀式。　㉚加書而速行："加書"，把盟書加於牲上而祭，是訂盟時的儀式。上文寫蔡公因子干突如其來，莫名其妙，所以逃開了。此處乃寫觀從乘機作僞，把一份假造的盟書拿出來置於牲上，就算行過了儀式，然後迅速地頒行於衆。好像真與蔡公訂過盟約似的。　㉛己徇於蔡："己"指觀從。此言觀從公開地對蔡人宣布。　㉜"將納之"二句：言蔡公打算把子干、子晢二人送入楚國，現已與他們訂了盟約，而且打發他們動身了。　㉝將師而從之：蔡公本人也將率領兵馬跟着他們兩人前去。　㉞將執之：蔡人不信觀從之言，要把他捉住。　㉟"失賊成軍"三句："賊"指子干、子晢。此言"子干等已經走掉，蔡公的軍隊也編成了，殺掉我有什麽用？"　㊱"二三子"句至"以待所濟"："二三子"指蔡人；"則如"，猶今口語所謂"就不如"；"濟"，本指事情成功，此處泛指事情演變的後果。大意是："你們如果想爲楚靈王效忠而死亡，那就不如違反蔡公的命令，等待着事情演變的後果。”　　㊲“若求安定”至“以濟所欲”：大意是：“假如你們希望安定無事，那就不如贊助蔡公，好滿足你們的希望。”　　㊳“且違上”二句：上句，“上”，指蔡公。下句，“何適而可”，是反問語氣；如改爲正面語氣，猶言“無所適從”。此二句大意是：“况且，你們如果違反了主上蔡公，你們將會無所適從的。”　　㊴鄧：本古國名，春秋時爲楚所滅。在今湖北襄陽縣境。　　㊵依陳、蔡人以國：“依”，依賴；“以國”，指許其復國。此言子干等人起事，必須依賴陳、蔡兩國人民的力量，於是就用事成之後卽可復國的諾言相許，以爲交換條件。　　㊶葉：音涉，小國名，後爲楚所滅。其故城在今河南葉縣附近。　　㊷四族之徒：指蔿居、許圍、蔡洧、蔓成然四氏的族人。　　㊸以入楚：“楚”指楚之國都，卽郢都，在今湖北江陵縣北。　　㊹“陳、蔡欲爲名”二句：杜注：“欲築壘壘，以示後人，爲復讎之名。”言陳、蔡爲了要播揚誅除無道和復己之國的名聲，故想大築營壘，以誇耀軍容的威武。　　㊺欲速：言起兵誅王，利於迅速，不宜久留。㊻且役病矣：言如大加修築工事，則士兵也將因服勞役而疲弊。　　㊼請藩而已：“藩”，藩籬。言弃疾要求大家，只要暫時用籬笆編成營棚以駐軍就成了。　　㊽須務牟與史猈：二人皆楚大夫，是蔡公的黨羽。“猈”音牌。　　㊾正僕人：太子的近官。　　㊿太子禄及公子罷敵：皆靈王之子。“罷”音疲。　　51魚陂：地名。在今湖北天門縣西北。　　52先除王宮：“除”，修治。按，弃疾一入國都，就先修治王宮，可見他是有野心的。　　53使觀從從師于乾谿：“師”，指楚靈王的軍隊。此言弃疾使觀從到乾谿去同靈王的軍隊相接觸、相周旋。　　54而遂告之：“告”，宣布子干等起兵叛王；“之”，指楚靈王的軍隊。　　55“先歸復所”二句：先歸國的人可以復還其所居，後歸的人就要受到割鼻的刑罰。“劓”音意，截鼻之刑。　　56師及訾梁而潰：“訾”音兹，水名。在今河南信陽縣境內；“訾梁”，卽訾水上的橋梁。此言靈王的軍隊到了訾梁地方，就潰散了。57甚焉：言愛子之心還有更甚於楚王的人。　　58“小人”二句：下句，“擠于溝壑”，指屍體被排擠、被填墜於溝壑之中。此言“像我這樣老而無子的人，一旦身死，自知是必被抛棄於溝壑之中無疑的。"按，侍者之言，蓋暗諷靈王必不免死於非命，何必還沾滯眷戀於兒子的被殺。　⑤能無及此乎："此"，指上文之"擠於溝壑"。靈王自言："我殺死他人之子甚多，又怎能不到此地步呢？"　⑥"請待于郊"二句：大意是："何妨在國都的近郊停留下來，聽憑國人的處置呢？"　⑥大都：指陳、蔡、不羹一類較大的都邑。　⑥亡於諸侯：逃亡到其它的諸侯之國去。　⑥聽大國之圖君：聽憑別的大國替你打算。　⑥大福不再：猶言"走好運也只有一回"。　⑥夏：漢水的別名。　⑥鄢：楚之別都，在今湖北宜城縣境。　⑥芋尹無宇：即申無宇，楚大夫。靈王無道，無宇曾屢次進諫。　⑥再奸王命："奸"音干，觸犯。此猶言"兩次觸犯王命"。按，據左傳昭公七年，靈王爲令尹，曾僭用國王的旌節出外田獵，申無宇竟把旌節給折斷了；及靈王即位，造了一座章華宮，把一些亡命的人納於宮中。其中有一個是曾經給申無宇看門的閽人，被申無宇知道了，竟把這個閽人從宮中捉了出去。所謂"再奸王命"，即指此二事。　⑥君不可忍：對待國君，不可過分殘忍。　⑦棘圍："棘"，里名。"圍"應作"闈"，即"門"。此言申亥在棘里的門前遇到了靈王。　⑦以歸：與王同歸。　⑦五月，癸亥：即五月二十六日。　⑦而葬之："之"指靈王。〔以上是第二大段，寫子干等人叛楚的經過，及楚靈王遇難的情況。〕

觀從謂子干曰："不殺弃疾，雖得國，猶受禍也。"子干曰："余不忍也。"子玉①曰："人將忍子②！吾不忍俟也。"乃行。

國每夜駭曰③："王入矣！"乙卯④，夜，弃疾使周走⑤而呼曰："王至矣！"國人大驚。使蔓成然走告子干、子晳曰："王至矣！國人殺君司馬⑥，將來矣！君若早自圖也，可以無辱。衆怒如水火焉⑦，不可爲謀。"又有呼而走至者曰："衆至矣！"二子皆自殺。

丙辰，弃疾即位⑧，名曰熊居。葬子干于訾——實訾敖⑨。殺囚，衣之王服⑩，而流諸漢⑪，乃取而葬之，以靖國人。使子旗⑫爲令尹。

　　楚師還自徐⑬，吳人敗諸豫章⑭，獲其五帥⑮。

　　平王封陳、蔡⑯，復遷邑⑰，致羣賂⑱，施舍寬民⑲，宥罪舉職⑳。召觀從，王曰：“唯爾所欲。”對曰：“臣之先佐開卜㉑。”乃使爲卜尹。

　　使枝如子躬㉒聘于鄭，且致欒、櫟之田㉓。事畢，弗致㉔。鄭人請曰：“聞諸道路㉕，將命寡君以欒、櫟。敢請命┃”對曰：“臣未聞命。”既復，王問欒、櫟，降服㉖而對曰：“臣過失命㉗，未之致也。”王執其手，曰：“子毋勤㉘┃姑歸㉙。不穀有事㉚，其告子也。”

　　他年㉛，芋尹申亥以王柩告；乃改葬之。

　　①子玉：卽觀從。　　②人將忍子：別人將忍心對待你。　　③“國每夜驚曰”二句：國都中的人民每每在夜間自相驚擾，喊着說：“楚王（指靈王）回國了┃”　　④乙卯：五月十八日。下文的“丙辰”是十九日。按，此時楚靈王尚未死。　　⑤使周走：使人遍走到各處。　　⑥“國人殺君司馬”二句：“司馬”卽弃疾。此是成然詐對子干、子皙說：“國人已把司馬弃疾殺死，並且就要殺到這裏來了。”　　⑦“衆怒”二句：大意是：“衆怒難犯，如同水火一樣的狂暴，再沒有辦法可想了。”　　⑧弃疾卽位：是爲平王，卽位後更名熊居，在位十三年。　　⑨實螢敖：“實”，猶言“卽是”。按，凡楚君之無謚者，皆謂之“敖”。故楚王麇葬於郟（音夾，今河南郟縣），稱爲“郟敖”；子干葬於訾，卽稱爲“訾敖”。　　⑩衣之王服：給死囚的身上穿上楚靈王的衣服。“衣”讀去聲。　　⑪而流諸漢：把死屍放在漢水中漂流着。　　⑫子旗：卽蔓成然。　　⑬楚師還自徐：“楚師”，昭公十二年靈王所派遣的伐徐之師。　　⑭豫章：古地名，卽今江西南昌縣。　　⑮五帥：卽蕩侯、潘子等五人。　　⑯封陳、蔡：平王立陳惠公（名吳）於陳，立蔡平公（名廬）於蔡，使復其故國。　　⑰復遷邑：凡是楚靈王所遷徙的各地人民（如遷許人於夷之類），均使其返回原來所居之

地。　⑱致羣賂：平王起事之初，許給人們的賄賂，現在都如約贈與。
⑲施舍寬民："施舍"，猶言"布施恩惠"；"寬民"，指寬民力。　　⑳宥罪
舉職：有罪的人就寬恕他；喪失職位的人，則使其復職。　　㉑佐開卜：
按，詩經大雅緜篇："爰契我龜。"毛傳："契，開也。"則此處"開卜"的"開"
即"契"，指鑿龜或刻記所卜的文字（詳前詩經緜註）。"佐開卜"，猶言"担
任卜人的助手"。　　㉒枝如子躬：楚大夫。"枝如"，是複姓；"子躬"是
名字。　　㉓且致蠻、櫟之田："蠻"，鄭邑名，故城在今河南魯山縣東南；
"櫟"，鄭之別都，即今河南禹縣。按，二邑本鄭地，被楚所侵奪。平王即
位，擬把此二邑的田地還給鄭國，以敦睦邦交。　　㉔弗致：沒有把蠻、
櫟二邑的田地還給鄭國。　　㉕聞諸道路：聽道路上的人傳言。　　㉖降
服：脫去上服，向平王請罪。　　㉗臣過失命：我犯了錯誤，違背了您
的命令。　　㉘子毋勤："勤"猶"勞苦"。此言"你不要這樣自苦"。按，平
王因其降服請罪，故以好言撫慰。　　㉙姑歸：你先回去休息休息吧。
㉚"不穀有事"二句：如果以後我有事，還會通知你叫你去辦的。　　㉛他
年：幾年以後。〔以上是第三大段，寫平王用計消滅子干等人，及其即
位後的政治措施。〕

　　初，靈王卜曰："余尚得天下①。"不吉。投龜詬天②而呼曰：
"是區區者而不余畀③，余必自取之。"民患王之無厭④也，故從亂
如歸。

　　初，共王無冢適⑤，有寵子五人⑥，無適立焉⑦。乃大有事于
羣望⑧，而祈曰："請神擇于五人者，使主社稷。"乃徧以璧見於羣
望⑨，曰："當璧而拜⑩者，神所立也。誰敢違之！"既，乃與巴姬⑪
密埋璧於太室⑫之庭，使五人齊⑬，而長入拜⑭。康王跨之⑮；靈
王肘加焉⑯；子干、子晳皆遠之；平王弱⑰，抱而入，再拜，皆厭
紐⑱。鬬韋龜屬成然焉⑲，且曰："弃禮違命⑳，楚其危哉！"

　　①余尚得天下：我可能得到天下。　　②詬天：責罵上天。　　③"是

區區者”句:“區區”，小貌，此指楚國的天下。此言“上天連這樣小小的天下都不肯賜給我。”　　④無厭:“厭”同“饜”，滿足。此言靈王的野心永遠得不到滿足。　　⑤冢適:“冢”，作“大”解;“適”同“嫡”，指正妻所生的兒子。“冢嫡”猶言“正妻所生的長子”。　　⑥有寵子五人:卽康王、靈王、子干、子晳和平王，都是共王的寵妾所生。　　⑦無適立焉:不知立誰爲太子才合適。　　⑧“乃大有事”句:“有事”，指祭祀;“羣望”，星辰山川之神。此句言“大祭於星辰山川之神”。　　⑨“乃徧以璧”句:“見”音現，展示。此言“於是把一塊玉璧徧示於所有的星辰山川之神”。⑩當璧而拜:正對着璧而下拜。　　⑪巴姬:共王的寵妾。　　⑫太室:楚國的祖廟。　　⑬齊:同“齋”，齋戒。　　⑭長入拜:依長幼的次第入廟庭去拜神。　　⑮康王跨之:“康王”，名昭，魯襄公十四年(公元前五五九)卽位，在位十五年而卒。其子卽楚王麇。“跨”，兩足各跨在璧的一邊。按，璧在兩足之間，則上身過璧甚遠，自非“當璧”可知。　　⑯肘加焉:把臂肘放在璧上。按，肘加於璧，則其身體的位置自然不能正對着璧了。⑰弱:幼小。　　⑱厭紐:“厭”同“壓”;“紐”，璧上穿繩紐的鼻。此言平王的位置恰爲當璧，故兩次下拜，雙手都剛好壓在璧紐上。　　⑲鬬韋龜屬成然焉:“屬”同“囑”。此言鬬韋龜知平王當立，故囑其子善事平王。⑳弃禮違命:言共王始則廢弃了立之之禮而求卜於神，繼則又違反了神的意旨而仍立年歲較長的康王，這兩種做法都是不正確的。〔以上是第四大段，追記前事，說明靈王之失王位和平王之得王位都是神的意旨。〕

　　子干歸。韓宣子①問於叔向曰:“子干其濟乎¡”對曰:“難¡”宣子曰:“同惡相求②，如市買焉¡何難?”對曰:“無與同好③，誰與同惡?取國有五難:有寵而無人④，一也;有人而無主⑤，二也;有主而無謀，三也;有謀而無民⑥，四也;有民而無德⑦，五也。子干使晉，十三年矣。晉、楚之從⑧，不聞達者，可謂無人;族盡親叛，可謂無主;無釁而動⑨，可謂無謀;爲羈終世⑩，可謂無民;亡無愛徵⑪，可謂無德。王虐而不忌⑫；楚君子干⑬，涉⑭五難以弑舊君，誰能濟之？有楚國者，其弃疾乎！君陳、蔡⑮，城外屬焉； 苛慝不作⑯，盜賊伏隱⑰；私欲不違⑱，民無怨心；先神命之⑲，國民信之。羋姓有亂⑳，必季實立，楚之常也。獲神㉑，一也； 有民，二也； 令德㉒，三也；寵貴㉓，四也； 居常㉔，五也。有五利以去五難，誰能害之？子干之官㉕，則右尹也；數其貴寵㉖， 則庶子也；以神所命，則又遠之。其貴亡矣㉗，其寵弃矣！民無懷焉㉘，國無與焉，將何以立？”

宜子曰：“齊桓、晉文㉙，不亦是乎？”對曰：“齊桓，衞姬㉚之子也，有寵於僖；有鮑叔牙、賓須無、隰朋㉛，以爲輔佐；有莒、衞以爲外主㉜；有國、高以爲内主㉝。 從善如流，下善齊肅㉞；不藏賄㉟，不從欲㊱；施舍不倦，求善不厭。是以有國，不亦宜乎？我先君文公，狐季姬之子也，有寵於獻；好學而不貳㊲，生十七年， 有士五人㊳； 有先大夫子餘、子犯以爲腹心；有魏犫、賈佗以爲股肱；有齊、宋、秦、楚以爲外主；有欒、郤、狐、先㊴以爲内主。 亡十九年， 守志彌篤㊵。 惠、懷弃民，民從而與之㊶。獻無異親㊷，民無異望，天方相晉㊸，將何以代文？此二君者，異於子干。共有寵子㊹， 國有奧主；無施於民㊺，無援於外；去晉而不送㊻， 歸楚而不逆：何以冀國㊼！ ”

①韓宣子：名起，韓厥的次子。 ②“同惡相求”二句：上句，“惡”讀去聲，憎惡。按，當時作亂者，皆怨靈王之無道，他們所憎惡的對象是相同的，故言“同惡”。下句，“市賈”，經商之人。此言作亂之人既有一個共同憎惡的目標，則他們的起事當如商賈之各求所欲，自然容易成功。③“無與同好”二句：“好”讀去聲，本作“愛好”解；此處的“同好”則泛指與子干一條心的人。此二句大意是：“子干本不得人心，既無與他相投契的

同好之人，那麼誰又能與他同惡呢？"　　④有寵而無人："寵"，指身分顯貴；"人"，指輔佐之人。此言雖出身顯貴，而無賢人輔佐，也是不能成事。⑤有人而無主："主"，指有實力的人爲之做主、撐腰，以爲支援或内應。⑥有謀而無民：雖有謀略，但是没有羣衆。　　⑦無德：自己不修德、行仁政。　　⑧"晉、楚之從"二句：上句，"從"，指與子干相過從的人。下句，"達者"，知名之士。　　⑨"無釁而動"二句：没有可乘的機會，就倉卒起事，可以説是没有謀略。⑩爲羈終世："羈"，指流亡異地。此言子干一輩子流落在晉國作客。⑪亡無愛徵：子干逃亡在外，而楚國人民没有絲毫懷念他的徵象。　　⑫王虐而不忌：靈王雖暴虐，但是還不猜忌賢者。　　⑬楚君子干："君"作動詞用，言楚人竟以子干爲君。⑭涉：經歷。　　⑮"君陳、蔡"二句："城"，指楚國的方城。此言弃疾做了陳、蔡兩國的領袖，而且方城以外的地方都歸附於弃疾。　　⑯苛慝不作："苛"，煩雜的政令；"慝"邪惡的行爲；"作"，發生。此言在上之人（即指弃疾）不使苛慝之事發生。　　⑰盗賊伏隱：在弃疾所統治的地域裏，盗賊都銷聲匿跡了。　　⑱"私欲不違"二句：上句是倒裝句，猶"不違私欲"。連下句言弃疾不違反他人的私欲，所以人民都没有怨心。　　⑲先神命之："先神"指羣望。言弃疾受神之命，故理應得王位。　　⑳"羋姓有亂"三句："羋"音米，楚王族的姓；"季"少子；"常"，常例。此言："每當王族有亂，必然是最小的兒子得立。這一直是楚國的常例。"　　㉑獲神：獲得神的允許。指壓紐而拜之事。　　㉒令德：有良好的品德，指上文所言"苛慝不作"等情況。　　㉓寵貴：指平王最受共王的寵愛；而平王本身被封爲蔡公，也極其顯貴。　　㉔居常：平王在兄弟之中，年齒最幼，故合於上文所言的常例。　　㉕"子干之官"二句：言子干之官不過是右尹而已，其地位遠不及蔡公之高貴。　　㉖"數其貴寵"二句："數"讀上聲，猶言"論起來"。此言論起子干的身分，也不過是共王的庶出的兒子，其貴寵的程度並未能超越平王。　　㉗"其貴亡矣"二句："亡"、"弃"皆作"喪失"解。此言子干因拜神時距壁甚遠，而位又不尊，所以其貴寵的資格已完全喪失。　　　㉘"民無懷焉"二句: 人民對子干並無懷念之心，國中也没有同情他的人。　　　㉙"齊桓、晉文"二句: 言齊桓公和晉文公都是庶出，而且也都出亡在外，然後因亂入國，以得君位。不是同子干一樣的麽?　　　㉚衛姬: 齊僖公(桓公的父親)的妾。　　　㉛鮑叔牙、賓須無、隰朋: 都是輔佐齊桓公的賢臣。　　　㉜"有莒、衛"句: 齊桓公出奔於莒; 而其母是衛人，所以是桓公的舅家。這兩國都是桓公的外援。　　　㉝"有國、高"句: 國氏和高氏，都是齊國的大族，世代爲上卿的。此言國、高二氏都是桓公的内援。　　　㉞下善齊肅: "下"，指居人之下; "下善"，猶言"服人之善"。"齊"同"齋"，指齋戒; "肅"，指律己甚嚴。此言桓公見人有善則以身下之，遇有齋戒之事，則律己甚爲嚴肅。　　　㉟不藏賄: 不貪財貨。　　　㊱不從欲: "從"同"縱"，指桓公不縱欲胡爲。　　　㊲不貳: 專心一志。　　　㊳有士五人: 卽狐偃、趙衰、顚頡、魏犨、司空季子。　　　㊴欒、郤、狐、先: 此四氏爲晉之大族，皆支援文公返國獲得君位之臣。　　　㊵守志彌篤: "志"指返國自立的雄心。此言文公雖出亡在外十九年，但是他堅持返國的雄心却愈來愈懇摯專一。　　　㊶民從而與之: "與"，助; "之"，指晉文公。　　　㊷"獻無異親"二句: 言除了文公之外，晉獻公已再没有別的親人; 而人民也再没有可以寄託他們的希望的人了。　　　㊸"天方相晉"二句: 彼時上天正在佑助晉國，又怎麽能有其它的人來代替文公呢?　　　㊹"共有寵子"二句: 上句，言楚共王有最寵愛的兒子弃疾; 意謂子干並非貴寵之人。下句，"奥"，本指室中的西南隅，爲神位所在之處。此句的"奥主"猶言"在位之主"，指楚靈王。意謂子干回國時靈王方在王位，並未喪失他的政權。　　　㊺"無施於民"二句: 上句，言子干對人民無恩德; 下句，言國外也没有支援子干的後盾。　　　㊻"去晉而不送"二句: 極寫子干的没有羣衆基礎。言其離開晉國的時候，没有人送他; 回到楚國的時候，也没有人迎接他。　　　㊼何以冀國: 怎麽能够有得國的希望呢?〔以上是第五大段，作者借叔向之口論子干所以不能成事的原因。從第二大段起至此段，皆載於昭公十三年。〕

（二十）　吳楚柏舉之戰（定公四年、五年）

沈人不會于召陵①。　晉人使蔡伐之。夏，蔡滅沈。秋，楚爲沈故，圍蔡。

伍員②爲吳行人，以謀楚。楚之殺郤宛③也，伯氏之族出④。伯州犂之孫嚭⑤爲吳太宰，以謀楚。楚自昭王⑥卽位，無歲不有吳師。蔡侯因之⑦，以其子乾與其大夫之子爲質於吳。冬，蔡侯、吳子⑧、唐侯⑨伐楚。舍舟于淮汭⑩，自豫章與楚夾漢⑪。

左司馬戌⑫謂子常⑬曰："子沿漢而與之上下⑭，我悉方城外以毀其舟⑮，還塞大隧⑯、直轅⑰、冥阨⑱。　子濟漢而伐之⑲，我自後擊之，必大敗之。"既謀而行。

武城黑⑳謂子常曰："吳用木也㉑，我用革也，不可久也。不如速戰ⅼ"史皇㉒謂子常："楚人惡子而好司馬㉓；若司馬毀吳舟于淮，塞城口㉔而入，是獨克吳也㉕。子必速戰，不然不免㉖ⅼ"乃濟漢而陳，自小別至于大別㉗。三戰，子常知不可㉘，欲奔。　史皇曰："安求其事㉙，難而逃之㉚，將何所入㉛？子必死之㉜，初罪必盡說ⅼ"

十一月，庚午，二師陳于柏舉㉝。　闔廬之弟夫㮣王㉞，晨請於闔廬曰："楚瓦不仁，其臣莫有死志。先伐之，其卒必奔；而後大師繼之，必克ⅼ"弗許。夫㮣王曰："所謂臣義而行不待命㉟者，其此之謂也。今日我死，楚可入也ⅼ"以其屬五千，先擊子常之卒。子常之卒奔，楚師亂，吳師大敗之。子常奔鄭，史皇以其乘廣死㊱。

吳從楚師㊲，及清發㊳，將擊之。夫㮣王曰："困獸猶鬭，況人乎？若知不免而致死㊴，必敗我；若使先濟者知免㊵，後者慕之，蔑有鬭心矣。半濟而後可擊也㊶ⅼ"從之，又敗之。楚人爲食㊷，吳人及之；奔㊸，食而從之，敗諸雍澨㊹。

五戰及郢。已卯，楚子取其妹季羋畀我㊺以出。涉雎㊻，鍼尹固㊼與王同舟，王使執燧象以奔吳師㊽。

庚辰，吳入郢，以班處宮㊾。子山㊿處令尹之宮；夫槩王欲攻之[51]，懼而去之，夫槩王入之[52]。

左司馬戌及息而還[53]。敗吳師于雍澨，傷。初，司馬臣闔廬[54]，故恥爲禽焉。謂其臣曰："誰能免吾首？"吳勾卑[55]曰："臣賤，可乎？"司馬曰："我實失子[56]。可哉।"三戰皆傷，曰："吾不可用也已[57]।"勾卑衣裳[58]，剄而裹之；藏其身[59]，而以其首免[60]。

①"沈人"句：按，左傳定公四年："春，三月，劉文公（周天子的大臣）合諸侯于召陵，謀伐楚也。""沈"，小國名，嬴姓，其國故址在今河南汝陽縣東，春秋時爲楚之屬國。此言召陵之會，沈人因親附於楚而不去參加。 ②伍員：字子胥。父奢，兄尚，皆楚平王臣。平王聽信小人費無極的讒言，殺奢與尚，員乃奔吳。事吳王闔廬爲行人（外交官）。柏舉之戰，吳人入郢，半爲伍員之力。 ③郤宛：字子惡，楚之賢臣。魯昭公二十七年，費無極進讒於令尹子常，竟滅宛族。 ④伯氏之族出："伯氏本郤宛之黨，因宛之死，不得不出亡於外。" ⑤伯州犂之孫嚭："伯州犂"已見前晉楚鄢陵之戰註。嚭（音痞）字子餘，事吳，爲太宰。後吳、越相攻，嚭竟私與越交，貪受財賄，終亡吳國。 ⑥昭王：名壬，後改名軫。楚平王納其太子建之妻秦女爲室，乃生昭王。魯昭公二十七年（公元前五一五）即位，在位二十七年。 ⑦蔡侯因之："蔡侯"，即蔡昭侯，名申（一説，名"由"），魯昭公二十四年（公元前五一八）即位，在位二十八年。"因"，依附；"之"，指吳國。 ⑧吳子：即吳王闔廬。闔廬名光，魯昭公二十八年（公元前五一四）殺吳王僚而自立，在位十九年。 ⑨唐侯：即唐成公，其名不詳。按，唐、蔡之君，屢爲楚令尹子常所淩辱，故最怨楚。他們所以聯吳攻楚，實爲報怨洩忿之故。 ⑩舍舟于淮汭："汭，河岸凹曲之

處。此言吳軍泊舟於淮水的港灣中，然後登陸南進。　⑪自豫章與楚夾漢："豫章"已見前篇。言吳師從豫章進發，與楚師只隔着一條漢水。⑫戌：卽沈尹戌，爲楚之司馬。　⑬子常：楚公族公子襄之孫，因以"襄"爲氏；名瓦，故一稱襄瓦。平王時爲令尹，貪財信讒，欺凌小國，誅戮大臣，最爲楚國人民所不滿。　⑭"子沿漢"句：意謂子常應緊守漢水沿岸，上下截堵，不使吳軍渡過。　⑮"我悉"句：沈尹戌說："我帶着兵繞到方城以外，把淮水邊上吳軍的船隻完全毀掉。"　⑯大隧：卽黃峴關，在河南信陽縣南九十里。　⑰直轅：卽武勝關，在信陽東南一百五十里。　⑱冥阨：卽平靖關，在信陽東南九十里。按，由三關南行，可至湖北應山縣，首尾相接，爲歷代南北險隘重鎮。上文言"還塞"，卽指掉轉頭來將此三重關口堵塞，使吳軍後退無路。　⑲子濟漢而伐之：意謂等沈尹戌截住吳軍歸路之後，子常再渡過漢水來伐吳軍。　⑳武城黑：楚國武城邑的大夫，名叫黑。按，"武城"在今信陽縣東北二十五里。　㉑"吳用木也"三句："木"、"革"，皆指兵車。楚國的兵車是"革車"，卽用膠把皮革黏飾在車的表面，取其美好壯觀。但一遇雨濕，膠革就要解散，故言"不可久"。吳國的兵車是木製的"棧車"，雖樸陋無飾，反而比較耐久（用清姚鼐說，見其所著左傳補注）。　㉒史皇：楚大夫。　㉓楚人惡子而好司馬：楚國的人民都憎惡你而愛戴沈尹戌。　㉔城口：卽上文大隧等三關的總稱。　㉕是獨克吳也：意謂擊敗吳師，將是沈尹戌一人之功。　㉖不然不免：否則你將不免於罪。　㉗小別、大別：山名。小別山在今湖北漢川縣東南，漢水之濱；大別山在漢陽的東北。而大別山脈則佈於湖北、河南二省，上述之三關，皆倚大別山之形勢而築成者。　㉘知不可：猶言"知不可勝"。　㉙安求其事："事"，指政事。此句大意是："國家安定時你就想着過問政事。"　㉚難而逃之：有了危難，你就想逃跑。　㉛將何所入：大意是："將逃到什麼地方去呢？"　㉜"子必死之"二句："說"同"脫"，解脫。大意是："你必須以身殉國，那麼你從前所犯的錯誤一定能完全解脫掉。"　㉝柏舉：地名。在今湖北麻城縣附近。

㉞夫槩王:"夫槩"是名字,因其在魯定公五年曾自立爲王,故史官稱爲"夫槩王"。　㉟臣義而行不待命:大意是:"爲人臣之道,見有合於正義之事,則應立卽行動,不必等待君命。"　㊱史皇以其乘廣死:"其"指子常。此言史皇乘了子常的兵車,偽爲統帥而戰死。　㊲吳從楚師:"從",追趕。　㊳清發:水名,在今湖北安陸縣西八十里石門山下。　㊴"若知"二句:如果楚軍知道不免一死而同我們拚命,那他們一定會把我們打敗。　㊵"若使先濟者"三句:如果我們不追,讓先渡的楚軍認爲只要一過了河就可以活命,那麼後渡的楚軍必然羡慕前軍,再也没有鬥志了。　㊶"半濟"句:等楚軍有一半已經過了河,那我們就可以追擊了。　㊷"楚人爲食"二句:上句,"楚人",指先過河的楚軍;"爲食",做飯吃;因爲他們不防備吳軍會追過來,所以渡過河就做飯吃。下句,言吳軍又把他們追上了。　㊸"奔"二句:上句的主語是"楚軍",下句,言吳軍把楚軍做好的飯都給吃了,然後繼續追趕。　㊹雍澨:水名。今湖北京山縣有澨水("澨"音世),卽春秋時之雍澨。　㊺季芈畀我:"季",指其排行最小;"芈",姓;"畀我",季芈的字。　㊻雎:水名。其字從"且",音租,一名沮河。自湖北江陵縣西境入長江。　㊼鍼尹固:楚臣,"鍼"一作"箴"。　㊽"王使執燧象"句:"燧",火炬。此言楚昭王使鍼尹固把火炬繫在象尾上,使象奔向敵陣,以拒吳軍。　㊾以班處宫:按照爵位的尊卑,入居楚之宫室。如吳王則居於楚王之宫,吳大夫則居於楚大夫之宫。　㊿子山:闔廬之子。　(51)"夫槩王欲攻之"二句:夫槩王打算住在楚令尹之宫,因此欲攻子山;子山駭怕,只好躲出去了。　(52)夫槩王入之:"之"指令尹之宫。　(53)及息而還:言沈尹戌走到息邑,聽説楚軍已敗,就中途折回來了。　(54)"司馬臣闔廬"二句:沈尹戌會在吳國爲闔廬之臣,所以他恥於被吳國擒獲。　(55)吳勾卑:沈尹戌的小臣。　(56)我實失子:以前我實在疏忽,没有對你有足夠的重視。　(57)吾不可用也已:猶言"我已不中用了"。　(58)"勾卑布裳"二句:上句,"布",鋪開;"裳",下裙。下句,"到"音頸,把頭砍下來。此言"吳勾卑把下裳鋪在地上,從沈尹戌的

屍體上把頭砍下來用裳裹好"。　　㊾藏其身：把沈尹戌的屍身藏好。
㊀以其首免：帶了沈尹戌的頭逃走。〔以上是第一大段，寫吳師入楚的經
過。〕

楚子涉雎濟江，入于雲中①。王寢，盜攻之，以戈擊王。王孫
由于以背受之②，中肩。王奔郢③，鍾建④負季羋以從。由于徐蘇
而從⑤。

郧公辛⑥之弟懷，將弒王，曰："平王殺吾父，我殺其子，不亦可
乎?"辛曰："君討臣⑦，誰敢讎之？君命，天也。若死天命，將誰讎？
詩曰：'柔亦不茹⑧，剛亦不吐；不侮矜寡，不畏彊禦。'唯仁者能之。
違彊陵弱⑨，非勇也。乘人之約⑩，非仁也。滅宗廢祀⑪，非孝也。
動無令名⑫，非知也。必犯是⑬，余將殺女¡"鬭辛與其弟巢，以王
奔隨⑭。

吳人從之，謂隨人曰："周之子孫，在漢川者，楚實盡之。天誘
其衷，致罰於楚⑮，而君又竄之⑯。　周室何罪⑰？　君若顧報周室，
施及寡人，以獎天衷⑱，君之惠也。漢陽之田，君實有之¡"楚子在
公宮⑲之北，吳人在其南。子期⑳似王，逃王㉑，而己爲王，曰："以
我與之，王必免¡"隨人卜與之，不吉；乃辭吳曰："以隨之辟小㉒，而
密邇於楚㉓；楚實存之㉔。世有盟誓，至于今未改。若難而弃之㉕，
何以事君？執事之患㉖，不唯一人；若鳩楚竟㉗，敢不聽命？"吳人
乃退。

鑪金㉘初宦於子期氏，實與隨人要言㉙。王使見，辭曰："不敢
以約爲利㉚。"——王割子期心㉛，以與隨人盟。

①雲中：澤名，一稱雲夢澤，在今湖北安陸縣南。按，雲夢本二澤，雲
在江北，夢在江南，方八九百里。後乃合併稱雲夢澤。　②王孫由于以

背受之：“王孫由于”，楚公族，一稱吳由于。“以背受之”，以其肩背代昭王承受盗戈之擊。　　③鄖：音云，本小國名，被楚所滅，倫爲屬邑。在今湖北安陸縣境。　　④鍾建：楚大夫，善音樂。　　⑤由于徐蘇而從：由于被盗所擊，當時悶絶，後漸蘇醒，仍從楚王。　　⑥鄖公辛：即鬬辛，楚平王令尹蔓成然之子。成然佐平王有功，平王立年餘，竟殺成然，而使其子居於鄖。故下文鬬辛弟懷有“平王殺吾父”之言。　　⑦“君討臣”二句：大意是：“國君誅討其臣，誰敢懷恨同他記仇呢？”　　⑧“柔亦不茹”四句：見詩經大雅烝民篇。前二句，“茹”，作“吞”、“納”解，引伸有“欺凌”之意；“吐”，有“規避”之意；蓋以“吞”、“吐”喻取捨，“剛”、“柔”喻强弱。大意是：“遇到柔弱者不去欺凌他，遇到剛强者不去逃避他。”後二句，“矜寡”，同“鰥寡”；“彊禦”，猶“强暴”。大意是：“不侮辱鰥寡之人，也不畏懼强暴之人。”前二句是後二句的比喻。　　⑨“違强陵弱”二句：“違”，逃避；“陵”，欺侮。避强欺弱，自然不是勇者。意指平王殺父之時，王是强者，故其父受而不避；今昭王出奔於外，原是弱者，如果加以凌辱，則非勇者所爲。　　⑩乘人之約：“約”，指窘迫之際。此猶言“乘人之危”。⑪滅宗廢祀：言今日殺死楚王，楚日後必滅鬬氏之宗族以復仇，則祖先的祭祀亦將由我而廢。　　⑫“動無令名”二句：上句，“動”，行動；“令名”，美名。下句，“知”同“智”。言“做出弑君的行爲自然不會有美名，所以不是智者所應做的”。　　⑬“必犯是”二句：“犯”，冒犯。此言“你一定要冒這不勇、不仁、不孝、不智的惡名而殺王，那我就先把你殺死。”　　⑭隨：姬姓小國。即今湖北隨縣。　　⑮致罰於楚：上天把懲罰加於楚國。⑯而君又竄之：“竄”，作“隱匿”解。言你又把楚王藏匿起來。　　⑰周室何罪：上文說周之同姓小國皆被楚國所滅，是楚本不忠於周；今隨既助楚，則是與周爲敵。所以吳人反問：“周室有什麼罪，竟使得你這樣替楚出力呢？”　　⑱以獎天衷：“獎”，助而成之。“天衷”，猶言“天的意旨”。⑲公宫：隨君之宫。　　⑳子期：即公子結，楚昭王之兄。　　㉑逃王：使王逃避。　　㉒辟小：“辟”同“僻”。言隨地偏僻狹小。　　㉓密邇於楚：

距楚極近。　　㉔楚實存之：言隨之能够存在，實在由於楚國之力。
㉕"若難而弃之"二句：下句，"君"，指吳王。此二句大意是："如果在楚有
危難的時候就違棄盟誓而背叛它，那似乎是不正確的做法；如果真採取
這種做法，恐怕也不是侍奉吳王的道理吧？"　　㉖"執事之患"二句：大
意是："吳新入楚，民心未定，可憂慮的事情正多，不獨是楚王一人未被擒
住而已。"　　㉗"若鳩楚竟"二句："鳩"，安定；"竟"同"境"。此言"如果
你們能把楚國境內的民心安定下來，我們又怎敢不聽從你們的命令呢？"
㉘鑪金：子期的小臣。"鑪"一作鑪"，音盧。　　㉙要言：猶言"訂約"。指
與隨人商議隱匿楚王及以子期代王之事。　　㉚不敢以約爲利。"約"見
前註⑩。此言不敢乘楚王正在窘迫之際來圖謀自己的利益。　　㉛王割
子期心：將胸部皮膚割破，取血而盟；並非剖胸取心。按，子期本欲代楚
王赴難，所以王取子期之血，表示接受他的忠誠。〔以上是第二大段，寫
楚昭王免於吳人之難。〕

　　初，伍員與申包胥①友。其亡也，謂申包胥曰："我必復②楚
國！"申包胥曰："勉之！子能復之，我必能興之。"及昭王在隨，申包
胥如秦乞師，曰："吳爲封豕③長蛇，以荐食上國④，虐始於楚⑤。寡
君失守社稷，越在草莽⑥，使下臣告急⑦曰：夷德無厭⑧，若鄰於
君⑨，疆場之患也。逮吳之未定⑩，君其取分焉；若楚之遂亡⑪，君
之土也。若以君靈撫之⑫，世以事君！"

　　秦伯⑬使辭焉，曰："寡人聞命矣。子姑就館，將圖而告⑭！"對
曰："寡君越在草莽，未獲所伏⑮；下臣何敢卽安？"立依於庭牆而
哭，日夜不絕聲，勺飲不入口。七日，秦哀公爲之賦無衣⑯，九頓首
而坐⑰。

　　秦乃出師。

　　①申包胥：楚之同姓，食采邑於申，因以爲氏。　　②復：同"覆"，顛

覆,傾覆。　③封豕:大野豬。　④以荐食上國:“荐”,屢次;“上國”,
與下文的“夷”爲對文,指中原地帶文化較高的諸侯。此連上文言“吳之
貪暴如大豕長蛇,屢次侵伐中國諸侯”。　⑤虐始於楚:最先侵害到楚
國。　⑥越在草莽:“越”,流亡,播遷。言楚王逃亡於民間僻野之地,以避
吳禍。　⑦使下臣告急:“下臣”,包胥自稱。按,此是包胥的託言,並非
昭王親命其往秦告急。　⑧夷德無厭:“夷”,指吳國而言。此言吳人的
貪心永遠没有滿足。　⑨“若鄰於君”二句:按,楚之西界與秦相接,今
吳既佔有楚地,則成爲秦之鄰國。所以包胥説:“如果吳成爲您的鄰邦,
恐怕您的邊疆也不免於禍患。”　⑩“逮吳之未定”二句:大意是:“乘吳
人在楚的局面還没有穩定,您何妨派兵入楚,與吳共分楚地,取到您所應
得的一份地盤呢?”　⑪“若楚之遂亡”二句:如果楚國就這樣亡掉,則
楚地將成爲您本國的領土。　⑫“若以君靈”二句:上句,“撫”,救援,存
恤。下句,“世”,猶言“世世代代”。大意是:“如果託您的福,肯派兵救助
楚國,使其不亡,則楚國世世代代的國君都將侍奉秦國。”　⑬秦伯:
既秦哀公。哀公於魯昭公六年(公元前五三六)即位,在位三十六年。
⑭將圖而告:等我們考慮好了再來通知你。　⑮未獲所伏:我還不知道
他潛伏在什麼地方。　⑯無衣:見詩經秦風。此詩中有“王于興師,脩
我戈矛,與子同仇”及“脩我甲兵,與子偕行”之語,哀公賦此,正是允許申
包胥出兵的表示。　⑰九頓首而坐:“頓首”,叩頭。上文寫申包胥倚着
秦庭的牆垣哭了七天七夜,至此既聞秦伯允許出兵救楚,才頓首九次而
坐了下來。〔以上是第三大段,寫申包胥往秦求救。以上三大段,皆定公
四年之事。以下爲定公五年事。〕

　　申包胥以秦師至。秦子蒲、子虎帥車五百乘以救楚。子蒲曰:
“吾未知吳道①。”使楚人先與吳人戰,而自稷會之②,　大敗夫槩王
于沂③。

　　吳人獲薳射④於柏舉,其子帥奔徒⑤以從子西⑥,敗吳師於軍

祥⑦。

秋，七月，子期、子蒲滅唐。

九月，夫槩王歸，自立也。以與王戰，而敗，奔楚，爲堂谿氏⑧。

吳師敗楚師于雍澨。秦師又敗吳師。吳師居麇⑨，子期將焚之。子西曰："父兄親暴骨焉⑩。不能收，又焚之，不可｜"子期曰："國亡矣｜死者若有知也⑪，可以歆舊祀；豈憚焚之？"焚之而又戰，吳師敗。又戰于公壻之谿⑫，吳師大敗。吳子乃歸。——囚闉輿罷⑬；闉輿罷請先⑭，遂逃歸。

葉公諸梁⑮之弟后臧，從其母於吳⑯，不待而歸⑰。葉公終不正視⑱。

①吳道："道"指戰術。　②自稷會之："稷"，地名，約在今河南桐柏縣境。"之"，指吳師。此言秦師在稷與吳師相遇。　③沂：楚邑，在今河南正陽縣境。　④薳射：楚大夫。　⑤奔徒：奔逃的散兵。　⑥子西：卽公子申，楚平王的長庶子。　⑦軍祥：地名。在隨縣西南。　⑧堂谿氏：夫槩的封號。"堂谿"，地名。在今河南西平縣。　⑨麇：楚邑，在今湖北京山縣境。　⑩"父兄"句：言楚人的父兄因戰事而死，屍骨暴露於麇邑者甚多。　⑪"死者"二句："歆"，享；"舊祀"，指楚國人民依照舊俗所舉行的祭祀。此二句大意是："焚邑的目的是爲了消滅敵人。如果真能把吳軍擊退，則楚國還有復國的希望。那時我們就可以依照着老規矩來祭祀祖先了。我們的父兄如果死而有知，一定願意我們這樣做，好享受子孫爲他們所舉行的祭祀。"　⑫公壻之谿：楚地名。　⑬闉輿罷：楚大夫。"闉"音因，"罷"音疲。　⑭"闉輿罷請先"二句：闉輿罷哄騙吳軍，請求先行到吳國去，結果竟脫身逃回楚國來了。　⑮葉公諸梁：沈尹戌之子，字子高。因封於葉，故稱"葉公"。　⑯從其母於吳：當吳人入楚時，后臧的母親被俘擄入吳，后臧也跟去了。　⑰不待而歸：戰後，后臧不待其母而自行逃回楚國來。　⑱終不正視：葉公嫌后

臧不義,終身不正眼瞧他。〔以上是第四大段,寫秦師救楚,吳軍復敗。〕

楚子入于郢。

初,鬭辛聞吳人之爭宮①也,曰:“吾聞之:不讓則不和;不和,不可以遠征。吳爭於楚,必有亂;有亂則必歸。焉能定楚?”

王之奔隨也,將涉於城臼②;藍尹亹涉其帑③,不與王舟。及寧④,王欲殺之。子西曰:“子常唯思舊怨以敗⑤,君何效焉?”王曰:“善!使復其所⑥。吾以志前惡⑦。”

王賞鬭辛、王孫由于、王孫圉、鍾建、鬭巢、申包胥、王孫賈、宋木、鬭懷。子西曰:“請舍懷也⑧!”王曰:“大德滅小怨,道也⑨。”

申包胥曰:“吾爲君也,非爲身。君既定矣,又何求?且吾尤子旗⑩,其又爲請⑪?”遂逃賞。

王將嫁季芈。季芈辭曰:“所以爲女子⑫,遠丈夫也。鍾建負我矣!”以妻鍾建,以爲樂尹⑬。

王之在隨也,子西爲王輿服以保路⑭,國于脾洩⑮。聞王所在⑯,而後從王。王使由于城麇;復命,子西問高厚焉⑰,弗知。子西曰:“不能,如辭⑱。城不知高厚大小,何知?”對曰:“固辭不能,子使余也⑲。人各有能有不能;王遇盜於雲中,余受其戈,其所猶在⑳!”袒而視之背,曰:“此余所能也。脾洩之事,余亦弗能也。”

①吳人之爭宮:即指第一大段夫槩王與子山爭處令尹之宮的事情。②城臼:水名。約在今湖北天門縣境內。　③“藍尹亹”二句:“藍尹亹”,楚大夫。“亹”音尾。“帑”同“孥”,指妻子。此言藍尹亹用船把自己的眷屬渡過水去,不給楚王船用。　④及寧:等到亂定之後。　⑤“子常”句:當初令尹子常就是因爲念舊怨的緣故才遭到失敗的。　⑥使復其所:使藍尹亹官復舊職。　⑦吾以志前惡:“前惡”,猶言“前敗”。大意

是：“我藉此可以不忘前日兵敗的恥辱。”　⑧請舍懷也：鬪懷曾有殺死
楚王之意，所以子西主張不賞賜他。“舍”同“捨”，有“除外”之意。
⑨大德滅小怨，道也：大意是：“人既對我有大恩，則應不計其小怨。這原
是正確的道理。”　⑩子旗：卽蔓成然。據左傳昭公十四年所載，成然
因擁立平王，自以爲有大功，竟貪得無厭，終爲平王所殺。故此處申包胥
說：“我是不滿意子旗的。”　⑪其又爲諸：“諸”猶“之乎”。此言“難道
我又要做子旗嗎？”　⑫“所以爲女子”三句：大意是：“所以做爲一個女
子，就是要同男人離得很遠。可是鍾建已經揹過我了。”按，古代女子對
男女關係看得極嚴，所以季羋表示非嫁給鍾建不可。　⑬以爲樂尹：封
鍾建爲管音樂的大夫。　⑭爲王輿服以保路：陳設了楚王的車馬衣服，
好像楚王並未逃走似的，以警衛交通要道。　⑮國于脾洩：“脾洩”，
楚邑名，在郢都附近。此言子西僞做侍奉楚王，把國都建立在脾洩。
⑯“聞王所在”二句：聽到楚王的下落以後，才去跟隨着王。　⑰問高厚
焉：子西問由于，城修得有多高、多厚。　⑱如辭：“如”猶言“不如”。此
連上言：“你如果不能辦，當初還不如推辭不就的好。”　⑲子使余也：
是你一定要派我去的。　⑳其所猶在：“所”，處所，此指傷痕。〔以上是
第五大段，寫楚王復國後的措施和羣臣的動態。〕

（二十一）　齊魯淸之戰（哀公十一年）

十一年，春，齊爲鄎故①，國書、高無丕②帥師伐我，及淸③。
季孫④謂其宰冉求⑤曰：“齊師在淸，必魯故也⑥。若之何？”求曰：
“一子守⑦，二子從公禦諸竟⑧。”季孫曰：“不能⑨。”求曰：“居封疆
之間⑩。”季孫告二子，二子不可。求曰：“若不可⑪，則君無出。一
子帥師，背城而戰，不屬者，非魯人也⑫。魯之羣室⑬，衆於齊之兵
車⑭，一室敵車，優矣⑮。子何患焉？二子之不欲戰也宜！政在季
氏⑯。當子之身，齊人伐魯，而不能戰，子之恥也。大不列於諸侯

矣⑰」"

季孫使從於朝⑮，俟於黨氏之溝⑲。武叔⑳呼而問戰焉，對曰㉑："君子有遠慮㉒，小人何知」"懿子强問之㉓，對曰："小人慮材而言㉔，量力而共者也。"武叔曰："是謂我不成丈夫也㉕。"退而蒐乘㉖。

孟孺子洩㉗帥右師，顏羽㉘御，邴洩㉙爲右。冉求帥左師，管周父㉚御，樊遲㉛爲右。季孫曰："須也弱㉜。"有子㉝曰："就用命焉㉞。"季氏之甲七千，冉有以武城㉟人三百，爲己徒卒㊱。老幼守宫，次于雩門之外㊲。五日，右師從之㊳。

公叔務人㊴見保者㊵而泣，曰："事充㊶，政重㊷，上不能謀，士不能死，何以治民？吾既言之矣㊸，敢不勉乎？"

師㊹及齊師戰于郊。齊師自稷曲㊺。師不踰溝㊻，樊遲曰："非不能也㊼，不信子也。請三刻而踰之㊽。"如之㊾，衆從之。師入齊軍。

右師奔，齊人從之㊿。陳瓘、陳莊㊶涉泗㊺。孟之側後入㊼，以爲殿；抽矢策其馬㊽，曰："馬不進也㊾。"林不狃之伍㊿曰："走乎㊶？"不狃曰："誰不如㊺？"曰："然則止乎㊼？"不狃曰："惡賢㊽」"徐步而死㊾。

師獲甲首八十。齊人不能師。宵諜㊽曰："齊人遁」"冉有請從之㊾，三，季孫弗許。

孟孺子語人曰："我不如顏羽㊽，而賢於邴洩。子羽銳敏㊽；我不能戰而能默；洩曰：'驅之」'"

公爲與其嬖僮汪錡㊽乘，皆死，皆殯㊽。孔子曰："能執干戈以衛社稷㊽，可無殤也。"

冉有用矛於齊師⑥⑨，故能入其軍。孔子曰："義也⑦⓪。"

①齊爲郎故："郎"音息，齊邑名。據左傳哀公十年，魯曾與吳師一同伐齊，駐軍於郎。故此處言"齊爲了報復郎師之仇的緣故"。　②國書、高無丕：齊之二卿。　③淸：齊地名，約在今山東長淸縣東。　④季孫：卽魯季康子，哀公時執國政。　⑤冉求：一稱冉有，孔子弟子。⑥必魯故也：必是爲了來攻打魯國的。　⑦一子守："一子"指季康子，以下仿此。　⑧"二子"句："二子"指孟孫、叔孫二氏（按，魯公族之大者凡三家，卽孟孫氏、叔孫氏、季孫氏，又稱"三桓"）。"公"，指魯哀公。此言"可以由孟孫、叔孫二氏跟着魯君到國境上去抵抗齊師"。　⑨不能：猶言"這是辦不到的事"。按，杜注："自度力不能使二子禦諸境。"因爲此時魯國政治已極腐敗，這些統治階級都不願爲國家犧牲自己。⑩居封疆之間："封疆"，國境內近郊之地。冉求此語的大意是："旣然不能出兵禦敵，那麼使二子跟着魯君守於境內近郊之地，總該可以了。"⑪"若不可"二句：旣然連這都辦不到，那麼國君也不必出來了。　⑫不屬者，非魯人也：如果有不從你出戰的，那簡直就不是魯國人了。　⑬羣室：指住在都邑中的士大夫的家族。　⑭衆於齊之兵車："衆於"，多於。此連上文言"魯國士大夫的家族，數目要比齊國的兵車還多"。　⑮一室敵車，優矣：用一家人去抵禦一輛兵車，是足有富餘的。　⑯政在季氏：此言孟孫、叔孫二氏恨季氏專政，自然不肯出力打仗。　⑰"大不列"句：冉求對季氏說："你如果不能抗敵衞國，就大大不配居於諸侯之列了。"一說，"大"字連上讀，作"子之恥也大"，亦通。　⑱季孫使從於朝：季孫入朝，使冉求也跟着前去。　⑲俟於黨氏之溝："黨氏"，魯大夫，其室與魯君的宮室相毗鄰，"黨"音掌；"溝"，圍繞着城堡的池塹，俗名護城河。此言冉求在黨氏之溝的地方等待着季康子。　⑳武叔：卽叔孫武叔，名州仇。　㉑對曰：主語是冉求，下同。　㉒"君子"二句："君子"，冉求稱武叔；"小人"，冉求自稱，下同。此言"關於同齊國作戰的事，您自然有遠大的考慮，我是什麼也不懂得的」"　㉓懿子：卽孟懿子，名何

忌，是孟孫氏。　㉔"小人"二句：上句，"材"，才幹；下句，"共"，同"供"，猶"効力"。大意是："我是考慮到自己的才幹才對人發言的，我是衡量過自己的力量才給人効力的。"意指自知材力不足，不配發言，所以不答。㉕"是謂我"句：叔孫武叔體會到冉求是不滿意他們的，這才説道："你是説我不配成爲一個大丈夫，因此才不同我談關於戰争的話啊！"　㉖蒐乘：閲兵。　㉗孟孺子洩：卽孟武伯，名彘，是孟懿子之子。　㉘顔羽：字子羽，孟氏之臣。　㉙邴洩：也是孟氏之臣。　㉚管周父：季氏之臣。　㉛樊遲：名須，孔子弟子。　㉜弱：年少。　㉝有子：卽冉求。㉞就用命焉："就"，猶言"從"；"用命"，遵守命令。此言樊遲雖年少，但他肯跟從着我，遵守命令，也就無妨了。　㉟武城：魯邑，在今山東費縣西南。　㊱徒卒：步兵。　㊲雩門之外："雩門"，魯都曲阜南城的西門。"雩"音于。　㊳五日，右師從之：過了五天，孟孺子洩所率領的右師才跟了前來。杜注："五日乃從，言不欲戰。"　㊴公叔務人：名公爲，魯昭公之子。　㊵保者：守城者。　㊶事充："事"指徭役；"充"，煩雜，繁多。　㊷政重："政"同"征"，指賦税。此連上文言人民所擔負的徭役很多，賦税很重。　㊸"吾既言之矣"二句：大意是："我既然對別人有所批評，自己能不自勉麽？"意指自己應盡力爲國，雖死無怨。　㊹師：指左師。以下凡單稱"師"者都是指左師。　㊺稷曲：按，"稷門"，曲阜南城的正門；"稷曲"則爲稷門之外的地方。　㊻師不踰溝：魯國軍隊不肯走過城溝。　㊼"非不能也"二句：下句，"子"指季氏。此言"並非軍隊不能過去，而是對你(季氏)的號令不信任。"　㊽請三刻而踰之："刻"，戒約。此言請季氏與軍士訂立三條戒約，自能越過城溝。　㊾如之：季氏照樊遲的話去做了。　㊿從之：追趕魯之右師。　勖陳瓘、陳莊：皆齊大夫。"瓘"音灌。　勗泗：水名。流經曲阜城北及城西。　勘"孟之側後入"二句：上句，"孟之側"，孟氏之族人，名反。"後入"，最後入城。下句，"殿"，殿後之人。此言"孟之側最後入城，做爲軍隊的殿後者"。勣抽矢策其馬：抽出一枝箭來鞭打他的馬。　勤馬不進也：這是寫孟之側不矜誇自己的勇敢。意謂"我之所以做爲殿後之人並非是自己不怕敵人,而是由於馬走不快的緣故。"　(56)林不狃之伍:"林不狃",魯右師裏的軍士;"伍",五人爲伍,此指林不狃隊中的兵卒。　(57)走乎:林不狃手下的兵卒問他道:"你打算逃走麽?"　(58)誰不如:猶言"我不如誰"。意謂"我並不比別人差勁,爲什麽要逃跑?"　(59)然則止乎:大意是"那麽你要留下來同敵人打仗麽?"　(60)惡賢:"惡"音烏,作"何"解;"賢",猶言"好處"、"益處"。此句大意是:"只剩我一個人,留下來又有什麽益處呢?"　(61)徐步而死:於是林不狃就很從容地走着,終於戰死了。　(62)宵諜:夜間偵探敵情的間諜。　(63)"冉有請從之"至"弗許":冉有請求派兵追趕齊軍,一連請求了三次,季康子都不允許。　(64)"我不如顏羽"二句:大意是:"我雖然不及顏羽,但比起邴洩來却還强得多。"　(65)"子羽"句至"驅之":孟孺子說:"顏羽非常勇敢,敏鋭善戰,所以我不如他;我自己雖然心裏駭怕,不想作戰,但我沉得住氣,並没有説出來;只有邴洩,實在胆小,只喊:'快點驅車逃命吧!'所以他連我都不如。"　(66)嬖僮汪錡:公爲所寵愛的一個童子叫汪錡的。按,禮記檀弓記此事作公爲的"鄰童汪踦"。"錡"和"踦"都音蟻。　(67)皆殯:兩人的死屍都找到了,所以行殯葬之禮。　(68)"能執干戈"二句:下句,"殤"音商,是葬童子的儀式。孔子認爲汪錡雖然年少,但他能拿着兵器去保衛國家,其忠勇不異於成年人,所以可不用殤禮去葬他。　(69)"冉有用矛"二句:按,矛本是車右所用的兵器,冉有因樊遲年輕,所以把矛拿過來,一直衝鋒陷陣,所以能殺入齊軍。　(70)義也:猶言"這是正確的"。意指冉有的行爲是合於義的。

(二十二)　楚白公之難(哀公十六年)

楚太子建之遇讒也①,自城父②奔宋;又辟華氏之亂於鄭③。鄭人甚善之。又適晉,與晉人謀襲鄭。乃求復④焉,鄭人復之⑤,

如初。<u>晉</u>人使諜於<u>子木</u>⑥，請行而期焉⑦。<u>子木</u>暴虐於其私邑，邑人訴之。<u>鄭</u>人省之⑧，得<u>晉</u>諜焉，遂殺<u>子木</u>。

其子曰<u>勝</u>，在<u>吳</u>。<u>子西</u>欲召之，<u>葉公</u>⑨曰：“吾聞<u>勝</u>也，詐而亂⑩；無乃害乎⑪？”<u>子西</u>曰：“吾聞<u>勝</u>也，信而勇，不爲不利⑫；舍諸邊竟⑬，使衞藩焉。”<u>葉公</u>曰：“周仁之謂信⑭，率義之謂勇⑮。吾聞<u>勝</u>也，好復言⑯，而求死士，殆有私乎⑰？復言⑱，非信也；期死⑲，非勇也。子必悔之。”弗從。召之，使處<u>吳</u>竟⑳，爲<u>白公</u>㉑。

請伐<u>鄭</u>。<u>子西</u>曰：“<u>楚</u>未節也㉒。不然，吾不忘也。”他日又請，許之；未起師。<u>晉</u>人伐<u>鄭</u>，<u>楚</u>救之，與之盟。<u>勝</u>怒曰：“<u>鄭</u>人在此㉓，讎不遠矣！”<u>勝</u>自厲劍㉔，<u>子期</u>之子<u>平</u>見之，曰：“王孫何自厲也㉕？”曰：“<u>勝</u>以直聞㉖；不告女㉗，庸爲直乎？將以殺爾父！”<u>平</u>以告<u>子西</u>。<u>子西</u>曰：“<u>勝</u>如卵㉘，余翼而長之。<u>楚國</u>第㉙：我死，令尹司馬，非<u>勝</u>而誰？”<u>勝</u>聞之，曰：“令尹之狂也㉚！得死㉛，乃非我！”<u>子西</u>不悛㉜。

<u>勝</u>謂<u>石乞</u>曰：“王與二卿士㉝，皆五百人當之，則可矣！”乞曰：“不可得也。”曰㉞：“市南有<u>熊宜僚</u>者，若得之，可以當五百人矣。”乃從<u>白公</u>而見之。與之言㉟，説；告之故㊱，辭。承之以劍㊲，不動。<u>勝</u>曰：“不爲利謟㊳，不爲威惕，不洩人言以求媚者！”去之㊴。

<u>吳</u>人伐<u>慎</u>㊵，<u>白公</u>敗之。請以戰備獻㊶，許之，遂作亂。

秋，七月，殺<u>子西</u>、<u>子期</u>于朝，而劫<u>惠王</u>㊷。<u>子西</u>以袂掩面而死㊸。<u>子期</u>曰：“昔者吾以力事君㊹，不可以弗終㊺。”抉<u>豫章</u>以殺人㊻，而後死。

<u>石乞</u>曰：“焚庫弑王㊼！不然，不濟。”<u>白公</u>曰：“不可！弑王不祥，焚庫無聚㊽，將何以守矣？”乞曰：“有<u>楚國</u>而治其民㊾，以敬事

神,可以得祥,且有聚矣! 何患?"弗從。

　　①"楚太子建"句: 按,楚平王爲其太子建娶婦於秦,遣少師費無極迎娶,無極見秦女貌美,乃勸平王自娶;並向平王建議,命太子建出居城父。後無極又讒於平王,言建欲謀反;平王使人殺建,建乃自城父奔宋。事見左傳昭公十九年及二十年。　②城父: 楚邑名。故城在今河南寶豐縣。③辟華氏之亂於鄭:"辟"同"避"。據左傳昭公二十年,宋華定、華亥等作亂,殺宋羣公子,劫宋元公。太子建本在宋,因避亂奔鄭。　④求復: 請求鄭國允許他從晉國回來。　⑤"鄭人復之"二句: 鄭人就允許他回來了,待他和從前一樣好。　⑥使諜於子木:"子木"即太子建。此言"晉國派間諜到太子建這兒來"。　⑦請行而期焉: 據俞樾說,"而"是衍文,應删去。"行期",指襲鄭的日期。此言晉之間諜向太子建請示襲鄭的日期。　⑧鄭人省之: 鄭國派人去探詢太子建虐待邑人的事。　⑨葉公: 即沈諸梁,字子高。已見前篇註。　⑩詐而亂: 詭計多端,而性好興風作浪。　⑪無乃害乎: 恐不免對楚國有危害吧?　⑫不爲不利: 不做不利於人的事。　⑬"舍諸邊竟"二句: 上句,"舍",安置;"竟",同"境"。下句,"藩",屏障。大意是:"把勝安置在楚的邊境上,讓他做爲保衛國家的屏障。"　⑭周仁之謂信:"周"作"固"解。此言"只有真正能堅持仁道的人才能稱做是有'信'的"。　⑮率義之謂勇: 只有真正遵循着正義去行事的人才能稱爲勇者。　⑯好復言:"復"本作"履行"解。此句大意是:"勝在平日只要説了話,總是設法把話付諸實行,至於合理不合理,他却不管。"　⑰殆有私乎: 猶言"大概他是有私心吧?"意指勝對楚國仇視,恐其存報復之心。　⑱"復言"二句: 大意是:"説了話就必須履行,看去很像是'信',但如果只是任性而爲,有害於仁道,那就不能算是真'信'。"　⑲"期死"二句: 大意是:"人存必死之心,看去很像是'勇',但如果不顧是非,一意孤行,那就不能算是真'勇'。"　⑳吳竟: 指吳、楚兩國交界處,其地約在今安徽巢縣。㉑爲白公: 號稱白公。按,今河南息縣東有白城,當即白公的采邑。㉒楚未節也:"節",常

度。此言楚國的局面剛剛恢復，一切政事還未正規化，所以不能伐鄭。
㉓“鄭人在此”二句：“鄭”本是白公的仇人，此處以喻子西。因爲子西幫
助鄭國，所以説：“我的仇人就在這里了。”　　　㉔厲劍：“厲”同“礪”，磨
礪。　　　㉕王孫何自厲也：您爲什麼親自磨礪兵刃呢？　　　㉖勝以直聞：
我平日是以坦白直爽聞名的。　　　㉗“不告女”二句：如果我不把真話告
訴你，怎麼能算是坦白直爽呢？按，此處白公説要殺子期，而平却去報告
子西，疑是互文見義，爲左傳作者節省筆墨的寫法。實際上平是對兩方
面都去報告了的。　　　㉘“勝如卵”二句：“翼”，覆翼，即“撫愛”、“養育”之
意。此言“勝好像是雞卵一樣，是由我親自把他撫養長大的。”　　　㉙楚
國第：照楚國任用人材的次第。　　　㉚令尹之狂也：子西的話太狂妄了。
㉛“得死”二句：猶今所謂：“他要得到好死，我就不是我！”言外指自己非
殺死子西不可。　　　㉜悛：音銓，作“改”解。　　　㉝“王與二卿士”二句：
“二卿士”指令尹子西、司馬子期。此言“如果有五百人，連楚王和子西、
子期，都足以對付了”。　　　㉞曰：以下還是石乞説的話。加此“曰”字表
示兩段話之間有一停頓。　　　㉟“與之言”二句：“説”同“悦”。此言白公
同熊宜僚兩人一談起來，感到很高興”。　　　㊱“告之故”二句：白公告訴
熊宜僚所以來訪他的原因是爲了造反，他就推辭了。　　　㊲承之以劍：此
句據杜注，即“拔劍指其喉”之意。　　　㊳“不爲利諂”三句：言熊宜僚不惑
於利禄，不畏於威脅，他是不會洩漏他人祕密以求獻媚於人的。　　　㊴去
之：“之”指熊宜僚。此言白公從熊宜僚處離去。　　　㊵慎：楚地名。今安
徽潁上縣西北有慎城，當即此地。　　　㊶請以戰備獻：“戰備”，戰時的裝
備；“獻”，獻納俘虜。此言“白公請求不解除軍隊的武裝，押解着俘虜到
郢都來獻納”。　　　㊷惠王：楚惠王。名章，昭王之子。　　　㊸以袂掩面而
死：“袂”音妹，衣袖。按，子西所以用衣袖掩面而死，是表示自慚之意。因
爲白公的事件，他是要負主要責任的。　　　㊹以力事君：以勇力侍奉楚
君。　　　㊺弗終：有始無終。意指自己雖不免於死，也不能不表示一下自
己的勇力。　　　㊻抉豫章以殺人：“抉”音越，拔起。“豫章”，即樟木。此

言<u>子期</u>拔起一株大樟樹砍殺了幾個人。　　㊼焚庫弑王：燒掉倉庫，殺掉<u>楚</u>王。按，<u>淮南子道應訓</u>："<u>白公勝</u>得<u>荊國</u>，不能以府庫分人。七日，<u>石乞</u>入曰：'不義得之，又不能布施，患必至矣。不能予人，不若焚之，毋令人害我。'<u>白公</u>弗聽也。"卽指此事。　　㊽聚：物資。　　㊾ "有<u>楚國</u>" 句至 "且有聚矣"：大意是："你佔有<u>楚國</u>之後，能夠好好地治理人民，並且虔敬地去侍奉神靈，不但能得到神的福佑，而且也有了物資。"〔以上是第一大段，寫<u>白公</u>仇視<u>鄭國</u>人的原因，及其被召回國後作亂的經過。〕

　<u>葉公</u>在<u>蔡</u>。<u>方城</u>之外皆曰①："可以入矣!" <u>子高</u>曰："吾聞之：以險徼幸者，其求無饜；偏重必離②。"聞其殺<u>齊管脩</u>③也，而後入④。

　<u>白公</u>欲以<u>子閭</u>⑤爲王，<u>子閭</u>不可。遂劫以兵⑥。<u>子閭</u>曰："<u>王孫</u>若安靖<u>楚國</u>，匡正王室，而後庇焉⑦，<u>啓</u>之願也。敢不聽從？若將專利以傾王室⑧，不顧<u>楚國</u>，有死不能⑨。"遂殺之。而以王如<u>高府</u>⑩。<u>石乞</u>尹門⑪。圉公陽穴宮負王⑫，以如<u>昭夫人</u>之宮。

　<u>葉公</u>亦至。及北門，或遇之曰："君胡不胄⑬？國人望君，如望慈父母焉。盜賊之矢若傷君，是絕民望也。若之何不胄？"乃胄而進。又遇一人曰："君胡胄？國人望君，如望歲焉⑭；日日以幾⑮。若見君面⑯，是得艾也。民知不死⑰，其亦夫有奮心。猶將旌君以徇於國⑱，而又掩面以絕民望，不亦甚乎？"乃免胄而進。

　遇箴尹固⑲帥其屬，將與⑳<u>白公</u>。<u>子高</u>曰："微二子者㉑，<u>楚</u>不國矣。弃德從賊㉒，其可保乎？"乃從<u>葉公</u>。使與國人以攻<u>白公</u>，<u>白公</u>奔山而縊。其徒微之㉓。生拘<u>石乞</u>，而問<u>白公</u>之死焉；對曰："余知其死所，而長者㉔使余勿言。"曰："不言將烹!" 乞曰："此事也，克則爲卿，不克則烹，固其所也㉕。何害？"乃烹<u>石乞</u>。<u>王孫燕</u>奔<u>頯黃</u>

氏㉖。

　　沈諸梁兼二事㉗。國寧，乃使寧㉘爲令尹，使寬㉙爲司馬，而老於葉㉚。

　　　①“方城之外”二句：方城之外的人都勸葉公道：“您可以到楚國去了。”意謂希望葉公入國平亂。　　②偏重必離：言偏重於貪求無厭，則人民必定與之離心。　　③齊管脩：“管脩”是齊管仲的七世孫。自齊至楚，爲大夫，有賢名。　　④而後入：此連上文言：“葉公聽説白公把賢明的管脩殺了，知道他不能成事，所以才到楚國去。”　　⑤子閭：楚平王之子，名啓。他曾經五次辭去王位。　　⑥遂劫以兵：用兵器威脅子閭。　　⑦而後庇焉：大意是：“然後楚國人民都得到你的庇護。”　　⑧專利以傾王室：只顧一己之私利而使王室傾覆。　　⑨有死不能：寧死也不服從你。　　⑩高府：楚之別府。又，據淮南子，則高府是楚國儲藏糧食的府庫。　　⑪尹門：守門。　　⑫“圉公陽”二句：“圉公陽”，楚大夫。“昭夫人”，楚昭王的妻、惠王的母親。此言：“圉公陽把高府的宮室掘了個洞，將楚王揹負到他母親的宮裏去了。”　　⑬君胡不冑：您爲什麽不戴上頭盔呢？　　⑭如望歲焉：如同農民盼望一年的收成一樣。　　⑮日日以幾：“幾”同“冀”，企望，此言“天天盼望着您”。　　⑯“若見君面”二句：“艾”，安定。此言“如果人民看到了您的面容，他們的心就可以踏實了”。按，古人戴頭盔是連面部也被包藏着的，所以楚人希望他把冑去掉，好看到他的面容。　　⑰“民知不死”二句：“夫”，猶言“人”，指每個楚國的百姓。此二句的大意是：“人們只要看到您，就知道不至於再有生命的危險，每個人都會振奮起來的。”　　⑱“猶將旌君”句：“旌”，表揚，宣布。此句大意是：“人們還打算廣泛地宣揚您的姓名，好讓所有的人都知道您來了。”　　⑲“遇箴尹固”句：主語是葉公。“箴尹固”一作“鍼尹固”，已見前吳楚柏舉之戰。此言葉公遇到箴尹固領着他的部下。　　⑳與：幫助。　　㉑“微二子者”二句：“二子”指子西、子期。此言“如果沒有子西、子期二人，楚國幾乎就不成爲國家了”。意指柏舉之戰，二人定楚有功。　　㉒“弃德從賊”二

句: 違棄了有德之人而去跟從叛逆之徒，你的身家性命還能有保障麼?
⑳微之: 藏匿起來。　　㉔長者: 指白公。　　㉕固其所也: 猶言"這是當
然的結果"。　　㉖王孫燕奔頹黃氏:"王孫燕"，白公之弟。"頹黃氏"，吳
地名，約在今安徽宣城縣境。"頹"音遒。　　㉗兼二事: 兼令尹、司馬二
職。　　㉘寧: 子西之子，字子國。　　㉙寬: 子期之子。　　㉚老於葉: 言
葉公終身養老於自己的采邑。〔以上是第二大段，寫葉公平定白公之難
的經過。〕

先秦文學史參考資料

北京大學中國文學史教研室選注

下　冊

中　華　書　局

七　國　語

（一）　召公諫弭謗（周語上）

厲王①虐，國人謗王。召公②告王曰："民不堪命③矣。"王怒。得衞巫④，使監謗者⑤。以告⑥，則殺之。國人莫敢言，道路以目⑦。

王喜。告召公曰："吾能弭謗⑧矣，乃不敢言！"

召公曰："是障之也⑨。防民之口，甚於防川。川壅而潰⑩，傷人必多；民亦如之。是故爲川者⑪決之使　導⑫，爲民者宣之使言⑬。故天子聽政，使公卿至於列士⑭獻詩⑮，瞽獻曲⑯，史獻書⑰，師箴⑱，瞍賦⑲，矇誦⑳，百工諫㉑，庶人傳語㉒，近臣盡規㉓，親戚補察㉔，瞽史教誨㉕，耆艾脩之㉖：而後王斟酌焉㉗。是以事行而不悖㉘。民之有口也，猶土之有山川也，財用於是乎出㉙。猶其有原隰衍沃也㉚，衣食於是乎生。口之宣言也㉛，善敗於是乎興。行善而備敗㉜，所以阜財用衣食者也㉝。夫民慮之於心而宣之於口，成而行之㉞，胡可壅也？若壅其口，其與能幾何㉟！"

王弗聽。於是國人莫敢出言。三年乃流王于彘㊱。

①厲王：周厲王，名胡，夷王之子。公元前八七八年即位，在位三十七年，被放逐於彘。　②召公：即召穆公，名虎，爲周王之卿士。　③民不堪命："命"，指厲王暴虐的政令。此言"人民受不了王的虐政了"。④衞巫：衞國的巫者。　⑤使監謗者：讓衞巫去監視誹謗國王的人民。

⑥"以告"二句: 只要衛巫來報告, <u>厲王</u>就把被告發的人殺掉。　　⑦道路以目: 人民相遇於道路, 只是彼此用眼睛看看而已。　　⑧弭謗: 消除謗言。　　⑨是障之也:"障"作"防"解。按,"障"本是防水的隄。<u>召公</u>之意, 謂<u>厲王</u>是用強硬的手段堵住人民的口而已, 並沒有使謗言真正消除。⑩"川壅而潰"二句: 此言用隄來障川, 則水易壅塞, 一旦由壅塞而潰決泛濫, 結果傷人必多。　　⑪爲川者: 治水的人。"爲"作"治"解, 與下文"爲民者"的"爲"同義。　　⑫決之使導:"決", 排除;"導", 通暢。此言排去其壅障, 使水暢流。　　⑬宣之使言:"宣"作"放"解, 引申有"開導"、"放任"之意。言治民者必宜導人民使之盡言。　　⑭列士: 指上士、中士、下士(用清<u>汪遠孫</u>説, 見其所著<u>國語發正</u>)。　　⑮獻詩:"詩", 指諷諫之詩, 疑卽采自民間的風謠之類, 由公、卿、大夫、士進獻於王。　　⑯瞽獻曲:"曲", 一本作"典", 今從<u>宋</u>本。<u>韋注</u>:"無目曰瞽。瞽, 樂師。曲, 樂曲也。"此言樂師向國王進獻各種樂曲。按, 古代樂官皆由盲者充任, 所謂"瞽", 又稱"太師"。其所獻的樂曲亦多采自民間, 故能反映出人民的意見。　　⑰史獻書:"史", 指外史之官;"書", 史籍。按, 舊説謂外史掌三皇五帝之書, 故以進獻於王, 使知往古政體, 做爲借鑑。　　⑱師箴:"師", 少師, 是次於太師的樂官。"箴", 一種寓有勸戒意義的文辭, 與後世的格言相近。此言少師進箴言於王, 以規諫王之得失。　　⑲瞍賦:"瞍"音叟, 是盲人。<u>韋注</u>:"無眸子曰瞍。""賦", 不歌而誦; 疑卽今所謂"朗誦"。<u>韋注</u>:"賦公卿列士所獻詩也。"　　⑳矇誦:"矇", 也是盲人。<u>韋注</u>:"有眸子而無見曰矇。""誦", 卽指普通沒有什麼音節腔調的誦讀。㉑百工諫:"工", 指樂工(用<u>杜預</u>説, 見<u>左傳杜注</u>)。按, 此句的"諫"與上句的"誦"的內容, 皆爲箴諫之語。　　㉒庶人傳語:"庶人", 卽平民。平民是沒有機會見到國王的, 因此他們把對政事的意見間後地傳達給國王知道。　　㉓近臣盡規:"近臣", 王之左右;"盡", 卽"進"(用<u>俞樾</u>説, 見<u>羣經平議</u>);"規", 規諫(用近人<u>吳曾祺</u>説, 見其所著<u>國語韋解補正</u>)。此言經常在國王左右的近臣也向王進陳規諫之言。　　㉔親戚補察:"親戚", 指

與國王同宗的大臣。“補”，彌補王之過失；“察”，監督王之行政。　㉕瞽史教誨：“瞽”，卽太師，已見前；“史”，太史，掌禮之官。　此言太師用音樂、太史用禮法來對王進行教誨。　㉖耆艾修之：六十歲的人叫“耆”，五十歲的人叫“艾”；“耆艾”，指國王之師傅。“修”，戒飭，警告；“之”，指王(參用王引之、吳曾祺説，王説見經義述聞)。此言上了年紀的師傅也經常對國王勸誡警告。　㉗而後王斟酌焉：然後由國王斟酌去取，付諸實行。　㉘事行而不悖：“悖”，作“逆”解。此言“國王的一切行事因此才不致與情理相違逆”。　㉙財用於是乎出：言人類的財富、用度都是從山川生産出來的。　㉚“猶其”二句：“其”，指土地；寬闊而平坦的土地叫“原”，低下而潮濕的土地叫“隰”，低下而平坦的土地叫“衍”，有河流可資灌漑的土地叫“沃”。此言“由於土地之有原、隰、衍、沃，人類衣食的資源才從此而生”。　㉛“口之宣言也”二句：由於人民用口發表言論，國家政事的好或壞才能體現出來。　㉜行善而備敗：大意是：“如果國君能聽取人民的意見，則凡是人民認爲好的就加以推行，認爲壞的就加以防範。”　㉝“所以阜財用”句：“阜”，增多。此句緊承上句而言，謂只有根據人民的意見來做事，才能使人民的衣食財用大大增多。㉞“成而行之”二句：“成”，成熟；“行”，有“自然流露”之意。此二句大意是：“人民所發表的言論乃是他們考慮成熟之後自然流露出來的，怎麼能硬加堵塞呢?”　㉟其與能幾何：舊説，“與”同“歟”，語尾助詞。“能幾何”，能有多久。此是倒裝句，猶言“其能幾何歟”。但以句法結構而言，語尾助詞似不宜前置。疑“與”應作“助”解，言“能有幾個人是贊助你的呢?”　㊱“三年”句：過了三年，就把厲王放逐到彘去了。“彘”，晉地，在今山西霍縣境內。按，公元前八四二年，厲王被放逐到彘，則召公諫弭謗之事當在公元前八四五年。

（二）　晉重耳自翟適齊（晉語四）①

文公在翟②十二年。狐偃曰：“日吾來此也③，非以翟爲榮、可以成事也④。吾曰: 奔而易達⑤，困而有資⑥，休以擇利⑦，可以戾也⑧。今戾久矣，戾久將厎⑨；厎著滯淫⑩，誰能興之？盍速行乎？吾不適齊、楚⑪，避其遠也。蓄力一紀⑫，可以遠矣。齊侯長矣⑬，而欲親晉；管仲没矣，多讒在側⑭；謀而無正⑮，衷而思始⑯。夫必追擇前言⑰，求善以終⑱。厭邇逐遠⑲；遠人入服⑳，不爲郵矣。會其季年㉑，可也！ 兹可以親㉒。”皆以爲然。乃行。㉓……

遂適齊。齊侯妻之㉔，甚善焉㉕，有馬二十乘。將死於齊而已矣㉖，曰: “民生㉗安樂，誰知其它？”

桓公卒，孝公㉘即位。諸侯叛齊。子犯知齊之不可以動㉙，而知文公之安齊而有終焉之志㉚也，欲行，而患之㉛。與從者謀於桑下——蠶妾在焉，莫知其也㉜。妾告姜氏，姜氏殺之，而言於公子曰: “從者將以子行㉝；其聞之者，吾已除之矣！子必從之，不可以貳㉞；貳無成命㉟。詩云: ‘上帝臨女㊱，無貳爾心。’先王其知之矣㊲！貳將可乎？子去晉難而極於此㊳；自子之行，晉無寧歲㊴，民無成君。天未喪晉，無異公子㊵，有晉國者，非子而誰？子其勉之。上帝臨子矣，貳必有咎！”

公子曰: “吾不動矣㊶，必死於此！”姜曰: “不然！周詩曰: ‘莘莘征夫㊷，每懷靡及。’凤夜征行，不遑啓處，猶懼無及；況其順身縱欲懷安，將何及矣！人不求及㊸，其能及乎？日月不處㊹，人誰獲安㊺？西方之書有之㊻，曰: ‘懷與安㊼，實疚大事。’鄭詩云: ‘仲可懷也㊽；人之多言，亦可畏也。’昔管敬仲㊾有言，小妾聞之，曰: ‘畏威如疾㊿，民之上也。從懷如流[51]，民之下也。見懷思威[52]，民之中也。’畏威如疾，乃能威民[53]；威民在上[54]，弗畏有刑。從懷如流，去威遠矣[55]，故謂之下。其在辟也[56]，吾從中也。鄭詩之言，吾其從

之。此大夫管仲之所以紀綱⑤齊國、裨輔先君⑧而成霸者也。子
而棄之，不亦難乎？齊國之政敗矣！晉之無道久矣！從者之謀忠
矣！時日及矣⑤！公子幾矣！君國⑩，可以濟百姓；而釋之者⑪，非
人也。敗不可處⑫，時不可失，忠不可棄，懷不可從。子必速行！
吾聞晉之始封也⑬，歲在大火，閼伯之星也，實紀商人⑭。商之饗
國⑮，三十一王。瞽史之記⑯曰：‘唐叔之世⑰，將如商數。’今未半
也⑱。亂不長世⑲，公子唯子，子必有晉。若何懷安？”公子弗聽。

姜與子犯謀，醉而載之以行。醒，以戈逐子犯，曰：“若無所
濟⑳，吾食舅氏之肉㉑，其知厭乎！”舅犯走且對曰：“若無所濟，余未
知死所；誰能與豺狼爭食㉒？若克有成，公子無亦晉之柔嘉㉓，是
以甘食。偃之肉腥臊，將焉用之？”遂行。

①此篇係節錄國語所記重耳出亡、自狄適齊之事，可與左傳晉公子
重耳之亡一篇參看。　　②翟：同“狄”。　　③日吾來此也：當初我們所
以要到這兒來。　　④“非以翟爲榮”句：此句的“榮”和“可以成事”兩層
是並列成分，猶言“非以翟爲榮，非以翟爲可以成事也”。“榮”，享樂。此
言“居翟並非爲了享樂，也並非爲了可以成大事”。　　⑤奔而易達：因狄
去晉甚近，所以説“出奔時易於到達”。　　⑥困而有資：在窘迫之中可以
有點兒接濟。　　⑦休以擇利：暫時在狄休息一下，以選擇對自己更有利
的環境。　　⑧可以戾也：“戾”，作“定”解，指定居。此句緊承上文，言
“由於這種種的原因，才在狄定居下來”。　　⑨戾久將厎：“厎”音紙，作
“止”解，猶言“中止”、“停頓”。此句大意是：“在這兒住久了，一切都不免
中止、停頓了。”　　⑩厎箸滯淫：“箸”同“著”，附帶着；“滯淫”，怠惰，荒
廢，指振作上進之心，都銷磨盡了。此句大意是：“如果一切都停頓下來，
那種苟安怠惰、自甘暴棄的心理也就隨帶着產生了。”　　⑪“吾不適齊、
楚”二句：當初我們所以不到齊、楚等國去是怕路途太遠。　　⑫“蓄力一
紀”二句：“一紀”，十二年。此言自己的力量已經積蓄了十二年，現在可

以走遠路了。　⑬齊侯長矣："齊侯"，即齊桓公；"長"，年老。　⑭多
讒在側：管仲死後，桓公寵愛讒諂小臣豎貂、易牙等，後來桓公竟死在他
們的手中。　⑮謀而無正：此言桓公有所謀劃，而無可以就正之人。
⑯衷而思始："衷"同"中"，指中道，即今所謂"半道上"、"半途中"。此言
一切政事都推行到半途中而感到無所適從，因此想到最初的時候，凡事
有管仲主持，比目前有把握多了。以上二句皆言管仲死後，桓公遇事無
法決斷。　⑰夫必追擇前言："夫"，彼，指桓公；"擇"，用；"前言"，指管
仲生前說過的話。此承上文，言"因此齊侯一定追想着從前管仲說過的
話而加以採用"。　⑱求善以終：希望有個好的結果。　⑲厭邇逐遠：
"厭"，安；"邇"，近，指與齊鄰近的國家；"逐"，求；"遠"，指與齊國距離較
遠的國家。此言齊之鄰國既已相安無事，桓公乃求與遠方的諸侯建立親
善的邦交。按，桓公初即位，管仲曾對他說："君欲從事於天下諸侯，則親
鄰國。"(見國語齊語)則"厭邇逐遠"實爲管仲之遺意。　⑳"遠人入服"
二句：上句，"遠人"，即指重耳等；"服"，猶"歸服"。下句，"郵"，同"尤"，
作"過"解。此言"我們現在到齊國去投奔齊侯，並不爲過。"　㉑會其
季年："會"，值；"季年"，暮年；"其"，指桓公。　㉒茲可以親："茲"，此。
言桓公是可以親近的。　㉓以下刪節重耳等過五鹿、野人贈土塊一節。
㉔齊侯妻之："妻"讀去聲，作動詞用。此言桓公把女兒嫁給重耳爲妻。
㉕甚善焉：指桓公對待重耳很好。　㉖"將死於齊"句：此句是寫重耳心
裏的打算。　㉗民生：猶言"人生"。按，古代漢語中的"民"有時即
解作"人"，泛指所有的人類而不專指人民。　㉘孝公：即齊孝公。名
昭，桓公子。公元前六四二年即位，在位十年。　㉙不可以動："動"，打
動，說服。此言子犯已察知不能打動齊孝公幫助重耳返國。　㉚終焉
之志：終老於齊國的打算。　㉛患之："之"指重耳，言怕重耳不肯走。
㉜莫知其也：主語是子犯和其他的從者，"其"指齊姜。　㉝從者將以
子行：你的手下人想要同你一起離開齊國。　㉞貳：猶豫不決。　㉟成
命：圓滿的結果。　㊱"上帝臨女"二句：見詩經大雅大明篇。這兩句詩

本是說周武王的,"女"同"汝",即指武王。此處姜氏引來比喻一般能成大事的人。言"上帝正在照臨着你,你心裏千萬不可猶豫不決。" ㊲"先王"句:"先王"指武王。言武王知天命,故能成大事。 ㊳"子去晉難"句:"難",危難;"極",至。此言"你因晉國有危難而來到此地。" ㊴"晉無寧歲"二句:"寧",太平;"成",穩定。此言"晉國没有一年太平過,人民也始終没有一個穩定的國君"。 ㊵無異公子:"異",其他。言"晉獻公有子九人,只有你一人還在,再没有其他的公子了。" ㊶吾不動矣:我是不會被人說服、打動的了。 ㊷"莘莘征夫"二句:見詩經小雅皇皇者華篇(小雅是周詩)。上句,今本詩經作"駪駪",衆多貌。下句,"每",時時;"懷",懷念;"靡及",猶言"無及"。此言"那些僕僕於道上的征夫,心中時時惦念着自己要辦的事,惟恐來不及把事做好"。 ㊸"人不求及"二句:如果一個人不主動地要求自己及時完成自己所要做的事業,那還怎麽能來得及呢? ㊹日月不處:猶言"時光是不停留的"。 ㊺人誰獲安:一個人哪能只想獲得安逸呢? ㊻西方之書有之:"西方"指周。此言周朝的書上有這樣的話。 ㊼"懷與安"二句:此卽左傳"懷與安,實敗名"之意。"疚",病;此處作動詞用。言"懷與安對於大事是有妨害的"。 ㊽"仲可懷也"三句:見前詩經將仲子篇。此處姜氏意指不能因自己的私情而不顧人言之可畏,是勉勵重耳的話。 ㊾管敬仲:管仲的謚。 ㊿"畏威如疾"二句:按,詩經周頌我將篇有"畏天之威,于時保之"的話,孟子梁惠王篇也說"畏天者保其國",本篇下文又說"畏威如疾,乃能威民";因疑此處的"威"本指"天威",卽上天主宰人世的威權、法則,引申之乃爲統治者統治人民的威權、法則。"民",卽"人"。此言"如果一個人像畏疾病一樣地敬畏天威,乃是人類中的最上者"。 (51)"從懷如流"二句:"懷",指對私欲的眷戀。大意是:"一個人只知從心所欲,不思振拔,如江河之日下,乃是人類中的最下者。" (52)"見懷思威"二句:大意是:"看到了可眷戀的事物就想起天威之可畏,從而懸崖勒馬,重新振作,尚不失爲人類中的中等。" (53)乃能威民:此處的"威"作動詞用,

"民"指被統治的人民，與上文"威"、"民"二字的意義不同。此連上句言：
"只有畏威如疾之人，才能身居民上，樹威以治民。"　　54"威民在上"二
句："威民"是"威民者"的省略語，亦卽指上文畏威如疾之人。此言"威民
者在上位，一般人民如對天威無所畏懼，則將受到刑罰的制裁"。　　55去
威遠矣：此連上句，意謂從懷如流的人本不知天威之可畏，自然也無法樹
立統治人民的威權，所以說"去威遠矣"。　　56"其在辟也"二句："辟"，
韋注作"罪"解，疑非是。近人徐元誥說："'辟'，疑當與'譬'同。說文：
'譬，諭也。'墨子小取篇："辟也者，舉物而以明之也。'畢(沅)注：'辟同
譬。'此文'其在辟也'，謂舉管敬仲之言以譬喻之也。管敬仲之言，別上
中下三事，故云'吾從中也。'韋注似未合。"（見其所著國語集解）按，徐說
近是。此二句大意是："照我所引喻的話來看，我是願意本着'見懷思威'
的精神來做事的。"　　57紀綱：治理，經營，整頓。　　58神輔先君："神
輔，"輔佐；"神"音卑。"先君"，指齊桓公。　　59"時日及矣"二句："及"，
到臨，此處有"迫切"之意；"幾"，韋注作"近"解，此處有"庶幾"之意。此
二句大意是："時光已經很迫切了，你的事業也應該差不多了。"意指重耳
應及時抓緊機會爲自己的事業努力。　　60"君國"二句：爲晉國之君，使
百姓得救。　　61"而釋之者"二句：如果放棄了君國濟民的事業，那簡直
不算人了。　　62敗不可處："敗"指齊國政局的敗壞。此言這種政治敗
壞的環境是不宜久居的。　　63"吾聞晉之始封也"三句：第一句，"晉之
始封"，指周成王封其弟唐叔（名虞）於晉之事，在周成王十年（公元前一
一〇六），這一年是乙未年。第二句，"大火"，星名，卽心宿，一名辰星。
照古代天文家的說法，封唐叔的這一年正是大火星值年，故言"歲在大
火"。第三句，"閼伯"（"閼"音遏），陶唐氏（堯）時爲火正之官，居商丘（卽
商代的發祥地），主管祭祀大火星的職務。故大火一名商星，又叫做"閼
伯之星"。　　64實紀商人："紀"，本作"記述"、"記載"解，引申有"代表"、
"象徵"之意。按，商代的第一世國君湯，於乙未年（公元前一七六六）放
夏桀於南巢而自立。這一年也是大火星（商星）值年。所以大火星實是

代表商代人命運的星宿；換言之，商之所以有天下，也正由於得商星值年之助。　⑥“商之饗國”二句：“饗”同“享”。此言商代享有天下，一共傳了三十一個國君。　⑥賫史之記：舊說，“賫史”是通曉天道的史官，“記”，指記述史事的書籍。　⑥“唐叔之世”二句：言唐叔的後裔享有晉國，將同商代國君的數目一樣，也應該是三十一世。按，湯於乙未年滅夏自立，唐叔亦於乙未年受封，都趕上大火值年，所以賫史認爲晉國的命運應該同商一樣。　⑥今未半也：從唐叔傳到晉惠公，只有十四個國君，還不到三十一世的半數。　⑥亂不長世：紛亂的局面是不會長久下去的。意指不久即將有太平的日子到來。　⑦若無所濟：“濟”，指事業成功。　⑦“吾食舅氏之肉”二句：大意是：“我把你的肉吃掉，只怕都會感到不滿足吧？”　⑦誰能與豺狼争食：子犯説：“我恐怕不免死於曠野之地，屍體將被豺狼吃掉，誰又能同野獸争着吃我的肉呢？”　⑦“公子無亦”二句：上句，“無”，發語詞，“無亦”即“亦”；“柔”，脆；“嘉”，美；“柔嘉”指食物的美好。下句，“是”，一切；“甘食”，猶言“愛吃”。此二句大意是：“等到你能自立爲君的時候，那麽晉國所有最柔脆、最鮮美的食物都會使你愛吃的。”

（三）　叔向諫殺豎襄（晉語八）

平公①射鴳②不死，使豎襄③搏之，失。公怒，拘將殺之。叔向④聞之，夕⑤，君告之。叔向曰：“君必殺之！昔吾先君唐叔，射兕于徒林⑥，殪⑦，以爲大甲⑧，以封于晉⑨。今君嗣吾先君唐叔，射鴳不死；搏之不得，是揚吾君之恥者⑩也！君其必速殺之，勿令遠聞！”

君忸怩⑪顔，乃趣⑫赦之。

①平公：卽晉平公，詳見前左傳鄭子產相國註。　②鴳：一作“鷃”，音晏，小鳥名。頭小尾秃，性好搏鬥，卽今所謂鵪鶉。　③豎襄：平公小

臣。"豎",内豎,即閹人;"襄"是他的名子。　④叔向: 晉大夫。見前左傳鄭子產相國註。　⑤夕: 見前左傳楚靈王乾谿之難註。　⑥徒林: 林名。　⑦殪: 音壹去聲。韋注:"一發而死曰殪。"此言一箭就把兕牛給射死了。　⑧以爲大甲: 以兕牛的皮革製成一副大的鎧甲。　⑨以封于晉: 韋注:"言有材藝以受封賜。"此指唐叔的才幹藝能非常出衆,所以才受封於晉。　⑩揚吾君之恥者: 指豎襄。此言晉平公射鴳不死,已極可恥,而豎襄又搏之不得, 簡直是把平公的可恥行爲給張揚擴大了。⑪忸怩: 音 niǔní,羞慚貌。此句言平公臉上帶出了慚愧的神氣。　⑫趣: 同"促",催促。

（四）　句踐滅吳（越語上）

越王句踐① 棲於會稽② 之上,乃號令於三軍曰:"凡我父兄、昆弟及國子姓③,有能助寡人謀而退吳者,吾與之共知越國之政④。" 大夫種⑤進對曰:"臣聞之: 賈人夏則資皮⑥,冬則資絺,旱則資舟,水則資車,以待乏也。夫雖無四方之憂⑦,然謀臣與爪牙之士⑧,不可不養而擇也。譬如蓑笠,時雨既至,必求之。今君王既棲於會稽之上, 然後乃求謀臣, 無乃後乎⑨?" 句踐曰:"苟得聞子大夫⑩ 之言,何後之有?"執其手而與之謀。

遂使之行成於吳,曰:"寡君句踐乏無所使⑪, 使其下臣種,不敢徹聲聞於天王⑫,私於下執事⑬,曰:'寡君之師徒⑭,不足以辱君矣⑮; 願以金玉、子女賂君之辱⑯。請句踐女女於王⑰,大夫女女於大夫,士女女於士; 越國之寶器畢從⑱; 寡君帥越國之衆以從君之師徒。唯君左右之⑲! 若以越國之罪爲不可赦也⑳,將焚宗廟,係妻孥㉑,沈金玉於江; 有帶甲五千人,將以致死㉒,乃必有偶㉓,是以帶甲萬人事君也。無乃卽傷君王之所愛㉔乎? 與其殺是人也㉕,寧其得此國也,其孰利乎?'"

夫差將欲聽,與之成。子胥諫曰:"不可!夫吳之與越也,仇讎敵戰之國㉖也;三江環之㉗,民無所移。有吳則無越,有越則無吳。將不可改於是矣㉘!員聞之:陸人居陸,水人居水。夫上黨之國㉙,我攻而勝之,吾不能居其地,不能乘其車;夫越國,吾攻而勝之,吾能居其地,吾能乘其舟。此其利也,不可失也已。君必滅之!失此利也,雖悔之,亦無及已。"

越人飾美女八人,納之太宰嚭,曰:"子苟赦越國之罪,又有美於此者將進之。"太宰嚭諫曰:"嚭聞古之伐國者,服之㉚而已;今已服矣,又何求焉?"夫差與之成而去之。

①越王句踐:"句踐"是越王允常之子。"句"同"勾"。按,允常初曾與吳王闔廬相怨而互相攻伐;允常死,吳乃乘越之喪伐越,竟爲勾踐所敗,闔廬傷指而死(事見左傳定公十四年,即公元前四九六年)。闔廬有遺命,必報此仇。後三年,其子吳王夫差乃伐越(據國語越語下,則是句踐先伐吳,詳下篇正文第一大段),大敗越軍,遂入越。勾踐乃以殘軍五千人退保於會稽。　②會稽:山名。在今浙江紹興縣東南十二里。③"凡我"句:"昆弟",弟兄;"子姓",猶言"子民",即"百姓"。　④共知越國之政:"知",主持,過問,參與。此言有人能助其退吳,當使之爲越國的卿相,以共治國家。　⑤大夫種:即文種,字子禽,楚之郢人。入越後,與范蠡同助勾踐,終滅吳國。功成,種爲勾踐所忌,被殺。　⑥"賈人"四句:"資",取;"絺"音痴,質地精細的葛布。此言"商人在夏天就預先求取皮貨以備冬天用,在冬天就預先求取葛布以備夏天用,在行旱路時就預先求取船隻以備行水路時用,在行水路時就預先求取車輛以備行旱路時用"。　⑦四方之憂:指四鄰各國對本國進攻。　⑧"然謀臣"二句:上句,"爪牙之士",指勇敢的將士。下句,"養",培養;"擇",選擇錄用。此連上言"在平常沒有戰爭的時候,文的謀臣和武的將士也需要加以培養,

以備隨時選擇録用"。　　⑨無乃後乎：未免太遲了吧？　　⑩子大夫：
"大夫"指文種；上面冠以"子"字，是古人稱呼對方時的敬稱。它如"子范
子"、"子墨子"等皆與此同。　　⑪乏無所使：缺乏人材，没有他人可以派
遣。　　⑫"不敢徹聲"句："徹"，達；"天王"，指吳王。此言"我不敢高聲
講話，把意見直接傳達給吳王。"　　⑬私於下執事："私"，指低聲下氣的
私語；"下執事"，即"執事"，猶言"在您手下的執事之人"。其用法已屢見
前，詳左傳各篇的註釋。　　⑭師徒：指軍隊。　　⑮不足以辱君矣：不值
得屈尊您親自來討伐了。　　⑯賂君之辱："君之辱"即"君之辱臨"。此
句言"越國願意把金玉子女等貢獻給吳王，做爲禮物，以答謝吳王屈尊光
臨越國之意"。　　⑰"請句踐女"句：下一"女"字讀去聲，作"充婢妾"解。
此言越王請求吳王允許以勾踐之女爲吳王的婢妾。下二句仿此。　　⑱寶
器畢從：言把寶物也隨同着完全進貢給吳國。　　⑲唯君左右之：一切
都由您任意處置。"左右"在此處是動詞。　　⑳"若以"句：以下諸句，是
越方從反面作强硬之語。意謂吳如不許越之求和，則越將與吳作最後殊
死的鬥爭。　　㉑係妻孥："係"同"繫"，用繩縛住，如囚人一樣。"孥"，子
女。此言越人將把妻孥縛在一起，以求死生共命。如果失敗，也不讓吳
國把他們擒住（用韋注大意）。　　㉒致死：拚死命。　　㉓"乃必有偶"二
句："偶"，舊作"對"解，即"加倍"之意。汪遠孫說："五千人人人致死，勇
氣自倍，一人可得二人之用，故曰帶甲萬人。"吳曾祺說："'事君'謂與君
戰，措詞之道則然。"　　㉔傷君王之所愛：此是恭維吳王的話。言吳王
推恩於越，越民與越器，皆爲吳王所鍾愛。言外指越人如果拚死決戰，則
越民與越器都不免遭到損失，豈不影響到吳王加愛於越的仁慈惻隱之心
了麽？　　㉕"與其"二句：清汪中說："'與其'、'寧其'者，兩事相衡，擇利
而從之辭。"（見其所著經義知新記）此言"與其因戰爭而殺傷人命，還不
如坐享其成得到越國呢"。　　㉖仇讎敵戰之國：互相仇視、互相敵對、互
相征戰的國家。　　㉗"三江環之"二句：上句，"三江"，指長江上游的岷
江、自上海入海的吳淞江，和浙江省的錢塘江。"環之"，"之"指吳、越兩

國境內之地。下句，言吳、越兩國的人民無論怎樣遷移，都出不了三江流域這個圈子。　　㉘將不可改於是矣：此承上文"有吳則無越"二句而言，意謂這種勢不兩立的局面是再也無法改易的了（用吳曾祺説）。　　㉙上黨之國："上黨"，地名。春秋時屬晉國，戰國時屬韓國，秦時置上黨郡，卽今山西太原一帶地方。按，"上黨"命名的由來，舊説有二解。一、"上"，高；"黨"，毗鄰。言其地與天爲鄰，故名"上黨"。二、"黨"作"處所"解，言其地之所在，就我國中原大陸而論，地勢最高。此處所謂"上黨之國"，則舉此地名，以代表中原多陸少水的諸侯如晉、鄭等國家（參用吳曾祺説）。㉚服之：使之降順馴服。〔以上是第一大段，寫勾踐用文種之謀，向吳求和，終能保全國土，未遭滅亡之禍。〕

　　句踐説於國人①曰："寡人不知其力之不足也，而又與大國執讎②，以暴露百姓之骨於中原③，此則寡人之罪也。寡人請更④！"於是葬死者，問傷者，養生者；弔有憂⑤，賀有喜；送往者⑥，迎來者；去民之所惡，補民之不足。然後卑事夫差⑦，宦士三百人於吳⑧，其身親爲夫差前馬⑨。

　　句踐之地，南至于句無⑩，北至于禦兒⑪，東至于鄞⑫，西至于姑蔑⑬，廣運百里⑭。乃致⑮其父兄、昆弟而誓之，曰："寡人聞古之賢君，四方之民歸之，若水之歸下也。今寡人不能，將帥二三子夫婦以蕃⑯。"令壯者無取⑰老婦，令老者無取壯妻；女子十七不嫁，其父母有罪；丈夫二十不取，其父母有罪。將免者以告⑱，公令醫守之。生丈夫⑲，二壺酒，一犬；生女子，二壺酒，一豚；生三人⑳，公與之母；生二子，公與之餼㉑。當室者㉒死，三年釋其政㉓；支子㉔死，三月釋其政：必哭泣葬埋之如其子㉕。令孤子、寡婦、疾疹、貧病者㉖，納宦其子。其達士㉗，絜其居㉘，美其服，飽其食，而摩厲之於義㉙。四方之士來者，必廟禮之㉚。句踐載稻與脂於舟以行㉛。　國

之孺子之遊者㉜，無不餔也㉝，無不歠也：必問其名㉞。非其身之
所種則不食㉟，非其夫人之所織則不衣。十年不收於國㊱，民俱有
三年之食。

①說於國人: 向越國的人民解釋。 ②執讎: 結仇。 ③中原: 猶
言"原野之中"。 ④更: 改變。 ⑤"弔有憂"二句: 言勾踐對於人民,
凡有喪事者則往致弔唁,凡有喜事者則往致慶賀。 ⑥"送往者"二句:
言他國之人來往於越國者,都有專人負責接送,以盡地主之誼。 ⑦卑
事夫差: 自居於卑賤的地位以侍奉夫差。 ⑧宦士三百人於吳: 派遣三
百名士人到吳國去做他們的臣僕。 ⑨"其身"句: 韋注: "前馬,前驅在
馬前也。"此言越王勾踐本人親自給吳王夫差充當馬前卒。按,韓非子喻
老篇記此事,"前馬"作"洗馬";但"洗"一本又作"先"。吳曾祺說: "先馬,
卽前馬也。"故仍用韋注。 ⑩句無: 地名。"句"同"勾"。今浙江諸暨
縣南五十里有勾無亭,卽其地。 ⑪鄠兒: 地名。韋注: "今嘉興語兒鄉
是也。"按,卽今浙江崇德縣南之語溪。 ⑫鄞: 縣名。音銀。今浙江寧
波,卽鄞縣縣治所在。 ⑬姑蔑: 古地名。今浙江龍游縣北有姑蔑城,
當卽其地。 ⑭廣運百里: 指當時越國疆域的面積。韋注: "東西爲
'廣',南北爲'運'。" ⑮致: 召集。 ⑯"將帥二三子"句: "帥"同
"率";"蕃",繁殖人口。此言越王將率領着越國的男女百姓增殖人口。
⑰取: 同"娶"。下同。 ⑱"將免者以告"二句: "免"同"娩",分娩;"毉",
同"醫"。此言女子將臨產時卽向官府報告,官家就派醫生去看護着孕婦
生產。 ⑲生丈夫: "丈夫"指男性。此言生下了男孩子。 ⑳"生三子"
二句: 一胎生三個嬰兒的,就由官家給予乳母。 ㉑公與之餼: "餼"音
戲,食物。此連上文言"一胎生兩個嬰兒的,就由官家供其飲食"。 ㉒當
室者: 指嫡子。 ㉓三年釋其政: "政",指徭役之事。此言如果人
民的家中的嫡子死去,則免其家的徭役之事三年。下文"三月"句仿此。
㉔支子: 庶出之子。 ㉕"必哭泣"句: 此言對庶子不得歧視,必須哭泣
葬埋一如嫡子。 ㉖"令孤子"二句: 上句,"疾疹",患疾病的人,"疹"同

“疢”;“貧病”,貧困無告的人。下句,“納宦其子”,言把他們的兒子送入官府,加以教養而給其口糧(參用韋注)。　㉗達士:國中知名之士。㉘絜其居:“絜”同“潔”。此言官家給達士們把住的地方都收拾得非常整潔。　㉙摩厲之於義:“摩厲”同“磨礪”,即“切磋”、“互相研究”、“互相探討”之意;“義”,指事物的正當的道理。此言勾踐同這些達士共同研討事物的道理。　㉚必廟禮之:此連上言:“對於到越國來的四方的有名之士,則必宴饗於廟堂之上,以示尊重。”　㉛載稻與脂於舟以行:韋注:“稻,糜;脂,膏。”按,“糜”即粥一類的食物,“脂”即油類。此言勾踐帶了糧和油,乘舟至各地巡視。　㉜國之孺子之遊者:“孺子”,年輕人;“遊”,在外飄流。　此言國中有一些流浪無歸的年輕人。　㉝“無不餔也”二句:“餔”音甫,給以食物吃;“歠”同“啜”,給以水飲。此連上文言勾踐一遇到這些飄流在外的年輕人,就供給他們飲食。　㉞必問其名:問這些年輕人的名氏。這是爲了日後要用他們(用韋注)。　㉟“非其身”二句:言勾踐本人也參加勞動,不是自己種的穀物就不吃,不是自己的妻織的布就不穿。　㊱十年不收於國:十年不向人民收賦稅。〔以上是第二大段,寫勾踐十年生聚,勵精圖治,以求復仇。〕

國之父兄請曰:“昔者夫差恥吾君於諸侯之國;今越國亦節①矣,請報之!”句踐辭曰:“昔者之戰也,非二三子之罪也,寡人之罪也。如寡人者②,安與知恥?請姑無庸戰③!”父兄又請曰:“越四封④之內,親吾君也,猶父母也。子而思報父母之仇,臣而思報君之讎,其有敢不盡力者乎?請復戰!”句踐既許之,乃致其衆而誓之,曰:“寡人聞古之賢君,不患其衆之不足也,而患其志行之少恥也。今夫差衣水犀之甲者⑤億有三千⑥,不患其志行之少恥也⑦,而患其衆之不足也。今寡人將助天滅之。吾不欲匹夫之勇⑧也,欲其旅進旅退⑨。進則思賞,退則思刑;如此,則有常賞⑩。進不用命⑪,退則無恥⑫;如此,則有常刑。”

果行，國人皆勸⑬。父勉其子，兄勉其弟，婦勉其夫，曰：“孰是君也⑭，而可無死乎？” 是故敗吳於囿⑮，又敗之於没⑯，又郊敗之⑰。

夫差行成，曰：“寡人之師徒不足以辱君矣！請以金玉、子女，賂君之辱！”句踐對曰：“昔天以越予吳，而吳不受命；今天以吳予越，越可以無聽天之命而聽君之令乎？吾請達王甬、句東⑱，吾與君爲二君乎！”夫差對曰：“寡人禮先壹飯⑲矣。君若不忘周室而爲弊邑宸宇⑳，亦寡人之願也。君若曰：‘吾將殘汝社稷，滅汝宗廟。’寡人請死！余何面目以視於天下乎？越君其次也㉑！” 遂滅吳。

①節：韋注：“有節度也。”此指越國的發展已步入常規，一切都上了軌道。　　②“如寡人者”二句：此是句踐自謙之詞。言“像我這樣的人，哪兒懂得什麽叫做受了恥辱呢？”　　③請姑無庸戰：我要求大家還是先不用與吳國做戰吧！　　④四封：四境。　　⑤衣水犀之甲者：“衣”讀去聲，作“穿”解；“水犀”，犀牛之一種。此言吳王手下的兵士穿着用水犀的皮做成的甲。　　⑥億有三千：“億”有二解：一、萬萬；二、十萬。此處是十萬。言吳兵有十萬又三千人。　　⑦“不患”二句：大意是：“吳王不考慮士兵的志向行動是否知恥，只追求人數的衆多。”　　⑧匹夫之勇：指一般人的血氣之勇。　　⑨旅進旅退：“旅”，俱。此言軍隊進則俱進，退則俱退，行動必有紀律。　　⑩常賞：合於常規的、一定的賞賜。下文的“常刑”，義亦仿此。　　⑪進不用命：向前進軍而不服從命令。　　⑫退則無恥：後退時往往喪失兵士應有的品德，臨難苟免。　　⑬勸：互相勉勵。　　⑭“孰是君也”二句，豈能有這樣的國君而我們還不替他賣命的？⑮囿：吳地名。韋注：“囿，笠澤也。”按，即今太湖一帶。　　⑯没：吳地名。不詳所在。　　⑰又郊敗之：又在吳國都城的近郊把吳軍打敗。⑱“吾請達王”二句：“達”，遣送；“王”，指夫差；“甬、句東”，韋注：“甬，甬江；句，勾章。”左傳及史記吳世家則皆作“甬東”，據近人徐元誥説，即今

浙江定海縣東北海中之舟山(見國語集解卷二十)。此言"我請求把您(指夫差)送到甬，勾東地方，我同您像兩個國君一樣，您以爲如何？"按左傳及國語吳語皆載此事，而字句略有出入，茲錄以備考。左傳哀公二十二年："冬，十一月，丁卯，越滅吳，請使吳王居甬東。(夫差)辭曰：'孤老矣，焉能事君？'乃縊。"國語吳語："(越王)因使人告於吳王曰：'天以吳賜越，孤不敢不受。……王其無死。……寡人其達王於甬、句東，夫婦三百(給予吳王男女侍役三百人)，唯王所安，以没王年(以盡王之餘年)！'夫差辭曰：'天既降禍於吳國，不在前後，當孤之身，實失宗廟社稷。凡吳土地人民，越既有之矣，孤何以視於天下？'……遂自殺。"　⑲寡人禮先壹飯矣："壹飯"，猶言"小小恩惠"。此言"從禮節上講，我對越王已經先有過小小的恩惠了。"汪中説："禮先壹飯，言昔嘗有恩於越，謂會稽之事也。"⑳"君若不忘周室"句："宸字"，猶言"屋簷下"。韋注："言越君若以周室之故，以屋宇之餘，庇覆吳也。"意謂越如果看周王的情分(因吳爲周之同姓)而做吳的宗主國，則吳願受越之保護。　㉑越君其次也。"次"作"舍"解，指居住，此言"請越君只管進入吳國來居住吧！"〔以上是第三大段，寫勾踐依靠民力，終滅吳國。〕

(五)　范蠡佐句踐滅吳(越語下)

越王句踐即位三年①，而欲伐吳。范蠡進諫曰："夫國家之事，有持盈②，有定傾③，有節事④。"王曰："爲三者奈何？"范蠡對曰："持盈者與天⑤，定傾者與人⑥，節事者與地。王不問，蠡不敢言。天道盈而不溢⑦，盛而不驕⑧，勞而不矜其功⑨。夫聖人隨時以行⑩，是謂守時。天時不作⑪，弗爲人客⑫；人事不起⑬，弗爲之始⑭。今君王未盈而溢⑮，未盛而驕，不勞而矜其功；天時不作而先爲人客⑯，人事不起而創爲之始；此逆於天而不和於人。王若行之，將妨⑰於國家，靡王躬身⑱。"王弗聽。范蠡進諫曰："夫勇者⑲，逆德也；兵者，凶器也；爭者⑳，事之末也。陰謀逆德㉑，好用凶器，始於人者㉒，人之所卒也。淫佚之事㉓，上帝之禁也。先行此者不利｜”王曰：“無｜是貳言也㉔。吾已斷之矣㉕｜”果興師而伐吳。

戰於五湖㉖，不勝。棲於會稽。王召范蠡而問焉，曰：“吾不用子之言，以至於此，爲之奈何？”范蠡對曰：“君王其忘之乎？持盈者與天，定傾者與人，節事者與地。”王曰：“與人奈何？”范蠡對曰：“卑辭尊禮㉗，玩好女樂，尊之以名；如此不已㉘，又身與之市㉙。”王曰：“諾｜”

乃令大夫種行成於吳，曰：“請士女女於士，大夫女女於大夫，隨之以國家之重器。”吳人不許。大夫種來而復往，曰：“請委管籥㉚，屬國家㉛，以身隨之。君王制之㉜｜”吳人許諾。

王曰：“蠡爲我守於國。”對曰：“四封之内，百姓之事，蠡不如種也。四封之外，敵國之制㉝，立斷之事，種亦不如蠡也。”王曰：“諾。”令大夫種守於國，與范蠡入宦於吳㉞。

①“越王”句：據左傳，勾踐即位的第三年，即魯哀公元年（公元前四九四）。　②持盈：“持”，保持，持久；“盈”，作“滿”解，此處指國勢的盛大富強。“持盈”，指國勢盛大富強之時，應考慮如何長期保持下去。③定傾：“傾”，傾覆。此言遇到國家傾覆之時，應考慮如何使國勢穩定，轉危爲安。　④節事：“節”，調度；“事”，指政治措施。言治國之道在於對政治採取適當措施，使之井井有條。　⑤與天：效法天道。（按，天道指日月更迭、四時代謝而言。）下文“與人”、“與地”，義皆仿此。　⑥與人：效法人道。（按，人道指謙卑以自牧。）　⑦天道盈而不溢：“溢”，過分，過度。按，以四時而言，夏天是盈滿的象徵；以日月而言，月圓是盈滿的象徵。但炎夏以後是秋涼，月到最圓就逐漸虧缺，所以說“盈而不溢”。⑧盛而不驕：據韋注，“盛”指元氣而言，“元氣”即大氣。按：大氣充塞宇

宙，無所不在，萬物皆賴以生存；但天絶對不因此而驕。　⑨勞而不矜其功：日月四時，運行不已，雖極勤勞，但並不自以爲功。　⑩隨時以行：“隨”，順；“時”指天時。如春種五穀，秋收其實，卽是隨順着天時而行動。　⑪天時不作：“作”，作“起”解，指意外的變化。“不作”，卽指没有自然災異如水、旱、地震之類的情況發生。　⑫弗爲人客：去攻伐別國，卽是居客位；而被攻伐者以静待動，以逸待勞，卽是居主位。此連上文的大意是：“當別的國家天時没有意外變化的時候，我們是不宜輕易地去攻伐它的。”　⑬人事不起：“人事”指國家發生的意外事變。此句猶言“國家没有發生什麽意外的變亂”。　⑭弗爲之始：“始”指首先挑起釁端。此連上文的大意是：“當別國没有發生什麽變亂時，我們是不宜輕易爲禍首而挑起釁端的。”　⑮未盈而溢：國力尚未殷實富强，國君已生過分的野心。　⑯“天時”二句：此承上文而言，謂吳國既無天災，又無人禍，而越竟想開啓釁端，先去攻伐它。　⑰妨：害。　⑱靡王躬身：此緊承上句而言，謂伐吳之害，將不止在王一身而已（用吳曾祺説）。　⑲“夫勇者”二句：大意是：“勇是一種反常的行爲。”按，此處的“勇”，指興師攻奪別國的土地而言。　⑳“爭者”二句：言“戰争的舉動，乃是人事中最後的一種手段”。　意指必到不得已的時候才能訴諸武力。　㉑陰謀逆德：暗中計劃着做出反常的行動。按，此卽指越王伐吳的打算。　㉒“始於人者”二句：韋注：“始以伐人，人終害之。”言“你既先對別人不利，別人也終會對你不利。”意指吳國是會“卽以其人之道，還治其人之身”的。　㉓淫佚之事：“淫佚”，過火，過分。此指越出常軌的行動。　㉔無！是貳言也：舊説以“無是貳言也”作一句讀，非是；今據俞樾説改作二句。“無”，猶言“不要説啦！”“貳言”，惑亂視聽的言語。（見羣經平議）按，越王勾踐以范蠡之言爲惑亂視聽，所以不從。　㉕吾已斷之矣：我已經下了決心了。　㉖五湖：指太湖東岸的五個小湖。卽：菱湖、游湖、莫湖、貢湖、胥湖。　㉗“卑辭尊禮”三句：第一句，言用謙卑的言辭向吳王陪小心，對他十分尊敬有禮。第二句，“玩好”，古玩珍寶；“女樂”，能歌舞的女伎；此言把珍寶和女伎貢獻給吳王。第三句，言用極尊貴的名義來稱呼吳王。按，越人當時稱夫差爲天王。　㉘如此不已：你這樣做了，而吳王還不肯罷休。　㉙又身與之市："市"，本指"出賣貨物"。此處猶言"你再把自己的身體也賠給他"。　㉚委管籥：把越國國庫的鑰匙都交給吳王。　㉛屬國家：把整個國家也交付給吳王。　㉜君王制之：一切由您主宰、控制好了！　㉝敵國之制：抵制敵人的辦法。㉞入宦於吳：到吳國去做臣僕奴隷。〔以上是第一大段，寫勾踐不聽范蠡之言而失敗，及向吳王求和的經過。〕

三年①，而吳人遣之歸。及至於國，王問於范蠡曰："節事奈何？"對曰："節事者與地。唯地能包萬物以爲一②，其事不失。生萬物，容畜禽獸③，然後受其名而兼其利④。美惡皆成以養生⑤。時不至不可彊生⑥，事不究不可彊成。自若以處⑦，以度天下，待其來者而正之⑧，因時之所宜而定之⑨；同男女之功⑩，除民之害，以避天殃；田野開闢，府倉實⑪，民衆殷⑫；無曠其衆⑬，以爲亂梯⑭。時將有反⑮，事將有間，必有以知天地之恆制⑯，乃可以有天下之成利；事無間，時無反，則撫民保教以須之⑰。"

王曰："不穀之國家，蠡之國家也。蠡其圖之！"范蠡對曰："四封之內，百姓之事，時節三樂⑱，不亂民功，不逆天時，五穀睦熟⑲，民乃蕃滋，君臣上下，交得其志⑳：蠡不如種也。四封之外，敵國之制，立斷之事，因陰陽之恆㉑，順天地之常——柔而不屈㉒，彊而不剛，德虐之行㉓，因以爲常；死生因天地之刑㉔，天因人㉕，聖人因天㉖；人自生之㉗，天地形之，聖人因而成之——是故戰勝而不報㉘，取地而不反，兵勝於外，福生於內㉙，用力甚少，而名聲章明㉚：種亦不如蠡也。"王曰："諾。"令大夫種爲之㉛。

①三年：王引之說："蓋吳許越成，在魯哀元年。句踐宦吳，三年而

返，則在哀四年。”按，魯哀公四年，卽公元前四九一年。　　②“唯地”二句：上文范蠡言修內政應效法地道，此處卽解釋何謂地道。此二句大意是：“萬物皆生於地上，所以只有地是無所不包、無所不容的。它總攝萬物，成爲一個整體，沒有任何遺漏。”　　③容畜禽獸：“畜”同“蓄”。言一切禽獸都被大地所包容、所蓄養。　　④受其名而兼其利：地擔受了載物之名，同時也兼得了萬物之利。因爲萬物自始至終都不能離開土地。⑤“美惡”句：言萬物不論美惡，大地皆一視同仁，使之成長，而人類則依賴它們以養生。　　⑥“時不至”二句：上句指自然現象。言萬物之生，各有定時，不到一定的時機，是不可能勉强生長的。下句指社會現象。“究”，終極。言人事的變化也必有其終極，不到最後的轉捩點，是不可能勉强成功的。　　⑦“自若以處”二句：自此以下四句，是效法地道所應採取的態度。“若”，疑應作“順”解；“度”，揣度，估計，推測。此二句大意是：“應順乎自然以處於當世，對於天下的事應有適當的估計、推測。”⑧“待其來者”句：“正”，作動詞用，意指把不正常的局面改變爲正常的。此句言“等到機會到來的時候，就把不利於己的局面扭轉過來”。⑨“因時之所宜”句：此緊承上句而言。意謂“根據彼時對自己最適宜的情況，把已扭轉的局勢予以鞏固”。　　⑩同男女之功：自此句至“以爲亂梯”句，是范蠡對於當時越國內政的具體建議。“功”，猶言“工作”；“男女之功”，指男耕女織之事。此句是范蠡勸越王本人與男女百姓做同樣的工作。　　⑪府倉實：“府”，儲藏貨財的府庫；“倉”，儲藏五穀的倉廩。此言使財貨和食糧都充實起來。　　⑫民衆殷：“殷”，盛。此言人民的生計都日趨富厚殷實。　　⑬無曠其衆：“曠”，作“空”解，猶言“浪費”。此言不要使羣衆曠時廢業。　　⑭以爲亂梯：曠時廢業則人民易生懟心，那就會成爲導致叛亂的階梯。　　⑮“時將有反”二句：上句指天時。“反”同“還”，作“還”解。言天時是循環的，越國的命運必將有好轉的機會。下句指人事。“間”讀去聲，間隙。言人事是有隙可乘的，吳國本身必將有招致滅亡的機會。　　⑯“必有以”二句：“恆制”，卽“常度”；“成利”，有利的成果。此言"必須能掌握天地的必然規律，才能享受天下有利的成果"。　⑰撫民保教以須之：撫卹人民，保護他們，教育他們，以等待時機的到來。　⑱時節三樂：春、夏、秋三季，是農忙的時節；在這三個季節裏，使農人都能感到安樂。　⑲"五穀睦熟"二句：上句，"睦"，和；"和熟"指五穀得時氣之和而順利成長。下句，"蕃滋"，繁殖，增益。此言"五穀有了好收成，人口才能蕃盛增多"。因爲人口的增多全靠生產的發達。　⑳交得其志：彼此都感到滿意。　㉑因陰陽之恆："陰"，柔；"陽"，剛；"恆"，常，指常理。此言根據陽剛陰柔的一定的自然規律。　㉒"柔而不屈"二句：此二句是應付强國之道。上句，言表面上雖採取柔順的辦法，但骨子裏却不屈服。下句，言自己骨子裏是强硬的，表面上却不宜過分粗暴。按，自"柔而不剛"至下文"聖人因而成之"，是范蠡對於"因陰陽之恆"二句原則的解釋。　㉓"德虐之行"二句：汪遠孫説"'德'謂生人，'虐'謂殺人。"此言不論使人生存的善的行爲，或者使人死亡的酷虐行爲，都是以天地爲常法的。　㉔死生因天地之刑：此句意義與上二句相同。"因"，依據；"刑"同"形"，作"徵兆"解。王念孫説："'天地之形'，謂死生之兆，先見於天地者也；生與殺必因乎此。故曰：'死生因天地之形'。"（見經義述聞引）意指人類執行生殺之大事，皆以天地所表現的自然規律爲依據。　㉕天因人：上天是依據人之善惡而降以禍福的。　㉖聖人因天：聖人依據天所指示的道理去辦事。　㉗"人自生之"三句：人類的吉凶善惡是自然發生的，其徵兆則由天地的自然規律體現出來；聖人依據天地的自然規律去行事，就可以得到成功。按，范蠡認爲：依據天地所表現的自然規律，就可以掌握了人事的發展規律。　㉘"是故"二句：此言對於人事的發展規律，既能預先估計出來，則對敵作戰，自然操必勝之券。因此把敵人戰勝了之後，敵人就再沒有報復的機會；把敵人的地盤奪取過來，敵人也再沒有收復的可能了。　㉙福生於內：給自己國家的內部帶來了幸福。　㉚章明　"章"同"彰"。"彰明"，猶"顯揚"。　㉛爲之：指治理國家的內政。〔以上是第二大段，

〔寫范蠡爲勾踐謀復興國家之道，並主張與大夫種分治內外。〕

四年①，王召范蠡而問焉，曰：“先人就世②，不穀卽位。吾年既少，未有恆常③。出則禽荒④，入則酒荒；吾百姓之不圖，唯舟與車⑤。上天降禍於越，委制於吳⑥；吳人之那不穀⑦，亦有甚焉！吾欲與子謀之，其可乎？”對曰：“未可也。蠡聞之：上帝不考⑧，時反是守⑨。彊索者不祥⑩；得時不成⑪，反受其殃。失德滅名，流走死亡。有奪⑫，有予，有不予；王無蚤圖⑬！夫吳，君王之吳也；王若蚤圖之，其事又將未可知也。”王曰：“諾！”

又一年⑭。王召范蠡而問焉，曰：“吾與子謀吳，子曰：‘未可也。’今吳王淫於樂，而忘其百姓；亂民功，逆天時；信讒喜優⑮，憎輔遠弼⑯，聖人不出⑰，忠臣解骨⑱；皆曲相御⑲，莫適相非。上下相偷⑳，其可乎？”對曰：“人事至矣，天應㉑未也。王姑待之！”王曰：“諾！”

又一年，王召范蠡而問焉，曰：“吾與子謀吳，子曰：‘未可也。’今申胥驟諫其王㉒，王怒而殺之，其可乎？”范蠡對曰：“逆節萌生㉓。天地未形而先爲之征㉔，其事是以不成，雜受其刑㉕。王姑待之！”王曰：“諾！”

又一年，王召范蠡而問焉，曰：“吾與子謀吳，子曰：‘未可也。’今其稻蟹不遺種㉖，其可乎？”對曰：“天應至矣，人事未盡㉗也。王姑待之！”王怒曰：“道固然乎㉘？妄其欺不穀邪？吾與子言人事，子應我以天時；今天應至矣，子應我以人事。何也？”范蠡對曰：“王姑勿怪！夫人事必將與天地相參㉙，然後乃可以成功。今其禍新民恐㉚，其君臣上下，皆知其資財之不足以支長久也；彼將同其力㉛，致其死。猶尚殆㉜！王其且馳騁弋獵㉝，無至禽荒；宮中之樂，無至酒荒；肆與大夫觴飲㉞，無忘國常。 彼其上將薄其德㉟，民將盡其力㊱，又使之望而不得食㊲，乃可以致天地之殛㊳。王姑待之」"

①四年：王引之説："四年，承上在吳三年言之。謂在吳三年之明年也。"按，越王在吳的第三年是魯哀公四年，則次年應爲魯哀公五年，即公元前四九○年。如依韋注，則此處的"四年"指又過了四年，應爲哀公八年。以史記越世家證之，王説近是。　②先人就世："先人"，指越王允常；"就世"，去世。　③未有恆常：越王言自己因年少而没有恆心，没有常性。　④"出則禽荒"二句："禽荒"指耽溺於射獵，"酒荒"指沉湎於飲酒。　⑤唯舟與車：只想着乘船乘車，出去嬉遊。　⑥委制於吳：受吳國的統治。　⑦"吳人之那不穀"二句："那"，猶"於"。此二句大意是："吳人對於我，也算是够狠的了。"　⑧上帝不考："考"作"成"解，引申有"支持"、"幫助"之意。此言天時未至，上帝是不會幫助你的。　⑨時反是守："守"，等待。此言只有等待着時間的好轉。　⑩彊索者不祥："索"，求。此言時機未到，勉强求成功，是對自己不利的。　⑪"得時不成"二句：此二句的意義與上句相反，言"既得天時，而不抓緊時間把事情做成功，那就反要受到災禍"。韋注："夫差克越，而可取不取，後反見滅，是也。"　⑫"有奪"三句：此指上天對於國家的幾種不同的情況。"奪"，指一個國家起初很强大，後乃被他國征服消滅。"予"，指上天授予一個國家以好的命運，使之日益富强。"不予"，指一個國家被上天所棄，注定要滅亡。　⑬蚤圖："蚤"同"早"。此言不要過早地打算伐吳。　⑭又一年：王引之以爲此指勾踐返國後的第二年，即魯哀公六年(公元前四八九)。　⑮優：俳優。按，此指優伶、女伎之類。　⑯憎輔遠弼："憎"，嫌惡；"輔"，輔佐吳王執政的大臣；"遠"，疏遠；"弼"，匡諫吳王過失的大臣。　⑰聖人不出："聖人"，指智者(按，此與後世所謂的聖人，涵義不盡相同)；"不出"，隱遁不仕。　⑱忠臣解骨："解骨"猶"解體"(用吳曾祺引申夏逸舊説)。此言忠臣都犧牲了性命。　⑲"皆曲相御"二

句:此指吳王多諂諛之臣而無敢犯顏直諫之人。上句,"御",逢迎;下句,"適"音狄,作"專主"解,此處指主張正義,堅持己見。大意是:"羣臣都對吳王曲意逢迎,而没有堅持己見的人敢對吳王的行爲加以否定。"　⑳上下相偸:"偸",苟且偷安。此言君臣皆苟且偷安。　㉑天應:上天的感應。　㉒"今申胥"二句:"申胥",卽伍子胥。"驟諫",見前左傳哀公不君註。按,吳王夫差因子胥屢次進諫,又受伯嚭之讒,乃賜子胥屬鏤之劍(劍名),令其自殺。事見左傳哀公十一年。今國語載此事爲勾踐返國之第三年,從魯哀公元年算起,勾踐在吳三年,歸國三年,則子胥之死應在哀公七年。如依韋注,則此年應爲哀公十年。皆與左傳不合。王引之説:"蓋記者傳聞各異,不可強同。"又説:"越語之文,本不與左傳相當,無事規規求合也。"實爲通達近情之論。　㉓逆節萌生:猶言"反常的迹象開始萌芽了"。　㉔"天地未形"二句:此承上文作轉語。言反常的迹象雖已萌芽,但從天地的整體來看,吳國滅亡的徵兆尚未十分明顯,如果此時就先下手征伐它,還是不能成功的。　㉕雜受其刑:"雜"通"帀"(今通作"匝"),作"周而復始"解,猶今言"反而"(用俞樾説)。"雜受其刑"卽"反受其害"。　㉖稻蟹不遺種:言吳值荒年,田裏的稻子和水中的螃蟹都一乾二淨,毫無剩餘了。　㉗人事未盡:"盡",盡頭,指達到極點。韋注:"謂饑困愁怨之事,未盡極也。"　㉘"道固然乎"二句:上句,"道",道理;"固然",猶言"本來如此"。下句,"妄",同"亡",讀爲"無",轉語詞(用王引之説,見經傳釋詞)。此二句大意是:"是道理果然如此呢,還是你在欺騙我呢?"　㉙相參:相配合。　㉚禍新民恐:吳國新遇到饑困之禍,民心十分恐慌。　㉛"彼將同其力"二句:言吳之君臣上下,將同心合力,拚死支撐這個危局。　㉜猶尚殆:"猶"、"尚"同義而複用;"殆",危。此言目前去伐吳,還是有危險的。　㉝"王其"四句:此是范蠡勸越王故意耽溺於田獵飲酒之詞,藉以表示越不以吳爲念,使吳王懈而不備。大意是:"你姑且到外面去馳騁射獵,但是不要過分入迷;你在宫中也不妨飲酒爲樂,但是不要沉湎忘返。"　㉞"肆輿"二句:上句,

"肆",盡量地,放肆地;"觴飲",舉杯飲酒。下句,"國常",國家正常的政事。 ㉟"彼其"句:吳國的在上之人見越王無伐吳之心,他們將愈益不修德行而放縱胡爲。 ㊱民將盡其力:民力將被剝削盡了。 ㊲"又使之"句:"之",指吳國人民;"望",怨望。此言使吳國人民怨恨其君而又没有食物吃。 ㊳致天地之殛:"殛",誅,猶今言"嚴懲"。此言受到天地的嚴懲。〔以上是第三大段,寫范蠡一再勸勾踐耐心等待,俟機而動。〕

至於玄月①,王召范蠡而問焉,曰:"諺有之曰:'饑飯不及壺飧②。'今歲晚矣,子將奈何?"對曰:"微君王之言③,臣固將謁之④。臣聞從時者⑤,猶救火、追亡人也;蹶而趨之⑥,唯恐弗及!"王曰:"諾。"遂興師伐吳。至於五湖。

吳人聞之,出而挑戰,一日五反⑦。王弗忍⑧,欲許之。范蠡進諫曰:"夫謀之廊廟⑨,失之中原,其可乎?王姑勿許也。臣聞之:得時無怠⑩,時不再來;天予不取,反爲之災。贏縮轉化⑪,後將悔之。天節固然⑫,唯謀不遷⑬!"王曰:"諾。"弗許。

范蠡曰:"臣聞古之善用兵者,贏縮以爲常⑭,四時以爲紀⑮,無過天極⑯,究數而止⑰。天道皇皇⑱,日月以爲常;明者以爲法⑲,微者則是行。陽至而陰⑳,陰至而陽;日困而還㉑,月盈而匡。古之善用兵者,因天地之常,與之俱行:後則用陰㉒,先則用陽;近則用柔㉓,遠則用剛;後無陰蔽㉔,先無陽察㉕,用人無藝㉖。往從其所㉗,剛彊以禦;陽節不盡,不死其野。彼來從我㉘,固守勿與。若將與之㉙,必因天地之災,又觀其民之饑飽勞逸以參之,盡其陽節、盈吾陰節而奪之㉚,宜爲人客㉛,剛彊而力疾;陽節不盡㉜,輕而不可取。宜爲人主㉝,安徐而重固:陰節不盡㉞,柔而不可迫。凡陳之道㉟，設右以爲牝㊱，益左以爲牡。蚤晏無失㊲，必順天道，周旋無究㊳。今其來也，剛彊而力疾，王姑待之。”王曰：“諾。”弗與戰。

①玄月：卽九月。<u>王引之</u>以爲卽<u>勾踐</u>返國之第四年的九月。　　②觕飯不及壺飧：“觕”音觚，大；“觕飯”猶言“盛饌”。“壺飧”，指少量的食物。此言“盛饌雖好，却不如少量的壺飧救飢”。以喻急欲伐<u>吳</u>，迫不及待。　　③微君王之言：卽使沒有你的這番話。　　④臣固將謁之：“謁”，請求。此言“我也要向你請求出兵了。”　　⑤“臣聞從時者”二句：我聽說善於抓緊時機的人，就好像救火或追趕逃亡者一樣。　　⑥“蹙而趨之”二句：“蹙”，顛蹙，指慌慌張張，步履不穩。此言“脚步不穩地跑着去追趕，還只怕追不上”。　　⑦一日五反：挑戰的人一天往返五次。　　⑧“王弗忍”二句：<u>越</u>王忍耐不住忿怒，打算允許<u>吳</u>人，與之交戰。　　⑨廊廟：指朝廷之上。　　⑩得時無怠：得到了時機，千萬不可疏忽懈怠。　　⑪嬴縮轉化：“嬴縮”，猶言“進退”、“取捨”；“轉化”，變化。此言如果不能沉着應付，冒然進軍，則取捨之間，變化莫測，可能前功盡棄。　　⑫天節固然：“節”，規律；“天節”猶言“天道”（下文“陽節”、“陰節”的“節”，解與此同）。此言天道本來是如此的。　　⑬唯謀不遷：只要計劃已經定妥，就不可再更動了。　　⑭嬴縮以爲常：按，金星一稱太白，凡五星。古天文家以爲它是主兵象的。此處的“嬴縮”，乃專指金星出没的方向。<u>漢書天文志</u>：“日方南，太白居其南，日方北，太白居其北，爲嬴：侯王不寧，用兵進吉退凶。日方南，太白居其北，日方北，太白居其南，爲縮：侯王有憂，用兵退吉進凶。”又：“早出爲嬴，嬴爲客；晚出爲縮，縮爲主人。”此言依據金星的方位做爲用兵的常法。又按，下文“日月以爲常”義亦仿此，指以日月出没爲用兵的依據。　　⑮四時以爲紀：“紀”，法度，規律。此言以四時之運行做爲用兵的規律。　　⑯無過天極：“過”，超越，引申有“違反”之意；“極”，準則。此言用兵之道，不能違反天之準則。　　⑰究

數而止:"究",盡;"數",定數,天數,指自然規律的當然的、一定數目的變化;"而止",疑卽"而已"。此承上句,言用兵之道,只能盡天數的一定的變化而已。　⑱皇皇:明顯貌。　⑲"明者以爲法"二句:此二句是互文見義。"明",指日月的出現;"微",指日月的隱晦;"以爲法",猶言"做爲依據的法則";"是行",猶言"依據這種情況來行事"。大意是:"日月明的時候,我們以它們爲依據;日月不明的時候,我們也依據它們來行事。"⑳"陽至而陰"二句:"陽"代表主動、剛强、積極、進取、佔人上風等意義;"陰"代表被動、柔順、消極、退讓、避人氣燄等意義。"至"作"極"解,指達到一定的限度。此言陰陽剛柔之道應循環交替,相互爲用,不宜偏執一端。　㉑"日困而還"二句:"困",盡;"匡",虧。此言太陽走到天盡頭,第二天便又周而復始;月到盈滿之時,就開始一點點虧缺了。　㉒"後則用陰"二句:上句,"後"指佔下風,居於被動地位;"用陰",指用沉著、柔順、謙退之術。下句,"先"指佔上風,居於主動地位;"用陽",指用迅疾、强硬、激進之術。　㉓"近則用柔"二句:"近"指敵人逼近自己;"遠"指敵人在自己的勢力範圍之外;"柔"猶言"陰";"剛"猶言"陽"。　㉔後無陰蔽:"蔽",指退縮不前。此言居被動地位固然可以用陰柔之術,但也不宜過於退縮不前,以致屈居人下,無法還手。　㉕先無陽察:"察",顯露。此言佔上風固然可以用陽剛之術,但也不宜過於顯露,以致被敵人窺破虛實。　㉖用人無藝:此句舊本都與下文連讀,今依王引之說連上文讀。"人",猶言"衆","用衆"卽"用兵";"無藝",無常。此言用兵之道,沒有一成不變的定法。　㉗"往從其所"四句:第一句,"其",指敵人;"所",處所,指敵人的陣地。第二句,"禦",抵抗。第一、二句大意是:"我方去攻打敵人的陣地而遭到猛烈的抵抗。"第三、四句,言敵人猛烈的力量既未用盡,故善用兵者在這時不同它作正面衝突,以免死在敵人的陣地上,做無謂的犧牲。　㉘"彼來從我"二句:"與",指兩軍相敵(用王引之說)。此言如果敵人來攻打我們,則堅守陣地不與它交戰。　㉙"若將與之"至"以參之":大意是:"如果要同敵人交戰,必乘它有自然災害的時候,同時還要觀察敵方人民是饑、是飽、是逸、是勞,做爲參考的條件。"
意謂如果敵方的人民不飢不勞,則我們還不宜動手。　　㉚"盡其陽節"
句:把敵人表面很強大的力量消耗盡了,同時積蓄自己的潛在力量,再去
攻打它。　　㉛"宜爲人客"二句:此是倒裝句法。上句,"爲人客",指採
取攻勢的一方;下句,"力"、"疾"同義而複用,指迅疾。此言用兵猛烈迅
疾是宜於採取攻勢的條件。　　㉜"陽節不盡"二句:言當採取攻勢的一
方強烈的兵力尚未耗盡的時候,看去雖似很容易取勝,也不可冒然觸犯。
㉝"宜爲人主"二句:此與上文"宜爲人客"二句的句法相同。上句,"爲人
主"指採取守勢的一方。下句,"安徐",從容不迫;"重固",沉着穩固。此
言用兵從容沉着是宜於採取守勢的條件。　　㉞"陰節不盡"二句:言當採
取守勢的一方的潛在力量尚未耗盡的時候,看去雖似柔弱,也不可冒然
進逼。　　㉟凡陳之道:"陳"同"陣"。此句猶言"凡交戰之道"。　　㊱"設
右"二句:"牝",虛;"牡",實。此言把右翼軍隊(按,古代的右軍是主
力)陳設得很嚴整,然而却是虛的;把左翼軍隊(按,古代的左軍不是主
力)配備得很充足,成爲實在的力量。　　㊲蚤晏無失:"蚤晏",猶言"早
晚",卽"時時刻刻"之意;"失",疏忽。此言無時無刻不小心防備,以免有
絲毫疏失。　　㊳周旋無究:"周旋",循環;"究",窮。此言用兵之道,謹
嚴周密,循環無窮,無懈可擊。〔以上是第四大段,寫范蠡主張堅守陣地,
不與吳軍正面作戰。〕

　　居軍三年①,吳師自潰。吳王帥其賢良②與其重祿③,以上姑
蘇④,使王孫雄⑤行成於越,曰:"昔者上天降禍於吳,得罪於會稽;
今君王其圖不穀,不穀請復會稽之和⑥。"王弗忍,欲許之⑦。范蠡
進諫曰:"臣聞之:聖人之功,時爲之庸⑧。得時弗成,天有還形⑨。
天節不遠⑩,五年復反;小凶則近⑪,大凶則遠。先人有言曰:'伐
柯者其則不遠⑫。'今君王不斷⑬,其忘會稽之事乎?"王曰:"諾。"
不許。

使者往而復來，辭愈卑，禮愈尊。王又欲許之。范蠡諫曰：“孰使我蚤朝而晏罷⑭者？非吳乎？與我争三江五湖之利者，非吳耶？夫十年謀之，一朝而棄之，其可乎？王姑勿許，其事將易冀已⑮。”王曰：“吾欲勿許，而難對其使者。子其對之。”

范蠡乃左提鼓，右援枹，以應使者曰：“昔者上天降禍於越，委制於吳，而吳不受；今將反此義⑯以報此禍，吾王敢無聽天之命，而聽君王之命乎？”王孫雄曰：“子范子！先人有言曰：‘無助天爲虐，助天爲虐者不祥。’今吾稻蟹不遺種，子將助天爲虐，不忌⑰其不祥乎？”范蠡曰：“王孫子！昔吾先君，固周室之不成子⑱也。故濱於東海之陂⑲，黿鼉魚鼈之與處⑳，而䲷黽之與同渚㉑。余雖覥然而人面㉒哉，吾猶禽獸也！又安知是諓諓㉓者乎？”王孫雄曰：“子范子！將助天爲虐，助天爲虐不祥。雄請反辭於王㉔。”范蠡曰：“君王已委制於執事之人㉕矣！子往矣，無使執事之人得罪於子！”使者辭反。

范蠡不報於王，擊鼓興師以隨使者，至於姑蘇之宫。不傷越民，遂滅吳。

①居軍三年：據王引之的説法，越語所載勾踐復仇事，自棲於會稽至滅吳，前後凡十年。計：勾踐在吳爲宦三年，返國四年，凡七年；在其返國的第四年的九月始伐吳，又經此三年，共十年。故下文范蠡有“夫十年謀之，一朝而棄之”的話。史記越世家所記年代與此篇相合。　②賢良：吳王左右的親近之士。　③重禄：有二解（均見韋注）：一、寶璧；二、大臣。疑前説近是。　④以上姑蘇：“姑蘇”，臺名，吳王夫差所築，在胥臺山上；山在今蘇州西南三十里。此言夫差登姑蘇之臺以避越軍。　⑤王孫雄：吳大夫，可能是吳王的同族。“雄”一本作“雒”。　⑥請復會稽之和：大意是：“吳王請求也依照越王退保會稽時的情況講和。”　⑦欲

許之: 此連上文言"越王於心不忍，想要允許吳人，與之講和"。 ⑧時爲之庸: "庸"同"用"。此連上句，大意是: "聖人的建功立業，是善於利用時機的。" ⑨天有還形: "形"同"刑"。此連上句，大意是: "得到了時機而不抓緊了把事業完成，上天是會反過來給以懲罰的。" ⑩"天節不遠"二句: 此言天道循環往復，爲期不遠；不過五年，害人者卽將有反受其報的可能。 ⑪"小凶"二句: "凶"猶言"禍"。此言不到五年卽反受其報，所遭之禍尚小；如果時間相距愈遠，則其所受的報復就愈重，所遭之禍也愈大。 ⑫"伐柯者"句: "柯"，斧柄；"則"，借鑑。此言伐木以爲斧柄，其可取法的榜樣就近在目前；因爲手中舊斧的柄卽可做爲新伐之柄的借鑑。按，詩經豳風伐柯: "伐柯伐柯，其則不遠。"范蠡此處所引之句，卽此詩之意。 ⑬斷: 決斷，果斷。 ⑭蚤朝而晏罷: 此言越王因圖復仇而勤於國事，每天很早就到朝廷之上聽政，到很晚的時候才罷朝。 ⑮將易冀已: 很容易地就有指望了。意謂滅吳之事，指日可待。 ⑯反此義: 猶言"一反此道"。"義"，道理。 ⑰不忌: 不忌諱，不畏避。 ⑱周室之不成子: "子"，子爵；"不成子"，不成國的子爵(用清董增齡國語正義説)。此言越之先世，地小爵卑，本不足齒於周室諸侯之數。 ⑲故濱於東海之陂: "故"，猶言"過去"、"以往"；"濱"，鄰近；"陂"，岸。此言越國人民過去一直就靠近東海岸居住。 ⑳"黿鼉"句: "黿"音元，狀似鼈而甚大，頭有磊塊，故俗稱癩頭黿。"鼉"音駝，是鱷魚一類的爬蟲，長約二丈餘，生於江湖之中。舊説其皮可以蒙鼓。此言越人只同水族動物居住在一起。 ㉑黿鼃之與同渚: "黿"同"蛙"；"鼃"音猛，卽金線蛙。"渚"，水中小洲。此言越人是同蝦蟆一類的水族居住在水邊小渚上的。 ㉒覥然而人面: "覥"音忝，面目具備之貌。此言"雖然我的面目生得是人的形狀。" ㉓諓諓: 巧辯之言。"諓"音尖。 ㉔反辭於王: 猶言"回稟越王"。 ㉕委制於執事之人: 授權給負責辦事的人。"執事之人"卽范蠡自稱。〔以上是第五大段，寫范蠡拒不言和，終滅吳國。〕

反至五湖，范蠡辭於王曰: "君王勉之₁ 臣不復入於越國矣₁"

王曰:"不穀疑子之所謂者何也①?" 對曰:"臣聞之:爲人臣者,君憂臣勞②,君辱臣死。昔者君王辱於會稽,臣所以不死者,爲此事也③。今事已濟矣,蠡請從④會稽之罰।"王曰:"所不掩子之惡揚子之美者⑤,使其身無終没於越國। 子聽吾言,與子分國⑥;不聽吾言,身死,妻子爲戮।"范蠡對曰:"臣聞命矣। 君行制⑦,臣行意।"遂乘輕舟以浮於五湖,莫知其所終極⑧。

王命工以良金⑨寫范蠡之狀⑩,而朝禮之。浹日⑪,而令大夫朝之。環會稽三百里者,以爲范蠡地。曰:"後世子孫,有敢侵蠡之地者,使無終没於越國। 皇天后土、四鄉地主⑫正之⑬।"

①"不穀疑子"句:我不懂得你説的話是什麽意思。　②"君憂臣勞"二句:言君有憂患,臣當盡其勞力;君蒙恥辱,臣當以身殉國。　③爲此事也:"此事"指滅吳復仇之事。　④從:接受。　⑤"所不掩"二句:此是越王賭誓的話,含有詛咒自己之意。上句,句法與左傳僖公二十四年重耳所説的"所不與舅氏同心者"相同(見前晉公子重耳之亡篇);"所",猶"若"(用王引之説)。下句,"無終没於越國",最終不能死在越國,意指將客死於異域。此二句的大意是:"如果今後你有過失而我不替你掩藏,你有功績而我不予以表揚,那我將終於不能死在自己的故國!"　⑥分國:把越國平分,各有其半。　⑦"君行制"二句:"制",舊作"法"解,似稍未合;疑應作"專斷"、"獨裁"解。"意",意志。此言"你是按照你獨斷的權力行事,我是按照自己的意志行事。"　⑧"莫知"句:不知他最後的下落。　⑨良金:好的金屬。疑卽是銅。　⑩寫范蠡狀:摹仿范蠡的形狀而鑄成金像。　⑪浹日:"浹"音節,作"周匝"解。從甲日到甲日叫"浹日",卽每隔十天。　⑫四鄉地主:四方的土地之神。　⑬正之:卽"聽之"。俞樾説:"猶言鬼神與聞此誓也。"按,"正"有"裁判"、"證明"之意,此指皇天后土和四方之神都可做爲見證。〔以上是第六大段,寫范蠡功成身退,及越王對他的追思。〕

左傳國語附錄

（一）　關於左傳、國語之作者、時代、內容及其他問題

……是以孔子明王道，干七十餘君莫能用，故西觀周室，論史記舊聞，興於魯而次春秋。上記隱，下至哀之獲麟；約其辭文，去其煩重，以制義法；王道備，人事浹。七十子之徒，口受其傳指。爲有所刺譏襃諱挹損之文辭，不可以書見也。魯君子左丘明，懼弟子人人異端，各安其意，失其真，故因孔子史記，具論其語，成左氏春秋。……（史記十二諸侯年表序）

古之王者，世有史官；君擧必書，所以慎言行，昭法式也。左史記言，右史記事，事爲春秋，言爲尚書，帝王靡不同之。周室既微，載籍殘缺。仲尼思存前聖之業，乃稱曰："夏禮吾能言之，杞不足徵也；殷禮吾能言之，宋不足徵也；文獻不足故也，足則吾能徵之矣。"以魯周公之國，禮文備物，史官有法，故與左丘明觀其史記，據行事，仍人道，因興以立功，敗以成罰，假日月以定歷數，藉朝聘以正禮樂。有所襃諱貶損，不可書見，口授弟子，弟子退而異言。丘明恐弟子各安其意，以失其真，故論本事而作傳，明夫子不以空言説經也。春秋所貶損大人、當世君臣，有威權勢力，其事實皆形於傳，是以隱其書而不宣，所以免時難也。及末世口説流行，故有公羊、穀、梁、鄒、夾之傳。四家之中，公羊、穀梁立於學官，鄒氏無師，夾氏未有書。（漢書藝文志）

王充曰："春秋左氏傳者，蓋出孔子壁中。孝武皇帝時，魯共王壞孔子教授堂以爲宮，得佚春秋三十篇，左氏傳①。公羊高、穀梁寘、胡母生皆傳春秋，各門異户；獨左氏傳爲近得實②。何以驗之？禮記造於孔子之堂，太史公，漢之通人也，左氏之言，與二書合。公羊高、穀梁寘、胡母氏不相合。又諸家去孔子遠，遠不如近，聞不如見③。劉子政玩弄左氏，童僕妻子，皆呻吟之④。光武皇帝之時，陳元、范叔（'叔'當作'升'）上書連屬，條事是非，左氏遂立。范叔（升）尋因罪罷；元、叔（升）天下極才，講論是非，有餘力矣；陳元言訥，范叔（升）章詘，左氏得實明矣。言多怪，頗與孔子不語怪力相遠返也；吕氏春秋亦如此焉。國語，左氏之外傳也⑤，左氏傳經，辭語尚略，故復選録國語之辭以實⑥。然則左氏、國語，世儒之實書也。"（論衡案書篇）

①按，近人黄暉論衡校釋云："春秋左氏傳出於孔壁，佚文篇説同，恐非事實。許慎説文序曰：'北平侯張蒼獻春秋左氏傳。'隋志：'左氏，漢初出於張蒼之家。'是左氏傳，張蒼所獻也。……許慎説文敍：'魯共王壞孔子宅，得禮記、尚書、春秋、論語、孝經。'……是壁中原有春秋。……説文敍又云：'左邱明春秋傳以古文，北平侯張蒼獻春秋左氏傳。'蓋春秋古文經出壁中，古文傳出張蒼所獻。段氏注説文，謂'班志春秋古經十二篇，左氏傳三十卷，皆謂蒼所獻，説文以春秋係孔壁，恐非事實。'……不知孔壁之經，志皆首列，加以'古文'，此孟堅之特重古文也。（按，黄氏之語，蓋據漢志'春秋家'首列春秋古經十二篇而言。）……論衡説左氏傳出共王壁中，正見經出孔壁，即傳亦誤歸之矣。……"謹録以備考。　②按，太平御覽六一〇卷引桓譚新論："左氏經之與傳，猶衣之表裏，相待而成。經而無傳，使聖人閉門思之，十年不能知也。"亦盛推左氏之言。　③新論又云："左氏傳，遭戰國寢藏；後百餘年，魯穀梁亦爲春秋，殘略多所遺

失；又有齊人公羊高緣經文作傳，彌離其本事矣。"(引文見御覽，卷數同上。)此亦主張左傳先出之論。　④新論云："劉子政、子駿、伯玉三人，尤珍重左氏，教子孫，下至婦女，無不誦讀。"(引文見北堂書鈔九八及御覽六一六)説與此同。　⑤按，漢書韋玄成傳："(劉)歆又以爲禮去事有殺，故春秋外傳曰：'日祭，月祀，時享，歲貢，終王。'"按，"日祭"云云見於國語周語上，則國語稱"外傳"亦始見於劉歆之文。又漢書律歷志亦引春秋外傳，是班固所論。在歆之後。　⑥按，韋昭國語解序："左丘明因聖言以攄意，託王義以流藻。雅思未盡，故復采録前世穆王以來，下訖魯悼、智伯之誅，以爲國語。其文不主於經，故號曰'外傳'。"其義與論衡爲近。

啖助曰："……三傳之義，本皆口傳；後之學者，乃著竹帛，而以祖師之目題之。予觀左氏傳，自周、晉、齊、宋、楚、鄭等國之事最詳：晉則每一出師，具列將佐；宋則每因興廢，備舉六卿。故知史策之文，每國各異；左氏得此數國之史，以授門人，義則口傳，未形竹帛；後代學者，乃演而通之，總而合之，編次年月，以爲傳記。又廣采當時文籍，故兼與子產、晏子及諸國卿佐家傳，并卜書、夢書及雜占書、縱橫家、小説、諷諫等雜在其中。故敍事雖多，釋意殊少，是非交錯，混然難證。其大略皆是左氏舊意，故比餘傳，其功最高；博采諸家，敍事尤備，能令百代之下，頗見本末。……"(陸淳纂春秋啖趙集傳纂例卷一：三傳得失議第二)

趙匡曰："……啖氏依舊説，以左氏爲邱明，受經於仲尼。今觀左氏解經，淺於公、穀，誣謬實繁；若邱明才實過人，豈宜若此？推類而言，皆孔門後之門人；但公、穀守經，左氏通史，故其體異耳。且夫子自比，皆引往人，故曰：'竊比於我老彭。'又説伯夷等六人，云：

'我則異於是。'並非同時人也。邱明者,蓋夫子以前賢人,如史佚、遲任之流,見稱於當時耳。焚書之後,莫得詳知,學者各信胸臆,見傳及國語俱題'左氏',遂引邱明爲其人。此事既無明文,唯司馬遷云:'邱明喪明,厥有國語。'劉歆以爲春秋左氏傳是邱明所爲。且遷好奇多謬,故其書多爲淮南所駁。劉歆則以私意所好,編之七略。班固因而不革,後世遂以爲真,所謂傳虛襲誤,往而不返者也。或曰:'司馬遷、劉歆、與左邱明年代相近,固當知之; 今以遠駁近,可乎?'答曰:夫求事實當推理例,豈可獨以遠近爲限! 且遷作呂不韋傳云:'不韋爲秦相國,集門客千人,著其所聞,集爲八覽、六論、十二紀,號曰呂氏春秋,懸之秦市。' 及其與任安書,乃云: '……左邱失明,厥有國語;……不韋遷蜀,世傳呂覽。'則遷所論不韋書,與傳自相違背若此之甚。其說邱明之謬,復何疑焉?……且左傳、國語,文體不倫,序事又多乖刺,定非一人所爲也。蓋左氏廣集諸國之史以釋春秋,傳成之後,蓋其家子弟及門人,見嘉謀事跡多不入傳,或有雖入傳而復不同,故各隨國編之,而成此書,以廣異聞爾。自古豈止有一邱明姓左乎?何乃見題'左氏',悉稱邱明! 近代之儒,又妄爲記錄云:'邱明以授魯曾申,申傳吳起,起傳其子期,期傳楚人鐸椒,椒傳虞卿,卿傳荀況,況傳張蒼,蒼傳賈誼。'此乃近世之儒,欲尊崇左氏,妄爲之記。向若傳授分明如此,漢書張蒼、賈誼及儒林傳何故不書?則其僞可知也。"(同前書卷一: 趙氏損益義第五。)

葉夢得曰:"左氏魯之史官,而世其職,或其子孫也。古者以左史書言,右史書動,故因官以命氏。傳初但記其爲'左氏' 而已,不言爲丘明也。自司馬遷論春秋,言'魯君子左丘明……',班固從而述之。……固以丘明爲名,則'左'爲氏矣;然遷復言:'左丘失明,厥有國語。'按,姓譜有'左氏',有'左丘氏',遷以'左丘'爲氏,則傳安得名'左氏'耶?至劉歆附會論語,以爲'親見孔子,好惡與聖人同'。此則專門之家,欲以辯求勝,而非其實也。……今春秋終哀十四年,而孔子卒;傳終二十七年,後孔子卒十三年。辭及韓、魏、知伯、趙襄子之事,而名魯悼公、楚惠王。夫以春秋爲經,而續之,知孔子者固不敢爲是矣。以年考之,楚惠王卒,去孔子四十七年;魯悼公卒,去孔子四十八年;趙襄子卒,去孔子五十三年。察其辭,僅以哀公遜于越,盡其一世之事爲經,終泛及後事。趙襄子爲最遠,而非止于襄子,不知左氏後襄子復幾何時。豈有與孔子同時,非弟子,而如是其久者乎?以左氏爲丘明,自司馬遷失之也。唐趙氏雖疑之,而不能必其説。今考其書,雜見秦孝公以後事甚多;以予觀之,殆戰國周、秦之間人無疑也。

"……官之有'庶長'、'不更',秦孝公之所名也;祭之有'臘'以易臘,秦惠公之所名也;飲之有酎,禮之所無有,而呂不韋月令之所名也。今左氏記秦敗麻隧,言'獲不更女父',乃見于成之十三年;晉敗于櫟,言'秦庶長帥師',乃見于襄之十一年;虞公假道伐虢,宮之奇言'虞不臘',乃見于僖之五年;鄭子產對晉言'嘗酎',乃見于襄之二十二年;則安得遽先有是名乎?或曰:'古今制名,沿習各有自,未必創起于一時。'是或然矣。然'臘',祭也;'飲酎',君臣之盛禮也;不應兆于數百年之前而不一見。此三國之史所追書爾。何以知之?麻隧之敗,春秋本不書,但言'伐秦'而已;此後之爲晉史者,增書以自誇之辭。左氏狃其聞見,皆信之而弗悟,則左氏固出于秦孝公、惠公、呂不韋之後矣。非特此也，陳敬仲入齊，至田和簒齊，去春秋九十餘年；而記周史筮敬仲之辭，曰‘子孫代陳有國，必在姜姓’，見于莊之二十二年。晉分列爲諸侯，去春秋終百餘年，而記畢萬始筮仕之辭，曰‘公侯子孫，必復其始’，見于閔之元年。周亡實三十一世，七百餘年，而記成王定鼎郟鄏，言‘卜世三十，卜年七百’，占者精于術數，類非後世所能及；然天人茫昧之際，亦不應逆得其所代之姓氏、所後之子孫與其存亡之年紀世次，若合符契如是者！余意此乃周、秦之間卜筮家者流，欲自神其藝，假前代之言，著書以欺後世；亦左氏好奇，兼取而載之。則左氏或出于周亡之後未可知。周公卜洛，不過言‘惟洛食’而已，使術數而果精，則周公且知之矣。若敬仲、畢萬之事，非卜筮家所記，則亦田和以後，魏史所追書者；不然，陳、晉之史，何爲而記之乎？”（春秋考卷三：統論）

又曰：“……至陸德明爲經典釋文序，遂援劉向別錄，以爲左丘明授曾申，申授吳起，起授其子期，期授鐸椒，椒授虞卿，卿授荀卿，卿授張蒼。劉向別錄，世不復見，不知其有無。以太史公考之，但言數子各著書爾，不言其相授也。今觀吳起雖學于曾子，其行事絕不相類；其書專以論兵，尚不及司馬法，何知春秋乎，虞卿書，傳言‘節義、稱號、揣摩、政謀八篇’者是也，本以譏刺國家得失；未有傳春秋而志揣摩者也。荀卿書論春秋善胥命于蒲一事，本出于公羊、穀梁，非左氏意，亦固不出于左氏。其說自與太史公相戾，故趙氏以爲出于近代欲尊孔子者之妄。按，左氏初無師，張蒼、賈誼，但傳其書，亦未必盡見其全；至魯共王，所得始備。太史公從孔安國得，諸侯世家，多採其事，以世本相參；凡左氏所無者，太史公亦多闕。故吾疑左氏爲魯史官，世守其職者。‘春秋’名史，列國通用，鐸椒蓋楚史，虞卿蓋趙史，太史公自不曉也。漢初諸儒，大抵皆云‘左氏不傳春秋’，雖力爲之主者，亦無所附會，故不得已而託之丘明以爲重。至范升直以爲丘明師徒，于傳又無其人。可以見雖東漢盛行之時，猶不能爲之辭。賈逵至欲以讖緯合之；而德明乃敢强論其所授，固不待攻而自破也。”（同前書卷三：統論）

　　鄭樵曰：“劉歆曰：‘左氏丘明好惡與聖人同，親見夫子；而公羊在七十子之後。’司馬遷曰：‘孔子作春秋，丘明爲之傳。’班固藝文志曰：‘丘明與孔子觀魯史，而作春秋。’杜預序左傳，亦云‘左丘明受經於仲尼’。詳諸所説，皆以左氏爲丘明無疑矣。至唐啖助、趙氏，獨立説以破之。……使後世終不以丘明爲左氏者，則自啖、趙始矣。……今以左氏傳質之，則知其非丘明也。左氏終紀韓、魏、智伯之事，又舉趙襄子之謚，則是書之作，必在趙襄子既卒之後。若以爲丘明，自獲麟至襄子卒，已八十年矣；使丘明與孔子同時，不應孔子既没七十有八年之後，丘明猶能著書。今左氏引之，此左氏爲六國人，在於趙襄子既卒之後，明驗一也。左氏：‘戰于麻隧，秦師敗績，獲不更女父。’又云：‘秦庶長鮑、庶長武帥師，及晉師戰于櫟。’秦至孝公時，立賞級之爵，乃有‘不更’、‘庶長’之號（原注：或有作‘左傳已見，不始孝公’）；今左氏引之，是左氏爲六國人，在於秦孝公之後，明驗二也。左氏云：‘虞不臘矣。’秦至惠王十二年，初臘。鄭氏、蔡邕，皆謂：‘臘於周卽蜡祭。’諸經並無明文，惟吕氏月令有‘臘先祖’之言；今左氏引之，則左氏爲六國人，在於秦惠王之後，明驗三也，左氏師承鄒衍之誕，而稱帝王子孫。案，齊威王時，鄒衍推五德終始之運，其語不經；今左氏引之，則左氏爲六國人，在齊威王之後、明驗四也。左氏言分星，皆準堪輿。案，韓、魏分晉之後，而堪輿十二次，始有趙分曰'大梁'之語；今左氏引之，則左氏爲六國人，在三家分晉之後，明驗五也。左氏云：'左師辰將以公乘馬而歸。'案，三代時有車戰無騎兵，惟蘇秦合從六國，始有車千乘、騎萬匹之語，今左氏引之，是左氏爲六國人，在蘇秦之後，明驗六也。左氏敍呂相絕秦、聲子說齊，其爲雄辯狙詐，真游說之士，捭闔之辭。此左氏爲六國人，明驗七也。左氏之書，敍晉、楚事最詳，如'楚師熠'、'猶拾瀋'等語，則左氏爲楚人，明驗八也。據此八節，亦可以知左氏非丘明，是爲六國時人，無可疑者。或問伊川曰：'左氏是丘明否？'曰：'傳無丘明字，故不可考。'又問：'左氏可信否？'曰：'不可全信，信其可信者爾①。' 真知言歟 ”（六經奧論卷四：左氏非丘明辨）

①按經義考卷一六九引程子云："左傳非邱明作。'虞不臘矣'并'庶長'，皆秦官秦語。"則程子已先葉夢得、鄭樵言之矣。

朱熹曰："……左氏必不解是丘明——如聖人所稱，煞是正直底人；如左傳之文，自有縱橫意思。史記却說'左丘失明，厥有國語'。或云：'左丘明，左丘其姓也。'左傳自是左姓人作。又如秦始有臘祭，而左氏謂'虞不臘矣'，是秦時文字分明。"（朱子語類卷八十三）

又曰："左傳是後來人做。爲見陳氏有齊，所以言'八世之後，莫之與京'；見三家分晉，所以言'公侯子孫，必復其始'。……"（同前書）

又曰："春秋難看。三家皆非親見孔子。或以'左丘明恥之'，是姓左丘；左氏乃楚左史倚相之後，故載楚事極詳。……"（同

前書）

春秋左傳正義六十卷

周左丘明傳，晉杜預注，唐孔穎達疏。自劉向、劉歆、桓譚、班固，皆以春秋傳出左丘明，左丘明受經於孔子。魏、晉以來，儒者更無異議。至唐趙匡，始謂左氏非丘明，蓋欲攻傳之不合經，必先攻作傳之人非受經於孔子，與王柏欲攻毛詩，先攻毛詩不傳於子夏，其智一也。宋、元諸儒，相繼並起。王安石有春秋解一卷①，證左氏非丘明者十一事。陳振孫書錄解題謂出依託。今未見其書，不知十一事者何據。其餘辨論，惟朱子謂“虞不臘矣”爲秦人之語，葉夢得謂“紀事終於智伯，當爲六國時人”，似爲近理。然考史記秦本紀，稱“惠文君十二年始臘”，張守節正義，稱“秦惠文王始效中國爲之”；明古有臘祭，秦至是始用，非至是始創。閻若璩古文尚書疏證亦駁此説曰：“史稱‘秦文公始有史以記事，秦宣公初志閏月’。豈亦中國所無，待秦獨創哉？”則臘爲秦禮之説，未可據也。左傳載預斷禍福，無不徵驗，蓋不免從後傳合之。惟哀公九年稱趙氏“其世有亂”，後竟不然，是未見後事之證也。經止獲麟，而弟子續至孔子卒；傳載智伯之亡，殆亦後人所續。史記司馬相如傳中有揚雄之語，不能執是一事，指司馬遷爲後漢人也。則載及智伯之説，不足疑也。今仍定爲左邱明作，以祛衆惑。至其作傳之由，則劉知幾“躬爲國史”之言，最爲確論。疏稱：“大事書於策者，經之所書；小事書於簡者，傳之所載。”觀晉史之書趙盾，齊史之書崔杼，及甯殖所謂“載在諸侯之籍”者，其文體皆與經合。墨子稱周春秋載杜伯，燕春秋載莊子儀，宋春秋載祏觀辜，齊春秋載王里國、中里繳，其文

體皆與傳合。經、傳同因國史而修，斯爲顯證；知説經去傳，爲舍近而求諸遠矣。……（四庫全書總目提要卷二十六）

　　（i）據馬端臨文獻通考，王安石所作乃"左氏解"。

國語二十一卷

　　……國語出自何人，説者不一。然終以漢人所説爲近古。所記之事，與左傳俱迄智伯之亡，時代亦復相合。中有與左傳未符者，猶新序、説苑，同出劉向，而時復牴牾。蓋古人著書，各據所見之舊文，疑以存疑，不似後人輕改也。……

　　　案，國語二十一篇，漢志雖載春秋後，然無春秋外傳之名也。漢書律歷志，始稱春秋外傳。……考國語上包周穆王，下暨魯悼公，與春秋時代，首尾皆不相應；其事亦多與春秋無關。係之春秋，殊爲不類。……史通"六家"，國語居一，實古左史之遺，今改隸雜史類焉。（四庫全書總目提要卷五十一）

　　姚鼐曰："左氏之書，非出一人所成。自左氏邱明作傳以授曾申，申傳吳起，起傳其子期，期傳楚人鐸椒，椒傳趙人虞卿，虞卿傳荀卿：蓋後人屢有附益。其爲邱明説經之舊，及爲後所益者，今不知孰爲多寡矣! 余考其書，於魏氏事造飾尤甚，竊以爲吳起爲之者蓋尤多。夫魏絳在晉悼公時，甫佐新軍，在七人下耳；安得平鄭之後，賜樂獨以與絳？魏獻子合諸侯，干位之人；而述其爲政之美，詞不恤其夸，此豈信史所謂論本事而爲之傳者耶？國風之魏，至季札時亡久矣，與邶、鄘、鄶等，而札胡獨美之曰'以德輔之，此則明主也'？與'魏大名'、'公侯子孫，必復其始'之談，皆造飾以媚魏君者耳。又忘'明主'之稱，乃三晉篡位後之稱，非季札時所宜有，適以見其誣焉耳〔自東漢以來，其書獨重，世皆溺其文詞；宋儒頗知其言之不盡信，然遂以譏及左氏，則過矣。彼儒者親承孔子學，以授其徒，言亦約耳；烏知後人增飾若是之多也哉？……"（左傳補注序）

汪中曰："左氏春秋，典策之遺，本乎周公；筆削之意，依乎孔子。聖人之道，莫備於周公、孔子；明周公、孔子之道，莫若左氏春秋；學者其何疑焉？然古者左史記事，動則書之，是爲春秋。而左氏所書，不專人事。其別有五：曰天道，曰鬼神，曰災祥，曰卜筮，曰夢。'其失也巫'，斯之謂歟？吾就其書求之：楚子庚侵鄭，董叔言：'天道多在西北，南師不時，必無功。'叔向以爲在其君之德。有星孛於大辰西，及漢，裨竈曰：'宋、衞、陳、鄭將同日火；若我用瓘斝玉瓚，鄭必不火。'子產不與。明年，鄭火。裨竈曰：'不用吾言，鄭又將火。'子產以爲'天道遠、人道邇，竈焉知天道？是亦多言矣，豈不或信！'遂不與，亦不復火。由是言之，左氏之言天道，未嘗廢人事也。隨侯以牲牷肥腯，粢盛豐備，謂可信於神；季良以爲：'民，神之主也。聖王先成民而後致力於神，民和而神降之福。'齊侯疾，梁邱據請誅於祝固、史嚚，晏子以爲祝不勝詛。由是言之，左氏之言鬼神，未嘗廢人事也。鄭內蛇與外蛇鬪，內蛇死，申繻以爲妖由人興，人無釁焉，妖不自作。隕石於宋五，六鶂退飛，過宋都，內史叔興以爲是陰陽之事，非吉凶所生，吉凶由人。由是言之，左氏之言災祥，未嘗廢人事也。晉獻公筮嫁伯姬於秦，史蘇占之，不吉；及惠公爲秦所執，曰：'先君若從史蘇之言，吾不及此。'韓簡以爲：'先君多敗

德，史蘇是占，勿從何益」'南蒯將叛，筮之得'坤'之'比'，子服惠伯
以爲忠信之事則可，不然必敗，易不可以占險。由是言之，左氏之
言卜筮，未嘗廢人事也。衞成公遷於帝邱，夢康叔曰：'相奪予享。'
公命祀相，甯武子以爲：'相之不享於此久矣，非衞之罪；不可以間
成王、周公之命祀。'晉趙嬰通於莊姬，嬰夢天使謂己：'祭余，余福
女」'士貞伯以爲：'神福仁而禍淫；淫而無罰，福也。祭其得亡乎？'
祭之之明日，而放於齊。由是言之，左氏之言夢，未嘗廢人事也。
此十者，後世儒者之所執以疑左氏春秋者也，而當時深識遠見之君
子，類能爲之矢德音、蔽羣疑；而左氏則已廣記而備言之，後人其何
疑焉？若夫瓊弁玉纓，子玉弗致，庶乎知道；而卒之兵敗身死。臧會
爲僭，僂句告吉而終後臧氏，天網恢恢，吉凶之應，有時而爽；策書
舊文，謹而志之，所以明教也。……曰：是皆然矣。抑猶有可疑者。
左氏之紀人事，所以聳善抑惡，以詔後世也，而有不信者焉，有不平
者焉。其類有百，請約言之。鄭、息有遠言，息伐鄭而敗。左氏以
其犯五不韙而伐人，知其將亡。鄭請成於陳，陳桓公不許。左氏謂
其長惡不悛。按，鄭莊公之在位，四鄰搆怨，無歲無兵。取周禾麥，
射王中肩，寘母城潁，誓不復見，人道盡矣。而爲周孟侯以没元身，
陳、息一眚而亟稱其惡，其可疑者一也。楚武王將齊而心蕩，鄧曼
知其禄盡；莫敖舉趾高，鬭伯比知其必敗。按，商臣弑父與君，享國
十二年，滅江、六、蓼，服陳、鄭、宋，身獲考終，子有令德；潘崇教人
之子使爲大逆，奄有太子之室；爲太師，掌環列之尹；伐麇襲舒，屢
主兵事；有怼及黨，爲國世臣。比於武王、莫敖，其咎孰多？其徵安
在？其可疑二也。有神降於莘，虢公享神，神賜之土田。内史過、史
嚚知其將亡。虢公敗戎於渭汭，桑田，舟之僑、卜偃知其將亡。按，

虢爲卿士，於周爲睦，子頽之亂，勳在王室；不幸晉方薦食，不祀忽諸，而四子備舉其亡徵。且周之東遷，拜戎不暇，渭汭、桑田之役，豈不亦敵王所愾，以張中國之威？而以爲召殃，斯過矣！晉獻上烝諸母，盡滅桓、莊之族，以妾爲妻，逐羣公子而殺其世子。虢多涼德，豈其若是？而日闢百里，晉是以大，其可疑三也。公孫歸父言魯樂，晏桓子知其將亡。按，歸父欲去三桓以張公室，與公謀而聘於晉，欲以晉人去之，其忠盛矣。不幸宣公卽世，其事不成，行父假於公義，以敵私怨，遂逐子家。由是公室四分，昭、哀失國。斯可謂國之不幸，而遠以懷魯蔽其罪。且意如內擅國政，外結齊、晉之臣，同惡相濟，賊殺不辜，有君不事，使之野死，又廢其子；其爲謀人，不已多乎？而及身無咎，後嗣蒙業，其可疑四也。凡若此者，是有故焉。天道福善而禍淫，禍福之至，必有其幾。君子見微知著，明徵其辭。其後或遠或近，其應也如響。作史者比事而書之策，侍於其君則誦之，有問焉則以告之。其善而適福，足以勸焉；淫而適禍，足以戒焉：此史之職也。……其有善而無福，淫而無禍，雖有先事之言，不足以戒勸，則遂削而不書。其事不可没，則載之；其故不可知，則不復爲之辭。故史之於禍福，舉其已驗者也。其在上知，不聞亦式，不諫亦入，其於戒勸無所用之，則禍福雖無驗焉可也；其在下愚，不可教誨，不知話言，其於戒勸，亦無所用之，則禍福雖無驗焉可也；天下之上知下愚少，而中人多，故先王設之史，使鑑於前世之善淫禍福，以知戒勸者，爲中人也。苟爲中人，則舉其已驗者可也，此史之職也。雖然，史之戒勸，猶有二焉：蔡侯般弑其君，歲在豕韋，萇宏知其弗過此，於是楚靈王誘之於申，伏甲而殺之，此明著其禍以爲戒者也。商臣以宮甲圍成王，王縊。此直書其事以爲戒者也。

禍之有無，史之所不得爲者也；書法無隱，史之所得爲者也。君子亦爲其所得爲者而已矣。此史之職也。百世之上，時異事殊，故曰：古之人與其不可傳者死矣，所貴乎心知其意也」明乎此，則左氏春秋之疑，於是乎釋。"（述學：左氏春秋釋疑）

俞正燮曰："古人毀左傳者有矣；謂左傳非邱明作者，則自唐以後。謹案，孔子稱：'巧言令色，足恭，匿怨而友其人，左邱明恥之，我亦恥之。'漢書楚元王傳言：'左邱明好惡與聖人同，親見夫子。'乃漢廷校中秘書、盡見古籍者論左傳之言。春秋正義引陳沈文阿云：'漢嚴氏春秋引觀周篇云："孔子將脩春秋，與左邱明乘，如周，觀書於周史，歸而修春秋之經，邱明爲之傳，共爲表裏。"'觀周篇者，孔子家語篇名，而引於漢人，信爲周時孔氏之書、在藝文志者，非今人所傳王肅本。今左傳止言南宮敬叔，邱明不自敍者，己事無庸記。春秋，魯史；必觀周書者，古記以爲百二十國寶書，亦曰百國春秋。今左傳記事多出魯春秋外，'觀書周史，共爲表裏'，事理昭然；左傳若非邱明作者，乃是怪書矣。正義引劉向別錄云：'左邱明授曾申。'則邱明卒在孔子後。邱明小於孔子或數歲，或亦不小。漢書藝文志云：'左邱明，魯太史。'則邱明自有世官，不能居孔氏之門。而續經至孔子卒，非所敬愛，誰能若此」史記十二諸侯年表序云：'孔子西觀周室，論史記舊聞，次春秋。七十子之徒口授傳指，爲有所譏刺褒諱抑損之文，不可以書見；魯君子左邱明，懼弟子人人異端，各安其意，失其真，因孔子史記，具論其語，成左氏春秋。'漢書藝文志亦云：'邱明作左氏傳，隱其書而不宣，所以免時難也。'故以授曾申及吳起，皆所謂'共爲表裏'者。太平御覽學部載桓譚新論云：'左氏傳於經，猶衣之表裏相持而成。經而無傳，使聖人閉門思之，十年不能得也。'斯善論矣。自唐啖助、趙匡、陸淳，以私心測聖，反謂論語左邱明如老彭、伯夷之屬，爲古之聞人；或以文論之，謂左氏浮夸。後人因疑左傳至悼四年，國語事遠出孔子後，疑邱明之年。不悟傳書附益，古多有之；邱明可續經，曾申、吳起何不可續傳？又謂邱明惡巧言，必不作左傳；又言爲經作傳，何得不在弟子之列？不知盛德傳經，不當誣以巧言；史策所傳，本有巧言，豈得使邱明改佞爲忠，飾狂爲聖？邱明既有世職，何當廢君臣之義，棄父祖之官，假館孔氏，從之出遊？世之儒者，讀經傳尚不明其趣，奈何昌言竄改史册，及不忠孝之事，以追教古大賢也？"（癸巳類藁卷二：左邱明作左傳論）

康有爲曰[1]："按，史記儒林傳，春秋祗有公羊、穀梁二家，無左氏，河間獻王世家無得左氏春秋、立博士事。馬遷作史多采左氏，若左丘明誠傳春秋，史遷安得不知！儒林傳述六藝之學彰明較著，可爲鐵案。又太史公自序稱'講業齊、魯之都'，'天下遺文古事靡不畢集太史公'，若河間獻王有是事，何得不知！雖有蘇、張之舌不能解之者也。漢書司馬遷傳稱'司馬遷據左氏國語，采世本、戰國策，述楚漢春秋'。史記太史公自序及報任安書俱言'左丘失明，厥有國語'，報任安書下又云'乃如左丘明無目，孫子斷足，終不可用，退論書策以抒其憤'，凡三言左丘明，俱稱國語。然則左丘明所作，史遷所據，國語而已，無所謂春秋傳也。欵以其非博之學欲奪孔子之經，而自立新説以惑天下，知孔子制作之學首在春秋，春秋之傳在公、穀，公、穀之法與六經通，於是思所以奪公、穀者。以公、穀多虛言，可以實事奪之，人必聽實事而不聽虛言也，求之古書，得國語與春秋同時，可以改易竄附；於是毅然削去平王以前事，依春秋以編年，比附經文，分國語以釋經而爲左氏傳；（歆本傳稱‘歆始引傳解經’，得其實矣。）作左氏傳微以爲書法，依公、穀日月例而作日月例，託之古文以黜今學，託之河間、張蒼、賈誼、張敞名臣通學以張其名，亂之史記以實其書，改爲十二篇以新其目，變改‘紀子帛’、‘君氏卒’諸文以易其説，續爲經文，尊‘孔子卒’以重其事，徧偽羣經以證其説。事理繁博，文辭豐美，凡公、穀釋經之義，彼則有之，至其敍事繁博則公、穀所無。遭逢莽篡，更潤色其文以媚莽，因藉莽力，貴顯天下通其學者以尊其書。證據符合，黨衆繁盛，雖有龔勝、師丹、公孫禄、范升之徒，無能搖撼，雖博士屢立屢廢，而賈逵選嚴、顔高才二十人，教以左氏。至於漢末亂起，相斫之書以實事而益盛，武夫若關羽、吕蒙之屬，莫不熟習。孔子改制之學既爲非常異義，公、穀事辭不豐，於是式微，下迄六朝，左傳一統，隋志、釋文歎公、穀之垂絶矣。唐世經學更變，並束三傳，而世尚辭章，左氏傳實大行也。陸淳春秋集傳纂例謂：‘左傳其功最高，能令百代之下頗見本末，因以求意，經文可知。’史通申左篇，云孔子修春秋時，年已老矣，故其傳付之丘明。傳之與經一體相須而成也。凡所以尊左者，皆尊其事，遂至於今，學者咸讀左氏，而通公、穀幾無人焉，此固劉歆所逆料而收拾者也。蓋國語藏於秘府，自馬遷、劉向外罕得見者；……歆故得肆其改竄，……幾於無迹可尋，此今學所以攻之不得其源，而陳元、賈逵所以能騰其口説也。今以史記、劉向新序、説苑、列女傳所述春秋時事較之，如少昊嗣黃帝之妄，后羿、寒浞篡統、少康中興之誣，宣公之夫人爲夷姜而非烝，宣姜之未嘗通公子

頑，宋桓夫人、許穆夫人、戴公、文公非宣姜通昭伯所生，陳佗非五
父，隱母聲子爲賤妾而非繼室，仲子非桓母，是皆歆誣古、悖父、竄
易國語而證成其說者（劉逢祿左氏春秋考證甚詳）。且國語行文舊
體，如惠之二十四年則在春秋前，悼之四年則在獲麟後，皆與春秋
不相比附，雖經歆改竄爲傳，遺迹可考。史記五帝本紀、十二諸侯
年表皆云‘春秋、國語’，蓋史公僅采此二書，無左氏傳也；幸遷、向
書尚在，猶可考見一二耳。而張衡、譙周、司馬貞反據左傳以攻史
記，誤甚矣。……歆徧造偽經，而其本原莫重於偽周官及偽左氏春
秋。而偽周官顯背古義，難於自鳴，故先爲偽左氏春秋，大放厥辭；
於河間獻王傳則謂‘左氏春秋已立博士’，移太常博士書亦誦言之。
此志（漢書藝文志）敍仲尼之作春秋，橫插與左丘明觀其史記以實
之。……蓋歆託於丘明而申其偽傳，於是尊丘明爲‘魯君子’，竄之
史記十二諸侯年表中，又稱與孔子同觀史記，偽古論語又稱孔子與
丘明同恥，蓋歆彌縫周密者也。續經之傳云‘悼之四年’，據史記魯
世家，悼公在位三十七年，其薨在獲麟後五十餘年，在孔子時且未
卽位，何得遽稱其謚」歆亦自忘其疏矣。（春秋正義一引嚴氏春秋，
亦有與左丘明觀書事，蓋嚴、顏高才受學之後所竄亂者矣。）且孔
父，夫子六世祖，而書名以貶；倘左氏如此，必非親見聖人者，此歆
無可置辭者也。……國語僅一書，而志以爲二種，可異一也。其
一，‘二十一篇’，卽今傳本也；其一，劉向所分之‘新國語五十四
篇’。同一國語，何篇數相去數倍？可異二也。劉向之書皆傳於後
漢，而五十四篇之新國語，後漢人無及之者，可異三也。蓋五十四
篇者，左丘明之原本；歆既分其大半凡三十篇以爲春秋傳，於是
留其殘賸，掇拾雜書，加以附益，而爲今本之國語，故僅得二十一篇

也。考今本國語,周語、晉語、鄭語多春秋前事;魯語則大半敬姜一婦人語;齊語則全取管子小匡篇;吳語、越語筆墨不同,不知掇自何書;然則其爲左傳之殘餘而歆補綴爲之至明。歆以國語原本五十四篇,天下人或有知之者,故復分一書以當之,又託之劉向所分非原本以滅其迹,其作僞之情可見。史遷於五帝本紀、十二諸侯年表,皆云'春秋、國語',若如今國語之寥寥,又言少皞與本紀不同,史遷不應妄引矣。劉申受左氏春秋考證,知左氏之僞,攻辨甚明,而謂'左氏春秋猶晏子春秋、呂氏春秋也,直稱"春秋",太史公所據舊名也,冒曰"春秋左氏傳",則東漢之後之以謂傳謂者矣',蓋尚爲歆竄亂之十二諸侯年表所惑,不知其卽國語所改。……然申受左氏春秋考證,謂'楚屈瑕篇年月無考',固知左氏體例與國語相似,不必比附春秋年月也,是明指左傳與國語相似矣。……劉申受雖未悟左傳之攟於國語,亦知由他書所采附,亦幾幾知爲國語矣。蓋經、傳不相附合,疑其說者自來不絕。自博士謂'左氏不傳春秋',班固爲歆傳,云'及歆治左氏,引傳文以解經,轉相發明,由是章句義理備焉',班爲古學者,亦知引傳解經由於歆矣。不特班固也,范升云'左氏不祖孔子而出於丘明,師徒相傳,又無其人';李育頗涉獵古學,嘗讀左氏傳,雖樂文采,然謂不得聖人深意;何休作公羊墨守、左氏膏肓、穀梁廢疾,惜不得歆作僞之由,未達一間,卒無以塞陳元、賈逵之口耳。又不徒范升、李育、何休也,王接謂'左氏自是一家書,不主爲經發'(晉書王接傳);朱子語類云:'林黃中謂'左傳'君子曰'是劉歆之辭'。左傳"君子曰"最無意思,因舉"芟夷蘊崇之"一段,是關上文甚事」'(八十三)又不止王接、林黃中、朱子也,卽尊信左氏傳者亦疑其有爲後人附益矣。陸淳春秋集傳纂例,謂

'左氏功最高，能令百代之下頗見本末，因之求意，經文可知而後人妄有附益，左氏本未釋者抑爲之說'；番禺陳氏澧東塾讀書記曰：'孔沖遠云："春秋諸事皆不以日月爲例，其以日月爲義例者，唯'卿卒'、'日食'二事而已。"此說可疑，豈有一書內唯二條有例者乎？蓋左傳無日月例，後人附益者。'……是雖尊左氏者亦不能不以爲後人附益矣。又不止後儒也，且爲歆僞傳作注、疏者亦不能無疑矣。莊二十六年：'秋，虢人侵晉。冬，虢人又侵晉。'杜預注：'此年經、傳各自言其事者，或經是直文，或策書雖存而簡牘散落，不究其本末，故傳不復申解，但言傳事而已。'正義：'曹殺大夫，宋、齊伐徐，或須説其所以。此去丘明已遠，或是簡牘散落，不復能知故耳。上二十年亦傳不解經。'蓋杜預、孔穎達亦以爲傳不釋經，各明一事矣。文十三年左傳：'其處者爲劉氏。'正義云：'漢室初興，左氏不顯於世，先儒無以自申，插注此辭，將以媚於世。'則孔沖遠之有異説多矣。又僖公十五年：'曰上天降災'，釋文曰：'此凡四十二字，檢古本皆無，尋杜注亦不得有；有是後人加也。'此文見列女傳，小有異同。夫服、杜以後，尚有改竄，而世人習爲故常；則歆以前之竄亂，尚可辨耶！或者惑於……左傳多與今學之禮相合爲證。……左丘明著書在獲麟後五十餘年，習聞孔門之説；不稱今學之禮，則何稱焉！但中多異説，爲歆所竄入，故今古禮錯雜其中。要之左氏卽國語，本分國之書；上起穆王，本不釋經，與春秋不相涉；不必因其有劉歆僞古禮而盡斥爲僞書，亦不能因其偶合於儀禮、禮記，而信其傳經也。"（新學僞經考：漢書藝文志辨僞第三上）

　　①按，康氏以前，主劉歆竄改左傳説者有清劉逢禄左氏春秋考證；康氏以後，爲文以駁其説者，有近人錢穆劉向歆父子年譜。錢氏謂康氏之

説,有"不可通"者二十八條。劉書有單行本,錢譜載古史辨第五册,皆以文繁不録。

章炳麟曰①:"……左丘明者,太史公以爲魯君子,别録、七略以爲魯太史(見藝文志),論語稱其同恥,而班彪謂在定、哀之間,本與孔子同纂春秋,無待自述緣起。……史遷於孔子世家及自序説春秋緣起,猶多采公羊後師,而授受之迹亦缺。惟十二諸侯年表,蓋本張北平書,緣起授受,特爲翔實。(下引十二諸侯年表序,已見前,兹略。)此記孔、左制作之狀,皆當時實事,惟謂'傳指不可以書見,丘明懼弟子失真,因是有作',其説尚有未諦。尋晉、楚之教國子,皆以春秋;……孔子所教,則庶士也,故先以詩世(見大戴記衛將軍文子篇),成以禮樂,未嘗及春秋。七十子於百國史記,素非嫺習,猝然語以傳指,孔子不爲。自獲麟至孔子卒,纔滿再期,學未深通而以意説,七十子不爲也。尚考孔子之殁,仲弓、子贛、子游、子夏、原思、曾子、有子、子張、公西華猶在,論語定於悼公之後(據論語載孟敬子之諡,……敬子卒於悼後,論語之成,又在敬子卒後),所載弟子言議,無涉及春秋者。……外及百家傳記,載七十子緒言者多矣,大抵講德述禮,誦説詩、書,品藻人物,而論春秋傳指者絶少;……則知丘明述傳,本不以弟子異言故。嚴氏春秋引觀周篇:'孔子將修春秋,與左丘明乘如周,觀書於周史,歸而修春秋之經,丘明爲之傳,共爲表裏。'此則春秋經傳同作具修,語見觀周,嚴氏雖治公羊,不能非間。桓譚新論稱:'左氏傳於經,猶衣之表裏相持而成,經而無傳,使聖人閉門思之十年,不能知也。'言'相持而成',則經傳同修可知。所以爾者,經有從赴告、諱國惡之文,不以實事付之於傳，則遠愬南、董之直；必改赴告忌諱從以周室史記，則非魯之春秋。是以相持成書，事義始備。觀周之役，本兼爲經傳行也。……又觀左氏及太史公所述，經亦自有丘明之筆矣。如宋督弑其君與夷及其大夫孔父，傳曰：‘君子以督爲有無君之心而後動於惡，故先書弑其君。’十二諸侯年表：‘秦繆公薨，葬殉以人，從死者百七十人，君子譏之，故不言卒。’（‘君子譏之’，見左氏傳文公六年‘秦伯任好卒’下。）依史公説，丘明爲魯君子，則此‘先書’、‘不書’者，皆丘明新意，而孔子斟酌焉。經且有丘明同纂者，其傳安得後時而作乎？若乃貫穿百國，辭無鉏鋙，引事説經，兼明義例，非程功十餘年，固弗能就。是故傳之成也，延及哀公之末，此十餘年之事，亦附而書；引策書以終孔子，疏牘檏以終哀公，尊聖闕事，寫其餘意，其十二經中題哀公者，亦左氏筆也（仲尼前卒，不得舉哀公謚爲題）。傳稱悼之四年，於悼舉謚；趙襄子卒，後於悼公四年，楚惠王卒，先於悼公三年，傳亦並有其謚；則皆晚歲所增與補著謚號者也。國語之成，更在耄期。故韋昭言：‘雅思未盡，復爲國語。’太史公於左氏春秋不言失明，於其成國語則謂在失明後，是作書次第之可知者（國語亦有趙襄子、周定王諸謚）。大抵左氏壽考，與子夏爲次比。子夏少孔子四十四歲，孔子卒，子夏年二十有九矣。自爾至於悼公之季凡五十年，歷元公二十一年，至穆公元年，魏文侯斯十八年也。是時子夏一百一歲，而六國表稱文侯受經子夏，至文侯二十五年，子夏年一百有八，魏世家猶有受經藝之文。左氏若終元公之世，則先子夏卒十餘年至二十年，假令生與子夏同歲，趙襄子卒時（魯元公四年），左氏年八十三也。曾申者，首受春秋傳於左氏者也。依檀弓記，曾申下及魯穆公時，其受春秋，當在悼、元之世。曾申又以授吳起，呂氏當染篇及太史公書皆稱吳起學於曾子，是也。
（檀弓亦稱曾申爲曾子。）起母死不葬，曾子薄之而與起絕，後歸魏
文侯爲將，亦在魯之元、穆間。晚又相楚，與悼王同死，則在魯穆公
二十七年，去獲麟百歲矣。起以春秋授子期，期授鐸椒。椒爲楚威
王傅，威王元年，上距悼王卒四十二歲，去獲麟百四十二年，去魯悼
公卒九十年，而鐸氏微始作。逾二年，秦始稱王，自楚威王元年下
至楚考烈王六年，凡八十二歲，而虞卿欲以信陵君之存邯鄲爲平原
君請封，則卿不得直受春秋於椒。別錄所稱鐸椒傳虞卿者，中間尚
有闕奪也。荀卿趙人，虞卿相趙，荀卿得見之。其後荀卿客春申
君，爲蘭陵令，春申君死而荀卿廢，在邯鄲解圍後十九年，固得受春
秋於虞卿。自荀卿之廢，又十八年，秦并天下。時張蒼爲御史，主
柱下方書。計蒼以漢孝景五年薨，年百餘歲，秦并天下時，蒼已三
十餘矣。而時荀卿尚在，鹽鐵論稱李斯爲相，荀卿爲之不食，故蒼
得從受春秋。且其身在柱下，無所不觀，所見方書，當在始皇三十
四年焚書以前，故其譜牒時有出左氏外者。此其授受可知者也。”
（章氏叢書續編：春秋左氏疑義答問一）

①按，章氏論左傳之文，具見章氏叢書春秋左傳讀敍錄及章氏叢書
續編春秋左氏疑義答問。前者乃按條駁劉逢祿者，後者則兼論左傳內
容。其說雖信古太甚，然亦時有精義。以文過繁，故不盡錄。

劉師培曰：“自漢博士謂‘左氏不傳春秋’，近世治春秋者，重燃
其焰。今考周季之書所述春秋，均指左氏。韓詩外傳載荀子謝春
申君書，引子圍、崔杼弑君事，稱爲春秋之記；韓非子姦劫、弑臣篇
述此二事，亦稱爲春秋之記，一也。國策二十四，記魏說趙王，引晉
人伐虢取虞事，又言‘春秋書之，以罪虞公’，卽本左氏罪虞之誼，二

也。國策十七，記虞卿謂春申君曰：'春秋於安思危。'卽本左傳'居安思危'語，三也。呂氏春秋求人篇曰：'觀於春秋，自魯隱公以至哀公，十有二世。其所以得之、所以失之，其術一也。'又曰：'虞用宫之奇，吳用伍子胥之言，此二國者，雖至於今存可也。'案，子胥諫吳王，其語惟詳於左氏，四也。是則戰國儒生，均以左傳卽春秋；斯時公、穀未興，春秋之名，僅該左氏。漢臣不察，轉以左氏不傳春秋，不亦惑歟？（近人劉申受之儔，均以左傳書法、凡例及'君子曰'以下，增於劉歆。今觀國策言'罪虞'，則書法凡例，均左傳舊文。又韓非子外儲説述高渠彌弒君事，語同左傳；復言'君子曰：昭公知所惡'，則'君子曰'以下非歆所益。此均劉氏等所未考也。）"（左盦集卷二：左氏不傳春秋辨）

　　崔適曰："史記儒林傳曰：'言春秋，於齊、魯自胡母生，於趙自董仲舒。'太史公自序曰，'昔孔子何爲而作春秋哉？余聞董生'云云，是太史公之於春秋，一本於董生，卽一本於公羊。其取之左氏，乃國語也。自序曰：'左丘失明，厥有國語。'可證是時無所謂左傳也。劉歆破散國語，並自造誕妄之辭，與釋經之語，編入春秋逐年之下，託之出自中秘書，命曰春秋古文，亦曰春秋左氏傳。今案其體有四：一曰無經之傳。姑卽隱公篇言之，如三年冬'鄭伯之車僨于濟'是也。夫傳以釋經，無經則非傳也，是國語也。二曰有經而不釋經之傳。凡傳以釋經義，非述其事。如五年九月'初獻六羽'，公羊傳曰：'何以書？譏始僭諸公也。'是釋其義也。左傳但述羽數，此與經同述一事耳，豈似傳體？……三曰釋不書於經之傳。如元年四月'費伯帥師城郎，不書，非公命也。'夫不釋經而釋不書於經，則傳書者不當釋黃帝何以無典，傳詩者不當釋吳、楚何以無風乎？彼傳不然，則此非傳也。四曰釋經之傳務與公羊氏、董氏、司馬氏、劉向之說相反而已。如隱三年書'尹氏卒'，譏世卿，爲昭二十三年立王子朝張本也。宣十年書'齊崔氏出奔'，譏世卿，爲襄二十五年弒其君光張本也。……左氏改'尹'爲'君'，謂之隱公之母；於崔氏之出奔，曰'非其罪也'。凡以避世卿之譏，祖庇王氏而已。此皆劉歆所改竄。故公孫祿劾其'顛倒五經，毁師法'，班固曰，'歆治左氏傳，其春秋意已乖'也。……"（史記探源卷一：序證"春秋古文"條）

錢玄同曰："…古文經傳雖爲劉歆所僞造，但春秋左氏傳這部書，却是拿了左丘明的國語來竄改而成的，所以它在僞古文中是比較可信的書，與古文尚書、毛詩、逸禮、周禮之全爲僞造者不同。這位左丘先生大概是戰國時代三晉地方的人，他作國語的年代當在'獲麟'後一百年光景（'西狩獲麟'在紀元前四八一年，今本左傳中說田完'八世之後莫之與京'，是左丘明著書已在田和篡齊之後。田和篡齊在前三八六年）。他得到許多材料，分國編成這一部大歷史，其中所述官制典禮等等，各國不同，又與周禮絕異，這些部分，十有八九是可以認爲信史的。…… 可是他所敍的事實之信確的程度，便成問題了。因爲他往往是根據一件真事（有些也許不是真事）而加上許多想像，描寫其曲折瑣屑之處，說得'像殺有介事'，小說的成分多於歷史成分也。又，他敍春秋時代的事，常不免夾雜些戰國時代的詞句，如前人所舉，'不更'、'庶長'是戰國的官名，'臘祭'是戰國的制度，'明主'是戰國的稱謂之類。又如呂相絕秦書，雄辨狙詐，實是戰國游説之士的捭闔之辭。這一點，咱們非把它看清楚了不可。……自然，我們現在要找春秋時代的史料，除最可信據的鐘鼎款識及不能全認爲史料的春秋以外，不能不數到左丘氏這部書。……但原本國語既被劉歆挖取其中與春秋有關的一大部分，改成編年之體，作爲‘春秋左氏傳’，又造爲種種書法凡例，處處故意與公羊傳爲難，則僞造的事實也定必不少。……劉申受此書的上卷是專門揭發這些僞例僞事的；崔觶甫師的春秋復始中，於劉氏所舉之外又揭發了好些。但是一定還有許多未經揭發的。……所以左傳在僞古文中雖是比較地可信的書，但在尚未恢復原本國語以前，要引用它時却非十分謹慎不可。……”（古史辨第五册上編：左氏春秋考證書後）

又曰：“……左傳與今本國語，既證明爲原本國語所瓜分，則瓜分之迹必有可考見者。……我現在姑且舉出一點漏洞來：

（ㄅ）左傳記周事頗略，故周語所存春秋時代的周事尚詳（但同於左傳的已有好幾條）。

（ㄆ）左傳記魯事最詳，而殘餘之魯語所記多半是瑣事；薄薄的兩卷中，關於公父文伯的記載竟有八條之多。

（ㄇ）左傳記齊桓公霸業最略，所謂‘管仲相桓公霸諸侯，一匡天下’的政蹟竟全無記載，而齊語則專記此事。

（ㄈ）晉語中同於左傳者最多，而關於霸業之犖犖大端，記載甚略，左傳則甚詳。

（ㄉ）鄭語皆春秋以前事。

（ㄊ）楚語同於左傳者亦多，關於大端的記載亦甚略。

（ㄋ）吳語專記夫差伐越而卒致亡國事，左傳對於此事的記載又是異常簡略，與齊桓霸業相同。

（3）越語專記越滅吳的經過，左傳全無。

你看，左傳與今本國語二書，此詳則彼略，彼詳則此略，這不是將一書瓜分爲二的顯證嗎？至於彼此同記一事者，往往大體相同，而文辭則國語中有許多瑣屑的記載和支蔓的議論，左傳大都沒有，這更露出刪改的痕迹來了。

近來瑞典人高本漢氏著左傳真偽考一書，……高氏從文法上研究，證明左傳的文法不是‘魯語’（高氏假定論語、孟子的語言爲‘魯語’），所以史記中‘魯君子左丘明’這個稱謂是不對的。他的總結論是：

在周、秦和漢初書內，没有一種有和左傳完全相同的文法組織的。最接近的是國語。此外便没有第二部書在文法上和左傳這麼相近的了。

這也是左傳和國語本是一部書的一個很强有力的證據。左丘明決不是魯人，決不與孔子同時；他是戰國時代的魏人，這是在左傳中有許多材料可以證明的（參用鄭樵與姚鼐二人之說）。”（古史辨第五册上編：重論經今古文學問題（3）左傳）

郭沫若曰：“最後關於吳起傳春秋一事在這兒也很值得討論。這項説法較晚，僅見劉向別錄：‘左丘明授曾申，申授吳起，起授其子期，期授楚人鐸椒作抄撮八卷授虞卿。虞卿作抄撮九卷授荀卿。卿授張蒼。’（見王應麟考證引）本來春秋左氏傳是劉歆割裂古史攙雜己見而偽託的，這個傳授系統自然是大有問題。不過制作這個傳統的人突然牽涉到吳起上來，却是值得注意的事。而且左丘明的問題也值得聯帶着解決。

“因左氏傳的僞託，連左丘明的存在也都成了問題，有好些學者認爲這個人名都是假造的。論語上的‘巧言令色，足恭，左丘明恥之，丘亦恥之；匿怨而友其人，左丘明恥之，丘亦恥之’，據説這也是劉歆所竄入。這懷疑，在我看來，未免有點過火。

“照論語的文氣上看來，左丘明這個人不應該是後輩，而應該在孔子之前。假如是劉歆竄入的，那應該説‘丘恥之，左丘明亦恥之’，也才便當而合理。然而原文並不是這樣，這已可證竄入説實在有些勉强。而司馬遷的史記自序言‘左丘失明，厥有國語’，同語又見其報任少卿書，書中更説到‘左丘明無目，孫子斷足，終不可用，退而論書策以舒其憤，思垂空文以自見’，這些假如也都説是竄入，那麼假託者何苦一定要把左氏弄成瞎子呢？根據這，可知左邱明者卽‘左丘盲’，這個人不會是假的。

“這位‘左丘盲’究竟是什麼人呢？據我看來應該就是楚國的左史倚相。左氏昭公十二年：‘王（楚靈王）出復語，左史倚相趨過。王曰：是良史也，子（右尹子革）善視之，是能讀三墳、五典、八索、九丘。’杜注：‘倚相，楚史名。’國語楚語也有倚相與申公辯論的一節，而自稱其名爲倚相。但這以倚相爲名號我覺得很有意思。相者扶工也，古者盲瞽必有相，那麼這左史倚相豈不是‘左丘盲’嗎？看來此公是以官爲氏而省稱曰左，如申屠本爲司徒，而省稱爲申（亦有因地而得之申，與此別），關龍本爲豢龍，而省爲關爲龍，漆雕當亦職名，而省爲漆爲周之類。‘丘’亦史也，因失明而稱之曰‘盲’，曲飾之則曰‘明’。己則自號爲倚相，或竟以之更易其舊名，如兀者叔山无趾（莊子德充符）之類，這樣解釋是可能成立的。更以年代來説，魯昭公十二年，時孔子二十二歲，則左史在年齡上正爲孔子的先輩，故孔子得稱述之。

　　"再者，左史之所以成盲，當係因觸犯忌諱而被矐，此由司馬遷文可以證知：'文王拘而演周易; 孔子厄而作春秋; 屈原放逐，乃賦離騷; 左丘失明，厥有國語; 孫子臏足，兵法修列; 不韋遷蜀，世傳呂覽; 韓非囚秦，説難孤憤。'文王、孔子、屈原、孫臏、不韋、韓非，均由觸犯忌諱而遭人禍，故左丘之失明亦必不是天災。世有以'子夏喪子失明'説之者，於事殊爲不類。

　　"知左史卽左丘明，本爲楚史，則史記十二諸侯年表序所謂'魯君子左丘明懼弟子人人異端，各安其意，失其真，故因孔子史記，具論其語，成左氏春秋'，確是爲後人所竄入的了。

　　"左史既'能讀三墳、五典、八索、九丘'，讀者説也，自當能纂述國語，但所謂'國語'不必爲左史一人所作，其所作者或僅限於楚語，所謂檮杌之一部分。其書必早已傳入於北方，故孔子稱之。吳起去魏奔楚而任要職，必已早通其國史，既爲儒者而曾仕於魯，當亦曾讀魯之春秋，爲衞人而久仕於魏，則晉之乘亦當爲所嫺習，然則所謂左氏春秋或左氏國語者，殆本吳起就各國史乘之所纂集而成耶？（參取姚姬傳、章太炎説）吳起乃衞左氏人，以其鄉邑爲名，故其書冠以'左氏'。後人因有'左氏'，故以左丘明當之，而傳授系統中又不能忘情於吳起，怕就是因爲這樣的緣故吧？

　　"説苑建本篇有'魏武侯問元年於吳子'事：

　　　'魏武侯問元年於吳子。吳子對曰：言國君必慎始也。慎始奈何？曰：正之。正之奈何？曰：明智。智不明何以見正？多聞而擇焉，所以明智也。是故古者君始聽治，大夫而一言，士

而一見，庶人有謁必達，公族請問必語，四方至者不距，可謂不
壅蔽矣。分禄必及，用刑必中，君心必仁。思羣之利，除民之害，
可謂不失民衆矣。君身必正，近臣必選，大夫不兼官，執民柄者
不在一族，可謂不權勢矣。此皆春秋之意，而元之志也。’

吳起同時是一位史家，由這也可以證明。學者對於這項資料，每多
懷疑，但這兒所說的話，並没有什麼因襲的痕迹，而和吳起後來在
楚國所施行的政見也很相一致，我敢於相信劉向是一定有所本的。
吳起既是儒家，要談談春秋，論理也並不是怎樣不合理的事。

“更進，我還疑心吳起在魏文侯時曾經作過魏國的史官，魏文
侯時有一位史起，大約就是吳起。且看呂氏春秋樂成篇上的這段
故事吧：

‘魏襄王與羣臣飲酒，酣，王爲羣臣祝，令羣臣皆得志。史
起興而對曰：羣臣或賢或不肖；賢者得志則可，不肖者得志則
不可。王曰：皆如西門豹之爲人臣也。史起對曰：魏氏之行田
也以百畝，鄴獨二百畝，是田惡也。漳水在其旁而西門豹弗知
用，是其愚也。知而弗言，是不忠也。愚與不忠，不可效也。
魏王無以應之。明日召史起而問焉。曰：漳水猶可以灌鄴田
乎？史起對曰：可。王曰：子何不爲寡人爲之？史起曰：臣恐
王之不能爲也。王曰：子誠能爲寡人爲之，寡人盡聽子矣。史
起敬諾，言之於王曰：臣爲之，民必大怨臣。大者死，其次乃
藉臣。臣雖死藉，願王使他人遂之也。王曰：諾。使之爲鄴
令。史起因往爲之，鄴人大怨，欲藉史起。史起不敢出而避
之，王乃使他人遂爲之。水已行，民大得其利，相與歌之曰：鄴
有聖令，時爲史公。決漳水，灌鄴旁，終古斥鹵，生之稻粱。’

這雖作魏襄王，但左襄二十五年正義明明引'呂氏春秋稱魏文侯時吳起爲鄴令，引漳水以灌民田，民歌之曰云云'，則孔穎達所見本正作文侯。漢書溝洫志亦載此事，然分析爲兩個時期，以西門豹屬魏文侯，以史起屬襄王時。西門豹固文侯時名臣，而如史記河渠書，水經'濁漳水'注均以引漳灌鄴爲豹事，後漢安帝紀初元二年亦有'修西門豹所分漳水爲支渠'之語，則引水灌田確亦文侯時事，史起不得屬於襄王。史起引渠，何乃歸功於西門豹？案此'使他人遂爲之'之他人蓋卽西門豹，故開之者史起，而成之者實爲西門。是則溝洫志實誤，而後人復據溝洫志以改呂覽也。因有此糾葛，後人亦有爲折衷之説者，如左太沖魏都賦云：'西門灌其前，史起灌其後。'這可是不必要的聰明。

"看這故事中的史起，其作風和態度實和吳起極相似，而同屬文侯時，同名起，則孔穎達要認爲卽是吳起，確是甚有見地。阮元校勘記非之，謂：'高誘注呂氏春秋樂成篇云：西門豹文侯用爲鄴令，史起亞之，吳乃字之誤。'是未達孔氏意，乃以不誤爲誤者。"（青銅時代：述吳起九）

（二）　關於左傳、國語在文學方面的評價

賀循曰："左氏之傳，史之極也。文采若雲月，高深若山海。"（經義考卷一六九引）

劉知幾曰："……尋左氏載諸大夫詞令，行人應答，其文典而美，其語博而奧；述遠古則委曲如存，徵近代則循環可覆。必料其功用厚薄，指意深淺；諒非經營草創，出自一時，琢磨潤色，獨成一手。斯蓋當時國史，已有成文，丘明但編而次之，配經稱傳而行也。

……"（史通: 申左篇）

又曰:"左氏之敍事也,述行師則簿領盈視,嗃聒沸騰; 論備火則區分在目,修飾峻整; 言勝捷則收獲都盡; 記奔敗則披靡橫前; 申盟誓則慷慨有餘; 稱譎詐則欺誣可見; 談恩惠則煦如春日; 紀嚴切則凜若秋霜; 敍興邦則滋味無量; 陳亡國則淒涼可憫。或腴辭潤簡牘,或美句入詠歌。跌宕而不羣,縱橫而自得,若斯才者,殆將工侔造化,思涉鬼神,著述罕聞,古今卓絕。……"（史通: 雜說上 "左氏傳"條）

陶望齡曰:"國語一書,深厚渾樸,周（語）、魯（語）尚矣。周語辭勝事,晉語事勝辭。齊語單記桓公霸業,大略與管子同。如其妙理瑋辭,驟讀之而心驚,潛翫之而味永,還須以越語壓卷。"（經義考卷二百九引）

梁啓超曰:"左傳文章優美,其記事文對於極複雜之事項——如五大戰役等,綱領提絜得極嚴謹而分明,情節敍述得極委曲而簡潔,可謂極技術之能事。其記言文淵懿美茂,而生氣勃勃,後此亦殆未有其比。又其文雖時代甚古,然無佶屈聱牙之病,頗易誦習。故專以學文爲目的,左傳亦應在精讀之列也。"（要籍解題及其讀法: 左傳、國語）

八 戰國策

（一） 蘇代重甘茂於齊（秦策）

甘茂亡秦①，且之齊，出關遇蘇子②曰："君聞夫江上之處女乎？"蘇子曰："不聞。"曰："夫江上之處女，有家貧而無燭者，處女相與語，欲去之③。家貧無燭者將去矣，謂處女曰：'妾以無燭故，常先至掃室布席④。何愛於餘明之照四壁者⑤？幸以賜妾⑥，何妨於處女？妾自以有益於處女，何爲去我？'處女相語以爲然而留之。今臣不肖，棄逐於秦而出關，願爲足下掃室布席，幸無我逐也。"蘇子曰："善。請重公於齊⑦。"乃西說秦王曰："甘茂，賢人，非恆士⑧也；其居秦，累世重矣⑨。自郼塞⑩、谿谷⑪，地形險易盡知之⑫。彼若以齊約韓、魏，反以謀秦，是非秦之利也。"秦王曰："然則奈何？"蘇代曰："不如重其贄⑬、厚其祿以迎之。彼來，則置之槐谷⑭，終身勿出，天下何從圖秦？"秦王曰："善。"與之上卿，以相印迎之齊。甘茂辭不往。蘇代僞謂齊湣王⑮曰："甘茂，賢人也。今秦與之上卿，以相印迎之；茂德王之賜⑯，故不往，願爲王臣。今王何以禮之？王若不留，必不德王。彼以甘茂之賢，得擅用強秦之衆，則難圖也。"齊王曰："善。"賜之上卿命而處之⑰。

①甘茂亡秦："甘茂"，下蔡（即春秋時之州來）人，事秦有功。"亡秦"，猶言"自秦出亡"。按，秦昭王（名稷）立，茂爲向壽、公孫衍等所譖，故自秦出亡。　②出關遇蘇子："關"，函谷關；"蘇子"，即蘇代，是縱橫

家蘇秦的兄弟。當時蘇代正爲齊出使於秦。　③欲去之：要把家貧無燭的女子趕走。　④掃室布席：掃屋子，鋪席子。按，古人席地而坐，故須鋪席。　⑤"何愛"句：大意是："你們何必愛惜這照在四壁的一些餘光呢？"　⑥"幸以賜妾"二句：大意是："你們如果賜一點餘光給我，對你們有什麼妨礙呢？"　⑦請重公於齊："重"，尊敬。大意是："我將設法使齊國對你表示敬意。"　⑧非恆士：猶言"非常之士"。　⑨累世重矣：甘茂自秦惠王時卽事秦，又歷武王、昭王，故言"累世"。"重"，重用。　⑩殽塞：卽殽山。　⑪谿谷：一作鬼谷，卽今陝西三原縣西北之清水谷。　⑫險易："險"，險要，"易"，平坦。　⑬贄：聘禮。重者用玉帛，輕者用禽鳥。　⑭槐谷：卽槐里之谷，在今陝西興平縣東南。　⑮偽謂齊湣王：偽做不知，而對齊湣王說。"湣王"，齊宣王之子，名地。⑯德王之賜：感激齊王的恩賜。　⑰賜之上卿命而處之：賜給他一道封他爲上卿的命令，使他住在齊國。

（二）　齊人諫靖郭君城薛（齊策）

靖郭君①將城薛②，客多以諫③。靖郭君謂謁者④："無爲客通⑤。"齊人有請者曰："臣請三言⑥而已矣。益一言⑦，臣請烹！"靖郭君因見之。客趨而進曰："海大魚！"因反走。君曰："客有於此⑧！"客曰："鄙臣不敢以死爲戲！"君曰："亡，更言之⑨！"對曰："君不聞大魚乎？網不能止⑩，鉤不能牽；蕩而失水⑪，則螻蟻得意焉⑫。今夫齊，亦君之水也；君長有齊，奚以薛爲⑬？夫齊⑭，雖隆薛之城到於天⑮，猶之無益也。"君曰："善。"乃輟城薛。

①靖郭君：卽齊威王的少子田嬰。　②將城薛："薛"本小國名，後爲齊所滅。威王時封田嬰食采邑於此。"城薛"，給薛邑築起城牆。　③客多以諫：按，靖郭君所以築城，意在鞏固自己的實力。但這樣很容易引起齊王的猜忌，以致彼此不和。所以他的門客多來諫阻他。　④謁者：

卽今之傳達員。專管有客來訪時向主人通報的事情。　⑤無爲客通：不許給那些諫阻自己築城的人通報。　⑥三言：三個字。　⑦"益一言"二句：多說一個字，我就請你把我烹死。　⑧客有於此："有"，在，留。此猶言"客留在這兒"，其意謂客可以把話說完。　⑨亡，更言之："亡"同"無"，猶言"不要這樣"；"更言之"，再講下去。　⑩網不能止："止"，禁止，阻止，引申有"擒獲"之意。此句言網不能把魚捉住。　⑪蕩而失水："蕩"，動蕩，播蕩。意謂遇到了變動，失掉了水。　⑫則螻蟻得意焉："螻"，螻蛄；"蟻"，螞蟻；"得意"，猶言"得遂其意"。此指魚如失水，則螻蟻將任意而爲，使魚受制。　⑬奚以薛爲：還要築薛城做什麼用？　⑭夫齊："夫"是"失"之訛字（用王念孫說，見讀書雜志）。　⑮隆薛之城到於天："隆"，高，此處作動詞用。言把薛城累築得有天那樣高。

（三）　鄒忌諷齊威王納諫（齊策）

鄒忌①修②八尺有餘，而形貌昳麗③。　朝④服衣冠，窺鏡，謂其妻曰："我孰與城北徐公美⑤？"其妻曰："君美甚，徐公何能及君也！"——城北徐公，齊國之美麗者也。忌不自信，而復問其妾曰："吾孰與徐公美？"妾曰："徐公何能及君也！"且曰⑥，客從外來，與坐談，問之客曰："吾與徐公孰美？"客曰："徐公不若君之美也。"明日，徐公來，孰⑦視之，自以爲不如；窺鏡而自視，又弗如遠甚。暮寢而思之，曰："吾妻之美我者，私⑧我也；妾之美我者，畏我也；客之美我者，欲有求於我也。"於是入朝見威王⑨曰："臣誠知不如徐公美；臣之妻私臣，臣之妾畏臣，臣之客欲有求於臣，皆以美於徐公⑩。　今齊地方千里，百二十城。宮婦左右，莫不私王；朝廷之臣，莫不畏王；四境之內，莫不有求於王：由此觀之，王之蔽⑪甚矣！"王曰:"善。"

乃下令:"羣臣吏民,能面刺⑫寡人之過者,受上賞;上書諫寡人者,受中賞;能謗譏於市朝⑬,聞寡人之耳者,受下賞。"令初下,羣臣進諫,門庭若市;數月之後,時時而間進⑭;期年⑮之後,雖欲言,無可進者。燕、趙、韓、魏聞之,皆朝於齊。此所謂戰勝於朝廷⑯。

①鄒忌:齊人,以善鼓琴事齊威王。威王用忌爲相,封成侯。　②修:作"長"解,此處指身高。　③形貌昳麗:"昳"音迭,日側貌,引申有"光艷"之意。一説,以爲"昳"應讀"佚",即"逸"。"逸麗",指容光煥發,神采非凡。皆可通。此句一本作"身體昳麗",無"而"字。　④朝:早晨。　⑤我孰與城北徐公美:"孰與",猶言"何如"。"徐公",人名,一稱徐君平。此句言"我同城北徐公比起來,誰美?"　⑥旦日:明日。　⑦孰:同"熟"。　⑧私:偏私,偏愛。　⑨威王:名因齊。自田和篡齊,至威王,國勢始强大。　⑩皆以美於徐公:都認爲我比徐公美。　⑪王之蔽:言王之受臣下的蒙蔽。　⑫面刺:當面指摘。　⑬謗譏於市朝:在公共場合對國君提出批評。"謗譏"一本作"謗議"。　⑭間進:偶然進諫。　⑮期年:周年。"期"同"朞",音基。　⑯"此所謂"句:此言身在朝廷之上,不須用兵,就可戰勝敵國。意指内政修明,自能使敵國臣服。

(四)　陳軫説昭陽毋攻齊(齊策)

昭陽爲楚伐魏①,覆軍殺將,得八城;移兵而攻齊。陳軫爲齊王使②,見昭陽,再拜賀戰勝。起而問:"楚之法,覆軍殺將,其官爵何也?"昭陽曰:"官爲上柱國③,爵爲上執珪④。"陳軫曰:"異貴於此者⑤,何也?"曰:"唯令尹耳。"陳軫曰:"令尹貴矣,王非置兩令尹也!臣竊爲公譬,可乎?楚有祠者⑥,賜其舍人巵酒⑦。舍人相謂曰：'數人飲之不足，一人飲之有餘。請畫地爲蛇，先成者飲酒。'一人蛇先成，引酒且飲之，乃左手持卮，右手畫蛇曰：'吾能爲之足⑧。'未成，一人之蛇成，奪其卮曰：'蛇固無足，子安能爲之足？'遂飲其酒。爲蛇足者，終亡其酒⑨。今君相⑩楚而攻魏，破軍殺將，得八城，不弱兵⑪，欲攻齊，齊畏公甚。公以是爲名⑫，亦足矣。官之上，非可重也⑬。戰無不勝，而不知止者，身且死，爵且後歸⑭，猶爲蛇足也。"昭陽以爲然，解軍而去。

①"昭陽"句："昭陽"，楚懷王將。伐魏事在周顯王四十六年(公元前三二三)，卽楚懷王六年。　　②"陳軫"句："陳軫"，戰國時縱橫家。初在秦，爲張儀所譖，一度至楚，又由楚至齊。　　③上柱國：楚官名。其位次於令尹。　　④上執珪："珪"同"圭"，王者封賞諸侯時用的一種玉，長形，上尖下方，國有大事，則執之以爲瑞信之物，又叫瑞玉。其大小因爵位高低而異。"上執珪"，指爵位之高者。　　⑤"異貴於此者"二句："異"，此外，其它。此言"此外尚有比這個更高貴的是什麼官爵呢？"　　⑥祠者：祭祀的人。　　⑦賜其舍人卮酒："舍人"，王公貴人的親近左右的通稱。"卮"音支，酒器。據王念孫考證，"卮酒"應作"一卮酒"。　　⑧吾能爲之足："之"，指所畫的蛇。此句大意是："我還能給蛇再畫幾隻腳呢！"　　⑨終亡其酒："亡"，喪失。　　⑩相：輔助。　　⑪不弱兵：兵力不曾削弱。　　⑫公以是爲名：你以這種方式取得了威名。　　⑬非可重也："重"，重疊。此指官爵不能再有所增加。　　⑭爵且後歸：此連上文的大意是："一個人如果戰無不勝而不知適可而止，則不但有身死的危險，而且連爵位都可能歸於後人。"

（五）　蘇秦止孟嘗君入秦（齊策）①

孟嘗君②將入秦，止者千數③而弗聽。蘇秦④欲止之，孟嘗君曰："人事者吾已盡知之矣，吾所未聞者獨鬼事耳。"蘇秦曰："臣之來也，固不**敢**言人事也，固且以鬼事見君。"孟嘗君見之。謂孟嘗君曰："今者臣來，過於淄上⑤，有土偶人與桃梗⑥相與語，桃梗謂土偶人曰：'子，西岸之土也；挺子以爲人⑦，至歲八月，降雨下，淄水至，則汝殘矣。'土偶曰：'不然！吾西岸之土也，土則復西岸耳⑧；今子東國⑨之桃梗也，刻削子以爲人，降雨下，淄水至，流子而去，則子漂漂者將何如耳。'今秦四塞⑩之國，譬若虎口，而君入之，則臣不知君所出矣！"孟嘗君乃止⑪。

　　　①據史記，周根王十五年（公元前三〇〇年），秦昭王聞孟嘗君賢，乃使涇陽君質於齊，以來見孟嘗君。故孟嘗君將入秦。　　②孟嘗君：姓田，名文，齊靖郭君田嬰的少子，是時爲齊相。爲人輕財好客，門下食客數千。　　③止者千數：諫止他入秦的有上千的人。　　④蘇秦：按，蘇秦死於公元前三一七年，故史記孟嘗君列傳作"蘇代"。　　⑤淄上，卽淄水之上。按，淄水源出山東萊蕪縣，東北流合小淸河，由淄河口入海。　　⑥桃梗：指用桃木刻成的人。　　⑦挺子以爲人："挺"，一本作"延"，卽"挺"，音煉，作"揉"解；"子"，指土。此言"揉土以爲偶人"。　　⑧土則復西岸耳：大意是："卽使變成土，也不過仍回到西岸上而已。"據王念孫考證，"土"應作"吾殘"。"殘"，毀壞。　　⑨東國：猶言"東方"。　　⑩四塞：四面皆有關山險阻的要塞。　　⑪孟嘗君乃止：按，此次孟嘗君雖未入秦，但至次年（公元前二九九）仍入秦，且幾乎爲秦所殺。

（六）　淳于髡諫齊勿伐魏（齊策）

　　齊欲伐魏，淳于髡①謂齊王②曰："韓子盧③者，天下之疾犬④也；東郭逡⑤者，海內之狡兔也。韓子盧逐東郭逡，環山者三⑥，騰山者五；兔極⑦於前，犬廢⑧於後；犬兔俱罷⑨，各死其處。田父見之，無勞勌之苦而擅其功⑩。今齊、魏久相持，以頓⑪其兵、弊⑫其衆,臣恐强秦、大楚承其後,有田父之功。"齊王懼,謝將休士⑬也。

①淳于髡:齊人,長不滿七尺,滑稽多辯,爲齊宣王所重用,官上大夫;屢次使於諸侯,未嘗屈辱。"髡"音坤。　　②齊王:齊宣王,名辟彊(同"疆")。威王之子,湣王之父。　　③韓子盧:據博物志所載,這是一種韓國出産的黑犬。　　④疾犬:跑得非常快的犬。　　⑤東郭逡:狡兔名。"逡"一作"㕙",音存。　　⑥"環山"二句:圍繞着山追了三圈兒,越過山頭追了五次。　　⑦極:疲乏。　　⑧廢:困倦。　　⑨罷:同"疲"。⑩"無勞勧之苦"句:一點也沒有費力氣就獨自得到了好的成果。"勧"同"倦"。　　⑪頓:困倦。　　⑫弊:疲勞。　　⑬謝將休士:遣散了將官,使士兵休息。

（七）　馮諼客孟嘗君（齊策）

齊人有馮諼①者,貧乏不能自存,使人屬②孟嘗君,願寄食門下。孟嘗君曰:"客何好?"曰:"客無好也。"曰:"客何能?"曰:"客無能也。"孟嘗君笑而受之曰:"諾¡"左右以君賤之也,食以草具③。居有頃④,倚柱彈其劍,歌曰:"長鋏歸來乎⑤,食無魚¡"左右以告。孟嘗君曰:"食之比門下之客⑥¡"居有頃,復彈其鋏,歌曰:"長鋏歸來乎,出無車¡"左右皆笑之,以告。孟嘗君曰:"爲之駕⑦,比門下之車客¡"於是乘其車,揭⑧其劍,過其友曰:"孟嘗君客我¡"後有頃,復彈其劍鋏,歌曰:"長鋏歸來乎,無以爲家⑨¡"左右皆惡之,以爲貪而不知足。孟嘗君問:"馮公有親乎?"對曰:"有老母。"孟嘗君使人給其食用,無使乏。於是馮諼不復歌。

①馮諼:孟嘗君的門客。"諼"音暄,一本作"煖",史記作"驩",音皆與"諼"同。　　②屬:音義同"囑",囑託。　　③食以草具:"食"音嗣,此處是及物動詞,下文"食之"的"食"同此;"草具",粗惡不精的食物。此言

孟嘗君的手下給馮諼粗惡的東西吃。　④居有頃：過了不久。　⑤長
鋏歸來乎："鋏"音劫，劍。此句大意是："長鋏啊，咱們還是回去吧।"
⑥食之比門下之客：一本作"食之比門下之魚客"。按，孟嘗君接待門客
分上中下三等，所居住的房舍叫代舍、幸舍、傳舍。代舍之客食肉，幸舍
之客食魚，傳舍之客食菜。此言孟嘗君命令左右把馮諼當做中等的門客
款待。　⑦"爲之駕"二句：上句，言爲馮諼準備車馬；下句，"車客"，代舍
之客，出可乘車。　⑧揭：高舉。　⑨無以爲家：沒有錢養家。按，
"家"古讀爲姑，與"乎"叶韻。〔以上是第一大段，寫馮諼初爲門客時的情
況。〕

　　後孟嘗君出記①，問門下諸客："誰習計會②，能爲文收責於
薛③者乎？"馮諼署④曰："能。"孟嘗君怪之，曰："此誰也？"左右曰：
"乃歌夫長鋏歸來者也।"孟嘗君笑曰："客果有能也।吾負之⑤，未
嘗見也。"請而見之，謝⑥曰："文倦於事⑦，憒於憂⑧，而性懧愚⑨，
沉於國家之事，開罪⑩於先生。先生不羞⑪，乃有意欲爲收責於薛
乎？"馮諼曰："願之।"於是約車治裝⑫，載券契而行，辭曰："責畢
收，以何市而反⑬？"孟嘗君曰："視吾家所寡有者।"驅而之薛⑭，使
吏召諸民當償者，悉來合券⑮。券徧合，起矯命⑯，以責賜諸民，因
燒其券，民稱萬歲。長驅到齊⑰，晨而求見。孟嘗君怪其疾⑱也，
衣冠而見之，曰："責畢收乎？來何疾也？"曰："收畢矣。""以何市而
反？"馮諼曰："君云：'視吾家所寡有者।'臣竊計君宮中積珍寶，狗
馬實外廄，美人充下陳⑲；君家所寡有者，以義耳，竊以爲君市義。"
孟嘗君曰："市義奈何？"曰："今君有區區之薛，不拊愛子其民⑳，因
而賈利之㉑；臣竊矯君命，以責賜諸民，因燒其券，民稱萬歲，乃臣
所以爲君市義也。"孟嘗君不悅，曰："諾。先生休矣㉒।"

　　後期年㉓，齊王謂孟嘗君曰："寡人不敢以先王之臣爲臣㉔।"

孟嘗君就國㉕於薛。未至百里㉖，民扶老攜幼，迎君道中。孟嘗君顧謂馮諼：“先生所爲<u>文</u>市義者，乃今日見之！”

①記：有二解：一、書狀之類的文件；二、賬簿。　②計會：卽今所謂會計。　③收責於薛：“責”同“債”，指放出的債款。“薛”，孟嘗君襲其父靖郭君之封，仍以薛爲采邑。　④署：簽名。　⑤吾負之：我對不起他。　⑥謝：道歉。　⑦倦於事：疲於瑣事。一說，“事”應作“是”，指“國是”，卽國家大事。亦通。　⑧憒於憂：“憒”，昏亂。此言因憂愁而心煩意亂。　⑨性惷愚：“惷”同“懦”。此是孟嘗君自謙之詞，言生性懦弱而愚蠢。　⑩開罪：得罪。　⑪先生不羞：猶言“先生不以此爲恥”。言外有“承您不見怪”之意。　⑫約車治裝：準備車馬，整理行裝。　⑬以何市而反：“市”，買。此言“買些什麼帶回來呢？”　⑭驅而之薛：趕着車到薛邑去。　⑮合券：古時的契約如今日的合同，彼此各藏其半，以爲憑信。如有對證，卽將兩券合一。　⑯矯命：假託孟嘗君的命令。　⑰長驅到齊：一直趕着車回到齊國。　⑱疾：迅速。　⑲美人充下陳：“陳”猶“列”，卽“位”。此言在孟嘗君的手下有很多美女。　⑳“不拊愛”句：“拊”同“撫”，“拊愛”卽“撫愛”；“子其民”，視民如子。　㉑賈利之：言用商賈之道向人民榨取利息。　㉒休矣：猶言“算了吧”。　㉓後期年：“期”同“朞”。據王念孫考證，此句的下面應有脫文。史記孟嘗君列傳載此事云：“齊王(湣王)惑於秦、楚之毀，遂廢孟嘗君。”　㉔“寡人”句：此是齊王廢孟嘗君爲相的一種辭令。大意是：“您是先王所用的大臣，我是不配用您的。”　㉕就國：歸返其自己的封邑。　㉖未至百里：距目的地尚有一百里。〔以上是第二大段，寫馮諼爲孟嘗君“市義”的經過。〕

馮諼曰：“狡兔有三窟，僅得免其死耳；今君有一窟，未得高枕而臥也。請爲君復鑿二窟！”孟嘗君予車五十乘，金五百斤。西遊於梁①，謂惠王②曰：“齊放③其大臣孟嘗君於諸侯，諸侯先迎之者,富而兵强。"於是梁王虛上位④,以故相爲上將軍,遣使者黃金千斤,車百乘,往聘孟嘗君。馮諼先驅,誠孟嘗君曰:"千金,重幣也;百乘,顯使也;齊其聞之矣。"梁使三反,孟嘗君固辭不往也。

齊王聞之,君臣恐懼,遣太傅⑤賫⑥黃金千斤,文車二駟⑦,服劍一⑧,封書⑨謝孟嘗君曰:"寡人不祥,被於宗廟之祟⑩,沉於諂諛之臣⑪,開罪於君 寡人不足爲也⑫,願君顧先王之宗廟,姑反國,統⑬萬人乎?"馮諼誡孟嘗君曰:"願請先王之祭器,立宗廟於薛⑭。"廟成,還報孟嘗君曰:"三窟已就,君姑高枕爲樂矣。"

孟嘗君爲相數十年,無纖介⑮之禍者,馮諼之計也。

①梁:卽魏國。因遷都於大梁,故亦稱梁國。　②惠王:梁惠王,名罃,魏武侯的太子。　③放:放逐。　④虛上位:"上位"指宰相之位。此連下句言梁王把原來的宰相(故相)調任爲大將軍,讓出相位以待孟嘗君。　⑤太傅:官名。　⑥賫:同"齎",音咨,持物以賜人叫"賫"。　⑦文車二駟:"文車",繪有文采的車;"二駟",八匹馬。每四匹馬駕一輛車。此句猶言"文車兩乘"。　⑧服劍:佩劍。　⑨封書:封好了書信。⑩被於宗廟之祟:受到神的禍祟。　⑪沉於諂諛之臣:聽信讒臣的話。⑫"寡人不足爲也"二句:齊王自言:"我是不值得你顧念的,願你顧念先王的宗廟。"　⑬統:治理。　⑭立宗廟於薛:按,薛邑既有齊國先王的宗廟,齊王自然要派兵保護,這也是馮諼替孟嘗君出的主意,使薛邑不致受它國的侵擾。　⑮纖介:"介"同"芥"。"纖芥"猶言"絲毫",極言其小。〔以上是第三大段,寫馮諼爲孟嘗君經營"三窟"的經過。〕

(八)　顔斶説齊王貴士(齊策)

齊宣王見顔斶①曰:"斶前②。"斶亦曰:"王前。"宣王不悅。左右曰:"王,人君也;斶,人臣也;王曰'斶前',斶亦曰'王前',可乎?"

斶對曰:"夫斶前爲慕勢③,王前爲趨士④;與使斶爲慕勢,不如使王爲趨士。"王忿然作色曰:"王者貴乎?士貴乎?"對曰:"士貴耳,王者不貴｜"王曰:"有說乎?"斶曰:"有。昔者秦攻齊,令曰:'有敢去柳下季⑤壟⑥五十步而樵采者,死不赦｜'令曰:'有能得齊王頭者,封萬户侯,賜金千鎰⑦｜'由是觀之,生王之頭,曾不若死士之壟也。"宣王默然不悦。

左右皆曰:"斶來｜斶來｜大王據千乘之地,而建千石鍾、萬石簴⑧;天下之士,仁義皆來役處⑨;辯知⑩並進,莫不來語;東西南北,莫敢不來服;求萬物不備具⑪,而百姓無不親附。今夫士之高者,乃稱匹夫,徒步而處農畝;下則鄙野⑫,監門閭里;士之賤也亦甚矣。"斶對曰:"不然。斶聞古大禹之時,諸侯萬國。何則?德厚之道得,貴士之力也。故舜起農畝,出於野鄙,而爲天子。及湯之時,諸侯三千。當今之世,南面稱寡者乃二十四。由此觀之,非得失之策與⑬,稍稍誅滅⑭,滅亡無族之時,欲爲監門閭里,安可得而有乎哉?是故易傳不云乎,'居上位未得其實⑮,以喜其爲名者,必以驕奢爲行;据⑯慢驕奢,則凶必從之。'是故無其實而喜其名者削⑰;無德而望其福者約⑱;無功而受其禄者辱⑲:禍必握⑳｜故曰:'矜功不立㉑,虛願不至。'此皆幸樂其名華㉒,而無其實德者也。是以堯有九佐㉓,舜有七友㉔,禹有五丞㉕,湯有三輔㉖。自古及今,而能虛成名於天下者,無有;是以君王無羞亟問㉗,不媿下學㉘。是故成其道德,而揚功名於後世者,堯、舜、禹、湯、周文王是也。故曰:'無形者㉙,形之君也;無端者㉚,事之本也。'夫上見其原㉛,下通其流㉜,至聖明學㉝,何不吉㉞之有哉?老子曰:'雖貴必以賤爲本,雖高必以下爲基。是以侯王稱孤、寡、不穀,是其賤之本與㉟?’夫孤寡者，人之困賤下位也；而侯王以自謂，豈非下人而尊貴士㊱與?夫堯傳舜，舜傳禹，周成王任周公旦，而世世稱曰明主。是以明乎士之貴也｣”

宣王曰:“嗟乎，君子焉可侮哉｣寡人自取病㊲耳。及今聞君子之言，乃今聞細人之行㊳。願請受爲弟子。且顔先生與寡人游㊴，食必太牢㊵，出必乘車，妻子衣服麗都㊶。”顔斶辭去，曰:“夫玉生於山㊷，制則破焉；非弗寶貴矣，然太璞不完。士生乎鄙野，推選則祿焉㊸；非不得尊遂㊹也，然而形神不全。斶願得歸，晚食以當肉㊺，安步以當車㊻，無罪以當貴㊼，清静貞正以自虞㊽。制言者㊾，王也；盡忠直言者，斶也。言要道已備矣㊿，願得賜歸，安行而反臣之邑屋｣”則再拜而辭去也。

曰㈤:“斶知足矣，歸反璞㈥，則終身不辱也。”

①顔斶:齊國的隱士。“斶”音觸。　　②斶前:齊宣王命令顔斶走到自己的跟前來。　　③慕勢:貪慕權勢。　　④趨士:“趨”，急走，此處引申有“趕忙地接近”之意。此句言齊王如果走近顔斶，正足以表示國君的禮賢下士。　　⑤柳下季:魯之賢人，即柳下惠。他姓展名禽，字季，食采邑於“柳下”，謚惠。　　⑥壠:墳墓。　　⑦鎰:二十兩爲一鎰。　　⑧千石鍾、萬石簴:“石”，一百二十斤；“鍾”同“鐘”，樂器；“簴”一作“簨”，音巨，懸鐘的木架。此言齊王鑄造了一千石重的大鐘，還造了一萬石重的大鐘架。意指齊王對於禮樂是很重視的。　　⑨仁義皆來役處:“役”，爲齊王所用；“處”，居於齊王所封賜的職位。此言仁者義者都來爲齊王服務，並接受齊王所賜給的官職。　　⑩辯知:有口才的辯士、智者。“知”同“智”。　　⑪求萬物不備具:言凡尚未具備的萬物，齊王皆能求得到。一本作“求萬物無不備具”，亦通。　　⑫“下則鄙野”二句:上句，“鄙”，遠邑；“野”，郊外。下句，“監門”，守里門的役卒；“閭”、“里”，人民所聚居之

地，每二十五家稱"一閭"或"一里"。閭或里皆有巷，巷口有門，設一卒以守門，所以稱爲"監門閭里"。此二句大意是："更低下的人大都住在僻壤窮鄉，有的只不過是替老百姓看守里門的人。"　⑬非得失之策與："策"，謀略，主張；"與"同"歟"。此言"禹、湯之世，諸侯所以衆多，乃是行得士之策的緣故；而現在諸侯的數目愈來愈少，不正是因爲國君所行的都是失士之策麼？"　⑭稍稍誅滅："稍稍"，漸漸；"誅滅"，指諸侯被誅戮、被消滅。　⑮"居上位"三句：言在上位的人，假如不實行一些具體的辦法，只喜歡標榜虛名，那他們的行爲必然要驕傲奢侈。　⑯据：同"倨"，倨傲。　⑰削：指土地日益削減。　⑱"無德"句：不做好事而希望享福的，必然要遭到困窮窘迫。　⑲辱：蒙受侮辱。　⑳禍必握：猶言"禍必跟踪而至"。一說，"握"即"渥"，作"厚"解，指禍患必多。　㉑"矜功不立"二句：上句，言僅有好大喜功的野心是不能真正建功立業的；下句，只有主觀的空願望而不去實行，願望是無法實現的。　㉒幸樂其名華：只愛虛名和表面的浮誇。　㉓堯有九佐：指舜爲司徒，契爲司馬，禹爲司空，后稷爲田疇（農官），夔爲樂正，倕爲工師，伯夷爲秩宗（禮官），皋陶爲大理（司法官），益掌驅禽。　㉔舜有七友：指雄陶、方回、續牙、伯陽、東不訾、秦不虛、靈甫。　㉕禹有五丞：指益、稷、皋陶、垂、契。　㉖湯有三輔：指誼伯、仲伯、咎單。按，上述諸人，其名皆後人追記，是否可靠，已難深究，姑錄以備考而已。　㉗無羞亟問："亟"音器，屢次。此言不以屢次請教他人爲羞恥。　㉘不媿下學：不以向在下位的人學習爲慚愧。　㉙"無形者"二句："君"，主宰。按，以無形爲有形的主宰，是道家的說法。此指在上者應有高遠的預見性，必須在事物尚未萌芽之時有先見之明。　㉚"無端者"二句：凡事在尚未開端之際乃是萬事的根本。其義與上二句大致相同。　㉛上見其原：上能溯知事物的本源。㉜下通其流：下能通曉事物的流變。　㉝至聖明學："明學"，猶言"徹底學通"，所學之事即上文"上見其原"二句。此言最聖明的人應該把學問徹底搞通。　㉞不吉：指上文"削"、"約"、"辱"之禍。　㉟是其賤之本與:此連上文言:"侯王的地位雖高,而自稱甚賤,這就是他們懂得雖貴而應以賤爲根本的緣故吧?" ㊱下人而尊貴士:爲人君者自居人下而對士表示尊敬。 ㊲自取病:自討無趣。 ㊳細人之行:"細人",小人。意指不知貴士之道乃是小人的行爲。 ㊴游:交往。 ㊵太牢:一牛、一羊、一豕,三牲具備,叫做"太牢"。 ㊶麗都:華美。 ㊷"夫玉生於山"至"太璞不完":"制",同"製",指匠人的加工製造;"太璞",蘊藏着玉的石塊。此言璞玉生於山,經過匠人加工,把璞弄破,將玉取出,其價值並非不寶貴,然而最原始的面貌已不可復完。以喻賢人出仕,身分雖似提高,但其本色却已失去了。 ㊸推選則禄焉:由國君提拔録用,就可以得到禄位。 ㊹尊遂:尊貴,發達。 ㊺晚食以當肉:把飯吃得遲一點,雖然没有好吃的東西,可是因爲肚子餓了,吃起來滋味就香了,權算做吃肉一樣。 ㊻安步以當車:安閒地散步,權算做乘車。 ㊼無罪以當貴:不居官則不易得罪,也就權算做富貴了。 ㊽"清静"句:"清静",遠避塵囂,不受外物的干擾;"貞正",保持純正的節操;"虞"同"娱","自虞",猶言"自樂"。 ㊾"制言者"二句:命令我説話的人,是你。 ㊿言要道已備矣:大意是:"我的主要的意見已經都向你説得差不多了。" 51日:一本作"君子曰"。以下三句是作者對顔斶的評語。 52歸反璞:此言顔斶辭王而歸,恢復其本來的布衣的面目。

（九） 趙威后問齊使（齊策）

齊王①使使者問趙威后②,書未發③,威后問使者曰:"歲亦無恙耶④? 民亦無恙耶? 王亦無恙耶?"使不者悦,曰:"臣奉使使威后,今不問王而先問歲與民,豈先賤而後尊貴者乎?"威后曰:"不然。苟無歲何以有民? 苟無民何以有君? 故有舍本而問末者耶?"

乃進而問之曰:"齊有處士曰鍾離子⑤,無恙耶? 是其爲人也,有糧者亦食⑥,無糧者亦食;有衣者亦衣⑦,無衣者亦衣。是助王養

其民者也，何以至今不業⑧也？葉陽子⑨無恙乎？是其爲人：哀鰥
寡，卹孤獨，振⑩困窮，補不足。是助王息其民⑪者也，何以至今不
業也？北宮之女嬰兒子⑫，無恙耶？徹其環瑱⑬，至老不嫁，以養
父母。是其率民而出於孝情⑭者也，胡爲至今不朝⑮也？此二士
弗業，一女不朝，何以王齊國、子萬民⑯乎？於陵子仲⑰尚存乎？
是其爲人也，上不臣於王，下不治其家，中不索交諸侯⑱。此率民
而出於無用者，何爲至今不殺乎？”

①齊王：襄王子，名建。　②趙威后：趙惠文王的妻。　③書未
發：“書”，指齊王送給趙威后的書信；“未發”，未啓封。　④歲亦無恙
耶：“歲”，一年的收成；“無恙”，猶言“平安無事”。按，“恙”，相傳是一種
毒蟲。上古之人穴居爲生，時有此蟲爲患。故後世相沿，稱安全爲“無
恙”。　⑤鍾離子：齊國的處士。“鍾離”是複姓。　⑥“有糧者亦食”
二句：此言不論有糧食或沒糧食的人，鍾離子都給他們東西吃。“食”音
嗣。　⑦“有衣者亦衣”二句：意義與前二句相仿。言不論有衣服或沒
衣服的人，鍾離子都給他們衣服穿。“衣”讀去聲。　⑧不業：言不使其
在位以成更大的功業。　⑨葉陽子：也是齊國的處士。“葉”音涉。
⑩振：救濟。　⑪息其民：“息”，蕃殖。此句猶言“生其民”。　⑫“北
宮之女”句：“北宮”，複姓；“嬰兒子”，是這個姓北宮的女子的名字。她是
齊國有名的孝女。　⑬徹其環瑱：“徹”，除去；“環”，耳環或臂環；“瑱”，
音旬，一種玉製的裝飾品，用以填充耳部。此指嬰兒子不修飾打扮自己。
⑭率民而出於孝情：猶言“教民行孝”。　⑮不朝：按，古時女子爲命婦
始能入朝。此句猶言“爲什麼還不封嬰兒子爲命婦？”　⑯子萬民：
“子”，作動詞用。此句猶言“爲萬民的父母”。　⑰於陵子仲：“於陵”，
齊邑名，故城在今山東長清縣西。“於”音烏。“子仲”，齊人，一說是楚
人。按，孟子滕文公篇有一章論及齊人陳仲子，疑與“於陵子仲”不是同
一個人。　⑱索交諸侯：求交於諸侯。

（十）　江一對楚宣王（楚策）

荆宣王①問羣臣曰：“吾聞北方之畏昭奚恤②也，果誠何如？”羣臣莫對。江一③對曰：“虎求百獸而食之，得狐。狐曰：‘子無敢食我也！天帝使我長百獸④，今子食我，是逆天帝命也。子以我爲不信，吾爲子先行，子隨我後，觀百獸之見我而敢不走乎？’虎以爲然，故遂與之行；獸見之皆走。虎不知獸畏己而走也，以爲畏狐也。今王之地方五千里，帶甲百萬，而專屬之昭奚恤。故北方之畏奚恤也，其實畏王之甲兵也——猶百獸之畏虎也。”

①荆宣王：卽楚宣王，楚肅王之子，名良夫。　②北方之畏昭奚恤：“北方”，卽中原各諸侯之國；“昭奚恤”，楚之同姓，爲當時的名將。　③江一：魏人，有智謀，仕於楚。“一”，一本作“乙”。　④長百獸：做羣獸的領袖。

（十一）　鄭袖讒魏美人（楚策）

魏王遺楚王美人①，楚王悅之。夫人鄭袖②知王之悅新人也，甚愛新人：衣服玩好，擇其所喜而爲之；宮室臥具，擇其所善而爲之；愛之甚於王。王曰：“婦人所以事夫者，色也；而妒者，其情也。今鄭袖知寡人之悅新人也，其愛之甚於寡人；此孝子之所以事親，忠臣之所以事君也。”鄭袖知王以己爲不妒也，因謂新人曰：“王愛子美矣！雖然，惡子之鼻。子爲見王，則必掩③子鼻！”新人見王，因掩其鼻。王謂鄭袖曰：“夫新人見寡人，則掩其鼻，何也？”鄭袖曰：“妾知也。”王曰：“雖惡④，必言之。”鄭袖曰：“其似惡聞君王之臭也。”王曰：“悍哉！”令劓之，無使逆命⑤。

①"魏王"句: 按，楚懷王之世，魏歷襄王和哀王兩君，此處的"魏王"，當是襄王或哀王兩人中的一個。"遺"，讀去聲，贈送。"楚王"，即楚懷王，名槐。此句言魏王送給楚懷王一個美女。　　②鄭袖: 楚懷王妃。"袖"同"袖"。　　③掩: 同"掩"，用手遮掩。　　④"雖惡"二句: 即使是很醜惡的，你也一定要説出來。　　⑤無使逆命: 不許這個美人違拗楚王的意旨。

（十二）　莊辛説楚襄王（楚策）

莊辛①謂楚襄王②曰:"君王左州侯③，右夏侯，輦從④鄢陵君與壽陵君，專淫逸侈靡，不顧國政，郢都必危矣।"襄王曰:"先生老悖⑤乎？將以爲楚國祅祥⑥乎？"莊辛曰:"臣誠見其必然者也，非敢以爲國祅祥也，君王卒幸⑦四子者不衰，楚國必亡矣。臣請避於趙，淹留以觀之。"

莊辛去之趙，留五月，秦果舉鄢、郢、巫⑧、上蔡、陳之地。襄王流揜於城陽⑨。　於是使人發騶徵莊辛於趙⑩，莊辛曰:"諾"。

①莊辛: 楚人，楚莊王之後，故以"莊"爲姓氏。　　②楚襄王: 即楚之頃襄王，懷王之子，名橫。懷王誤信秦人之言，入秦不得歸。襄王立，不思報仇，而日親羣小，乃終於秦軍入郢之禍。　　③州侯、夏侯、鄢陵君、壽陵君: 此四人皆襄王寵臣。　　④輦從: 言襄王每乘輦出遊，則二人必從之。　　⑤老悖: 年老而頭腦胡塗。　　⑥祅祥: "祅"同"妖"。"妖祥"，猶言"妖孽"。楚襄王意謂莊辛乃是楚國不祥的人物。　　⑦卒幸: 始終寵幸。　　⑧巫: 地名，即今四川巫山縣。　　⑨襄王流揜於城陽: "流"，流亡；"揜"，困；"城陽"，即成陽，故城在今河南息縣西北。　　⑩使人發騶徵莊辛於趙: "發"，派遣；"騶"，音鄒，侍從車駕的騎卒；"徵"，召請。〔以上是第一大段，寫襄王不納忠言，幾遭亡國之禍。〕

　　莊辛至。襄王曰："寡人不能用先生之言,今事至於此,爲之奈何?"莊辛對曰："臣聞鄙語曰:'見兔而顧犬①,未爲晚也;亡羊而補牢②,未爲遲也。'臣聞昔湯、武以百里昌③,桀、紂以天下亡④。今楚國雖小,絕長續短⑤,猶以⑥數千里,豈特百里哉?

　　"王獨不見夫蜻蛉⑦乎?六足四翼,飛翔乎天地之間,俯啄蚊虻⑧而食之,仰承甘露而飲之,自以爲無患,與人無爭也;不知夫五尺童子,方將調飴膠絲⑨,加己乎四仞之上⑩,而下爲螻蟻食也。

　　"夫蜻蛉其小者也,黃雀因是以⑪。俯噣白粒⑫,仰棲茂樹,鼓翅奮翼,自以爲無患,與人無爭也;不知夫公子王孫,左挾彈,右攝丸,將加己乎十仞之上,以其類爲招⑬。晝游乎茂樹⑭,夕調乎酸鹹,倏忽之間⑮,墜於公子之手。

　　"夫雀其小者也,黃鵠⑯因是以。游乎江海,淹乎大沼⑰,俯噣鱔鯉⑱,仰嚙陵衡,奮其六翮而凌清風⑲,飄搖乎高翔,自以爲無患,與人無爭也;不知夫射者,方將修其碆盧⑳,治其矰繳,將加己乎百仞之上,被礛磻㉑,引微繳,折清風而抎矣㉒。故晝游乎江河,夕調乎鼎鼐㉓。

　　"夫黃鵠其小者也,蔡靈侯㉔之事因是以。南游乎高陂㉕,北陵乎巫山㉖,飲茹溪之流㉗,食湘波㉘之魚,左抱幼妾,右擁嬖女,與之馳騁乎高蔡㉙之中,而不以國家爲事;不知夫子發方受命乎宣王㉚,繫己以朱絲而見之也㉛。

　　"蔡靈侯之事其小者也,君王之事因是以。左州侯,右夏侯,輦從鄢陵君與壽陵君;飯封祿之粟㉜,而載方府之金㉝,與之馳騁乎雲夢之中,而不以天下國家爲事;不知夫穰侯方受命乎秦王㉞,填黽塞之內㉟,而投己乎黽塞之外。"

襄王聞之，顏色變作，身體戰慄。於是乃以執珪而授之爲陽陵君㊱，與淮北之地也㊲。

　　①“見兔而顧犬”二句：按，獵人捕兔，應先縱犬自往尋覓，最爲直捷；假如等看到兔子再去放犬，雖説爲時已遲，但並非毫無捕獲兔子的希望，所以説“未爲晚也”。　　②“亡羊而補牢”二句：“牢”是養羊的圈。此言羊雖破圈而逃亡，但事後修補牢圈，仍可善後，所以不算太遲。　　③湯、武以百里昌：此言商湯和周武王起初不過是百里小國的諸侯，却終於能昌盛起來。　　④桀、紂以天下亡：言夏桀和殷紂雖富有天下，却終於亡國。⑤絶長續短：猶言“截長補短”。此指把楚國所有的土地拼湊起來計算一下。　　⑥猶以：“以”作“有”解。　　⑦蜻蛉：卽蜻蜓。　　⑧虻：音盲，似蠅一類的飛蟲，口上有刺，喜螫牲畜。　　⑨調飴膠絲：“飴”音移，粘性的膠液。此言把膠液調好，塗在絲上，繫以長竿，可以粘取飛蟲。　　⑩加己乎四仞之上：八尺爲“仞”（一説，七尺爲“仞”）。此言蜻蜓正在離地面四仞以上的空中飛着，却被膠絲加於其身。　　⑪黃雀因是以：“黃雀”，小鳥。“因”，猶；“以”同“已”；“因是以”猶言“也是如此”（用王引之説，見經傳釋詞）。　　⑫俯噣白粒：“噣”同“啄”；“白粒”指米粒。　　⑬以其頸爲招：“招”，目的物。（呂氏春秋本生篇：“萬人操弓，共射一招。”）此言公子王孫以黃雀之同類爲其彈射的目的物（用王念孫説）。　　⑭“晝游乎茂樹”二句：白天還在茂密的叢林中游玩，晚上就被人捕去，調以酸鹹的作料當菜吃了。　　⑮“倏忽之間”二句：“倏忽”，猶言“一刹那”，極言時間的迅速短暫。據王念孫的説法，此二句是衍文，因上文已言“夕調乎酸鹹”，是其身已被烹，自不必再言“墜於公子之手”云云了。　　⑯黃鵠：卽天鵝，似雁而大，能高飛而鳴聲甚大。　　⑰淹乎大沼：“淹”，休息；“大沼”，大水池。此言黃鵠在大沼邊休息。　　⑱“俯噣鱔鯉”二句：上句，“鱔鯉”，黃鱔和鯉魚。下句，“噛”音嚼，咬；“蔆”同“菱”，卽菱角；“衡”卽“荇”，水草。　　⑲“奮其六翮”句：“翮”，音核，羽毛的大莖；“淩”，駕，乘。

此言黃鵠鼓翼乘風而高飛。　　⑳"修其筈盧"二句: 上句, "修", 整治；"筈", 應作"嵞", 音波, 一種石鏃的箭；"盧"即"玈", 黑色的弓。下句, "治"與上文的"修"同義；"熘繳", 帶繩的箭。　　㉑"被剴磻"二句: 上句, "被", 受到；"剴"音喊, 銳利；"磻"同"嵞"。此言黃鵠被銳利的石鏃射中了。下句, 指黃鵠被帶繩的箭所射中, 所以拖着輕微的繩繳。　　㉒"折清風"句: "折", 逆；"扡"同"隄"。此言黃鵠自空中逆風而墜。　　㉓鼎鼐: "鼎", 盛肴饌的器具；；"鼐", 鼎之大者。　　㉔蔡靈侯: 名般, 蔡景侯子, 弒父而自立。魯昭公十一年, 楚靈王誘殺之於申, 見左傳。　　㉕高陂: 猶言"高丘"。　　㉖北陵乎巫山: "陵", 升, 登；"巫山", 山名, 在四川巫山縣東。　　㉗飲茹溪之流: "飲", 指飲馬；"茹溪", 水名, 在巫山縣北。㉘湘波: 卽湘水, 在今湖南省, 流注洞庭湖。　　㉙高蔡: 卽今河南上蔡縣。　　㉚子發方受命乎宣王: "子發", 楚大夫；"宣王", 應作靈王。按左傳所載, 受楚靈王之命圍蔡者是公子棄疾而非子發。　　㉛"繫己"句: 此言把蔡靈侯用紅繩縛住, 帶去見楚王。　　㉜飯封祿之粟: "飯", 吃；"封祿之粟", 指從采邑所取得的穀物。　　㉝載方府之金: "方府之金", 四方所貢, 納於國庫之金；"載", 指載金於楚王出游的車中。　　㉞穰侯方受命乎秦王: "穰侯", 秦昭王母宣太后之弟, 姓魏名冉, 封於穰(故城在今河南鄧縣東南), 故號穰侯。"秦王", 秦昭王。　　㉟"填黽塞之內"二句: 上句, "填", 指充滿軍隊；"黽塞", 卽河南的平靖關(詳前左傳吳楚柏舉之戰篇註)；下句, "投", 本作"擲"解, 引申有"排擠"之意。按, 白起破楚, 兵入黽塞而南拔郢都, 故言"內"；楚王被迫出奔至成陽, 在黽塞之北, 故言"外"。　　㊱陽陵君: 莊辛的封號。　　㊲與淮北之地也: 此句疑有誤。新序載此事說: "(襄王)乃封莊辛爲成陵君, 而用計焉, 與舉淮北之地。"當是楚王用莊辛之計, 重新收復淮北之地。〔以上是第二大段, 寫莊辛用層層譬喻, 諷諫襄王寵幸小人、荒淫奢侈之害。〕

（十三）　不死之藥（楚策）

有獻不死之藥於荊王①者，謁者操以入。中射之士②問曰：
"可食乎？"曰："可。"因奪而食之。王怒，使人殺中射之士。中射之
士使人說王曰："臣問謁者，謁者曰：'可食。'臣故食之。是臣無罪，
而罪在謁者也。且客獻不死之藥，臣食之而王殺臣，是死藥也。王
殺無罪之臣，而明人之欺王。"王乃不殺。

①荊王：卽楚王，當是頃襄王。　②中射之士：官名。善射之人而
在宮中負責保衛者。

（十四）　魏加諫春申君（楚策）

天下合從①，趙使魏加②見楚春申君③曰："君有將乎？"曰：
"有矣，僕欲將臨武君④。"魏加曰："臣少之時好射，臣願以射譬之，
可乎？"春申君曰："可。"加曰："異日者⑤，更羸⑥與魏王處京臺⑦
之下，仰見飛鳥。更羸謂魏王曰：'臣爲王引弓虛發而下鳥。'魏王
曰：'然則射可至此乎？'更羸曰：'可。'有間⑧，鴈從東方來，更羸以
虛發而下之。魏王曰：'然則射可至此乎？'更羸曰：'此孽⑨也。'王
曰：'先生何以知之？'對曰：'其飛徐而鳴悲。飛徐者，故瘡痛也；鳴
悲者，久失羣也。故瘡未息⑩而驚心未去也，聞弦音，引而高飛，故
瘡隕也⑪。'今臨武君嘗爲秦孽⑫，不可爲拒秦之將也。"

①合從：六國聯合而抗秦叫"合從"。"從"同"縱"。　②魏加：趙
人。　③春申君：姓黃名歇，當時爲楚國的宰相，是戰國時有名的四公
子之一。"春申君"是封號。　④臨武君：姓名不詳。　⑤異日者：從
前，昔日。　⑥更羸：假託的人名。"羸"音累平聲。　⑦京臺：高臺。

⑧有間: 過了一會兒。　⑨蘖: 同"枿",本指植物被砍伐以後重新萌發的嫩弱枝芽,此處引申爲尚未復元的隱傷。　⑩息: 平息,痊愈。　⑪故瘡隙也: 由於牽動了舊的創傷而墜落下來。　⑫嘗爲秦蘖: 意指此人曾被秦兵打敗過,對秦非常胆怯。

(十五)　魯仲連義不帝秦(趙策)

秦圍趙之邯鄲①,魏安釐王②使將軍晉鄙③救趙,畏秦,止於蕩陰④,不進。

魏王使客將軍辛垣衍⑤,間人⑥邯鄲,因平原君謂趙王曰⑦: "秦所以急圍趙者: 前與齊湣王爭強爲帝⑧,已而復歸帝,以齊故; 今齊湣王已益弱⑨,方今惟秦雄天下,此非必貪邯鄲,其意欲求爲帝。趙誠發使尊秦昭王爲帝⑩,秦必喜,罷兵去。"平原君猶豫未有所決。

此時魯仲連⑪適游趙,會秦圍趙,聞魏將欲令趙尊秦爲帝,乃見平原君曰: "事將奈何矣?"平原君曰: "勝也何敢言事! 百萬之衆折⑫於外,今又内圍邯鄲而不能去⑬,魏王使客將軍辛垣衍令趙帝秦,今其人在是。勝也何敢言事!"魯連曰: "始吾以君爲天下之賢公子也,吾乃今然後知君非天下之賢公子也。梁客辛垣衍安在? 吾請爲君責而歸之。"

平原君遂見辛垣衍曰: "東國有魯連先生,其人在此,勝請爲紹介而見之於將軍。"辛垣衍曰: "吾聞魯連先生,齊國之高士也。衍,人臣也,使事有職,吾不願見魯連先生也。"平原君曰: "勝已泄之⑭矣。"辛垣衍許諾。

①秦圍趙之邯鄲: 事在趙孝成王八年,即周赧王五十七年(公元前二

五八年)。"邯鄲",在今河北省南部,是當時趙國的首都。　　②魏安釐
王:魏昭王之子,名圉。"釐"應讀爲"僖"。　　③晉鄙:魏國的大將。按,
晉鄙救趙事詳史記魏公子列傳。　　④蕩陰:地名,卽今河南湯陰縣,是
當時趙、魏兩國交界之處。　　⑤客將軍辛垣衍:"辛垣"是姓,"衍"是名。
此人是他國人仕於魏者,故稱"客將軍"。　　⑥閒入:伺機從小路進入。
⑦"因平原君"句:"平原君",趙武靈王之子,名勝,爲戰國時有名的四公
子之一,時爲趙相。"趙王",卽趙孝成王,名丹。　　⑧"前與"三句:按周
赧王二十七年(公元前二八八年),齊湣王稱東帝,秦昭王稱西帝。後蘇
代說齊湣王廢去帝號,湣王從之,秦亦終止稱帝。"已而復歸帝",卽指秦
不久就把帝號去掉。　　⑨今齊湣王已益弱:按,周赧王三十一年(公元
前二八四年),秦、韓、魏、燕、趙五國伐齊,湣王大敗。至秦圍邯鄲時,湣
王已死。故此句或謂應解爲"今齊國之勢比起湣王時來已更加危弱了"。
錄以備考。　　⑩尊秦昭王爲帝:按,此當是後人追記,因辛垣衍說此話
時昭王尚在,不得稱諡。　　⑪魯仲連:齊國的高士。生平不仕於諸侯,
而最喜排難解紛,故爲後世所稱。一稱魯連。　　⑫折:損傷。　　⑬去:
指退敵。　　⑭泄之:言已將辛垣衍在趙之事洩露於魯仲連了。〔以上是
第一大段,寫辛垣衍說趙帝秦的原委及魯仲連之求見辛垣衍。〕

　　魯連見辛垣衍而無言。辛垣衍曰:"吾視居此圍城之中者,皆
有求於平原君者也;今吾視先生之玉貌,非有求於平原君者,曷爲
久居若① 圍城之中而不去也?"魯連曰:"世以鮑焦無從容而死
者②,皆非也。今衆人不知③,則爲一身。彼秦者,棄禮義而上首
功④ 之國也,權使其士⑤,虜使其民⑥;彼則肆然⑦ 而爲帝,過而遂
正於天下⑧,則連有赴東海而死矣,吾不忍爲之民也! 所爲見將軍
者,欲以助趙也。"辛垣衍曰:"先生助之奈何?"魯連曰:"吾將使梁
及燕助之,齊、楚則固助之矣。"辛垣衍曰:"燕則吾請以從矣⑨; 若
乃梁,則吾乃梁人也,先生惡能使梁助之耶?"魯連曰:"梁未睹秦稱

帝之害故也。使梁睹秦稱帝之害，則必助趙矣。"辛垣衍曰："秦稱帝之害將奈何？"魯仲連曰："昔齊威王嘗爲仁義矣⑨，率天下諸侯而朝周，周貧且微，諸侯莫朝，而齊獨朝之。居歲餘，周烈王崩，諸侯皆弔，齊後往。周怒，赴於齊⑩曰：'天崩地坼⑪，天子下席⑫，東藩之臣田嬰齊後至，則斮之⑬。'威王勃然怒曰：'叱嗟⑭，而母，婢也⑮。'卒爲天下笑⑯。故生則朝周⑰，死則叱之，誠不忍其求也。彼天子固然⑱，其無足怪。"

辛垣衍曰："先生獨未見夫僕⑲乎？十人而從一人者，寧力不勝、智不若耶？畏之也。"魯仲連曰："然梁之比於秦，若僕耶⑳？"辛垣衍曰："然。"魯仲連曰："然吾將使秦王烹醢梁王㉑。"辛垣衍怏然㉒不悅，曰："嘻，亦太甚矣，先生之言也。先生又惡能使秦王烹醢梁王？"魯仲連曰："固也㉓。待吾言之：

"昔者鬼侯、鄂侯、文王㉔，紂之三公㉕也。鬼侯有子而好㉖，故入㉗之於紂，紂以爲惡，醢鬼侯；鄂侯爭之急，辨之疾，故脯㉘鄂侯；文王聞之，喟然而歎，故拘之於牖里之庫百日㉙，而欲舍之死㉚。曷爲與人俱稱帝王㉛，卒就脯醢之地也？

"齊閔王㉜將之魯，夷維子執策而從㉝，謂魯人曰：'子將何以待吾君？'魯人曰：'吾將以十太牢待子之君。'夷維子曰：'子安取禮而來待吾君㉞？彼吾君者，天子也。天子巡狩，諸侯辟舍㉟，納于筦鍵㊱，攝衽抱几㊲，視膳於堂下㊳；天子已食㊴，退而聽朝也。'魯人投其籥不果納㊵，不得入於魯。將之薛，假涂於鄒㊶。當是時，鄒君死，閔王欲入弔。夷維子謂鄒之孤㊷曰：'天子弔，主人必將倍殯柩㊸，設北面於南方，然後天子南面弔也。'鄒之羣臣曰：'必若此，吾將伏劍而死。'故不敢入於鄒。鄒、魯之臣，生則不得事養㊹，死則不得飯含，然且欲行天子之禮於鄒、魯之臣，不果納。今秦萬乘之國，梁亦萬乘之國；俱據萬乘之國，交有稱王之名㊺。睹其一戰而勝，欲從而帝之，是使三晉之大臣，不如鄒、魯之僕妾也。

“且秦無已而帝㊻，則且變易諸侯之大臣，彼將奪其所謂不肖而予其所謂賢，奪其所憎而與其所愛；彼又將使其子女讒妾㊼，爲諸侯妃姬，處梁之宮，梁王安得晏然㊽而已乎？而將軍又何以得故寵㊾乎？”

於是辛垣衍起，再拜謝曰：“始以先生爲庸人，吾乃今日而知先生爲天下之士也！吾請去，不敢復言帝秦！”

秦將聞之，爲却軍五十里。適會魏公子無忌㊿奪晉鄙軍以救趙擊秦，秦軍引而去。

①若：作“此”解（用王念孫說）。　②“世以鮑焦”二句：“鮑焦”，周時隱者，相傳因痛恨時艱，抱木而死；“從容”，指胸襟寬大，有雅量；“無從容”猶言“器度狹小”。此二句大意是：“世人以爲鮑焦是由於器度狹小而憂死，這些人的看法都是不正確的。”　③“今衆人不知”二句：此與上二句爲對文。上二句言鮑焦所憂者大，故不惜一死；此二句則言現在一般人沒有什麼知識，只知爲自己一身打算。意指大多數的人不懂得反對不合理的事情。　④上首功：“上”同“尚”，崇尚，注重；“首功”，指戰功。按，秦國的制度，爵二十級，斬得敵人一個頭顱，即賜爵一級。所謂“尚首功”，即鼓勵以多殺人爲立功。　⑤權使其士：以權詐之術對待有知識的人。　⑥虜使其民：“虜”，俘虜，古代以俘虜爲奴隸；此言把人民當做奴隸使用。　⑦肆然：猶言“放肆地”、“無所忌憚地”。　⑧過而遂正於天下：“過”，不幸；“正”同“政”，此句指用政治的力量來控制、統治天下。此連上文言“秦王如果無所忌憚地自立爲帝，不幸而竟控制了整個的天下”。　⑨燕則吾請以從矣：大意是：“燕國麼，那我相信他是會聽從你

的。"　　⑩赴於齊："赴"卽"訃"，發出喪事的通知叫"訃告"。此言周人把烈王(名喜)的死訊告知齊國。　　⑪天崩地坼："坼"猶"裂"。此以天崩地裂喻周王之死。　　⑫天子下席："天子"指繼承烈王的新君(卽周顯王，名扁)；"下席"指孝子守孝時離開宮室，寢於苫(音掀，草名)席之上。⑬則斮之："斮"音捉，斬殺。此言齊威王後至，應該受斬頭之刑。　　⑭叱嗟：怒斥聲。　　⑮而母，婢也："而"同"汝"。此言烈王的母親不過是個侍婢。這是齊威王鄙視周王的謾罵之詞。　　⑯卒爲天下笑：終於被天下人所譏笑。按，齊威王對周王先恭後倨，正說明其尊重天子原非出於敬意，一旦偶態畢露，自然成爲笑柄。　　⑰"故生則朝周"三句：此言齊威王所以在周王生時則朝拜之，死後則斥罵之，實因忍受不了周王對他苛求的緣故。言外指周室雖已衰微，可是還要擺出天子的威勢來；今秦本卽强大，一旦稱帝，當然會更加欺淩諸侯了。　　⑱"彼天子固然"二句：此言凡爲天子者本來就可以這樣作威作福，並不足奇怪。言外指奉秦爲帝是後患無窮的。　　⑲僕：奴僕。　　⑳"然梁"二句：上句的"然"下省略了一個"則"字。此言"那麼梁國同秦國相比，就象僕人一樣麼？"㉑"然吾"句：此句"然"下亦省略了一個"則"字。"烹醢"，指置人於死地。"醢"音海，剁肉成醬。　　㉒快然：猶言"恨然"，不滿意之貌。　　㉓固也："固"，當然。　　㉔"昔者鬼侯"句："鬼侯"等三人，皆紂時的諸侯。"鬼侯"，史記作"九侯"，其封地在今河南臨漳縣境；"鄂侯"，其封地在今山西寧鄉縣境；"文王"，卽周文王，姓姬名昌。　　㉕三公："公"卽諸侯；"三公"猶言"三位諸侯"。　　㉖有子而好："子"卽"女"；"好"，美。此句猶言"有女而美"。　　㉗入：進獻。　　㉘脯：乾肉。此處作動詞用，言把鄂侯的屍體做成肉乾。　　㉙"故拘之"句："牖里"，一作"羑里"("羑"音有)，今河南湯陰縣北有羑城，卽其地。"庫"，監獄。此言把文王拘禁在牖里獄中，囚了一百天。　　㉚舍之死："舍"作"置"解；此言紂欲置文王於死地。　　㉛"曷爲與人"二句：此二句的主語是"梁國"，"人"指"秦"。此言"梁和秦本來都是稱王的平等國家，現在梁國何苦自甘下風，情願居於被秦國宰割的地位呢？"　　㉜齊閔王：卽齊湣王。　　㉝"夷維子"句："夷維子"，齊人，以邑爲姓氏。"夷維"，地名，卽今之山東濰縣。"策"，馬鞭。此言夷維子爲湣王的侍從。　　㉞"子安取禮"句：大意是："你這是根據什麼禮節來款待我們的國君呢？"按，魯人以十太牢待齊王，原是款待諸侯之禮，而夷維子却要魯人以天子之禮接待湣王，故提出質問。㉟諸侯辟舍："辟"同"避"。天子到了諸侯的國中，諸侯應離開自己的宮室而避居於外。　　㊱納于筦鍵："筦"同"管"，"管鍵"卽開鎖簧的鑰匙。此言諸侯應將鎖鑰繳納給天子。　　㊲攝衽抱几：諸侯撩起衣襟，親自捧着几案。　　㊳視膳於堂下：天子在堂上吃飯，諸侯應侍立於堂下伺候着。　　㊴"天子已食"二句：等天子吃過飯，諸侯才能退歸自己的朝廷去聽政辦公。　　㊵魯人投其籥不果納："籥"同"鑰"，"投鑰"指閉關下鎖；"不果納"，拒絕齊湣王入境。　　㊶假涂於鄒："涂"同"途"，"假途"卽"借道"。"鄒"，小國名，其地卽今山東鄒縣。　　㊷孤：指已故鄒君之子。按，父死則子稱爲"孤"。　　㊸"主人"三句：按，古代以坐北向南爲正位，故國君停放靈柩，都在北面。如以天子弔諸侯，則天子應坐北面南，居於正位，所以必須把諸侯的棺柩從坐北向南的方位移到坐南向北的方位去，好讓天子面向南而弔。此三句就是指這個意思。第一句，"倍"同"背"，言把棺柩移到相反的方位去；第二句，言將南方做爲北方，把靈柩停放在坐南向北的方位。　　㊹"生則不得事養"二句："事養"猶言"侍奉"；"飯含"，人死以後，將米置於死人口中叫作"飯"（音反），將玉置於死人口中叫作"含"。此言當時鄒、魯國勢已極微弱，大臣對於君父，生時不能侍奉盡禮；君父死後，也無力置備飯含之物。　　㊺交有稱王之名："交"，猶"互相"、"彼此"。　　㊻且秦無已而帝：此言如果秦王還欲不已，終於自立爲帝。　　㊼讒妾：指巧言善佞，專門毀賢嫉能的妾婦。　　㊽晏然：平安無事。　　㊾得故寵：保持原有的寵幸。　　㊿魏公子無忌：卽信陵君，是魏昭王的少子，安釐王的異母弟；亦戰國時著名的四公子之一。按，無忌救趙事詳見史記魏公子列傳。〔以上是第二大段，寫魯仲連

反覆申述帝秦之害，終於説服了辛垣衍。〕

於是平原君欲封魯仲連，魯仲連辭讓者三，終不肯受。平原君乃置酒，酒酣，起，前①，以千金爲魯連壽②。魯連笑曰：“所貴於天下之士者，爲人排患、釋難、解紛亂而無所取也；即有所取者，是商賈之人也，仲連不忍爲也。”遂辭平原君而去，終身不復見。

①前：走到魯仲連面前。　　②“以千金”句：“壽”，以金帛贈人做爲祝福。此言平原君以千金餽贈魯連，以爲謝儀。〔以上是第三大段，寫魯仲連在事成後不居功受賞的崇高表現。〕

（十六）　觸讋説趙太后（趙策）

趙太后新用事①，秦急攻之。趙氏求救於齊。齊曰：“必以長安君②爲質，兵乃出。”太后不肯，大臣强諫；太后明謂左右：“有復言令長安君爲質者，老婦③必唾其面！”

左師觸讋願見太后④。太后盛氣而揖之⑤。入而徐趨，至而自謝⑥，曰：“老臣病足，曾不能疾走，不得見久矣，竊自恕⑦，而恐太后玉體之有所郄⑧也，故願望見太后。”太后曰：“老婦恃輦而行⑨。”曰：“日食飲得無衰⑩乎？”曰：“恃粥耳。”曰：“老臣今者⑪殊不欲食。乃自强步⑫，日三四里，少益嗜食⑬，和於身⑭。”太后曰：“老婦不能。”太后之色少解。

左師公曰：“老臣賤息⑮舒祺，最少，不肖，而臣衰，竊愛憐之，願令得補黑衣之數⑯，以衛王宫。没死以聞⑰！”太后曰：“敬諾！年幾何矣？”對曰：“十五歲矣；雖少，願及未填溝壑而託之⑱。”太后曰：“丈夫⑲亦愛憐其少子乎？”對曰：“甚於婦人。”太后笑曰：“婦人異甚⑳！”對曰：“老臣竊以爲媪之愛燕后㉑，賢㉒於長安君。”曰：

"君過矣,不若長安君之甚!"左師公曰:"父母之愛子,則爲之計深遠。媪之送燕后也,持其踵爲之泣㉓,念悲其遠也㉔,亦哀之矣;已行,非弗思也,祭祀必祝之,祝曰:'必勿使反㉕!'豈非計久長、有子孫相繼爲王也哉㉖?"太后曰:"然。"

左師公曰:"今三世以前,至於趙之爲趙㉗,趙主之子孫侯者㉘,其繼有在者乎?"曰:"無有。"曰:"微獨趙㉙,諸侯有在者乎?"曰:"老婦不聞也㉚。""此其近者禍及身,遠者及其子孫;豈人主之子孫則必不善哉㉛!位尊而無功,奉厚而無勞,而挾重器多也。今媪尊長安君之位,而封之以膏腴之地㉜,多予之重器,而不及今令有功於國;一旦山陵崩㉝,長安君何以自託於趙㉞?老臣以媪爲長安君計短也,故以爲其愛不若燕后。"太后曰:"諾,恣㉟君之所使之!"於是爲長安君約車百乘,質於齊,齊兵乃出。

子義㊱聞之,曰:"人主之子也,骨肉之親也,猶不能恃無功之尊,無勞之奉,而守金玉之重也,而況人臣乎?"

①趙太后新用事:"趙太后",卽惠文王妻趙威后;"用事",執政。時惠文王新卒,子孝成王立,年少,故由威后執政。　②長安君:威后最小的兒子。　③老婦:威后自稱。　④左師觸聾願見太后:據舊説,"左師",官名;"觸聾",人名,"聾"音折。但據王念孫考證,此句應從史記趙世家作"左師觸龍言願見太后",意謂"有個名叫觸龍的,聲言要想見太后"。今按,這兩種解釋可以並存。　⑤揖之:據王念孫考證,"揖"是"胥"字的傳寫之誤。"胥"同"須",等待着。　⑥謝:謝罪。　⑦竊自恕:自己原諒自己。　⑧有所郄:"郄"應作"郤",音隙,作"勞倦"解。此言恐太后的身體勞倦而不舒適。　⑨恃輦而行:"恃",仗恃,憑藉;"輦",國君乘的車。此言太后兩足行走不便,只能仗恃着乘輦代步。　⑩衰:減少。　⑪今者:近來。　⑫强步:勉强走路。　⑬少益嗜食:

稍進一點自己所嗜愛的食物。　　⑭和於身：使身體舒適。　　⑮賤息：
"息"，子。此是對自己的兒子的謙稱。　　⑯願令補黑衣之數：按，王宮衛
士都穿黑衣，此處的"黑衣"即做爲"衛士"的代稱。此言希望通過太后的
情面，能把自己的兒子補入王宮衛士的隊伍中。　　⑰没死以聞："没死"
猶"昧死"。言昧着死罪把這話説給太后聽。　　⑱"願及"句：意謂趁此時
自己還没有死，把兒子的事囑託太后。　　⑲丈夫：猶言"男子"。　　⑳婦
人異甚，言女子之愛憐少子，特別與衆不同。　　㉑"老臣竊以爲'句：
"媪"音襖，對老年婦女的敬稱。"燕后"，趙威后的女兒，嫁於燕國。
㉒賢：勝過。　　㉓"持其踵"句：女兒遠嫁，登車之後，母親持其足踵而
哭，表示惜別。　　㉔念悲其遠也：心裏惦念着她，傷心她遠嫁於外。
㉕必勿使反：一定不要讓她回來。按，古代諸侯女出嫁，只有被廢或國
滅，才返回本國。所以威后在祭祀時祝燕后不要回來。　　㉖"豈非計久
長"句：大意是："你豈不是考慮得很遠，希望燕后的子孫能世世代代繼承
王位嗎？"　　㉗至於趙之爲趙：此指趙肅侯時，趙國開始由大夫之家成
爲萬乘之國。　　㉘"趙主"二句：言"趙國每一代國君的子孫，凡受封爲
侯的，他們的後嗣還有存在的麽？"　　㉙"微獨趙"二句：大意是："不僅
是趙國，就是其它的諸侯的子孫受封的，還有存在的麽？"　　㉚老婦不
聞也：我也没有聽説還有存在的。太后的話止於此句，以下的話是左師
説的。　　㉛"豈人主之子孫"句至"挾重器多也"：此言並非人主的子孫
都不好，而是由於他們的地位尊顯而没有功勛，待遇優厚而没有勞績，又
擁有大量的貴重寶物，於是他們終不免得禍，以至於亡身絶嗣。　　㉜膏
腴之地：即肥美的土地。　　㉝一旦山陵崩：喻威后一旦死去。　　㉞何
以自託於趙："自託"，指自託其身。　　㉟恣：任憑。　　㊱子義：趙之
賢士。

（十七）　季梁諫魏王攻邯鄲（魏策）

魏王①欲攻邯鄲。季梁②聞之，中道而反③：衣焦不申④，頭

塵不去⑤，往見王曰：“今者臣來，見人於大行⑥，方北面而持其駕⑦，告臣曰：‘我欲之⑧楚。’臣曰：‘君之楚，將奚爲北面？’曰：‘吾馬良।’臣曰：‘馬雖良，此非楚之路也。’曰：‘吾用多⑨।’臣曰：‘用雖多，此非楚之路也。’曰：‘吾御者善।’此數者愈善，而離楚愈遠耳。今王動欲成霸王⑩，舉欲信於天下⑪；恃王國之大，兵之精銳，而攻邯鄲，以廣地尊名⑫。 王之動愈數⑬，而離王愈遠耳。猶至楚而北行也。”

①魏王：卽安釐王圉。　　②季梁：魏人。　　③中道而反：半路折返。按，此事的前因後果和發生的年代，以及季梁的生平，都已無考了。④衣焦不申：“焦”，皺縮；“申”同“伸”，伸展。　　⑤頭塵不去：頭上的塵土都來不及除去。“去”一本作“浴”。　　⑥大行：大路。　　⑦持其駕：用手持着馬韁繩，駕着車。　　⑧之：往，去到。　　⑨吾用多：“用”，資用，指川資，路費。　　⑩霸王：指霸業、王業。“王”讀去聲。　　⑪舉欲信於天下：一舉一動都要取信於天下之人，使衆望有所歸。一說，“信”應解作“伸”，疑非是。　　⑫廣地尊名：擴充土地，抬高聲望。　　⑬“王之動”二句：上句，“數”音朔，頻繁；下句，“王”，讀去聲。此言魏王這種不合理的行動愈多，距離成王業的機會愈遠。

（十八）　唐且爲安陵君劫秦王（魏策）

秦王①使人謂安陵君②曰：“寡人欲以五百里之地易安陵，安陵君其許寡人।”安陵君曰：“大王加惠，以大易小，甚善；雖然，受地於先王，願終守之，弗敢易।”秦王不悅。安陵君因使唐且③使於秦。

秦王謂唐且曰：“寡人以五百里之地易安陵，安陵君不聽寡人，何也？且秦滅韓亡魏，而君以五十里之地存者，以君爲長者④，故

不錯意也。今吾以十倍之地，請廣於君⑤，而君逆寡人者，輕寡人
與？"唐且對曰："否，非若是也。安陵君受地於先王而守之，雖千里
不敢易也，豈直⑥五百里哉？"

秦王怫然⑦怒，謂唐且曰："公亦嘗聞天子之怒乎？"唐且對曰：
"臣未嘗聞也。"秦王曰："天子之怒，伏屍百萬，流血千里。"唐且曰：
"大王嘗聞布衣之怒乎？"秦王曰："布衣之怒，亦免冠徒跣⑧，以頭
搶地爾。"唐且曰："此庸夫之怒也，非士之怒也。夫專諸之刺王
僚⑨也，彗星襲月⑩；聶政之刺韓傀⑪也，白虹貫日⑫；要離之刺慶
忌⑬也，倉鷹擊於殿上⑭。此三子者，皆布衣之士也，懷怒未發，休
祲降於天⑮，與臣而將四矣⑯。若士必怒，伏屍二人⑰，流血五步，
天下縞素⑱，今日是也。"挺劍而起。

秦王色撓⑲，長跪⑳而謝之曰："先生坐！何至於此！寡人諭㉑
矣：夫韓、魏滅亡，而安陵以五十里之地存者，徒以有先生也。"

①秦王：即秦始皇嬴政。按，秦滅韓在始皇十七年(公元前二三〇)，
亡魏在始皇二十二年(公元前二二五)，故此文所記之事，當在二十二年
之後。　②安陵君："安陵"，小國名，本爲魏之附庸國，其地在今河南鄢
陵縣西北。"安陵君"，即此小國的國君。　③唐且：人名。"且"音租。
按，戰國時名叫唐且的人有好幾個，並非一人。　④"以君爲長者"二
句：上句，言安陵君是個忠厚老成的長者；下句，"不錯意"，猶"不置意"，
今言"不加注意"。　⑤請廣於君："廣"，擴充。言用五百里地換五十里
地，爲的是給安陵增加土地。按，此語無非是一種辭令，秦王實際是要吞
併安陵的。　⑥豈直：豈但。　⑦怫然：變色而怒之貌。　⑧"亦免
冠徒跣"二句：上句，"跣"音先上聲，"徒跣"，即赤足；下句，"搶"，觸。此
二句大意是："不過是除掉帽子，赤了腳，用頭觸地而已。"　⑨專諸之
刺王僚："王僚"是吳王壽夢第三子夷昧之子。當時壽夢長子諸樊之子公

子光思殺僚自立,乃因伍子胥之薦,重用勇士專諸,藏匕首於魚中,刺殺王僚。事見左傳昭公二十七年及史記刺客列傳。　⑩慧星襲月:"彗星",星後曳長尾如帚,俗名掃帚星。此言專諸刺王僚時,感應上天,竟使彗星掃及月亮。　⑪聶政之刺韓傀:"聶政",齊人,爲韓大夫嚴仲子所知,仲子與韓相傀(一名俠累)有仇,聶政乃殺傀。事見戰國策韓策及史記刺客列傳。　⑫白虹貫日:一道白氣上貫日光。按,此亦寫因人事而引起天變的景象。　⑬要離之刺慶忌:"慶忌",王僚之子。吳王闔廬(即公子光)即位之後,欲殺慶忌,勇士要離乃詐得罪於吳,令吳王焚其妻子,走見慶忌,終將慶忌刺死。事見吳越春秋。　⑭倉鷹擊於殿上:"倉"同"蒼"。此言要離刺慶忌時,突有蒼鷹飛撲於殿上。　⑮休祲降於天:"休",祥;"祲"音寖,作"氛"解,即"氣"。此言上述三人所行之事可歌可泣,精氣上感於天,因而使天降示徵兆。　⑯與臣句:專諸、要離、聶政加上唐且自己,將成爲四個人了。唐且意指自己將效法那三人,要刺殺秦王。　⑰伏屍二人:如刺死秦王,則唐且亦必不免一死,故言"伏屍二人"。　⑱天下縞素:言秦王如果死去,則天下的臣民都將爲他穿白掛孝。"縞素"本爲白色的絲織品,此處指穿孝。　⑲色撓:"撓",屈。言秦王被唐且所逼,氣餒受到挫折,面色沮喪。　⑳長跪:聳身挺腰而跪。按,古人席地而坐,兩膝着地,以臀部坐於足跟之上爲坐。直身,股不着脚跟爲跪。此處寫秦王見唐且要傷害自己,所以把身軀挺直。㉑諭:明瞭,理解。

(十九)　燕昭王求士(燕策)

燕昭王收破燕後①,即位,卑身厚幣②,以招賢者,欲將以報讎③。 故往見郭隗先生④曰:"齊因孤國之亂而襲破燕,孤極知燕小力少,不足以報,然得賢士與共國⑤,以雪先王之恥,孤之願也。敢問以國報讎者奈何?"郭隗先生對曰:"帝者與師處⑥,王者與友處，霸者與臣處，亡國與役處。詘指而事之⑦，北面而受學，則百己者⑧至；先趨而後息⑨，先問而後嘿⑩，則什己者⑪至；人趨己趨⑫，則若己者⑬至；馮几據杖⑭，眄視指使⑮，則廝役之人⑯至；若恣睢奮擊⑰，呴籍叱咄⑱，則徒隷之人⑲至矣：此古服道致士之法⑳也。王誠博選國中之賢者，而朝㉑其門下，天下聞王朝其賢臣，天下之士，必趨於燕矣。"昭王曰："寡人將誰朝而可？"郭隗先生曰："臣聞古之君人㉒，有以千金求千里馬者，三年不能得。涓人㉓言於君曰：'請求之。'君遣之，三月得千里馬；馬已死，買其骨五百金，反以報君。君大怒曰：'所求者生馬，安事死馬㉔？而捐㉕五百金！'涓人對曰：'死馬且買之五百金，況生馬乎？天下必以王爲能市馬㉖。馬今至矣！'於是不能朞年，千里之馬至者三。今王誠欲致士，先從隗始。隗且見事㉗，況賢於隗者乎？豈遠千里哉！"

於是昭王爲隗築宮而師之。樂毅㉘自魏往，鄒衍㉙自齊往，劇辛㉚自趙往；士爭湊燕㉛。燕王弔死問生，與百姓同其甘苦二十八年，燕國殷富，士卒樂佚輕戰㉜。於是遂以樂毅爲上將軍，與秦、楚、三晉合謀以伐齊。齊兵敗，閔王出走於外。燕兵獨追北㉝，入至臨淄㉞，盡取齊寶，燒其宮室宗廟；齊城之不下者，唯獨莒、即墨㉟。

①"燕昭王"句："昭王"，燕王噲的太子，名平。按，噲爲王時，重用其相子之；後竟誤信人言，效法舜、禹禪讓，使子之爲王。燕人不服子之，不及三年，燕國大亂。齊宣王乃乘機伐燕，燕大敗，齊殺噲及子之，燕幾至亡國。及昭王立，亂始定。"收"，收拾。"破燕"，殘破的燕國。　②"卑身厚幣"二句：降抑自己的身分，拿出豐厚的禮物，以招聘賢者。　③欲將以報讎：指報齊國來伐之仇。　④郭隗先生：燕之賢人。"隗"音委。

⑤共國：共治國政。　　⑥“帝者與師處”四句：言成帝業的國君，以賢者爲師而與之相處；成王業的國君，以賢者爲友而與之相處；成霸業的國君，以賢者爲臣而與之相處；至於亡國之君，則所用都是一些僕役小人，當然不能保有國家。　　⑦“詘指而事之”二句：上句，“詘”同“屈”，“指”同“旨”；此言屈己之意以侍奉賢者。下句，“北面”，面向北。按，古人尊師重道，師傅應居於正位（坐北而面向南），故爲弟子者應面向北以受學業。　　⑧百己者：勝過自己百倍的人。　　⑨先趨而後息：“趨”，疾走；此處引申有“勤勞”、“奮勉”之意；“息”，休息。此言自己先人而勞動，後人而休息。　　⑩先問而後嘿：此指虛心向旁人求教。“嘿”卽古“默”字。言自己搶先向人請益，其它的人已經不再向人請教，自己仍不中止。⑪什己者：勝過自己十倍的人。　　⑫人趨己趨：言自己追隨他人，同樣地辛勤勞動，不甘落後。　　⑬若己者：和自己能力一樣的人。　　⑭馮几據杖：“馮”同“憑”，“憑几”，倚靠着几案；“據杖”，拄着杖。　　⑮眄視指使：“眄”音緬，斜視；“指使”，用手指示意，使手下人爲自己奔走。此與上句皆寫人君只知坐享其成而不肯親自動手的形象。　　⑯厮役之人：奔走服役之人。　　⑰恣睢奮擊：“恣睢”，怒視貌；“奮擊”，指舉動野蠻，任意打人。　　⑱呴籍叱咄：“呴”一作“呁”，音拘，跳躍；“籍”應作“藉”，踐踏，“呁藉”猶言“踩躪”；“咄”音獨，“叱咄”，任意對人加以呵斥。此言人君暴虐野蠻，氣燄十足，對人加以踩躪，呼來喝去。　　⑲徒隸之人：本指俘虜或奴隸，此處則指唯命是從的人，言其服從人君的命令如徒隸一樣。　　⑳服道致士之法：“服”，行；“致”，得。此猶言“行王道得人才之法”。　　㉑朝：謁見。　　㉒君人：卽人君。　　㉓涓人：國君的近侍。又名“中涓”，卽閹人。　　㉔安事死馬：“安事”，猶言“何用”。　　㉕捐：損失，花費。　　㉖市馬：買馬。　　㉗隗且見事：連我郭隗都被重用了。㉘樂毅：魏名將樂羊之後。事燕昭王，統兵伐齊，破齊七十餘城。後昭王死，惠王疑樂毅，樂毅乃奔趙。　　㉙鄒衍：齊人，戰國時有名的陰陽家。㉚劇辛：趙人。破齊之計，多由其策劃。後伐趙，不勝，爲趙人所殺。

㉛士争湊燕: 有才能的人争着集中到燕國來。　　㉜樂佚輕戰: "樂佚", 生活安樂舒適; "輕戰", 不怕戰争。　　㉝追北: "北", 指敗軍之逃亡者。㉞臨淄: 齊之首都。即今山東濟南市。　　㉟即墨: 地名, 故城在今山東平度縣東南。

(二十)　蘇代止趙伐燕(燕策)

趙且伐燕, 蘇代爲燕謂惠王①曰:"今者臣來過易水②, 蚌方出曝, 而鷸③啄其肉, 蚌合而箝④其喙。鷸曰:'今日不雨, 明日不雨, 即有死蚌。'蚌亦謂鷸曰:'今日不出, 明日不出, 即有死鷸。'兩者不肯相舍⑤, 漁者得而并禽⑥之。今趙且伐燕, 燕、趙久相支⑦, 以弊⑧大衆, 臣恐强秦之爲漁父也。故願王之熟計之也」" 惠王曰:"善。" 乃止。

①惠王: 即趙惠文王。　　②易水: 水名, 源出今河北易縣。　　③鷸: 音域, 水鳥名。長嘴灰背, 棲田澤間, 喜食小魚。　　④箝: 夾住。⑤相舍: "舍"同"捨", 捨棄。　　⑥禽: 同"擒"。　　⑦久相支: 久久相持不下。　　⑧弊: 疲勞。此處作及物動詞用。

戰國策附録

(一)　劉向: 戰國策紋録

護左都水使者光禄大夫臣向言: 所校中戰國策書, 中書餘卷, 錯亂相糅莒。又有國別者八篇, 少不足。臣向因國別者, 略以時次之, 分別不以序者, 以相補除複重, 得三十三篇。本字多誤脱爲半字, 以趙爲肖, 以齊爲立, 如此字者多。中書本號, 或曰國策, 或曰

"國事"，或曰"短長"，或曰"事語"，或曰"長書"，或曰"修書"。臣向以爲戰國時游士，輔所用之國，爲立筴謀，宜爲戰國策。其事繼春秋以後，訖楚、漢之起，二百四十五年間之事，皆定以殺青書，可繕寫。敍曰：周室自文、武始興，崇道德，隆禮義，設辟雍泮宮庠序之教，陳禮樂弦歌移風之化，敍人倫，正夫婦，天下莫不曉然論孝悌之義、惇篤之行，故仁義之道，滿乎天下，卒致之刑錯四十餘年；遠方慕義，莫不賓服。雅、頌歌詠，以思其德。下及康、昭之後，雖有衰德，其綱紀尚明。及春秋時，已四五百載矣。然其餘業遺烈，流而未滅，五伯之起，尊事周室。五伯之後，時君雖無德，人臣輔其君者，若鄭之子產、晉之叔向、齊之晏嬰，挾君輔政，以並立於中國，猶以義相支持，歌說以相感，聘覲以相交，期會以相一，盟誓以相救。天子之命，猶有所行；會享之國，猶有所恥。小國得有所依，百姓得有所息。故孔子曰："能以禮讓爲國乎，何有！"周之流化，豈不大哉！及春秋之後，衆賢輔國者既没，而禮義衰矣。孔子雖論詩、書，定禮、樂，王道粲然分明；以匹夫無勢，化之者七十二人而已，皆天下之俊也。時君莫尚之，是以王道遂用不興。故曰，非威不立，非勢不行。仲尼既没之後，田氏取齊，六卿分晉，道德大廢，上下失序。至秦孝公，捐禮讓而貴戰争，棄仁義而用詐譎，苟以取强而已矣。夫篡盜之人，列爲侯王，詐譎之國，興立爲强，是以轉相放效，後生師之，遂相吞滅，并大兼小，暴師經歲，流血滿野，父子不相親，兄弟不相安，夫婦離散，莫保其命，滔然道德絶矣。晚世益甚，萬乘之國七，千乘之國五，敵侔争權，盡爲戰國。貪饕無恥，競進無厭，國異政教，各自制斷。上無天子，下無方伯，力功争强，勝者爲右，兵革不休，詐僞並起。當此之時，雖有道德，不得施設；有謀之强，負阻而恃固，連與交質，重約誓結，以守其國。故孟子、孫卿，儒術之士，棄捐於世。而游説權謀之徒，見貴於俗。是以蘇秦、張儀、公孫衍、陳軫、代、厲之屬，生縱橫短長之説，左右傾側；蘇秦爲縱，張儀爲橫：橫則秦帝，縱則楚王。所在國重，所去國輕。然當此之時，秦國最雄，諸侯方弱。蘇秦結之，時六國爲一，以儐背秦。秦人恐懼，不敢闚兵於關中，天下不交兵者二十有九年。然秦國勢便形利，權謀之士，咸先馳之。蘇秦初欲橫，秦弗用，故東合縱。及蘇秦死，後張儀連橫，諸侯聽之，西向事秦。是故始皇因四塞之固，據崤、函之阻，跨隴、蜀之饒，聽衆人之筴，乘六世之烈，以蠶食六國，兼諸侯，并有天下，仗於詐謀之弊，終無信篤之誠，無道德之教，仁義之化，以綴天下之心，任刑罰以爲治，信小術以爲道，遂燔燒詩書，坑殺儒士，上小堯、舜，下邈三王。二世愈甚，惠不下施，情不上達，君臣相疑，骨肉相疏，化道淺薄，綱紀壞敗，民不見義，而懸於不寧；撫天下十四歲，天下大潰，詐僞之弊也。其比王德，豈不遠哉！孔子曰：“道之以政，齊之以刑，民免而無恥；道之以德，齊之以禮，有恥且格。”夫使天下有所恥，故化可致也；苟以詐僞偷活取容，自上爲之，何以率下！秦之敗也，不亦宜乎？戰國之時，君德淺薄，爲之謀筴者，不得不因勢而爲資，據時而爲畫，故其謀扶急持傾，爲一切之權，雖不可以臨教化，兵革救急之勢也，皆高才秀士，度時君之所能行，出奇筴異智，轉危爲安，運亡爲存，亦可喜。皆可觀。

（二） 羅根澤：戰國策作於蒯通考

戰國策，漢志不著作者。劉向敍錄言：“所校中戰國策書，中書餘卷，錯亂相糅莒。又有國別者八篇，少不足。臣向因國別者，略以時次之,分別不以序者,以相補除複重, 得三十三篇。本字多誤脫爲半字,以趙爲肖,以齊爲立, 如此字(一本作'類')者多。中書本號, 或曰國策, 或曰國事, 或曰短長, 或曰事語, 或曰長書, 或曰脩書。臣向以爲戰國時游士,輔所用之國,爲之策謀,宜爲戰國策。其事繼春秋以後,迄楚、漢之起,二百四十五年間之事,皆定以殺青書,可繕寫。”由是隋志遂謂“劉向錄”, 舊唐志更謂“劉向撰”, 新唐志更直名“劉向戰國策”; 沿誤至今, 四庫全書提要猶謂“戰國策乃劉向裒合諸記, 併爲一篇”, 顧廣圻更謂“戰國策實向一家之學”。

　　根澤案: 劉向敍錄羣書,每曰以校除重復,得若干篇。如於管子曰:“所校讎中管子書三百八十九篇,大中大夫卜圭書二十七篇,射聲校尉立書十一篇,太史書九十六篇,凡中外書五百六十四篇,以校除重復四百八十四篇,定著八十六篇。”(案: 應餘八十篇。)於孫卿書曰:“所校讐中孫卿書三百二十二篇,以相校除重復二百九十篇,定著三十二篇。”不能謂管子、孫卿書爲劉向撰。此所云“因國別者,略以時次之,分別不以序者,以相補除重復,得三十三篇”,乃校其篇次; 所云“本字多誤脫爲半字,以趙爲肖,以齊爲立, 如此字者多”,乃校其訛奪。非董理其故實,潤色其文字,烏得獨於此謂“劉向撰”耶? 漢書藝文志六藝略春秋類載戰國策三十三篇, 祇言“記春秋後”,未著作者,知劉歆、班固擧不以此書爲劉向撰,其非劉向撰明矣。

　　考史記田儋列傳:“蒯通,善爲長短說,論戰國權變爲八十一首。”漢志縱橫家雖有蒯子,然僅五篇,固非史記所云,疑爲通說韓信等之言。漢志縱橫家所列,多作者說時君時人之書。所謂“八十一首”者,史明言“論戰國權變”,則必爲論述戰國權變之書,與戰國策性質全同。又言"通善爲長短説"，而戰國策亦曰短長，曰長書，或曰脩書，脩通修，義亦訓長。然則戰國策蓋卽蒯通所論述者也。

再考之本書，趙策敍至王翦滅趙；燕策敍至燕滅，高漸離筑擊始皇。滅趙在始皇十八年，滅燕在始皇二十五年，六國表、秦始皇本紀並同。高漸離擊始皇更在燕滅之後。是其書訖秦之統一，劉向謂"訖楚、漢之起"，尚不盡合。蒯通生卒年月雖不可考，然史記淮陰侯列傳載韓信下井陘，破趙，蒯通説其擊齊。又載韓信既誅，高祖捕蒯通而復釋之。按高祖本紀，韓信破趙擊齊在漢三年，誅韓信在十一年，則蒯通必爲楚、漢時人，適少後戰國策之終。戰國策所記，非一時之事，亦非一人之言，而全書一律，自成一體，知出一人一手之董理潤色。不然，枲如四庫提要所謂"裒合諸書，併爲一編"，若後世類書總集者然，則其文體必殊。設合左、國、公、穀爲一書，稍通文字者，知其不類也。然則此書既出一人之手，又非劉向之作，史記又有"蒯通論戰國權變爲八十一首"之言，蒯通又善爲長短説，爲縱橫之雄，與戰國策所表現之習性相近，其時代亦恰相銜接。史、漢又不謂他人作戰國策，則此書之作始於蒯通，似無疑矣。

顧所以佚作者主名何也？蓋戰國前無私家著作（余別有戰國前無私家著作説）；戰國至漢初，無自己命名之書。以"子"名者無論矣；春秋爲史書通稱，不始孔子，所以墨子明鬼篇有周之春秋，燕之春秋，宋之春秋，齊之春秋。孔子因魯史爲書，故後人亦名之曰春秋。至左氏春秋，虞氏春秋，呂氏春秋，於春秋之上，冠以姓氏，亦如墨子、莊子於子上冠以姓氏，皆後人所加以示區別者。論語成書於七十子後學，時在戰國之初，而戰國書引孔子言，無曰論語者；直至漢世，史記仲尼弟子列傳始言"悉取論語弟子問，并次爲篇"，則命名論語，其時甚晚。國語一書，其名不知昉於何代。史記五帝本紀曰："予觀春秋、國語。"自序及報任安書曰："左丘失明，厥有國語。"而於戰國書，則不一見。卽史公之書，今專名史記，而在漢時，則或曰"太史公"（漢書藝文志），或曰"太史公記"（漢書楊惲傳；風俗通卷一、卷六），或曰"太史公書"（漢書宣元六王傳，班彪論略，王充論衡），或曰"太史記"（風俗通卷二）。知史公之書，亦無自己命名，後人以其爲太史公作，遂漫加此等名耳。蒯通生楚、漢之交，"論戰國權變爲八十一首"，當亦無自己命名，後人以其記戰國縱橫短長之説，遂漫名之爲國策，國事，短長，事語，長書，修書；劉向更以爲宜名戰國策。由是作主失傳，遂嫁名劉向，豈不異哉！

難者曰：今戰國策三十三篇，與史記所言"八十一首"不合，安能謂卽蒯通所論述？不知此出劉向重訂，篇數固非蒯通之舊，其分三十三篇，亦無義據，東西周、中山各爲一篇；秦五篇；齊六篇；楚、趙、魏各四篇；韓、燕各三篇；宋、衞合爲一篇，各多析數篇，亦無不可。劉向校書之時，已有數種本，或多或少，參差錯亂，向據多者，補少者，除其重複，於是定著爲三十三篇，正名爲"戰國策"。故此書蓋作始於蒯通，重訂於劉向。書出劉向重訂者多矣，不得因其重訂而謂爲作者。（古史辨第四册上編）

（三）　羅根澤：戰國策作於蒯通考補證

　　……史記淮陰侯列傳詳載蒯通説韓信自立之言，司馬貞索隱謂："案漢書因及戰國策皆有此文。"（因及，以及也。）所謂漢書有此文，卽在蒯通傳（漢書卷四十五）無問題。戰國策何以有此文？考漢書蒯通傳曰："通論戰國時説士權變，亦自序其説，凡八十一首，號曰雋永。"此與戰國策作於蒯通考所引史記田儋列傳言"蒯通者，善爲長短説，論戰國權變爲八十一首"大致從同。所不同者：

一、此多"亦自序其説"一句，知通論戰國權變之書，亦兼載自己之説，與索隱謂戰國策亦載通説信言，合而觀之，更可證明戰國策確作於蒯通。然今本戰國策，視司馬貞時有殘闕，通説信言已不載，張照覩今本無此文，又不知作始者爲蒯通，由是於史記考證謂："按戰國策安得有韓信，蒯通之事，索隱誤。"其實非索隱誤，張照誤也。

二、此又多"號曰雋永"四字。依普通文例，宜爲蒯通自號其書。果爾，則余前謂當無蒯通自命之名，非是。然蒯通時尚少自命書名之習慣（詳戰國策作於蒯通考），故頗疑爲後人所加。"雋永"者何？師古曰："雋，肥肉也；永，長言也：言其所論甘美而義深長也。"雋訓肥肉，引申爲甘美，是也。永，説文謂："水長也，象水巠理之長。"方言謂："凡施于衆長謂之永。"是永訓長。蓋戰國説士權變之言，實質爲所謂長短之説，而巧譬善喻，極爲雋美，故曰雋永。劉向國策敍録言："所校中戰國策書……中書本號，或曰國策，或曰國事，或曰短長，或曰事語，或曰長書，或曰脩書。"雋永之名，與短長、長書、脩書之恉相仿，疑其與諸名同爲後人因其實以漫名之耳。卽爲蒯通自命之名，亦必因所論述者爲戰國縱橫短長之説，故"號曰雋永"。因一方面因實賦名，重實不重名；一方面當時對書名不似後世"名從主人"之不敢稍有出入，所以他人漫以國策、短長等名稱之。由是"雋永"之原名逸，而後加之雜名顯。班固於蒯通傳載其'號曰雋永'，而藝文志無雋永之書。蓋傳據史料，逐録史料之言；志核以存書，而當時已無雋永之名，不知卽所謂國策，所謂短長也。

抑史記田儋列傳、漢書蒯通傳皆曰八十一首,今本戰國策決不止此。說苑等書經劉向編次,遂有增補,此亦經劉向編次,且其敘錄曰:"又有國別者八篇,少不足。臣向因國別者,略以時次之,分別不以序者,以相補除複重,得三十三篇。"有劉向據他書以增補者,更爲明顯。

如以上所考論,不甚背謬,當修正前說,爲結論如下:

一,作始者爲蒯通。

二,增補並重編者爲劉向。

三,司馬貞所見是否卽劉向重編本不可知,今本則有殘闕矣。

(古史辨第四册下編)

九 論 語

（一） 子路曾晳冉有公西華侍坐章（先進篇）

子路①、曾晳②、冉有、公西華③侍坐④。

子曰："以吾一日長乎爾⑤，毋吾以也。居則曰⑥：'不吾知也』'如或知爾⑦，則何以哉？"

子路率爾⑧而對曰："千乘之國⑨，攝乎大國之間⑩，加之以師旅⑪，因之以饑饉；由也爲⑫之，比及⑬三年，可使有勇⑭，且知方也。"

夫子哂之⑮。

"求，爾何如⑯？"

對曰："方六七十⑰，如五六十，求也爲之，比及三年，可使足民⑱。如其禮樂⑲，以俟君子。"

"赤，爾何如？"

對曰："非曰能之⑳，願學焉。宗廟之事㉑，如會同㉒，端章甫㉓，願爲小相㉔焉。"

"點，爾何如？"

鼓瑟希㉕，鏗爾㉖，舍瑟而作㉗。對曰："異乎三子者之撰㉘。"

子曰："何傷乎㉙，亦各言其志也』"

曰："暮春者，春服既成㉚，冠者㉛五六人，童子六七人，浴乎沂㉜，風乎舞雩㉝，詠而歸。"

夫子喟然歎曰："吾與^㉞點也。"

三子者出，曾晳後^㉟。 曾晳曰："夫三子者之言何如？"

子曰："亦各言其志也已矣！"

曰："夫子何哂由也？"

曰："爲國以禮，其言不讓，是故哂之。唯求則非邦也與^㊱？ 安見方六七十、如五六十而非邦也者！ 唯赤則非邦也與？宗廟、會同，非諸侯而何？赤也爲之小^㊲，孰能爲之大！"

①子路：孔子弟子。姓仲名由，字子路，對於政治軍事，皆有所長。
②曾晳：孔子弟子。名點。是曾參的父親。"晳"音析。 ③公西華：名赤，字子華；"公西"是複姓。亦孔子弟子。 ④侍坐：陪伴孔子閒坐。
⑤"以吾一日"二句：上句，孔子自言："因爲我的年紀比你們大個一天兩天。"按，孔子只說"一日長乎爾"者，是自謙之詞。下句，"以"，舊說皆解爲"已"的假借字，作"止"解。連上句的大意是："不要因爲我比你們年長，你們就止而不言。"而清劉寶楠論語正義則解"毋吾以"的"以"爲"用"；孔子說："因爲我年齡比你們大些，已經沒有人用我了。"亦可通。
⑥"居則曰"二句："居"，平時；"則"，作"輒"解，猶言"每每"、"常常"。此言"你們平時總是說：'沒有人了解我啊！'" ⑦"如或知爾"二句：此緊承上文，言"如果有人了解你們，你們又將怎樣爲人所用呢？"（下句的"以"作"用"解。） ⑧率爾：急遽之貌。按，子路性情爽直，所以搶先回答。 ⑨千乘之國：指擁有一百平方里面積的諸侯之國。 ⑩攝乎大國之間："攝"舊作"迫近"解。俞樾羣經平議則以爲"攝"即"藺"，作"夾"解，此句猶言"夾於大國之間"。於義似可從。錄以備考。 ⑪"加之以師旅"二句：上句，"加"，猶言"加上"；"師旅"，指因大國來侵伐而產生的戰爭。下句，"因"，作"仍"解，"因之"猶言"繼之"；"饑饉"，爾雅釋天："穀不熟爲饑，蔬不熟爲饉。"此指國中有飢荒之災。按，古稱"大軍之後，必有凶年"，故子路兼言之。 ⑫爲：治。 ⑬比及：等到。 ⑭"可使

有勇”二句：“勇”，敢於作戰；“方”，義，指明辨是非之理。按，子路意謂，如使他治理一個千乘之國，卽使這個國家夾於大國之間，甚至外有戰禍，内有凶年，他用三年的功夫，也能使人民不但勇於作戰，而且能明辨是非之理。可見其抱負之大，信心之強。　⑮哂：音審，微笑。按，孔子見子路毫不謙讓、毫不客氣地直言其志，所以笑了起來。下文有“其言不讓，故哂之”的話，可以互參。　⑯求，爾何如：此與下文“赤，爾何如”、“點，爾何如”諸句，皆孔子之語，其上略去了“子曰”字樣。　⑰“方六七十”二句：“如”，或。此言如果有一個擁有六七十平方里或五六十平方里的小國。按，上文子路言能治方百里之國，故此處冉有謙言能治方百里以内的小國。　⑱可使足民：可以使人民豐衣足食。　⑲“如其禮樂”二句：冉有意謂：“自己僅能在增加衣食財用方面有辦法，至於禮樂教化，自己的能力是不足的，只有等待着修養更高的君子來推行了。”此是冉有的謙詞。　⑳“非曰能之”二句：此是公西華的謙詞。大意是：“我不敢説我是能够勝任的，但是我願意從工作中學習。”　㉑宗廟之事：指諸侯祭祀之事。　㉒如會同：“如”，或是；“會同”，諸侯盟會之事。此連上文言“不論是諸侯的祭祀之事或盟會之事”。　㉓端章甫：“端”，卽玄端，是一種禮服；“章甫”，禮冠。此言自己希望穿着禮服、戴着禮冠。　㉔小相：“相”，在諸侯祭祀或盟會之時，替國君主持贊禮、司儀的官。“相”又分卿、大夫、士三個等級，“小相”卽指最低的“士”的一級。此亦公西華的謙詞。　㉕鼓瑟希：“希”，稀疏。按，曾晳當時正在鼓瑟，及被孔子一問，注意力分散，故瑟聲逐漸稀疏了。　㉖鏗爾：“鏗”音坑，象聲詞。舊説指爲投瑟之聲，疑非是；此似應指鼓瑟最後的餘音。　㉗舍瑟而作：放下了瑟，站了起來。　㉘撰：一本作“僎”，音義同“詮”，作“善言”解。此處指子路等三人所説的話。　㉙“何傷乎”二句：此二句是倒裝句。大意是：“這也無非是各言己志罷了，卽使與他們三人所説的不同，又有什麼妨礙呢？”　㉚春服既成：“春服”，指袷衣（“袷”音夾）；“成”作“定”解。按，初春時寒暖無常，故衣服亦須常換；至暮春三月，氣候穩定，所以説"袷衣服已經穿得住了"。　㉛冠者：卽成年人。古時男子以二十歲爲成年，行冠禮，故以"冠者"稱成年人。"冠"讀去聲。　㉜沂：音移，水名，在今山東曲阜縣南。此水因有溫泉流入，故暮春時卽可入浴。　㉝風乎舞雩："風"，乘涼；"舞雩"，地名，在曲阜縣東南，是求雨的壇。（按，"雩"音魚，是求雨時的祭名，古代行雩祭，有音樂和舞蹈，故稱"舞雩"。）㉞與：讀去聲，作"贊許"、"同意"解。按孔子所以同意曾點，後儒之説甚不一致。今以論語考之，孔子本有奔走求仕之心，而終不得志，因此他有"道不行，乘桴浮於海"的話和"欲居九夷"的想法；孔子又説："飯疏食（吃粗糙的食物）飲水，曲肱而枕之，樂亦在其中矣；不義而富且貴，於我如浮雲！"凡此皆與曾皙所言"浴乎沂"三句的意境相近，所以孔子一面歎息，一面贊許曾皙，以表白能安貧樂道之意。　㉟曾皙後：曾皙留在後面。㊱唯求則非邦也與：此與下文"唯赤則非邦也與"句皆孔子本人先後反面發問之詞，然後自己再加以説明。"邦"，猶"國"。意指冉有、公西華所言，都是諸侯之事，與子路相同。大意是："難道冉求（公西華）所説的就不是諸侯之事了麽？"　㊲"赤也爲之小"二句：大意是："公西華説他願意做小相，那誰還能做大相呢？"言外指以公西華的才德，做大相是足够勝任的。

（二）　季氏將伐顓臾章（季氏篇）

季氏①將伐顓臾②。

冉有、季路③見於孔子曰："季氏將有事④於顓臾。"

孔子曰："求！無乃爾是過與⑤？夫顓臾，昔者先王以爲東蒙主⑥，且在邦域之中⑦矣！是社稷之臣也，何以伐爲⑧？"

冉有曰："夫子⑨欲之；吾二臣者，皆不欲也。"

孔子曰："求！周任⑩有言曰：'陳力就列⑪，不能者止。'危而不持⑫，顚而不扶，則將焉用彼相矣？且爾言過矣！虎兕出於柙⑬，龜玉毀於櫝中⑭,是誰之過與?"

冉有曰:"今夫顓臾,固而近於費⑮;今不取,後世必爲子孫憂。"

孔子曰:"求!君子疾夫舍曰'欲之'而必爲之辭⑯。丘也聞有國有家⑰者,不患寡而患不均⑱,不患貧而患不安。蓋均無貧⑲,和無寡,安無傾。夫如是,故遠人不服⑳,則修文德以來之;既來之㉑,則安之。今由與求也,相夫子,遠人不服而不能來也,邦分崩離析而不能守也㉒,而謀動干戈於邦内。吾恐季孫之憂,不在顓臾,而在蕭牆之内㉓也。"

①季氏:卽季孫氏。此指季康子,名肥。 ②顓臾:音專于,小國名,風姓,相傳爲伏羲氏之後。故城在今山東蒙陰縣。按:顓臾本爲魯國的臣屬,季氏貪其土地,所以要伐它。 ③冉有、季路:"季路"卽子路。時二人皆爲季康子的家臣。 ④有事:"事"指軍事。 ⑤無乃爾是過與:猶言"這豈不是你的過失麼?" ⑥"昔者先王"句:"先王",指周之先王;"東蒙",卽蒙山,在蒙陰縣南四十里;"主",主持祭祀之事。此言當初周之先王以此地封顓臾,爲了使它主祭蒙山。 ⑦在邦域之中:指顓臾爲魯之附庸,已在魯國境内。 ⑧何以伐爲:猶言"爲什麼要伐它呢?""爲"字置於句末,做爲疑問句的語助詞。 ⑨夫子:指季康子。 ⑩周任:古代的良史官。 ⑪"陳力就列"二句:"陳",施展;"力",指才力,能力;"就",居;"列",位;"止",退。此言爲人臣者,當施展其才力以居其職位;如果不能這樣做,就應該辭職退位。按,孔子引此言蓋謂冉有等既有意見,就應該向季氏據理力爭,否則就應該去職,不宜隨聲附和,一味苟同。 ⑫"危而不持"三句:此是雙關語。"相",字面上指"扶相",卽攙扶盲者行路的人;實則指輔佐季氏的冉有等。大意是:"盲者遇到危險,攙扶的人不去護持他;盲者跌倒了,攙扶的人不去扶他起來。那還用攙扶的人做什麼呢?"言外謂季氏遇到危險和困難,冉有等不設法挽

救而任其胡爲,是失其輔佐之責。　　⑬虎兕出於柙:"虎""兕"皆猛獸;"柙"音匣,籠檻。此句以虎兕之出柙喻季氏的放肆胡爲。　　⑭龜玉毀於櫝中:"龜",貞卜所用;"玉",祭祀所用;皆貴重器物。"櫝"音讀,櫃。此以貴重之物毀於櫃中喻顓臾在邦域之內而受到侵伐。按,此與上句皆指負責看守柙或櫝的人不得辭其咎,意謂冉有等既在季氏家臣之位,則對季氏的行爲皆應負一定的責任。　　⑮固而近於費:"固",指城郭完整堅固;"費",音閟,地名,是季氏的私邑,即今山東費縣。按,顓臾距費邑僅七十里,故言"近於費"。　　⑯"君子疾夫"句:一本在此句"而必"下有"更"字。"君子",有德者之稱;"疾",憎恨;"夫"猶言"那樣的";"舍曰",猶言"不說";"必更爲之辭",一定另外找個藉口。全句的大意是:"君子最憎恨那樣的行爲——嘴裏不說他想得到這個東西,可是却另外找一套理由來滿足他的目的。"此指季氏明明是貪得顓臾的土地,却找出怕後世子孫受顓臾的威脅做理由,以爲征伐顓臾的藉口。　　⑰家:指卿大夫的采邑。　　⑱"不患寡"二句:按,此二句的"寡"和"貧"兩字應上下互易。春秋繁露度制篇及魏書張普惠傳引論語此文皆作"不患貧而患不均",而下文"均無貧"正承此上句而言,"和無寡,安無傾"二句則承此下句而言(參用俞樾說)。"貧",指人民財用缺乏;"寡",指人口因逃亡而稀少。此言不怕人民財用不足,而怕財產過度集中而貧富懸殊;不怕人口稀少,而怕上下不能相安。　　⑲"蓋均無貧"三句:此言財物平均分配則無所謂貧;上下能和好共處則無所謂寡;上下既相安無事,則國家自無傾覆之患。　　⑳"故遠人不服"二句:上句,"遠人",此對近在邦域之中的顓臾而言,指距魯較遠的它國人民。下句,"文德",文教和德化;"來",把遠方之人招來做本國的人民。此言如果遠人不服,則應加強對國內的文教、德化方面的整頓工作,使遠人歸附。言外謂使遠人歸附,尚需從修文德入手,何況對近在邦域之中的臣屬之國,就更不宜用武力來解決了。　　㉑"既來之"二句:言遠人既來歸附,則應妥加安撫,使其定居。　　㉒"邦分崩離析"句:"分崩離析"猶言"四分五裂"。此指當時的魯國已被三桓之家分割，而且不時有據城叛魯的大夫；但冉有等輔佐季氏，却對這種局面無力匡救。　㉓蕭牆之內："蕭"，"肅"之假借字；"牆"，面對國君宮門的小牆，一名"塞門"，又叫做"屛"，略似後世大門外當門的照壁。按，君臣相見之禮，至屛而增加肅敬，故名"蕭牆"。"蕭牆之內"，則隱指國君，卽魯哀公。此言季氏跋扈專橫，魯君自不能坐視，因此內變將作。故孔子以爲季氏之憂不在顓臾而在魯君。

（三）　楚狂接輿章（微子篇）

楚狂接輿①歌而過孔子②曰："鳳兮③！鳳兮！何德之衰④？往者不可諫⑤，來者猶可追！已而⑥，已而！今之從政者殆而⑦！"

孔子下⑧，欲與之言；趨而辟之⑨，不得與之言。

①楚狂接輿：楚國的狂士，姓接（一作"捷"）名輿。　②歌而過孔子：一本作"歌而過孔子之門"。莊子人閒世："孔子適楚，楚狂接輿遊其門。"可證"過"是經過孔子的門前。舊說謂"過孔子之車前"，當因"接輿"之名而誤解。　③鳳兮：此是接輿以"鳳"喻孔子。　④何德之衰：猶言"你的德何以衰微了？"按，古代相傳，鳳遇聖君乃出現，如值衰世，則隱而不見。今孔子周行列國，與世屢不合，所以說是"德衰"。朱熹說："譏其（孔子）不能隱爲'德衰'也。"（見論語集注）亦通。　⑤"往者"二句："諫"，止，猶言"挽救"；"追"，來得及彌補。此言往事雖無法挽救，未來則尚可彌補。意指孔子現在退隱還來得及。　⑥已而："而"是語尾助詞。此猶言"算了"、"罷了"。　⑦今之從政者殆而："殆"，危。此言現在的執政者都已十分危殆，無可救藥。言外指世亂已達極點，不可復治，因而勸孔子不必再辛苦地奔波勞碌了。　⑧下：下堂。　⑨趨而辟之："辟"同"避"。此言接輿趨快跑開了，所以孔子始終未得同他談話。

（四）　長沮桀溺耦而耕章（微子篇）

長沮、桀溺①耦而耕②。孔子過之，使子路問津③焉。

長沮曰：“夫執輿者④爲誰？”子路曰：“爲孔丘。”曰：“是魯孔丘與？”曰：“是也。”曰：“是知津矣⑤!”

問於桀溺。桀溺曰：“子爲誰？”曰：“爲仲由。”曰：“是魯孔丘之徒與？”對曰：“然。”曰：“滔滔者⑥，天下皆是也! 而誰以易之⑦？且而⑧與其從辟人之士⑨也，豈若從辟世之士⑩哉？”耰而不輟⑪。

子路行以告。夫子憮然⑫曰：“鳥獸不可與同羣⑬，吾非斯人之徒與而誰與! 天下有道⑭，丘不與易也。”

①長沮、桀溺：按，“長”和“桀”都是形容人的形象的狀詞：“長”，高大；“桀”同“傑”，魁梧。“沮”、“溺”則指身浸水中。所以這兩個名字似不是此兩人的真實姓名。宋金履祥説：“……‘長’與‘桀’古無此姓氏，而名又皆從水。夫子使子路問津而不告，則一時何自而識其姓名。計亦以其物色（形象）名之。蓋二人耦耕於田，其一長而沮洳，其一桀然高大而塗足，故因以其物色名之。……”（見其所著論語集注考證）俞樾則云：“夫二子者，問津且不告，豈復以姓名通於吾徒哉？特以下文各有問答，故爲假設之名以別之。曰沮曰溺，惜其沉淪而不返也。桀之言傑然也；長與桀，指目其狀也。以爲二人之真姓名，則泥（拘泥）矣!”（見其所著古書疑義舉例寓名例）。兩説皆較近情理，故錄以備考。　②耦而耕：兩人各執一耜（音似，掘土的農具），彼此配合着並耕。　③津：過河的渡口。④執輿者：即執轡者。　⑤是知津矣：大意是：“那他已經知道哪兒有渡口了!”按，此寫長沮不但不把渡口所在之地指點給子路，反以冷言相諷。意謂孔子周遊列國，自然熟識道路，何必再來打聽別人呢？　⑥“滔滔者”二句：“滔滔”，本指洪水瀰漫，流而不返之意，此以喻社會之紛亂。此二句猶言“今日的天下已無處不亂”。　⑦而誰以易之：劉寶楠説：“誰，

謂當時諸侯也；以，與也；易，治也。"此言當時諸侯皆無賢者，孔子將與誰
共治天下呢？按，朱熹解"易"爲"變易"，指把紛亂的社會變革過來，義亦
可通。　　⑧而：即"爾"猶"你"，指子路。　　⑨辟人之士：指孔子。"辟"
同"避"，下句同。"人"，指當時的壞人，如暴君污吏等。孔子在當時專門
躲避壞人，不同他們合作，故稱之爲"避人之士"。　　⑩辟世之士：指隱
居世外之人，即桀溺自謂。此連上文大意是："你與其跟着像孔子這樣的
避人之士東奔西走，還不如跟着像我們這樣的避於世外的人隱居不出
呢！"　　⑪耰而不輟："耰"音憂。用農具掀起泥土，把種籽覆蓋於土中
叫"耰"；"輟"，中止。　　⑫憮然：寂然不動，爽然若失之貌。"憮"音武。
⑬"鳥獸"二句：上句，言人隱居於山林，則當與鳥獸同羣；而孔子志在救
世，所以說"鳥獸不可與同羣"。下句，"斯人"，指世人；"與"，共處。孔子
自言："我不同世人生活在一起，還同誰生活在一起呢？"　　⑭"天下有
道"二句：言"如果天下的政治上了軌道，我也就不參與治理天下(如按朱
熹的說法，則'易'字解作'變革世道')的工作了。"

（五）　子路從而後章（微子篇）

子路從而後①，遇丈人②，以杖荷蓧③。

子路問曰："子見夫子乎？"

丈人曰："四體不勤④，五穀不分；孰爲夫子？"植其杖而芸⑤。

子路拱而立⑥。

止子路宿⑦，殺雞爲黍而食之⑧，見其二子焉⑨。

明日，子路行以告⑩。子曰："隱者也！"使子路反見之。至則
行矣⑪。

子路曰："不仕無義⑫。長幼之節⑬，不可廢也；君臣之義⑭，如
之何其廢之！欲潔其身⑮，而亂大倫！君子之仕也⑯，行其義也。
道之不行⑰，已知之矣。"

①子路從而後: 言子路與孔子同行,孔子先行,子路落在後面,未能追及孔子。　②丈人: 老年人。　③以杖荷蓧:"荷"讀上聲,用肩負着;"蓧"同"莜",音跳,又音掉,耘田用的器具。此言丈人用杖擔着蓧,把它負荷於肩上。　④"四體"二句:"四體"猶言"四肢";"勤",勞;"分",皇侃論語集解義疏作"播種"解,朱熹則作"辨別"解,皆可通。皇侃說:"言當今亂世,汝不勤勞四體以播五穀,而周流遠走,問誰爲汝之夫子;而問我索之乎?"朱熹說:"'五穀不分',猶言'不辨菽麥'爾。責其不事農業而從師遠遊也。"　⑤植其杖而芸:"植"同"置";"芸"與"耘"通,除去田中的草叫"耘"。此言丈人把杖放在一邊,開始下田工作。　⑥子路拱而立:"拱",拱手以表示敬意。朱熹說:"知其隱者,敬之也。"　⑦止子路宿:丈人留子路在他家中住了一宿。　⑧"殺雞爲黍"句:"爲黍",用黍米做飯;"食"讀去聲,是及物動詞;"之"指子路。此言丈人殺雞做飯給子路吃。　⑨見其二子焉:"見"讀爲現。此言丈人命其二子出見子路。　⑩子路行以告: 子路追上孔子,把情況告訴了他。　⑪至則行矣: 何晏論語集解引孔安國說:"子路反至其家,丈人出行不在。"　⑫不仕無義:"義",指當時社會的作人之道,如下文"長幼之節"、"君臣之義",都是作人之道。　⑬"長幼"二句:"節",指長輩晚輩之間行的禮節。此言丈人既召其二子出見來客,則他雖爲隱者,也知道長幼之禮是不可廢的(用朱熹說)。　⑭"君臣"二句: 此承上文而言,謂"長幼之禮既不可廢,君臣之義又如何能廢呢?"按,子路意指孔子所以周遊各國,正是爲了行君臣之義。　⑮"欲潔"二句:"倫"作"序"解;"大倫",指當時社會的主要道德秩序。此言丈人隱居不仕以求潔身自好,但他這樣做是違反了當時社會的道德秩序的。　⑯"君子"二句:"君子",隱指孔子。此言君子所以求仕,只是爲了盡作人的道理。　⑰"道之不行"二句: 至於自己的理想無法實施,則孔子早已知道了。

論語附録

（一）　關於孔子的事蹟

孔子生魯昌平鄉陬邑。其先，宋人也，曰孔防叔。防叔生伯夏，伯夏生叔梁紇。紇與顏氏女野合而生孔子。禱於尼丘，得孔子。魯襄公二十二年而孔子生。生而首上圩頂，故因名曰丘云。字仲尼，姓孔氏。

丘生而叔梁紇死，葬於防山。防山在魯東。由是孔子疑其父墓處，母諱之也。孔子爲兒嬉戲，常陳俎豆，設禮容。孔子母死，乃殯五父之衢，蓋其愼也。郰人輓父之母，誨孔子父墓，然後往合葬於防焉。……

孔子年十七，魯大夫孟釐子病且死，誡其嗣懿子曰：“孔丘，聖人之後。……吾聞聖人之後，雖不當世，必有達者。今孔丘年少好禮，其達者歟？吾卽沒，若必師之。”及釐子卒，懿子與魯人南宮敬叔往學禮焉。

是歲，季武子卒，平子代立。孔子貧且賤，及長，嘗爲季氏史，料量平；嘗爲司職吏，而畜蕃息。由是爲司空。已而去魯，斥乎齊，逐乎宋、衞，困於陳、蔡之間，於是反魯。……

魯南宮敬叔言魯君曰：“請與孔子適周。”魯君與之一乘車、兩馬、一豎子，俱適周問禮，蓋見老子云。辭去，而老子送之，曰：“吾聞富貴者送人以財，仁人者送人以言。吾不能富貴，竊仁人之號，送子以言。”曰：“聰明深察而近於死者，好議人者也；博辯廣大，危其身者，發人之惡者也。爲人子者毋以有己，爲人臣者毋以有己。”

孔子自周反于魯，弟子稍益進焉。……

　　魯昭公之二十年，而孔子蓋年三十矣。齊景公與晏嬰來適魯，景公問孔子曰："昔秦穆公國小處辟，其霸何也？"對曰："秦國雖小，其志大；處雖辟，行中正。身舉五羖，爵之大夫，起纍絏之中，與語三日，授之以政。以此取之，雖王可也，其霸小矣！"景公説。

　　孔子年三十五，……魯亂，孔子適齊，爲高昭子家臣，欲以通乎景公。與齊太師語樂，聞韶音，學之，三月不知肉味。齊人稱之。景公問政孔子，孔子曰："君君，臣臣，父父，子子。"景公曰："善哉！信如君不君，臣不臣，父不父，子不子，雖有粟，吾豈得而食諸！"他日又復問政於孔子，孔子曰："政在節財。"景公説，將欲以尼谿田封孔子。晏嬰進曰："夫儒者滑稽而不可軌法；倨傲自順，不可以爲下；崇喪遂哀，破産厚葬，不可以爲俗；游説乞貸，不可以爲國。自大賢之息，周室既衰，禮樂缺有間；今孔子盛容飾，繁登降之禮，趨詳之節，累世不能殫其學，當年不能究其禮，君欲用之以移齊俗，非所以先細民也。"後景公敬見孔子，不問其禮。異日，景公止孔子曰："奉子以季氏，吾不能；以季、孟之間待之。"齊大夫欲害孔子，孔子聞之景公，曰："吾老矣，弗能用也！"孔子遂行，反乎魯。

　　孔子年四十二，魯昭公卒於乾侯，定公立。定公立五年，夏，季平子卒，桓子嗣立。……桓子嬖臣曰仲梁懷，與陽虎有隙，陽虎欲逐懷，公山不狃止之。其秋，懷益驕，陽虎執懷。桓子怒，陽虎因囚桓子；與盟而釋之。陽虎由此益輕季氏，季氏亦僭於公室，陪臣執國政。是以魯自大夫以下，皆僭離於正道。故孔子不仕，退而脩詩、書、禮、樂，弟子彌衆，至自遠方，莫不受業焉。……

　　定公九年，……是時孔子年五十。公山不狃以費叛季氏，使人召孔子。孔子循道彌久，温温無所試，莫能己用，曰：“蓋周文、武起豐、鎬而王，今費雖小，倘庶幾乎？”欲往。子路不説，止孔子，孔子曰：“夫召我者，豈徒哉！如用我，其爲東周乎？”然亦卒不行。其後定公以孔子爲中都宰，一年，四方皆則之。由中都宰爲司空，由司空爲大司寇。

定公十年春，及齊平。夏，齊大夫犂鉏言於景公曰：“魯用孔丘，其勢危齊。”乃使使告魯爲好會，會於夾谷。魯定公且以乘車好往。孔子攝相事，曰：“臣聞有文事者，必有武備；有武事者，必有文備。古者諸侯出疆，必具官以從，請具左右司馬。”定公曰：“諾。”具左右司馬，會齊侯夾谷。爲壇位，土階三等，以會遇之禮相見。揖讓而登，獻酬之禮畢，齊有司趨而進曰：“請奏四方之樂。”景公曰：“諾。”於是旍旄羽袚，矛戟劍撥，鼓譟而至。孔子趨而進，歷階而登，不盡一等，舉袂而言曰：“吾兩君爲好會，夷狄之樂，何爲於此！”請命有司，有司却之，不去；則左右視晏子與景公，景公心怍，麾而去之。有頃，齊有司趨而進曰：“請奏宮中之樂。”景公曰：“諾。”優倡侏儒，爲戲而前。孔子趨而進，歷階而登，不盡一等，曰：“匹夫而熒惑諸侯者罪當誅！請命有司，有司加法焉：手足異處。景公懼而動，知義不若，歸而大恐，告其羣臣曰：“魯以君子之道輔其君，而子獨以夷狄之道教寡人，使得罪於魯君，爲之奈何？”有司進對曰：“君子有過則謝以質，小人有過則謝以文；君若悼之，則謝以實。”於是齊侯乃歸所侵魯之鄆、汶陽、龜陰之田以謝過。

定公十三年夏，孔子言於定公曰：“臣無藏甲，大夫毋百雉之城。”使仲由爲季氏宰，將墮三都。於是叔孫氏先墮郈；季氏將墮費，公山不狃、叔孫輒率費人襲魯，公與三子入于季氏之宮，登武子之臺。費人攻之弗克,入及公側,孔子命申句須、樂頎下伐之,費人北。國人追之,敗諸姑蔑,二子奔齊,遂墮費。將墮成,公斂處父謂孟孫曰:"墮成,齊人必至于北門。且成,孟氏之保鄣;無成,是無孟氏也。我將弗墮。"十二月,公圍成,弗克。

定公十四年,孔子年五十六,由大司寇行攝相事,有喜色。門人曰:"聞君子禍至不懼,福至不喜。"孔子曰:"有是言也。不曰樂其以貴下人乎?"於是誅魯大夫亂政者少正卯,與聞國政。三月,鬻羔豚者弗飾賈,男女行者別於塗,塗不拾遺,四方之客至乎邑者,不求有司,皆予之以歸。齊人聞而懼曰:"孔子爲政,必霸;霸則吾地近焉。我之爲先并矣,盍致地焉!"犂鉏曰:"請先嘗沮之,沮之而不可,則致地庸遲乎?"於是選齊國中女子好者八十人,皆衣文衣而舞康樂,文馬三十駟,遺魯君,陳女樂文馬於魯城南高門外。季桓子微服,往觀再三,將受;乃語魯君爲周道游,往觀終日,怠於政事。子路曰:"夫子可以行矣!"孔子曰:"魯今且郊,如致膰乎大夫,則吾猶可以止。"桓子卒受齊女樂,三日不聽政;郊,又不致膰俎於大夫,孔子遂行。……

孔子遂適衞,主於子路妻兄顏濁鄒家。衞靈公問孔子:"居魯得祿幾何?"對曰:"奉粟六萬。"衞人亦致粟六萬。居頃之,或譖孔子於衞靈公,……孔子恐獲罪焉,居十月,去衞,將適陳,過匡。顏刻(按,"刻"似是"淵"之訛)爲僕,以其策指之曰:"昔吾入此,由彼缺也。"匡人聞之,以爲魯之陽虎。陽虎嘗暴匡人,匡人於是遂止孔子。孔子狀類陽虎,拘焉。五日,顏淵後,子曰:"吾以汝爲死矣!"顏淵曰:"子在,回何敢死?"匡人拘孔子益急,弟子懼。孔子曰:"文王既没,文不在兹乎?天之將喪斯文也,後死者不得與於斯文也;

天之未喪斯文也，匡人其如予何！"孔子使從者爲寧武子臣於衛，然後得去。去即過蒲。月餘，返乎衛，主蘧伯玉家。靈公夫人有南子者，使人謂孔子曰："四方之君子不辱，欲與寡君爲兄弟者，必見寡小君；寡小君願見。"孔子辭謝，不得已而見之。夫人在絺帷中，孔子入門，北面稽首，夫人自帷中再拜，環珮玉聲璆然。孔子曰："吾鄉爲弗見；見之，禮答焉。"子路不説，孔子矢之曰："予所不者，天厭之，天厭之。"居衛月餘，靈公與夫人同車，宦者雍渠參乘，出，使孔子爲次乘，招搖市過之。孔子曰："吾未見好德如好色者也！"於是醜之，去衛，過曹。

是歲，魯定公卒。孔子去曹適宋，與弟子習禮大樹下。宋司馬桓魋欲殺孔子，拔其樹。孔子去，弟子曰："可以速矣！"孔子曰："天生德於予，桓魋其如予何！"……

孔子遂至陳，主於司城貞子家。……孔子居陳三歲，會晉、楚爭彊，更伐陳；及吳侵陳，陳常被寇。孔子曰："歸與，歸與！吾黨之小子狂簡，進取不忘其初！"於是孔子去陳過蒲。會公叔氏以蒲叛，蒲人止孔子。弟子有公良孺者，以私車五乘從孔子，……出孔子東門，孔子遂適衛。……靈公老，怠於政，不用孔子。孔子喟然歎曰："苟有用我者，朞月而已。三年有成！"孔子行。

佛肸爲中牟宰。趙簡子攻范、中行，伐中牟，佛肸叛，使人召孔子。孔子欲往。子路曰："由聞諸夫子：'其身親爲不善者，君子不入也。'今佛肸親以中牟叛，子欲往，如之何？"孔子曰："有是言也。不曰堅乎，磨而不磷；不曰白乎，涅而不緇。我豈匏瓜也哉，焉能繫而不食！"孔子擊磬，有荷蕢而過門者，曰："有心哉，擊磬乎！硜硜乎，莫己知也夫！而已矣！"……

　　孔子既不得用於衞,將西見趙簡子,至於河,而聞竇鳴犢、舜華之死也,臨河而歎曰:"美哉水,洋洋乎﹗丘之不濟此,命也夫﹗"子貢趨而進曰:"敢問何謂也?"孔子曰:"竇鳴犢、舜華,晉國之賢大夫也。趙簡子未得志之時,須此兩人而後從政;及其已得志,殺之,乃從政。丘聞之也,刳胎殺夭,則麒麟不至郊;竭澤涸漁,則蛟龍不合陰陽;覆巢毀卵,則鳳皇不翔。何則?君子諱傷其類也。夫鳥獸之於不義也,尚知辟之,而況乎丘哉﹗"乃還息乎陬鄉,作爲陬操以哀之。而返乎衞,入主蘧伯玉家。

　　他日靈公問兵陳,孔子曰:"俎豆之事,則嘗聞之;軍旅之事,未之學也。"明日與孔子語,見飛雁,仰視之,色不在孔子,孔子遂行。復如陳。……

　　魯哀公三年,而孔子年六十矣。……秋,季桓子病,……顧謂其嗣康子曰:"我即死,若必相魯;相魯,必召仲尼。"後數日,桓子卒,康子代立。已葬,欲召仲尼。公之魚曰:"昔吾先君用之不終,終爲諸侯笑;今又用之,不能終,是再爲諸侯笑。"康子曰:"則誰召而可?"曰:"必召冉求。"於是使使召冉求。冉求將行,孔子曰:"魯人召求,非小用之,將大用之也。"是日,孔子曰:"歸乎,歸乎﹗吾黨之小子狂簡,斐然成章,吾不知所以裁之﹗"子貢知孔子思歸,送冉求,因誡曰,"即用,以孔子爲招"云。冉求既去,明年,孔子自陳遷于蔡。……

　　明年,孔子自蔡如葉。葉公問政,孔子曰:"政在來遠附邇。"他日葉公問孔子於子路,子路不對。孔子聞之曰:"由,爾何不對曰,'其爲人也,學道不倦,誨人不厭,發憤忘食,樂以忘憂,不知老之將至'云爾﹗"去葉,反于蔡。……

　　孔子遷于蔡三歲,……楚使人聘孔子,孔子將往拜禮。陳、蔡大夫謀曰："孔子賢者，所刺譏皆中諸侯之疾。今者久留陳、蔡之間，諸大夫所設行，皆非仲尼之意。今楚，大國也，來聘孔子；孔子用於楚，則陳、蔡用事大夫危矣।"於是乃相與發徒役，圍孔子於野，不得行。絕糧，從者病，莫能興。孔子講誦弦歌不衰。子路慍見曰："君子亦有窮乎？"孔子曰："君子固窮，小人窮斯濫矣。"子貢色作，孔子曰："賜। 爾以予爲多學而識之者與？"曰："然。非與？"孔子曰："非也। 予一以貫之。"孔子知弟子有慍心，乃召子路而問曰："詩云：'匪兕匪虎，率彼曠野。'吾道非耶？吾何爲於此？"子路曰："意者吾未仁耶？人之不我信也। 意者吾未知耶？人之不我行也।"孔子曰："有是乎। 由। 譬使仁者而必信，安有伯夷、叔齊？使智者而必行，安有王子比干？"子路出，子貢入見。孔子曰："賜। 詩云：'匪兕匪虎，率彼曠野。'吾道非耶？吾何爲於此？"子貢曰："夫子之道至大也，故天下莫能容夫子。夫子盍少貶焉।"孔子曰："賜। 良農能稼而不能爲穡；良工能巧而不能爲順；君子能脩其道，綱而紀之，統而理之，而不能爲容。今爾不脩爾道而求爲容，賜，爾志不遠矣。"子貢出，顏回入見。孔子曰："回। 詩云：'匪兕匪虎，率彼曠野。'吾道非耶？吾何爲於此？"顏回曰："夫子之道至大，故天下莫能容。雖然，夫子推而行之，不容何病। 不容，然後見君子。夫道之不脩也，是吾醜也；夫道既已大脩而不用，是有國者之醜也。不容何病। 不容，然後見君子।"孔子欣然而笑曰："有是哉। 顏氏之子，使爾多財，吾爲爾宰।"於是使子貢至楚，楚昭王興師迎孔子，然後得免。

　　昭王將以書社地七百里封孔子。楚令尹子西曰："王之使使諸侯，有如子貢者乎？"曰："無有。""王之輔相，有如顏回者乎？"曰："無有。""王之將帥，有如子路者乎？"曰："無有。""王之官尹，有如宰予者乎？”曰：“無有。”“且楚之祖封於周，號爲子男，五十里；今孔丘述三王之法，明周、召之業，王若用之，則楚安得世世堂堂方數千里乎？夫文王在豐，武王在鎬，百里之君，卒王天下。今孔丘得據土壤，賢弟子爲佐，非楚之福也。”昭王乃止。……於是孔子自楚反乎衞。是歲也，孔子年六十三，而魯哀公六年也。

其明年，吳與魯會繒，徵百牢。太宰嚭召季康子，康子使子貢往，然後得已。……其明年，冉有爲季氏將師與齊戰於郎，克之。季康子曰：“子之於軍旅，學之乎？性之乎？”冉有曰：“學之於孔子。”季康子曰：“孔子何如人哉？”對曰：“用之有名，播之百姓，質諸鬼神而無憾，求之至於此道，雖累千社，夫子不利也。”康子曰：“我欲召之，可乎？”對曰：“欲召之，則毋以小人固之，則可矣。”……會季康子逐公華、公賓、公林，以幣迎孔子，孔子歸魯。

孔子之去魯，凡十四歲，而反乎魯。……然魯終不能用孔子，孔子亦不求仕。

孔子之時，周室微，而禮樂廢，詩、書缺。追迹三代之禮，序書傳，上紀唐、虞之際，下至秦繆，編次其事。……古者詩三千餘篇，及至孔子，去其重，取可施於禮義，上采契、后稷，中述殷、周之盛，至幽、厲之缺，……三百五篇，孔子皆弦歌之，以求合韶、武、雅、頌之音。禮樂自此可得而述，以備王道，成六藝。孔子晚而喜易，序彖、繫、象、説卦、文言。讀易，韋編三絕，曰：“假我數年，若是，我於易則彬彬矣。”孔子以詩、書、禮、樂教弟子，蓋三千焉；身通六藝者，七十有二人；如顏濁鄒之徒，頗受業者甚衆。……

魯哀公十四年春，狩大野，叔孫氏車子鉏商獲獸，以爲不祥。仲尼視之，曰：“麟也।”取之。……顏淵死，孔子曰：“天喪予।”及西狩獲麟，曰："吾道窮矣！……君子病殁世而名不稱焉，吾道不行矣，吾何以自見於後世哉！"及因史記，作春秋，上至隱公，下訖哀公十四年，十二公，據魯，親周，故殷，運之三代，約其文辭而指博。……孔子在位，聽訟文辭，有可與人共者，弗獨有也。至於爲春秋，筆則筆，削則削，子夏之徒，不能贊一辭。弟子受春秋，孔子曰："後世知丘者以春秋，而罪丘者亦以春秋。"

明歲，子路死於衞。孔子病，子貢請見。孔子方負杖逍遙於門，曰："賜！汝來何其晚也？"孔子因歎歌曰："太山壞乎？梁柱摧乎？哲人萎乎？"因以涕下，謂子貢曰："天下無道久矣，莫能宗予！夏人殯於東階，周人於西階，殷人兩柱間。昨暮，予夢坐奠兩柱之間，予殆殷人也。"後七日卒。

孔子年七十三，以魯哀公十六年四月己丑卒。……孔子葬魯城北泗上，弟子皆服三年。三年心喪畢，相訣而去，則哭，各復盡哀，或復留。唯子貢廬於冢上，凡六年，然後去。弟子及魯人往從冢而家者，百有餘室，因命曰孔里。……（史記：孔子世家——節錄）

……（魯襄公二十一年）冬，十月，庚子，孔子生。孔子爲兒，嬉戲，常陳俎豆，設禮容。

孔子嘗爲委吏矣，曰："會計當而已矣。"嘗爲乘田矣，曰："牛羊茁壯長而已矣。"

郯子來朝於公（魯昭公）與之宴。昭子問焉，曰："少暤氏鳥名官，何故也？"郯子曰："吾祖也，我知之。"仲尼聞之，見於郯子而學之。既而告人曰："吾聞之：'天子失官，學在四夷。'猶信。"

　　子入太廟，每事問。或曰：“孰謂鄹人之子知禮乎？入太廟，每事問。”子聞之，曰：“是禮也。”……

　　公至自楚，孟僖子病，不能相禮，乃講學之，苟能禮者從之。及其將死也，召其大夫曰：“禮，人之幹也。無禮，無以立。吾聞將有達者曰孔丘，聖人之後也，而滅於宋。其祖弗父何以有宋而授厲公。及正考父佐戴、武、宣，三命茲益恭。故其鼎銘云：‘一命而僂，再命而傴，三命而俯。循牆而走。亦莫余敢侮。饘於是，鬻於是，以餬余口。’其恭也如是。臧孫紇有言曰：‘聖人有明德者，若不當世，其後必有達人。’今其將在孔丘乎？我若獲没，必屬説與何忌於夫子，使事之而學禮焉，以定其位。”故孟懿子與南宮敬叔師事仲尼。

　　將禘於襄公，萬者二人；其衆萬於季氏。孔子謂季氏：“八佾舞於庭，是可忍也，孰不可忍也｜”

　　子在齊聞韶，三月不知肉味，曰：“不圖爲樂之至於斯也｜”

　　齊景公問政於孔子，孔子對曰：“君君，臣臣，父父，子子。”景公曰：“善哉｜信如君不君，臣不臣，父不父，子不子，雖有粟，吾得而食諸｜”

　　孔子之去齊，接淅而行。

　　或謂孔子曰：“子奚不爲政？”孔子曰：“書云：‘孝乎惟孝，友于兄弟，施於爲政。’是亦爲政，奚其爲爲政？”

　　孔子不仕，退而修詩、書、禮、樂。弟子彌衆，至自遠方，莫不受業焉。

　　陽貨欲見孔子，孔子不見。歸孔子豚。孔子時其亡也，而往拜之。遇諸塗，謂孔子曰：“來｜予與爾言。”曰：“懷其寶而迷其邦，可謂仁乎？”曰：“不可。”“好從事而亟失時，可謂知乎？”曰：“不可。”

“日月逝矣，歲不我與！”孔子曰：“諾，吾將仕矣！”……

孔子之仕於魯也，魯人獵較，孔子亦獵較。孔子先簿正祭器，不以四方之食供簿正。

（定公十年）春，及齊平。夏，公（定公）會齊侯於祝其，實夾谷，孔丘相。犂彌言於齊侯曰：“孔丘知禮而無勇。若使萊人以兵劫魯侯，必得志焉。”齊侯從之，孔丘以公退，曰：“士兵之！兩君合好，而裔夷之俘以兵亂之：非齊君所以命諸侯也。裔不謀夏，夷不亂華；俘不干盟，兵不逼好。於神爲不祥，於德爲愆義，於人爲失禮，君必不然！”齊侯聞之。遽辟之。

齊侯將享公。孔丘謂梁丘據曰：“齊、魯之故，吾子何不聞焉？事既成矣，而又享之，是勤執事也。且犧象不出門，嘉樂不野合。饗而既具，是棄禮也；若其不具，用秕稗也。用秕稗，君辱；棄禮，名惡。子盍圖之！夫享，所以昭德也；不昭，不如其已也。”乃不果享。齊人來歸鄆、讙、龜陰之田。

……

定公問：“君使臣，臣事君，如之何？”孔子對曰：“君使臣以禮，臣事君以忠。”定公問：“一言而可以興邦，有諸？”孔子對曰：“言不可以若是其幾也！人之言曰：‘爲君難，爲臣不易。’如知爲君之難也，不幾乎一言而興邦乎？”曰：“一言而喪邦，有諸？”孔子對曰：“言不可以若是其幾也！人之言曰：‘予無樂乎爲君，唯其言而莫予違也。’如其善，而莫之違也，不亦善乎？如不善而莫之違也，不幾乎一言而喪邦乎？”

孔子爲魯司寇，不用；從而祭，燔肉不至，不稅冕而行。

於衞，主顔讎由。

子適衞，冉有僕。孔子曰：“庶矣哉！”冉有曰：“既庶矣，又何加焉？”曰：“富之。”曰：“既富矣，又何加焉？”曰：“教之。”

彌子之妻與子路之妻，兄弟也。彌子謂子路曰：“孔子主我，衞卿可得也。”子路以告。孔子曰：“有命！”

子見南子，子路不説。夫子矢之曰：“予所否者，天厭之！天厭之！”

孔子不悦於魯、衞，遭宋桓司馬，將要而殺之。微服而過宋。子曰：“天生德於予，桓魋其如予何！”

子畏於匡，曰：“文王既没，文不在兹乎？天之將喪斯文也，後死者不得與於斯文也；天之未喪斯文也，匡人其如予何！”

葉公問政，子曰：“近者説，遠者來。”

葉公問孔子於子路，子路不對。子曰：“汝奚不曰，‘其爲人也，發憤忘食，樂以忘憂，不知老之將至’云爾！”

楚狂接輿歌而過孔子曰：“鳳兮！鳳兮！何德之衰！往者不可諫，來者猶可追。已而，已而！今之從政者殆而！”孔子下，欲與之言。趨而辟之，不得與之言。

長沮、桀溺耦而耕。孔子過之，使子路問津焉。長沮曰：“夫執輿者爲誰？”子路曰：“爲孔丘。”曰：“是魯孔丘與？”曰：“是也。”曰：“是知津矣！”問於桀溺。桀溺曰：“子爲誰？”曰：“爲仲由。”曰：“是魯孔丘之徒與？”對曰：“然。”曰：“滔滔者，天下皆是也，而誰以易之？且而與其從辟人之士也，豈若從辟世之士哉！”耰而不輟。子路行以告。夫子憮然曰：“鳥獸不可與同羣，吾非斯人之徒與而誰與？天下有道，丘不與易也。”

子路從而後，遇丈人，以杖荷蓧。子路問曰：“子見夫子乎？”丈人曰：“四體不勤，五穀不分，孰爲夫子？”植其杖而芸。子路拱而立。止子路宿，殺鷄爲黍而食之，見其二子焉。明日，子路行以告。孔子曰：“隱者也｜”使子路反見之；至，則行矣。……

在陳絶糧。從者病，莫能興。子路慍見曰：“君子亦有窮乎？”子曰：“君子固窮，小人窮斯濫矣｜”

子在陳，曰：“歸與，歸與｜吾黨之小子狂簡，斐然成章，不知所以裁之。”

……

子路曰：“衞君待子而爲政，子將奚先？”子曰：“必也，正名乎｜”子路曰：“有是哉，子之迂也｜奚其正？”孔子曰：“野哉由也｜君子於其所不知，蓋闕如也。名不正，則言不順；言不順，則事不成；事不成，則禮樂不興；禮樂不興，則刑罰不中；刑罰不中，則民無所措手足。故君子名之必可言也，言之必可行也。君子於其言，無所苟而已矣｜”

孔文子之將攻太叔也，訪於仲尼。仲尼曰：“胡簋之事，則嘗學之矣；甲兵之事，未之聞也。”退，命駕而行，曰：“鳥則擇木，木豈能擇鳥？”文子遽止之，曰：“圉豈敢度其私，訪衞國之難也｜”將止，魯人以幣召之，乃歸。

季孫欲以田賦，使冉有訪於仲尼。仲尼曰：“丘不識也。”三發，卒曰：“子爲國老，待子而行，若之何子之不言？”仲尼不對，而私於冉有曰：“君子之行也，度於禮，施取其厚，事舉其中，斂從其薄。如是，則以邱亦足矣。若不度於禮而貪冒無厭，則雖以田賦，將又不足。且子季孫若欲行而法，則周公之典在；若欲苟而行，又何訪焉｜”弗聽。

季氏富於周公，而冉求爲之聚斂而附益之。子曰："非吾徒也，小子鳴鼓而攻之可也！"

子曰："吾自衞反魯，然後樂正，雅、頌各得其所。"子語魯太師樂，曰："樂其可知也：始作，翕如也；從之，純如也，皦如也，繹如也，以成。"……

子曰："加我數年，五十以學易，可以無大過矣！"

（哀公十四年）春，西狩於大野，叔孫氏之車子鉏商獲麟；以爲不祥，以賜虞人。仲尼觀之，曰："麟也！"然後取之。有以告者，曰："有麕而角者。"孔子曰："孰爲來哉！孰爲來哉！"反袂拭面，涕沾袍，曰："吾道窮矣！"……

孔子懼，作春秋，……曰："知我者其惟春秋乎？罪我者其惟春秋乎？"……

陳成子弑簡公，孔子沐浴而朝，告於哀公曰："陳恆弑其君，請討之。"公曰："告夫三子。"孔子曰："以吾從大夫之後，不敢不告也；君曰'告夫三子'者！"之三子告，不可。孔子曰："以吾從大夫之後，不敢不告也！"……

哀公問曰："何爲則民服？"孔子對曰："舉直錯諸枉，則民服；舉枉錯諸直，則民不服。"……

季康子問政於孔子，孔子對曰："政者，正也。子帥以正，孰敢不正！"

季康子患盜，問於孔子，孔子對曰："苟子之不欲，雖賞之不竊。"……

（哀公十六年）夏，四月，己丑，孔丘卒。

公誄之曰："旻天不弔，不憖遺一老，俾屏余一人以在位，煢煢余在疚。嗚呼！　哀哉！　尼父，無自律！”……

　　孔子生鯉，字伯魚；先孔子死。伯魚生伋，字子思。……

　　孟子曰：“伯夷，聖之清者也；伊尹，聖之任者也；柳下惠，聖之和者也；孔子，聖之時者也。——孔子之謂集大成。”……（崔述；洙泗考信録——節録）

（二）　關於孔子的思想

　　子曰：“學而時習之，不亦説乎？”（學而）

　　子曰：“學而不思則罔，思而不學則殆。”（爲政）

　　子曰：“由！　誨汝知之乎？知之爲知之，不知爲不知，是知也。”（爲政）

　　子張學干禄。子曰：“多聞闕疑，慎言其餘，則寡尤；多見闕殆，慎行其餘，則寡悔。言寡尤，行寡悔，禄在其中矣。”（爲政）

　　子曰：“默而識之，學而不厭，誨人不倦，何有於我哉！”（述而）

　　子曰：“我非生而知之者，好古敏以求之者也。”（述而）

　　子不語：怪，力，亂，神。（述而）

　　子曰：“三人行，必有我師焉：擇其善者而從之，其不善者而改之。”（述而）

　　子以四教：文，行，忠，信。（述而）

　　子曰：“蓋有不知而作之者，我無是也。多聞、擇其善者而從之，多見而識之，知之次也。”（述而）

　　子曰：“若聖與仁，則吾豈敢！　抑爲之不厭，誨人不倦，則可謂云爾已矣。”公西華曰：“正唯弟子不能學也。”（述而）

　　子曰：“吾嘗終日不食，終夜不寝，以思，無益；不如學也。”（衞

靈公)

子曰：飽食終日，無所用心，難矣哉！不有博弈者乎，爲之猶賢乎已！"(陽貨)〔以上論爲學。〕

子曰："道千乘之國，敬事而信，節用而愛人，使民以時。"(學而)

子曰："道之以政，齊之以刑，民免而無恥；道之以德，齊之以禮，有恥且格。"(爲政)

子貢問政。子曰："足食、足兵，民信之矣。"子貢曰："必不得已而去，於斯三者何先？"曰："去兵。"子貢曰："必不得已而去，於斯二者何先？"曰："去食。自古皆有死，民無信不立！"(顏淵)

季康子問政於孔子曰："如殺無道以就有道，何如？"孔子對曰："子爲政，焉用殺！子欲善，而民善矣。君子之德，風；小人之德，草。草上之風，必偃。"(顏淵)

顏淵問爲邦。子曰："行夏之時，乘殷之輅，服周之冕；樂則韶舞。放鄭聲，遠佞人——鄭聲淫，佞人殆。"(衞靈公)

子曰："天下有道，則禮樂征伐自天子出；天下無道，則禮樂征伐自諸侯出。自諸侯出，蓋十世希不失矣。自大夫出，五世希不失矣。陪臣執國命，三世希不失矣。天下有道，則政不在大夫；天下有道，則庶人不議。"(季氏)〔以上論爲政。〕

子貢曰："如有博施於民，而能濟衆，何如？可謂仁乎？"子曰："何事於仁！必也聖乎！堯、舜其猶病諸！夫仁者：己欲立而立人，己欲達而達人。能近取譬，可謂仁之方也已。"(雍也)

仲弓問仁。子曰：“出門如見大賓，使民如承大祭，己所不欲，勿施於人，在邦無怨，在家無怨。”仲弓曰：“雍雖不敏，請事斯語矣。”（顏淵）

樊遲問仁，子曰：“愛人。”問知，子曰：“知人。”樊遲未達。子曰：“舉直錯諸枉，能使枉者直。”樊遲退，見子夏曰：“鄉也吾見於夫子而問知，子曰：‘舉直錯諸枉，能使枉者直。’何謂也？”子夏曰：“富哉言乎！舜有天下，選於衆，舉皋陶，不仁者遠矣。湯有天下，選於衆，舉伊尹，不仁者遠矣。”（顏淵）

子曰：“志士仁人，無求生以害仁，有殺身以成仁。”（衞靈公）

子張問仁於孔子。孔子曰：“能行五者於天下，爲仁矣。”請問之，曰：“恭、寬、信、敏、惠。恭則不侮，寬則得衆，信則人任焉，敏則有功，惠則足以使人。”（陽貨）〔以上論仁。〕

子曰：“管仲之器小哉！”或曰：“管仲儉乎？”曰：“管氏有三歸，官事不攝，焉得儉？”“然則管仲知禮乎？”曰：“邦君樹塞門，管氏亦樹塞門；邦君爲兩君之好，有反坫，管氏亦有反坫。管氏而知禮，孰不知禮？”（八佾）

子路曰：“桓公殺公子糾，召忽死之，管仲不死。”曰：“未仁乎？”子曰：“桓公九合諸侯，不以兵革，管仲之力也。如其仁！如其仁！”（憲問）

子貢曰：“管仲非仁者與？桓公殺公子糾，不能死，又相之。”子曰：“管仲相桓公，霸諸侯，一匡天下，民到于今受其賜。微管仲，吾其被髮左衽矣。豈若匹夫匹婦之爲諒也，自經於溝瀆而莫之知也！”（憲問）〔以上論管仲。〕

　　子謂子貢曰："汝與回也孰愈？"對曰："賜也何敢望回？回也聞一以知十，賜也聞一以知二。"子曰："弗如也，吾與汝弗如也。"（公冶長）

　　子華使於齊，冉有爲其母請粟。子曰："與之釜。"請益，曰："與之庾。"冉有與之粟五秉。子曰："赤之適齊也，乘肥馬，衣輕裘。吾聞之也，君子周急不繼富。"原思爲之宰，與之粟九百，辭。子曰："毋！以與爾鄰里鄉黨乎？"（雍也）

　　季路問事鬼神。子曰："未能事人，焉能事鬼！"曰："敢問死。"曰："未知生，焉知死！"（先進）

　　公伯寮愬子路於季孫。子服景伯以告，曰："夫子固有惑志於公伯寮，吾力猶能肆諸市朝。"子曰："道之將行也與，命也！道之將廢也與，命也！公伯寮其如命何！"（憲問）

　　子路問君子。子曰："修己以敬。"曰："如斯而已乎？"曰："修己以安人。"曰："如斯而已乎？"曰："修己以安百姓。——修己以安百姓，堯、舜其猶病諸！"（憲問）

　　孔子曰："君子有三畏：畏天命，畏大人，畏聖人之言。小人不知天命而不畏也，狎大人，侮聖人之言。"（季氏）

　　子曰："予欲無言。"子貢曰："子如不言，則小子何述焉？"子曰："天何言哉！四時行焉，百物生焉。天何言哉！"（陽貨）

　　孔子曰："不知命，無以爲君子也；不知禮，無以立也；不知言，無以知人也。"（堯曰）〔以上論門弟子、論天命、論君子及其它。〕

十　墨　子

（一）　兼愛上

聖人以治天下爲事者也，必知亂之所自起，焉①能治之；不知亂之所自起，則不能治。譬之如醫之攻②人之疾者然：必知疾之所自起，焉能攻之；不知疾之所自起，則弗能攻。治亂者何獨不然③！必知亂之所自起，焉能治之；不知亂之所自起，則弗能治。聖人以治天下爲事者也，不可不察亂之所自起。

當④察亂何自起，起不相愛。臣子之不孝君父，所謂亂也。子自愛不愛父，故虧⑤父而自利；弟自愛不愛兄，故虧兄而自利；臣自愛不愛君，故虧君而自利：此所謂亂也。雖父之不慈⑥子，兄之不慈弟，君之不慈臣，此亦天下之所謂亂也。父自愛也，不愛子，故虧子而自利；兄自愛也，不愛弟，故虧弟而自利；君自愛也，不愛臣，故虧臣而自利。是何也？皆起不相愛。

雖至天下之爲盜賊者亦然。盜愛其室，不愛其⑦異室⑧，故竊異室以利其室；賊愛其身，不愛人身⑨，故賊人身以利其身。此何也？皆起不相愛。

雖至大夫之相亂家、諸侯之相攻國者亦然；大夫各愛其家，不愛異家，故亂異家以利其家；諸侯各愛其國，不愛異國，故攻異國以利其國。天下之亂物⑩，具此⑪而已矣。察此何自起？皆起不相愛。

若使天下兼相愛，愛人若愛其身，猶有不孝者乎？視父兄與君若其身，惡⑫施不孝？猶有不慈者乎？視弟子與臣若其身，惡施不慈？故不孝不慈亡有⑬。猶有盜賊乎？故⑭視人之室若其室，誰竊？視人身若其身，誰賊⑮？故盜賊亡有。猶有大夫之相亂家、諸侯之相攻國者乎？視人家若其家，誰亂？視人國若其國，誰攻？故大夫之相亂家、諸侯之相攻國者亡有。若使天下兼相愛，國與國不相攻，家與家不相亂，盜賊亡有，君臣父子皆能孝慈，若此則天下治。

　　故聖人以治天下爲事者，惡得不禁惡而勸愛⑯！故天下兼相愛則治，交相惡⑰則亂。故子墨子⑱曰，"不可以不勸愛人"者，此也。

　　①爲：作"乃"解（用王引之說，見經傳釋詞）。　②攻：治。　③"治亂者"句：人們治理紛亂的社會又哪能單獨例外而不是這樣呢！④當：同"嘗"，作"試"解。　⑤虧：損害。　⑥慈：憐愛。　⑦其：此字是衍文，應删去；因下文"不愛異家"、"不愛異國"等句皆無"其"字（用王念孫說，見讀書雜志）。　⑧異室：他人的家。　⑨不愛人身：原本此句無"身"字，下文"故賊人身"句"人"下亦無"身"字，今據俞樾諸子平議說補。　⑩亂物：猶言"亂事"。　⑪具此：畢盡於此。　⑫惡：音烏，作"何"解，猶言"怎麼"。　⑬亡有："亡"同"無"。　⑭故：清孫詒讓墨子閒詁："'故'字疑衍。"按，以文義論，此字應删去，孫說是。⑮賊：此處作動詞用，作"殘害"解。　⑯惡得不禁惡而勸愛："惡得"的"惡"音烏，作"何"解；"禁惡"的"惡"音務，仇恨；"勸"，勉勵，鼓勵。此言"怎能不禁止互相仇恨而鼓勵互相親愛！"　⑰交相惡："惡"音務，解同前註"禁惡"的"惡"。　⑱子墨子：上"子"字是弟子用以尊其師的敬稱，餘詳前國語越語勾踐滅吳註。

（二）　非攻上

　　今有一人，入人園圃，竊其桃李，衆聞則非之①，上爲政者得則罰之②。此何也？以虧人自利也。至攘③人犬豕雞豚者，其不義又甚入人園圃竊桃李。是何故也？以虧人愈多，其不仁茲甚④，罪益厚⑤。 至入人欄厩、取人馬牛者，其不仁義又甚攘人犬豕雞豚。此何故也？以其虧人愈多。苟虧人愈多，其不仁茲甚，罪益厚。至殺不辜人⑥也，扡⑦其衣裘、取戈劍者，其不義又甚入人欄厩、取人馬牛。此何故也？以其虧人愈多。苟虧人愈多，其不仁茲甚矣，罪益厚。當此天下之君子⑧，皆知而非之，謂之不義。今至大爲攻國⑨，則弗知非，從而譽之，謂之義。此可謂知義與不義之別乎？

殺一人，謂之不義，必有一死罪矣⑩。若以此說往⑪，殺十人十重不義⑫，必有十死罪矣；殺百人，百重不義，必有百死罪矣。當此天下之君子，皆知而非之，謂之不義。今至大爲不義，攻國，則弗知非，從而譽之，謂之義。情不知其不義也⑬，故書其言以遺後世；若知其不義也，夫奚說書其不義以遺後世哉⑭？

今有人於此，少見黑曰黑，多見黑曰白，則以此人不知白黑之辯矣⑮；少嘗苦曰苦，多嘗苦曰甘，則必以此人爲不知甘苦之辯矣。今小爲非，則知而非之；大爲非攻國，則不知非，從而譽之，謂之義：此可謂知義與不義之辯乎？是以知天下之君子也⑯，辯義與不義之亂也⑰。

①衆聞則非之：羣衆聽到了，都認爲此人的行爲是錯誤的。②"上爲政者"句：在上位的執政者捕獲了他就懲罰他。 ③攘：偷盜。④茲甚："茲"同"滋"，更加。 ⑤厚：重。 ⑥不辜人：無罪的人。⑦扡：同"拖"，奪取。 ⑧"當此"句："當此"猶言"現今"。 ⑨今至大爲攻國：據後文，有"今至大爲不義，攻國"之句，此處似脫落"不義"二字（用清畢沅說，見其所著墨子注）。此言"如今甚至於大行不義之事，攻取別人的國家"。 ⑩必有一死罪矣：必然構成一條死罪了。 ⑪若以此說往：如果按照這個說法類推。 ⑫十重不義："重"讀平聲，作"倍"

解。　⑬“情不知”二句：上句，“情”作“誠”解，猶言“果真”；下句，“書”，記載。大意是：“有的人真是不知道攻人之國是不義的，所以把一些稱譽的話記載下來遺留給後世。”　⑭“夫奚説”句：“説”，説法，引申作“理由”解。此連上句大意是：“如果既已知道攻人之國是不義的，那他還有什麼理由把那種不義的行爲記載下來遺留給後世呢？”　⑮“則以此人”句：孫詒讓説：“依下文，‘則’下當有‘必’字，‘人’下當有‘爲’字。”“白黑之辯”，白和黑的區別。　⑯“是以”句：據孫詒讓説，此句末尾的“也”字疑是衍文，應删去。　⑰辯義與不義之亂也：“亂”指顛倒是非，即以不義爲義。此連上文，大意是：“因而知道天下的君子是需要辨別義和不義的那種顛倒混淆的説法的。”

（三）　公輸

公輸盤①爲楚造雲梯②之械，成，將以攻宋。子墨子聞之，起於齊，行十日十夜，而至於郢，見公輸盤。

公輸盤曰：“夫子何命焉爲③？”

子墨子曰：“北方有侮臣者④，願藉子殺之⑤。”

公輸盤不悦。

子墨子曰：“請獻千金⑥。”

公輸盤曰：“吾義固不殺人⑦！”

子墨子起再拜，曰：“請説之⑧。吾從北方，聞子爲梯，將以攻宋，宋何罪之有？荆國有餘於地⑨，而不足於民。殺所不足而争所有餘⑩，不可謂智；宋無罪而攻之，不可謂仁；知而不争⑪，不可謂忠；争而不得⑫，不可謂强。義不殺少而殺衆⑬，不可謂知類。”

公輸盤服。

子墨子曰："然,胡不已乎⑭?"

公輸盤曰："不可,吾既已言之王矣。"

子墨子曰："胡不見我於王⑮?"

公輸盤曰："諾!"

子墨子見王,曰："今有人於此,舍其文軒⑯,鄰有敝輿⑰,而欲竊之;舍其錦繡,鄰有短褐⑱,而欲竊之;舍其粱肉,鄰有糠糟⑲,而欲竊之。此爲何若人⑳?"王曰："必爲竊疾矣㉑。"

子墨子曰："荆之地方五千里,宋之地方五百里,此猶文軒之與敝輿也;荆有雲夢,犀兕麋鹿滿之,江、漢㉒之魚鼈黿鼉,爲天下富,宋所爲無雉兔鮒魚者也㉓,此猶粱肉之與糠糟也;荆有長松、文梓、梗、柟、豫章㉔,宋無長木,此猶錦繡之與短褐也。臣以三事㉕之攻宋也,爲與此同類。臣見大王之必傷義而不得㉖。"

王曰："善哉!雖然,公輸盤爲我爲雲梯,必取宋。"

於是見公輸盤。子墨子解帶爲城,以牒爲械㉗,公輸盤九設攻城之機變,子墨子九距㉘之;公輸盤之攻械盡,子墨子之守圉㉙有餘。

公輸盤詘㉚,而曰："吾知所以距子矣,吾不言。"

子墨子亦曰："吾知子之所以距我,吾不言。"

楚王問其故,子墨子曰："公輸子之意,不過欲殺臣;殺臣,宋莫能守,可攻也㉛。然臣之弟子禽滑釐等三百人,已持臣守圉之器,在宋城上,而待楚寇矣。雖殺臣,不能絶也。"楚王曰："善哉,吾請無攻宋矣!"

子墨子歸,過宋,天雨,庇其閭中㉜,守閭者不内也㉝。故曰:"治於神者㉞,衆人不知其功;争於明者,衆人知之。"

　①公輸盤：人名，是戰國時魯國著名的巧匠。一名魯班。“盤”，古書又寫作“般”。　②雲梯：攻城的器械。極言其高，故名“雲梯”。　③何命焉爲：猶言“有何見教”。“焉”，表示疑問句的語尾助詞。　④北方有侮臣者：原文無“者”字，據俞樾説補。“侮臣者”，欺侮我的人。按，此本無其事，不過是墨子用以試探公輸盤的話。　⑤願藉子殺之：願意借重你的力量把他殺掉。　⑥請獻千金：“千金”原作“十金”，非是。今據畢沅、孫詒讓説改。此寫墨子願以千金做爲請公輸盤殺人的代價。⑦吾義固不殺人：公輸盤自言，他是個有正義感的人，不能随便殺人。⑧請説之：請允許我向你進言。　⑨“荆國”二句：“荆”卽楚。此言楚國有多餘的土地而人民數量不足。　⑩“殺所不足”句：楚國原已感到人口不足，而在戰爭中不免還要死人；原已嫌土地用不完，却偏要去侵奪他國的土地。　⑪“知而不争”二句：此言公輸盤明知道攻宋是不仁不智的行爲而不向楚王諫阻，不能算做忠於楚王。　⑫“争而不得”二句：此言如果公輸盤已向楚王勸諫，而未能收到成效，則公輸盤本人不能算是剛強有毅力的人。　⑬“義不殺少”二句：上句，言公輸盤因不肯陷於不義而殺死一個人，但是却甘心爲楚國攻宋，殺死更多的人。下句，“類”，本作“事理”解；此句言公輸盤不懂得用類推的方法給相同的事理做出正確的結論。　⑭然，胡不已乎：原文作“然乎不已乎”，今據畢沅、孫詒讓説校改。言“既然如此，爲什麽不中止攻宋呢？”　⑮見我於王：引薦我去見楚王。“王”當是楚惠王，名章。據孫詒讓墨子年表，止楚攻宋之事應在楚惠王五十年(公元前四四〇)以前。　⑯舍其文軒：“舍”同“捨”，放棄；“文軒”，塗飾着文采的華麗的車子。　⑰敝輿：破車。“輿”，原本作“轝”。　⑱短褐：“短”是“裋”(音豎)的假借字。“裋褐”，古代貧賤的人所穿的粗布衣服。　⑲穅糟：卽糟穅。“穅”，“糠”之正字。　⑳何若人：怎樣的人。　㉑必爲竊疾矣：據王念孫説，此句“爲”下應加“有”字。“竊疾”，好偷東西的癖性。　㉒江、漢：長江和漢水。　㉓“宋所爲”句：“爲”，卽“謂”(用王引之説)；“鮒魚”原作“狐狸”，今據王念孫説校

改。“鮒魚”,卽鯽魚。此句言宋國連小的禽獸和魚類都没有。　㉔“荆有長松”句:“長松”,卽松樹;“文梓”,卽梓樹,詳見前詩經小弁註;“楩”音駢;“枏”,“楠”之正字;“豫章”,卽樟樹。“楩”、“楠”、“樟”都是在中國南部生長的常綠喬木。　㉕三事:應作“王吏”(參用孫詒讓説),指楚王所派遣的攻宋的將吏。　㉖“臣見”句:我預料你這樣做一定是損害了正義而且没有收穫。　㉗以牒爲械:“牒”,“梜”(音夾)之假借字,卽箸,今言“筷子”。此言用木筷子做兵器(用俞樾説)。　㉘距:同“拒”,抵禦;下同。　㉙圉:同“禦”。　㉚詘:同“屈”,作“窮”、“盡”解。孫詒讓説:“謂般技已盡,墨子有餘。”　㉛可攻也:據畢沅説,“可”上應有“乃”字。㉜庇其閭中:“庇”,蔭;“閭”,里門。此言墨子擬入宋之里門以避雨。㉝“守閭者”句:“内”同“納”。此言把守里門的人不容許墨子進去。孫詒讓説:“周禮鄉大夫云:‘國有大故,則令民各守其閭,以待政令。’時楚將伐宋,宋已聞之,故墨子歸過宋,守閭者恐其爲間諜,不聽入也。”㉞“治於神者”四句:第一句的“神”與第三句的“明”爲對文。“神明”,本指人之智慧,後乃引申爲“造物者”。此處的“神”指一般人所看不見、揣測不到的大智慧、大利益,“明”指一般人所能察及的小利、小智。“治”,專注,着重;“争”,競,引申有“計較”之意。此言“着重一般人所不能體察的大利益、大智慧的人,普通羣衆是不理解他的偉大的功績的;專門計較小利、小智的人,一般人倒能理解。”按,墨子之止楚攻宋,正與他所提倡的兼愛非攻的學説相一致,是體現他思想的實際行動。其目的原在爲整個人類謀幸福,不在求個人的私利,所以是“治於神”而不是“争於明”,因此其功也不求人知。而本篇末段的事實卽用以説明此意。

墨子附録

（一）　孫詒讓: 墨子傳略

墨子,名翟,姓墨氏,魯人,或曰宋人,蓋生於周定王時。

魯惠公使宰讓請郊廟之禮於天子，桓公使史角往，惠公止之，其後在於魯，墨子學焉。

其學務不侈於後世，不靡於萬物，不暉於數度，以繩墨自矯，而備世之急。作爲非樂，命之曰節用，生不歌，死無服，氾愛兼利而非鬬，好學而博不異。又曰兼愛尚賢，右鬼非命。以爲儒者禮煩擾而不悅，厚葬靡財而貧民，久服傷生而害事，故背周道而用夏政。其稱道曰：“昔者禹之湮洪水，決江河，而通四夷九州也，名川三百，支川三千，小者無數。禹親自操橐耜，而九雜天下之川，腓無胈，脛無毛，沐甚雨，櫛疾風，置萬國。禹，大聖也，而形勞天下如此。”故使後學者以裘褐爲衣，以跂蹻爲服，日夜不休，以苦爲極。曰：“不能如此，非禹之道也；不足謂墨。”亦道堯、舜。又善守禦。爲世顯學。徒屬子弟，充滿天下。

其居魯也，魯君謂之曰：“吾恐齊之攻我也，可救乎？”墨子曰：“可。昔者三代之聖王——禹、湯、文、武，百里之諸侯也，説忠行義取天下；三代之暴王——桀、紂、幽、厲，讎怨行暴失天下。吾願主君之上者尊天事鬼，下者愛利百姓，厚爲皮幣，卑辭令，亟徧禮四鄰諸侯，敺國而以事齊，患可救也。非此，顧無可爲者。”

魯君謂墨子曰：“我有二子：一人者好學，一人者好分人財，孰以爲太子而可？”墨子曰：“未可知也。或所爲賞譽爲是也。釣者之恭，非爲魚賜也；餌鼠以蟲，非愛之也。吾願主君之合其志功而觀焉。”

楚人常與越人舟戰於江。楚惠王時，公輸般自魯南遊楚焉，始爲舟戰之器，作爲鉤拒之備，楚人因此若勢，亟敗越人。公輸子善其巧，以語墨子曰：“我舟戰有鉤拒，不知子之義亦有鉤拒乎？”墨子曰："我義之鉤拒，賢於子舟戰之鉤拒。我鉤拒，我鉤之以愛，揣之以恭。弗鉤以愛則不親，弗揣以恭則速狎，狎而不親則速離。故交相愛，交相恭，猶若相利也。今子鉤而止人，人亦鉤而止子，子拒而距人，人亦拒而距子。交相鉤，交相拒，猶若相害也，故我義之鉤拒，賢子舟戰之鉤拒。"

　　公輸般爲楚造雲梯之械，成，將以攻宋。墨子聞之，起於魯（原注：本書作"齊"，今據呂氏春秋、淮南子改），行十日十夜而至於郢。見公輸般。公輸般曰："夫子何命焉爲？"墨子曰："北方有侮臣，願藉子殺之。"公輸般不說。墨子曰："請獻千金。"公輸般曰："吾義固不殺人。"墨子起再拜，曰："請說之。吾從北方，聞子爲梯，將以攻宋。宋何罪之有？荊國有餘於地而不足於民。殺所不足而爭所有餘，不可謂智；宋無罪而攻之，不可謂仁；知而不爭，不可謂忠；爭而不得，不可謂強；義不殺少而殺衆，不可謂知類。"公輸般服。墨子曰："然，胡不已乎？"公輸般曰："不可，吾既已言之王矣。"墨子曰："胡不見吾於王？"公輸般曰："諾！"墨子見王，曰："今有人於此，舍其文軒，鄰有敝轝，而欲竊之；舍其錦繡，鄰有短褐，而欲竊之；舍其粱肉，鄰有糟糠，而欲竊之。此爲何若人？"王曰："必爲竊疾矣。"墨子曰："荊之地方五千里，宋之地方五百里，此猶文軒之與敝轝也；荊有雲夢，犀兕麋鹿滿之，江、漢之魚鼈黿鼉，爲天下富，宋所爲無雉兔鮒魚者也，此猶粱肉之與糟糠也；荊有長松、文梓、楩、枏、豫章，宋無長木，此猶錦繡之與短褐也。臣以王吏之攻宋也，爲與此同類。"王曰："善哉！雖然，公輸般爲我爲雲梯，必取宋。"於是見公輸般。墨子解帶爲城，以牒爲械。公輸般九設攻城之機變，墨子九距之。公輸般之攻械盡，墨子之守圉有餘。公輸般詘，而曰："吾知所以距子矣，吾不言。"墨子亦曰："吾知子之所以距我，吾不言。"楚王問其故。墨子曰："公輸子之意，不過欲殺臣；殺臣，宋莫能守，乃可攻也。然臣之弟子禽滑釐等三百人，已持臣守圉之器，在宋城上而待楚寇矣。雖殺臣，不能絕也。"楚王曰："善哉！吾請無攻宋矣。"公輸子謂墨子曰："吾未得見之時，我欲得宋；自我得見之後，予我宋而不義，我不爲。"墨子曰："翟之未得見之時也，子欲得宋；自翟得見子之後，予子宋而不義，子弗爲。是我予子宋也。子務爲義，翟又將予子天下。"

楚惠王五十年，墨子至郢，獻書惠王，王受而讀之，曰："良書也。寡人雖不得天下，而樂養賢人。"墨子辭曰："翟聞賢人進，道不行不受其賞；義不聽不處其朝。今書未用，請遂行矣。"將辭王而歸。王使穆賀以老辭。穆賀見墨子，墨子説穆賀，穆賀大悦，謂墨子曰："子之言則誠善矣，而君王，天下之大王也，毋乃曰'賤人之所爲'而不用乎！"墨子曰："唯其可行。譬若藥然：一草之本，天子食之，以順其疾；豈曰一草之本而不食哉？今農夫入其稅於大人，大人爲酒醴粢盛，以祭上帝鬼神；豈曰賤人之所爲而不享哉？故雖賤人也，上比之農，下比之藥，曾不若一草之本乎？"魯陽文君言於王曰："墨子北方賢聖人。君王不見，又不爲禮，毋乃失士？"乃使文君追墨子，以書社五里（原注：疑當作五百里）封之，不受而去。

嘗游弟子公尚過於越。公尚過説越王，越王大悦，謂公尚過曰："先生苟能使墨子至於越而教寡人，請裂故吳之地方五百里，以封墨子。"公尚過許諾。遂爲公尚過束車五十乘，以迎墨子於魯，曰："吾以夫子之道説越王，越王大悦，謂過曰：'苟能使墨子至於越而教寡人，請裂故吳之地方五百里以封子。'"墨子曰："子之觀越王

也,能聽吾言,用吾道乎?"公尚過曰:"殆未能也。"墨子曰:"不唯越
王不知翟之意,雖子亦不知翟之意。意越王將聽吾言,用吾道,則
翟將往量腹而食,度身而衣,自比於羣臣,奚能以封爲哉?抑越不
聽吾言,不用吾道,而吾往焉,則是我以義糶也。鈞之糶,亦於中國
耳,何必於越哉?"

後又遊楚,謂魯陽文君曰:"大國之攻小國,譬猶童子之爲馬
也。童子之爲馬,足用而勞。今大國之攻小國也,攻者:農夫不得
耕,婦人不得織,以守爲事;攻人者:亦農夫不得耕,婦人不得織,以
攻爲事。故大國之攻小國也,譬猶童子之爲馬也。"

又謂魯陽文君曰:"今有一人於此,羊牛犓豢,雍人但割而和
之,食之不可勝食也;見人之作餅,則還然竊之,曰:'舍余食。'不知
明安不足乎?其有竊疾乎?"魯陽文君曰:"有竊疾也。"墨子曰:"楚
四境之田,曠蕪而不可勝辟,呼虛數千,不可勝入;見宋、鄭之閒邑,
則還然竊之。此與彼異乎?"魯陽文君曰:"是猶彼也,實有竊疾
也。"

魯陽文君將攻鄭。墨子聞而止之,謂文君曰:"今使魯四境之
內,大都攻其小都,大家伐其小家,殺其人民,取其牛馬、狗豕、布
帛、米粟、貨財,則何若?"文君曰:"魯四境之內,皆寡人之臣也。今
大都攻其小都,大家伐其小家,奪之貨財,則寡人必將厚罰之。"墨
子曰:"夫天之兼有天下也,亦猶君之有四境之內也。今舉兵將以
攻鄭,天誅其不至乎?"文君曰:"先生何止我攻鄭也?我攻鄭,順於
天之志。鄭人三世殺其父,天加誅焉,使三年不全,我將助天誅
也。"墨子曰:"鄭人三世殺其父,而天加誅焉,使三年不全,天誅足
矣。今又舉兵,將以攻鄭,曰:'吾攻鄭也,順於天之志。'譬有人於

此，其子强梁不材，故其父笞之；其鄰家之父舉木而擊之，曰：'吾擊之也，順於其父之志。'則豈不悖哉？"

宋昭公時，嘗爲大夫。

嘗南遊使於衞，謂公良桓子曰："衞，小國也，處於齊、晉之間，猶貧家之處於富家之間也。貧家而學富家之衣食多用，則速亡必矣。今簡子之家，飾車數百乘，馬食菽粟者數百匹，婦人衣文繡者數百人。吾取飾車食馬之費與繡衣之財以蓄士，必千人有餘。若有患難，則使數百人處於前，數百人處於後；與婦人數百人處前後，孰安？吾以爲不若蓄士之安也。"

昭公末年，司城皇喜專政劫君，而囚墨子。

老而至齊，見太王田和曰："今有刀於此，試之人頭，倅然斷之，可謂利乎？"太王曰："利。"墨子曰："多試之人頭，倅然斷之，可謂利乎？"太王曰："利。"墨子曰："刀則利矣，孰將受其不祥？"太王曰："刀受其利，試者受其不祥。"墨子曰："幷國覆軍，賊殺百姓，孰將受其不祥？"太王俯仰而思之，曰："我受其不祥。"

齊將伐魯。墨子謂齊將項子牛曰："伐魯，齊之大過也。昔者吳王東伐越，棲諸會稽；西伐楚，葆昭王於隨；北伐齊，取國子以歸於吳。諸侯報其讎，百姓苦其勞，而弗爲用，是以國爲虛戾，身爲刑戮也。昔者智伯伐范氏與中行氏，兼三晉之地；諸侯報其讎，百姓苦其勞，而弗爲用，是以國爲虛戾，身爲刑戮，用是也。故大國之攻小國也，是交相賊也，過必反於國。"

卒，蓋在周安王末年，當八九十歲。

所著書，漢劉向校錄之，爲七十一篇。（墨子閒詁卷末墨子後語上）

十一 莊　　子

（一）　逍遥遊①

　　北冥②有魚，其名爲鯤③。鯤之大，不知其幾千里也；化而爲鳥，其名爲鵬④。鵬之背，不知其幾千里也；怒而飛⑤，其翼若垂天之雲⑥。是鳥也，海運⑦則將徙於南冥；南冥者，天池⑧也。齊諧⑨者，志怪⑩者也；諧之言曰：“鵬之徙於南冥也，水擊三千里⑪，搏扶摇而上者九萬里⑫，去以六月息⑬者也。”野馬⑭也，塵埃⑮也，生物之以息相吹也⑯。天之蒼蒼⑰，其正色邪，其遠而無所至極邪？其視下也⑱，亦若是則已矣。且夫水之積也不厚⑲，則其負大舟也無力；覆杯水於坳堂⑳之上，則芥爲之舟㉑，置杯焉則膠㉒，水淺而舟大也。風之積也不厚，則其負大翼也無力。故九萬里則風斯在下矣，而後乃今培風㉓；背負青天而莫之夭閼㉔者，而後乃今將圖南㉕。蜩與鷽鳩㉖笑之曰：“我決㉗起而飛，槍榆枋㉘，時則不至㉙，而控㉚於地而已矣；奚以之九萬里而南爲㉛！”適莽蒼者㉜，三湌而反㉝，腹猶果然㉞；適百里者㉟，宿舂糧㊱；適千里者，三月聚糧㊲。之二蟲㊳，又何知！小知不及大知㊴，小年不及大年㊵。奚以知其然也？朝菌不知晦朔㊶，蟪蛄不知春秋㊷：此小年也。楚之南有冥靈㊸者，以五百歲爲春，五百歲爲秋；上古有大椿㊹者，以八千歲爲春，八千歲爲秋：此大年也㊺。而彭祖乃今以久特聞㊻，衆人匹之㊼，不亦悲乎？

　　湯之問棘也是已⑱:"窮髮⑲之北,有冥海者,天池也。有魚焉,其廣數千里,未有知其脩⑳者,其名爲鯤。有鳥焉,其名爲鵬,背若泰山,翼若垂天之雲;摶扶搖羊角㉑而上者九萬里,絶雲氣㉒,負青天,然後圖南,且適南冥也。斥鴳㉓笑之曰:'彼且奚適也! 我騰躍而上,不過數仞㉔而下,翱翔蓬蒿之間,此亦飛之至㉕也。而彼且奚適也!'"此小大之辯㉖也。

　　故夫知效一官㉗,行比一鄉㉘,德合一君㉙,而徵一國㉚者,其自視也亦若此矣㉛。而宋榮子㉜猶然㉝笑之。且舉世而譽之而不加勸㉞,舉世而非之而不加沮,定乎內外之分,辯乎榮辱之竟,斯已矣㉟;彼其於世㊱,未數數然也。雖然,猶有未樹㊲也。 夫列子御風而行㊳,泠然善也㊴,旬有五日而後反;彼於致福者㊵,未數數然也。此雖免乎行㊶,猶有所待者也。若夫乘天地之正㊷,而御六氣之辯㊸,以遊無窮㊹者,彼且惡乎待哉! 故曰:至人無己㊺,神人無功,聖人無名。

　　①逍遙遊:一本作"消搖游"。以此名篇,取其閒放不拘,怡適自得之義。按,晉郭象說:"夫小大雖殊,而放於自得之場,則物任其性,事稱其能,各當其分,逍遙一也。豈容勝負於其間哉!"(莊子注)卽此篇之題義。意謂天地之間,事物有大小之不同,人類的修養也有高低深淺之別,然而各求"物任其性,事稱其能,各當其分",卽是逍遙至樂,不宜用人爲的方法勉強爲之分出優劣勝負。　　②北冥:"冥"一本作"溟","北溟"卽北海。按,海洋之水因過深而呈黑色,卽所謂"溟",俗稱"黑水洋"。"北溟"卽謂北方的大海洋,下文"南冥"仿此。　　③鯤:音昆,本指魚卵,此處借以爲大魚之名。一本"鯤"作"鯨"。　　④鵬:卽古"鳳"字,大鳥名。⑤怒而飛:鼓翼奮飛。　　⑥垂天之雲:"垂"同"陲",邊;"垂天"猶言"天邊"。此言鵬翼之大,如天邊的一面雲。　　⑦海運:"運"有二解:一、作

“行”解；“海行”，指鵬鳥將從北海飛行，往遊於南海。二、作“動”解；“海動”指海本身的翻騰動蕩。舊説，海動時必起大風，鵬則從北海乘此風而遷徙於南海。　⑧天池：言南海由造化天然形成，非人所作，故名“天池”。　⑨齊諧：書名。一説是人名，疑非是；因下文有“志怪者也”的解釋，顯然是指書籍。　⑩志怪：“志”，記載；“怪”，怪異。此連上文言齊諧是一種記載怪異事物的書。　⑪“水擊”句：指鵬初飛時距水面尚近，兩翼擊水而行，行三千里，始漸升於高空。　⑫“摶扶搖”句：“摶”一本作“搏”；據近人章炳麟説，以爲作“摶”是（見其所著莊子解故）。“摶”，拍，拊。“扶搖”，風名，一名“飆”，是一種從地面一直上升的迅疾的暴風。此言鵬借飆風之力，拍翼直上，飛於高空，距離地面達九萬里。　⑬去以六月息：“息”，休息，是“偈”、“憩”的假借字（參用近人馬叙倫説，見其所著之莊子義證）；言鵬之一舉飛去，半年以後，抵達南溟，才歇息下來。或解此處的“息”爲“呼吸”，言鵬鳥一飛，半年才呼吸。疑非是。　⑭野馬：指春日野外林澤中的霧氣。按，春天陽氣發動，遠望林莽沼澤之間，有氣上揚，蒸騰如奔馬，即所謂“野馬”。　⑮塵埃：飄揚在空中的土叫“塵”，細碎的塵粒叫“埃”。按，每當陽光充足時，爲日影所照之處，往往能見到無數細微的塵埃在那裏動蕩不停，即所謂“野馬”、“塵埃”。　⑯“生物”句：“生物”，指有生機之物；“息”，氣息。此連上文言野馬塵埃，質微體輕，由於被生物的氣息所吹拂，便動蕩不停，較之鵬飛九萬里，其大小之差别固然懸殊，然其爲任乎自然而動，則二者並無不同（參用王先謙莊子集解及近人沈雁冰説；沈有莊子選註，萬有文庫本）。　⑰“天之蒼蒼”二句：“蒼蒼”，深青貌；“其”猶“豈”；“邪”即“耶”。大意是：“人所能見到的青蒼的天色，那究竟是不是天的真正的顔色呢？”　⑱“其視下也”二句：下句的“則已矣”，一本作“而已矣”。言鵬鳥從高空向下看，也正是如此而已。　意謂因相距太遠，故人視天與鵬視地都不一定得其真相。⑲水之積也不厚：“積”，積蓄；“厚”，多，充足。　⑳坳堂：堂上低窪之處。“坳”音腰，作“窪下”解。　㉑則芥爲之舟：“芥”，小草。此連上句言"把一杯水傾覆在堂上低窪之處，一棵小草可以漂浮在上面成爲一隻小船"。　㉒"置杯焉則膠"二句："膠"，膠著。此言"如果把一隻杯子放在堂坳的水上，那隻杯子就要膠著在地上，因爲水淺而杯身太大了"。㉓而後乃今培風："而後乃今"猶言"然後才開始"；"培"作"憑"解，"憑風"，猶言"乘風"(用王念孫說，見讀書雜志餘編)。此連上文言"鵬飛於距離地面九萬里外之高空，風才能在下面負托着鵬翼，然後它才可以乘風而行"。　㉔莫之夭閼："夭"，"閼"之假借字，作"遮攔"解；"閼"音遏，阻塞。此句言"鵬鳥的背上只負着青天，再沒有其它的東西來遮攔阻塞它了"。㉕圖南：謀向南行。　㉖蜩與鸒鳩："蜩"音條，卽蟬；"鸒"音學，亦讀爲滑，"鸒鳩"，小鳥名。㉗決：同"赽"，迅疾貌。　㉘槍榆枋："槍"，突過；"榆"，榆樹；"枋"音方，卽檀木。此連上句言"我們迅疾地聳身飛起，最高也不過是突過了榆樹枋樹。"　㉙時則不至："則"猶"或"(用王引之說，見經傳釋詞)；此言"有時可能還飛不到那麼高"。㉚控：投。　㉛"奚以之"句：據俞樾諸子平議，"南"上應有"圖"字。"奚"，何；"以"，用；"之"，是，猶言"這樣"；"爲"，疑問句的語尾助詞。此句大意是："又哪裏用得着這樣費力地飛到九萬里以外去，謀畫着向南飛呢？"　㉜適莽蒼者："適"，往；"莽蒼"，近郊之林野之處。　㉝三湌而反："湌"同"餐"；"反"同"返"。此連上文言"到近郊去的人，只吃三頓飯就可以走一個來回"。又，清宣穎說："三餐，飯三盂也。"(見其所著之南華經解)亦可通，姑錄以備考。　㉞果然：飽貌，充實貌。　㉟適百里者：到相距百里之遙的地方去的人。　㊱宿舂糧："舂"音衝，用杵在臼中擣米。此言前一宿卽須擣米儲食。　㊲三月聚糧：聚積三月之糧。按，以上三層寫由於行路的遠近不同，所準備的糧食也就多少不同。郭象說："所適彌遠，則聚糧彌多。"以喻蜩與鸒鳩之不足以知鵬鳥。㊳之二蟲："之"，作"此"解。下文"之人也"、"之德也"的"之"，義與此同。"二蟲"，指蜩與鸒鳩。　㊴小知不及大知："知"同"智"；言才智大小不同，小智所見淺短，對於大智是無法企及的。　㊵小年不及大年："年"，壽命。 ㊶“朝菌”句:“朝菌”,在早晨出生的菌類;“晦”,黑夜;“朔”,平明。此言出生在早晨的菌類不到夜裏就死去,所以它根本不知道什麽是黑夜與黎明(用王先謙説)。 ㊷“蟪蛄”句:舊説,“蟪蛄”一名寒蟬,春生夏死,夏生秋死,故“不知春秋”。 ㊸冥靈:有二解:一、木名。馬叙倫以爲即樠樹(“樠”音門),是一種與松柏相類似的喬木。二、大海中的靈龜。皆可通。 ㊹椿:落葉喬木,高三四丈,其葉可食,其料堅實,可以製器具。 ㊺此大年也:今本莊子闕此一句,兹據近人考訂的結果補足。 ㊻“而彭祖”句:“彭祖”,傳説中的長壽的人,世本謂其姓籛名鏗。據説他曾爲堯臣,封於彭城,歷虞、夏至商代,年七百餘歲。“久”,長壽;“特”,獨特,突出。此句承上文而言,謂以彭祖與冥靈和大椿相比,彭祖的年壽並不算大,可是彭祖竟以特别長壽聞於後世。 ㊼“衆人匹之”二句:“匹”,比。此言世上一般人談及長壽,必舉彭祖以相比,豈不可悲。言外指一般人的年壽還遠不及彭祖,正與“朝菌”、“蟪蛄”差不多,以見年壽大小不同,所以可悲。 ㊽“湯之問棘”句:“棘”一作“革”,人名,相傳是湯時的大夫,今僞列子湯問篇即作“夏革”。按,此下一段引文當是在莊子以前即已流行的傳説,逍遥遊的首段就是據此寫成的;僞列子的作者則更據莊子敷衍成湯問篇。此段文字在本篇中是一節附録性質的引文。 ㊾窮髮:我國古代傳説中的北極地帶,所謂草木不生的“不毛之地”。 ㊿脩:長度。 (51)羊角:即旋風。曲而上行,一名“頹風”。(52)絶雲氣:“絶”,超越。此言鳥之高飛,超過了雲層。 (53)斥鴳:“斥”,古字與“尺”通(用清郭慶藩説,見其所著之莊子集釋);“鴳”,見前國語叔向諫殺豎襄註;“尺鴳”,此處當是泛指小雀。 (54)仞:八尺爲一仞。一説,七尺爲一仞。 (55)飛之至:飛翔的最高度。 (56)小大之辯:“辯”同“辨”,分别。“小”指斥鴳,“大”指鵬。 (57)知效一官:指才智較低之人,僅能勝一官之任。 (58)行比一鄉:“比”同“庇”,庇護。此指其人的行事,僅能庇護其一鄉之地, (59)德合一君:指其人之德業僅能投合一個國君的心意。 (60)而徵一國:“而”讀爲“能”(用郭慶藩説),才能;“徵”,

信。此言其人之才能僅能取信於一國之人。按，以上四層雖一層比一層範圍擴大，但皆指没有高才大智的淺識之人。 (61)"其自視"句："其"，指上述的四種人；"此"；指斥鴳。 (62)宋榮子：即先秦思想家宋鈃（音堅），其學説近於墨家，故荀子以墨翟、宋鈃並稱。據郭沫若考訂，其遺著有一部分保存在今本管子中。 (63)猶然："猶"同"逌"，"逌然"，微笑自得之貌。按，此寫宋榮子對於上面所説的四項人加以嗤笑。 (64)"且舉世"四句：此寫宋榮子的修養程度。第一、二句："舉世"，猶言"整個的社會"；"而譽之"，"而非之"的"而"作"若"解（用王引之説）；"勸"，勉，引申爲"得意"；"沮"，沮喪。此言宋榮子不因世人之毁譽而加重其得失之心。第三句，"内"，指自己的内心修養；"外"，指待人接物。此言對人對己，皆掌握了一定的分寸。第四句，"竟"同"境"；言對於光榮和恥辱（亦即是非善惡）的境地分辨得很清楚。 (65)斯已矣：言宋榮子的修養不過止於此。 (66)"彼其於世"二句："數數"，音朔，頻，常。此言像宋榮子這樣的人，在世上並不是常有的。 (67)猶有未樹："樹"即"竪"之假借字，作"立"解，指立德。此言宋榮子的修養，於世雖已罕見，但他尚未能確立至德，有更卓越的表現，故不足慕。 (68)"夫列子"句：舊説，列子，名禦寇，鄭人。相傳列子曾遇風仙，習法術，能乘風而行。"御風"猶言"駕風"。(69)泠然善也："泠"音零，"泠然"，輕妙之貌；"善"，指御風的技術很好。(70)"彼於致福者"二句："致"，得；"福"，備。章炳麟説："備者，百順之名也。無所不順之謂備。此'福'，即謂無所不順。"此二句言御風而無往不順，泠然而善，能像列子這樣的，世上亦不常有。 (71)"此雖免乎行"二句：王先謙説："雖免步行，猶必待風。列子亦不足慕。" (72)乘天地之正："乘"，猶"駕馭"。郭象説："天地者萬物之總名也。天地以萬物爲體，而萬物必以自然爲正。自然者，不爲而自然者也。故大鵬之能高，斥鴳之能下，椿木之能長，朝菌之能短——凡此皆自然之所能，非爲之所能也。不爲而自能，所以爲正也。故乘天地之正者，即是順萬物之性也。"(73)御六氣之辯："御"即"御風"之"御"；"六氣"，指陰陽風雨晦明；"辯"同

“變”。郭象説：“御六氣之辯者，卽是遊變化之途也。”按，上句指順乎自然之正常現象，此句言適應自然之意外變化。　　⑭無窮：指時間的無始無終，空間的至大無外。　　⑮“彼且”句：“惡”音烏，“惡乎待”猶言“何所待”。此言能順乎萬物之性，並且能適應意外之變，卽可與宇宙同終始，自不必有待於外物爲助。王先謙説：“無所待而遊於無窮，方是逍遙遊一篇綱要。”　　⑯“至人無己”三句：舊説此三句是平列的，疑非是。第一句，“至人”，是莊子理想中修養最高的人，能達到任天順物、忘其自我（所謂“無己”）的境界。第二句，“神人”，是莊子理想中修養僅次於“至人”一等的人。唐成玄英説：“陰陽不測，故謂之神。”（莊子疏）“功”，指對人類社會有所貢獻；“無功”，言無意求有功於人類，而自然爲人類造福。第三句，“聖人”，本是儒家理想中修養最高的人，而莊子却置於“至人”、“神人”之下，做爲第三等。“無名”，指不求名位（此與儒家對聖人的解釋亦不相同）。按，名位之高下，在人類社會中是榮譽高低的標準，莊子則以“名”爲無用而加以否定。〔以上是第一大段，借鯤鵬變化爲喩，説明莊子理想中修養的最高境界是無待而遊於無窮，然後歸結於至人無己、神人無功、聖人無名。〕

　　堯讓天下於許由①，曰：“日月出矣，而爝火②不息；其於光也，不亦難乎！時雨降矣，而猶浸灌③；其於澤也④，不亦勞乎！夫子立而天下治，而我猶尸之⑤，吾自視缺然⑥，請致天下⑦。”

　　許由曰：“子治天下，天下既已治也；而我猶代子，吾將爲名乎？名者，實之賓⑧也；吾將爲賓乎？鷦鷯巢於深林⑨，不過一枝，偃鼠飲河⑩，不過滿腹。歸休乎君⑪，予無所用天下爲⑫！庖人雖不治庖⑬，尸祝不越樽俎而代之矣⑭。”

　　①許由：我國古代傳説中的高士，字武仲，潁川人。相傳堯讓天下於許由，許由不受，逃隱於箕山。　　②爝火：火炬。“爝”音爵。按，此處堯以日月之光喩許由，而以爝火之光自比。意謂既有日月之照臨，則爝火

之光自然微不足道。　　⑧浸灌：指用水澆灌。按，此處堯以時雨喻許由，以浸灌之水自比。　　④"其於澤也"二句："澤"，潤澤。此連上文言："既有充足的時雨，而仍用人力澆灌，以求其潤澤，未免勞而無功。"
⑤尸之："尸"，本指廟中的神主，後乃引申其意，凡無其實而虛擁其名、空居其位者都叫做"尸"。　此處堯卽自言他是個徒居君位而無其實的人。
⑥缺然：不足貌。　　⑦請致天下：請允許我把天下交給您。　　⑧賓：附屬物，次要之物。　　⑨"鷦鷯"二句："鷦鷯"音焦聊，是一種工於營巢的小鳥。此處許由以鷦鷯自比，以深林喻天下；言小鳥巢於深林之中，只需要一枝之地就足够了，深林雖大，對它並無用處。　　⑩"偃鼠"二句："偃鼠"一作"鼹鼠"，又名"鼢"，常穿耕地中行，好飲河水。此處許由以"偃鼠"自比，以"河水"喻天下；言鼠飲河水，只需要喝飽了就足够了，河水雖多，對它亦無用處。　　⑪歸休乎君：此是倒裝句，猶言"君歸休乎"；"君"，許由稱堯，猶言"您"；"歸休乎"，猶今口語所謂"算了吧"。
⑫爲：語尾助詞，帶有感歎作用。　　⑬"庖人"句："庖人"，廚工，炊事員；"庖"，本指廚房，此處引申爲烹飪之事。按，此處許由以庖人喻堯。
⑭"尸祝"句："祝"，太廟中負責祭祀的官，因其執祭版對神主(尸)而祝，故稱"尸祝"；此處是許由自喻。"樽"，盛酒之器；"俎"，盛肉之器，皆庖人所掌管。此言尸祝不得超越權限，代理庖人的職務；許由言外指不得代堯治理天下。〔以上是第二大段，引許由的故事以證明聖人無名之意。〕

　　肩吾問於連叔①曰："吾聞言於接輿②：大而無當③，往而不反④；吾驚怖其言⑤，猶河漢而無極也；大有逕庭⑥，不近人情焉。"連叔曰："其言謂何哉？"曰："藐姑射之山⑦，有神人居焉；肌膚若冰雪，淖約若處子⑧，不食五穀，吸風飲露，乘雲氣，御飛龍，而遊乎四海之外；其神凝⑨，使物不疵癘而年穀熟。吾以是狂而不信也⑩。"
　　連叔曰："然。瞽者無以與乎文章之觀⑪，聾者無以與乎鐘鼓之聲；豈唯形骸有聾盲哉⑫　夫知亦有之。是其言也⑬，猶時女也。

之人也，之德也，將旁礴萬物以爲一世蘄乎亂⑭，孰弊弊焉以天下爲事⑮｜ 之人也，物莫之傷：大浸稽天而不溺⑯，大旱金石流、土山焦而不熱⑰。 是其塵垢秕穅⑱，將猶陶鑄堯、舜者也，孰肯以物爲事⑲｜ 宋人資章甫而適諸越⑳，越人斷髮文身㉑，無所用之。堯治天下之民，平海内之政，往見四子㉒ 藐姑射之山、汾水之陽㉓，窅然喪其天下焉㉔。

①肩吾、連叔：舊説，此二人皆爲“古之懷道者”。按，這些名字都是莊子的作者所虛構的人物。　②接輿：見前論語楚狂接輿章註。此處接輿所説的話，皆爲作者假託之辭。　③大而無當：“大”，言辭誇誕；“當”，讀去聲，作“底”解。此言接輿所説的話是誇大而沒有根據的。④往而不反：指接輿的話愈説愈離奇，無法反覆印證。　⑤“吾驚怖其言”二句：此言接輿所説的話好像天上的河漢一樣的沒有邊際，使人驚詫畏懼。　⑥“大有逕庭”二句：“逕”，門外小路；“庭”，庭院之中。清末人馬其昶莊子故引明方以智説：“逕庭，猶霄壤。言逕路之與庭中，偏正懸絶。”意指接輿所言與人情相去懸殊，非常荒誕。　⑦藐姑射之山：此是傳説中的一座仙山。舊説此山在北海中；但下文記此山，與“汾水之陽”相提並論，則當是在山西省境内的山，或謂即是山西平陽附近的九孔山。“藐”可讀爲穆，“射”音夜。　⑧淖約如處子：“淖”同“綽”，“綽約”，美好貌；又，柔弱貌。“處子”，即處女。　⑨“其神凝”二句：上句，“凝”，舊作“静”解；今疑應作“專一”解。下句，“疵癘”（“癘”音屬或賴），病。此言神人的精神意志專一，則能使宇宙間的一切規律正常發展（所謂“天地位而萬物育”），故萬物不病而農産品得以豐收。　⑩“吾以是”句：“吾以是”猶言“我以此爲”；“狂”，“誑”之假借字。此句大意是：“我認爲這是誇大的誑言，因此不相信它。”　⑪“瞽者”句：“瞽者”，盲人；“與”讀去聲，參與；“文章”，指有文采的東西；“觀”讀去聲，鑑賞，此處作名詞用。此連下句的大意是：“一個盲人，對於有文采的東西的觀賞，是沒有份兒的；一個

聾子,對於鐘鼓的聲音也是沒有份兒的。" ⑫"豈唯形骸"二句:下句的"知"讀去聲,同"智"。此言"豈但是身體方面有耳聾、眼瞎等缺陷,就是智力方面,也是有這種缺陷的"。 ⑬"是其言也"二句:下句,"時"同"是";"女"同"汝"。大意是:"這個話就是指的你(肩吾)啊!"因肩吾不知接輿所説是高妙的至理而以爲誑,所以連叔説他在智力方面好像聾子或盲人一樣。 ⑭"將旁礴"句:"旁礴"("礴"音迫),形容無所不包、無所不及的狀詞;"蘄"同"祈",作"求"解;"亂"作"治"解。餘詳下註。 ⑮"孰弊弊焉"句:"弊弊",忙忙碌碌、疲憊不堪之貌。此連上三句言:"神人之德足以廣被萬物,並且企求使整個的宇宙成爲理想中的太平世界,他哪兒能忙碌疲憊地以治理天下爲事呢?"按,此卽道家所主張的"無爲而治"的思想。 ⑯"大浸"句:"大浸",大水;"稽",至;"溺",淹没。此言神人能超於生死,雖洪水滔天,也不能把他淹没。 ⑰"大旱"句:言大旱之時,天氣酷熱,金石都鎔化了,土山也枯焦了,但那個神人却一點也不感到炎熱。 ⑱"是其塵垢"句:"塵垢"指身上的塵土污垢;"秕穅",通作"秕糠",猶言"糟粕"、"渣滓";把黏土納入模型,燒成瓦器叫"陶";把金屬鎔解,製成器物叫"鑄"。此二句言用這個神人身上的塵垢糟粕,都能把儒家理想中的聖人如堯、舜等陶鑄出來。 ⑲"孰肯"句:他哪裏肯以料理瑣碎的外物爲事呢? ⑳"宋人"句:"資",採買;"章甫",見前論語子路等侍坐章註;"適",往。按,宋爲殷後,受儒家影響較深,人民多講習禮儀,故宋人以章甫爲有用之物,於是採購爲貨物,往售於越國。 ㉑"越人"句:言當時越國文化未開,人民都剪斷頭髮,身塗花紋,根本用不着這種禮冠。按,此以喻無爲而治的神人,視天下爲無用。 ㉒四子:指王倪、齧缺、被衣、許由。按,此皆傳説中虛構的人物。 ㉓汾水之陽:"陽",水的北面。其地卽今山西平陽,曾爲堯之首都。 ㉔"窅然"句:"窅"同"杳",深遠貌;"喪"讀去聲,作"忘"解。此言堯既見神人,其心乃遠遊於世外,忘其天下。〔以上是第三大段,藉肩吾、連叔的對話以證明神人無功之意。〕

惠子① 謂莊子曰："魏王② 貽我大瓠③ 之種，我樹之成④，而實五石⑤；以盛水漿，其堅不能自舉⑥ 也。剖之以爲瓢，則瓠落⑦ 無所容。非不呺然⑧ 大也，吾爲其無用而掊⑨ 之。"莊子曰："夫子固拙於用大⑩ 矣！宋人有善爲不龜手之藥⑪ 者，世世以洴澼絖⑫ 爲事。客聞之，請買其方百金。聚族而謀⑬ 曰：'我世世爲洴澼絖，不過數金；今一朝而鬻技⑭ 百金，請與之。'客得之，以説吳王。越有難，吳王使之將，冬，與越人水戰，大敗越人⑮，裂地而封之⑯。能不龜手，一也；或以封，或不免於洴澼絖，則所用之異也。今子有五石之瓠，何不慮以爲大樽⑰ 而浮於江湖，而憂其瓠落無所容，則夫子猶有蓬之心也夫⑱！"

惠子謂莊子曰："吾有大樹，人謂之樗⑲；其大本擁腫而不中繩墨⑳，其小枝卷曲而不中規矩。立之塗㉑，匠者不顧。今子之言，大而無用，衆所同去㉒ 也。"莊子曰："子獨不見狸狌㉓ 乎？卑身而伏㉔，以候敖者㉕；東西跳梁㉖，不避高下，中於機辟㉗，死於罔罟。今夫斄牛㉘，其大若垂天之雲；此能爲大矣，而不能執鼠。今子有大樹，患其無用，何不樹之於無何有之鄉㉙，廣莫之野㉚，彷徨乎無爲其側㉛，逍遥乎寢臥其下；不夭斤斧㉜，物無害者；無所可用㉝，安所困苦哉？"

①惠子：即惠施，宋人，是先秦時的思想家，屬於"名家者流"。相傳惠施曾爲梁惠王相，並與莊子友好。但現存於莊子各篇中的有關莊子和惠施的故事，大都爲寓言性質，似不宜據爲信史。 ②魏王：舊説以爲即梁惠王。 ③大瓠：即大葫蘆。 ④我樹之成：我把它種植起來，結成了葫蘆。 ⑤而實五石："實"，容受；十斗爲一石，"五石"，五十斗。此言葫蘆的容積可納物五石。 ⑥其堅不能自舉："堅"，硬度；"舉"，拿起。言葫蘆的質地虛脆，用以盛水，力不能自勝，所以無法把它舉持起

來。 ⑦瓠落："瓠"是"廓"的假借字，"廓落"，平淺貌。此句連上文言"如果把葫蘆分剖成瓢，其形平而淺，無法容納東西"。 ⑧呺然："呺"當作"枵"，音囂，"枵然"，形容物件空虛而巨大的狀詞。按，此處的葫蘆，舊說以爲是惠施用來比喻莊子所說的話，謂其誇誕空虛，如大瓠之不適於用。 ⑨掊：音剖，擊破。 ⑩拙於用大：不善於把事物利用在大處。 ⑪不龜手之藥："龜"音君，同"皸"，皮膚因天冷而凍裂叫"皸"。"不皸手之藥"，卽預防皮膚生凍瘡的藥。 ⑫洴澼絖："洴"音瓶，浮；"澼"音霹，漂洗；"絖"同"纊"，音曠，較纖細的棉絮。此句言宋人既有預防凍瘡的藥，所以世世代代，都以洴澼絖（在水上漂洗棉絮）爲職業。⑬聚族而謀：召集全家族來商議。 ⑭鬻技："鬻"音育，出售；"技"，指製造不龜手之藥的技能。 ⑮大敗越人：吳國的軍士事先皆用此藥預防，雖在冬天水戰，皮膚也不致凍裂，因此把越人擊敗了。 ⑯裂地而封之：言吳王劃出一塊土地，封給那個帶兵擊敗越人的"客"，以爲采邑。⑰慮以爲大樽："慮"有二解：一、結綴，縛，繫；言將此瓠縛繫在身邊，浮於江湖，可以自渡。二、"慮"是"攄"的假借字，音義同"抒"，作"治"解，指將瓠中挖空。"大樽"，古所謂"腰舟"，卽以匏瓠一類的東西繫在腰間（其作用類似今日之救生圈），爲渡水之用者。 ⑱"則夫子"句：舊說，"蓬"指短而不暢之物，或指見解迂曲狹隘之人；"有蓬之心"，猶言"見識淺陋之心"。（"有"是語助詞。"有蓬"卽"蓬"，"有"字没有涵義。此用王引之說。）但近人馬叙倫釋"蓬"爲"蒙"之假借字，作"蒙蔽"解，"有蓬之心"指心有所蒙蔽，故所見不遠。謹録以備考。 ⑲樗：音抒，落葉喬木，俗名臭椿。其質甚劣，不能用做器材。 ⑳"其大本"二句：上句，"大本"，主幹；"擁腫"，今寫作"臃腫"，指木上多贅疣；"繩墨"，匠人取材時用以求直的工具。下句，"卷曲"，今寫作"蜷曲"，指樹枝多彎曲而不平直；"規"，匠人取材時用以求圓的工具；"矩"，用以求方的工具。此言樗木的枝幹都不合要求，不能製造器材。 ㉑"立之塗"："塗"同"途"。此言大樗樹立在路邊，匠人連看都不看。 ㉒衆所同去：此連上文言"莊子說的話都

是誇誕而不適於用的，因而被世人所共同鄙棄”。　㉓狸狌：“狸”同
“貍”，野貓；“狌”音生，或音星，卽鼬（音右），俗名黃鼠狼。　㉔卑身而
伏：“卑身”，低身；“伏”，匍匐於地。　㉕以候敖者：“敖”同“遨”，“遨者”
卽遊者，指來來往往的動物如雞、鼠之類。　㉖跳梁：“梁”同“跟”，“跳
跟”卽跳躍、竄越。　㉗“中於機辟”二句：上句，“中”讀去聲；“機”，弩
機，捕獸之具，一觸卽發弩；“辟”，陷阱。此言狸狌雖巧，終不免被人所誘
陷，以致爲機辟所中。下句，“罔”同“網”；“罟”音古，也是網類。此言狸
狌爲網罟所擒，不免送掉性命。宣穎説：“此見巧便逐物者，自納於陷罟
之區。”按，此以喻有聰明才智之人，終不免爲人所害。　㉘氂牛：卽旄
牛，產於我國西南部，其軀體甚大。“氂”音來，又音離。按，此以喻大智
若愚之人，雖不能捕鼠，却能全身遠禍（參用成玄英、宣穎説）。　㉙無
何有之鄉：猶言“一無所有之處”。　㉚廣莫之野：“廣莫”，猶言“廣大”；
“野”，野外。　㉛“彷徨乎”二句：上句，“無爲”，猶言“無所事事”；下句，
言睡在樹下閒放不拘，怡然自得。　㉜不夭斤斧：“夭”，夭折；“斤”，大
斧，“斤”、“斧”都是伐木之物。此言樗樹爲無用之木，故不爲斤斧所損
傷，不致夭折。　㉝“無所可用”二句：言無用之物絲毫没有它獨特的表
現，因而也不致受到困苦。就其無用而言，似是它的缺點；但就其無困苦
而言，則其不適於用正所以全其大用。此卽所謂“至人無己”。王先謙
説：“惠以莊言爲無用，不知莊之遊於無窮，所謂大知小知之異也。”〔以上
是第四大段，以無用爲大用，證明至人無己之意。〕

（二）　養生主①

　吾生也有涯②，而知也無涯；以有涯隨無涯③，殆已┃已而爲
知者④，殆而已矣。爲善無近名⑤，爲惡無近刑；緣督以爲經⑥。
可以保身⑦，可以全生，可以養親，可以盡年。

　　①養生主：“主”，指主要的關鍵。王先謙説：“順事（自然的事理）而
不滯於物（外在的物欲），冥情而不攖（逆）其天（自然），此莊子養生之宗

主(主要關鍵)也。"　　②"吾生也"二句:"涯",限;"知"讀去聲,指知識,亦兼指人的思想活動。此言人之一生,年壽有盡,而知識無窮。　　③"以有涯"二句:"隨",追求;"殆",危。此言以有限之光陰,追求無限的事物,是很危險的。　　④"已而爲知者"二句:"已"作"此"解,指上述"以有涯隨無涯"的事實。言人如蹈此以有涯隨無涯之弊,而仍自以爲智,那就太危險了。所以老子説"知止不殆",正是從另一方面來解釋這個道理。⑤"爲善"二句:此言世人見爲善者,必以榮譽加於其身;見爲惡者,必以刑辱加於其身。今我對名譽或刑辱,皆無動於中,但知依自然之理而行事,即所謂"無近名"、"無近刑"(用近人胡遠濬説)。又,此二句疑應解爲"不因喜近榮譽而有意爲善,也不因畏近刑辱而有意不爲惡",於義始通。⑥緣督以爲經:"緣",遵循;"督",中道;"緣督",猶言"順乎自然之中道"。"經",常。清錢澄之説:"緣督者,順乎中道;以爲經者,安其常分也。"(見其所著莊屈合詁)胡遠濬説:"爲善無近名,爲惡無近刑,緣督以爲經,養生主也。"　　⑦"可以保身"四句:錢澄之説:"保身者,不罹於刑戮;全生者,不戕於思慮與憂怵也;養親者,不犯難以貽父母憂也;盡年者,修短皆盡其所受,不致中道夭也。"王先謙釋第四句,也説:"天所與之年,任其自盡,勿夭折之,則有盡者無盡。"則此四句,正是寫善於養生的結果。〔以上是第一大段,正面闡明養生的原則。王先謙説:"從正意説入,一篇綱要。下設五喻以明之。"〕

庖丁①爲文惠君②解③牛,手之所觸,肩之所倚,足之所履,膝之所踦④,砉然嚮然⑤,奏刀騞然⑥,莫不中音⑦:合於桑林之舞⑧,乃中經首之會⑨。

文惠君曰:"譆⑩,善哉!技蓋至此乎⑪?"

庖丁釋刀對曰:"臣之所好者道也⑫,進乎技矣⑬。始臣之解牛之時,所見無非牛者;三年之後,未嘗見全牛也⑭。方今之時,臣以神遇而不以目視⑮,官知止而神欲行⑯。依乎天理⑰,批大郤⑱,導大窾⑲，因其固然⑳；技經肯綮之未嘗㉑，而況大軱㉒乎！良庖歲更刀㉓，割也；族庖月更刀㉔，折也。今臣之刀十九年矣，所解數千牛矣，而刀刃若新發於硎㉕。彼節者有間㉖，而刀刃者無厚；以無厚入有間，恢恢乎其於遊刃必有餘地矣㉗！是以十九年而刀刃若新發於硎。雖然，每至於族㉘，吾見其難爲；怵然爲戒㉙，視爲止㉚，行爲遲㉛，動刀甚微㉜。謋然已解㉝，如土委地㉞。提刀而立，爲之四顧，爲之躊躇滿志㉟。善刀而藏之㊱。”

文惠君曰：“善哉！吾聞庖丁之言，得養生焉㊲。”

①庖丁：卽廚工。一説，“丁”是庖人的名字。　　②文惠君：卽梁惠王。　③解：解剖，宰割。　　④膝之所踦：“踦”音蟻，一足站立。此言宰牛時抬起一條腿來以膝蓋抵牛。　　⑤砉然嚮然：“砉”音划，“砉然”，皮骨相離聲。“嚮”同“響”，作“響應”解。言以刀解牛，皮骨相離之聲隨刀而響應。據馬叙倫考訂，“嚮”下不應有“然”字。⑥奏刀騞然：“奏”，進；“騞”音獲，“騞然”，刀解物聲，較“砉然”之聲爲大。此言把刀向牛身内推進，發出騞然的聲音。　　⑦莫不中音：“中”讀去聲，下同。言解牛之聲，莫不合於音律。　　⑧合於桑林之舞：“桑林”，湯樂名，或謂是宋舞樂名。此承上文“手之所觸”四句而言，謂庖丁解牛時手觸肩倚，種種動作，皆合於桑林之舞的節拍旋律（用宣穎説）。　　⑨乃中經首之會：“經首”，堯樂名，是樂曲咸池之一章；“會”，音節。此承上文“砉然”二句而言，謂動刀時所發的種種聲音，都合於經首這一樂章的音節。　　⑩譆：同“嘻”，讚歎聲。　　⑪技蓋至此乎：“蓋”同“盍”，作“何”解。此言“解牛的技術何以竟高明到這個地步呢？”　　⑫“臣之所好者”句：“好”，愛好，崇尚；“道”，對“技”而言。“技”指普通的技術，“道”則是掌握了事物的原理之後所具有的高深的修養。　　⑬進乎技矣：“進”，超過。此連上句言：“我所崇尚的是一種高深的修養，已經超過普通技術的階段了。”⑭未嘗見全牛也：此言操刀解牛，爲時既久，對於牛的全身，何處有空隙，

何處有筋骨,都已完全瞭解,所以不曾把一頭牛看成是整個的牛,而只是把它看成許多可以解剖拆卸的零件。　⑮以神遇而不以目視:此言解牛既多,心中有數,動手宰牛時只用精神去同牛接觸,而不必用眼睛看,就知道什麼地方可以下刀。　⑯"官知止"句:"官知",指感覺器官如眼、耳之類;"神欲",指頭腦中的精神活動。此言解牛時可以完全不用感覺器官而只靠精神活動來行事。　⑰依乎天理:"依",按照;"天理",天然的腠理,指牛的生理上的天然結構。　⑱批大郤:"批",擊入;"郤"同"隙",指牛體內筋骨相連的空隙之處。　⑲導大窾:"導",順着,循着;"窾"音款,空穴,指牛體內骨節間的竅穴。　⑳因其固然:此與"依乎天理"句意義相仿。"因",依;"固然",指牛的身體的本來的結構。㉑"技經"句:"技"是"枝"字之誤(用俞樾及近人王叔岷說,王說見其所著莊子校釋),"枝經",指體內筋脈的經絡相連之處;"肯",音懇,又讀爲凱,附著在骨上的肌肉;"綮"音啓,筋肉聚結的地方。按,這些都是容易使刀刃鈍折的地方。"嘗",試。此言庖丁解牛,凡經絡、肯綮之處,皆刀刃所未曾嘗試。　㉒大軱:股部的大骨(用馬叙倫說)。"軱"音孤。㉓"良庖"二句:技術比較高明的廚工,一年就要換一把刀,因爲他不是在解牛,而是在割肉。　㉔"族庖"二句:"族",作"衆"解,"族庖"指一般尋常的廚工。此言族庖一個月就要換一把刀,因爲他們是用刀硬把牛骨劈折。　㉕"而刀刃"句:"發",磨好;"硎",磨刀石。此言庖丁解牛雖多,而所用的刀却始終鋒利,像新從磨刀石上磨好的一樣。　㉖"彼節者有間"二句:言牛身上的骨節是有間隙的,而庖丁的刀刃却薄得好像連一點厚度都沒有。　㉗"恢恢乎"句:"恢恢",寬綽貌;"遊",猶言"運轉"、"活動"。此連上句言"用極薄的刀刃插入有間隙的骨節之中,顯得非常寬綽,刀刃有足夠的活動運轉的餘地"。　㉘族:筋骨交錯聚結之處。㉙怵然爲戒:"怵然",警惕貌;"戒",小心。　㉚視爲止:視力集中,停留在某一點上,不注意旁的東西。　㉛行爲遲:徐徐地下手,不敢急躁。　㉜微:輕。　㉝謋然已解:"謋"同"磔",音摘;"磔然",骨肉解脱貌。 　　㉞如土委地：牛身被剖開以後，好像土撒積在地上一樣。
㉟躊躇滿志：“躊躇”，彷徨自得之貌；“滿志”，心滿意足。 　　㊱善刀而
藏之：“善”，猶“拭”。郭象説：“拭刀而弢之也。”“藏”，卽指把刀藏入弢
(音滔，刀套)中。 　　㊲得養生焉：猶言“得養生之道”。王先謙説：“牛
雖多不以傷刃，物雖雜不以累心，皆得養之道也。”〔以上是第二大段，以
庖丁解牛爲喻，説明人類生活在複雜錯綜的社會中，應該找出一個規律
來適應現實，自然可以遊刃有餘，而不致使生機受到損害。〕

公文軒①見右師②而驚曰：“是何人也，惡乎介也③？天與，其
人與④？”曰：“天也，非人也。天之生是使獨也⑤。人之貌有與⑥
也；以是知其天也，非人也。”

　　①公文軒：人名。“公文”，複姓；“軒”，名。相傳爲宋人。 　　②右
師：本爲官名，可能因此人曾任右師的官職，乃借用爲人名。舊説，亦爲
宋人。 　　③惡乎介也：“惡”音烏，作“何”解，“介”應作“兀”(用馬叙倫
説)，失去一足，只剩下一足，叫“兀”。此言“他怎麼只有一隻脚呢？”
④天與，其人與：“與”同“歟”。此是公文軒驚異的問話，言“這是由於天
命呢，還是由於人事呢？” 　　⑤“天之生是”句：“是”，此，指足而言。一足
叫“獨”。 　　⑥有與：“與”讀去聲。郭象説：“兩足共行曰‘有與’。”此連
下文大意是：“人的形體，都是有兩隻脚的；現在他只有一隻脚，可見他是
由於天命而不是由於人事。”按，“兀”，舊注作“偏刖”解，“刖”音月，指砍
去兩足而言；“偏刖”則是砍去一足。疑右師之殘疾，或是由於人事而非
天然形成者。然莊子引喻此事，意謂無論是天然形成或由於人事，都是
天命使然，無干人事。其義詳見成玄英莊子疏。〔以上是第三大段，引兀
者爲喻，説明形體的殘廢對於養生並無影響。清郭嵩燾説：“善養生者
養以神，神全則生全。形雖介(兀)，有何不可也！”(見郭慶藩莊子集釋
引)卽闡明此意。〕

澤雉①十步一啄，百步一飲；不蘄畜乎樊中②——神雖王③，不

善也。

①澤雉:野生在草澤中的雉鳥。　　②"不蕲"句:"蕲",求;"樊中",籠中。言雉鳥不希望被關在籠子裏。　　③"神雖王"二句:"王"同"旺"。言雉鳥如被關入籠中,卽使精神旺盛,它也並不感到舒服。〔以上是第四大段,以澤雉爲喻,説明精神如果受到桎梏,則是養生之大害。此與前一段恰成對比,前一段言神全而形體有虧,亦無礙於養生;此一段則言身在樊籠之中,雖飲食無缺,也不舒適。正説明養生以逍遙自得爲主。〕

老聃①死,秦失②弔之,三號而出③。弟子④曰:"非夫子之友邪⑤?"曰:"然。""然則弔焉若此可乎⑥?"曰:"然。始也吾以爲其人也⑦,而今非也。向⑧吾入而弔焉,有老者哭之如哭其子,少者哭之如哭其母;彼其所以會之⑨,必有不蕲言而言,不蕲哭而哭者。是遯天倍情⑩,忘其所受⑪——古者謂之'遁天之刑⑫'。適來⑬,夫子時也;適去,夫子順也。安時而處順⑭,哀樂不能入也。古者謂是'帝之縣解⑮'。"

①老聃:卽老子。相傳老子姓李名耳,字聃(音丹),楚苦縣厲鄉人。據 史記老莊申韓列傳,謂其自函谷關著書而去,莫知所終。　　②秦失:人名,老子 的好友。"失"一本作"佚",音逸。　　③三號而出:"號"讀平聲,大呼。此言弔老子之喪,僅號哭了三聲就出來了。　　④弟子:指老子的門人。　　⑤非夫子之友邪:"夫子",指老子。此是門人嗔怪 秦佚 對老聃的感情太薄,所以問道:"你不是老師生前的好友麼?"　　⑥"然則弔焉"句:此是弟子指責 秦佚 之語,意謂弔唁好友,禮當盡哀,僅三號而出,未免太冷淡了。　　⑦"始也"二句:"其人",猶言"我們一類的人"。按,老聃和秦佚都是看輕生死、遊於方外的得道之士,所以秦佚對那些弟子説:"起初我以爲你們都是得道之士,現在看來,你們並不是這種人。"　　⑧向:剛才。　　⑨"彼其"三句:"彼",指來弔唁而痛哭的老者、少者;

“會”，聚集；“不蘄”，猶言“不期”、“不想”。此三句大意是：“這些人所以聚集在這兒，必皆有重視生死之心，他們本不想説話，也不想哭，但因爲感情不能控制，所以終於吐訴了一些話，並且哭得很傷心。”　⑩遯天倍情：“遯”，同“遁”，違反；“倍”同“背”，亦作“違”解；“情”，作“眞”解，指眞理。此言這些人過於悲痛，是違反自然、背於眞理的表現。　⑪忘其所受：人受命於天，始有生死；今乃好生惡死，是忘掉了受命於天的道理。　⑫遁天之刑：猶言“逆天之過”。言感傷過分，使自己的精神受到損害，即是違反自然之道所招致的過失。　⑬“適來”四句：“適”，偶然；“來”、“去”，指生和死；“時”，疑應作“常”解；“順”，即順乎自然之意。此言老聃偶然生到世上來，原是他適應自然的正常發展；偶然死去，也正是他順乎自然的必然結果。　⑭“安時而處順”二句：言人類如果對於生死之際都能安於常分、順其自然，那麼哀樂之情自然就不能打入内心了。　⑮帝之縣解：“帝”，指上帝，造物者；“縣”同“懸”。此言人之死亡，正如上帝把一個懸掛着的人解了下來，使之復返於自然。（按，此一段中所註各條，大都用近人阮毓崧説，見其所著之莊子集註。）〔以上是第五大段，以秦佚之言爲喻，説明人之生死也是自然現象，不必使感情過分激動，以致影響養生。〕

　　指窮於爲薪①，火傳也，不知其盡也。

　　①“指窮”三句：此段前人解釋紛紜，莫衷一是。今按，此三句之上下疑有脱文。“指”字見於墨子、公孫龍子之書及莊子齊物論中，皆作“概念”、“觀念”或“共相”解；此處疑亦應解作“概念”或“共相”。莊子對於概念的解釋，與“名家者流”如惠施、公孫龍子是不同的。惠施以爲概念和本質（共相和個體）是渾然不分的；公孫龍子則以爲概念或共相即是本質，可以離開具體之物而獨立存在。莊子對此兩種説法皆不同意。此三句即言“指”是概念而非本質。正如用薪柴點火一樣，從這一塊燃燒到另一塊薪柴，單從現象觀察，每一塊薪柴是很容易燃盡的，但火種却由此延傳下去，人亦不覺薪柴之盡。“薪”是概念，“火”才是本質，“薪”並不能代

替"火"。此蓋以火喻人類的精神文明,以薪喻人的肉體,説明人生雖短,精神却是可以長存的。〔以上是第六大段,以薪火爲喻,説明形滅神存之理,從而證明養生之道應注重精神生活而置生死於度外。〕

（三）　馬蹄①

馬:蹄可以踐霜雪,毛可以禦風寒,齕②草飲水,翹足而陸③,此馬之真性也。雖有義臺、路寢④,無所用之。及至伯樂⑤,曰:"我善治馬。"燒之⑥,剔之,刻之,雒之,連之以羈馽⑦,編之以皁棧——馬之死者十二三矣。飢之,渴之,馳之,驟之⑧,整之,齊之⑨,前有橛飾之患⑩,而後有鞭筴之威——而馬之死者已過半矣。陶者⑪曰:"我善治埴⑫;圓者中規⑬,方者中矩。"匠人曰:"我善治木;曲者中鈎⑭,直者應繩。"夫埴、木之性,豈欲中規矩鈎繩哉! 然且世世稱之,曰:"伯樂善治馬,而陶、匠善治埴、木。"此亦治天下者之過也。

吾意善治天下者不然。彼民有常性:織而衣,耕而食,是謂同德⑮;一而不黨⑯,命曰天放。故至德之世⑰,其行填填⑱,其視顛顛⑲。當是時也,山無蹊隧⑳,澤無舟梁;萬物羣生,連屬其鄉㉑;禽獸成羣,草木遂長㉒。是故禽獸可係羈而遊㉓,鳥鵲之巢可攀援而闚㉔。夫至德之世,同與禽獸居㉕,族與萬物並,惡乎知君子小人哉㉖! 同乎無知㉗,其德不離;同乎無欲,是謂素樸;素樸而民性得㉘矣。及至聖人㉙,蹩躠爲仁㉚,踶跂爲義,而天下始疑矣㉛;澶漫爲樂㉜,摘僻爲禮㉝,而天下始分矣㉞。故純樸不殘㉟,孰爲犧樽! 白玉不毀㊱,孰爲珪璋! 道德不廢㊲,安取仁義! 性情不離,安用禮樂! 五色不亂㊳,孰爲文采! 五聲不亂,孰應六律! 夫殘樸以爲器,工匠之罪也;毁道德以爲仁義,聖人之過也。

夫馬,陸居則食草飲水,喜則交頸相靡㊵,怒則分背相踶㊶。馬知已此㊶矣! 夫加之以衡扼㊷,齊之以月題㊸,而馬知介倪㊹、闉扼㊺、鷙曼㊻、詭銜、竊轡㊼。故馬之知而能至盜者㊽,伯樂之罪也。

夫赫胥氏㊾之時,民居不知所爲,行不知所之,含哺而熙㊿,鼓腹而遊。民能已此矣! 及至聖人,屈折禮樂以匡天下之形㉑,縣跂仁義以慰天下之心㉒,而民乃始踶跂好知㉓,爭歸於利,不可止也。此亦聖人之過也!

①此取篇首二字爲題(它篇如胠篋、秋水皆仿此例),大旨在於以馬及埴、木等爲喻,反復申述"無爲自化"之意。按,道家持論,大抵主張任乎自然,歸真反樸。戰國時代,社會十分動亂,因此道家就認爲仁、義、禮、樂種種文化,適足以啓奸詐而亂天下,從而對原始共產社會時人類的無知無欲的生活十分憧憬。本篇即是反映這種思想的作品。　　②齕:音曷,咬嚼。　　③翹足而陸:"翹",揚起;"足",一本作"尾";"陸"同"踛",跳躍。按,上句寫馬的生活方式,此句寫馬的一般動態。　　④義臺、路寢:"義"是"巍"的假借字,"巍臺"猶言"高臺"(用章炳麟説);"路",正,大;"路寢"猶言"正室"。此連下句的大意是:"雖有高樓大屋,對於馬並無用處。"　　⑤伯樂:姓孫名陽,字伯樂,相傳是秦穆公時的相馬專家。　　⑥"燒之"至"雒之":"燒",指用熱的鐵器去燒灼馬毛;"剔",指剪剔馬毛"刻",指鏨削馬的蹄甲;"雒",即"烙",以火烙其皮毛,使馬身上留有烙印,做爲標誌。郭嵩燾説:"燒之、剔之,以理其毛色;刻之、雒之,以存其表識。"(見郭慶藩莊子集釋引)　　⑦"連之"二句:上句,"連",糾合,聚集;"羈",馬絡頭;"縶",音義同"縶",牽絆馬足的繩索。下句,"編",編次,安排;"皁"音皁,即槽櫪,是飼馬飲食的地方;"棧",編木爲楄,安裝在馬脚下,以防潮濕,俗名"馬床"。此言用一些起拘束作用的繩索絡頭把馬糾集到一起,並且設施了一些廄房槽櫪把馬一匹一匹地編

排在裏面。　⑧馳之，驟之：縱馬使之狂奔。　⑨整之，齊之：按，古代用四馬駕一車，四匹馬的步伐、速度必須一致，因此對每一匹馬都要加以嚴格的控制，使之整齊劃一。　⑩"前有"二句：上句，"橛"，銜在馬口中的橫鐵或橫木；"飾"，馬絡頭上的飾物。下句，"筴"同"策"。用皮革製的馬鞭叫"鞭"，用竹木製的馬鞭叫"策"。此言在馬的前端有着橛飾的災患，在馬的尾部又有鞭策抽打的威脅。　⑪陶者：製陶器的工人。⑫埴：音直，有黏性的土，可用以燒製陶器。　⑬"圓者"二句："中"讀去聲，合於標準。此言製陶器的人可以使黏土就範於圓的規和方的矩，使之成爲圓和方的器具。　⑭"曲者"二句："鉤"和"繩"都是木匠用的器具；"應"猶"中"，也作"合於標準"解。此言匠人治木，能把木材弄曲或弄直，使之合於鉤或繩的標準。　⑮同德："德"，指人類的本性。據郭象的説法，人類的生存方式、理想以及愛憎的感情，都是大同小異的，所以叫做"同德"。　⑯"一而不黨"二句：上句，"一"，渾然一體；"黨"，偏。下句，"命曰"，猶言"稱爲"、"叫做"；"天"，指自然；"放"，任；"天放"猶言"任乎自然"。此言原始人類的生活、性情都是彼此一致的，無所謂私欲偏情，所以稱爲"天放"。　⑰至德之世："至德"，猶言"最好的"，據成玄英的説法，就是"太上淳和之世，遂初至德之時"。今按，此即指原始共產社會。　⑱填填：形容行步遲重徐緩的狀詞。　⑲顚顚：專一貌。　⑳蹊隧："蹊"，小徑；"隧"，孔道。　㉑連屬其鄉："鄉"，指地區。此連上文大意是："在至德之世，山間沒有路徑，水上沒有舟、橋，萬物都生長在一起，每一個地方都彼此相連，沒有區域之分，國家之界。"㉒草木遂長：言草木各順其意茂盛地生長。　㉓禽獸可係羈而遊："係羈"，用繩子繫着。此言人無害物之心，物無畏人之慮，所以禽獸可任人牽繫着到各處遊逛。㉔"鳥鵲之巢"句："闚"同"窺"，言人可以爬上樹去窺伺鳥鵲的窠巢。　㉕"同與禽獸居"二句："同"，混雜；"族"，作"聚"解，引申爲"生活"之意。此言人類和禽獸混雜而居，同萬物生活在一起。㉖"惡乎知"句："惡"音烏，"惡乎"猶言"如何"。"君子"和"小人"，本指階級社會中的統治階級和被統治階級，後乃引申爲"有德之人"和"敗德之人"；此處疑兩義兼而有之。言至德之世，人同禽獸都沒有分別，何況同是人類，更沒有什麼君子小人的分別了。　㉗"同乎無知"四句："同"，"蠢"之假借字（"蠢"即愚蠢之"蠢"的本字），無知貌（用馬叙倫説）；"離"，違反，喪失；"素"，生絲；"樸"，原始的木材；"素樸"連成一詞，引申爲"天然"、"本色"之意。此言原始的人類皆蠢然無知無欲，故本性不失，一切都是本色。　㉘素樸而民性得："得"，猶言"不失"。言人類多知多欲，真性就要泯滅，如始終保持本色，真性才能常存不失。　㉙聖人：此與逍遥遊中所言的"聖人"，涵義不盡相同。舊説皆謂此指儒家所追求的最完美的理想人物。因儒家是入世的，與道家的"無爲"思想相矛盾，故道家對於提倡仁義的聖人予以否定。但據俞樾春在堂隨筆，則此"聖人"是指當時的諸侯。以胠篋篇證之，此説亦可通。　㉚"蹩躠"二句："蹩躠"，音別薛，本是形容不良於行而努力趨赴的樣子；"踶跂"音弟企，本是形容墊起腳跟硬向上提的樣子；此處則皆引申爲明知有所不及而勉强用心力以赴的狀詞。言聖人追求仁義，本不可能，而偏要用力去做。　㉛而天下始疑矣："疑"，猜忌。此言有了人爲的"仁"、"義"的道德標準，人與人之間才有了猜忌。　㉜澶漫爲樂："澶漫"，猶言"縱逸"、"放肆"，指人類感情的放縱；"樂"，本指音樂，此處疑引申爲一切藝術的代稱。㉝摘僻爲禮："僻"應作"擗"，"摘擗"，形容煩瑣、拘泥、狹隘、謭陋的狀詞；"禮"，指一切人爲的教條、禮制。　㉞而天下始分矣：此言聖人制定禮樂，引起人類多知多欲，結果使天下人陷於鈎心鬥角，四分五裂。㉟"故純樸不殘"二句："純樸"，未經彫琢成器的木材；"犧樽"，彫刻極其精緻的酒器。此處"犧"讀梭。此言"如果原始的純樸一直保持着本來面目而不毀壞，又有誰能造得出犧樽來呢？"　㊱"白玉"二句："珪"形上鋭下方，"璋"，半珪形；兩者都是玉器名。此二句意義與上二句相仿。㊲"道德"二句：此處"道德"和"仁義"的意義是相對立的。"道德"，指人類自然的本性；"仁義"，指人爲的道德標準。此言"人類如果不廢其天性而常任乎自然,又哪裏用得着仁義呢?"下二句"性情"、"禮樂"之義仿此。
㊳"五色"四句:"五色",指天然的單純的色彩;"五聲",指天然的單純的聲音。按,如果要製成文采,必須調和許多顔色,使之相間以成文理;要編成樂章,必須配合許多聲音,使之協於音律。而道家的意見,却認爲假如不把各種單純的聲色錯雜在一起,則華美的服飾和繁複的樂章都不存在,而人類的視聽之欲也就没有了。此四句卽用反問的語氣説明這個道理。　㊴交頸相靡:"靡"同"摩"。此言兩馬交頸,彼此互相摩觸。㊵分背相踶:"分背",方向相反;"踶",卽"踢"。此言兩馬相背而立,彼此用後足相踢。　㊶馬知已此:馬所知道的事止此而已。"知"又可讀爲"智"。　㊷衡扼:"扼"同"軛",又馬頸之木;"衡",車轅前端的橫木,所以縛軛者。"衡軛",猶言"衡上的軛"。　㊸齊之以月題:"齊",有"限制"之意;"題",猶"額","月題",指馬額上當顱如月形之物。　㊹介倪:舊説,"介倪"猶"睥睨",卽傲視、怒視。清末人馬其昶則釋"介"爲"兀"(見其所著之莊子故),"兀倪"卽"阢隉",不安貌。此處是形容馬的惶怖緊張,不安於駕。兩説皆可通。　㊺闉扼:"闉"音因,作"曲"解;"扼"同"軛"。此言馬常常曲頸不伸,企圖從軛下逃脱。　㊻鷙曼:言馬性猛戾不馴,欲狂突以去其羈勒。　㊼詭銜、竊轡:狡猾地吐出衡橛,偷偷地咬嚙轡頭。　㊽"故馬之知"二句:言以馬之智力而竟能達到做壞事的程度,都是伯樂的罪過。　㊾赫胥氏:上古的帝王。㊿"含哺而熙"二句:此極寫上古之民,渾沌無憂的形象。上句,"含哺",口含食物;"熙"同"嬉"。下句,"鼓腹"指飽食之後,腆着肚子。此言吃飽了飯,到處嬉遊。　(51)"屈折禮樂"句:"屈折",猶言"矯揉造作";"匡",匡正,引申有"改變"之意。此言聖人牽强地造出許多禮樂制度,想要生硬地改變天下的面貌。　(52)"縣跂仁義"句:"縣"同"懸","跂"同"企"。此言把仁義高懸着做爲一個不可企及的理想的道德標準,來慰安天下的人心。　(53)"而民乃始踶跂好知"三句:"踶跂"見前,"知"同"智"。此言從此人民才開始控空心思,竭力去追求巧智,競逐利禄,以至於一發而

不可收。

（四） 胠篋①

　　將爲胠篋、探囊、發匱之盜②而爲守備，則必攝緘縢③、固扃鐍④；此世俗之所謂知也⑤。然而巨盜至，則負匱、揭⑥篋、擔囊而趨，唯恐緘縢、扃鐍之不固也。然則鄉之所謂知者⑦，不乃爲大盜積者也？

　　　　①此篇大旨在於發揮道家的"絕聖棄智"思想。作者認爲提倡"聖"和"智"是亂天下的主因。通過對"聖"、"智"的抨擊，作者把當時剝削階級強盜式的本質揭發無遺，並且指出這一套人爲的政治制度和道德標準都是剝削階級統治人民的有力工具。至於對原始共產社會的嚮往憧憬，則與前篇之意相同。　　②胠篋、探囊、發匱之盜："胠"音區，從旁開物叫"胠"；"篋"音恰，箱子；"探囊"，掏摸囊袋；"發"，開；"匱"，卽櫃。這三種情形是小偷的盜竊的行爲。　　③攝緘縢："攝"，結；"緘"、"縢"，都是繩子，"縢"音滕。此言用繩子把箱、囊等物綑好。　　④固扃鐍："扃"音迥平聲，"鐍"音決，"扃鐍"，關鈕，鎖鑰，卽指箱篋前面的裝鎖處。此言把箱篋上的鎖鎖得很堅固。　　⑤"此世俗"句："知"同"智"；此言"這是一般世俗人所謂的智慧"。　　⑥揭：舉起，扛起。　　⑦"然則"二句：上句，"鄉"同"嚮"，猶言"前面"。下句，"不乃"，猶言"豈非"；"積"，猶言"做準備工作"；"也"同"耶"，疑問句的語尾助詞。此言"然則前面所說的那種世俗之智，豈不成爲給大盜做準備了麼？"〔以上是第一大段，以盜爲喻，說明人類的智慧只是供人做壞事的；並藉以引起下文的議論。〕

　　故嘗試論之：世俗之所謂知者，有不爲大盜積者乎？所謂聖者，有不爲大盜守者乎？

　　何以知其然邪？

　　昔者齊國①，鄰邑相望②，雞狗之音相聞，罔罟之所布③，耒耨之所刺④,方二千餘里;闔四竟之內⑤,所以立宗廟社稷⑥、治邑屋州閭鄉曲⑦者,曷嘗不法聖人⑧哉？然而田成子⑨一旦殺齊君而盜其國。所盜者,豈獨其國邪？並與其聖知之法而盜之。故田成子有乎盜賊之名,而身處堯、舜之安,小國不敢非,大國不敢誅,十二世有齊國⑩。則是不乃竊齊國並與其聖知之法,以守其盜賊之身乎？

嘗試論之,世俗之所謂至知者,有不爲大盜積者乎？所謂至聖者,有不爲大盜守者乎？

何以知其然邪？

昔者龍逢斬⑪,比干剖⑫,萇弘胣⑬,子胥靡⑭。故四子之賢,而身不免乎戮。故跖⑮之徒問於跖曰:"盜亦有道乎？"跖曰:"何適而無有道邪⑯？夫妄意室中之藏⑰,聖也;入先⑱,勇也;出後⑲,義也;知可否⑳,知也;分均㉑,仁也。五者不備,而能成大盜者,天下未之有也。"由是觀之。善人不得聖人之道不立,跖不得聖人之道不行;天下之善人少而不善人多,則聖人之利天下也少,而害天下也多。故曰:脣竭則齒寒㉒,魯酒薄而邯鄲圍㉓,聖人生而大盜起㉔。掊擊聖人㉕,縱舍盜賊,而天下始治矣」

①齊國:按,齊爲太公姜尚之後。魯哀公十四年,齊簡公被大夫田常所殺。常立簡公弟驁,是爲齊平公,而常自專國政。由平公歷宣公至康公,被田常的曾孫田和放逐於海上。田和乃自立爲諸侯,仍號爲齊。此處係指姜氏之齊。②"鄰邑"二句:此言齊國人口稠密,城邑一座接着一座,彼此都望得見,而每家所畜養的雞狗,也因人民的住處緊密相連,鳴聲也彼此都聽得見。③罔罟之所布:此寫海濱之民,皆從事漁業。"罔"同"網";"罟"見前逍遙遊註;"布",散佈,"所布"猶言"所及"。網罟所及之處指水上的面積。④耒耨之所刺:此寫陸地之民,皆從事

農業。"耒"音累，犁；"耨"音 nou 去聲，卽鋤頭；"刺"，插入。耒耨所刺之地，指耕地的面積。　　⑤闔四竟之內："闔"，同"合"；"竟"同"境"。此句猶言"整個的國境之內"。　　⑥宗廟社稷："宗廟"，國君祭祀祖先之處；"社稷"，國君祭祀土神、穀神之處。　　⑦治邑屋州閭鄉曲："治"，經營，規劃；"邑"、"屋"等，都是古代劃分地區界域的名稱。司馬法："六尺爲步，步百爲畝，畝百爲夫，夫三爲屋，屋三爲井，井四爲邑。"又："五家爲比，五比爲閭，五閭爲族，五族爲黨，五黨爲州，五州爲鄉。""曲"，猶言"一隅"（"隅"，角落）；"鄉曲"，指鄉中一隅之地。　　⑧法聖人：以聖人所定的制度爲法。　　⑨田成子：卽田常，亦稱陳恆。下文"一旦殺齊君而盜其國"，指殺齊簡公事，見前註。　　⑩十二世有齊國：按，田常本陳國人，其祖田完自陳入齊，執齊政。由田完傳至田常，凡七世；田常至田和，凡三世；由田和傳至齊威王，凡二世；威王卒，子宣王立。自田完至宣王，共十三世。莊子與齊宣王同時，故上溯過去而言"十二世"。按，此原爲唐人舊說，歷代學者多從之；至清俞樾，以爲"十二世"乃"世世"之誤。姑錄以備考。　　⑪龍逢斬："龍逢"，卽關龍逢（"逢"音龐），夏桀時的賢臣，爲桀所殺。⑫比干剖："比干"，殷之宗室，因諫紂王，被剖心而死。⑬萇弘胣："萇弘"，周敬王之臣；"胣"音斥，車裂之刑，一說，剖腸之刑（"剔"音枯，作"用刀挖空"解）。按，萇弘被周人所殺，事見左傳魯哀公三年。相傳他死後，因怨氣不伸，血化爲碧。　　⑭子胥靡："靡"同"糜"，糜爛，粉碎。此言吳王夫差殺死伍子胥，浮其尸於江，使之糜爛粉碎。按，以上四例，說明暴君所以能逞淫威、殺賢臣，皆由聖人的法制規定他們有這樣的威權。郭象說："向無聖法，則桀、紂焉得守斯位而放其毒，使天下側目哉！"　　⑮跖：音質，人名，一稱"盜跖"，是古代著名的大盜。據莊子盜跖篇，謂是柳下惠之弟。　　⑯"何適"句："適"，往；"何適"，猶今言"幹什麼"。"道"，猶言"原則"、"準繩"。此言無論做什麼事，都是有原則的。　　⑰"夫妄意"二句：上句，"意"同"億"，估計，揣測；"妄億"，猶言"憑空揣測"；"藏"，指人家所貯藏的財物，讀去聲。下句，"聖"，最大的聰明，最高的智慧。此言搶劫以前，先要估計一下人家的室中究竟藏有多少財貨，這是需要有最大的聰明的。　⑱"入先"二句：盜竊時應搶先進入人家，這是勇敢的表現。　⑲"出後"二句：盜竊完畢，應該讓別人先走，自己不怕危險，最後走出來，這是講義氣的表現。　⑳"知可否"二句：下句的"知"同"智"。此言動手之前，必先料定安危吉凶，決定是否應該去幹，這是有智謀的表現。　㉑"分均"二句：獲得贓物，大家均分，毫無私弊，這是仁者的表現。　㉒"脣竭"句："竭"，作"舉"解；"脣竭"，指反舉其脣以向上。脣不包齒，自然要感到齒寒。　㉓"魯酒薄"句：陸德明經典釋文："楚宣王朝諸侯，魯恭公後至而酒薄，宣王怒，欲辱之。恭公不受命，乃曰：'我周公之胤，長於諸侯，行天子禮樂，勳在周室。我送酒已失禮，方責其薄，無乃太甚！'遂不辭而還。宣王怒，乃發兵與齊攻魯。梁惠王常欲擊趙，而畏楚救，楚以魯爲事，故梁得圍邯鄲。言事相由也，亦是感應。……許慎注淮南云：'楚會諸侯，魯、趙俱獻酒於楚王，魯酒薄而趙酒厚。楚之主酒吏求酒於趙，趙不與。吏怒，乃以趙厚酒易魯薄酒，奏之。楚王以趙酒薄，故圍邯鄲也。'"按，釋文所引第一事，成玄英亦引用之，但不知出何書；第二事則許注與今本淮南子繆稱訓高誘注同。其意皆謂事物之因果關係，往往有不期然而然者。　㉔"聖人生"句：郭象説："夫竭脣非以寒齒，而齒寒；魯酒薄非以圍邯鄲，而邯鄲圍；聖人生非以起大盜，而大盜起。此自然相生，必至之勢也。"按，前二句是比喻，此句是正意。　㉕"掊擊"二句：上句，"掊"音剖，"掊擊"猶言"抨擊"；下句，"舍"同"捨"，"縱捨盜賊"，指對盜賊不應治以嚴刑，而應寬其法網。〔以上是第二大段，用田常及盜跖等證明"聖"、"知"是對賢人有害、對惡人有利，對多數人有害、對少數人有利的。〕

　夫川竭而谷虛①，丘夷而淵實；聖人已死則大盜不起，天下平而無故②矣。聖人不死，大盜不止！雖重聖人而治天下③，則是重利盜跖也：——爲之斗斛以量之，則並與斗斛而竊之；爲之權衡④

以稱之，則並與權衡而竊之；爲之符璽⑤以信之，則並與符璽而竊之；爲之仁義以矯之⑥，則並與仁義而竊之。何以知其然邪？彼竊鈎者誅⑦，竊國者爲諸侯；諸侯之門；而仁義焉存⑧。則是非竊仁義聖知邪⑨？故逐於大盜⑩、揭諸侯、竊仁義並斗斛權衡符璽之利者，雖有軒冕之賞弗能勸，斧鉞之威弗能禁。此重利盜跖而使不可禁者，是乃聖人之過也。故曰：魚不可脫於淵⑪，國之利器不可以示人。彼聖人者，天下之利器也，非所以明⑫天下也。

故絕聖棄知，大盜乃止；摘玉毀珠⑬，小盜不起；焚符破璽，而民樸鄙；掊斗折衡，而民不爭；殫殘天下之聖法⑭，而民始可與論議。擢亂六律⑮，鑠絕竽瑟⑯，塞瞽曠之耳⑰，而天下始人含其聰⑱矣；滅文章⑲，散五采⑳，膠離朱之目㉑，而天下始人含其明矣；毀絕鈎繩，而棄規矩㉒，攦工倕之指㉓，而天下始人有其巧矣。故曰：大巧若拙。削曾、史之行㉔，鉗楊、墨之口㉕，攘棄仁義㉖，而天下之德始玄同㉗矣。

彼人含其明，則天下不鑠矣；人含其聰，則天下不累㉘矣；人含其知，則天下不惑矣；人含其德，則天下不僻㉙矣。彼曾、史、楊、墨、師曠、工倕、離朱，皆外立其德㉚，而以燿亂天下㉛者也，法之所無用也㉜。

①“夫川竭”二句：上句，“川”，流水；“竭”，乾涸；“谷”，山中低地，本是受水之處。此言河川中的水如果乾涸了，山谷也就空了。下句，“丘”，山；“夷”，平；“淵”，深淵。此言高山如果被削平了，則山旁的深淵也就會被土填滿了。此二句是下文“聖人已死而大盜不起”的比喻。　②故：意外的變故。　③“雖重聖人”二句：上句的“重”作“尊重”解；“而”，同“以”；下句的“重”作“厚”、“加倍”解。此言雖然特別看重聖人的言行，用來治理天下，結果却使盜跖得到更多的利益。　④權衡：“權”，秤錘；

“衡”，秤桿。　　⑤符璽：“符”，用木竹或銅製成的符契，可分爲兩片，合而成一；“璽”，印信。　　⑥“爲之仁義”二句：“矯”，糾正，扭轉，改革。此言聖人用仁義來矯正世俗，結果大盜連仁義也一併偷了去供其利用。⑦“彼竊鈎者誅”二句：“鈎”，衣帶鈎，此處當是泛指一般不值錢的東西。此言“一個偷竊細小物件的人就要受法律的制裁，一個公開盜竊國柄的人反可以變成諸侯”。　　⑧仁義焉存：原文“焉存”作“存焉”，今據王念孫說改。“焉存”猶言“於是乎存在”。此連上句，意謂聖人之法，多爲此輩竊國的大盜所利用。　　⑨“則是非”句：“則是非”，猶言“那豈非”。⑩“故逐於大盜”句至“斧鉞之威弗能禁”：據俞樾說，自“故逐於大盜”至“之利者”，二十一字作一句讀。第一句，“逐”，追隨；“逐於大盜”，猶言“效法大盜”；“揭”，作“舉”解，引申有“居於其上”之意；“揭諸侯”猶言“居於諸侯之上”（鄧析子作“霸諸侯”，指在諸侯中稱霸，與此義相近）。第二句，“軒”，貴族的車子；“冕”，貴族的禮冠，“軒冕之賞”猶言“高官厚祿”；“勸”，勉勵。第三句，“斧鉞之威”，指用嚴刑峻法去威脅。此三句的大意是：“那些效法大盜、在諸侯中稱霸、連仁義和斗斛權衡符璽等所有利益都一併偷竊的人，卽使賞賜他們高官厚祿，也不會使他們受到鼓勵而知足；卽使用嚴刑峻法去威脅他們，他們也不會感到恐慌而停止行動。”⑪“魚不可脫於淵”二句：語見老子。“國之利器”，指聖人的法制。此言魚脫離了水便爲人所擒，聖人的法制公開向人宣示，便被大盜所利用。⑫明：作“示”解。據近人王叔岷考證，“明”下當有“示”字（見莊子校釋）。⑬“摘玉”句：“摘”同“擲”，拋棄。此連下句言把貴重的珍寶都毀棄了，普通的强盜也就絕跡了。　　⑭“殫殘”二句：上句，“殫”，盡，完全；“殘”，毀。下句，“論議”，指同人民探討真理。此言只有把天下的聖人之法完全毀掉，才能同人民談論真理。　　⑮攡亂六律：“攡”，“擾”之假借字，作“擾亂”解（用馬叙倫說）；“六律”，律管之合陽聲者：一、黃鐘，二、太蔟，三、姑洗，四、蕤賓，五、夷則，六、無射；加上合陰聲的“六呂”（大呂、夾鐘、仲呂、林鐘、南呂、應鐘），共十二律。此言把這些音律都擾亂了。　　⑯鑠

絕竽瑟:"鑠",銷毀;"絕",折斷;"竽"、"瑟",皆樂器名。此言把樂器都毀
掉。　　⑰塞瞽曠之耳:"曠",人名,卽師曠,春秋晉平公時的著名樂師,
他是盲人,故稱"瞽曠";相傳他善用耳審音辨律,以占吉凶,故此處言堵
塞了他的耳朵,使他不能聽聲音。下文"膠離朱之目"、"攦工倕之指"等
句,義皆仿此。　　⑱人含其聰:"含",作"懷養"解,卽"保全"之意;
"聰",高度的聽覺能力。此言只有使一切的音律、樂器、音樂家都不存
在,人類的聽覺能力才能真正保全。下文"含其明"、"含其知"等句義皆
仿此。　　⑲滅文章:古代以青和赤相配合叫做"文",以赤和白相配合
叫做"章";此處則泛指文采。此言把所有的文采都毀滅。　　⑳散五
采:"五采",猶言"五色"。五采錯雜,乃成文采,"散"指使五色各自分離,
恢復其原來的單純的本色。參看馬蹄篇註。　　㉑膠離朱之目:"離
朱",一名"離婁",古代視力最強的人,相傳能於百步之外,察秋毫之末。
此言用膠把他的眼睛黏住,使之無法辨視顏色。　　㉒而棄規矩:"而"
卽"然",是"燃"的假借字(參用王引之、阮毓崧說);"燃棄規矩"與上
句"毀絕鈎繩"爲對文。此句言把所有的圓規、方矩等工具都燒毀。
㉓攦工倕之指:"攦",音麗,折斷;"工倕",相傳是堯時的巧匠,"倕"音垂。
此言把巧匠的手指折斷,使他無法製造器具。　　㉔削曾、史之行:
"削",除;"曾",指曾參,孔子弟子,有孝行;"史",指史魚,是衞靈公時的
直臣,靈公寵小人彌子瑕而疏賢臣蘧伯玉,史魚乃自殺,以尸諫,爲孔子
所稱。此言把儒家所講求的孝道和直道都除去。　　㉕鉗楊、墨之口:
"鉗",閉;"楊",楊朱;"墨",墨翟。此二人皆是先秦的大思想家,善辯論。
此言把楊、墨之口鉗閉起來,使他們不再發表意見。　　㉖攘棄仁義;
"攘",排去。　　㉗玄同:混同爲一。　　㉘累:憂患。此句言天下人卽
不再有憂患。　　㉙僻:邪惡。此句言天下人卽不再做出邪惡的行爲。
㉚外立其德:在表面誇耀自己的特長。　　㉛爚亂天下:"爚"音藥,本指
火花飛散,此處的"爚亂"疑作"惑亂"、"迷亂"解。馬叙倫釋爲"攪亂",亦
通。　　㉜法之所無用也:"法"指道家學者心目中的真理、大道。此言

從大道的角度來看，這些人都是無用的。〔以上是第三大段，反覆闡明"絕聖棄智"和"聖人不死，大盜不止"的道理。〕

子獨不知至德之世乎？昔者容成氏①、大庭氏、伯皇氏、中央氏、栗陸氏、驪畜氏、軒轅氏、赫胥氏、尊盧氏、祝融氏、伏羲氏、神農氏：當是時也，民結繩而用之，甘其食，美其服，樂其俗，安其居，鄰國相望，雞狗之音相聞，民至老死而不相往來。若此之時，則至治已。今遂至使民延頸舉踵②，曰"某所有賢者"，贏糧而趣之，則内棄其親③，而外去其主之事；足跡接乎諸侯之境④，車軌結乎千里之外，則是上好知之過⑤也。上誠好知而無道，則天下大亂矣！

何以知其然邪？

夫弓、弩、畢、弋、機、變⑥之知多，則鳥亂於上矣；鈎餌、罔罟、罾笱⑦之知多，則魚亂於水矣；削格、羅落、罝罘⑧之知多，則獸亂於澤矣；知詐漸毒⑨、頡滑堅白⑩、解垢同異⑪之變多，則俗惑於辯⑫矣。故天下每每⑬大亂，罪在於好知。故天下皆知求其所不知⑭，而莫知求其所已知者；皆知非其所不善，而莫知非其所已善者——是以大亂。故上悖日月之明⑮，下爍山川之精⑯，中墮四時之施⑰，喘耎之蟲⑱，肖翹之物⑲，莫不失其性。甚矣，夫好知之亂天下也！自三代以下者是已。舍夫種種之民⑳而悦夫役役之佞㉑；釋夫恬淡無爲㉒，而悦夫啍啍之意㉓。啍啍已亂天下矣！

①"容成氏"至"神農氏"：此十二氏都是傳説中的古代帝王。②"今遂至"句至"贏糧而趣之"：第一句，"延頸"，伸長了頸項；"舉踵"，墊起腳跟。第二句，"某所"，猶"某處"。第三句，"贏"，裹；"趣"同"趨"，趨快跑去。此三句大意是："在目前的社會中，竟至使人民伸長頸子、抬起腳跟地盼望着，一説起某個地方有賢人，他們爲了想過好日子，就裹了乾糧趕快地跑了去。"③"則内棄其親"二句："事"，侍奉。此言人民只爲

追求幸福的生活,尋找理想的環境,竟至家中抛下了父母,外面放棄了對國君的侍奉,而東奔西跑。　　④"足跡"二句:"接",連接;"結",往來交錯。此言這些東奔西跑的人,足跡走遍了各個諸侯的國境,車軌也往來交錯於千里之外。按,以上的話是針對當時朝秦暮楚的遊説之士而發的。　　⑤上好知之過:"上",指諸侯之君;"知"同"智",下同;"過",過失。此言各國的君主都希望求得有智謀的人,於是一些才智之士才這樣跑來跑去,結果天下就大亂了。　　⑥弓、弩、畢、弋、機、變:"弩",用機關放射連珠箭的弓;"畢",帶小柄的網;"弋",帶繩的箭;"機",指弩上發矢的機關,又叫弩牙;"變","礔"之假借字(用馬叙倫説);參看戰國策莊辛論幸臣註。　　⑦罾笱:"罾",音增,俗名"扳罾",是一種像傘蓋的魚網。"笱",捕魚的竹器。　　⑧削格、羅落、罝罘:"削"卽"箾",竹竿;"格",木柄(用章炳麟説);"削"、"格"都是用來張羅網的。"落"卽"絡","羅絡",是以竹篾連接成藩籬的形狀,用來遮攔禽獸,使之落於阱牢之中的網類(參用阮毓崧説)。"罝"音租,捕兔的網;"罘"同"罦",見前詩經兔罝註。⑨知詐漸毒:四字同義,皆作"欺詐"解。　　⑩頡滑堅白:"頡"同"黠",狡詐;"滑"同"猾";"頡滑",猶言"顛倒錯亂"。"堅白",指"離堅白",是戰國時名家學者公孫龍詭辯的論題之一。他把"堅白石"分析成"堅"的概念、"白"的概念和"石"的概念,然後把這三者孤立開來,認為每一概念卽是事物的本質,可以先物體而存在。這是一種唯心論的詭辯。　　⑪解垢同異:"解垢",詭曲的言詞;"同異",指"合同異",是戰國時名家學者惠施詭辯的論題之一。他説:"'大同'而與'小同'異,此之謂小同異;萬物畢同畢異,此之謂大同異。"(見莊子天下篇)他認為一切同異都是相對的,芸芸萬物,皆為一體,渾然無別。這也是一種唯心論的詭辯。⑫俗惑於辯:世俗之人,被這些詭辯所迷惑。　　⑬每每:猶言"夢夢"、"昏昏"或"胡里胡塗"。　　⑭"故天下"四句:前二句,"所不知",指一切客觀存在的知識;"所已知",指人類本身所具有的天性。此言人類只知捨內求外,追求知識,而忽略了自己分內所具有的一切。後二句,"所不善”,指暴君大盜的行爲;“所已善”,指聖人的法制。言人類只知否定暴君大盜,而不知聖人、仁義之類更該否定。　⑮上悖日月之明:“悖”音倍,作“亂”解,此指虧蝕。餘詳下。　⑯下爍山川之精:“爍”,銷毀,此指山崩川竭。　⑰中墮四時之施:“墮”卽“隳”,毀壞。“四時之施”,指氣候的冷暖和天氣的陰晴。以上三句,寫由於人類的追求巧智,由於聖人的制定法制,使得天下大亂;而大亂的結果,竟連自然界都受到影響而失去正常的規律。日月的光明,因而被虧蝕而黯淡;山川的精華,因而被毀壞而崩竭;四季的天氣因而被攪擾而顛倒錯亂。　⑱惴耎之蟲:“惴”同“蝡”,“耎”同“蠕”,音喘(或音揣)軟,形容蟲類蠕動的樣子。此句猶言“無足之蟲”。　⑲肖翹之物:舊說是“翾飛之屬”。按,卽指一般能飛繞的小蟲。以上二句,指低級的動物。連上下文言,大意是:“大亂的結果,甚至連最低級的動物也失去它們的本性。”　⑳舍夫種種之民:“舍”同“捨”;“夫”猶“彼”,下同。“種種”,淳樸忠厚的樣子。此言把一些忠厚淳樸的人民丟開不要。　㉑役役之佞:“役役”,狡詐奸黠的樣子;“佞”,巧言諂媚的人。　㉒“釋夫”句:“釋”,廢棄;“恬淡”,清心寡欲,安分知足。　㉓悅夫啍啍之意:“啍”同“諄”,音准平聲,“諄諄”,形容誨人不倦的狀詞。此言“喜歡煩瑣支離,忙忙碌碌的作法”。〔以上是第四大段,寫“聖”、“智”是亂天下之根源,治天下者應取法乎原始社會的生活方式。〕

（五）　秋水

　　秋水時至,百川灌河;涇流之大①,兩涘渚崖之間②,不辯牛馬。於是焉③河伯④欣然自喜,以天下之美爲盡在己;順流而東行,至於北海;東面而視,不見水端。於是焉河伯始旋⑤其面目,望洋⑥向若⑦而歎曰:“野語⑧有之曰,‘聞道百,以爲莫己若⑨’者,我之謂也。且夫我嘗聞少仲尼之聞而輕伯夷之義者⑩;始吾弗信,今我睹子之難窮也，吾非至於子之門⑪，則殆矣。——吾長見笑於大方之家⑫。”

北海若曰：“井䲂不可以語於海者⑬，拘於虛也；夏蟲不可以語於冰者⑭，篤於時也；曲士不可以語於道者⑮，束於教也。今爾出於崖涘，觀於大海，乃知爾醜⑯，爾將可與語大理⑰矣。天下之水，莫大於海；萬川歸之⑱，不知何時止而不盈；尾閭泄之⑲，不知何時已而不虛，春秋不變⑳，水旱不知；此其過江河之流㉑，不可爲量數。而吾未嘗以此自多者，自以比形於天地而受氣於陰陽㉒，吾在於天地之間，猶小石小木之在大山也。方存乎見少㉓，又奚以自多？計四海之在天地之間也，不似礨空之在大澤㉔乎？計中國之在海內，不似稊米之在太倉㉕乎？號物之數謂之萬㉖，人處一焉；人卒九州㉗，穀食之所生，舟車之所通，人處一焉㉘。此其比萬物也，不似豪末之在於馬體㉙乎？五帝之所連㉚，三王之所爭㉛，仁人之所憂，任士之所勞㉜，盡此矣㉝！伯夷辭之以爲名㉞，仲尼語之以爲博；此其自多也㉟。不似爾向之自多於水乎？”

河伯曰：“然則吾大天地而小豪末㊱，可乎？”

北海若曰：“否。夫物量無窮㊲，時無止㊳，分無常㊴，終始無故㊵。是故大知觀於遠近㊶，故小而不寡㊷，大而不多；知量無窮。證曏今故㊸，故遙而不悶㊹，掇而不跂；知時無止。察乎盈虛㊺，故得而不喜㊻，失而不憂；知分之無常也。明乎坦塗㊼，故生而不說㊽，死而不禍；知終始之不可故也。計人之所知㊾，不若其所不知；其生之時㊿，不若未生之時；以其至小㈤，求窮其至大之域，是故迷亂而不能自得也！由此觀之，又何以知豪末之足以定至細之倪㉒？又何以知天地之足以窮至大之域？”

　　河伯曰：“世之議者，皆曰：‘至精無形㊼，至大不可圍。’是信情㊼乎？”

　　北海若曰：“夫自細視大者不盡㊽，自大視細者不明㊽。夫精㊽，小之微也；垺㊽，大之殷也：故異便㊽；此勢之有也㊿。夫精粗者㉛，期於有形者也：無形者㉒，數之所不能分也；不可圍者㊹，數之所不能窮也。可以言論者㊶，物之粗也；可以意致者，物之精也。言之所不能論㊳，意之所不能察致者，不期精粗焉。是故大人㊻之行：不出乎害人㊼，不多仁恩；動不爲利㊽，不賤門隸；貨財弗爭㊾，不多辭讓；事焉不借人㉟，不多食乎力，不賤貪汙；行殊乎俗㉑，不多辟異；爲在從衆㉒，不賤佞諂；世之爵祿不足以爲勸㉓，戮恥不足以爲辱；知是非之不可爲分㉔，細大之不可爲倪。聞曰㉕：道人不聞㉖，至德不得，大人無己——約分之至也㉗。”

　　河伯曰：“若物之外㉘，若物之內，惡至而倪貴賤㉙？惡至而倪小大？”

　　北海若曰：“以道觀之㉚，物無貴賤。以物觀之㉛，自貴而相賤。以俗觀之㉜，貴賤不在己。以差觀之㉝，因其所大而大之㉞，則萬物莫不大；因其所小而小之㉟，則萬物莫不小；知天地之爲稊米也㉪，知豪末之爲丘山也，則差數覩矣。以功觀之㉫，因其所有而有之㉬，則萬物莫不有；因其所無而無之㉭；則萬物莫不無；知東西之相反而不可以相無㉮，則功分定矣。以趣觀之㉯，因其所然而然之㉰，則萬物莫不然；因其所非而非之㉱，則萬物莫不非；知堯、桀之自然而相非㉲，而趣操覩矣。昔者堯、舜讓而帝㉳，之、噲讓而絕㉴；湯、武爭而王㉵，白公爭而滅㉶。由此觀之，爭讓之禮，堯、桀之行，貴賤有時㉷，未可以爲常也。梁麗可以衝城⑩，而不可以窒穴，言殊器也⑪。騏驥⑫、驊騮一日而馳千里⑫，捕鼠不如狸狌，言殊技也⑭。鴟鵂夜撮蚤⑭，察豪末，晝出瞋目而不見丘山，言殊性也⑯。故曰：蓋師是而無非⑯，師治而無亂乎？是未明天地之理⑭，萬物之情者也。是猶師天而無地，師陰而無陽，其不可行明矣。然且語而不舍⑱，非愚則誣⑲也。帝王殊禪⑩，三代殊繼。差其時、逆其俗者⑪，謂之篡夫；當其時⑫、順其俗者，謂之義之徒。默默乎河伯！女惡知貴賤之門⑭，小大之家！」

河伯曰：「然則我何爲乎⑮？何不爲乎？吾辭受趣舍⑯，吾終奈何？」

北海若曰：「以道觀之：何貴何賤，是謂反衍⑰；無拘而志⑱，與道大蹇。何少何多⑲，是謂謝施；無一而行⑩，與道參差。嚴乎若國之有君⑪，其無私德；繇繇乎若祭之有社⑫，其無私福；泛泛乎若四方之無窮⑬，其無所畛域；兼懷萬物⑭，其孰承翼？是謂無方⑮。萬物一齊，孰短孰長？道無終始⑯，物有死生，不恃其成。一虛一滿⑰，不位乎其形。年不可舉⑱，時不可止，消息盈虛⑲，終則有始。是所以語大義之方⑩，論萬物之理也。物之生也⑪，若驟若馳，無動而不變⑫，無時而不移。何爲乎？何不爲乎？夫固將自化⑬！」

河伯曰：「然則何貴於道邪⑭？」

北海若曰：「知道者必達於理，達於理者必明於權⑮，明於權者不以物害己。至德者火弗能熱，水弗能溺，寒暑弗能害，禽獸弗能賊；非謂其薄之也⑯，言察乎安危⑰，寧於禍福，謹於去就，莫之能害也。故曰：天在內⑱，人在外，德在乎天；知天人之行⑲，本乎天⑩，位乎得，蹢躅而屈伸⑪，反要而語極⑫。」

曰：“何謂天？何謂人？”

北海若曰：“牛馬四足⑭，是謂天；落馬首⑮，穿牛鼻，是謂人。故曰：無以人滅天，無以故滅命⑯，無以得殉名⑰。謹守而勿失⑱，是謂反其真。”

　　①涇流之大：“涇”，“巠”之假借字，音經，直流的水波。此句猶言“水流是非常大的”。　　②“兩涘”二句：“涘”音似，水邊；“渚”，水中可居之處；“崖”，高的河岸。此言秋天水漲，水面加寬，隔水遠看，兩岸的牛或馬都分辨不清。　　③於是焉：“焉”同“乎”。此猶言“於是乎”。　　④河伯：河神。相傳姓馮（音憑）名夷。　　⑤旋：掉轉。　　⑥望洋：卽“茫洋”，仰視貌。　　⑦若：海神名。卽下文的“北海若”。　　⑧野語：俗語　　⑨聞道百，以爲莫己若：“百”，泛指事物之多。此言“聽到過一百樣道理，就自以爲知道得很多，覺得誰也不如自己”。　　⑩“且夫”句：“少”讀上聲，作及物動詞用，有“嫌少”之意；“仲尼之聞”，指孔子所知道的學問；“輕”，輕視；“伯夷”，殷之諸侯孤竹君的長子，因讓君位，與其弟叔齊偕逃至周；武王伐紂，伯夷、叔齊認爲以臣弒君是不義的，於是同隱於首陽山，不食周粟而餓死。“伯夷之義”，卽指餓死於首陽山之事。此句大意是：“我起初聽說孔子的學問最博，伯夷的義氣最高，但是却有人瞧不起他們。”　　⑪“吾非”二句：上文寫河伯見秋水高漲，卽自以爲天下之美盡在於己；及見到北海，才感到自己的渺小。所以此處說：“如果我不是走到你的門前，那就很危險了。”意謂自己如永遠自高自大下去，是很可怕的。　　⑫大方之家：“方”，道。“大方之家”，猶言“極有修養的人”。　　⑬“井䖟”二句：上句，“䖟”同“蛙”；“井䖟”一本作“井魚”。下句，“拘”，拘束，局限；“虛”同“墟”，指所居之處。此言井中之蛙，是不能同它談到海的，因爲它被它的住處所局限，根本不知道什麼是海。　　⑭“夏蟲”二句：“夏蟲”是只生存在夏天的昆蟲如蟪蛄之類，天一冷就死去的；“篤”，作“固”解，引申有“限制”之意。此言夏蟲是不能同它談到冰的，因爲它受到時間的限制，根本不知道什麼是冷天。“井䖟”、“夏蟲”兩

層,是用來比喻下文的"曲士"的。　⑮"曲士"二句:"曲士",鄉曲之士,即指淺見寡聞的人;"束",猶"拘";"教",舊説作"名教"解,此處疑指他所受的教育。此言淺陋的人是不能同他談到大道的,因爲他爲他所受的教育束縛,根本不懂什麼是真理。　⑯醜:鄙陋,低劣。　⑰大理:猶言"大道理"。　⑱"萬川"二句:言萬川之水,皆歸於海,永無止期,但是海水却不見增多而顯得盈溢。　⑲"尾閭"二句:"尾閭"相傳是海底洩水之處;"泄"同"洩",洩漏。此言海水從尾閭流出去,雖永無停止之時,但海水却不見減少而顯得空虛。　⑳"春秋不變"二句:海水不因春夏的季節變換而有所增減,也不受陸上水災旱災的影響。　㉑"此其"二句:此言海的蓄水量遠遠超過江河,簡直不是用一般的數字所能計算的。　㉒"自以"句:"自以"猶言"自知";"比形",即"具形"(用阮毓崧説);'受氣於陰陽',言稟受陰陽之氣。此言"我自知是自然的產物,由天地賦予我形貌,並且稟受到陰陽之氣。"　㉓"方存乎"二句:"存",猶言"有這樣的想法"。此二句大意是:"我正以爲自己所見太少,又哪兒敢自以爲多而驕傲呢?"　㉔礨空之在大澤:"礨"音壘,"空"即"孔","礨孔",蟻穴;"大澤",曠野。　㉕稊米之在太倉:"稊"音題,細小的米粒;"太倉",儲糧的大倉庫。　㉖"號物"二句:世人每用"萬物"的説法來稱物之數,人類不過只是居於萬物中的一種。　㉗"人卒九州"三句:"卒",盡。此言"整個的九州之內,所有的人都是賴穀食生存、乘舟車來往的"。　㉘人處一焉:馬其昶説:"上文'人處一焉',以人對萬物言。此以一人對衆人言。"意謂世上的人口之多不可勝數,而每一個人不過是世上所有的人裏面的一人而已。　㉙豪末之在馬體:"豪"同"毫",動物身上的毫毛。"毫末",指毫毛的末梢。馬體上的一毫之末,極言其比例之小。　㉚連:作"連續"解,指五帝禪讓之事。　㉛三王之所爭:按,"所連","所爭"的對象,皆指天下而言。"三王",前人或謂指夏禹之子啓、商湯及周武王,因此三人皆弒君而自立者。(按,據韓非子、戰國策及楚辭天問,皆言禹禪位於益,啓殺益而奪其位。)　㉜任士之所勞:

"任士"，指以天下爲己任的賢能之士。"所憂"、"所勞"的對象，亦指天下而言。　㉝盡此矣："此"指上文的毫末。此言人類以天下爲事，但從整個宇宙來看，則天下之大仍極微小，不過盡同於毫末而已。　㉞"伯夷"二句："辭之"、"語之"的"之"指天下；"以爲名"，爲了求得名聲。此言伯夷以讓天下博取名聲，孔子以能談天下的事物被人視爲博學。㉟"此其自多也"二句：言伯夷、孔子也因此感到自滿，其實這種自滿正像河伯看到河水上漲而自滿一樣。　㊱ 大天地而小毫末：北海若上述之言，以天地與毫末對比，於是河伯誤認爲天地是最大的，毫末是最小的。下文北海若乃又深入地解釋，說明"大"、"小"是相對的，天地也不算最大，毫末也不算最小。又，據宣穎的解釋，此句的"大"有"重視"之意，"小"有"忽視"之意。　㊲物量無窮："量"，容積，此處猶言"大小"。此言物量之大小，都是無窮的。今以數字爲例：在整數"1"以後，可以添無數個"0"；在小數"0.1"的小數點以後的"1"以前，也可以添無數個"0"。此即"物量無窮"之理。　㊳時無止：時間的長河是無止境的。㊴分無常："分"讀去聲，指人事的得或失。此言得失之分是沒有一成不變的規律的。　㊵終始無故："終始"，指事物的因果關係；"故"，是"居"的假借字（用馬叙倫說），猶言"一定"。此言事物的因果關係不是定不可移的。　㊶大知觀於遠近："大知"，大智之人，"知"讀去聲；"遠近"，猶言"大小"。"觀於遠近"即今所謂"看到事物的全面，不拘於片面，不限於一隅"。　㊷"故小而不寡"三句：此言大智之人觀察物量之大小，不因物量小而以爲寡，不因物量大而以爲多，因爲他是知道物量無窮的。㊸證曏今故："曏"，作"明"解；"故"即"古"；此句猶言"證明古今"，指大智之人對於時間的今古觀念理解得非常透徹。　㊹"故遙而不悶"三句：第一句，"遙"，指長壽；"悶"，厭倦。第二句，"掇"音奪，指短命；"跂"同"企"，企羨。此言大智之人不因年壽之長久而感到厭倦，不因年壽的短促而企羨他人的高齡，因爲他懂得時間是無止境的。　㊺察乎盈虛："察"，理解；"盈虛"，指天道有盈有虛。意謂此虛則彼盈，此盈則彼虛，本屬自然現象。 ㊻“故得而不喜”三句：此言大智之人雖有所獲得而不喜，雖有所損失而不憂，因爲他知道得失之分是無常的。 ㊼明乎坦塗：“塗”同“途”。據郭象注，“坦途”指人從生到死的過程。意謂大智之人把人生的過程看成一條平坦的大道，把生和死都看成必然的經歷。㊽“故生而不説”三句：“説”同“悦”；“禍”，作“懼”解。此言不以生之可愛而貪戀悦慕而不捨，不以死之可憎而恐懼畏怖而拒絕。因爲世上的因果關係本無一定，生死的時間也各有久暫，不能固執膠著於一方面。㊾“計人之所知”二句：大意是：“統計一下每個人所知道的事物，當然遠不及他所不知道的事物。”意謂人的知識是有限的。 ㊿“其生之時”二句：此言一個人活着的時間，當然遠不及他不活着的時間。意謂人的年壽是有限的。 (51)“以其至小”三句：即養生主所謂“以有涯隨無涯，殆已”之意。 (52)“又何以知”二句：“倪”，“儀”之假借字，作“度”解（用章炳麟説），猶言“標準”。此二句言毫末雖小，但尚不足以做爲最小的物量的標準：天地雖大，也不能概括最大的物量的範圍。 (53)“至精”二句：此言“最小的東西，就看不到它的形體了：最大的東西，外面再也不能有東西能够包圍它”。“圍”古作“口”，即“包括”之意。 (54)信情：“信”，實；“信情”猶言“實情”。 (55)自細視大者不盡：按有形或無形，只是以人類的視力爲出發點而言的，原不足憑信。此言從細小之物的觀點去看巨大之物，那是看不盡它的全貌的。 (56)自大視細者不明：從大物的觀點來看細小之物，自然也看不清楚。 (57)“夫精”二句：此二句意謂：“小物中之最微小者，稱之爲精。” (58)“垺”二句：“垺”，音孚，作“恢廓”解，即“大”之意（用馬其昶説）；“殷”，大（用王念孫説）。此言“大物中之最大者，稱之爲垺”。 (59)故異便：此言無論大者視小者或小者視大者，它們都認爲是不便的。馬叙倫以爲此三字應在“夫精”句之前，“自大視細者不明”句之後。録以備考。 (60)此勢之有也：“勢”，自然的形勢；“有”，固有的。此句言上述這種情況原爲固有的自然的形勢，本不足深論。 (61)“夫精粗者”二句：“精”、“粗”即小、大；“期”，限。此言以精粗來論物，還是限於有形迹可求的東西。　　⑥"無形者"二句：此言最小之物，至於無形，直至最後，就不能用數字去剖析它了。參閱上文"物量無窮"註。　　⑥"不可圍者"二句：此與上二句爲對文，言至大之物，直至不可圍的程度，就不是用數字所能窮盡的了。以上是就物量之大小而言。　　⑥"可以言論者"四句：此是就物理之深淺言。大意是："可以用言語來形容、討論的，是物理之較粗淺者；可以用思維去體會的，是物理之較精深者。"　　⑥"言之所不能論"三句：如果言語所不能討論，思維所不能理解、體會的，那也就不是精或粗的概念所能限制的了。按，言既不能論，意又不能察，此疑卽道家學者所指的玄之又玄的"道"。⑥大人：卽逍遙遊所謂的"至人"。　　⑥"不出乎害人"二句：此言大人的行爲是任天而行的，自然不做對人有害的事；但他也不像世俗的聖人那樣自以爲有仁恩於人類。　　⑥"動不爲利"二句：上句，"動"，行動；"利"，指對人類有利。下句，"賤"，鄙視；"門隸"，守城門的僕隸，此處泛指地位卑賤之人。此言大人的行動是順乎天理的，不以有利於人類而自高身價，但也絕對不鄙視一些地位低賤的人。言外指卽使置大人於門隸的地位，他也不嫌低賤。　　⑥"貨財弗爭"二句：不與人去爭貨財，但也不因自己辭讓而自滿。　　⑦"事也不借人"三句：凡事不求助於人，不以自食其力的人爲可貴，也不以不能自食其力的貪婪污濁之人爲可鄙。⑦"行殊乎俗"二句：自己的行爲固然不與一般世俗人同流合污，但也並不標奇立異，鼓勵乖僻怪誕的作風。　　⑦"爲在從衆"二句：此與上二句爲對文。"從衆"猶言"隨俗"；"佞諂"，向人巧言獻媚者。此言自己的行爲也很隨俗，因此對於佞諂之人也不採取鄙視的態度。　　⑦"世之爵禄"二句：言用世俗的高官厚禄是打不動他的，而用一般的刑罰恥辱也不足以羞侮他。言外指其對於喜怒哀樂，皆無所動於中。　　⑦"知是非"二句：此言大人知道是非的界限是無法劃分的（詳下面的正文及註釋），細小和巨大的標準也是無法定立的。　　⑦聞曰：猶言"聽見有人這樣講"。　　⑦"道人"三句：第一句，"道人"，猶言"體道之人"、"悟道之人"。成玄英說:"夫體道聖人,和光韜晦,推功於物,無功名之可聞。"意謂悟道之人謙卑含蓄,把功績都推在別人的身上,自己不求聞達。第二句,言修養最高的人不計得失,卽使有所得,亦不居之。第三句,卽逍遙遊"至人無己"之意。　　⑦⑦"約分之至也":"約",收斂,引申有"提高"之意;"分",卽得失之分,引申爲對客觀事物的看法和感情。清陳壽昌說:"約分,謂將真性中之分量斂之又斂,以至無所謂聞,無所謂得,并無所謂己;……而道之超乎形色者見(現)矣。"(見其所著南華真經正義)意謂"道人"三句是"約分"至於極點的結果。　　⑦⑧"若物之外"二句:"物之外",指物的表面現象,如物量之小大;"物之內",指物的內在性質,如物理之貴賤。　　⑦⑨"惡至而倪貴賤"二句:言如何才是斷定物之貴賤小大的標準。　　⑧⑩"以道觀之"二句:從超越於物外的"道"的觀點來看萬物,則萬物平等,並無貴賤。　　⑧①"以物觀之"二句:從某一物的本身的觀點來看其它的物,則以爲自己很貴重而其它各物皆很低賤。　　⑧②"以俗觀之"二句:用世俗的眼光來看,萬物之貴賤不由其本身決定。譬如人以黃金爲貴,則黃金始貴;如人以黃金爲賤,黃金卽成爲賤物。　　⑧③以差觀之:從物與物之間的差別來看。　　⑧④"因其所大"二句:此言對於每一物,如果只就其"大"的一面言之,則萬物沒有不是大的。譬如以稊米比起天地來,天地固然是大了,但以比稊米還小若干倍的東西來與稊米相比,則稊米也是大的。　　⑧⑤"因其所小"二句:此與上二句爲對文,句法相同而意義相反。　　⑧⑥"知天地"三句:如果懂得天地可能小如稊米、而毫末可能大如丘山的道理,則物與物之間儘管千差萬別,數量不同,其小大之理却可以從而窺見。　　⑧⑦以功觀之:"功"指物在實用方面的成效而言。　　⑧⑧"因其所有"二句:此言每一物皆有其有用的成分在內,如果從它有用的這一面去看它,則萬物無不有用。卽如不材之木,看去似無用,而反全其天年;所以也是有用的。　　⑧⑨"因其所無"二句:此言每一物皆有其不足之處(下文所舉"梁麗"、"騏驥驊騮"等例,卽可說明此理),如果只從其不足的方面看,則萬物無不有缺點。　　⑨⑩"知東西"二句：上句，"東"和"西"是相反的兩個方向，正如"有"和"無"、"大"和"小"是相反的一樣；但是如果没有"東"，則"西"也就無法存在。所以此二者雖相反却不能相排斥。正如没有"小"的概念，則"大"也不存在；没有"無"的概念，則"有"也不存在。如知此理，則物之功分可定。下句，"分"，猶言"程度"；此言物在實用方面的效果，其程度是各有不同的，必明乎相反而又相成之理，則對於一物的高低貴賤才能公允地評定。　(91)以趣觀之："趣"，同"趨"，指人之趨向，猶今言"立場"。　(92)"因其所然"二句："然"，猶"是"，指可肯定的部分。此言萬物皆有其可肯定的成分在内，如果就只其可肯定的一面而言，則萬物之生存，無不合理。　(93)"因其所非"二句："非"，指可否定的部分。此言如從萬物的可否定的一面去看，則萬物無不存在着缺點，皆可加以否定。　(94)"知堯、桀"二句：上句，言堯和桀的立場是對立的，如果我們懂得堯、桀雙方皆自以爲然而又皆以對方爲非，則趣操之間的不同也就可以窺見了。下句，"趣"，趨向；"操"，意志。　(95)堯、舜讓而帝：此言堯、舜行禪讓之法，皆能居帝位，有天下。　(96)"之、噲"句：此指燕王噲讓國與子之的事，詳見前戰國策燕昭王求士註。此與上句爲對文，言燕王噲和子之也行禪讓之法，結果兩人都被殺身死，國統斷絶。　(97)"湯、武"句：言湯伐桀，武王伐紂皆以武力爭得王位。　(98)白公爭而滅：白公也用武力去爭奪王位，結果竟致滅亡。按，白公事見左傳，詳見前左傳楚白公之難。　(99)"貴賤有時"二句：此連上文大意是："或爭或讓，或爲堯或爲桀，或貴或賤，皆因時而異，不能視爲一成不變的。"　(100)"梁麗"二句："麗"同"欐"，屋棟。此言房屋的棟梁都是大木所製，可以用來攻打城池，但是不能用來堵鼠穴。　(101)言殊器也：成玄英説："言其器用大小不同也。"　(102)"騏驥"二句：此言騏驥、驊騮都是一天能奔馳千里的良馬，用來捕捉老鼠，却不如狸狌。　(103)言殊技也：成玄英説："是技藝不同，不可一概而取者也。"　(104)"鴟鵂"三句："鴟鵂"應作"鴟鴞"(一本即作"鴟鴞")，即貓頭鷹，一名鵂鶹。此言鴟鴞在夜裏能够捉跳蚤，並可察及毫毛的末梢，可見其眼力之好；但是到了白天，它瞪着眼睛却連高山都看不見。　⑩⑤言殊性也：言鴟鴉之性與其它的動物不同。按，以上三例，皆説明萬物各有其用，各有其性，不能一概而論。　⑩⑥"蓋師是"二句："蓋"同"盍"，即"何"；"師"，指師心自用，專以己見爲是。下文"師天而無地"的"師"與此同義。此二句的大意是："一個人怎麼能够過於主觀地固執己見，只片面地相信有是而無非，有治而無亂呢？"　⑩⑦"是未明"二句：言師心自用、過於主觀的人是不懂得天地間的自然之理和萬物的特殊之情的。⑩⑧語而不舍：把他所執的主觀片面的道理説個不止，而且堅決地不肯放棄。　⑩⑨非愚則誣：此連上文言"這種語而不舍的固執己見的人，如果不是生性愚蠢，就是故意欺人"。　⑩⑩"帝王殊禪"二句：上句，"帝"，五帝；"王"，三王；"禪"，指君位的傳遞方式。此言五帝、三王對於君位的授受，或讓與他姓，或傳與子孫，各有不同。下句，"三代"，指夏、商、周。此言三代之君對於君位的繼承，或父子相繼，或興兵篡弒，也是各有不同的。⑪⑪"差其時"二句："差"，錯過；"時"，時機；"逆"，違反；"俗"，指民情。此言"錯過機會而不順民情的人（如白公、子之之類），就被人稱爲篡逆的壞人"。　⑪⑫"當其時"二句：此言時機湊巧，又順於民情，如舜、禹、湯、武之類，就被人稱爲合於正義的人。　⑪⑬默默乎河伯：北海若告誡河伯應該沉默，不宜輕易發言。　⑪⑭"女惡知"二句："門"，猶言"樞紐"；"家"，猶言"派別"。此言"你哪裏知道物理貴賤的關鍵和物量小大之種種不同呢？"　⑪⑮"然則我何爲乎"二句：河伯既聞北海若之言，覺得有無、是非、大小、貴賤都無一定的標準，感到無所適從之苦。所以他問："那麼我應該做什麼，應該不做什麼呢？"　⑪⑯辭受趣舍："辭"，拒絕；"受"，接受；"趣"，進取；"舍"，放棄。此言自己不知何去何從。　⑪⑰反衍：即"曼衍"，合而爲一之意。此言貴賤打成一片，合爲一體。　⑪⑱"無拘而志"二句："而"同"爾"；"塞"，困難，煩擾。此言"不要拘滯你的心志，那樣則將與大道難合而且增加紛擾"。　⑪⑲"何少何多"二句："謝施"，猶"委蛇"（"蛇"音移，用清吳汝綸説，見其所校莊子點勘），即"與世周旋，順時而動"之意。此言："不要輕視別人，也不要高抬自己，這就是所謂的'謝施'。"　⑳"無一而行"二句："一"，偏於一面；"參差"，有出入。此言"不要使你的行爲偏於一端，那樣就會與大道有出入了。"⑫"嚴乎"二句："嚴"同"儼"，莊重貌；"無私德"，猶言"無偏心"。此言對待萬物，應儼然如國君一樣的公平，對任何人都沒有偏袒私惠。　⑫"縣縣乎"二句："縣縣"，同"悠悠"，自得之貌；"社"，土神；"無私福"，加福於人時一視同仁，無所偏袒。此言對待萬物，應悠然如受祭之社神，正直公允，無所偏向。　⑫"泛泛乎"二句："畛域"，猶言"成見"。此言心胸應寬闊如大地，無論東南西北，都廣遠無窮，而不應存成見於心。⑭"兼懷"二句："懷"，容；"承"，接受；"翼"，助。此言"對萬物應兼容並包，沒有誰專受我的幫助。"按，此亦無所偏袒之意。　⑫無方："方"，偏袒。　⑫"萬物一齊"二句：對萬物一視同仁，不可勉强爲之分出長短優劣。　⑫"道無終始"三句：第一句言大道無窮，真理無端；第二句卽"吾生也有涯"之意；第三句，言物既有死生，則無論如何也不能窺測大道的全貌，所以其本身的小小成就，是不足自恃而居功的。　⑫"一虛一滿"二句："位"，固執；"形"，現象。此言盈虧榮枯，新陳代謝，皆是自然之理，不可拘滯於現象，以爲是一成不變的。　⑫"年不可舉"二句：上句，"年"指過去的歲月；"舉"，攀留。此言過去的時間無法攀留。下句，言未來的時間也永無休止。　⑬"消息"二句："消"，滅；"息"，生。此二句言萬物之理是循環的。郭象説："變化日新，未嘗守故。"　⑬大義之方：猶言"大道之正理"。　⑬"物之生也"二句：此言萬物的生命過程是非常迅速的。　⑬"無動"二句：此言事物是永遠在運動、發展中前進的。　⑭自化：自然變化。按，北海若意謂只要任乎天然，不必有意地考慮做什麼或不做什麼。　⑬何貴於道邪：此言萬物既然平等，得道者與不得道者都同樣地順乎自然，那麼道又有什麼可貴呢？⑬明於權：猶言"通權達變"，指懂得如何適應環境。　⑬非謂其薄之也："薄"，作"犯"解。此言並非説至德之人故意去觸犯水、火、禽獸。

⑬“察乎安危”三句: 事先能明辨安危,事後能安於禍福,臨事時能審慎地選擇去就。　　⑬“天在内”三句　天然之性蕴蓄於内心,適應人事體現在外表的行動上。　　⑭知天人之行: 此言知道之人,可以兼知自然的規律和人事的變化。　　⑭“本乎天”二句: 出乎自然,安於處境。　　⑭蹢躅而屈伸。“蹢”同“躑”,“躑躅”,進退不定之貌。此言適應人事,不固執於一定的位置,或進或退,或屈或伸,皆隨時機而定。　　⑭反要而語極:“要”,指道之關鍵、樞紐;“極”,猶言“頂點”。此言知道之人,可以反本還源,掌握了道的樞紐所在,談出了極高深的言論。　　⑭“牛馬四足”二句:“天”,指先天自然的稟賦。牛和馬都是四條腿,這是先天自然的稟賦。　　⑭“落馬首”三句:“人”,指後天由人力造成的形態。“落”,同“絡”。此言用轡籠住馬頭,用繩穿了牛鼻,這是後天人爲的結果。⑭無以故滅命:“故”,指意外的變故;“命”,天然的稟賦。此言不要因爲偶然的變故摧毀了天然的稟賦。　　⑭無以得殉名:“得”,指受於自然的天性。此言不要因爲追求世俗之名而犧牲了受於天然的本性。⑭“謹守”二句: 謹慎地保存天然之性而不使之喪失,卽是反本還源,復其真性。〔以上是第一大段,借北海若與河伯的對話說明道家的萬物齊一、天内人外之理。〕

　　夔憐蚿①,蚿憐蛇,蛇憐風,風憐目,目憐心。

　　夔謂蚿曰:“吾以一足趻踔而行②,予無如矣!今子之使萬足④,獨奈何?”

　　蚿曰:“不然。子不見夫唾者乎?噴則大者如珠⑤,小者如霧,雜而下者不可勝數也。今予動吾天機⑥,而不知其所以然。”

　　蚿謂蛇曰:“吾以衆足行而不及子之無足,何也?”

　　蛇曰:“夫天機之所動,何可易邪?吾安用足哉!”

　　蛇謂風曰:“予動吾脊脅而行,則有似也⑦;今子蓬蓬然⑧起於北海,蓬蓬然入於南海,而似無有,何也?”

風曰:"然。予蓬蓬然起於北海而入於南海也。然而指我則勝我⑨,鰌我亦勝我;雖然,夫折大木、蜚大屋⑩者,唯我能也。故以衆小不勝爲大勝⑪也。爲大勝者,唯聖人能之。"

①"夔憐蚿"五句:"夔",一足獸;"蚿"音賢,卽馬蚿,一種多足的蟲,似蚰蜒而體圓,呈暗褐色,多環節,每節有脚二對。"憐",愛慕。此言夔只有一足而行走不易,因而愛慕蚿之多足;蚿又愛慕蛇之無足而能行;蛇又愛慕風之無形而行走更快;風則愛慕眼睛不必行動就能看得很遠;眼睛更愛慕心,因爲它只要一想就能洞察天地萬物。　②跉踔而行:"跉踔",形容一隻脚跳着走路的樣子,音審綽,"跉"又音忱上聲。　③予無如矣:"如",卽"能"。此言"我是沒有能力的了!"(用章炳麟説)　④"今子"二句:此言"我用一隻脚走路,尚嫌力不勝任,你現在用這許多脚走路,究竟是否利於行呢?"(參用章炳麟、阮毓崧説)　⑤"噴則"二句:"噴"讀去聲,指打噴嚏。此言打噴嚏的人散出來的唾液,大者如珠,小者如霧。　⑥天機:猶言"本能"。　⑦則有似也:據馬叙倫説,"有似"應作"似有"。言無足而行,好似有足一樣。　⑧蓬蓬然:風聲。又,塵動貌。　⑨"然而指我"二句:"指",用手來揮擊風;"鰌"同"蹧",音秋,作"踐踏"解,指用脚去踐踏風。成玄英説:"人以手指揮風,風不能折指;以足蹧踏風,風亦不能折足。此小不勝也。"意謂風對於一手一足,都不能勝過;但這是小不勝。　⑩蜚大屋:"蜚"同"飛"。言把大屋子颳飛了。⑪以衆小不勝爲大勝:此猶言對小節不斤斤計較,而能超然於物外,任乎天然,左右萬物,故爲大勝。〔以上是第二大段,以夔、蚿、蛇等物之相愛慕爲喩,申明"無以人滅天"之意。〕

孔子遊於匡①,宋人②圍之數帀③,而弦歌不惙④。子路入見,曰:"何夫子之娛也?"孔子曰:"來,吾語汝!我諱窮久矣⑤,而不免,命也;求通久矣⑥,而不得,時也。當堯、舜而天下無窮人⑦,非知得也;當桀、紂而天下無通人⑧,非知失也。時勢適然。夫水行不避蛟龍者，漁父之勇也。陸行不避兕虎者，獵夫之勇也。白刃交於前，視死若生者，烈士之勇也。知窮之有命，知通之有時，臨大難而不懼者，聖人之勇也。由，處矣⑨﹗吾命有所制矣⑩﹗”

無幾何，將甲者進⑪，辭⑫曰：“以爲陽虎也⑬，故圍之；今非也，請辭而退。”

①匡：衞國的邑名。　②宋人：“宋”應作“衞”。　③帀：同“匝”。一圈兒叫一匝。　④惙：同“輟”，中止。　⑤“我諱窮”三句：“諱”，憎惡；“窮”，指處於逆境，遭遇不幸。此言“我憎惡不幸的命運已經很久了，但始終不免處於逆境，這原是天命使然。”　⑥“求通”三句：“通”，飛黃騰達，遭遇順境。此言“我追求通達的命運也很久了，但始終得不着，這是時機不巧的緣故。”　⑦“當堯、舜”二句：“知”同“智”，下同。此言生在堯、舜的時代，天下就沒有不幸的人，這並非由於這些人有才智纔得到機會，而是由於堯、舜的時代清明。　⑧“當桀、紂二句，生在桀、紂的時代，天下就沒有得意的人，這並非由於這些人的才智不足，而是由於桀、紂的時代紛亂。　⑨處矣：“處”，安息。此是孔子令子路安心，不要沉不住氣。　⑩“吾命”句：此言我的命運受制於天，幸不幸是有一定的。⑪將甲者進：“將”，率領；“甲”，武裝的甲士。此言率領甲士的將官進見孔子。　⑫辭：謝罪。　⑬以爲陽虎也：按，孔子的面貌很像陽虎。陽虎曾經對匡人施過暴行，所以匡人誤以孔子爲陽虎，想要捉住他。〔以上是第三大段，以孔子事申明“無以故滅命”之意。〕

公孫龍①問於魏牟②曰：“龍少學先王之道，長而明仁義之行；合同異，離堅白，然不然③，可不可；困百家之知④，窮衆口之辯。吾自以爲至達⑤已。今吾聞莊子之言，汒然異之⑥；不知論之不及與⑦，知之弗若與？今吾無所開吾喙⑧。敢問其方⑨﹗”

公子牟隱机太息⑩，仰天而笑曰：“子獨不聞夫埳井之䖞⑪乎？謂東海之鱉⑫曰：‘吾樂與﹗吾跳梁乎井幹⑬之上，入休乎缺甃之

崖⑭; 赴水則接腋持頤⑮，蹶泥則没足滅跗⑯。還虷、蟹與科斗⑰，莫
吾能若也」且夫擅一壑之水⑱，而跨跱⑲埳井之樂，此亦至矣。夫
子奚不時來入觀乎⑳？'東海之鼈左足未入，而右膝已縶㉑矣。於
是逡巡而却㉒，告之海㉓曰：'夫千里之遠，不足以舉其大；千仞之
高，不足以極其深。禹之時十年九潦㉔，而水弗爲加益；湯之時八
年七旱，而崖不爲加損㉕。夫不爲頃久推移㉖，不以多少進退㉗者，
此亦東海之大樂也。'於是埳井之鼃聞之，適適然驚㉘，規規然自
失㉙也。且夫知不知是非之竟㉚，而猶欲觀於莊子之言，是猶使蚊
負山，商蚷馳河㉛也；必不勝任矣」且夫知不知論極妙之言，而自
適一時之利㉜者，是非埳井之鼃與？且彼方跐黄泉而登大皇㉝，無
南無北，奭然四解㉞，淪於不測；無東無西，始於玄冥㉟，反於大通；
子乃規規然而求之以察㊱，索之以辯㊲，是直用管闚天㊳，用錐指地
也，不亦小乎？子往矣㊴」且子獨不聞夫壽陵餘子㊵之學行於邯
鄲㊶與？未得國能㊷，又失其故行矣，直匍匐而歸耳㊸」今子不去，
將忘子之故㊹，失子之業。"

公孫龍口呿而不合㊺，舌舉而不下，乃逸而走㊻。

　　①公孫龍：戰國時詭辯家，趙人。清姚鼐説："公孫龍與莊生時不相
及，此其弟子所記耳。"（見其所著莊子章義）　　②魏牟：魏國的公子。
③"然不然"二句：以不是爲是，以不可爲可。　　④"困百家之知"二句：
"知"同"智"。公孫龍自言："我的辯論能使所有的智者都遭到困難，能
使所有的善辯者都無話可説。"　　⑤至達：無所不通。　　⑥汒然異之：
"汒"同"茫"，"汒然"即"茫然"。"異"，感到奇怪。此句猶言"莫名其
妙"。　　⑦"不知"二句：不知道是我的議論不及他呢，還是才智不如他呢？
⑧無所開吾喙：無法開口。　　⑨方：道理。　　⑩隱机太息："隱"，倚靠；
"机"同"几"，几案；"太息"，歎息。　　⑪埳井之鼃："埳"同"坎"，"坎井"

即淺井。此言居住在淺井中的蛙。 ⑫螫: 此字正寫應作"鼈"。 ⑬井
幹: 即井欄。"幹"音韓,正寫應作"韓"。 ⑭缺甃之崖: "缺甃"猶言"破
磚","甃"音皺。"崖",井邊。 ⑮接腋持頤: 言水的深度可以承接兩
腋而靠近兩頰。 ⑯蹶泥"句: 在泥中跳躍,泥的深度可以遮没足跗。
"跗"音附,足背。 ⑰還虷"二句: "還",回頭去看;"虷"音寒,井中赤
色小蟲;"科斗",即蝌蚪,蝦蟆的幼蟲。此言回顧井中的虷、蟹和蝌蚪,都
不如自己。又據章炳麟説,"還虷"應作"蜎蜎",音款犬,是蟲名;"還"是
"蜎"之假借字,不作"回顧"解。謹録以備考。 ⑱擅一壑之水: "擅",獨
佔;"壑",猶"坑"。 ⑲跨跱: 即"跔蹢"(用馬叙倫説),猶言"徘徊"。
"跱"音痔。 ⑳"夫子"句: 您何不暫時來參觀一下呢? ㉑右膝已縶:
"縶",絆住。此連上文言"左足還没有進去,右膝剛剛下井,已經被絆住
了"。 ㉒逡巡而却: "逡巡",遲疑不進;"却",退出。"逡"音存。 ㉓告
之海: 東海之鼈向井蛙電報告海的情況。又,據俞樾的考證,"海"字應在下
句,作"告之曰:'夫海……'"。亦通。 ㉔潦: 音老,指洪水爲災。今多寫
作"澇"。 ㉕崖不爲加損: 海水不減少,故海岸不見損壞。 ㉖不爲
頃久推移: 不因時間的短暫或長久而使海水的容量有所改變。 ㉗不
以多少進退: 澇則水多,旱則水少;"進退",猶言"增損";此言"不因水
旱之故而使海水有所增損"。 ㉘適適然驚: "適適然",面上有驚怖之
色。"適"音惕或狄。 ㉙規規然自失: "規規然",小貌,一説,驚視貌;
"自失",自己若有所失,猶言"不知所措"。 ㉚知不知是非之竟: 第一個
"知"讀去聲,下文"知不知"句同;"竟"同"境"。此言你連辨别是非的界限
的智力都没有。 ㉛商蚷馳河: "商蚷"即馬蚿。"蚷"音巨或渠。按,馬
蚿是陸地小蟲,無法渡水。 ㉜自適一時之利: 因佔一時口頭上的上風
而自以爲樂。 ㉝彼方蹴黄泉而登大皇: "彼"指莊子;"蹴"音此,俗讀
爲采,今作"踩";"黄泉",地下;"大皇",天上。此言莊子的思想言論,入
地登天,無所不至。 ㉞"奭然"二句: "奭然",無礙貌,"奭"音釋;"四
解",猶言"四散";"淪",入。此言莊子的思想言論,四通八達,不分東西南

北,都可毫無阻礙地涉及,談到深微的地方,甚至可以達到不可測量的程度。　㉟"始於玄冥"二句:"玄冥",微妙之境;"大通",深遠宏闊之境。此言莊子之思想言論,始於微妙,而歸於深遠。意指其言論是不可捉摸的。　㊱求之以察:"察",指瑣碎的觀察。此言用瑣碎的觀察去尋求莊子高深的哲理。　㊲索之以辯:"索",探索;"辯",詭辯。此言用詭辯的方式去探索莊子的思想。　㊳"是直"二句:大意是:"這簡直是用管去窺測天,用錐去鑽地一樣。"按,上句喻公孫龍不知莊子思想之博大,下句喻其莫測莊子思想之深厚。　㊴子往矣:你快些走開吧!　㊵壽陵餘子:"壽陵",燕國的邑名;"餘子",猶言"少年"。按,"餘子"指未成年的人,即尚未達到服兵役的年齡的人。　㊶學行於邯鄲:據說趙國人走路特別美觀,所以燕國的年輕人到邯鄲(趙之都城)來學走路的姿態。　㊷"未得國能"二句:沒有把趙國人走路的本領學會,卻把原來走路的樣子忘記了。　㊸"直匍匐"句:只好用手據地,爬着回去了。　㊹"將忘子之故"二句:"故",指故步";"業",學業。此言你將把你所熟悉的老一套的東西也要忘掉了。　㊺口呿而不合:"呿"音驅,張口貌。此言把嘴張得閉不上了。　㊻乃逸而走:趕快跑着走開了。

莊子釣於濮水①,楚王②使大夫二人往先③焉,曰:"願以境內累矣④!"

莊子持竿不顧,曰:"吾聞楚有神龜,死已三千歲矣;王巾笥而藏之廟堂之上⑤。此龜者,寧其死爲留骨而貴乎?寧其生而曳尾於塗中⑥乎?"

二大夫曰:"寧生而曳尾塗中。"

莊子曰:"往矣,吾將曳尾於塗中。"

①濮水:在今山東濮縣。　②楚王:即楚威王,名熊商,是楚懷王的父親。　③先:指先用非正式的方式去傳達楚王的意旨。　④"願以"句:大意是:"楚王希望把國境以內的事情委託給賢者,這將使莊子要受

些辛苦來辦理政事了。”“累”，猶言“添麻煩”、“吃辛苦”。　⑤“王巾笥”句：“巾”即巾冪，古人專用以覆蓋貴重器物的東西；“笥”音司去聲，竹箱。此言國王把神龜置於笥中，上面用巾蓋好，藏在廟堂之上，以供貞卜之用。　⑥曳尾於塗中：“曳”，拖着；“塗中”，泥中。此言拖着尾巴在泥塗裏走。

惠子相梁，莊子往見之。

或謂惠子曰：“莊子來，欲代子相。”

於是惠子恐，搜於國中①，三日三夜。

莊子往見之曰：“南方有鳥，其名爲鵷鶵②，子知之乎？夫鵷鶵發於南海，而飛於北海；非梧桐不止③，非練實不食④，非醴泉不飲⑤。於是鴟得腐鼠⑥，鵷鶵過之，仰而視之曰：‘嚇⑦！’今子欲以子之梁國而嚇我邪？”

①“搜於國中”二句：成玄英説：“揚兵整旅，三日三夜，搜索國中，尋訪莊子。”按，“搜”有戒備森嚴，到各處搜捕之意。　②鵷鶵：鸞鳳一類的鳥，音淵雛。按，此是莊子自喻。　③非梧桐不止：相傳鳳凰一類的鳥只棲息在梧桐樹上。“止”，棲息。　④非練實不食：“練實”，竹實。　⑤非醴泉不飲：“醴泉”，甘泉。按，“醴”音禮，是一種甜酒；“醴泉”則指泉水甘美如甜酒一樣。又按，“梧桐”、“練實”、“醴泉”，皆取其有高潔清白的優點。　⑥鴟得腐鼠：按，此以“鴟”喻惠施，以“腐鼠”喻相位。　⑦嚇：音赫，怒聲。此言鴟恐鵷鶵奪其腐鼠，故用口作怒聲以拒之。〔以上是第四、五、六大段，用公孫龍及莊子本身的故事爲喻，以申明“無以得殉名”之意。〕

莊子與惠子遊於濠梁①之上。

莊子曰：“儵魚②出游從容，是魚之樂也。”

惠子曰：“子非魚，安知魚之樂？”

莊子曰：“子非我，安知我不知魚之樂？”

惠子曰：“我非子，固不知子矣；子固非魚也，子之不知魚之樂全③矣。”

莊子曰：“請循其本④。子曰‘女安知魚樂’云者，既已知吾知之而問我。我知之濠上也⑤。”

①濠梁：“濠”，水名；“梁”，橋。按，濠梁在今安徽鳳陽縣。　②鯈魚：“鯈”是“鰷”之誤字。“鰷”音由，一種銀白色的小魚。　③全：完全。宣穎說：“與魚全無相知之理。”按，依宣說，則此句爲倒裝句，猶言“子全不知魚之樂矣”。　④請循其本三句：“循其本”，追溯惠子最初的話。郭象說：“尋惠子之本言云：非魚則無緣相知耳。今子非我也，而云‘汝安知魚樂’者，是知我之非魚也。苟知我之非魚，則凡相知者，果可以此知彼，不待是魚，然後知魚也。故循‘子安知’之云，已知吾知之所知矣，而方復問我。”釋此三句甚明晰。意謂惠子說“汝安知魚樂”的話的時候，是在知道“莊子不是魚”的前提下說的。惠子不是莊子而可以推測莊子知或不知，則莊子不是魚也正無妨推測魚之樂或不樂。　⑤我知之濠上也：郭象說：“我正知之於濠上耳，豈待入水哉？”宣穎說：“我遊濠上而樂，則知魚游濠下亦樂也。”釋此句甚明晰。〔以上是第七大段，用知魚之樂的故事申明“反其真”之意。〕

（六）　至樂——節錄

莊子之楚，見空髑髏①，髐然有形②；撽以馬捶③，因而問之曰：“夫子貪生失理④，而爲此乎？將⑤子有亡國之事，斧鉞之誅，而爲此乎？將子有不善之行，愧遺父母妻子之醜⑥，而爲此乎？將子有凍餒之患，而爲此乎？將子之春秋故及此乎⑦？”於是語卒，援髑髏枕而臥。

夜半，髑髏見夢曰："向子之談者似辯士⑧。諸子所言⑨，皆生人之累⑩也；死則無此矣。子欲聞死之説乎？"

莊子曰："然。"

髑髏曰："死無君於上，無臣於下，亦無四時之事。從然⑪以天地爲春秋，雖南面王樂不能過也。"

莊子不信，曰："吾使司命⑫復生子形，爲子骨肉肌膚，反子父母妻子閭里知識⑬，子欲之乎？"

髑髏深矉蹙頞⑭曰："吾安能棄南面王樂而復爲人間之勞乎？"

①空髑髏：空的頭顱骨。"髑髏"音獨樓。　　②髐然有形："髐然"，空枯貌，"髐"音翹。"有形"，保持原有的骨形。　　③撽以馬捶："撽"音毅，從側面敲打；"馬捶"，馬棒；"捶"同"箠"，音垂上聲。此言用馬棒敲打着髑髏。　　④"夫子"二句："生"，指人世的欲望；"理"，指生活的規律；"爲此"，到此地步。此言"你是不是因爲貪人生之欲而失去生活正常的規律，以至於此呢？"　　⑤將：還是。　　⑥"愧遺"句：此連上文言"還是你做了壞事，慚愧地給父母妻子丢了醜呢！""遺"讀去聲，作"留給"解。⑦"將子之春秋"句：還是因爲你年紀大了的緣故才死去呢？　　⑧"向子"：剛才你所談的話，好像是個能説善辯的人。按，今本此句或無"向"字。　　⑨諸子所言："諸"，"都"之假借字，作"大都"、"凡是"解。此言"凡是你所説的那些情形"。　　⑩皆生人之累：都是活着的人所受到的憂患。　　⑪從然："從"同"縱"；"縱然"，自由自在，放縱無拘束。　　⑫司命：主管世人生命長短的神。　　⑬"反子"句："反"同"返"；"閭里"，鄰居；"知識"，熟識的朋友。此言把你送回給你的家人和朋友。　　⑭深矉蹙頞："矉"同"顰"；"頞"，"額"字之正寫；"深矉蹙額"，緊皺着眉頭。

（七）　達生——節錄

仲尼適楚，出於林中。見痀僂者①承蜩②，猶掇之也③。

仲尼曰:"子巧乎④! 有道邪?"

曰:"我有道也。五六月⑤,累丸二而不墜⑥,則失者錙銖;累三而不墜,則失者十一⑦;累五而不墜,猶掇之也。吾處身也⑧,若厥株拘;吾執臂也⑨,若槁木之枝。雖天地之大⑩,萬物之多,而唯蜩翼之知;吾不反不側⑪,不以萬物易蜩之翼,何爲而不得!"

孔子顧謂弟子曰:"'用志不分⑫,乃凝於神。'其痀僂丈人之謂乎!"

①痀僂者:"痀僂",同"傴僂",者區縷,或音拘樓,駝背的人。　②承蜩:"蜩",音條,卽蟬。"承"音拯,用長竿取物。　③猶掇之也:"掇"音奪,以手拾物。按,以竿捕蟬,是把膠置於竿頂,然後去黏蟬翼。但這個駝背的人竟如用手拾物一樣的容易。　④"子巧乎"二句:上句疑是感歎句,猶言"你的技術真巧啊!"下句,"道",方法;言"你是有什麼方法鍛鍊成的吧?"　⑤五六月:夏季五六月,正是捕蟬之時。　⑥"累丸二"二句:上句,在竿頂上一連累積兩枚小球而不使墜落地。按,用竿黏蟬,最忌手顫,竿頭搖動,蟬必驚走。此言以累丸爲練習,正是鍛鍊手不顫的辦法。下句,"錙銖",音茲朱,此處作"極少數"解。此言當自己在竿頂累二丸而不墜時去黏蟬,失去蟬的機會已經很少了。　⑦失者十一:十隻蟬中可能能有一隻跑掉。　⑧"吾處身也"二句:上句,"處",安置;"身",指身體。下句,"厥"同"橛";"株拘",斷木頭。此言"我的身體站在這兒就像一橛斷木頭一樣。"　⑨"吾執臂也"二句:"執",舉。此言"我舉着胳臂就像一節枯樹枝一樣。"以上四句,寫其身和臂之穩固沉著,一動也不動。　⑩"雖天地之大"三句:此言天地雖大,萬物雖多,但當捕蟬之時,心目中只知道有蟬翼而已,其它一無所察。　⑪"吾不反不側"二句:上句言身臂絕對不動,下句言唯一目的只在蟬翼,不因任何事物影響自己對蟬的注意。　⑫"用志不分"二句:言用心不二,精神乃專一集中。一說:"凝"應作"疑",卽"擬";"擬於神",猶言"近似於有神通"(參看

馬叙倫莊子義證）。録以備考。

（八）　山木——節録

莊子行於山中，見大木枝葉盛茂，伐木者止其旁而不取也。問其故，曰：“無所可用。”莊子曰：“此木以不材得終其天年。”

夫子出於山，舍①於故人②之家。故人喜，命豎子③殺鴈而烹之。豎子請曰：“其一能鳴，其一不能鳴。請奚殺④？”主人曰：“殺不能鳴者。”

明日，弟子問於莊子曰：“昨日山中之木，以不材得終其天年；今主人之鴈，以不材死。先生將何處？”

莊子笑曰：“周將處乎材與不材之間。材與不材之間⑤，似之而非也⑥，故未免乎累。……”

①舍：寄宿。　　②故人：老朋友。　　③豎子：小孩。　　④請奚殺：請問殺哪一隻？　　⑤材與不材之間：一本無此句。　　⑥“似之而非也”二句：言不材之物，似有道而實非有道，所以有時不免遭到不幸。

（九）　外物——節録

任公子①爲大鈎巨緇②，五十犗以爲餌③，蹲乎會稽④，投竿東海。旦旦而釣，期年不得魚。已而大魚食之，牽巨鈎錎没而下⑤。驚揚而奮鬐⑥，白波若山，海水震蕩，聲侔鬼神⑦，憚赫千里⑧。任公子得若魚⑨，離而腊之⑩，自制河以東⑪，蒼梧以北，莫不厭⑫若魚者。……

①任公子：“任”，國名。此指任國的公子。　　②大鈎巨緇：“緇”，黑繩。此言用大的釣鈎和粗的黑繩做的釣絲。　　③“五十犗”句：“犗”音

介,強壯的牛。此言以五十頭牛的肉做爲釣餌。　④蹲乎會稽:“蹲”,高踞而坐;“會稽”,山名,在浙江省。　⑤銘没而下:“銘”同“陷”。此言魚吞鈎後,陷没於海内。　⑥鶩揚而奮鬐:“鶩”言務,亂跑;“揚”,昂頭,“奮鬐”,魚身上的鱗鬐(音耆)都張開了。此言大魚吞鈎以後,昂頭張鱗,各處亂竄。　⑦聲侔鬼神:“侔”音謀,類似。此言怪聲起於海上,與鬼神相類似。　⑧憚赫千里:“憚赫”,猶言“畏懼”。此言千里以内的人皆感到畏懼。　⑨若魚:“若”,此。　⑩離而腊之:“離”,剖開;“腊”音昔,乾肉。此言任公子把這條大魚切開之後,做成乾肉。　⑪“自制河以東”二句:“制”同“淛”,即“浙”,“淛河”即今浙江;“蒼梧”,今廣西蒼梧縣。此言從浙江以東至蒼梧以北。　⑫厭:同“饜”,飽食。

莊子附録

(一)　關於莊子的事蹟

莊子者,蒙人也,名周。周嘗爲蒙漆園吏,與梁惠王、齊宣王同時。其學無所不闚,然其要本歸於老子之言;故其著書十餘萬言,大抵率寓言也。作漁父、盜跖、胠篋,以詆訿孔子之徒,以明老子之術。畏累虚亢桑子之屬,皆空語無事實。然善屬書離辭,指事類情,用剽剝儒、墨;雖當世宿學,不能自解免也。其言洸洋自恣以適己,故自王公大人,不能器之。楚威王聞莊周賢,使使厚幣迎之,許以爲相。莊周笑謂楚使者曰:“千金,重利;卿相,尊位也。子獨不見郊祭之犧牛乎?養食之數歲,衣以文繡,以入太廟。當是之時,雖欲爲孤豚,豈可得乎?子亟去,無污我!我寧游戲污瀆之中自快,無爲有國者所羈;終身不仕,以快吾志焉。”(史記老莊申韓列傳——節録)

　　莊子妻死，惠子弔之。莊子則方箕踞鼓盆而歌。惠子曰：“與人居，長子老身，死不哭，亦足矣；又鼓盆而歌，不亦甚乎？”莊子曰：“不然。是其始死也，我獨何能無槩（慨）然？察其始而本無生；非徒無生也，而本無形；非徒無形也，而本無氣。雜乎芒芴之間，變而有氣；氣變而有形；形變而有生；今又變而之死，是相與爲春秋冬夏四時行也。人且偃然寢於巨室，而我嗷嗷然隨而哭之，自以爲不通乎命。故止也。”（莊子至樂）

　　莊周家貧，故往貸粟於監河侯。監河侯曰：“諾。我將得邑金，將貸子三百金，可乎？”莊周忿然作色曰：“周昨來，有中道而呼者；周顧視，車轍中有鮒魚焉。周問之曰：‘鮒魚來，子何爲者邪？’對曰：‘我東海之波臣也。君豈有斗升之水而活我哉？’周曰：‘諾。我且南遊吳、越之王，激西江之水而迎子，可乎？’鮒魚忿然作色曰：‘吾失我常與，我無所處。吾得斗升之水然活耳。君乃言此，曾不如早索我於枯魚之肆！’”（莊子外物）

　　或聘於莊子，莊子應其使曰：“子見夫犧牛乎？衣以文繡，食以芻菽；及其牽而入於太廟，雖欲爲孤犢，其可得乎？”（莊子列禦寇）

（二）　關於老子的思想

　　天下皆知美之爲美，斯惡已；皆知善之爲善，斯不善已。故有無相生，難易相成，長短相較，高下相傾，音聲相和，前後相隨。是以聖人處無爲之事，行不言之教。萬物作焉而不辭，生而不有，爲而不恃，功成而弗居；夫唯弗居，是以不去。（第二章）

　　不尚賢，使民不争；不貴難得之貨，使民不爲盗；不見可欲，使民心不亂。是以聖人之治，虛其心，實其腹，弱其志，强其骨；常使

民無知無欲，使夫智者不敢爲也。爲無爲，則無不治。（第三章）

五色令人目盲；五音令人耳聾；五味令人口爽；馳騁田獵，令人心發狂；難得之貨，令人行妨。是以聖人爲腹不爲目，故去彼取此。（第十二章）

大道廢，有仁義；慧智出，有大僞；六親不和，有孝慈；國家昏亂，有忠臣。（第十八章）

絕聖棄智，民利百倍。絕仁棄義，民復孝慈。絕巧棄利，盜賊無有。此三者以爲文不足，故令有所屬；見素抱樸，少私寡欲。（第十九章）

絕學無憂。……（第二十章）

有物混成，先天地生。寂兮寥兮，獨立不改，周行而不殆，可以爲天下母。吾不知其名，字之曰“道”，強爲之名曰“大”。大曰逝，逝曰遠，遠曰反。故道大，天大，地大，王亦大。域中有四大，而王居其一焉。人法地，地法天，天法道，道法自然。（第二十五章）

道常無爲，而無不爲。侯王若能守之，萬物將自化。化而欲作，吾將鎮之以無名之樸。無名之樸，夫亦將無欲；不欲以靜，天下將自定。（第三十七章）

以正治國，以奇用兵，以無事取天下。吾何以知其然哉？以此：天下多忌諱，而民彌貧；民多利器，國家滋昏；人多伎巧，奇物滋起；法令滋彰，盜賊多有。故聖人云：“我無爲而民自化，我好靜而民自正，我無事而民自富，我無欲而民自樸。”（第五十七章）

（三）　關於莊子的思想

彼出於是，是亦因彼。彼是，方生之說也。雖然，方生方死，方

死方生；方可方不可，方不可方可；因是因非，因非因是。（齊物論）

天下莫大於秋豪之末，而泰山爲小；莫壽乎殤子，而彭祖爲夭。天地與我並生，而萬物與我爲一。（齊物論）

孔子適楚，楚狂接輿遊其門曰：“鳳兮鳳兮，何如德之衰也！來世不可待，往世不可追也。天下有道，聖人成焉；天下無道，聖人生焉。方今之世，僅免刑焉。……”（人間世）

惠子曰：“不益生何以有其身？”莊子曰：“道與之貌，天與之形，無以好惡，內傷其身。今子外乎子之神，勞乎子之精；倚樹而吟，據槁梧而瞑。天選子之形，子以堅白鳴。”（德充符）

南海之帝爲儵，北海之帝爲忽，中央之帝爲渾沌。儵與忽時相與遇於渾沌之地，渾沌待之甚善。儵與忽謀報渾沌之德，曰：“人皆有七竅，以視、聽、食、息；此獨無有，嘗試鑿之。”日鑿一竅，七日而渾沌死。（應帝王）

子貢南遊於楚，反於晉，過漢陰。見一丈人方將爲圃畦，鑿隧而入井，抱甕而出灌，搰搰然用力甚多而見功寡。子貢曰：“有械於此，一日浸百畦，用力甚寡而見功多，夫子不欲乎？”爲圃者卬而視之，曰：“奈何？”曰：“鑿木爲機，後重前輕，挈水若抽，數如泆湯——其名曰橰。”爲圃者忿然作色而笑曰：“吾聞之吾師：有機械者必有機事，有機事者必有機心。機心存於胸中，則純白不備；純白不備，則神生（性）不定；神生（性）不定者，道之所不載也。吾非不知，羞而不爲也。”子貢瞞然慙，俯而不對。有間，爲圃者曰：“子奚爲者邪？”曰：“孔丘之徒也。”爲圃者曰：“子非夫博學以擬聖，於于以蓋衆，獨弦哀歌以賣名聲於天下者乎？汝方將忘汝神氣，墮汝形骸，而庶幾乎！而身之不能治，而何暇治天下乎？子往矣，無乏（廢）吾

事」”子貢卑陬失色，頊頊然不自得，行三十里而後愈。……（天地）

　　東郭子問於莊子曰：“所謂道，惡乎在？”莊子曰：“無所不在。”東郭子曰：“期而後可。”莊子曰：“在螻蟻。”曰：“何其下邪？”曰：“在稊稗。”曰：“何其愈下邪？”曰：“在瓦甓。”曰：“何其愈甚邪？”曰：“在屎溺。”東郭子不應。……（知北遊）

　　……有國於蝸之左角者曰觸氏，有國於蝸之右角者曰蠻氏，時相與爭地而戰，伏尸數萬，逐北旬有五日而後反。……（則陽）

十二　孟　子

（一）　晉國天下莫強爲章（梁惠王上）

梁惠王①曰:"晉國天下莫強焉②,叟③之所知也。及寡人之身,東敗於齊④,長子死焉;西喪地於秦七百里⑤;南辱於楚⑥。寡人恥之,願比死者一洒之⑦,如之何則可?"

孟子對曰:"地方百里而可以王⑧。王如施仁政於民——省刑罰,薄税敛;深耕易耨⑨;壯者以暇日⑩,修其孝悌忠信,入以事其父兄,出以事其長上:可使制梃⑪,以撻秦、楚之堅甲利兵矣。

"彼奪其民時,使不得耕耨以養其父母:父母凍餓,兄弟妻子離散。彼陷溺其民⑫,王往而征之,夫誰與王敵¡

"故曰:'仁者無敵。'王請勿疑¡"

①梁惠王:已見前戰國策馮諼客孟嘗君註。按,惠王於周烈王六年(公元前三七○年)即位,在位三十六年。據史記六國表,孟軻至梁在惠王三十五年(公元前三三六)。　②"晉國"句:按,周威烈王二十三年(公元前四○三年),晉國的大夫韓、魏、趙三家始列爲諸侯;至周安王二十六年(公元前三七六年),三家分晉地,晉亡。下距惠王即位僅六年。所以此處惠王説:"天下再没有比晉國更強的國家了。"　③叟:對年長的人的敬稱。　④"東敗於齊"二句:按,梁惠王三十年(公元前三四一年),齊用田忌爲將,孫臏爲軍師,敗魏軍於馬陵,殺魏將軍龐涓,虜太子申。惠王所言即指此事。太子申即惠王的長子。　⑤"西喪地"句:按,梁惠王三十一年(公元前三四○年),秦伐魏,魏遷都大梁,獻河西之地與秦。

惠王所說卽指此事。"喪"讀去聲，喪失。　⑥南辱於楚：據戰國策所載，梁惠王曾圍趙之邯鄲(事在惠王十七年，卽公元前三五四年)，趙求救於楚，楚使景舍救趙，並取魏地。"南辱於楚"當卽指此事。　⑦"願比"句："比"，代，猶今言"替"；"洒"，古"洗"字，作"雪耻"解。此言願意代那些死於戰役的人一雪前耻。　⑧"地方百里"句："王"，指成王者之業，讀去聲。此言"一個諸侯只要有一百平方里的土地，就可以成王者之業於天下"。　⑨深耕易耨："深耕"，指用犂深深地耕土；"易耨"，指鋤去雜草使禾苗疏散。漢趙岐孟子注："易耨，芸苗令簡易也。"清焦循孟子正義："上云深耕，謂耕之深；此云易耨，則爲耨之易也。禾中有草雜之，則煩擾矣，故芸之使簡易。""芸"，卽"除去"之意。　⑩"壯者"二句：令壯年的人在農耕餘暇受到教育，提高他們對孝悌忠信的認識。　⑪制梃："制"，同"掣"(用焦循說)，提起，拿起；"梃"音挺，木棒。　⑫彼陷溺其民：朱熹說："陷，陷於阱；溺，溺於水；暴虐之意。"(見孟子集註)

（二）　孟子見梁襄王章（梁惠王上）

孟子見梁襄王①。

"出，語人曰②："望之不似人君，就之而不見所畏焉③。

"卒然④問曰：'天下惡乎定⑤？'

"吾對曰：'定于一⑥。'

"'孰能一之⑦？'

"對曰：'不嗜殺人者能一之。'

"'孰能與之⑧？'

"對曰：'天下莫不與也。王知夫苗乎？七八月之間旱，則苗槁⑨矣；天油然作雲⑩，沛然下雨，則苗浡然興之⑪矣！其如是，孰能禦⑫之？今夫天下之人牧⑬，未有不嗜殺人者也；如有不嗜殺人者,則天下之民,皆引領而望之⑭矣! 誠如是也,民歸之由水之就下⑮,沛然誰能禦之!'"

①梁襄王:惠王之子,名赫。公元前三三五年,惠王卒,襄王繼位。②出,語人曰:孟子見過襄王之後,出來對人說。"語"讀去聲,猶今言"告訴"。　③"就之"句:走近他也看不出他有什麼可畏之處。朱熹說:"不見所畏,言其無威儀也。"　④卒然:猶"猝然",急遽之貌。"卒"音促。⑤天下惡乎定:"惡乎",猶言"怎樣";"惡"音烏。"定",安定。　⑥定于一:"一",歸於一統。此言天下統一,自然安定。　⑦孰能一之:此與下文"孰能與之"都是梁襄王問孟子的話。"孰",誰;"之",指天下。⑧孰能與之:"與",作"從"解,即"歸附"之意;"之",指能統一天下的人君。⑨槁:枯乾。　⑩"天油然"二句:"油然",雲盛貌;"沛然",雨量充足貌;"作",生;"下",降。　⑪浡然興之:"浡"同"勃","勃然",興起貌,一說,盛貌;"興",本作"生"解,此處有"挺伸"之意。⑫禦:阻止,抗拒。⑬人牧:即人君。"牧"作"養"解,"人牧"猶言"教養人民的君主"。⑭引領而望之:伸長了頸子盼望着。　⑮由水之就下:"由",古與"猶"通;"就下",趨於低下之處。

（三）　齊桓晉文之事章（梁惠王上）

齊宣王①問曰:"齊桓、晉文之事②,可得聞乎?"

孟子對曰:"仲尼之徒,無道桓、文之事者,是以後世無傳焉;臣未之聞也。無以③,則王乎!"

曰:"德何如則可以王矣④?"

曰:"保民而王⑤,莫之能禦也。"

曰:"若寡人者,可以保民乎哉?"

曰:"可。"

曰：“何由知吾可也？”

曰：“臣聞之胡齕⑥曰：‘王坐於堂上，有牽牛而過堂下者，王見之，曰：“牛何之？”對曰：“將以釁鐘⑦。”王曰：“舍之！吾不忍其觳觫⑧，若無罪而就死地⑨。”對曰：“然則廢釁鐘與？”曰：“何可廢也，以羊易之。”’不識有諸？”

曰：“有之。”

曰：“是心足以王矣！百姓皆以王爲愛⑩也，臣固知王之不忍也。”

王曰：“然。誠有百姓者⑪。齊國雖褊小⑫，吾何愛一牛！即不忍其觳觫，若無罪而就死地，故以羊易之也。”

曰：“王無異⑬於百姓之以王爲愛也。以小易大⑭，彼惡知之！王若隱⑮其無罪而就死地，則牛羊何擇焉⑯？”

王笑曰：“是誠何心哉！我非愛其財。而易之以羊也，宜乎百姓之謂我愛也。”

曰：“無傷也⑰，是乃仁術也⑱！見牛未見羊也。君子之於禽獸也，見其生不忍見其死，聞其聲不忍食其肉，是以君子遠庖廚也。”

王說曰：“詩云⑲：‘他人有心⑳，予忖度之。’夫子之謂也。夫我乃行之㉑，反而求之，不得吾心；夫子言之，於我心有戚戚㉒焉。——此心之所以合於王者何也？”

曰：“有復㉓於王者曰：‘吾力足以舉百鈞㉔，而不足以舉一羽；明足以察秋毫之末㉕，而不見輿薪㉖。’則王許之㉗乎？”

曰：“否！”

“今恩足以及禽獸㉘，而功不至於百姓者，獨何與㉙？然則一羽之不舉，爲不用力焉；輿薪之不見，爲不用明焉；百姓之不見保，爲不用恩焉。故王之不王㉚，不爲也，非不能也。"

曰："不爲者與不能者之形，何以異？"

曰："挾泰山以超北海，語人曰：'我不能。'是誠不能也。爲長者折枝㉛，語人曰：'我不能。'是不爲也，非不能也。故王之不王，非挾泰山以超北海之類也；王之不王，是折枝之類也。

"老吾老以及人之老㉜，幼吾幼以及人之幼：天下可運於掌㉝。詩云㉞：'刑于寡妻㉟，至于兄弟，以御于家邦。'言舉斯心㊱，加諸彼而已。故推恩足以保四海，不推恩無以保妻子；古之人所以大過人者無他焉，善推其所爲而已矣｜今恩足以及禽獸，而功不至於百姓者，獨何與？

"權，然後知輕重㊲；度，然後知長短；物皆然，心爲甚。王請度之。

"抑㊳王興甲兵，危士臣，構怨於諸侯，然後快於心與？"

王曰："否，吾何快於是｜將以求吾所大欲也。"

曰："王之所大欲，可得聞與？"

王笑而不言。

曰："爲肥甘㊳不足於口與？輕煖㊵不足於體與？抑爲采色不足視於目與？聲音不足聽於耳與？便嬖㊶不足使令於前與？王之諸臣，皆足以供之，而王豈爲是哉｜"

曰："否。吾不爲是也。"

曰："然則王之所大欲可知已：欲辟土地㊷，朝秦、楚㊸，莅中國㊹而撫四夷㊺也。以若所爲㊻，求若所欲，猶緣木而求魚㊼也。"

王曰："若是其甚與？"

曰：“殆有甚焉[48]。緣木求魚，雖不得魚，無後災；以若所爲，求若所欲，盡心力而爲之，後必有災。”

曰：“可得聞與？”

曰：“鄒人與楚人戰，則王以爲孰勝？”

曰：“楚人勝。”

曰：“然則小固不可以敵大，寡固不可以敵衆，弱固不可以敵彊。海内之地，方千里者九[49]，齊集[50]有其一；以一服八，何以異於鄒敵楚哉！蓋亦反其本矣[51]！今王發政施仁[52]，使天下仕者皆欲立於王之朝，耕者皆欲耕於王之野[53]，商賈皆欲藏於王之市[54]，行旅皆欲出於王之塗[55]，天下之欲疾[56]其君者，皆欲赴愬於王[57]——其若是，孰能禦之？”

王曰：“吾惛[58]，不能進於是[59]矣！願夫子輔吾志，明以教我。我雖不敏，請嘗試之！”

曰：“無恆産而有恆心者[60]，惟士爲能；若民，則無恆産，因無恆心。苟無恆心，放辟邪侈[61]，無不爲已。及陷於罪[62]，然後從而刑之，是罔民[63]也。焉有仁人在位[64]，罔民而可爲也！是故明君制[65]民之産，必使仰足以事父母，俯足以畜[66]妻子，樂歲終身飽，凶年免於死亡；然後驅而之善[67]，故民之從之也輕[68]。今也制民之産，仰不足以事父母，俯不足以畜妻子，樂歲終身苦，凶年不免於死亡；此惟救死而恐不贍[69]，奚暇治禮義哉！

“王欲行之，則盍反其本矣！五畝之宅[70]，樹之以桑，五十者可以衣帛[71]矣；雞豚狗彘之畜[72]，無失其時，七十者可以食肉矣[73]；百畝之田[74]，勿奪其時，八口之家，可以無飢矣；謹庠序之教[75]，申之以孝悌之義，頒白者不負戴於道路矣[76]——老者衣帛食肉[77]，黎民不飢不寒，然而不王者，未之有也。"

①齊宣王：已見前戰國策淳于髡諫齊勿伐魏註。按，孟子到齊國的時間，或云在至梁以前（史記孟子荀卿列傳及趙岐孟子注），或云在至梁以後（清周柄中四書典故辨正據史記六國表、魏世家推定）。今按，孟子在齊時，燕有子噲、子之之亂，而齊伐之，事在宣王末年（如據史記六國表，則在宣王之子湣王時），如孟子先到齊而後到梁，時間先後相去太遠。疑周氏之説近是。　②"齊桓"二句：此宣王問孟子以五霸之事。按，宣王卽位，用田忌、孫臏爲將，大敗魏師，當時被認爲是東方的強國；又喜文學游説之士，如鄒衍、田駢、慎到等人，皆集中於齊。因此宣王想效法齊桓、晉文，謀爲霸主。　③"無以"二句："以"同"已"，作"止"解；"王"，王道，王者之業。朱熹説："王，謂王天下之道。"此言"必欲言而不已，那只有談談王道吧！"　④"德何如"句：此言"爲人君者的德行到了什麽程度才能成王者之業呢？"　⑤保民而王："保"，安定，愛護。　⑥胡齕：齊王左右的近臣。"齕"音曷。　⑦釁鐘：新鐘鑄成，殺牲取血塗其孔隙，因而祭之，叫"釁鐘"。　⑧觳觫：音斛速。據趙注，此是形容牛到將死時恐懼戰慄的狀詞。　⑨"若無罪"句："若"，如此；"就"，近。此言"就這樣没有罪而趨於死地"。　⑩愛：吝惜。　⑪誠有百姓：朱熹説："言以羊易牛，其迹（行爲）似吝，實有如百姓所譏者。"　⑫褊小：地方狹小。"褊"音貶。　⑬異：怪。此句言"你不能怪那些百姓誤會你是吝惜"。　⑭"以小易大"二句：此言"用小牲口換大牲口，他們哪裏懂得你的心理？""惡"音烏。　⑮隱：疼愛，憐憫。　⑯"則牛羊"句："擇"，區別。　⑰無傷也：朱熹説："言雖有百姓之言，不爲害也。"　⑱仁術：猶"仁道"。　⑲詩云：指詩經小雅巧言篇。　⑳"他人"二句：言別人的心事，我能揣摩得出來。"忖度"，揣測，思量。"忖"音寸上聲，"度"音奪。　㉑"夫我乃行之"三句：我當初是這樣做了，但回過來再追問一下自己，心裏也覺得不對頭。　㉒戚戚：心動貌。言孟子的話打動了齊王，使他有所領會。　㉓復：作"白"解。卽下級向上級奏事、稟陳之意。

㉔百鈞：三十斤爲一鈞，"百鈞"即三千斤。　　㉕秋毫之末：有二解：一、秋天走獸身上的毫毛的尖端；二、秋天穀粒的殼外生長着的芒刺的尖端。㉖輿薪：一車薪柴。　　㉗許之："許"，聽信。此指同意他的說法。㉘"今恩"二句："恩"，恩惠；"功"，政績。此言"你現在對禽獸都施以恩惠，可是對人民却一點好處沒有。"自此以下，是孟子說的話，省去一"曰"字，表示語氣緊湊。　　㉙獨何與：又偏偏是什麼緣故呢？　　㉚王之不王：你所以不能行王道。下一"王"字可讀去聲。　　㉛折枝：有三解：一、"枝"同"肢"，替長輩按摩，如今之捶背以解疲乏之類；二、折草木之枝；三、"枝"亦解作"肢"之借字，指屈臂行禮，如今之鞠躬、作揖之類。按，三事皆謂輕而易舉，都可通。　　㉜"老吾老"二句，上句，第一個"老"是動詞，作"敬愛"解；言敬愛自己的父母也應該敬愛別人的父母。下句，第一個"幼"是動詞，作"憐愛"解；言憐愛自己的兒女也應該憐愛別人的女兒。按，此與下文皆闡明推己及人之意。　　㉝天下可運於掌："運"，轉動。此言"可把天下轉動於手掌之上"。意謂行推己及人之道，則治天下極爲容易。　　㉞詩云：指詩經大雅思齊篇。　　㉟"刑于寡妻"三句："刑"同"型"，指以身作則，爲他人示範；"寡妻"，國君的正妻；"御"，治；"家邦"，國家。此言"爲人君者，應該首先做自己妻子的榜樣，然後做兄弟的榜樣，這才能把國家治理得很好"。　　㊱"言舉斯心"二句：此孟子釋上文詩經之語。大意是："這三句詩的意思無非是說把你愛自己的家人的心推廣開去，加之於他人而已。"　　㊲"權，然後知輕重"句至"王請度之"：大意是："有了衡量東西的秤，才能知道物件的輕重；有了量東西的尺，才能知道物件的長短。物件尚且要經過衡量，人的意志更加需要了。所以希望你也好好地衡量考慮一下。""度"音奪，作動詞用，作"量"（讀平聲）解。　　㊳抑：連接詞，有"或"、"還是"之意。下同。　　㊴肥甘：指肥美香甜的食物。　　㊵輕煖：指皮衣。按，皮裘以愈輕愈煖者爲最貴重。　　㊶便嬖：在國王左右，受到寵幸的人。"便"讀平聲（如今言"便宜"的"便"），"嬖"音辟。　　㊷辟土地："辟"同"闢"，開闢。此猶言"擴張地盤"。

㊸朝秦、楚：使秦、楚稱臣，來朝見齊王。　㊹莅中國："莅"音利，居高臨下；"中國"，指中原地帶。此言齊王打算君臨於中原的各國之上。　㊺撫四夷："撫"，鎮撫；"四夷"，指四方的異族。　㊻"以若所爲"二句："若"，如此。此言"照這樣的做法想滿足這樣的欲望"。　㊼緣木而求魚：爬上樹去尋找活魚。　㊽殆有甚焉："殆"，可能，只怕；"有"同"又"。此言"只怕還要比緣木求魚更甚一些呢！"　㊾方千里者九：按，當時學者如陰陽家鄒衍等，皆謂中國有九州，並假定中國的版圖可能是九千平方里，故孟子亦假定海内之地有九千平方里。　㊿集：湊集。此言把齊地截長補短，湊集起來有一千平方里的面積。　(51)"蓋亦"句："蓋"同"盍"，作"何不"解；"反其本"，言應回過頭來求根本的辦法，即指施行王道。下句"則盍反其本矣"義與此同。　(52)發政施仁："發政"，頒佈政令；"施仁"，推行仁道。　(53)野：田野。　(54)"商賈"句：來往販運貨物的叫"商"，定居一地儲貨待售的叫"賈"。(周禮注："行曰商，處曰賈。")"藏"，居住；"市"，賣貨的市集。　(55)塗：同"途"，指道路。此句言旅行的人都願意從齊國的路上走過。　(56)疾：憎恨。　(57)赴愬於王："愬"同"訴"。此言到你這兒來陳訴委曲。　(58)惛：同"昏"，指頭腦紛亂。　(59)不能進於是："進"，進行；此言"我不能做到這種程度了。"　(60)"無恆產"二句："恆產"，指人民賴以生活的經常性的產業，如田里、樹木、牲畜等；"恆心"，趙岐説："人所常有善心也。"按，"善心"即指安居守分之心。此言平日没有賴以爲生的產業而能安居守分的，只有有知識的人還可以這樣做。　(61)"放辟邪侈"二句："放"、"侈"，皆作"縱逸放蕩"解，指生活不守法度，逸出常軌；"辟"同"僻"，與"邪"同義，皆指不正當的行爲。此言人民因生活無着，即生不善之心，或違法紀，或行邪惡，無所不爲了。　(62)"及陷於罪"二句：人民做壞事，自然要犯罪；此言等人民觸犯了法網，然後緊接着用刑罰來懲辦他們。　(63)罔民："罔"同"網"，引申有"欺騙"、"坑陷"之意。此言人民由於無法生活而竟致犯罪受刑，等於在上位者張網羅使他們受害一樣，是一種坑陷人民的行爲。　(64)"焉有"二句：

“焉”，豈。此言“哪兒有當仁人在位爲君的時候，而可以做出坑陷人民的行爲呢！”　　⑥制：規定。　　⑥畜：音義同“蓄”，養活，撫育。　　⑥驅而之善：“之”，往，向。此言驅使人民向善。　　⑥從之也輕：“從”，聽從，接受；“輕”，容易。此連上文言人民生活有了保障，然後驅使他們做好事當好人，他們是很容易接受的。　　⑥“此惟救死”二句：上句，“贍”音善，或音贍去聲，作“給”、“足”解；（卽今言“自給自足”的“給”、“足”）。下句，“治”可讀平聲，音持，作“修治”解。此言“人民只考慮如何從死亡中把自己救了出來尚且不及，哪裏有餘暇去講求禮義呢！”　　⑦“五畝之宅”二句：舊說，一夫（一個有勞動力的男丁）可以分得五畝做爲住宅的土地，二畝半在田中，二畝半在邑里中。“樹”，種植。朱熹說：“田中不得有木，恐妨五穀，故於牆下植桑以供蠶事。”（按，孟子盡心上又有“五畝之宅，樹牆下以桑”之語，故朱熹如此解釋。）　　⑦“五十者”句：“帛”，絲綿絮。此言五十歲的人可以用絲綿絮做衣服穿了。朱熹說：“五十始衰，非帛不煖，未五十者不得衣也。”　　⑦“雞豚”二句：“豚”，小豬；“彘”音滯，大豬。此言各種家畜在要生育蕃殖的時候，不要隨便宰殺，以免影響生產。　　⑦“七十者”句：朱熹說：“七十非肉不飽，未七十歲不得食也。”此言七十歲的人可以有肉吃了。　　⑦“百畝之田”二句：舊說，古代行井田之制，一夫可以分得一百畝田地。此言分給人民足够的田地，並且不要侵佔他生產耕種的時間。　　⑦“謹庠序之教”二句：上句，“謹”，重視；“庠”、“序”，古學校名，周代叫“庠”（音祥），殷代叫“序”。下句，“申”，反覆叮嚀之意；“孝悌之義”，敬老、尊長的道理。此言應認真注意對人民的教育，再三教導人民敬老、尊長的道理。　　⑦“頒白者”句：“頒”同“斑”，黑白相間叫“斑”；“頒白者”指頭髮半白半黑的老年人。“負”，背上揹着東西；“戴”，頭上頂着東西。此言人民皆知敬老尊長，就可以替老年人出力，老年人就不至於在路上辛苦地勞動了。　　⑦“老者”二句：此二句爲對文。“黎民”，黑頭髮的人民，指少壯者。此言老年人可以穿得煖吃得好，壯年人也不至於挨凍受餓。

（四）有爲神農之言者許行章（滕文公上）

有爲神農之言者許行①，自楚之滕，踵門而告文公②曰：“遠方之人，聞君行仁政，願受一廛而爲氓③。”文公與之處④。其徒數十人，皆衣褐⑤，捆屨、織席以爲食⑥。

陳良⑦之徒陳相與其弟辛，負耒耜而自宋之滕，曰：“聞君行聖人之政，是亦聖人也，願爲聖人氓。”

陳相見許行而大悦，盡棄其學而學焉。

陳相見孟子，道許行之言曰：“滕君，則誠賢君也；雖然，未聞道也。賢者與民並耕而食，饔飧而治⑧；今也，滕有倉廩府庫，則是厲民而以自養⑨也。惡得賢？”

孟子曰：“許子必種粟而後食乎？”

曰：“然。”

“許子必織布而後衣乎？”

曰：“否，許子衣褐⑩。”

“許子冠乎？”

曰：“冠。”

曰：“奚冠？”

曰：“冠素⑪。”

曰：“自織之與？”

曰：“否，以粟易之。”

曰：“許子奚爲不自織？”

曰：“害於耕⑫。”

曰：“許子以釜甑爨⑬，以鐵耕乎？”

曰:“然。”

“自爲之與?”

曰:“否,以粟易之。”

“以粟易械器者⑭,不爲厲陶冶;陶冶亦以其械器易粟者,豈爲厲農夫哉!且許子何不爲陶冶,舍皆取諸宮中而用之⑮? 何爲紛紛然與百工交易⑯? 何許子之不憚煩⑰! ”

曰:“百工之事,固不可耕且爲也。”

“然則治天下獨可耕且爲與? 有大人之事⑱,有小人之事。且一人之身而百工之所爲備⑲,如必自爲而後用之,是率天下而路也⑳。故曰:‘或勞心,或勞力。’勞心者治人㉑,勞力者治於人;治於人者食人㉒,治人者食於人——天下之通義也。

“當堯之時,天下猶未平,洪水橫流,泛濫於天下;草木暢茂,禽獸繁殖;五穀不登㉓,禽獸偪人㉔,獸蹄鳥跡之道,交於中國。堯獨憂之,舉舜而敷治㉕ 焉。舜使益掌火㉖,益烈山澤而焚之,禽獸逃匿;禹疏九河㉗,瀹濟、漯㉘ 而注諸海,決汝、漢㉙,排淮、泗㉚ 而注之江,然後中國可得而食也㉛。當是時也,禹八年於外,三過其門而不入,雖欲耕,得乎?

“后稷教民稼穡,樹藝五穀,五穀熟而民人育。人之有道也,飽食煖衣,逸居而無教,則近於禽獸。聖人有憂之㉜,使契爲司徒㉝,教以人倫:父子有親,君臣有義,夫婦有別,長幼有序,朋友有信。放勳曰勞之㉞、來之,匡之、直之㉟,輔之、翼之㊱,使自得之㊲,又從而振德之㊳,聖人之憂民如此,而暇耕乎?

“堯以不得舜爲己憂,舜以不得禹、皋陶㊴爲己憂。夫以百畝之不易爲己憂者㊵,農夫也。分人以財謂之惠,教人以善謂之忠,爲天下得人者謂之仁。是故以天下與人易，爲天下得人難。孔子曰：'大哉，堯之爲君¡ 惟天爲大⑪，惟堯則之，蕩蕩乎民無能名焉⑫。君哉⑬，舜也¡ 巍巍乎有天下而不與焉¡'堯、舜之治天下，豈無所用其心哉？亦不用於耕耳。

"吾聞用夏變夷者⑭，未聞變於夷者也。陳良，楚產也⑮，悦周公、仲尼之道，北學於中國；北方之學者⑯，未能或之先也。彼所謂豪傑之士也。子之兄弟，事之數十年，師死而遂倍⑰之。昔者，孔子没，三年之外，門人治任將歸⑱，入揖於子貢，相嚮而哭⑲，皆失聲，然後歸。子貢反，築室於場⑳，獨居三年，然後歸。他日，子夏㉑、子張㉒、子游㉓以有若㉔似聖人，欲以所事孔子事之，彊曾子㉕。曾子曰：'不可。江、漢以濯之㉖，秋陽以暴之，皜皜乎不可尚已¡'今也，南蠻鴃舌之人㉗，非先王之道，子倍子之師而學之，亦異於曾子矣¡ 吾聞出於幽谷㉘，遷於喬木者；未聞下喬木而入於幽谷者。魯頌曰：'戎、狄是膺㉙，荆、舒是懲。'周公方且膺之㉚，子是之學㉛，亦爲不善變矣¡"

"從許子之道，則市賈不貳㉜，國中無僞；雖使五尺之童適市，莫之或欺。布帛長短同，則賈相若㉝；麻縷絲絮輕重同，則賈相若；五穀多寡同，則賈相若；屨大小同，則賈相若。"

曰："夫物之不齊㉞，物之情也：或相倍蓰㉟，或相什伯，或相千萬。子比而同之㊱，是亂天下也。巨屨小屨同賈㊲，人豈爲之哉¡ 從許子之道，相率而爲僞㊳者也。惡能治國家？"

①"有爲"句："爲"，治，今言"研究"；"言"猶"道"。戰國時代，有一派思想家是"農家"。漢書藝文志説："六國時，諸子疾時怠於農業，道耕農事，託之神農。"這一派的學者認爲如果世上所有的男女都親自勞動，則

可不用刑罰政令而成治世，所以提倡"君臣並耕"的口號。許行卽是"農家者流"。此句言"有一個治神農氏之道的人叫許行"。　②踵門而告文公："踵"音腫，至；"文公"，卽滕文公，名宏。此言許行親自來到門前向滕文公陳述。　③"願受"句："受"，得到；"廛"音纏，一夫所居之地；"氓"，趙注："野人之稱"。按，"野人"指居住鄉野之地的人民，此處是謙稱。此言"願意得到一夫所居之地而爲滕國的人民"。　④處：處所，指田宅。　⑤衣褐："衣"讀去聲，作"穿"解；"褐"，粗布短衣，古代貧賤者所穿的衣服。餘詳下文"許子衣褐"註。　⑥"捆屨"句："屨"音舉，麻鞋；"捆"，屨織成後，用木槌敲樑使之堅固；"織席"，編織蓆子；"以爲食"，猶言"以爲生"。此句言許行和他的弟子們靠自己做鞋、織蓆吃飯。⑦陳良：楚國的儒者。據韓非子顯學篇，戰國時儒家有八派，其中一派爲仲良氏，近人梁啓超疑卽陳良，見其所著先秦政治思想史。　⑧饔飧而治："饔飧"，熟食；"饔"音雍，早餐；"飧"音孫，晚餐；此處作動詞用，言賢者應親自做熟兩餐飯給自己吃而兼治民事。　⑨厲民而以自養："厲"，趙注作"病"解，"厲民"猶言"使人民受到損害"；而清宋翔鳳則釋爲"依賴"的"賴"，他說："論語鄭(玄)注：'厲讀爲賴，恃賴也。'按，孟子'厲民以自養'，厲亦當讀賴，謂滕君不與民並耕，則恃民以自養矣。下'厲陶冶'、'厲農夫'並作此解，乃順。"(過庭錄)按，以上二解，於義皆通，引申之都有"剝削"之意。意謂剝削人民的勞動果實來奉養自己。　⑩許子衣褐：按，"褐"只取未績之麻編成，不是織成的布(詳段玉裁說文解字注)。故孟子問"許子必織布而後衣乎"而陳相回答此句。　⑪冠素："素"，生絲織成的絹帛之類，不染任何顏色。此言許子用生絹爲冠，極爲儉樸。⑫害於耕："害"，妨害。此言如果織布就影響種田了。　⑬"許子以釜甑爨"二句：上句，"釜"音斧，鐵鍋；"甑"音增去聲，瓦器，今或用竹、木製成，卽蒸籠(用焦循說)；"爨"，燒飯。下句，"鐵"，鐵製的犂。此言"許子是用鍋或甑燒飯，用鐵犂耕地麼?"　⑭"以粟"二句：上句，"械器"，指釜、甑、犂等工具；下句，"陶"，燒製陶器的匠人；"冶"音野，鍛冶鐵器的匠人。

此言"用糧食去換其它的瓦器鐵器，不算剝削陶匠、鐵匠"。　⑮"舍皆"句:"舍"卽"啥"，猶言"什麼"(用章炳麟說，見其所著新方言)。"宮中"，家中，室中。此連上句言"而且許子爲什麼不去幹燒窰打鐵的營生，使啥個東西都由自己家裏供給呢？"　⑯"何爲"句:爲什麼忙忙碌碌地同經營各種行業的人交易呢？　⑰不憚煩:不怕麻煩。　⑱"有大人之事"二句:趙注:"大人之事，謂人君行教化也;小人之事，謂農工商也。"　⑲"且一人之身"句:據趙注，此言"以一人之身普遍地幹百工所有的工作"。但以文義言，此句疑應解爲"一個人的生活資料，必須靠各種行業的產品來供應他才能具備"。　⑳"是率天下"句:"率"，引導;"路"，朱熹解爲"奔走道路，無時休息"，清翟灝四書考異引管子四時篇"國家乃路"句注云:"路謂失其常居。"可與朱注相印證。此連上文大意是:"假如任何東西都必須自己做了自己才能用，那簡直是引導着天下人過着不正常的生活，整天奔忙勞碌，不得安生了。"　㉑"勞心者"二句:勞心的人負治理衆人的責任，勞力的人則受人治理。　㉒"治於人者"二句:"食"音嗣，作動詞用。此言"被人治理的應該奉養別人，治理衆人的應該受別人奉養"。　㉓登:成熟。　㉔"禽獸偪人"三句:第一句，"偪"同"逼"，侵迫。第二句，"道"，路。第三句，"交"，錯綜;"中國"，中原地帶。此言當時的禽獸侵佔了人的生活領域，有鳥獸蹄迹的道路竟交錯地佈滿了我國的中原。　㉕敷治:焦循說:"敷治卽分治。堯一人獨憂，不能一人獨治，故使舜分治之。"　㉖"舜使益"三句:此是舜又使益、禹等分治的情況，"益"，舜之臣;"掌"，主管，"烈山澤而焚之"，縱火於深山大澤間以焚燒禽獸。此言舜使益爲主火之官，益於是縱火燒山，結果禽獸都逃竄藏匿起來了。　㉗疏九河:按，相傳古時黃河自孟津以北，卽分爲九條河道;今河北省之天津、河間，山東之惠民等地區，皆九河故道。據爾雅釋水，九河之名是:徒駭、太史、馬頰、覆釜、胡蘇、簡、潔、鈎盤、鬲津。"疏"，疏通。　㉘瀹濟、漯:"瀹"，音鑰，疏導。"濟"，卽濟水，源出河南，流經今山東省境內;據焦循說，今小清河所經歷城以東各縣，皆故濟水所經之處;而大淸河所經，自歷城以上至東阿，則爲濟水的故道。"漯"音踏，卽漯河，源出山東，在古代曾爲黃河支流，今則由黃河以南，東流入海。　㉙決汝、漢："決"，開；"汝"，水名，在今河南，東流入淮；"漢"，卽漢水，源出陝西，至漢口入長江。　㉚排淮、泗："排"，排除水道壅塞之處；"淮"，卽淮河，由河南經安徽入江蘇；"泗"，卽泗水，源出山東，流至江蘇北部入淮河。按，汝、泗二水皆入淮河，而孟子統言流入長江，據焦循的考證，謂盛夏水漲之時，淮河自上游壽春地方穿合肥入巢湖，可逕達長江。姑錄以備考。㉛"然後"句：趙注："於是水害除，故中國之地可得耕而食也。"　㉜聖人有憂之："聖人"，指堯；"有"，猶"又"，"又"字承上憂洪水而言(用王引之說，見經傳釋詞)。　㉝使契爲司徒："契"音薛，人名，堯之臣，相傳是商民族的祖先。"司徒"，主教化之官。　㉞"放勳"句："放勳"，堯之稱號。按，"放"，大；"勳"，功業；此本爲史官贊美堯之辭，因卽以爲堯之稱號。"日"，今本作"曰"，茲據清臧琳經義雜記、翟灝四書考異及焦循孟子正義等書考證的結果，改爲"日"字，卽"經常每日"之意。"勞"，讀去聲，作"慰勞"解；"來"作"安撫"解。言"洪水平息之後，勞苦的人民則堯常慰勞之，來歸附的人民則堯常安撫之"。　㉟匡之、直之："匡"，正其邪心；"直"，伸其枉曲。此言人民有邪惡之行，堯就糾正他們；人民有枉曲之事，則堯爲之主持，使人民的枉曲得到正直公允的解決。　㊱輔之、翼之："輔"，助；"翼"，保護。此言堯經常地輔助人民，保護人民。　㊲使自得之：趙注："使自得其本善性。"今按，此句猶言"人人得以自由施展其特長"。　㊳"又從而"句："又從而"，猶言"再加上"；"振"同"賑"，指賑濟人民的窮困；"德"，作動詞用，指對人民施以恩惠。　㊴皋陶：舜時的司法官。"陶"音遙。　㊵"夫以"二句："易"，治。此言"由於田地的沒有耕治好而感到憂愁的，不過是普通的農民而已"。　㊶"惟天爲大"二句："則"，效法。此言世上只有天最爲大公無私，也只有堯能效法天來行事。　㊷"蕩蕩乎"句："蕩蕩"，廣遠無邊之貌；"名"，稱讚，形容。此言堯的偉大不是一般人所能窺其邊際的，人民簡直不知道用什麼話來稱讚形容他了。　㊸"君哉"三句：此是孔子贊美舜的話。"巍巍"，高大貌；"不與"的"與"讀去聲，作"參與"解，指參以私心。此三句大意是："舜真是一位標準的人君啊！他雖有天下，却好像與己無干，這種絲毫不以身居帝位爲榮的態度，是多麼崇高偉大啊！"按，以上孔子之語又見論語泰伯篇，而文字頗有出入。　㊹"吾聞"二句："夏"，諸夏，指當時中原文化程度較高的諸侯之國；"夷"，指當時四方文化未開的外族。此言"我只聽説用諸夏之禮義去改變四夷之人的風俗，没聽説有文化的人反被四夷之人給改變了的。"　㊺楚産也：出生在楚國的人。　㊻"北方"二句：此言北方的儒者没有能及他的。　㊼倍：同"背"，背叛。　㊽治任將歸："任"讀平聲，作"擔"解，引申則爲肩上所擔之物，疑卽行李之類；"治任"猶言"整頓行李"。"將歸"，當時四方之士多來就孔子求學，孔子既死，故門弟子將各自歸去。　㊾"相嚮而哭"二句："相嚮"，猶言"面對着面"；"失聲"，悲不成聲。　㊿築室於場："場"，墳墓前面供祭祀所用的壇場。按，古有"廬墓"之禮，親死之後，孝子卽在墓側築室而居，以盡哀痛之意。子貢（姓端木，名賜）因對孔子的感情深摯，故又在壇場築室而居，如人子廬墓之禮。　(51)子夏：姓卜名商，字子夏，孔子弟子。　(52)子張：姓顓孫，名師，字子張，孔子弟子。　(53)子游：姓言名偃，字子游，亦孔子弟子。(54)有若：姓有名若，亦孔子弟子。關於"有若似聖人"的説法有兩種：一、指其言語似孔子（禮記檀弓）；二、指其狀貌似孔子（史記仲尼弟子列傳及趙岐孟子注）。因它書無考，只能兩存其説。　(55)彊曾子：勉强曾子照辦。(56)"江、漢"三句：第一句，"濯"，洗。第二句，"秋陽"，周曆的七八月，正是夏曆的五六月，是陽光最强烈的時候；"暴"同"曝"，曬。第三句，"皜皜"，同"杲杲"，光明潔白貌，"皜"音稿；"尚"，超過。此言孔子志行高潔，如長江、漢水之能洗濯萬物，又如秋陽之能遍照大地，其光明偉大，無以復加。言外謂有若是不配同孔子相比的。　(57)南蠻鴃舌之人：許行是楚人，故孟子以此譏之。"鴃"音決，鳥名，卽伯勞。"鴃舌"，指言語快而難懂，如鳥語一樣。按，孟子此言，對許行含有歧視，實當時中原人士的偏見。

⑧"吾聞出於幽谷"二句：語用詩經小雅伐木篇。此處以喻人之由惡遷善。"幽谷"以喻下流，"喬木"以喻高尚。　　⑨"戎、狄"二句：見詩經魯頌閟宮篇。"戎、狄"，當時北方的外族；"荊、舒"，當時南方的外族；"膺"，⑩擊退；"懲"，制止，抵禦。此言"把戎、狄打退，把荊、舒抵禦住"。"周公"句：漢儒解詩經，謂閟宮一詩是歌頌魯僖公的，但在孟子中曾兩次提及此詩，皆指爲周公之事。焦循說："孟子兩引此文，皆確指爲周公，必有自聖門授受師說，不得以漢儒箋註之訛，反疑孟子。"其論言之成理，故錄以備考。　　⑪子是之學：是，此。此言"你竟向這種道理去學習"。⑫市賈不貳："賈"同"價"，"市價"指市上的物價；"貳"，兩歧。　　⑬相若：相同。　　⑭"夫物"二句："不齊"，趙注："夫萬物好醜異價，精粗異功（功用不同），其不齊同，乃物之情性也。"按，"情"，猶今言"實際情況"。⑮倍蓰："倍"，一倍；"蓰"，五倍。下文的"什伯"即十倍，百倍。　　⑯比而同之："比"，作"次"解；猶言"平列"。此言把價值相差若干倍的東西平列起來，等同地對待。　　⑰"巨屨"句：趙注："巨，粗屨也；小，細（精細）屨也。如使同價而賣之，人豈肯作（製做）其細者哉！"　　⑱相率而爲偽："率"，循。此言彼此互相沿襲着作偽。

（五）　舜不告而娶章（萬章上）

萬章①問曰："詩云：'娶妻如之何②？必告父母。'信斯言也③，宜莫如舜。舜之不告而娶④，何也？"

孟子曰："告則不得娶。男女居室⑤，人之大倫也；如告，則廢人之大倫，以懟父母⑥。是以不告也。"

萬章曰："舜之不告而娶，則吾既得聞命矣；帝之妻舜而不告⑦，何也？"

曰："帝亦知告焉則不得妻也。"

萬章曰："父母使舜完廩⑧，捐階⑨，瞽瞍焚廩⑩。使浚井⑪，出，從而揜之。象曰[12]：‘謨蓋都君，咸我績。牛羊父母[13]，倉廩父母；干戈朕[14]，琴朕，弤朕，二嫂使治朕棲[15]。’象往入舜宮，舜在牀琴[16]。象曰：‘鬱陶思君爾[17]！’忸怩。舜曰：‘惟茲臣庶[18]，汝其于予治。’不識舜不知象之將殺己與？”

曰：“奚而不知也[19]！象憂亦憂，象喜亦喜。”

曰：“然則舜偽喜者與？”

曰：“否。昔者有饋生魚[20]於鄭子產，子產使校人畜之池[21]，校人烹之。反命[22]曰：‘始舍之[23]，圉圉焉；少則洋洋焉[24]；攸然而逝[25]。’子產曰：‘得其所哉[26]！得其所哉！’校人出曰：‘孰謂子產智？予既烹而食之，曰：“得其所哉！得其所哉！”’故君子可欺以其方[27]，難罔以非其道。彼以愛兄之道來[28]，故誠信而喜之。奚偽焉！”

①萬章：齊人，姓萬名章，是孟子的弟子。　②“娶妻”二句：見詩經齊風南山篇。　③“信斯言也”二句：朱熹說：“信，誠也，誠如此詩之言也。”此言舜有大孝之名，果如詩之所言，則舜應先告父母然後娶妻。萬章意謂舜的行為是否不合禮法。　④舜之不告而娶：相傳堯以二女嫁給舜，事先並沒有通知舜的父母。按，尚書堯典稱舜“父頑母嚚”（心不依德義行事叫“頑”，口不說忠信之言叫“嚚”，“嚚”音銀），史記五帝本紀亦謂舜父瞽瞍愛後妻之子，常欲殺舜，所以舜只好不告而娶。　⑤“男女”二句：此言夫婦的結合原是人生很重要的倫理關係。　⑥以懟父母：“懟”，怨。此言使父母對自己增加了仇怨。　⑦“帝之妻舜”二句：“帝”，即堯；“妻”讀去聲，作動詞用。此言堯為聖君，也竟不通知舜的父母就把女兒配給舜，這是什麼道理呢？意謂堯的行為是否也不合於禮法。　⑧完廩：修理倉廩的房子。　⑨捐階：有二解：一、“捐”作“棄”解，言舜在倉廩的房頂上，舜的父親把上房用的梯子給撤掉了；二、“捐”

作"旋"解,猶今言"馬上",言舜旋卽從梯子上下來了(均見趙注及焦循正義)。　　⑩瞽瞍焚廩：按,瞽瞍原想設計把舜害死,所以命舜去修理倉廩,然後縱火燒他。據史記五帝本紀："堯乃賜舜絺衣與琴,爲築倉廩,予牛羊。瞽瞍尚復欲殺之,使舜上塗廩,瞽瞍從下縱火焚廩,舜乃以兩笠自捍(自衞)而下,去,得不死。"卽指此事。　　⑪"使浚井"三句："浚",疏浚,指挖井使水源通暢;"出",言舜自井中走出;"從而",隨卽;"揜",以土堵塞。此言瞽瞍又以命舜挖井爲計,而想謀害他。史記五帝本紀說："後瞽瞍又使舜穿井。舜穿井,爲匿空旁出(暗從側面挖了一條出路)。舜入既深,瞽瞍與象共下土實井,舜從匿空出,去。"卽指此事。　　⑫"象曰"三句："象",舜弟;"謨",謀;"蓋",作"害"解(用焦循說);"都君",指舜(據史記五帝本紀,舜所居之地,三年就成爲一個都邑,故稱之爲"都君",此用朱熹說);"咸",完全;"績",功績。按,象以爲舜已被掩斃井中,所以他對父母說："出主意把舜害死,都是我的功績。"　　⑬"牛羊"二句：象說："牛羊和倉廩,都歸父母所有。"　　⑭"干戈朕"三句："干",盾;"戈",戟;皆兵器名。"朕",卽"我",象自稱。"琴",相傳舜彈五弦之琴;"弤"音底,弓之一種。象說："舜的干、戈,舜的琴,舜的弓,都歸我所有。"　　⑮"二嫂"句："二嫂",指堯之二女;"棲",牀,引申爲寢宿之處。此言"讓我的兩個嫂嫂給我收拾牀鋪。"意卽據舜妻爲象自己所有。　　⑯舜在牀琴：舜坐在牀上鼓琴。　　⑰鬱陶句："鬱陶",朱熹說："思之甚而氣不得伸也。"據焦循說,"陶"應讀爲遥。此句大意是："我想你想得利害啊!"　　⑱"惟兹"二句："臣庶",指舜手下的人。此言"我手下的這些人,你替我去管理一下吧!"　　⑲奚而不知也：怎麼會不知道呢?　　⑳生魚：活魚。　　㉑子產使校人畜之池："校人",管池沼的小吏;"畜"音蓄,養。此言子產使管池沼的小吏把魚養在池子裏。　　㉒反命：回覆子產。㉓"始舍之"二句："舍",放;"圉圉",困而未舒之貌。此言剛把魚放在池裏,魚還不大自如,有點拘束局促的樣子。　　㉔少則洋洋焉："洋洋",舒緩搖尾之貌。此言過了一會兒,魚就比較舒展活潑了。　　㉕攸然而逝：

"攸然"同"悠然"，自得貌；"逝"，走掉了。　⑳得其所哉："所"，處所。此言魚得到它最適宜居住的地方了。　㉗"故君子"二句：上句，"君子"，指有德之人；"方"，指合理的情況；"罔"，欺騙，誣罔；"非其道"，不合理的情況。朱熹説："欺以其方，謂誑之以理之所有；罔以非其道，謂昧之以理之所無。"此言君子是可以用合理的情況去欺騙他的，但是要想用不合理的情況去誣罔他，却不容易。　㉘"彼以"二句：象帶着一種對哥哥表示覬覦的姿態來看舜，所以舜很誠實地相信他，並且很感到高興。

孟子附錄

（一）　關於孟子的事蹟

孟軻，鄒人也。受業子思之門人。道既通，游事齊宣王，宣王不能用。適梁，梁惠王不果所言，則見以爲迂遠而闊於事情。當是之時，秦用商君，富國彊兵；楚、魏用吳起，戰勝弱敵；齊威王、宣王用孫子、田忌之徒，而諸侯東面朝齊。天下方務於合從連衡，以攻伐爲賢，而孟軻乃述唐、虞、三代之德，是以所如者不合。退而與萬章之徒，序詩、書，述仲尼之意，作孟子七篇。（史記孟軻荀卿列傳——節錄）

（二）　關於孟子的思想

齊宣王問曰："湯放桀，武王伐紂，有諸？"孟子對曰："於傳有之。"曰："臣弒其君，可乎？"曰："賊仁者謂之賊，賊義者謂之殘；殘賊之人，謂之一夫。聞誅一夫紂矣，未聞弒君也。"（梁惠王下）

孟子曰："三代之得天下也，以仁；其失天下也，以不仁。國之所以廢興存亡者亦然。天子不仁，不保四海；諸侯不仁，不保社稷；卿大夫不仁，不保宗廟；士庶人不仁，不保四體。今惡死亡而樂不仁，是猶惡醉而强酒。"（離婁上）

孟子曰："爲政不難，不得罪於巨室。巨室之所慕，一國慕之；一國之所慕，天下慕之。故沛然德教溢乎四海。"（離婁上）

孟子曰："求也爲季氏宰，無能改於其德，而賦粟倍他日。孔子曰：'求非我徒也，小子鳴鼓而攻之可也。'由此觀之，君不行仁政而富之，皆棄於孔子者也；況於爲之强戰，爭地以戰，殺人盈野；爭城以戰，殺人盈城。此所謂率土地而食人肉，罪不容於死。故善政者服上刑，連諸侯者次之，辟草萊、任土地者次之。"（離婁上）

孟子告齊宣王曰："君之視臣如手足，則臣視君如腹心。君之視臣如犬馬，則臣視君如國人。君之視臣如土芥，則臣視君如寇讎。"……（離婁下）

孟子曰："五霸者，三王之罪人也。今之諸侯，五霸之罪人也。今之大夫，今之諸侯之罪人也。……"（告子下）

孟子曰："今之事君者曰：'我能爲君辟土地，充府庫。'今之所謂良臣，古之所謂民賊也。君不鄉道，不志於仁，而求富之，是富桀也。'我能爲君約與國，戰必克。'今之所謂良臣，古之所謂民賊也。君不鄉道，不志於仁，而求爲之强戰，是輔桀也。由今之道，無變今之俗，雖與之天下，不能一朝居也。"（告子下）

孟子曰："不仁哉，梁惠王也！仁者以其所愛，及其所不愛；不仁者以其所不愛，及其所愛。"公孫丑問曰："何謂也？""梁惠王以土地之故，糜爛其民而戰之。大敗，將復之，恐不能勝，故驅其所愛子弟以殉之。是之謂以其所不愛及其所愛也。"（盡心下）

孟子曰：“民爲貴，社稷次之，君爲輕。……”（盡心下）〔以上關於孟子的政治思想。〕

公都子曰：“外人皆稱夫子好辯，敢問何也？”孟子曰：“予豈好辯哉！予不得已也。天下之生久矣，一治一亂。……聖王不作，諸侯放恣，處士橫議，楊朱、墨翟之言盈天下。天下之言，不歸楊，則歸墨。楊氏爲我，是無君也；墨氏兼愛，是無父也；無父無君，是禽獸也。公明儀曰：‘庖有肥肉，廄有肥馬，民有飢色，野有餓莩。此率獸而食人也。’楊、墨之道不息，孔子之道不著，是邪説誣民，充塞仁義也。仁義充塞，則率獸食人，人將相食。吾爲此懼，閑先聖之道，距楊、墨，放淫辭，邪説者不得作。作於其心，害於其事；作於其事，害於其政。聖人復起，不易吾言矣。……能言距楊、墨者，聖人之徒也。”（滕文公下）

宋牼將之楚，孟子遇於石丘，曰：“先生將何之？”曰：“吾聞秦、楚構兵，我將見楚王，説而罷之。楚王不悦，我將見秦王，説而罷之。二王我將有所遇焉。”曰：“軻也請無問其詳，願聞其指。説之將何如？”曰：“我將言其不利也。”曰：“先生之志則大矣，先生之號則不可！先生以利説秦、楚之王，秦、楚之王悦於利，以罷三軍之師，是三軍之士，樂罷而悦於利也。爲人臣者懷利以事其君，爲人子者懷利以事其父，爲人弟者懷利以事其兄：是君臣、父子、兄弟，終去仁義，懷利以相接；然而不亡者，未之有也。先生以仁義説秦、楚之王，秦、楚之王悦於仁義，而罷三軍之師，是三軍之士，樂罷而悦於仁義也。爲人臣者懷仁義以事其君，爲人子者懷仁義以事其父，爲人弟者懷仁義以事其兄：是君臣、父子、兄弟，去利懷仁義以

相接也。然而不王者,未之有也。何必曰利₁"（告子下）〔以上關於學術派别問題。〕

十三　荀　子

（一）　勸學

君子曰：學不可以已①。　青，取之於藍②，而青於藍；冰，水爲之，而寒於水。木直中繩，輮以爲輪③，其曲中規；　雖有槁暴④，不復挺者，輮使之然也。故木受繩則直，金就礪則利⑤，君子博學而日參省乎己⑥，則知明而行無過矣。

故不登高山，不知天之高也；　不臨深谿⑦，不知地之厚也；不聞先王之遺言，不知學問之大也。干、越、夷、貉之子⑧，生而同聲⑨，長而異俗，教使之然也。詩曰⑩："嗟爾君子⑪，無恆安息。靖共爾位⑫，　好是正直。神之聽之⑬，　介爾景福。"神莫大於化道⑭，福莫長於無禍。

吾嘗終日而思矣，不如須臾⑮之所學也。吾嘗跂而望矣⑯，不如登高之博見也。登高而招⑰，臂非加長也，而見者遠；順風而呼，聲非加疾⑱也，而聞者彰。　假輿馬者⑳，非利足也，而致千里；假舟檝者㉑，非能水也，而絕江河。君子生非異也㉒，善假於物也。

南方有鳥焉，名曰蒙鳩㉓。以羽爲巢，而編之以髮，繫之葦苕㉔。　風至苕折，卵破子死。巢非不完也，所繫者然也。西方有木焉，名曰射干㉕，莖長四寸，生於高山之上，而臨百仞之淵。木莖非能長也，所立者然也。蓬生麻中㉖，不扶而直；白沙在涅㉗，與之俱黑。蘭槐之根是爲芷㉘；其漸之滫㉙，　君子不近，庶人不服。其質非不美也，所漸者然也。故君子居必擇鄉㉚，遊必就士㉛，所以防邪僻而近中正也。

物類之起㉜，必有所始。榮辱之來㉝，必象其德。肉腐出蟲，魚枯生蠹㉞。怠慢忘身㉟，禍災乃作。强自取柱㊱，柔自取束。邪穢在身㊲，怨之所搆。施薪若一㊳，火就燥也；平地若一㊴，水就溼也。草木疇生㊵，禽獸羣焉㊶，物各從其類也。是故質的張而弓矢至㊷焉，林木茂而斧斤至焉，樹成蔭而衆鳥息焉，醯酸而蜹聚㊸焉。故言有召禍也㊹，行有招辱也，君子慎其所立㊺乎！

①學不可以已："已"，止，廢棄。此言人之受教育、求學問是不可廢的。　②青，藍："青"，青色；"藍"，染青的草。言青顏色是從一種藍草中取出來的，但因爲經過加工，結果比藍草的原始青色要青得多了。此與下文"冰，水爲之"皆以喻人類通過學習要比未學習時有進境。　③輮以爲輪："輮"卽"煣"之假借字，音奏上聲，用火熨木使之變曲。此連上句言把直的木材經過火煣之後，使它變成圓的車輪。　④槀暴："槀"，枯；"暴"同"曝"，曬乾。梁啓超說："言木性本直，與繩相應；若用人力屈之爲輪，則亦能曲而與規相應；雖至枯乾，終不復直。以喻人之才質，非由先天本性而定，乃後起人功而定也。"（見近人梁啓雄荀子柬釋引）⑤"金就礪"句："金"，金屬；"礪"，磨刀石。此言金屬就磨刀石上磨過之後，便會鋒利了。　⑥"君子博學"二句：上句，"參"，檢驗；"省"，音醒，省察，反省。下句，"知"同"智"。此言君子一方面博學，一方面以所學之道經常對自己的實踐加以參驗省察，則知識日明，而行爲也不至於有過失了。　⑦深谿：深谷。　⑧干、越、夷、貉之子："干"，小國名，後爲吳國所滅；此處卽指吳國。"貉"音陌，字又作"貊"，北狄名。"子"，嬰兒。⑨"生而同聲"三句：此連上文言："無論是南方的吳、越或北方的夷、貊所生的小孩子，初生時哭聲都差不多，等到年齡長大，他們的習俗就完全不

同了，這是教育使之如此的結果。"　　⑩詩曰：見詩經小雅小明篇。
⑪"嗟爾"二句："嗟"，感歎詞；"恆"，常；"安息"，猶言"安處"。此以感歎
的語氣戒勉君子不要常常貪於安逸而無所事事。　　⑫"靖共"二句：
"靖"同"静"，"共"同"恭"，"静恭"，猶言"敬慎"；"位"，指職位；"好"，愛
好，企慕，崇尚；"正直"，毛傳："正直爲正，能正人之曲曰直。"此言君子敬
慎地安於自己的職位，並對正直之道有所企慕。俞樾説："荀子之意，
以人性本惡，必以學正之；故引此詩以證之。"（見其所著　荀子詩説）
⑬"神之"二句："聽"，猶"察"；"介"，助，佑，猶言"給予"；"景福"，大福。此
言君子果能敬於職守而企慕正直，則神當然會察覺而賜以大的福澤。王
先謙説："引此詩以喻勤學也。"（見其所著荀子集解）　　⑭"神莫大"二
句：上句，按，孟子盡心上："夫君子所過者化，所存者神。"又盡心下："大
而化之之謂聖，聖而不可知之之謂神。"則儒家所謂"神"，疑指修養最高
深階段的精神狀態。"化道"，指受到真理的薰陶感染使氣質有所變化。
下句，"長"，猶"大"。唐楊倞荀子注："爲學則自化道，故神莫大焉；修身
則自無禍，故福莫長焉。"意謂人如求學，則將受到學問的薰陶而氣質有
所變化，等到修養極高，自然達到人所不能窺測的神明境界；人如修身，
自能遠禍，遠禍卽是最大的幸福。　　⑮須臾：猶言"片刻"、"一刹那"。
⑯"吾嘗跂而望矣"二句：此言墊着脚眺望遠處，無論如何也不如登臨高
處眼界寬闊。　　⑰登高而招："招"，向人招手。　　⑱疾：作"壯"解，指
聲音宏大。　　⑲彰：清楚。　　⑳"假輿馬"三句："假"，借助；"利"，便
利，迅疾；"致"，達到。此言借助於車馬的人，脚步也並不比別人快，但是
却能遠至於千里之外。　　㉑"假舟檝"三句："檝"同"楫"，船槳；"絶"，橫
過。　此言借助於舟船的人，並不一定能泅水，但是却能橫渡過江河。
㉒"君子生非異也"二句："生"，讀爲"性"（用王念孫説，見讀書雜志）；
"物"，指客觀存在的實物，引申之則泛指古今嘉言懿行、賢師良友等（用
梁啓雄説）。此言君子的生性與一般人並無不同，只是他善借助於外物
罷了。　　㉓蒙鳩：卽鷦鷯。詳莊子逍遙遊註。　　㉔繫之葦苕："葦"，蘆

葦；"苕"音條，新生的嫩葦條，上開有花。此言蒙鳩把巢繫結在葦苕的上面。　　㉕射干：植物名。白花長莖，生於高地，可以入藥。"射"音夜。㉖"蓬生"二句："蓬"，草名，莖高尺餘，開小白花；"麻"，俗寫作"蔴"，即大蔴。此言蔴莖最直，蓬生於蔴中，不待扶持就能生長得很直。　　㉗"白沙"二句：今本荀子無此二句，據王念孫說補。"湼"，黑泥。此言白色的沙礫落在泥中，就同泥一樣的黑了。王念孫說："善惡無常，唯人所習；故白沙在湼與蓬生麻中義正相反。"按，蓬、沙二喻即"近朱者赤，近墨者黑"之意。　　㉘"蘭槐"句："蘭槐"，香草名；其苗名蘭槐，其根名芷。　　㉙"其漸之滫"三句："其"，作"若"解（用王引之說，見經傳釋詞）；"漸"讀平聲，作"浸"解；"滫"音修上聲，臭水；"服"，佩戴。此言如果把芬芳的蘭芷浸在臭水裏，那麼有身分的君子就不去接近它，一般的老百姓也不去佩戴它了。　　㉚居必擇鄉：居住必須選擇風俗醇美的鄉里。　　㉛遊必就士：出外交遊必須接近有學問、有品行的賢士。　　㉜"物類"二句：此言萬物擇類而聚處，最初必有一個客觀的原因使之開始聚集到一起。㉝"榮辱"二句："象"同"像"，猶言"依據"。此言一個人之享榮譽或蒙恥辱，完全依據他本人德行的好壞。好人自然享受榮譽，壞人自然蒙受恥辱。　　㉞魚枯生蠹："蠹"，一種能侵蝕衣物書籍的害蟲，俗名蠹魚。此言魚朽爛以後，就自然生出蠹蟲來。　　㉟"怠慢"二句：此言行為失檢，怠惰疎慢，忘記切身的利害關係，自然要惹起禍災了。　　㊱"強自取柱"二句：上句，"柱"當讀為"祝"，作"斷"解。王念孫說："此言物強則自取斷折，所謂太剛則折也。"下句，"束"，即"約束"之意。言物之柔者，自然容易受到其它東西約束控制。　　㊲"邪穢"二句："構"，結，積。此言其人身有邪惡污穢的行為，怨仇自然會集中到他身上。　　㊳"施薪"二句："施"，鋪陳，擺列。此言把柴薪同樣地放在那裏，但火總是向比較乾燥的柴薪燒去。　　㊴"平地"二句：此言同樣是平地，但水總是向比較潮濕的地方流去。　　㊵"草木"句："疇"，類。此言同類的草木喜歡生長在一起。又，近人于省吾雙劍誃荀子新證以"疇"為"稠"之假借字，釋"疇生"

爲“叢生”，亦可通。録以備考。　㊶禽獸羣焉：同類的禽獸喜歡居住在一起。梁啓雄説：“同類爲羣，如雁與雁聚居，羊與羊聚居，是羣居也。”㊷質的張而弓矢至：“質”，箭靶；“的”，指箭靶正中的圓心，是射箭的目標。此言質的一擺在那兒，弓矢自然就向它集中了。　㊸醯酸而蜹聚：“醯”，音希，醋；“蜹”音芮，蟲名，形略似蜂，呈黑色，胸背膨大如球，翅透明，脚細長；吸螫哺乳動物之血，幼蟲棲息水中。此言醋一酸了，蚊蜹之類的蟲就向它聚集了。　㊹“故言有召禍”二句：言一個人説話或行動不謹慎，就能召來禍患和恥辱。　㊺慎其所立：言人之立身，應十分審慎。舊説，“所立”即指爲學。〔以上是第一大段，從修身遠禍的方面闡明爲學的目的及其重要性。〕

　積土成山①，風雨興焉；積水成淵②，蛟龍生焉；積善成德③，而神明自得，聖心備焉。故不積跬步④，無以至千里；不積小流，無以成江海。騏驥一躍⑤，不能十步；駑馬十駕⑥，功在不舍。鍥而舍之⑦，朽木不折；鍥而不舍，金石可鏤。蚓⑧無爪牙之利，筋骨之强，上食埃土，下飲黃泉⑨，用心一也。蟹八跪而二螯⑩，非蛇蟺之穴⑪，無可寄託者，用心躁也。是故無冥冥之志者⑫，無昭昭之明；無惛惛之事者，無赫赫之功。行衢道者不至⑬，事兩君者不容⑭。目不能兩視而明⑮，耳不能兩聽而聰。螣蛇無足而飛⑯，鼫鼠五技而窮⑰。詩曰⑱：“尸鳩在桑⑲，其子七兮。淑人君子⑳，其儀一兮。其儀一兮，心如結兮㉑！”故君子結於一㉒也。

　昔者瓠巴鼓瑟而流魚出聽㉓；伯牙鼓琴而六馬仰秣㉔。故聲無小而不聞㉕，行無隱而不形㉖。玉在山而草木潤㉗，淵生珠而崖不枯。爲善不積邪㉘，安有不聞者乎！

　①“積土”二句：此言少量的土本無任何作用，及至積土成爲高山，便能使氣候變化而興風作雨。以喻爲學之道，亦應積少成多，然後才見出

效果。　　②"積水"二句:"淵",深水。此言少量的水本無任何作用,及至積大量的水而成爲深淵,便能使蛟龍在裏面生長。義與上二句相仿。③"積善"三句:第一句,"善",指日常所做的善事;"德",崇高的道德。第二句,"而",猶"則";"神明",指人的智慧;"得",得到。第三句,"聖心",聖人的思想;"備",具備。此言一個人多行好事,自然養成崇高的道德品質,於是就得到豁然貫通的大智慧,而且更具備了聖人所應有的思想。④頤步:"頤"同"蹞",音奎上聲,"蹞步"即半步。　　⑤"騏驥"二句:此言騏驥雖是能跑的駿馬,但一躍也不能超過十步。　　⑥"駑馬"二句:據王先謙的考證,"駑馬十駕"句下尚應有"則亦及之"一句。"駑馬",笨馬;"十駕",十日之程;"功",成功;"舍",捨棄,中止。梁啓雄說:"此言駑馬十日亦能行千里,所成就與騏驥同,其所以成功者,在不肯放捨而已。"意謂只要努力不懈,雖駑馬也能和騏驥一樣的成功。　　⑦"鍥而舍之"四句:"鍥"音 qiè,"鏤"音漏,都作"彫刻"解。此言用刀刻物,如果半途中止,雖朽木也不能折斷;如果始終不停地刻下去,雖金石也可以彫刻成功。　　⑧螾:同"蚓",即蚯蚓。　　⑨黃泉:地底的泉水。　　⑩"蟹八跪"句:"八"字原作"六",今據清儒之說校改。"跪",足。此言蟹有八隻足兩隻螯。　　⑪"非蛇蟺"三句:"蟺"同"鱔"。此言蟹足雖多,但它却經常寄託在蛇或鱔的穴洞裏,是因爲它心氣浮躁,不能專一的緣故。⑫"是故無冥冥之志"四句:"冥冥"、"惛惛",皆"精誠專一"之意;"昭昭之明",指智慧的豁然貫通;"赫赫之功",指出類拔萃的業績。此言如果不專心致志,對事物的理解就不能豁然貫通;如果不精誠努力,就不能使自己的工作做得出類拔萃。　　⑬"行衢道"句:"衢道"猶言"歧路"。此言在歧路上徘徊的人永遠走不到目的地。　　⑭"事兩君"句:一個人侍奉兩個國君,則兩方面誰也不能容他。　　⑮"目不能"二句:眼睛同時看兩個對象,就無法看得分明;耳朵同時聽兩種聲音,就無法聽得清楚。按,此即心無二用之意。　　⑯"螣蛇"句:"螣蛇",據說是龍類,可以與雲霧而游於空中。"螣"音縢。　　⑰"鼫鼠"句:"鼫"原本作"梧",今據楊倞、王念孫說校改。"鼫"音石，其形似兔，專吃農作物，故有害於農家；"技"，技能。相傳這種鼠，"能飛不能上屋，能緣(爬樹)不能窮木(爬到樹頂)，能游不能渡谷，能穴(掘洞穴)不能掩身，能走不能先人"(見許慎說文解字)，所以說是"五技而窮"。楊倞說："言技能雖多，而不能如騰蛇專一，故窮。"　⑱詩曰：見詩經曹風鳲鳩篇。　⑲"鳲鳩"二句："鳲鳩"，今本詩經作"鳴鳩"，即布穀鳥。毛傳："鳲鳩之養七子，旦從上而下，暮從下而上，平均如一。"指其飼養小鳥，平均對待而始終如一。　⑳"淑人"二句："淑人"，善人；"儀"，儀表(用馬瑞辰說，見毛詩傳箋通釋)，即指人的行動舉止；"一"，專一。此言善人君子的行動舉止，亦如鳲鳩之始終專一。　㉑心如結兮：朱熹說："如結，如物之固結而不散也。"(見詩集傳)按，此即指心之堅固專一。　㉒君子結於一：言君子行事，應把目標集中在一點上。　㉓"昔者瓠巴"句："瓠巴"，楚人，古代的善鼓瑟者。相傳他鼓瑟時能使鳥舞魚躍。"流魚"，據王先謙說，應作"沉魚"。此言瓠巴鼓瑟，沉在水底的魚都浮出水面來欣賞。　㉔"伯牙"句："伯牙"，亦楚人，古之善鼓琴者。"六馬仰秣"，言馬正在吃草料，一聽到琴音，竟把頭抬起來了。以上二事喻學有專長自能感動萬物。　㉕"聲無小"句：言不論聲音多麼微小，也會被人聽見。　㉖"行無隱"句：言不論行為多麼隱祕，也會有形迹可求，被人看到。此與上句喻為學不論大小，都不會泯沒無用。　㉗"玉在山"二句：此言山中如果蘊藏着寶貴的玉石，則連山上生長的草木都顯得特別滋潤；水中如果生長了珍珠，則連崖岸都顯得不乾枯。意謂有學問的人自然會流露出與衆不同的氣度來。　㉘"為善"二句：此言一個人除非他為善而不積累，只要他肯積累，哪裏會不被人知道呢〔以上是第二大段，申明為學的態度應持恆專一，只要肯下功夫，就會有一定的收穫。〕

學惡乎始？惡乎終？曰：其數①則始乎誦經②，終乎讀禮③；其義則始乎為士④，終乎為聖人。真積力久則入⑤，學至乎沒⑥而後止也。故學數有終⑦，若其義則不可須臾舍也。為之，人也；舍之，禽獸也。故書者⑧，政事之紀也；詩者⑨，中聲之所止也；禮者⑩，法之大分，類之綱紀也。故學至乎禮而止矣。夫是之謂道德之極。禮之敬文⑪也，樂之中和也，詩、書之博⑫也，春秋之微⑬也，在天地之間者畢矣⑭。

君子之學也，入乎耳，箸乎心⑮，布乎四體⑯，形乎動靜。端而言⑰，蝡而動，一可以爲法則。小人之學也，入乎耳，出乎口。口耳之間則四寸耳⑱，曷足以美七尺之軀哉」

古之學者爲己，今之學者爲人。君子之學也，以美其身；小人之學也，以爲禽犢⑲。故不問而告謂之傲⑳；問一而告二謂之囋㉑。傲，非也；囋，非也——君子如嚮㉒矣。

學莫便乎近其人㉓。禮、樂法而不說㉔，詩、書故而不切㉕，春秋約而不速㉖。方其人之習君子之說㉗，則尊以徧矣㉘，周於世矣」故曰：學莫便乎近其人。

學之經莫速乎好其人㉙，隆禮次之㉚。上不能好其人，下不能隆禮，安特將學雜識志順詩、書而已耳㉛　則末世窮年㉜，不免爲陋儒而已。將原先王㉝，本仁義，則禮正其經緯蹊徑也。若挈裘領㉞，詘五指而頓之，順者不可勝數也。不道禮憲㉟，以詩、書爲之，譬之猶以指測河㊱也，以戈舂黍㊲也，以錐飡壺㊳也，不可以得之矣。故隆禮，雖未明，法士㊴也；不隆禮，雖察辯㊵，散儒㊶也。

問楛㊷者，勿告也。告楛者，勿問也。說楛者，勿聽也。有爭氣者㊸，勿與辯也。故必由其道至然後接之㊹，非其道則避之。故禮恭而後可與言道之方㊺，辭順而後可與言道之理㊻，色從而後可與言道之致㊼。故未可與言而言謂之傲，可與言而不言謂之隱㊽，不觀氣色而言謂之瞽㊾。故君子不傲、不隱、不瞽，謹順其身㊿。

詩曰㊶:"匪交匪舒㊷，天子所予。"此之謂也。

①數:舊作"術"解，即治學之方法、途徑、層次、步驟。　②經:指詩、書之類。　③禮:指典章禮制之類。　④"其義"二句:"義"，意義，指爲學的意義、目的。按，荀子以士、君子、聖人爲三等，故此處言從爲"士"開始，終於爲"聖人"。蓋謂爲學之意，在乎修身。　⑤"真積"句:"真"，果真;"力"，指努力實踐;"入"，猶言"鑽進去"。此言一個人爲學果能持續地努力不懈，自然會深入而有所得。　⑥没:同"殁"，死去。⑦"故學數"二句:此言治學的具體步驟可能有終結的時候，至於對治學的意義却不能有片刻的疏忽。　⑧"故書者"二句:此言尚書是記載古代政事的。　⑨"詩者"二句:"詩"，兼"樂"而言，因爲今所存的三百篇都是能入樂府的詩篇;"中聲"，中和之聲，指最和平醇正的樂調;"止"，作"存"或"歸"解，猶言"集中"。此言詩經中所收的都是中和之聲所匯萃集中的樂章。　⑩"禮者"三句:"法"，法律，政令;"大分"，大的原則，大的界限，"分"讀去聲;"類"，指條例、附則之類;"綱紀"，準繩。此言聖人的禮制是法律的大原則，是一切條文的準繩。　⑪敬文:"敬"指周旋揖讓的細節，"文"指車服等級的標誌(用楊倞説)。　⑫詩、書之博:"博"指内容的廣博。如詩中多記草木鳥獸之名和風土人情之異，書中多記古代史實及帝王政令，範圍皆極廣泛。　⑬微:深微，奥妙。　⑭"在天地"句:就荀子看來，詩、書、禮、樂、春秋，乃是人類文化的精華，所以説天地之間的東西都包括在這裏了。按，此即後世儒家以六藝爲經典的依據。⑮箸乎心:"箸"，存，記住。此言君子聞道，則牢記而不忘。　⑯"布乎四體"二句:上句，"布"，表現;"四體"，即四肢。此指舉止有威儀。下句，"形"，體現，"動静"，指日常行動。此指日常行動都合乎道德標準。⑰"端而言"三句:"端"讀爲"喘"，微言;"蝡"音軟，微動;"一"，皆，都。此言君子最細微的一言一動，都可以供一般人取法。　⑱"口耳之間"二句:此連上文言小人爲學，不能把所學的道理貫徹到行動中去，從耳朵聽到之後，只是在口裏説説就算了，口耳之間的距離最多也不過四寸，怎麼

能使自己的七尺之軀受到益處呢？　　⑲以爲禽犢:"禽犢",指禽獸之小者。楊倞説:"餽獻之物也。"清郝懿行説:"禽犢謂犢之小小者,人喜撫弄而愛玩之。……小人之學,入乎耳,出乎口,無裨於身心,但爲玩好而已,故以禽犢譬況之。"(見其所著荀子補注)按,此言小人爲學,不爲修身而只爲取悦於人,正如禽犢之可爲餽獻之禮或玩好之物,只是供人撫弄而已。　　⑳傲:作"躁"解(參用俞樾説,見諸子平議),指心氣浮躁。論語季氏篇:"言未及之而言謂之躁。"可與此互參。　　㉑囋:音雜(亦可讀爲賛),嘈囋,謂語聲繁碎(用郝懿行説)。此指叨絮煩瑣。　　㉒君子如嚮:"嚮"同"響",指回響。言君子對待來請問學業的人,問一答一,不多不少,好像"響"之應"聲"一樣。按,禮記學記:"善待問者如撞鐘,叩之以小者則小鳴,叩之以大者則大鳴。"卽此句之意。　　㉓"學莫便"句:言爲學之道,再没有比接近賢師益友更方便的了。　　㉔"禮、樂"句:"法",指一定的成法(如禮有條文,樂有聲譜之類);"説",指詳細的解釋。此言禮、樂僅有具體的成文而無詳細的解釋,只靠自己鑽研而不向人請教,是比較困難的。下二句義皆仿此。　　㉕"詩、書"句:"故",久遠;"切",指切合於當時的實際情況。此言詩、書所載,多屬前代的掌故,對於當前的實際情況可能不切合。　　㉖"春秋"句:"約",簡練,隱約;"速",舊説,指速曉其義。今按,"速"作"迅疾"解,引申疑有"直截"之意。此言春秋之言詞簡約而涵義深微,學者不能一下子就理解。　　㉗"方其人"句:"方",仿效;"其人",指賢師益友;第一個"之"作"而"解,是連接詞;"習君子之説",指學習其人的學説。此言一面仿效君子的爲人,一面學習他的學説。　　㉘"則尊以徧矣"二句:梁啓超説:"此言貴得師友,勝於讀書也。……惟近君子習聞其説,則可以養成尊貴之人格,溥徧(普遍)之智識,而周(全面地理解)於世事矣。"(見荀子柬釋引)　　㉙"學之經"句:"經"讀爲"徑"(用王念孫説),卽途徑;"速"見前註;"好其人",指心目中有一個爲自己所崇拜悦慕的人,做爲自己學習的榜樣。　　㉚隆禮次之:"隆",重視;"隆禮",指經常以禮法檢查、約束自己。此連上文言"爲學的途徑最直截的莫過於以自己所心悅誠服的人爲師法，其次就是用禮法來檢束自己"。　㉛"安特將"句："安"，作"於是"或"則"解(用王引之說)；"特"，作"簡直"解。王引之說："此文本作'安特將學雜志，順詩、書而已耳'，'志'即古'識'字也。今本並出'識'、'志'二字者，校書者旁記'識'字，而寫者因誤入正文耳。'學雜志'，'順詩、書'皆三字爲句，多一'識'字則重複而累於詞矣。"按，王說是。"雜志"即雜記之書，百家之說；"順"，"訓"之假借字，"訓詩、書"，指爲詩、書的文義立解說、做註腳。此句大意是："那簡直是學到一些雜說，並給詩、書的文義做做註腳而已。"　㉜末世窮年："末"同"没"，"没世"，到死爲止；"窮年"，指年壽窮盡之日；此句猶言"一生"、"一輩子"。　㉝"將原先王"三句：如果想追溯先王施政之源，循仁義之根本，那麼從學禮入手正是最正確的途徑。　㉞"若挈裘領"三句："挈"音 qiè，又讀如結，提起；"裘"，皮衣；"詘"同"屈"，彎曲；"頓"，作"引"解。此言正好像把皮衣的領子提起來，用五個手指去理皮衣上的毛一樣，整個皮衣上的毛全都順了。以喻從學禮入手，對治學之道是無往不順的。　㉟不道禮憲："道"，由；"禮憲"，即禮法。　㊱以指測河：用手指去測量河的深淺。　㊲以戈舂黍：按，舂米應用杵，此言用鋒利的戈的尖端去舂米，自然是勞而無功的。　㊳以錐飡壺："飡"同"餐"；"壺"，盛食物的器具。此言用錐子代替筷子去吃飯。以上三喻，皆指只從詩、書的文字間去求學問是勞而無功的，能聯繫實踐的只有禮法；所以應由禮法入手，否則是一無所得的。　㊴法士：守禮法之士。㊵察辯：明察善辯。　㊶散儒："散"有"不自檢束"之意，"散儒"即無禮法之儒，與"法士"爲對文。　㊷楛：楊倞說："楛，惡也。問楛，謂所問非禮義。"　㊸"有爭氣者"二句：如果有人以意氣用事，無理而爭，則不必同他爭辯。　㊹"故必由其道"二句：此言君子接待向他請教的人，必先考察一下來者是否合於禮義之道。如果合於禮義之道就接待他，否則就避開他。　㊺"故禮恭"句：如果來者很有禮貌，則可以同他談談道的方向。"道"，指儒家的學說、理論。　㊻"辭順"句：如果來者言語很謙遜，則可以同他深入地談談道的內容。　㊼"色從"句："致"，極點。此言如果從來者的表情上看出他確是心悅誠服，然後可以同他談談道的極致。㊽隱：有意藏私。　㊾瞽：盲目行事。　㊿謹順其身："身"，猶言"人"，指來請教的人。郝懿行說："此謂君子言與不言，皆順其人之可與不可，所謂時然後言，人不厭其言也。"意謂君子依據來請教的人的情況進行教導，故不急躁，不藏私，也不盲目。　(51)詩曰：見詩經小雅采菽篇。(52)"匪交"二句：上句，"匪"同"非"，猶"不"；"交"同"絞"，作"急切"解；"舒"，迂緩。俞樾說："匪絞，言不急切；匪舒，言不紓緩。上文'君子不傲，不隱，不瞽'，'傲'與'瞽'皆失之急切，'隱'則失之紓緩也。"下句，"予"，有"贊許"之意。此言"不急切不迂緩的人，是天子所贊許的"。〔以上是第三大段，寫爲學的方法、步驟和求教於人的重要性，兼及接待求教者所應持的態度。〕

百發失一，不足謂善射；千里蹞步不至①，不足謂善御；倫類不通②，仁義不一，不足謂善學。學也者③，固學一之也；一出焉④，一入焉，涂巷之人也；其善者少，不善者多，桀、紂、盜跖也；全之盡之⑤，然後學者也。

君子知夫不全不粹之不足以爲美也⑥，故誦數以貫之⑦，思索以通之⑧，爲其人以處之⑨，除其害者以持養之⑩。使目非是無欲見也⑪，使耳非是無欲聞也，使口非是無欲言也，使心非是無欲慮也。及至其致好之也⑫，目好之五色，耳好之五聲，口好之五味，心利之有天下。是故權利不能傾⑬也，羣衆不能移也，天下不能蕩⑭也。生乎由是⑮，死乎由是，夫是之謂德操⑯。德操然後能定⑰，能定然後能應。能定能應，夫是之謂成人。天見其明⑱，地見其光，君子貴其全也。

①"千里"二句：此言御者駕着車準備走一千里的路程，即使差半步

没有走到目的地,也不能算是善於駕車的人。　　②“倫類”三句: 第一句,言不能觸類旁通,舉一反三；第二句,言不能專心致志於仁義；第三句言凡不能觸類旁通和不能專一於仁義的人不能算是善於爲學。　　③“學也者”二句: 此言“所謂求學,就是要自始至終堅持地學習,專一地學習”。　　④“一出焉”三句: 言有的人求學一下子能鑽進去,一下子又因不能堅持而退回來,這樣做的乃是普通的人。“涂”同“途”,“途巷之人”卽指普通的人。　　⑤“全之”二句: 必須學得全面而徹底,然後才能算是一個真正爲學的人,　　⑥“君子知夫”句:“不全”,指所學不全面；“不粹”,指所學不精純。此言君子是理解學得不全面、不精純就不能算作完美的道理的。　　⑦誦數以貫之: 此言用記憶力把所學的東西連貫起來。“誦數”,猶言“誦説”,指反復誦讀。“數”讀上聲。　　⑧思索以通之: 此言用理解力把所學的東西聯繫起來,使之貫通。　　⑨“爲其人”句:“其人”,指學習者心目中所最欽佩的人；“爲”,效法；“處”,指設身處地。郭嵩燾説:“爲其人以處之,猶言設身處地,取古人所已行者爲之程式,而得其所處之方(所生活的方式)也。”(見王先謙荀子集解引)　　⑩“除其害”句:“害”,指妨害全、粹之學的事物。“持養”,猶言“小心培養”。此言把有害於自己學習的事物除去,然後一點點扶持培養自己的學問。⑪“使目”句:“是”作“此”解,指全、粹之學；“非是”,猶言“除非這個全、粹之學”。此句言使自己的眼睛除此之外什麽也不要看。下三句義皆仿此。　　⑫“及至”句至“有天下”:“致”,極；“好之”、“利之”的“之”義同“之於”。此言及至對學問愛好到極點的時候,就像眼睛愛好五色,耳朵愛好五音,口愛好五味,心裏貪求有天下一樣。　　⑬權利不能傾: 此言學者對於學問確有深造之後,雖權勢、利祿都不能使其心意傾動改變。下二句義皆仿此。　　⑭蕩: 動。　此句言雖天下之大,也不能打動他的心。　　⑮“生乎由是”二句:“是”,指學。此言無論生或死,都專心致志於學而不改其初衷。　　⑯德操:“德”,指德業的修養；“操”,猶言“有把握”。此句“操”是名詞,下文的“操”是動詞。　　⑰“德操然後能定”二

句:“定”,指有堅定不移的意志和看法;“應”,指適應環境的能力。此言
自己的德業已被自己把握住之後,自然對事物有了定見;能對事物有定
見,自然對環境能妥善地適應。　⑱“天見”三句:按,前二句是第三句
的陪襯。“見”,據俞樾考證,以爲是“貴”字之誤;“光”,古與“廣”通。此
言天以明爲貴,地以廣爲貴,而君子以學問修養之全、粹爲貴。〔以上是
第四大段,說明爲學須專心一志,而以學之全、粹爲最終目的。〕

（二）　非十二子——節錄

士君子之容①:其冠進②,其衣逢③,其容良④;儼然⑤,壯然⑥,
祺然⑦,蕼然⑧,恢恢然⑨,廣廣然⑩,昭昭然⑪,蕩蕩然⑫——是父
兄之容⑬也;其冠進,其衣逢,其容愨⑭;儉然⑮,侈然⑯,輔然⑰,端
然⑱,訾然⑲,洞然⑳,綴綴然㉑,瞀瞀然㉒——是子弟之容㉓也。

吾語汝學者之嵬容㉔　——其冠絻㉕,其纓禁緩㉖,其容簡
連㉗;填填然㉘,狄狄然㉙,莫莫然㉚,瞡瞡然㉛,瞿瞿然㉜,盡盡
然㉝,盱盱然㉞,酒食聲色之中則瞞瞞然、瞑瞑然㉟,禮節之中則疾
疾然、訾訾然㊱,勞苦事業之中則儢儢然、離離然㊲,偷儒而罔㊳,
無廉恥而忍謑訽㊴,是學者之嵬也㊵。

①容:儀表。　②其冠進:“進”讀爲“峻”,高貌(用俞樾說),形
容儒冠很高的樣子。　③其衣逢:“逢”,大貌,形容衣服寬大的樣子。
④良:溫和平易,使人樂於親近。　⑤儼然:矜持莊重之貌。　⑥壯然:
不可侵犯之貌。　⑦祺然:“祺”作“吉”解;“祺然”謂安泰不憂懼之貌。
⑧蕼然:“蕼”是“隸”之訛字,“隸”從隶聲,與“棣”通;“蕼然”即“棣棣”,富
於威儀之貌(用近人劉師培說,見其所著荀子補釋)。　⑨恢恢然:器量
很大,能容衆之貌。　⑩廣廣然:義同“恢恢然”。　⑪昭昭然:楊倞
說:“明顯之貌。”今按,此疑指光明磊落之貌。　⑫蕩蕩然:楊倞說:“恢

夷之貌。”今按，此疑指坦率開朗之貌。　⑬父兄之容：言上述的儀態，是年輩較長的人所應具有的。　⑭愨：謹敬貌。　⑮儉然：自卑謙之貌。　⑯侈然：“侈”是“恀”之假借字，音提，安詳美好貌（用俞樾說）。⑰輔然：相親附之貌。　⑱端然：楊倞說：“不傾倚之貌。”今按，卽舉止端正貌。　⑲訾然：“訾”與“孳”同，柔弱之貌。　⑳洞然：恭敬之貌。㉑綴綴然：與長者相依連而不乖離之貌。　㉒瞀瞀然：不敢正視之貌。“瞀”音茂。　㉓子弟之容：此言上述的儀態，是年輩較低的人所應具有的。　㉔學者之嵬容：“嵬”，怪；“嵬容”，怪異之容，指不合禮法的儀表態度。王先謙說：“學者之嵬容，猶言學者之嵬之容耳。‘嵬’、‘容’二字不連。下文言‘是學者之嵬也’卽其明證。”姑録以備考。　㉕其冠絻：“絻”應作“俛”，同“俯”，指把冠戴得太低俯向前了。　㉖其纓禁緩：“纓”，繫冠的帶子；“禁”同“紟”，腰帶。此言把繫冠的纓和繫腰的衣帶都繫得非常鬆弛，顯得懈怠不嚴肅。　㉗簡連：卽“連蹇”，傲慢之貌。㉘填填然：滿足之貌。　㉙狄狄然：“狄”同“趯”，跳躍貌。按，此疑指人之輕狂浮躁的態度。　㉚莫莫然：静默不言之貌。楊倞說：“或動而跳躍，或静而不言，皆謂舉止無恆也。”　㉛瞡瞡然：楊倞說：“‘瞡’與‘規’同。‘規規’，小見之貌。”今按，此疑指瑣碎小器，處處注目之貌。　㉜瞿瞿然：左顧右盼，東張西望之貌。　㉝盡盡然：消沉沮喪，閉藏而不開展之貌（用郝懿行說）。　㉞盱盱然：張目直視之貌。“盱”音虛。　㉟“酒食”句：郝懿行說：“瞞瞞、瞑瞑，謂耽於酒食聲色，昏瞀迷亂之容也。”又，劉師培說：“案，‘瞞瞞’卽‘忰忰’。本書榮辱篇云：‘忰忰然唯利飲食之見。’楊注云：‘忰忰，愛欲之貌。’‘忰’、‘瞞’雙聲，故可通用。‘瞑瞑’卽‘泯泯’，……或作‘湎湎’，蓋‘泯’、‘湎’義同，卽沉溺其中之義也。上句顯其愛欲之情，下句則表其沉冥之態。”皆可通。按，此卽指人之耽溺於酒食聲色的情况。　㊱“禮節”句：郝懿行說：“疾疾、訾訾，謂苦於禮節拘迫，畏憚惰窳之容也。”（按，“畏憚”，指怕禮節的拘束；“窳”音庾，作“懶”解，“惰窳”卽懈怠懶惰之意。）此言人受到禮節的拘束時一面怕麻煩，一面想偷懶。　　㉗“勞苦”句: 郝懿行説:“儘儘離離，謂不耐煩苦勞頓，懶散疏脱之容也。”“儘”音呂。此言人遇到勞苦的工作就不肯用力，總想偷懶。　　㉘偷儒而罔: “偷”，指遇事希圖逃避苟免；“儒”同“懦”，指懦弱怕事。楊倞説:“皆懶惰之義。”“罔”，疑卽“誣罔”之意，指説假話欺騙人。　　㉙“無廉恥”句:“護”同“譀”，“訽”同“詬”，卽口**出不遜**，責罵之意。此言有的人没有廉恥，雖被責罵也甘心忍受。　　㊵是學者之嵬也: 此總括上文，言以上所述種種惡劣的行動作風，都是不對的，只有不守禮法的學者才做得出來。荀子之意，是對這樣的人表示唾棄的。

（三）　儒效——節錄

井井兮其有理也①， 嚴嚴兮其能敬己也②， 分分兮其有終始也③，猒猒兮其能長久也④，樂樂兮其執道不殆也⑤，炤炤兮其用知之明也⑥，脩脩兮其用統類之行也⑦，綏綏兮其有文章也⑧，熙熙兮其樂人之臧也⑨，隱隱兮其恐人之不當也⑩ ——如是則可謂聖人矣⑪。此其道出乎一⑫。

①“井井”句:“井井”，良易之貌。此言人之待人接物，非常平易和善而有條不紊。　　②“嚴嚴”句:“嚴嚴”，威嚴莊重之貌。“能敬己”，指律己甚嚴。此言對待自己很莊重嚴肅，不敢稍有懈怠。　　③“分分”句:“分”應作“介”，“介介”，堅固貌(用王念孫説)。此言做事固守不變，有始有終。　　④“猒猒”句:“猒”讀厭平聲。“猒猒”，猶“安安然”，安静貌，引申有“知足”之意。此言遇事心情寧静，適可而止，没有不知足的想法，故能長久。　　⑤“樂樂”句: 俞樾説:“樂樂，猶‘落落’，石貌。老子曰:‘落落如石。’以其執道不殆，故以石形容之。”按，“殆”同“怠”，懈怠，廢弛。此言追求真理之心始終不懈，如石之堅固。　　⑥“炤炤”句:“炤”同“照”，“照照”，明見之貌。此言善於運用智慧的人所見甚爲明晰。　　⑦“脩脩”句: 此句“用”字是衍文(用王引之説)。“脩脩”應作“條條”，運行

貌(用王念孫説);"統類",猶言"綱紀"。此言人之行爲皆順理成章,合於禮法之綱紀而不乖悖於事理。　⑧"綏綏"句:"綏綏",安泰之貌;"文章",指人的丰采。此言人之心地安泰,故儀表非凡,具有丰采。　⑨"熙熙"句:"熙熙",和樂之貌;"臧",善。此言對於別人的優點是表示非常高興的。　⑩"隱隱"句:"隱隱",憂戚貌;"人之不當",別人做事不够妥善。此言對别人做事有不妥善的地方感到憂戚,惟恐别人不能把事做好。按,楊倞説:"此已上皆論大儒之德也。"　⑪"如是"句:據清儒考訂,因上文楊注有"皆大儒之德"的話,故此句可能是衍文。錄以備考。⑫"此其道"句:"一",指專心一致,終始如一。言大儒所以能有這樣的美德,乃是由於他堅持而專一的緣故。

(四) 天論

天行有常①:不爲堯存②,不爲桀亡。應之以治則吉③,應之以亂則凶。彊本而節用④,則天不能貧;養備而動時⑤,則天不能病;脩道而不貳⑥,則天不能禍。故水旱不能使之飢⑦,寒暑不能使之疾,祅怪不能使之凶。本荒而用侈⑧,則天不能使之富;養略而動罕⑨,則天不能使之全;倍道而妄行⑩,則天不能使之吉。故水旱未至而飢⑪,寒暑未薄而疾,祅怪未至而凶——受時與治世同⑫,而殃禍與治世異,不可以怨天,其道然也。故明於天人之分⑬,則可謂至人⑭矣。

不爲而成⑮,不求而得,夫是之謂天職。如是者⑯,雖深,其人不加慮焉;雖大,不加能焉;雖精,不加察焉。夫是之謂不與天爭職⑰。天有其時⑱,地有其財⑲,人有其治⑳,夫是之謂能參㉑。舍其所以參㉒,而願其所參,則惑矣l

列星隨旋㉓,日月遞炤㉔,四時代御㉕,陰陽大化㉖,風雨博施㉗，萬物各得其和以生㉘，各得其養以成，不見其事而見其功㉙，夫是之謂神㉚。皆知其所以成㉛，莫知其無形，夫是之謂天功。唯聖人爲不求知天。

天職既立，天功既成，形具而神生㉜，好惡喜怒哀樂臧焉，夫是之謂天情㉝。耳目鼻口形能各有接而不相能也㉞，夫是之謂天官。心居中虛㉟，以治五官，夫是之謂天君。財非其類以養其類㊱，夫是之謂天養。順其類者謂之福㊲，逆其類者謂之禍，夫是之謂天政。暗其天君㊳，亂其天官㊴，棄其天養㊵，逆其天政㊶，背其天情㊷，以喪天功㊸，夫是之謂大凶。聖人清其天君㊹，正其天官㊺，備其天養㊻，順其天政㊼，養其天情㊽，以全其天功㊾。如是，則知其所爲㊿，知其所不爲矣；則天地官而萬物役51矣。其行曲治52，其養曲適，其生不傷。夫是之謂知天53。

故大巧在所不爲54，大智在所不慮55。所志於天者56，已其見象之可以期者矣；所志於地者57，已其見宜之可以息者矣；所志於四時者58，已其見數之可以事者矣；所志於陰陽者59，已其見和之可以治者矣。官人守天而自爲守道也60。

①天行有常：按，在荀子宇宙觀中，天只是自然存在的物質，它並没有控制自然界和人類社會的能力，也不是什麽主宰者。"天行"，卽指大自然的運行；"常"，一定的規律。此言自然的運行是有其正常規律的。②"不爲堯存"二句；"堯"，人民所擁戴的賢聖之君；"桀"，人民所憎恨的暴君。此言天並不因偏愛堯才存在着這種正常的規律，也不因憎惡桀就喪失掉這種規律的正常性。　　③"應之以治"二句："應"，適應。按，荀子不苟篇："禮義之謂治，非禮義之謂亂。"此處的"治"、"亂"與不苟篇同義。"治"，卽人類合於禮義的行動，猶今言"合理的行動"；"亂"，卽人類不合於禮義的行動，猶今言"不合理的行動"。此言"以人類合理的行動

來適應自然規律則吉，以人類不合理的行動來適應自然規律則凶"。
④"彊本"二句:"彊"同"强"。楊倞説:"'本'，謂農桑。"此言如果人類加
强農業的生產而節約用度，則天並不能使人貧困。　　⑤"養備"二句:上
句，梁啓雄説:"養備，謂養生之道周備;動時，謂動作適合時宜。"下句，
"病"，猶"害"，指對人類的健康有所損害。此言如果人類對於養生之道
如衣食之類準備得很周到，而且一切行動皆能適應天時的變化，則天並
不能使人的健康有所損害。　　⑥"脩道"二句:"脩"，應作"循";"貳"，應
作"貣"(以上用王念孫説)。"循"，順;"貣"，差。"道"，即指儒家對政治、
倫理方面的主張、見解，在荀子的理論中，則以禮、義爲主。此言如果人
類順着禮、義等道德標準去行事而不發生偏差，則天並不能加禍於人。
⑦"故水旱"三句:第一句，今本"飢"下有"渴"字，是衍文，茲據清儒的考
訂删去;第二句，"疾"，患病;第三句，"祅"，今通作"妖"，"妖怪"指自然的
災異現象。此三句中的"之"皆指人類，言"天然的水旱之災並不能使人
發生飢荒，天然的寒暑節令並不能使人發生疾病，天然的災異也不能使
人遭到禍患"。　　⑧"本荒"二句:此與上文"彊本"二句爲對文。言如果
人類對於農事荒廢而用度奢侈，則天並不能使之富有。　　⑨"養略"二
句:此與上文"養備"二句爲對文。上句，"略"，殘缺不備;"罕"，希，"動
罕"，指不肯多勞動。下句，"全"，保全。楊倞説:"養略，謂使人衣食不足
也;動希，言怠惰也。衣食減少而又怠惰，則天不能全也。"　　⑩"倍道"
二句:此與上文"脩道"二句爲對文。"倍"同"背"。此言"如果人類違反
了禮、義等道德標準而胡做非爲，則天並不能使之吉祥幸福"。　　⑪"故
水旱未至"三句:此與上文"故水旱不能使之飢"三句爲對文。"薄"，作
"迫"解，即"侵犯"之意。此言"如果不修人事，即使没有水旱之災也會有
飢荒，没有寒暑對人的侵犯也會生病，没有自然的災異也會有意外的不
幸發生"。　　⑫"受時"二句:"受時"，指人類所接受的天時;"治世"，指
有禮義之世。此言亂世之人所接受的天時和治世之人所接受的並無不
同，而亂世之人所受的災禍却與治世不同。　　⑬明於天人之分:"分"讀

去聲，指職責。此言應該明白天和人是各有職分的。　⑭至人：猶言"聖人"。　⑮"不爲而成"三句：楊倞說："不爲而成，不求而得，四時行焉，百物生焉，天之職任如此。"意謂百物皆由天生，不待人爲而自然成長，不待人求而自然得到，此卽所謂天的職責。　⑯"如是者"句至"不加察焉"句："如是者"，猶言"像這種情況"；是承上啓下之句，下文仿此。"深"、"大"、"精"皆指天道；"其人"，指上文的"至人"，卽"聖人"；"慮"，思考；"能"，致力；"察"，體察。大意是："一般人看到天之不爲而成、不求而得，認爲天道是深遠、廣大、精微的，但是聖人却對於天道不加思考，不去費力鑽研，也不下功夫去體察"。言外指聖人只注重人事。　⑰不與天爭職：此連上文言："聖人的職分是只重人事而不問天道，這就叫做不與天爭職。"　⑱天有其時：梁啓雄說："天有其時，謂寒來暑往，春生夏長秋斂冬藏。"按，此指四時的自然順序和變化。　⑲地有其財："財"，財富。指地面上生長的動、植物及地下蘊藏的礦物等。　⑳人有其治："治"，修治，指修人事。梁啓雄說："人有其治，謂人類因天時地財之所宜而善用之。"　㉑能參："參"同"三"，是由名詞變成的動詞。先秦學者多以"天"、"地"、"人"三者並列，所以把修人事以配合天地的自然規律稱爲"與天地參"。此連上文大意是："如果人能掌握天時，利用地力，同時更修治人事，以盡到與天、地相配合的職分，就叫做能參。"　㉒"舍其所以參"三句："舍"，捨棄；"所以參"，指人事方面的努力；"願"，希望；"所參"，指天時、地力兩方面的自然條件。此言"人們如果捨棄自己所應修治的人事而但寄希望於天地，那就是錯誤迷惑的表現了"。　㉓列星隨旋：此言天上排列的衆星彼此追隨着旋轉運行。　㉔日月遞炤："炤"同"照"。此言日和月交替着照耀大地。　㉕四時代御："御"作"治"解，猶言"盡職"。此言四季交替着盡其職分。　㉖陰陽大化："陰陽"指寒暑，"大化"指變化萬物。　㉗風雨博施："博"，普遍地；"施"，施行。此言風雨普遍地施及萬物。　㉘"萬物"二句："和"，指寒暑的調和；"養"，指風雨的滋潤養育。此言萬物各因天時的調和與風雨的滋潤而生長、成熟。

㉙“不見其事”句: 看不見陰陽調和和風雨滋潤的形迹，只看到萬物生長的結果。　　㉚神: 此指上文天生萬物而無形迹可言，其間消息似不可捉摸，故稱之爲“神”。　　㉛“皆知”三句: 此言人類雖然皆知萬物所以生成的道理，但是對於天之生成萬物並無形迹可查這一點却無從理解，於是稱自然對萬物的作用爲天功。按，第三句，今本“天”下或無“功”字，兹據楊倞注引或説補。　　㉜“形具”二句: 此言“人的身體也是受天然的稟賦；形體既具，意識隨之而生，好、惡、喜、怒、哀、樂等情感都蘊藏在形體之內”。“神”，指人之意識；“臧”卽“藏”。　　㉝天情: 猶言“天性”，指人的情性是受之於天的。　　㉞“耳目鼻口”二句: “形能”的“能”讀爲“態”（用王念孫説），“形態”，指人類的形體。上句，言人之耳、目、鼻、口及四肢百骸皆各自與外物相接觸，但其作用則不能互相代替。下句，言人的器官都是受之於天然，故名“天官”。　　㉟“心居中虚”三句: 第一句，“中虚”，指胸腔中空之處，是名詞。第二句，“治”，統治。第三句，“天君”，“君”，統治者。此言心臟居於胸腔內空虚之處，是統治五官的，所以稱之爲形體的天然的主宰。　　㊱“財非其類”二句: 上句，“財”同“裁”，裁制，引申有“改造”之意；“非其類”，指非人類的動、植、礦物等；“其類”，指人類。此言把與人異類的東西加以裁制改造，使之成爲人們的生活資料，以奉養人類的口腹形體。下句，言用與人異類之物來奉養人類，原是自然的道理，故稱之爲“天養”。　　㊲“順其類者”三句: 前二句，言順適人之生理需要來奉養就叫做福，違反人之生理需要來奉養就叫做禍（用梁啓雄説）。第三句，“天政”，言上述的情況乃是天然賞罰的政令，故稱之爲“天政”。　　㊳暗其天君: 此言思想受到蒙蔽，所以心地昏暗迷惑。㊴亂其天官: 言五官因過度地消耗於聲色等物質享受以至於昏亂生病。㊵棄其天養: 言不能增産節用，浪費生活資料。　　㊶逆其天政: 楊倞説:“不能養其類也。”按，此指失於養生之道，故所養之物不能合於人之生理需要。　　㊷背其天情: 指好、惡、喜、怒、哀、樂等情感没有節制。㊸以喪天功: 此總承上五句而言，意謂如有上述種種不合理的行動，則當

然喪失自然生成的天功,以致不能正常發展。　㊹清其天君: 使心境澄清。　㊺正其天官: 使物質享受正常。　㊻備其天養: 具備養生之道。㊼順其天政: 順乎人之生理需要而得其所養。　㊽養其天情: 使情感抒發得適當。　㊾以全其天功: 此總承上五句而言,意謂能執行上述的五種情況,則可完成天然生長之功而得到正常發展。一說,此句"其"字是衍文,可刪去。　㊿"則知其所爲"二句: "其所爲"指人之職分,"其所不爲"指天之職分。此言如上所述,則人知道什麼是應該做的(卽重視修治人事),什麼是不應做的了。　○51天地官而萬物役: "官",作"忠於職守"解;"役",服役。此言"聖人盡心力於人事,則可使天地各盡其職分,使萬物都爲人類所利用"。言外指天地萬物皆應爲人類服務, 人類是不應該聽天由命的。　○52"其行曲治"三句: "曲"有"周徧"之意(用梁啓雄説)。此言人能知其所爲,知其所不爲,則一切行動都能做得很周到,養生之道也做得對身體很適宜,所以在生理方面無所傷害。　○53夫是之謂知天: 荀子之意,謂能盡力修治人事,以利用自然條件,就叫"知天",不必玄虛地探索天的奧祕。　○54"故大巧"句: "不爲",指不與天爭職。　○55"大智"句: "不慮",指不求知天。 此連上文言人類中的大巧大智之人,只是專心致力於人事,對於天職天功,是絕對不越職過慮的。　○56"所志於天者"二句: 上句,"志",卽"識"、"誌"的古寫字,作"記憶"解,下文同此。荀子解蔽篇: "志也者,藏也。""藏"卽指把事情記在腦子裏。下句,"已",同"己",卽"記"、"紀"的古文(在金文中,"記"、"紀"都作"己",參閲清朱駿聲説文通訓定聲及梁啓雄荀子柬釋),下文同此;"見"同"現",表現,體現,下文同此;"象",徵象,如日月星辰之出没運行等;"期",指常期,定期,此處引申作動詞用,有"預測"、"觀察"之意。此二句大意是: "人們對於天所要記得的,只限於要記它所表現的一些有定期的徵象,這樣人們就可以預測天時、節令、氣候。"　○57"所志於地者"二句: "宜",土宜,指宜於生長某種植物的土質;"息",生長。此言"人們對於地所要記得的,只限於要記它所表現的適於生長某種作物的土壤,這樣人們就可以因地制宜,從事種植各種作物了"。　⑱"所志於四時者"二句:"數",次第,步驟,即指春生、夏長、秋收、冬藏等必然規律;"事",指順應季節而從事勞作。此言"人們對於四季所要記得的,只限於要記它們所表現的必然的次第,這樣人們就可以有所依據以從事勞作了"。　⑲"所志於陰陽者"二句:"和"(今本作"知",據楊倞、王念孫說改),指陰陽調和;"治",指修治人事。此言"人們對於陰陽方面所要記得的,只限於要記它所表現的調和變化的情形,這樣人們就可以依據它來處理人事了"。按,以上四層,皆申明人之所以要認識自然現象,都是爲了人事。　⑳"官人守天"句:楊倞說:"官人,任人;欲任人守天,在於自守道也。"按,"任人",指委任專門負責的人;意謂關於天的事情,最好由專人(如司天文之官)負責,盡其職守,至於聖人自己,則只盡其對於人道的職守而已。又,劉師培說:"此句蓋總全節言之。官人者,執一不通之人也。……此文言執一之人,僅知守天,而自以爲守道。蓋荀子之意,以道在天外,守道者不必迷於天,即下文所謂'敬其在己,不慕其在天也';若迷於信天,以爲天外無道,此惟執一不通者則然耳。蓋深斥其拘也。"按,劉氏意謂固執不通的人,但知依靠自然,等待天的恩賜,而且自以爲這樣才是遵守正道,故言"深斥其拘"。其解可備一說,謹錄以備考。〔以上是第一大段,闡明天道只是自然現象而不是有神在主宰,且與人事無關;人類應利用自然而不應依賴自然、迷信天命。〕

治亂,天邪①?

曰:日月星辰瑞曆②,是禹、桀之所同也;禹以治,桀以亂;治亂非天也。

時邪?

曰:繁啓蕃長於春夏③,畜積收臧於秋冬,是又禹、桀之所同也;禹以治,桀以亂;治亂非時也。

地邪?

曰：得地則生④，失地則死，是又禹、桀之所同也；禹以治，桀以亂；治亂非地也。詩曰⑤：“天作高山⑥，太王荒之；彼作矣⑦，文王康之。”此之謂也。

天不爲人之惡寒也輟冬⑧，地不爲人之惡遼遠也輟廣⑨，君子不爲小人之匈匈也輟行⑩。天有常道矣⑪，地有常數矣，君子有常體⑫矣！君子道其常⑬，而小人計其功。詩曰⑭：“禮義之不愆⑮，何恤人之言兮！”此之謂也。

楚王後車千乘⑯，非知也；君子啜菽飮水⑰，非愚也。是節然也⑱。若夫志意脩⑲，德行厚，知慮明，生於今而志乎古，則是其在我者也。故君子敬其在己者⑳，而不慕其在天者；小人錯其在己者㉑，而慕其在天者。君子敬其在己者，而不慕其在天者，是以日進也㉒；小人錯其在己者，而慕其在天者，是以日退也㉓。故君子之所以日進，與小人之所以日退，一也㉔。君子小人之所以相懸㉕者在此耳。

①治亂，天邪：言社會上的有治有亂，是否天意。　②瑞曆：卽曆象。“曆”，記載天文曆數的書籍；“象”，觀察天象的儀器。郝懿行說：“此瑞曆，卽曆象也。……神其器，故言瑞。”意謂這種儀器在當時人看來是很神祕的，所以稱爲“瑞曆”。　③“繁啓”二句：“繁”，多；“啓”，萌芽；“蕃”，茂盛；“長”，成長；“畜”同“蓄”；“臧”同“藏”。此言百物在春天繁盛地萌芽，在夏天茂盛地成長；秋天則百物結實，所以是收成蓄積的時候，冬天寒冷，所以是百物被收藏的時候。　④“得地則生”二句：此言人類離開土地就無法生活了。　⑤詩曰：見詩經周頌天作篇。按，引此詩所以說明人爲的必要。　⑥天作高山”二句：“高山”，指岐山；“荒”，開墾。此言高山雖是天所生成，但却經過太王的開墾，才能有利於人。⑦“彼作矣”二句：“彼”指太王，“作”，創始；“康”，安，猶言“保有”。此言

太王既已創業，而文王又能安定下來好好地保有它。　⑧“天不爲”句：此言天不因爲人類憎厭寒冷就廢棄了冬天。　⑨“地不爲”句：此言地不因爲人類憎厭道路遙遠就廢棄了它的幅員廣闊。　⑩“君子不爲”句：“匈匈”，喧嘩聲。“行”讀去聲，指正義的行爲。此言君子不因爲小人的亂嚷嚷就中止了他的正義的行動。　⑪“天有常道”二句：“道”指規律，“數”指次第、步驟。此言天上日月星辰的運行，地上萬物的生長，都有一定的規律、步驟。　⑫常體：猶言“常態”、“常度”。　⑬“君子道其常”二句：此處的“道”作動詞用，作“行”解；“常”即“常道”，猶言“經常不變的準則”；“計”，計較；“功”，指眼前的小利害。此言君子行其常道，小人則只計較一時的功利。　⑭詩曰：此是佚詩。　⑮“禮義”二句：上句五字原缺，據俞樾説校補。“愆”，過失，差錯。下句“恤”，憂，猶言“顧慮”。此二句大意是：“君子既遵守禮義，而行無差錯，又何必擔心旁人説閒話呢！”　⑯“楚王”二句：“後車”，護衞國君的扈從之車；“知”同“智”。此言楚王身居富貴，有扈從之車千輛，這並不是由於楚王才智過人的緣故。　⑰“君子啜菽”二句：“啜”，吃；“菽”，豆類，此處泛指粗糧；“愚”，愚蠢。此言有德的君子身居貧賤，吃粗糧飲白水，這也並不是由於他愚蠢的緣故。　⑱是節然也：“節然”，即“適然”，猶言“偶然”、“湊巧”。此承上文“楚王”、“君子”兩層而言，意謂人的富貴或貧賤，都是偶然的遭遇而已。　⑲“若夫志意脩”句至“在我者也”：“志意”，今本作“心意”，兹據王念孫説改。此言君子對於處境的好壞並不斤斤計較，只是盡自己的力量去修身立德而已。大意是：“至於對於自己志向的提高，對於道德實踐的加強，對於思考能力的鍛鍊，生於今世而嚮往於前賢往哲，這都在乎自己的努力了。”　⑳“故君子”二句：“敬其在己”，指嚴肅地對待自己，認真從人事方面求實踐；“不慕其在天”，猶言“不妄想借助於天命”。　㉑“小人”二句：“錯”，作“置”解，猶言“捨棄”。此言小人廢棄了自己在人事方面的努力，一味貪圖着得到天助。　㉒是以日進也：此連上文言“君子盡其在己而不依賴天，所以一天比一天進步”。

㉓是以日退也: 此連上文言"小人自己不肯努力而一味依賴天助,心存徼幸,所以一天比一天退步"。　　㉔一也:"一"猶"同",指道理相同。楊倞説:"皆有慕有不慕。"意謂君子小人各有其所慕和所不慕的一面。今按,"一"疑作"專一"解。言君子專一於盡人事,小人專一於聽天命,因此進退不同。　　㉕相懸:"懸",懸隔,猶言"有距離"。此句言君子小人之間所以差別甚大,就是由於上述的原因。〔以上是第二大段,説明治亂之形成皆由人事,因此君子應努力盡人事而不依靠天命。〕

星隊①,木鳴,國人皆恐。曰: 是何也? 曰: 無何②也! 是天地之變,陰陽之化,物之罕至③者也。怪之,可也; 而畏之,非也。夫日月之有蝕,風雨之不時,怪星之黨見④,是無世而不常⑤有之上明而政平⑥,則是雖並世起,無傷也; 上闇而政險⑦,則是雖無一至者,無益也。夫星之隊,木之鳴,是天地之變,陰陽之化,物之罕至者也; 怪之; 可也; 而畏之,非也。

物之已至者⑧,人祅則可畏也: ——楛耕傷稼⑨,耘耨失薉⑩,政險失民⑪; 田薉稼惡⑫,糴貴民飢⑬,道路有死人,夫是之謂人祅。政令不明,舉錯不時⑭,本事不理⑮,夫是之謂人祅。禮義不脩,內外無別,男女淫亂,父子相疑,上下乖離,寇難並至⑯,夫是之謂人祅。祅是生於亂; 三者錯⑰,無安國。其説甚爾⑱,其菑甚慘。勉力不時⑲,則牛馬相生,六畜作祅,可怪也,而不可畏也。傳曰⑳: 萬物之怪書不説㉑。無用之辯㉒,不急之察㉓,棄而不治㉔。若夫君臣之義㉕,父子之親,夫婦之別,則日切瑳而不舍也。

①"星隊"二句:"隊",古"墜"字。流星下墜,原是自然現象,古人不解其故,認爲是一種災異。"木鳴",疑指樹木因乾燥而爆烈作響。②無何: 沒有什麼。　　③物之罕至:"罕",希少;"至",猶言"出現"、"發生"。此言星墜木鳴等現象,乃是事物之中希見的情況。　　④怪星之黨

見。"黨"，古"儻"字，作"倘或"解（用王念孫説）。此言怪星的偶或出現。
⑤常：與"嘗"通。羣書治要引此文卽作"嘗"。　　⑥"上明"三句：第一
句，"上"，在上位者；"明"，明察；"政"，政令；"平"，公平合理。第二句，
"是"，指日月之蝕、風雨不時、怪星出現等現象，下同；"並世起"，同時發
生。此言如果在執政者比較開明而政令比較公平的時代，卽使這種種怪
異的自然現象同時發生，也毫無妨害。　　⑦"上闇"三句：此與"上明"三
句爲對文。"闇"同"暗"，頭腦昏昧；"政險"，指政令酷虐，對人民有害。
此言如果在上位的人昏暗不明而一切政令對人民有害，卽使這種種怪異
現象一樣都不發生，於事也毫無補益。　　⑧"物之已至者"二句：此言在
過去歷史上已經發生的事物，以人祅爲最可怕。"人祅"，指人事中所發
現的種種怪異現象，"祅"同"妖"。按，劉師培説："案，（韓詩）外傳二：
'則'作'最'，'也'下有'曰，何謂人祅'五字及'曰'字，此疑脱。"（見其所
著之荀子斠補）謹録以備考。　　⑨楛耕傷稼："楛"，惡，指事物的粗惡不
精。此言草率地耕種，使莊稼有了損傷。　　⑩"耘耨"句：此句據清儒盧
文弨、郝懿行、王念孫等考證，應作"楛耘失歲"（詳見王先謙荀子集解）。
"耘"，除草；"歲"，一年的穀物收成。此言草率地耘田，給收成帶來損失。
⑪政險失民：政令酷虐就失去民心。　　⑫"田薉"句："薉"同"穢"，荒蕪。
此言田地荒蕪而莊稼長得很壞。　　⑬"糴貴"句："糴"音狄，買穀叫
"糴"；"糴貴"指米價昂貴。米價昂貴，人民自然要挨餓。　　⑭舉錯不
時："錯"同"措"。此言國家有很多措施都不合時宜。按，如在春、夏兩季
農忙之際，人君驅使農民興築土木或從事戰争，就是"不時"。　　⑮本事
不理："本"指農桑之事。此言對農桑之事不加治理。　　⑯寇難並至：
"寇"指外患，"難"指內亂，"並至"，同時並起。　　⑰"三者錯"二句：
"錯"，交錯（用王念孫説）。此言如果上述三種人事的妖異交錯於國中，
則國家必無寧日了。　　⑱"其説"二句：上句，"説"，説法，解釋；"爾"，
"邇"之假借字，近。此言人祅之説，較自然災異如星墜木鳴之類的道理
爲淺近易解。下句，"菑"，古"災"字，言由人事所釀成的災害是很悲

慘的。言外指人們多不注意這三方面，而對自然災異反十分重視。
⑲“勉力”三句：“勉力”，力役。“六畜”，指馬、牛、羊、雞、犬、豬。楊倞説：
“力役不時，則人多怨曠，其氣所感，故生非其類也。”意謂各種牲畜往往
生下異類，乃是由於人類服勞役失時所致。按，一本此三句在上文“禮義
不脩”之前。　⑳傳曰：“傳”，指古書。　㉑“萬物之怪”句：“書”，據楊
倞説，指六經。此言萬物的怪異現象在六經中是不詳加申説的。　㉒無
用之辯：不切實用的論辯。　㉓不急之察：對實際生活並無急需的考察。
按以上二句指對自然災異如星墜木鳴等現象的論辯和考察。　㉔棄
而不治：此連上二句言“最好把那種不切實用的論辯和不急需的考察
抛開不管”。　㉕“若夫”四句：“君臣”、“父子”、“夫婦”等皆屬人倫範
圍，此言“至於有關人倫方面的事情，那是應該每天鑽研不廢的”。“瑳”
同“磋”，“切瑳”猶言“鑽研”、“探討”。〔以上是第三大段，説明對自然災
異不必重視而應注意有關人事的妖異現象。〕

　　雩而雨①，何也？曰：無何也，猶不雩而雨也。日月食②而救
之，天旱而雩，卜筮然後決大事，非以爲得求也③，以文之也。故君
子以爲文，而百姓以爲神。以爲文則吉，以爲神則凶也。

　　①雩而雨：“雩”已見前論語侍坐篇註。此言經過祈禱之後，天就下
雨了。　②日月食：“食”同“蝕”。　③“非以爲”二句：“得求”，言求而
有所得；“文”，文飾。此二句大意是：“在上位者對於上述三事所以要如
此做法，並非真的是求而有所得，不過用來順適人意，做爲政事的文飾罷
了。”〔以上是第四大段，說明求雨、卜筮之類的舉動並非真是有求於
天。〕

　　在天者莫明於日月，在地者莫明於水火，在物者莫明於珠玉，
在人者莫明於禮義。故日月不高，則光暉不赫①；水火不積②，則
暉潤不博；珠玉不睹乎外③，則王公不以爲寶；禮義不加於國家，則
功名不白④。故人之命在天⑤，國之命在禮。君人者，隆禮尊賢而

王，重法愛民而霸，好利多詐而危，權謀傾覆幽險而盡亡矣⑥。

大天而思之⑦，孰與物畜而制之。從天而頌之⑧，孰與制天命而用之。望時而待之⑨，孰與應時而使之。因物而多之⑩，孰與騁能而化之。思物而物之⑪，孰與理物而勿失之也。願於物之所以生⑫，孰與有物之所以成。故錯人而思天⑬，則失萬物之情⑭。……

①赫：強烈。　②"水火"二句："積"，充足，指積累得多；"暉"，指火光；"潤"，指水的溼度；"博"，大。此言如果不積累大量的水，則溼度不大；如果不積累大量的火，則光輝不強。　③"珠玉"二句："睹"，據王念孫說，應作"睹"（音睹）。玉篇："睹之言著也。"此言珠玉的光采如果不顯著於外，則王公貴人就不把它當做珍寶看待了。　④白：顯輝，顯赫。⑤"故人之命"二句：上句，言人的生命是受之於自然的；下句，言國家的命脈就在有一定的禮制。　⑥"權謀"句：此句的"盡"字，據王先謙、梁启雄考訂，是衍文，應刪去。"權謀"，指用詭譎的政治手段；"傾覆"，猶今言"坑陷"；"幽險"，楊倞說："謂隱匿其情，而凶虐難測也。"此言爲人君者如專以權謀傾覆幽險之道對待人民，那就要亡國了。　⑦"大天而思之"二句：上句，"大"，尊，"思"，猶"慕"，言寄希望於天。下句，"孰與"，何如；"物畜"，把天當成物質看待；"制"，管制，控制，裁制。此言"與其尊敬天而希望它賜以福澤，還不如把它當成物質看待而管制它呢。"　⑧"從天"二句："從"，順從；"頌"，歌頌；"天命"，舊解爲"天之所命"，疑指自然形成的物質的種種現象，如樹木是直的、珠子是圓的之類。此言"與其順從天意而加以歌頌，還不如對天生的種種物質加以控制而充分利用它們呢。"　⑨"望時"二句：上句，指坐待四時節令給予人類以恩施；下句，"應時"，猶言"掌握節令"、"適應節令"。此言"與其坐待四時節令給予人類恩賜，還不如適應時令的變化而加以充分使用呢。"　⑩"因物"二句：大意是："與其只就原有各物的本身以求增多其數量，還不如運用人類的智能來變化各物的性質呢。"（用梁启雄說）　⑪"思物"二句：下

“物”字作“據爲己有”解；“理”，治理。此言“與其徒寄希望把萬物據爲己有，還不如用種種方法來治理萬物，使之各得其宜而不喪失”。　⑫“願於物”二句：上句，言“與其盼望天多生些物”；下句，“有”，“佑”之假借字，作“助”解（用近人陶鴻慶說，見其所著讀諸子札記），言“還不如用人的智力和勞力去幫助它們成長呢！”　⑬“故錯人”二句：“錯”，捨棄。此承上文言“如果捨棄人爲的努力而一味寄希望於天，那是違反萬物之理的做法”。　⑭此下原文尚有兩節，皆與上文論天的内容無關，疑自他篇竄入，故予節删。〔以上是第五大段，總括全篇，申明治國應以禮義爲本，並須以人力控制自然，始不失萬物之情。〕

（五）　成相① ——節錄

請成相②，　世之殃③，　愚闇愚闇墮賢良！人主無賢，如瞽無相④，何倀倀⑤！

請布基⑥，慎聖人⑦，愚而自專事不治⑧。主忌苟勝⑨，羣臣莫諫，必逢災⑩。

論臣過⑪，反其施，尊主安國尚賢義⑫。拒諫飾非⑬，愚而上同，國必禍。

曷謂“罷⑭”？國多私⑮，比周還主黨與施。遠賢近讒⑯，忠臣蔽塞，主勢移。

曷謂“賢”？明君臣，上能尊主下愛民⑰。主誠聽之⑱，天下爲一，海内賓。

主之孽⑲，讒人達，賢能遁逃國乃蹷。愚以重愚⑳，闇以重闇，成爲桀。

世之災，妬賢能㉑，飛廉知政任惡來㉒。卑其志意㉓，　大其園囿，高其臺。

武王怒㉔，師牧野，紂卒易鄉啓乃下㉕。　武王善之㉖，封之於宋，立其祖㉗。

世之衰，讒人歸㉘，比干見刳箕子累㉙。　武王誅之㉚，呂尚招麾㉛，殷民懷㉜。

世之禍，惡賢士，子胥見殺百里徙㉝。　穆公任之㉞，强配五伯，六卿施。

世之愚，惡大儒，逆斥不通孔子拘㉟，展禽三絀㊱，　春申道綴㊲，基畢輸㊳。

請牧基㊴，賢者思㊵，堯在萬世如見之。讒人罔極㊶，　險陂傾側，此之疑。

基必施㊷，辨賢罷，文、武之道同伏戲㊸。由之者治㊹，不由者亂，何疑爲？……

①成相："成"，禮記樂記注："成猶奏也。""相"，禮記曲禮："鄰有喪，舂不相。"注："相，謂送杵聲。"又禮記檀弓注："相，謂以音聲相勸。"朱熹說："相，助也。成相，助力之歌也。"（見楚辭後語）明方以智說："荀子有成相三章，'相'者，助也。舉重勸力，以申其邪許噓喻之聲也。史所謂'五殺大夫死，而舂者不相杵'是已。"（見其所著通雅卷三）盧文弨說："審此篇音節，卽後世彈詞之祖。……首句'請成相'，言請奏此曲也。漢藝文志：'成相雜辭十一篇。'惜不傳。大約託於瞽矇諷誦之詞，亦古詩之流也。"（見王先謙荀子集解引）俞樾說："此'相'字卽'舂不相'之相。……蓋古人於勞役之事，必爲歌謳以相勸勉，亦舉大木者呼'邪許'（讀爲'哈呼'）之比，其樂曲卽謂之'相'。'請成相'者，請成此曲也。漢志有成相雜辭，足徵古有此體。"按，勞動人民在集體勞作時（如擣米或扛大木），往往唱出"杭育"、"邪許"的歌聲，一面既借以助長氣力，一面也相應地減輕疲乏，同時還可以統一動作。"成相"當卽古代勞動人民所唱的歌，而此

篇所用的也正是當時所流行的通俗形式。　②請成相：解已見前註。按，此語實意含雙關。"成"，成就；"相"，襄助，贊助，輔佐。此處一面指唱成相的歌詞，一面又指所唱的內容是賢臣輔佐明主成就治國安民的大業。　③"世之殃"二句：此言世人所以不幸，是由於一羣愚昧昏暗的小人把賢良之士毀掉的緣故。　④如瞽無相："相"，一名扶工，是專門扶持或導引盲者的人。此連上文言"人主倘無賢臣輔佐，就像盲人沒有扶工一樣"。　⑤佷佷：目無所見，茫然無所適從之貌。"佷"音常。　⑥請布基："布"，陳述；"基"，基本。此言請允許我陳述一下治國的基本原則。　⑦慎聖人：俞樾說："按，'人'字不入韻，疑有誤，當作'慎聽之'。'聖'與'聽'音近而訛。……'聽'訛作'聖'，則'聖之'二字不成義，後人因改爲'聖人'矣。'請布基，慎聽之。'欲人慎聽其言；下文云：'請牧基，賢者思。'欲賢者思其言，義正同也。'慎聽之'三字，本禮記仲尼燕居篇。'按，俞說是，故錄之以備考。　⑧"愚而自專"句：言爲人愚昧而又專斷獨行，政事必不能治。"治"讀平聲。　⑨主忌苟勝：言人主治國，最忌僥倖地成功。　⑩必逢災："災"古讀如兹，與"基"、"治"叶韻。　⑪"論臣過"二句："施"，施行，即行爲（用王先謙說）。此言"談到做臣子的過失，莫過於反其爲臣之道而行事"。按，下文"尊主"句是臣子應做的行爲，而"拒諫"二句則是反其道而行的事。"施"古音梭，與"過"叶韻。　⑫"尊主"句："義"讀爲"儀"，作"賢"解（用俞樾說）。此言爲臣者應尊重人主，安定國家，崇尚賢能之士。"儀"古音俄，與"過"、"施"叶韻。　⑬"拒諫"三句：言爲臣者如果拒絕旁人的勸諫，掩飾自己的錯誤，自己很愚昧而一味苟同在上者的意見，則國家必將有禍。　⑭罷：此與"賢"爲對文，指"不賢"或"無能"。"罷"音疲。　⑮"國多私"二句："私"，奸邪；"比周"，指狎暱勾結，聚黨營私，"比"讀去聲；"還"，讀爲"營"（用王念孫說），作"惑"解；"黨與"，同黨的人；"施"，張。此言國多奸邪之徒，結黨營私以惑人主，而且其黨徒更擴張勢力。按，此二句即爲"罷"的實際情況。　⑯"遠賢"三句：言人主與賢人疏遠而與讒佞之人接近，使忠臣的言路蔽塞，則人主的權勢卽將移至小人之手。　⑰“上能”句：“下愛民”，今本作“愛下民”，據王念孫說改。此言賢臣上能對其君尊敬，下能撫愛人民。　⑱“主誠聽之”三句：如果人主真能採納賢臣的言論，則天下可以統一，海內的人民也都賓服歸附。　⑲“主之孽”三句：“孽”，災；“達”，得逞其志；“隮”音際，指有顛覆的危險。此言讒人得志，乃是人主之災，因爲賢能之人都逃避了，而國家也就要傾覆危亡了。　⑳“愚以重愚”三句：此言人君已極愚闇，而左右的近臣也都是愚闇之人，更給人君加重了愚闇，終於就使這個爲人主者成爲桀一樣的昏君了。　㉑妬賢能：“能”古讀爲“乃”平聲，與“災”、“來”叶韻。　㉒“飛廉”句：“惡來”，是飛廉的兒子，父子皆事紂王；“知政”，猶言“爲政”、“執政”。此言紂王時用飛廉執政，同時又委任其子惡來。按，史記殷本記載紂用惡來，“惡來善讒毀，諸侯以此益疏”，後世因以紂爲昏君的代表人物，而以飛廉、惡來爲讒邪之臣的代表人物。　㉓“卑其志意”三句：言飛廉父子爲紂王之臣，不鼓勵紂樹立遠大的志向，勸他只顧眼前的享受，一味擴充園圃，建築高的樓臺，以爲遊觀之樂。　㉔“武王怒”二句：“牧野”，地名，在殷都朝歌(故城在今河南淇縣東北)以南七十里，是武王伐紂時誓師之地。此言武王見紂昏暴不仁，一怒而興師牧野。　㉕“紂卒”句：“鄉”同“向”，“易向”猶言“回過頭來”，卽倒戈反攻；“啓”，紂之庶兄，卽微子；“下”，投降。此言紂王手下的兵士都倒戈助周，微子也投降了武王。　㉖“武王”二句：言武王待微子很好，將他封在宋地，做爲諸侯。　㉗祖：宗廟。此言武王爲微子立殷人的宗廟。　㉘讒人歸：“歸”，集中，依附。此言讒人多依附於紂。　㉙“比干”句：“比干”已見莊子胠篋篇註；“箕子”，殷之太師。此言比干被紂挖心而死，箕子也被紂王囚禁起來。“累”讀爲“縲”，音累平聲，卽縲紲(“紲”音屑)，本是繫罪人的繩索，引申之，則指被囚禁起來。　㉚武王誅之：“之”指讒人。　㉛呂尚招麾：“呂尚”，卽太公姜尚；“招麾”，猶言“指揮”，“麾”同“揮”。　㉜殷民懷：“懷”，依附，指依附於周。　㉝百里徙：“百里”，卽百里奚，本爲虞國之臣，有智

謀,而不爲虞君所用。“徙”,遷。據史記秦本紀及晉世家,皆言晉滅虞
後,虜虞君及百里奚於晉,百里奚後以俘虜的身份被遷徙到秦國去,終爲
秦穆公所重用。　　㉞“穆公任之”三句:第一句,“任”一本作“得”;“之”,
指百里奚。第二句,“五伯”的“伯”讀爲“霸”。第三句,“施”,設。此言秦
穆公用百里奚之後,秦國就強盛起來,可以同五霸並肩,國家日益強盛,
還設立了六卿的官職。　　㉟“逆斥”句:“逆”,拒;“斥”,逐;“不通”,不使
通行;“拘”,拘禁起來。此言孔子的遭遇是很不幸的,有時被拒絕入境,
有時被斥逐出境,有時又不允許他通行,還把他拘禁起來。按,此指孔子
畏於匡及困於陳、蔡之間等事,詳見史記孔子世家。　　㊱“展禽”句:“展
禽”,即柳下惠;“絀”同“黜”,被黜免。相傳柳下惠曾三次爲士師(司法、
典獄之官)而三次被罷黜。　　㊲“春申”句:“春申”,即楚相春申君黃歇;
“綴”,與“輟”同,廢止。相傳荀卿曾爲春申君所用,春申君死後,荀卿亦
廢居蘭陵。此言春申既死,道亦中絕。　　㊳基畢輸:“畢”,盡;“輸”,墮。
此言國家的基業完全毀壞了。　　㊴請牧基:“牧”,治。此言“請允許我
說明治國的基本原則。”　　㊵“賢者思”二句:此言“賢者倘能考慮我說
的話,則堯雖在萬世之上,今人也將如目擊一樣,可以窺見其治國之道”。
㊶“讒人罔極”三句:“罔極”,猶言“無已”,指讒人做壞事是無止境的;
“陂”一作“詖”,音讀去聲;“險詖”、“傾側”,皆指邪惡不正的行爲;“疑”,
懷疑。陶鴻慶說:“此言賢者能思吾言,則堯雖在萬世之上而可見;若讒
人險陂傾側,雖聞吾言,猶疑而不信也。”　　㊷“基必施”二句:王念孫
說:“施,張也。言必欲張大其基業,當先辨賢罷也。”　　㊸“伏戲:即伏
羲氏。　　㊹“由之者治”三句:此言順此道而行則天下治,不順此道而行
則天下亂,還有什麼可懷疑的呢?

(六)　賦篇——節錄①

　　有物於此,生於山阜②,處於室堂;無知無巧③,善治衣裳;不
盜不竊,穿窬而行④,日夜合離⑤,以成文章;以能合從⑥,又善連

衡；下覆百姓⑦，上飾帝王；功業甚博，不見賢良⑧；時用則存⑨，不用則亡。臣愚不識，敢請之王｜

王曰：此夫始生鉅、其成功小者邪⑩？長其尾而銳其剽者邪⑪？頭銛達而尾趙繚者邪⑫？一往一來⑬，結尾以爲事；無羽無翼⑭，反覆甚極；尾生而事起⑮，尾邅而事已；簪以爲父⑯，管以爲母⑰；既以縫表⑱，又以連裏：夫是之謂箴理⑲。——箴。

①“賦”是一種鋪陳描寫的文體。但荀子賦篇中所描寫的幾段，却帶有謎語性質。它的特點是“遯詞以隱意，譎譬以指事”，即用種種巧妙的譬喻來代替直説，把事物暗示出來使讀者揣摩猜測。賦篇所寫凡“禮”、“知”、“雲”、“蠶”、“箴”五節，後附“佹詩”。此處僅節録“箴”的一段以示例。“箴”，即古“鍼”字，今通作“針”。又，文中用君臣問答的口吻來描寫針的形象和功能，亦開漢賦體製的先河。　　②“生於山阜”二句：此言針是鐵製的，而鐵是生於山阜的；等到鐵製成針以後，被人取來縫衣，則又居於室堂之中了。　　③“無知”二句：“知”同“智”。此言針的本身並無巧智，然而它却善於担任縫製衣裳的工作。　　④“穿窬”句：“窬”音俞，小孔，小洞。按，“穿窬”本指盗賊的鑽牆洞，此處則比喻用針縫物，從這邊穿過去、又從那邊穿過來的樣子。　　⑤“日夜”二句：“合離”指使離者相合。按，縫製衣物須把若干塊布帛連綴到一起，即所謂“合離”。此言日夜用針連綴布帛或錦繡，縫織成有文采的衣物。　　⑥“以能合從”二句：“以”同“已”，既；“從”同“縱”；“衡”同“橫”。“合縱”、“連橫”本是當時外交方面的專用語，此處則借喻用針把布帛或按其縱的紋路、或按其橫的紋路給縫合、連綴起來。　　⑦“下覆”二句：製成衣服，下可以供百姓掩覆身體；製成錦繡，上可以供帝王裝飾衰服。　　⑧不見賢良：“見”有“被”、“受”之意；“賢良”在此處有動詞的作用。此言針的功用雖大，而它的好處却很少被人稱贊。　　⑨“時用”二句：用着針的時候，它出現在人的眼前，不用時它就不見了。　　⑩“此夫”句：大意是：“這莫非是那個初

生時很大、而製成後反而很小的東西麼？”按，此指把鐵磨成針，是由大變小。　⑪“長其尾”句：“長其尾”，指針鼻上連着線；“剽”音漂上聲，作“末梢”解；“銳其剽”，言針尖是非常銳利的。　⑫“頭銛達”句：此句義與上句相同而換了一種説法。“銛”音纖或先，“銛達”猶言“尖銳”；“趙”讀爲“掉”，“掉繚”，長貌；一説，纏繞貌。此言針的頭部尖銳，尾部拖着一根長線。　⑬“一往一來”二句：上句指用針縫物時穿過來穿過去的情形；下句，言行針之前，須先把針上的線繫一個結，故言“結尾”。　⑭“無羽”二句：“極”同“亟”，迅疾。此言針上並無羽翼，但一往一返極爲迅速。　⑮“尾生”二句：“尾生”，指在針鼻上穿好了線；“尾邅”，指做完活時把線盤繞起來綰成一結，“邅”音闐，迴繞盤結之意。此言針生尾時是工作的開始，針尾盤繞成結時則工作結束。　⑯簪以爲父：“簪”似針而大，所以説它是針之父。又，俞樾説：“按，‘簪’當爲‘鐕’。禮記喪大記：‘用雜金鐕。’正義曰：‘鐕，釘也。’釘與箴形質皆同，磨之琢之，而後成箴。方其未成箴之時，則箴亦一鐕而已矣，故曰‘鐕以爲父’；作‘簪’者叚（假）字耳。”按，玉篇：“鐕，無蓋釘。”釘端無蓋，自然與針相似。此可備一説，録以備考。　⑰管以爲母：“管”是用以盛針的，所以説是針之母。⑱“既以”二句：“表”，是衣服的面子，“裏”，是衣服的裏子。此言針是用來既縫衣面又縫衣裏的。　⑲箴理：從字面講，是指用針線縫過的地方，既有線索，又有條理之意；但實際上則指上面的種種描寫，乃是“針的道理”。

荀子附録

（一）　關於荀子的事蹟

荀卿，趙人。年五十，始來游學於齊。騶衍之術，迂大而閎辯；奭也文具難施；淳于髡久與處，時有得善言。故齊人頌曰：“談天衍，雕龍奭，炙轂過髡。"田駢之屬，皆已死，齊襄王時，而荀卿最爲老師。齊尚脩列大夫之缺，而荀卿三爲祭酒焉。

齊人或讒荀卿，荀卿乃適楚，而春申君以爲蘭陵令。

春申君死，而荀卿廢，因家蘭陵。李斯嘗爲弟子——已而相秦。

荀卿嫉濁世之政，亡國亂君相屬，不遂大道，而營於巫祝，信機祥；鄙儒小拘，如莊周等，又滑稽亂俗；於是推儒、墨、道德之行事興壞，序列著數萬言，而卒。因葬蘭陵。……（史記孟子荀卿列傳——節錄）

荀子姓荀氏，荀亦作"孫"。名況，字卿。趙人。年五十（或曰十五）始游學於齊。齊湣王季年（前二八五年間），荀子在齊，有説齊相書。説不行，遂去齊適楚。齊襄王時，重修列大夫之缺，荀卿復至齊爲祭酒。後以讒再去齊，適楚。

楚考烈王八年（前二五五），楚相春申君以荀卿爲蘭陵令。中間以讒去楚歸趙，趙以爲上卿（？）。未幾復返楚爲蘭陵令（？）。方荀卿之去楚歸居於趙也（？），與臨武君議兵於趙孝成王之前，又應聘於秦，見昭王及應侯。

楚考烈王二十五年（前二三六），春申君爲李園所殺，荀卿廢居於蘭陵。（梁啓雄：荀子傳徵——見荀子柬釋）

（二）　關於荀子的思想

欲觀聖王之跡，則於其粲然者矣：後王是也。彼後王者，天下之君也。舍後王而道上古，譬之是猶舍己之君，而事人之君也。（非相）

……五帝之中無傳政；非無善政也，久故也。禹、湯有傳政而不若周之察也；非無善政也，久故也。（非相）

　　請問爲政。曰：賢能不待次而舉，罷、不能不待須而廢；元惡不待教而誅，中庸（今本此處衍“民”字，據王念孫說删）不待政而化。分未定也則有昭繆。雖王、公、士、大夫之子孫，不能屬於禮義，則歸之庶人；雖庶人之子孫也，積文學，正身行，能屬於禮義，則歸之卿、相、士、大夫。……（王制）

　　王者之制：道不過三代，法不貳後王。道過三代，謂之蕩；法貳後王，謂之不雅。衣服有制，宮室有度，人徒有數；喪祭械用，皆有等宜。聲則凡非雅聲者舉廢，色則凡非舊文者舉息，械用則凡非舊器者舉毀——夫是之謂復古，是王者之制也。（王制）

　　王者之論：無德不貴，無能不官，無功不賞，無罪不罰。朝無幸位，民無幸生。尚賢使能，而等位不遺；析（折）愿禁悍，而刑罰不過。百姓曉然皆知夫爲善於家而取賞於朝也，爲不善於幽而蒙刑於顯也——夫是之謂定論，是王者之論也。（王制）

　　……奪然後義，殺然後仁，上下易位然後貞；功參天地，澤被生民，夫是之謂權險之平——湯、武是也。……（臣道）

　　……凡百事之成也，必在敬之；其敗也，必在慢之。故敬勝怠則吉，怠勝敬則滅；計勝欲則從，欲勝計則凶。戰如守，行如戰，有功如幸。敬謀無壙，敬事無壙，敬吏無壙，敬衆無壙，敬敵無壙：夫是之謂五無壙。……（議兵）

　　孫卿子曰：“將死鼓，御死轡，百吏死職，士大夫死行列。聞鼓聲而進，聞金聲而退，順命爲上，有功次之；令不進而進，猶令不退而退也，其罪惟均。不殺老弱，不獵禾稼，服者不禽，格者不舍，犇命者不獲。凡誅，非誅其百姓也，誅其亂百姓者也；百姓有扞其賊，則是亦賊也。以故順刃者生，蘇刃者死，犇命者貢。……”

（議兵）

……聖王没，有執籍者罷不足以縣天下，天下無君；諸侯有能德明威積，海内之民莫不願得以爲君師；然而暴國獨侈安能誅之，必不傷害無罪之民，誅暴國之君若誅獨夫。若是，則可謂能用天下矣。能用天下之謂王。湯、武非取天下也，脩其道，行其義，興天下之同利，除天下之同害，而天下歸之也。桀、紂非去天下也，反禹、湯之德，亂禮義之分，禽獸之行，積其凶，全其惡，而天下去之也。天下歸之之謂王，天下去之之謂亡。故桀、紂無天下，而湯、武不弑君，由此效之也。……（正論）〔以上論政。〕

……性也者，吾所不能爲也，然而可化也。……（儒效）

人之性惡；其善者，僞也。……凡性者，天之就也，不可學，不可事。禮義者，聖人之所生也，人之所學而能、所事而成者也。不可學、不可事而（之）在人者，謂之性；可學而能、可事而成之在人者，謂之僞。是性、僞之分也。（性惡）〔以上論性。〕

十四　韓非子

（一）　五蠹①

上古之世，人民少而禽獸衆；人民不勝禽獸蟲蛇。有聖人作構木爲巢，以避羣害，而民悦之②，使王天下，號之曰有巢氏③。民食果蓏蜯蛤④，腥臊惡臭，而傷害腹胃，民多疾病。有聖人作，鑽燧取火以化腥臊⑤，而民悦之，使王天下，號之曰燧人氏⑥。中古之世，天下大水，而鯀、禹決瀆⑦。近古之世，桀、紂暴亂，而湯、武征伐。今有構木鑽燧於夏后氏之世者，必爲鯀、禹笑矣；有決瀆於殷、周之世者，必爲湯、武笑矣。然則今有美堯、舜、鯀、禹、湯、武之道於當今之世者⑧，必爲新聖笑矣。是以聖人不期脩古⑨，不法常可⑩，論世之事⑪，因爲之備。宋人有耕者，田中有株⑫，兔走觸株，折頸而死；因釋其耒而守株，冀復得兔；兔不可復得，而身爲宋國笑。今欲以先王之政，治當世之民，皆守株之類也。

古者丈夫不耕，草木之實足食也；婦人不織，禽獸之皮足衣也。不事力而養足⑬，人民少而財有餘，故民不争。是以厚賞不行⑭，重罰不用，而民自治。今人有五子，不爲多；子又有五子，大父⑮未死，而有二十五孫。是以人民衆而貨財寡，事力勞而供養薄，故民争。雖倍賞累罰⑯，而不免於亂。

堯之王天下也，茅茨不翦⑰，采椽不斲⑱；糲粢之食⑲，藜藿之羹⑳；冬日麑裘㉑，夏日葛衣：雖監門之服養㉒，不虧於此矣。禹之王天下也，身執耒臿㉓，以爲民先，股無完胈㉔，脛不生毛㉕：雖臣虜之勞㉖，不苦於此矣。以是言之，夫古之讓天子者㉗，是去監門之養而離臣虜之勞也，故傳天下而不足多也㉘。今之縣令㉙，一日身死，子孫累世絜駕㉚，故人重之。是以人之於讓也，輕辭古之天子㉛，難去今之縣令者，薄厚之實異也。夫山居而谷汲者㉜，膢臘而相遺以水；澤居苦水者㉝，買庸而決竇。故饑歲之春㉞，幼弟不饟；穰歲之秋㉟，疏客必食。非疏骨肉㊱，愛過客也，多少之心異也。是以古之易財㊲，非仁也，財多也；今之爭奪㊳，非鄙也，財寡也。輕辭天子㊴，非高也，勢薄也；重爭土橐㊵，非下也，權重也。故聖人議多少、論薄厚爲之政㊶。故罰薄不爲慈㊷，誅嚴不爲戾，稱俗而行也。故事因於世而備適於事㊸。

　　古者文王處豐、鎬之間㊹，地方百里，行仁義而懷西戎㊺，遂王天下。徐偃王處漢東㊻，地方五百里，行仁義，割地而朝者三十有六國㊼；荊文王㊽恐其害己也，舉兵伐徐，遂滅之。故文王行仁義而王天下，偃王行仁義而喪其國，是仁義用於古而不用於今也。故曰：世異則事異㊾。當舜之時，有苗不服㊿，禹將伐之。舜曰：“不可！上德不厚而行武[51]，非道也。”乃修教三年[52]，執干戚舞[53]，有苗乃服。共工之戰[54]，鐵銛距者及乎敵[55]，鎧甲不堅者傷乎體[56]。是干戚用於古，不用於今也。故曰：事異則備變[57]。上古競於道德[58]，中世逐於智謀，當今爭於氣力。齊將攻魯，魯使子貢說之[59]。齊人曰：“子言非不辯[60]也，吾所欲者土地也，非斯言所謂也[61]。”遂舉兵伐魯，去門十里以爲界[62]。故偃王仁義而徐亡，子貢辯智而魯削。以是言之，夫仁義辯智，非所以持國[63]也。去偃王之仁，息子貢之智，循徐、魯之力[64]，使敵萬乘，則齊、荊之欲[65]，不得行於二國矣。

　　夫古今異俗，新故異備；如欲以寬緩之政⑥⑥，治急世之民，猶無
轡策而御駻馬⑥⑦，此不知之患⑥⑧也。今儒、墨皆稱先王兼愛天下⑥⑨，
則民視如父母。何以明其然也？曰："司寇行刑⑦⑩，君爲之不舉樂；
聞死刑之報⑦①，君爲流涕。"此所舉先王也⑦②。夫以君臣爲如父子
則必治⑦③，推是言之，是無亂父子也。人之情性，莫先於父母⑦④，父
母皆見愛⑦⑤，而未必治也；君雖厚愛，奚遽不亂⑦⑥！今先王之愛民，
不過父母之愛子，子未必不亂也，則民奚遽治哉！且夫以法行刑，
而君爲之流涕，此以效仁⑦⑦，非以爲治也。夫垂泣不欲刑者，仁也；
然而不可不刑者，法也。先王勝其法⑦⑧，不聽其泣，則仁之不可以
爲治亦明矣。

　　且民者固服於勢⑦⑨，寡能懷於義。仲尼，天下聖人也，修行明
道⑧⑩，以遊海內；海內悅其仁、美其義而爲服役者七十人⑧①。蓋貴
仁者寡⑧②，能義者難也。故以天下之大⑧③，而爲服役者七十人，而
仁義者一人。魯哀公，下主也，南面君國⑧④，境內之民，莫敢不臣。
民者固服於勢，勢誠易以服人；故仲尼反爲臣而哀公顧爲君⑧⑤。仲
尼非懷其義⑧⑥，服其勢也。故以義，則仲尼不服於哀公；乘勢⑧⑦，則
哀公臣仲尼。今學者之說人主也⑧⑧，不乘必勝之勢而務行仁義，則
可以王⑧⑨；是求人主之必及仲尼，而以世之凡民皆如列徒⑨⑩，此必
不得之數也⑨①。

　　①五蠹：本篇是代表韓非子政治思想的重要論文。韓非子根據古今
社會變遷的實際情況，闡明他所主張的法治思想是合於當時的時代要求
的。他斥當時的學者（戰國末期的儒家）、言談者（縱橫家）、帶劍者（即游
俠，是墨家的支派）、患御者（國君所狎暱的近侍之臣）和商工之民爲五

蠹，因而他主張養耕戰之士(農民、軍隊)而除五蠹之民。此卽本篇之主旨。　　②"而民悦之"二句："之"指當時教民避害的聖人，"王"是動詞。此言人民對於這個聖人非常愛戴，就使他作天下的君主。　　③號之曰有巢氏：此言稱發明構木爲巢的聖人爲有巢氏。按，"有巢"、"燧人"等名號，都是後世之人給史前時期的人物所追加的稱號。　　④果蓏蚌蛤："果"，木本植物所結的果實；"蓏"音裸，草木植物所結的果實；"蚌"同"蜯"；"蛤"，蛤蜊。"蚌"、"蛤"都是水産的動物。　　⑤"鑽燧"句：鑽木取火叫"鑽燧"，是原始時代取火的辦法。"燧"音遂。"以化腥臊"，指教民熟食；熟食則動物的腥臊之味自然消失了。　　⑥燧人氏：舊史或以爲是之三皇一。　　⑦決瀆："決"，開，猶言"疏導"；"瀆"，指獨流入海的江河。(按，古代的長江、黄河、淮河、濟水都是單獨流入海中的，故稱"四瀆"。)⑧"然則今有"二句：上句，原本"舜"下無"鯀"字，而"禹"在"武"字下，兹據王先慎韓非子集解之説增補訂正；"美"，稱許，贊美。下句，"新聖"，後世新興的聖人。按，韓非子認爲社會是有變遷發展的，所以每一個時代的聖人也各有不同。　　⑨不期脩古："脩"，習，治。此言聖人治今世不必一定依照古代的情況辦事。　　⑩不法常可："常可"，猶言"舊例"、"慣例"。此言聖人治今世不必完全遵循過去的慣例。　　⑪"論世之事"二句：按，此卽"因時制宜"之意。"論"，研究；"因"，因而"備"，設施。意謂"把當時社會的實際情況加以研究，因而給這個社會施以種種辦法"。⑫株：伐木後所殘餘的斷樹根。　　⑬"不事力"句："不事力"猶言"不必費勁工作"；"養足"，生活資料充足。　　⑭"是以厚賞"三句：此言在没有爭端的原始社會裏，根本用不着什麼厚重的賞賜和嚴厲的刑罰，人民就自然安定無事。　　⑮大父：祖父。　　⑯倍賞累罰：加倍的賞賜，層層的刑罰。　　⑰"茅茨"句："茨"音次平聲，以茅草蓋覆屋頂叫"茨"；"翦"，指修翦得很整齊。此言用茅草做屋蓋，而且並没有修翦整齊。　　⑱"采椽"句："采"，木名，卽櫟木；"椽"音船，圓的房樑，卽檐上承接屋瓦的木條；"斲"，彫飾。此言用櫟木做屋椽，而且不加以彫刻。以上二句極寫堯之住處簡陋。　⑲"糲粢"句："糲",粗米;"粢"本作"餈",音慈,稻餅。此言吃的糧食極其粗糙。　⑳"藜藿"句："藜"音離,草名,莖高五六尺,葉呈卵形,周邊有鋸齒,嫩時可食;"藿",豆葉;"羹",菜湯。此言只用蔬菜做爲羹湯。以上二句極寫堯之飲食簡陋。　㉑"冬日"二句:"麑"音倪,幼小的鹿;"葛",麻布。此言冬天穿鹿皮衣,夏天穿麻布衣,極寫堯之衣服簡陋。　㉒"雖監門"二句:上句,"監門",看守里門的人(詳見戰國策顏斶説齊王貴士註);"服",指穿的衣服;"養",指吃的食物;"服養"猶今言"生活資料"。下句,"虧",損,猶言"減少"。此言堯的生活是極簡陋艱苦的,卽使是一個監門的人的生活水平,也不會再比堯更低了。　㉓"身執"二句:"耒",農具;"臿"音插,築牆用的杵,又,鍬也叫"臿"。此言禹親自拿着耒臿率領着人民幹活兒。　㉔股無完胈:今本或無"完"字。"股",大腿;"胈"音跋,股上小毛,一説,腿上的肌肉。　㉕脛不生毛:"脛"音杏,小腿。　㉖"雖臣虜"二句:"臣",僕役;"虜",俘虜。按,古代的奴隸多以俘虜充之,故"臣虜"卽指一般的奴隸。此言禹是非常勞苦的,卽使是奴隸,其勞苦的程度也不會再超過他了。　㉗"夫古之"二句:古代那些把天子之位讓出去的人,實在是不再過監門者那樣的苦日子,也不再擔任奴隸般的勞作了。　㉘"故傳天下"句:因此把天下傳給別人,並不是什麽值得稱譽誇耀的事。　㉙縣令:指采邑之主。　㉚累世絜駕:"絜"音 xié,約束;"絜駕"猶言"把馬套在車轅上",卽指乘車。此言采邑之主一旦死去,他的子孫仍可守其封地,故仍能累世乘車,享受剝削者的權利。　㉛"輕辭"三句:古代的人對於天子之位能够輕易地辭去,現在的人對於采邑之主反倒難於捨棄,這是由於實際的利益厚薄不同的緣故。　㉜"夫山居"二句:"膢"音屢平聲,或音樓,楚人的節日,以二月祭飲食之神;"臘",冬十月祭百神的節日(秦始皇時改在十二月,故今稱舊曆十二月爲臘月);"遺"讀去聲,饋贈。此言居住在高山上而到深谷中去汲水的人們,由於水太難得,每逢節日,就把水當成貴重的禮品互相贈送。　㉝"澤居"二句:上句,"澤",低窪之地;"苦水",爲水患所苦。下句，“庸”，即“傭”，“買傭”猶言“僱傭工”；“竇”，即“瀆”之假借字，水道。此言住在低地的人們經常爲水患所苦，就僱人去挖溝排水。
㉞“故饑歲”二句：“饟”音義同“餉”，饋送食物。此言荒年的春天，即使是自己的幼小的兄弟也沒有東西給他吃。　　㉟“穰歲”二句：“穰”音壤平聲，“穰歲”，豐年；“疏客”，關係疏遠的過客；“食”讀去聲，把食物讓給人吃。此言豐年的秋天，即使是疏遠的客人，也必留他吃東西。　　㊱“非疏骨肉”三句：第三句的“多”有“慷慨”之意；“少”有“吝惜”之意。此言“並非同自己的骨肉疏遠而對過客有所偏愛，乃是由於物資的多寡不同，心理上的大方與吝惜也就隨之不同了”。　　㊲易財：對財物看得很輕。
㊳“今之爭奪”三句：現今的人對財物爭奪不已，並非由於人品卑鄙，而是由於財物缺乏。　　㊴“輕辭天子”三句：此言古人很容易地就辭去天子之位，並非人品高尚，而是由於天子的權力很薄弱。　　㊵“重爭”三句：“土”當作“士”，同“仕”；“橐”與“託”通（用王先慎說）。“仕”指仕君，“託”指依附於諸侯或卿大夫。俞樾諸子平議：“……古人自有仕與託兩途，凡託於諸侯者，君必有以養之。”此言今之士人，把仕進之路和託身於諸侯的機會看得很重而爭相爲之，這並不是由於人品的卑下，而是由於統治者的權勢太重了。　　㊶“故聖人”句：此處的“聖人”是韓非子理想中的“新聖”；“多少”指物資說；“薄厚”指權勢說。此言聖人爲政，首先應研究一下社會上財物的多少，考慮一下權力的輕重，然後根據具體情況來制定政令。　　㊷“故罰薄”三句：此言古代刑罰很輕是社會上不需要重刑，並不算是仁慈；後世刑罰很嚴是爲了安定社會秩序，並不算是暴虐不仁；這完全是適應人民的習俗而行的。“稱”讀去聲，作“適應”、“適合”解。
㊸“故事因於世”句：“事”，猶言“情況”；“備”，設施。此言情況是因時代的不同而異的，而政治上的措施則應適合於各個不同時代的情況。
㊹“古者文王”句：“豐”，地名，在今陝西鄠縣（“鄠”音戶）東五里；“鎬”音號，在陝西長安縣西南，距豐二十五里。周文王自岐山之下遷都於豐，武王又自豐遷鎬。　　㊺懷西戎：感化了西戎族而使之歸附。　　㊻“徐偃

王”句:“徐偃王”，徐國的國君，是西周穆王時人；“漢東”，漢水以東。按，徐國國境在今江蘇北部徐州一帶，但徐偃王行仁義，江、淮諸侯多從之，故版圖可能延至漢水以東。　　㊼“割地而朝”句:此言諸侯把土地割獻給徐國、並去朝見徐偃王的共有三十六國。論衡非韓篇作“三十二國”。㊽荆文王:卽楚文王。據舊史所記，徐偃王曾合九夷之人伐周，周乃令楚伐徐，偃王愛民，不忍交戰，遂爲楚所敗。按，楚文王是春秋時人，與齊桓公同時，上距徐偃王已三百餘年。前人已疑此處的文字可能有錯誤。究竟應是哪一個楚王，現在無從考證了。　　㊾“世異”句:時代不同，社會上的情況也就不同。　　㊿“有苗”句:“有苗”的“有”是語助詞，無涵義；“苗”卽“三苗”，是古代的異族。相傳堯之時，舜曾竄三苗於三危(事見今文尚書堯典。舊說，“三苗”，國名，在江南荆、揚之間；“三危”，我國最西部的邊境)，後來舜爲天子，苗又叛，舜乃用德教感化，使之臣服。　　51“上德”二句:“上”同“尚”，“尚德”，崇尚德教；“厚”，充分，引申有“徹底”、“足夠”之意；“武”，武力。此言“我們在崇尚德教方面做得並不夠多而竟施行武力，這不是治國之道。”　　52修教三年:整頓文化德教的工作，做了三年。　　53執干戚舞:“干”，盾；“戚”，斧。此言用干戚爲舞具。據僞古文尚書大禹謨所載，舜廣爲宣揚德教，舞干羽於兩階，過了七十天，有苗就來朝貢了。　　54“共工”句:“共工”，相傳爲堯時的水官；據尚書堯典，則共工是四凶之一。此處疑泛指古帝王與共工交戰。　　55“鐵銛”句:“鐵銛”，鐵箭，疑卽今鏢槍之類；“距”，躍。史記白起王翦列傳載“投石超距”，義與此相近。此言把鐵銛投擲過去，一躍而至敵人的面前。　　56“鎧甲”句:言兵士的盔甲如果不堅固，就會被兵器所傷。按，以上二句寫如果對敵作戰，就得用銳利的鐵銛和堅固的鎧甲而不用干戚。下文“事異則備變”正承此二例而言。　　57“事異”句:言根據情況的不同，設施也就隨之改變。　　58“上古”三句:言上古之時以道德之高下來較量勝負，中古時誰的智謀高誰就佔上風，當今則誰有實力誰可以逞強。59說之:“說”音稅，用言語游說勸阻。　　60辯:說得頭頭是道。　　61“非斯言”句：言不是空話所能解決的。　㉢“去門”句：“門”，魯國的都門。此言齊國大量侵佔了魯國的土地，國界距離魯之都門只有十里路。㉣持國：保衛國家，鞏固國家。　㉤“循徐、魯之力”二句：“循”，順，遵，引申有“推動”之意。此言推動徐、魯兩國的民力去抵禦萬乘之國。又，劉師培韓非子校補：“案，‘循’當作‘修’，言修徐、魯之兵力也。”亦可通。“萬乘”，指齊、楚等大國。　㉥“則齊、荆”二句：那麽齊、楚兩國侵略的欲望就無法在魯、徐兩國實行了。　㉦“如欲”二句：“寬緩之政”，指儒家的仁義之道；“急世”，猶言“亂世”。　㉧“猶無轡策”句：“驛”音悍，“驛馬”，奔突的馬。此言好像没有馬轡頭和馬鞭子而駕馭不老實的馬一樣。　㉨不知之患：“知”同“智”。　㉩“今儒、墨”二句：今本“民視”作“視民”，據盧文弨羣書拾補説校改。此言孔子、墨子都稱引先王，説他們對天下的人民是一視同仁的，所以人民也把他們看成父母一樣”。㉪“司寇”二句：“司寇”，古代行刑之官；“舉”，舉行。此言當司寇行刑斬罪犯時，國君就下令停止演奏音樂，以示哀憐那些罪犯。　㉫“聞死刑之報”二句：“報”，處決罪犯。此言“國君聽到判死刑的囚徒被處決時，就爲之流涙”。　㉬“此所舉”句：“舉”，稱述。此句意謂“這就是儒、墨兩家所稱述的先王”。　㉭“夫以君臣”三句：他們以爲如果君臣的關係能做到像父子之間的關係，天下就可以太平；要是根據這個理論推斷，則父子之間就一定没有糾紛了。　㉮“莫先”句：“先”，猶言“超過”。此言人們的感情再没有能超過父母對子女的慈愛的了。　㉯“父母皆見愛”二句：“見”同“現”，表現，顯露；“治”，指家庭和睦。此二句言“做父母的雖然表現出慈愛，但是家庭却未必和睦”。　㉰奚遽不亂：“奚”，何；“遽”，即。此連上文言“然則卽使國君厚愛百姓，又何以見得天下就能不亂？”㉱效仁：表示仁愛。　㉲“先王勝其法”二句：上句言先王仍聽憑法律辦事；下句，言哭泣對於處決死囚並不起任何作用。　㉳“且民者”二句：此言人民一向就是屈服於威勢而很少有爲仁義所感化的。　㉴修行明道：“修行”指孔子本人修身律己，“明道”指孔子對人宣揚道德。　㉵“海內"句: 言當時中國版圖以內只有七十個人對於孔子所提倡的仁、義表示悦慕、贊美,而願爲孔子效勞。按,此卽指孔子的七十個們徒,通稱"七十子"。　　㉘"蓋貴仁"二句: 這是由於重視仁道的人太少,而按照義的準則行事也太難。　　㉚"故以"三句: 此言天下雖大,只有七十個人肯替孔子效勞,而真正仁義的人只有孔子一個。　　㉛南面君國: 面南而坐,爲魯國之君。　　㉟"故仲尼"句: "顧",猶言"反而"、"反倒"。　　㊱"仲尼"二句: 此言孔子也並不是對於魯哀公的義有所悦慕,只是屈服在他的君權之下而已。　　㊲"乘勢"二句: 如果運用權力,則魯哀公就可以使孔子臣服於己。　　㊳"今學者"二句: 此言現今的學者向人主進言,認爲不應運用可以使人屈服的權力而一定要推行仁義。　　㊴則可以王: 據王先慎説,此句之上應重複"務行仁義"四字,緊承上文,言只要一定推行仁義,就可以成王者之業。　　㊵列徒: 指孔門弟子。　　㊶此必不得之數也: "得",猶言"實現";"數",理。此句猶言"這是必定不能實現的道理"。〔以上是第一大段,説明"古今異俗,新故異備"之理,並指出實際的權勢比空頭的仁義更解決問題。〕

　　今有不才之子①,父母怒之弗爲改②,鄉人譙之弗爲動,師長教之弗爲變。夫以父母之愛,鄉人之行,師長之智,三美加焉而終不動,其脛毛不改③;州部之吏④,操官兵⑤,推公法,而求索姦人⑥,然後恐懼,變其節⑦,易其行矣。故父母之愛,不足以教子,必待州部之嚴刑者,民固驕於愛⑧,聽於威矣。故十仞之城⑨,樓季弗能踰者,峭也;千仞之山⑩,跛牂易牧者,夷也。故明主峭其法而嚴其刑也⑪。布帛尋常⑫,庸人不釋;鑠金百溢⑬,盜跖不掇。不必害⑭,則不釋尋常;必害手,則不掇百溢。故明主必其誅⑮也。是以賞莫如厚而信⑯,使民利之;罰莫如重而必⑰,使民畏之;法莫如一而固⑱,使民知之。故主施賞不遷⑲,行誅無赦;譽輔其賞⑳,

毀隨其罰，則賢不肖俱盡其力矣。

今則不然。以其有功也㉑，爵之，而卑其士官也；以其耕作也㉒，賞之，而少其家業也；以其不收也㉓，外之，而高其輕世也；以其犯禁也㉔，罪之，而多其有勇也。毀譽賞罰之所加者㉕，相與悖繆也，故法禁壞而民愈亂。今兄弟被侵必攻者㉖，廉也；知友被辱隨仇者㉗，貞也；廉貞之行成㉘，而君上之法犯矣。人主尊貞廉之行，而忘犯禁之罪，故民程於勇㉙，而吏不能勝也。不事力而衣食㉚，則謂之能；不戰功而尊㉛，則謂之賢；賢能之行成㉜，而兵弱而地荒矣。人主悅賢能之行，而忘兵弱地荒之禍，則私行立而公利滅㉝矣。

儒以文亂法㉞，俠以武犯禁；而人主兼禮之㉟，此所以亂也。夫離法者罪㊱，而諸先生以文學取；犯禁者誅㊲，而羣俠以私劍養。故法之所非㊳，君之所取；吏之所誅，上之所養也。法、趣、上、下㊴，四相反也，而無所定，雖有十黃帝，不能治也。故行仁義者非所譽㊵，譽之則害功；工文學者非所用㊶，用之則亂法。楚之有直躬㊷，其父竊羊而謁之吏㊸；令尹曰：“殺之。”——以爲直於君而曲於父㊹，報而罪之。以是觀之，夫君之直臣，父之暴子也。魯人從君戰，三戰三北㊺。仲尼問其故，對曰：“吾有老父，身死莫之養也。”仲尼以爲孝，舉而上之㊻。以是觀之，夫父之孝子，君之背臣㊼也。故令尹誅而楚姦不上聞㊽，仲尼賞而魯民易降北，上下之利若是其異也。而人主兼舉匹夫之行㊾，而求致社稷之福，必不幾矣。

①不才之子：不成器的子弟。　　②“父母怒之”三句：父母對他發怒，他不因此而改過；鄉里中的人責罵他，他也不因此而動心；師長對他

進行教誨，他也不因此而變化氣質。"譙"同"誚"，作"責罵"解，音樵去聲。　　③其脛毛不改："脛毛"，腿上的毫毛。此猶言"絲毫不改"。一說，此遽上句應讀爲"而終不動其脛毛"，"不改"二字是因注文攙入而衍。姑錄以備考。　　④州部之吏：指地方官。　　⑤"操官兵"二句："操"，拿；"兵"，兵器；"推"，執行；"公法"，國法。此言國家的地方官吏拿着公家的兵器以執行國法。　　⑥求索姦人：猶言"搜捕歹人"。　　⑦"變其節"二句："節"，操守，品德。此言不才之子因恐懼國法而變惡爲善，改易了自己的行爲。　　⑧"民固"二句：此言人民受寵愛則易驕縱，然而一遇威勢，卽伏貼聽從。　　⑨"故十仞之城"三句："樓季"，魏文侯之弟，似是善跳躍或善登高者；"踰"音俞，越過；"峭"陡峭，高峻。此言十仞高的城，人不能一躍而過，因爲它太險峻、太峭拔了。　　⑩"千仞之山"三句："跛牂"，跛足的母羊，"跛"音波上聲，"牂"音臧；"牧"，牧放牲畜；"夷"，平。此言雖有千仞的高山，而跛羊卻能很容易地被放到上面去，那是因爲山勢平坦的緣故。　　⑪"故明主"句："峭其法"，借地勢的高峻陡峭比喻法律的嚴苛。按，此承上二例而言，意謂用嚴刑峻法才能統治人民，使之不敢越軌。　　⑫"布帛"二句："尋"，八尺；"常"，十六尺；"釋"，捨棄。此言一般普通人是連幾尺布也捨不得犧牲的。　　⑬"鑠金"二句：此與上二句爲對文。"鑠"音灼，舊作"精美"解，疑非是。桓寬鹽鐵論："夫鑠金在鑪，莊蹻不顧；錢刀在路，匹婦掇之。"劉子利害篇："銷金在鑪，盜者不探，非不欲也，掬而灼爛。"此篇下文亦有"必害手"之言，則此處的"鑠金"應解爲"燒得快熔化了的金子"才正確。"溢"同"鎰"，二十四兩爲一鎰；"掇"，拾取。此言盜跖恐怕傷手，所以不敢拾取燒紅的金子。　　⑭"不必害"四句：此言如果沒有必然遭受到的損害，卽使是幾尺布也捨不得犧牲；如果有傷手的危險，則雖有百鎰之金也不去拾取。　　⑮必其誅："必"有嚴屬執行、定不可移之意；"誅"，刑罰。此句言明主對於刑罰的執行是非常嚴格的。　　⑯"是以賞莫如厚"二句："厚"，指重賞；"信"，說話算話，不用空言欺騙人民；"利"，有所貪圖。　　⑰"罰莫如重"二句：對人民的懲罰應重，而且執法須嚴，使人民有所畏懼。　⑱“法莫如一”二句：上句，“一”，一致，指所訂立的法律條文彼此不相抵觸；“固”，確定不移。下句，言必須使人民對於法律的精神和内容有所了解。　⑲“故主”二句：上句，“施”，頒賜；“遷”，變更，謂説了不算。下句，“行”，執行；“誅”，刑罰。此言國君頒賜賞額，不得隨意更改；執行刑罰，不得隨意赦免。　⑳“譽輔”二句：上句，言用榮譽輔助物質獎賞之不足；下句，言遭受懲罰的人必然得到惡名。　㉑“以其有功也”三句：此言國君一面因爲士人有功勞而封之以爵位，但一面又認爲做官的人是卑鄙的，從而輕視他們。“士官”，即“仕宦”。　㉒“以其耕作也”三句：此言國君一面因爲農民辛苦勞動而給以賞賜，但一面又認爲從事生產、經營家業是庸碌的，從而蔑視他們。　㉓“以其不收也”三句：“不收”，指不肯被錄用；“外之”，捨棄他，疏遠他；“高”，推崇；“輕世”，指不慕世俗榮利。此言有一種人是不肯被國君收爲己用的，因此國君便對他疏遠，但同時又認爲他們的不慕世俗榮利是清高的，從而推崇他們。按，這一層是指儒者和文學之士。㉔“以其犯禁也”三句：此言有一種人專好觸犯禁令，因此國君對他們加罪，但同時又認爲他們很勇敢，從而稱譽他們。按，這一層是指游俠。㉕“毁譽賞罰”二句：“相與”，“互相”之意；“悖”，不合情理；“繆”同“謬”，謬誤。此言國君對國家有功的官吏和從事生產的農民，一面封爵授賞，一面卻對他們卑視輕蔑；對儒者和游俠，一面疏遠他們、懲罰他們，一面卻對他們推崇稱譽，這未免有些矛盾悖謬。　㉖“今兄弟”二句：“廉”，指爲人方正有棱角。此言自己的兄弟如被人欺侮，則必向欺人者進行反擊，於是這人就被稱爲方正有棱角。　㉗“知友”二句：“貞”，正直有操守。言知己的朋友受到侮辱，隨即爲之報仇，這人就被稱爲正直有操守。㉘“廉貞”二句：個人有威棱、有操守的品行固然是養成了，可是君主的法令卻被侵害了。按，人民如勇於私鬥，社會上的秩序自然紊亂，所以韓非子認爲這是影響人君的威信和危害國家的法度的。　㉙“故民程於勇”二句：“程”有二解：一、較量；二、與“逞”同。“勝”，制。此言“人民彼此較量勇力而官吏無法制止”，或“人民逞其勇而犯禁律，官吏不能克制”，皆可通。　　⑩“不事力”二句：此蓋指儒者或一般知識分子，言這種人不從事勞動而坐享現成的衣食，但世俗卻稱他們爲能者。　　㉛“不戰功”二句：此蓋指游俠。言另外有一種人並沒有替國家立戰功，却受到世人的尊重，被人稱爲賢者。　　㉜“賢能”二句：這些人的賢能之名固然被養成了，可是國家的兵力却衰微了，土地也荒蕪了。　　㉝私行立而公利滅：個人特殊的行徑雖然樹立起來，可是國家的整體利益却被破壞了。㉞“儒以文”二句：“文”指仁義禮樂等理論，“武”指勇力。此言儒家的學者自恃有一套學問，從而攪亂國家的法度；游俠則自恃有武勇，從而違犯國家的禁令。　　㉟兼禮之：對這兩種人都很有禮貌地予以優待。㊱“夫離法者”二句：“離”同“犯”，“犯法”即犯法；“諸先生”，指許多年長的有修養的學者。此言“凡是犯法的就應該治罪，可是有許多儒者，却因爲他們有學問，反被人君所録用”。　　㊲犯禁者”二句：“私劍”，指刺客。此言“凡是犯禁令的人就應該受刑罰，或是許多游俠，却因爲能做刺客，反被人君所收養”。　　㊳“故法之所非”四句：此總括上文而言，大意是：“法令所不允許的人，反而被國君所用；官吏所懲處的人，反而被在上者所養。”　　㊴“法、趣”三句：“法”，指法之所非；“趣”同“取”，指君之所取；“上”，指上之所養，“下”，指吏之所誅。此言這四種情況自相矛盾而沒有一定的標準。　　㊵“故行仁義者”二句：“譽”，稱譽；“功”，指耕戰之功。此言可稱譽者應該是有耕戰之功的人，今儒者行仁義，本無功可言，而竟受到稱譽，則是妨害了人民從事耕戰的積極性。　　㊶“工文學者”二句：此言專攻文學的人不宜爲人君所用，用了這些人，就會把法律給攪亂了。按，劉師培據下文，以爲“工”字應作“習”字，見韓非子斠補，録以備考。㊷楚之有直躬：“之”，應作“人”；“直躬”，似是綽號（以上用日人松皋圓說，見其所著之韓非子纂聞），因其行爲極正直，故以“直躬”稱之（“躬”，身體，引申之猶言“人”；“直躬”，即正直的人）。　　㊸“其父”句：直躬的父親偷了羊，他就向官吏報告了。“謁”即“告”。　　㊹“以爲直於君”二句:令尹認爲直躬雖然對國君正直無私,可是對父親太邪曲無禮,所以論之以罪把他殺了。"報"見前註。 ㊺北:敗走。 ㊻舉而上之:"上"同"尚"。此言舉此人而置之上位。 ㊼背臣:卽叛臣。 ㊽"故令尹誅"二句:言由於令尹把直躬殺死,從此楚國奸人的犯罪行爲,就没有人再向上級報告了;由於孔子賞給敗兵以爵位,從此魯國的百姓就動輒投降、打敗仗了。 ㊾"而人主"三句:"兼",指同時並做兩樁事;"舉",稱贊;"匹夫",指平民;"致",得到;"幾"與"冀"同,猶言"達到希望"。此言人主一面稱贊匹夫的行爲,一面想使國家得到幸福,這是必然不會達到希望的。〔以上是第二大段,説明人民的貪賞畏刑,並針對當時人君愛儒者、養游俠的風氣加以批判。〕

　古者蒼頡之作書也①,自環者謂之"厶②",背厶謂之"公"。公私之相背也,乃蒼頡固以③知之矣;今以爲同利者④,不察之患也。然則爲匹夫計者⑤,莫如修仁義而習文學。仁義修則見信⑥,見信則受事⑦;文學習則爲明師⑧,爲明師則顯榮:此匹夫之美也。然則無功而受事,無爵而顯榮,有政如此,則國必亂,主必危矣。故不相容之事,不兩立⑨也。斬敵者受賞⑩,而高慈惠之行;拔城者受爵禄⑪,而信兼愛之説;堅甲厲兵以備難⑫,而美薦紳之飾;富國以農⑬,距敵恃卒,而貴文學之士;廢敬上畏法之民⑭,而養游俠私劍之屬:舉行如此⑮,治强不可得也。國平養儒俠⑯,難至用介士,所利非所用,所用非所利。是故服事者簡其業⑰,而游學者日衆,是世之所以亂也。

　且世之所謂賢者,貞信之行⑱也;所謂智者,微妙之言⑲也。微妙之言,上智之所難知也;今爲衆人法而以上智之所難知⑳,則民無從識之矣。故糟糠不飽者㉑,不務粱肉;短褐不完者㉒,不待文繡。夫治世之事㉓,急者不得,則緩者非所務也。今所治之政,民間之事，夫婦所明知者不用[24]，而慕上智之論，則其於治反矣。故微妙之言，非民務也。若夫賢[25]貞信之行者，必將貴不欺之士；貴不欺之士者[26]，亦無不欺之術也。布衣相與交[27]，無富厚以相利，無威勢以相懼也，故求不欺之士。今人主處制人之勢[28]，有一國之厚[29]，重賞嚴誅，得操其柄以修明術之所燭[30]，雖有田常、子罕之臣[31]，不敢欺也，奚待於不欺之士！今貞信之士，不盈於十[32]，而境內之官以百數；必任貞信之士[33]，則人不足官；人不足官，則治者寡而亂者衆矣。故明主之道，一法而不求智[34]，固術而不慕信，故法不敗而羣官無姦詐矣。今人主之於言也[35]，悅其辯而不求其當焉；其用於行也[36]，美其聲而不責其功焉。是以天下之衆，其談言者務爲辯而不周於用[37]，故舉先王、言仁義者盈廷，而政不免於亂；行身者競於爲高而不合於功[38]，故智士退處巖穴[39]，歸祿不受，而兵不免於弱，政不免於亂。此其故何也？民之所譽[40]，上之所禮，亂國之術也。

今境內之民皆言治，藏商、管之法者家有之[41]，而國愈貧：言耕者衆[42]，執耒者寡也。境內皆言兵，藏孫、吳之書者家有之[43]，而兵愈弱：言戰者多[44]，披甲者少也。故明主用其力[45]，不聽其言；賞其功[46]，必禁無用；故民盡死力以從其上。夫耕之用力也勞，而民爲之者，曰：可得以富也[47]；戰之爲事也危，而民爲之者，曰：可得以貴也。今修文學，習言談，則無耕之勞而有富之實，無戰之危而有貴之尊，則人孰不爲也？是以百人事智[48]，而一人用力。事智者衆，則法敗；用力者寡，則國貧：此世之所以亂也。故明主之國，無書簡之文[49]，以法爲教；無先王之語[50]，以吏爲師；無私劍之捍[51]，以斬首爲勇。是境內之民，其言談者必軌於法[52]，動作者歸之於功㊿，爲勇者盡之於軍㊿。是故無事則國富㊿，有事則兵强，此之謂王資㊿。既畜王資而承敵國之釁㊿，超五帝、侔三王者㊿，必此法也。

①“古者蒼頡”句：相傳蒼頡是黄帝的史官，我國的文字卽是由他創造的。“書”，指文字。　②“自環者”二句：“環”，古與“營”通；“厶”，“私”之本字。“自營”，猶言“專爲自己打算”。此言蒼頡造字，給“厶”字制定字義，解作“自營”，與“厶”字涵義相反的則爲“公”。“公”，從“八”從“厶”，“八”卽“背”，猶言“相反”、“相背”。　③以：同“已”。　④“今以爲”二句：現在誤認爲公私之利是一致的，那是沒有經過仔細考察的毛病。　⑤“然則”二句：“修仁義”的“仁”，原誤作“行”，今據王先愼説校改；下句“仁義修”的“仁”同此。此言人主既不察公私之利有所不同，那麽爲一般平民着想，最好的辦法莫如講求仁義、習治文學。　⑥見信：被國君所信任。　⑦受事：接受國君所委任的工作。　⑧明師：高明的老師。按，此疑指爲國君之師。　⑨不兩立：猶言“不並存”。　⑩“斬敵者”二句：“慈”猶言“仁”，“惠”猶言“恩”，“慈惠之行”指儒家的提倡仁義。此言戰爭之時，斬殺敵人的士兵是應該受賞的；但國君同時又對儒家所提倡的仁義大事推崇，認爲殺人是不慈不惠。這是一種矛盾。⑪“拔城者”二句：“兼愛”，原作“廉愛”，今據日人太田方韓非子翼毳之説校改。“兼愛”，指墨家之説。此言攻陷敵方的城池，理應受賞；但人君同時又相信墨家的兼愛之説，認爲攻打別人的城池是不義的行爲。這又是一種矛盾。　⑫“堅甲厲兵”二句：“厲”同“礪”，“礪兵”指磨礪兵刃使之鋒利；“薦”同“搢”；“紳”，衣帶；按，儒者之服，可以插笏於衣帶，故稱“搢紳”，此處則指寬袍大袖的服裝。此言一面要堅甲礪兵以備患難，一面又贊美儒者的服飾；這種一面講求武備、一面又提倡禮義德化的情況，也是一種矛盾。　⑬“富國”三句：“距”同“拒”；“恃”，依賴。此言國家靠農民耕種才能富足，靠士兵防禦才能拒敵；但人君對農民和士兵不重視而以文學之士爲貴，這也是一種矛盾。　⑭“廢敬上”二句：此言人民尊敬

國君、畏懼法律，人君却棄而不用；游俠刺客，專以殺人報仇、違犯禁令爲事，人君却反而收養。這也是一種矛盾。　⑮"舉行"二句：國君的舉止行動如此，要想使國家太平強盛，自然是不可能的。　⑯"國平"二句：國家太平無事時，國君收養了一批儒生和俠客；等到國家有了患難，就要用武裝的甲士去抵禦外侮了。"介士"卽"甲士"。　⑰"是故服事者"二句："服事者"，從事勞動的人；"簡"，怠慢，荒廢。此言勞動者由於人君的不重視，對於自己的事業都簡慢荒廢了；而一般人由於人君重視知識分子，於是遊學於四方的人就愈來愈多了。　⑱貞信之行："貞"，有操守；"信"，講信義。　⑲微妙之言：深奧玄妙的言辭。　⑳"今爲衆人法"二句：現在用最聰明的人也不易理解的言辭，來製訂爲大多數人所用的法令，人民當然沒有辦法懂得了。按，此謂微妙之言是無用的。　㉑"故糟糠"二句：一個連糟糠都吃不飽的人是不去尋求粱肉的。　㉒"短褐"二句：一個連粗布衣服都穿不周全的人是不需要文采錦繡的。按，以上兩層是下文"急者"、"緩者"二句的比喻。　㉓"夫治世"三句：此言治國之道，如果急需的措施還沒有實現，那些可以從緩的事情就更不需要考慮了。　㉔"夫婦"句："夫婦"，指匹夫匹婦，卽泛指一般的男女人民。此言國君不去推行一般人都已清楚地了解的事情。　㉕賢：作動詞用，言以貞信之行爲賢。　㉖"貴不欺之士"二句："不欺之士"，指忠誠無私之人。此言人君以不欺之士爲可貴，其實他們也並沒有什麼不欺人的具體方法。　㉗"布衣"句至"故求不欺之士"：此言一般平民互相交友，既沒有財產可以彼此貪圖，又沒有權勢可以彼此威脅，所以他們一定要找忠實不欺的人做朋友才可以不吃虧。　㉘處制人之勢：據於可以控制一切人的優勢地位。　㉙有一國之厚：擁有整個國家的財富。　㉚"得操其柄"句："操其柄"，猶言"大權在握"；"修明"，作動詞用，揣摩，講求；"術"，指君主駕馭臣下的手段；"燭"，照，洞察。此言人君操賞罰之大權，並運用駕馭臣下的手段去明察底細，洞悉隱微。　㉛"雖有田常"二句："田常"見前莊子胠篋篇註；"子罕"，宋臣，執政跋扈，相傳曾劫宋君

（見史記李斯列傳）。此言國君雖有權臣如田常、子罕，也不敢相欺。

㉜不盈於十：不足十人。　㉝“必任”二句：言如果任用貞信之士，則此少數之人遠不敷爲官之用。　㉞“一法”二句：上句，“一”，專用；“智”，個人的智慧。此言人君專門用法治國，不注重個人的才智。下句，言國君固守其駕取臣下之術，而不以個人的忠信爲貴。　㉟“今人主”二句：此言人主對於人們所説的話，只要聽他們説得頭頭是道就高興，而不考察是否切合實際。“當”讀去聲，恰當，切合。　㊱“其用於行”二句：言人主對於人們的行爲，只慕其虛名而加以採用，全不要求他們的行爲是否能收實際的功效。　㊲不周於用：“周”，切合；“用”，實際的功用。㊳“行身者”句：“行身”，猶言“修身”、“立身”。此言許多人立身處世都競以清高相標榜而不切合於實際的功效。　㊴“故智士”二句：“退處巖穴”，指隱居於山林；“歸禄不受”，言智士把國君所賜的爵禄退還不受。㊵“民之所譽”三句：言人民所稱譽的和國君所尊重的，都是一些亂國之道。　㊶“藏商、管之法”句：“商”，商鞅；“管”，管仲；“法”，法令之書。此言人家多藏有商鞅、管仲所著的有關政令方面的書。　㊷“言耕”二句：空談農耕之道的人多，親自拿着農具幹活的人少。　㊸“藏孫、吳之書”句：“孫”，春秋時的孫武，或指戰國時的孫臏；“吳”，吳起；他們都是有名的軍事學家。此言人家多藏有孫子、吳起所著的兵書。　㊹“言戰”二句：空談戰略的人多，親自穿着武裝作戰的人少。　㊺“故明主用其力”二句：“用其力”，指讓人民出力，或耕田，或作戰；“不聽其言”，指不信言談之士的空言。　㊻“賞其功”二句：人民從事耕戰，有功必賞；儒俠無用於世，則一定禁止他們活動。　㊼可得以富也：言可以藉耕種致富。㊽“是以百人”二句：言人君重用文學言談之士，所以從事腦力工作的人竟比從事體力工作的人要多一百倍。　㊾“無書簡”二句：此言不用任何書籍文字，只把法令教給人民使之遵守就足够了。　㊿“無先王”二句：不必稱述古先聖王的遺言，只用懂得法令的官吏做老師去教導人民就足够了。　㉛“無私劍”句：“捍”同“悍”。此言不需要游俠刺客那種

殺人報仇的強悍，只要能上陣殺敵就算是勇敢。　　⑫軌於法：合於法令，不敢越軌妄言。　　⑬“動作者”句：“動作”猶言“勞作”；“功”，指農耕之事。此言凡是從事勞動的人必使其盡歸於農耕。　　⑭“爲勇者”句：凡是有勇力的人都要把力量用在作戰方面。　　⑮“是故無事”二句：國家太平時人民努力生產，則財力股富；有戰争時人民勇於殺敵，則兵力強盛。　　⑯王資：王業的資本。　　⑰“既畜”句：“畜”同“蓄”；“承”，伺機而動；“釁”，本作“縫隙”解，引申之則指破綻、弱點。此言國君一面把人力、物力都積蓄得很充足，做爲王業的資本；一面窺伺着敵國，俟有機可乘時進行侵奪。　　⑱“超五帝”二句：“侔”音謀，齊等。此言使功業可以超越五帝而與三王比肩的，必然是執行這種重耕戰之民而輕儒俠之士的“法”的結果。〔以上是第三大段，深入分析儒者和游俠對國家的危害，並提倡養耕戰之民，嚴賞罰之法。〕

今則不然。士民縱恣於内①，言談者爲勢於外②；外内稱惡③，以待強敵，不亦殆④乎！故羣臣之言外事者⑤，非有分於從衡之黨，則有仇讎之患，而借力於國也。從者⑥，合衆弱以攻一強也；而衡者⑦，事一強以攻衆弱也——皆非所以持國也。今人臣之言衡者，皆曰：“不事大⑧，則遇敵受禍矣！”事大必有實⑨：則舉圖而委⑩，效璽而請矣。獻圖則地削⑪，效璽則名卑；地削則國削，名卑則政亂矣。事大爲衡，未見其利也，而亡地亂政矣。人臣之言從者，皆曰：“不救小而伐大⑫，則失天下；失天下則國危；國危而主卑。”救小必有實⑬：則起兵而敵大矣。救小未必能存，而敵大未必不有疏⑭；有疏則爲強國制矣——出兵則軍敗，退守則城拔。救小爲從，未見其利，而亡地敗軍矣。

是故事強⑮，則以外權市官於内；救小⑯，則以内重求利於外。國利未立⑰，封土厚禄至矣；主上雖卑，人臣尊矣；國地雖削，私家富矣。事成敗以權長重⑱，事敗則以富退處。人主之聽説於其臣，事未成則爵禄已尊矣，事敗而弗誅；則游説之士，孰不爲用矰繳之説⑲，而徼倖其後？故破國亡主，以聽言談者之浮説。此其故何也？是人君不明乎公私之利，不察當否之言，而誅罰不必其後⑳也。皆曰："外事㉑，大可以王，小可以安。"夫王者能攻人者也㉒，而安則不可攻也；强則能攻人者也㉓，治則不可攻。治强不可責於外㉔，内政之有也。今不行法術於内，而事智於外㉕，則不至於治强矣。

鄙諺曰："長袖善舞㉖，多錢善賈。"此言多資之易爲工㉗也。故治强易爲謀㉘，弱亂難爲計。故用於秦者㉙，十變而謀希失；用於燕者㉚，一變而計希得。非用於秦者必智㉛，用於燕者必愚，蓋治亂之資異也。故周去秦爲從㉜，朞年而舉；衞離魏爲衡㉝，半歲而亡：是周滅於從，衞亡於衡也。使周、衞緩其從衡之計，而嚴其境内之治㉞——明其法禁，必其賞罰；盡其地力以多其積㉟，致其民死以堅其城守㊱——天下得其地則其利少㊲，攻其國則其傷大；萬乘之國，莫敢自頓於堅城之下㊳，而使强敵裁其弊㊴也，此必不亡之術也。舍必不亡之術，而道必滅之事㊵，治國者之過也。智困於内而政亂於外，則亡不可振㊶也。

民之故計㊷，皆就安利如辟危窮㊸。今爲之攻戰㊹，進則死於敵，退則死於誅，則危矣。棄私家之事㊺，而必汗馬之勞，家困而上弗論㊻，則窮矣。窮、危之所在也㊼，民安得勿避？故事私門而完解舍㊽，解舍完則遠戰㊾，遠戰則安㊿。行貨賂而襲當塗者則求得[51]，求得則利[52]。安、利之所在[53]，安得勿就？是以公民少而私人衆矣[54]。

①"士民"句：此言儒士、游俠，在國内亂法犯禁，放肆胡爲。　②"言談者"句："言談者"，指縱橫家；"爲勢於外"，指借敵國的力量造成自己的權勢。　③"外内"句："稱"，舉，行；"惡"，好惡的行爲。此言内外交相施行與國家不利的壞事。　④殆：危險。　⑤"故羣臣"句至"而借力於國也"："外事"，猶言"外交"；"從衡之黨"，指或黨於合縱，或黨於連橫；"仇讎之患"，指私人的仇怨。此言羣臣向國君談到外交方面的問題，都是有私心的；如果他不是傾向於合縱或傾向於連橫的政客，就是對某一國家有私人仇怨，想借國家的力量替他個人報仇。　⑥"從者"二句：此言"所謂合縱，就是聯合許多弱國去攻打一個強國"。　⑦"而衡者"二句：此言"所謂連橫，就是侍奉一個強國去攻打許多弱國"。　⑧"不事大"二句：如果不侍奉大國，一遇強敵就會受到禍患。　⑨事大必有實：此句"必"上今本有"未"字，據俞樾説刪。此言"侍奉大國，必須有具體行動"。　⑩"則舉圖"二句：此二句卽用所謂侍奉大國的具體行動。"圖"，地圖；"委"，交付；"效"，猶言"呈獻"；"璽"，印信；"請"，向大國請求；"請"下原有"兵"字，今據俞樾説刪。此言小國拿着國家的地圖交給大國，把國家的印信獻出來，一切聽命於大國。　⑪"獻圖"二句：把地圖獻給大國，實際等於割地，故言"地削"；把印信交出來，實際等於向大國稱臣，故言"名卑"。　⑫"不救小"二句：如果不救助弱小的國家以伐大國，就會失去天下人對自己的威信。　⑬"救小必有實"二句：上句，"必"上今本有"未"字，據俞樾説刪。此言救助弱小的國家也要有具體行動，那就是起兵與大國爲敵。　⑭"而敵大"句：言與大國爲敵，未必就沒有疏失。"敵"本作"交"，今據王先慎韓非子集解引王渭説改。　⑮"是故事強"二句："外權"，猶言"外力"；"市官"，指獵取官爵。此言如果提倡連衡之説以侍奉強國，則言談者將借外力以獵取官爵於國内。　⑯"救小"二句："内重"，指國内的力量。此言提倡合縱之説以救助小國，則言談者將倚重國内的力量而求利於國外。　⑰"國利"二句：對於國家的利益還沒有樹立起來，游説者本人倒先獲得了封邑和厚禄。　⑱"事

成”二句：如果事情成功，則游説者因爲有功而獲得大權，在國中長期的位高勢重；如果事情失敗，則游説者既已獲得大量的賞賜，也不失爲一個在野的富人而退隱。　⑲“孰不爲”二句：“矰繳”本是帶繩的箭，此處的“矰繳之説”則指獵取功名富貴的虛言浮辭。“其後”，指事敗之後。此言“游説者誰不爭爲浮誇之言在事成之先驅取功名富貴，而希望在事敗之後得以僥倖免禍？”　⑳誅罰不必其後：没有在事敗之後嚴格執行對游説者的懲罰。　㉑“外事”三句：此是游説者之詞。他們對人君説：“如果致力於國外的事，大國就可以成王業，小國也可以得安寧。”　㉒“夫王者”二句：此反駁上文游説者之詞。大意是：“大國既能成王業，自然有力量攻打其它的國家；小國既能獲得安寧，則不致有被攻的危險。”其意謂大國既可以成王業，小國就必不能安寧無事；小國如果能安寧無事，大國就無法成王業。　㉓“強則”二句：此與上二句意義相仿。“強”，指大國之成王業；“治”，指小國之得安寧。言強者能攻人，則小國必不安；治者不可攻，則強者無法成王業。以上四句言游説縱橫之説是毫無是處的。　㉔“治強”二句：此言要想把國内治理得安寧，而對外又可以強大無所畏懼，是不可求之於外事的，必須求之於内政的修明。“責”、“有”皆作“求”解。　㉕事智於外：“事”，用；言把一切心思都消耗在外交方面。　㉖“長袖”二句：袖子愈長就會舞得愈好，本錢愈多做買賣就會愈方便。　㉗多資之易爲工：資本愈多就愈容易成功。“工”同“功”。㉘“故治強”二句：一個國家内治而外強，無論打什麽主意都容易成功、收效；一個國家内政紛亂而兵力又弱，無論打什麽主意都難有成效。㉙“故用於秦者”二句：秦國内政修明，國勢強盛，所以替秦國考慮問題，卽使計劃變更十次也很少失敗。　㉚“用於燕者”二句：燕國内不安寧，外無實力，所以替燕國考慮問題，卽使計劃没有什麽變更也很不易成功。㉛“非用於秦”三句：並不是替秦國出主意的人聰明而替燕國出主意的人愚蠢，而是秦、燕兩國的治、亂的基礎、性質不同。　㉜“故周去秦”二句：此言周背秦盟，與諸侯合縱，一年的時間就被秦所破滅。“舉”，猶言

“拔”，即“攻陷”之意。按史記周本紀載，周赧王五十九年，背秦與諸侯約縱，準備自洛陽出兵攻秦，竟被秦昭王所敗，周乃盡獻其邑與秦。此處即指其事。　　㉝“衞離魏”二句：其事未詳。意謂衞本附庸於魏，後因參加連橫而背魏，竟爲魏所滅。　　㉞嚴其境内之治：對於國内的政治加緊整頓。　　㉟“盡其地力”句：“多其積”，猶言“增加積蓄”。此言盡地力以生產，使積蓄增多。　　㊱“致其民死”句：使人民情願出死力堅守城池，鞏固國防。　　㊲“天下”二句：上句，言天下諸侯卽使把周或衞攻下來，因爲這兩國地勢狹小，所以得利並不多。下句，言周、衞兩國如能内修政治、外增武備，諸侯往攻，損傷必大。　　㊳“莫敢自頓”句：“頓”，同“屯”，駐屯，停留。此言雖萬乘的諸侯之國也不敢把兵馬停留在堅固的城池之下。一說，“頓”作“壞”解。亦通。　　㊴裁其弊：猶言“乘其疲弊而加以攻擊”。　　㊵道必滅之事：“道”，施行；“事”，指合縱或連橫。　　㊶振：拯救。　　㊷故計：猶言“常計”，卽習慣的打算。　　㊸“皆就”句：“如”猶“而”；“辟”同“避”。此連上言，人民一般的想法，都是趨向於求得生命安全和物質上的滿足，而逃避危險和困窮。　　㊹“今爲之”句：“爲之”猶言“使之”，此言使人民去攻城作戰。　　㊺“棄私家”二句：“必”同“畢”，作“盡”解；“汗馬之勞”，指作戰的勞苦。此言使人民把個人的家業拋棄而去擔任作戰的勞苦。　　㊻“家困”句：言人民爲國作戰，家中發生困難，人君並不去考慮照顧。　　㊼“窮、危”二句：言“替國家作戰終不免於遭到困窮和危險，人民怎麼能不逃避呢？”　　㊽事私門而完解舍：“私門”，指國中執政的卿大夫；“解”同“廨”，“廨舍”卽公家的房舍。此言人民怕當兵打仗，就去依附國中的貴族世卿，替他們服勞役——修繕房舍。　　㊾“解舍完”句：如果服勞役修繕房舍，就可以避免參加戰爭了。　　㊿遠戰則安：不參加戰爭，生命自然安全。　　51“行貨賂”句：“當塗”卽“當途”，指在位的執政大臣；“襲”，抄近路；“求得”，指所希求的物質利益可以得到滿足。此言人民向執政者行賄賂、走門路，則所求可得。　　52求得則利：此句“則”下本有“私安私”三字而無“利”字，據俞樾説校改。言所求的事既能得到滿足，自然對個人大有利益。 (53)“安、利”二句：上句的“利”原本誤作“則”，今據俞樾說改。此二句言安全和利益所在之處，人民怎能不趨就？ (54)“是以”句：因此爲公家出力的人少，而爲貴族世卿這些私門服役的人多了。〔以上是第四大段，駁斥縱横家之說的不可聽信，並指出人民去就之關鍵。〕

夫明王治國之政，使其商工游食之民少而名卑①，以趣本務而外末作②。今世近習之請行③，則官爵可買；官爵可買，則商工不卑也矣。姦財貨賈得用於市④，則商人不少矣。聚斂倍農⑤，而致尊過耕戰之士，則耿介之士寡⑥，而商賈之民多矣。是故亂國之俗，其學者⑦，則稱先王之道以籍仁義⑧，盛容服而飾辯說⑨；以疑當世之法⑩，而貳人主之心⑪。其言談者，僞設詐稱⑫，借於外力，以成其私，而遺社稷之利⑬。其帶劍者，聚徒屬、立節操以顯其名，而犯五官之禁⑭。其患御者⑮，積於私門，盡貨賂，而用重人之謁⑯，退汗馬之勞。其商工之民，修治苦窳之器⑰，聚沸靡之財⑱，蓄積待時⑲，而侔農夫之利⑳。——此五者，邦之蠹也。人主不除此五蠹之民，不養耿介之士，則海内雖有破亡之國㉑，削滅之朝，亦勿怪矣。

①“使其商工”句：“游食之民”，指没有定居的人如商人、工匠等。此言明王治國，對於商人、工匠等城市居民的人數是有限制的，而且把他們的社會地位也壓抑得很低賤。 ②“以趣本務”句：“以”下原有“寡”字，今據韓非子纂聞删。“趣”同“趨”；“本務”，指農業；“末作”，猶言“不重要的行業”，指工、商。此言所以限制工匠和商人，爲的是使人民務農而疏遠工、商等末業。 ③“今世”二句：“近習”，指國君或貴族的左右親近之人；“請”，請託。此言現今的人們都實行請託近臣的辦法，則可以用賄賂把官爵買到手。 ④“姦財”句：“姦財”指非法之財；“貨賈”指賤買

貴賣、投機取巧等不法的商人。此言不合法的交易活動在市面公開施行。　⑤"聚斂"二句："聚斂"指積聚的財貨；"致尊"，指得到世人的尊重。此言商賈之民的收入比農民多一倍，而社會地位也比耕戰之士尊貴。　⑥"則耿介"二句："耿介之士"，指光明正大、品行端正的人；"商賈之民"，舊本作"高價之民"，今據韓非子纂聞校改。　⑦學者：指儒家的學者。　⑧籍仁義："籍"同"藉"，依託，憑藉。此指儒家以仁義之道依託於古代的聖帝明王而立説。　⑨"盛容服"句：儒者重禮法，故在衣服裝飾方面多所講求；"飾辯説"，指修飾辭令。　⑩以疑當世之法：對於當世制訂的法令表示懷疑。　⑪貳人主之心：動搖人主之心，使之猶豫不決。　⑫偽設詐稱："偽設"，指虛聲恐喝，故做緊張；"詐稱"，指説謊言行詐術，欺騙人君。　⑬遺社稷之利："遺"，遺忘，忽略；"社稷之利"，指國家的利益。　⑭犯五官之禁："五官"，指司徒、司馬、司空、司士、司寇；此句意謂觸犯國家的禁令。　⑮"其患御者"三句："患"讀爲"串"，"串御"猶言"近習"，即人君的左右親信之臣；"患"一本作"近"。此言弄權的親信小臣都聚集在貴族、世卿的門下爲他們服務，把財貨搜括得一乾二淨。　⑯用重人之謁："重人"，指有權勢的人；"謁"，請託。此連下句言"這些親信只接受那些有權勢者的請託，而對有戰功的人則摒棄不顧"。　⑰修治苦窳之器："苦窳之器"，舊解爲粗惡之物，"窳"音愈。言商人和工匠製造一些粗惡的器物。按，此處的"苦窳之器"疑指無用的奢侈品，而不是指質量不堅固的東西。　⑱聚沸靡之財："沸靡"，奢侈。此言商人、工匠積累了很多供人揮霍的財物。　⑲蓄積待時：此指商人在貨物多時收買囤積，等待時機出賣，賺取利潤。　⑳侔農夫之利："侔"同"牟"，謂獲取厚利，倍於農夫。　㉑"則海内"三句：此言人主不除五蠹而養耕戰之士，則海内將出現國亡君死的現象，自然不足爲怪〔以上是第五大段，總結全篇，並提出五蠹之民的爲害於國。〕

（二） 外儲説左上——節録

楚王謂田鳩①曰:"墨子者,顯學②也。其身體則可③,其言多不辯④,何也?"

曰:"昔秦伯嫁其女於晉公子,令晉爲之飾裝⑤,從衣文之媵七十人⑥。至晉,晉人愛其妾而賤公女。此可謂善嫁妾,而未可謂善嫁女也。楚人有賣其珠於鄭者,爲木蘭之櫃⑦,薰以桂椒⑧,綴以珠玉⑨,飾以玫瑰⑩,輯以羽翠⑪。鄭人買其櫝而還其珠。此可謂善賣櫝矣,未可謂善鬻珠⑫也。今世之談也,皆道辯説文辭之言;人主覽其文,而忘有用。墨子之説,傳先王之道,論聖人之言,以宣告人⑬;若辯其辭,則恐人懷其文⑭,忘其用,直以文害用也⑮。此與楚人鬻珠、秦伯嫁女同類,故其言多不辯。"

①田鳩:齊人,是墨子一派的學者。"鳩"一作"俅",漢書藝文志著録有田俅子三篇。　②顯學:顯於當世的學派。　③"其身體"句:言"墨子本身對於自己理論的實踐還是不錯的"。　④不辯:不講求辭令。按,"不辯"上本有"而"字,據王先慎説刪。　⑤"令晉"句:一本無"令晉"二字。"飾裝",準備嫁裝。　⑥"從衣文"句:"衣"讀去聲,穿;"文",文采錦繡;"媵"音孕,陪嫁的妾。此言跟隨着陪嫁之妾七十人,都穿着文采華麗的衣服。　⑦木蘭之櫃:"木蘭",是一種有香氣的樹木,皮似桂而香,狀如楠,樹幹甚高大。此言用木蘭做成的匣子盛珠子。　⑧薰以桂椒:原本作"薰桂椒之櫝",今據王先慎説校改。"桂"、"椒",都是香料。⑨綴以珠玉:用珠子和玉石鑲綴在匣子上。　⑩飾以玫瑰:"玫瑰",火齊珠。(按,火齊似雲母,色紫而有光耀,薄如蟬翼。見寶貨辨疑。)⑪輯以羽翠:"輯",集。此言用翠鳥的羽毛裝飾匣子。　⑫鬻珠:賣珠。"鬻"音育。　⑬以宣告人:對人解説稱述。　⑭"則恐"二句:"惟恐人

們愛他們的文辭而忘掉其內容的實際用意。　　⑮"直以"句：那簡直是因爲文辭太講究而把內容的作用給妨害了。

郢人有遺①燕相國書②者，夜書③，火不明，因謂持燭者曰："舉燭！"而誤書舉燭。"舉燭"，非書意也④。燕相國受書而悅之，曰："舉燭者，尚明⑤也，尚明也者，舉賢而任之。"燕相白王，王大悅，國以治⑥。

治則治矣，非書意也！今世學者多似此類⑦。

①遺：讀去聲。送給。　②書：書信。　③夜書：在夜裏寫信。此句"書"作動詞用。　④非書意也：不是原來寫信所要說的意思。⑤尚明：以明察爲貴。　⑥國以治：國家因此治理得很好。　⑦"今世學者"句：言當時的學者徵引、解釋前賢往哲的遺言，往往穿鑿附會，把本來所沒有的意思勉強加上去，所以說與"郢書燕說"的情形相類。

（三）　外儲說右上——節錄

宋人有酤酒①者，升概甚平②，遇客甚謹③，爲酒甚美，縣幟甚高著④，然而不售⑤。酒酸，怪其故，問其所知里長者楊倩⑥。倩曰："汝狗猛耶？"曰："狗猛則酒何故而不售？"曰："人畏焉！或令孺子懷錢，挈壺甕⑦而往酤，而狗迓而齕之⑧，此酒所以酸而不售也。"

夫國亦有狗。有道之士，懷其術，而欲以明萬乘之主⑨；大臣爲猛狗，迎而齕之。此人主之所以蔽脅⑩，而有道之士所以不用也。

故桓公問管仲曰："治國最奚患？"對曰："最患社鼠⑪矣！"公曰："何患社鼠哉？"對曰："君亦見夫爲社者乎？樹木而塗之⑫，鼠穿其間⑬，掘穴託其中。燻之則恐焚木⑭，灌之則恐塗阤，此社鼠之所以不得也⑮。今人君之左右，出則爲勢重而收利於民⑯，入則比周而蔽惡於君⑰；內間主之情以告外⑱。外內爲重⑲，諸臣百吏以爲害⑳；吏不誅則亂法㉑，誅之則君不安。據而有之㉒，此亦國之社鼠也。”

故人臣執柄而擅禁㉓，明爲己者必利㉔，而不爲己者必害，此亦猛狗也。夫大臣爲猛狗，而齕有道之士矣！左右又爲社鼠，而間人主之情矣！人主不覺如此㉕，主焉得無壅㉖，國焉得無亡乎？

①酤酒：“酤”同“沽”，賣。　　②升概甚平：猶言“分量很足”。“升”，量酒器；“概”，作“量”解。　　③遇客甚謹：招待顧客很周到。　　④“縣幟”句：“縣”同“懸”，掛；“幟”，標幟，卽後世的酒旗、酒幌子；“高”，指懸掛得很高；“著”顯著，惹人注目。　　⑤不售：酒賣不出去。　　⑥“問其”句：賣酒的人就打聽他所認識的一個年長的鄰人名叫楊倩的。　　⑦甕：同“甕”，酒器。　　⑧迎而齕之：“迎”，迎面走來；“齕”音曷，咬。　　⑨欲以明萬乘之主：“明”，作“白”解，猶言“稟陳”、“曉喩”。　　⑩蔽脅：蔽塞而受挾制。　　⑪社鼠：按，古代民間多植樹爲社，稱爲社主，卽以樹爲社神而祀之。“社鼠”，卽藏在社樹中的老鼠。　　⑫樹木而塗之：“樹木”猶言“栽樹”。此言把樹栽好，在樹的外表塗上泥灰之類的東西。　　⑬“鼠穿”二句：老鼠把社樹穿空，挖個洞穴託身於內。　　⑭“熏之”二句：用火去熏老鼠，怕把社樹燒掉；用水去灌鼠穴，又怕把泥灰之類的東西剝落。“陁”音義同“墮”，作“落”解。又音弛。　　⑮“此所以”句：這就是捉不到社鼠的原因。　　⑯“出則”句：到了外面，就倚仗國君的厚重的權勢去向人民搜刮財貨。　　⑰“入則”句：到了國君跟前，就彼此結黨營私，互相掩飾他們的罪惡，使別人無法對付他們。　　⑱“內間”句：“間”讀去聲，窺探，偵悉。此言在國君的跟前，就探悉了國君的隱情，然後洩露給別人。　　⑲外內爲重：內外雙方他都有力量控制，造成他的重權。　　⑳“諸臣”句：“害”，舊本作“富”，今據韓非子纂聞改。此言所有的臣民都把這些君主的左右親信看成禍害。　　㉑“吏不誅”二句：官吏不依法懲辦

他們，則造成違法亂紀的現象；如果懲辦他們，又怕國君不安。　㉒據而有之："據"，依；"有"，保有。言這些親信依靠了國君而保有其權勢地位。　㉓執柄而擅禁："執柄"，掌權，專斷獨行叫"擅"；"禁"，禁令。言人臣大權在握，擅行法令。　㉔"明爲己者"二句：只要知道某些人對自己有好處就一定加以優待，某些人對自己不利就一定加以陷害。㉕"人主"句：爲人君者昏昧不覺，到了這種地步。　㉖壅：蔽塞。

（四）　難一——節錄

歷山之農者侵畔①；舜往耕焉，朞年，甽畝正②。河濱之漁者爭坻③；舜往漁焉④，朞年，而讓長⑤。東夷之陶者器苦窳⑥；舜往陶焉⑦，朞年，而器牢⑧。仲尼歎曰："耕、漁與陶⑨，非舜官也，而舜往爲之者，所以救敗⑩也。舜其信仁⑪乎！乃躬藉處苦⑫，而民從之。故曰，聖人之德化乎！"

或問儒者曰："方此時也，堯安在？"

其人曰："堯爲天子。"

然則仲尼之聖堯奈何⑬！聖人明察在上位⑭，將使天下無姦也。令耕、漁不爭⑮，陶器不窳，舜又何德而化？舜之救敗也⑯，則是堯有失也。賢舜，則去堯之明察；聖堯，則去舜之德化：不可兩得也。楚人有鬻楯與矛⑰者，譽之曰："吾楯之堅，物莫能陷⑱也。"又譽其矛曰："吾矛之利，於物無不陷也。"或曰："以子之矛，陷子之楯，何如？"其人弗能應也。夫不可陷之楯與無不陷之矛，不可同世而立⑲；今堯、舜之不可兩譽，矛、楯之説也。

且舜救敗，朞年已⑳一過，三年已三過。舜壽有盡，天下過無已者㉑；以有盡逐無已㉒，所止者寡矣。賞罰㉓，使天下必行之。

令曰:"中程者賞㉔,弗中程者誅。"令朝至㉕,暮變;暮至,朝變;十日而海內畢矣㉖,奚待朞年! 舜猶不以此說堯令從已,乃躬親,不亦無術乎?

　　且夫以身爲苦而後化民者㉗,堯、舜之所難也;處勢而驕下者㉘,庸主之所易也。將治天下,釋庸主之所易㉙,道堯、舜之所難,未可與爲政也。

　　①"歷山"句:"歷山",地名,在今山東歷城縣南,又名舜耕山。相傳舜曾耕種於此。"畔",田界;"侵畔",言農夫互相侵奪田界。　　②畎畝正:"畎"同"吠",音犬,田溝。此句猶言"經界正",指農民再沒有互相侵奪田界之事。　　③"河濱"句:相傳在山西永濟縣南四十里雷首山下,有雷澤,卽舜曾捕魚之處;"河濱"或指此地。"漁者",捕魚的人;"坻"音遲,水中高地,是漁人立脚的地方。　　④漁焉:"漁"作動詞用。此言舜到河濱去捕魚。　　⑤讓長:漁人互相遜讓,請年長的人先佔地方。　　⑥"東夷"句:"東夷",指東方之人;"陶者",製陶器的人;"器苦窳",製造出來的陶器總嫌不堅固。　　⑦舜往陶焉:"陶"作動詞用。相傳舜曾在山東定陶縣製陶,今定陶西南有陶邱亭,卽其地。　　⑧器牢:製造出來的陶器很堅固。　　⑨"耕、漁"二句:"官",職責。此言種地、捕魚和製造陶器,本都不是舜分內的職責。　　⑩救敗:補救缺陷。　　⑪信仁:實在是個仁者。　　⑫躬藉處苦:"藉",踐;"躬藉",猶言"親身實踐"。"處苦",言親自參加辛苦的勞作。　　⑬"然則"句:"聖"作動詞用,"聖堯",以堯爲聖。此言"那麼孔子以堯爲聖,應該怎樣解釋呢?"　　⑭"聖人"二句:"聖人"指堯。此言聖人居於上位,對於政事自然明察洞悉,將使天下不再有邪惡之人。　　⑮"令耕、漁"三句:"令"原文作"今",據王先慎引王渭說改。此言"假使農人、漁人都沒有爭執,製出來的陶器質量也不壞,那麼舜又用德行感化誰呢?"　　⑯"舜之救敗"二句:言如果舜是在補救社會上的缺陷,那就是堯治理天下有缺點了。　　⑰楯與矛:"楯"同

“盾”，讀爲順上聲，防避兵器的盾牌。“矛”，槍類。此句言楚國有個出售盾和長矛的人。　　⑱陷：刺穿。　　⑲同世而立：在同一個時候存在。⑳已：防止，消除。　　㉑“天下”句：天下的人犯錯誤是沒有終結之時的。㉒“以有盡”二句：以舜有止境的年壽去追求沒有止境的一件件的錯誤，那麼他所能消滅的錯誤事件也就太少了。　　㉓“賞罰”二句：言國君定出賞罰的條例，使天下的人民必須認眞執行。　　㉔“中程”二句：“程”，猶言“法規”、“標準”。此言合於法規或標準者給予賞賜，不合者則給予懲罰。　　㉕“令朝至”二句：命令在早晨到達某地，某地的情況到晚上就都改變了。下二句仿此。　　㉖“十日”二句：有十天的時間，整個國家都完全遵照命令辦事了，何必等到一周年！　　㉗“且夫”二句：此言必須親身參加辛苦的勢作然後才能感化百姓，這種做法卽使是堯、舜也會感到困難。　　㉘“處勢”二句：“驕”與“矯”通，矯正。言居於權勢之位，而用命令矯正人民的錯誤，卽使是平庸的君主也會很容易地辦到。　　㉙“釋庸主”二句：“釋”，放棄；“道”，行。此言放棄了庸主所容易做到的辦法而去行堯、舜所不易做到的事。

韓非子附錄

（一）　關於韓非的事蹟

四國爲一，將以攻秦。秦王召羣臣賓客六十人而問焉，曰：“四國爲一，將以圖秦，寡人屈於内，而百姓靡於外，爲之奈何？”羣臣莫對。

姚賈對曰：“賈願出使四國，必絶其謀，而按其兵。”乃資車百乘，金千斤，衣以其衣冠，帶以其劍。姚賈辭行，絶其謀，止其兵，與之爲交以報秦。秦王大悦賈，封千户，以爲上卿。

韓非短之曰：“賈以珍珠重寶，南使荆、吳，北使燕、代之間，三年，四國之交未必合也，而珍珠重寶盡於內；是賈以王之權、國之寶，外自交於諸侯。願王察之！且梁監門子，嘗盜於梁，臣於趙而逐；取世監門子，**梁之大盜**，**趙之逐臣**，與同知社稷之計，非所以厲羣臣也。”

王召**姚賈**而問曰：“吾聞子以寡人財交於諸侯，有諸？”對曰：“有。”王曰：“有何面目復見寡人？”對曰：“**曾參**孝其親，天下願以爲子；**子胥**忠於君，天下願以爲臣；貞女工巧，天下願以爲妃。今賈忠王而王不知也，賈不歸四國，尚焉之？使賈不忠於君，四國之王，尚焉用賈之身？桀聽讒而誅其良將，紂聽讒而殺其忠臣，至身死國亡；今王聽讒，則無忠臣矣！”

王曰：“**梁監門子，梁之大盜，趙之逐臣。**”**姚賈**曰：“**太公望**，齊之逐夫，朝歌之廢屠，**子良**之逐臣，棘津之讎不庸；**文王**用之而王。**管仲**，其鄙之賈人也，南陽之弊幽，魯之免囚；**桓公**用之而霸。**百里奚**，虞之乞人，傳賣以五羊之皮；**穆公**相之，而朝西戎。**文公**用**中山盜**，而勝於城濮。此四士者，皆有詬醜大誹於天下；明主用之，知其可與立功也。使若**卞隨**、**務光**、**申屠狄**，人主豈得其用哉！故明主不敢其汙，不聽其非，察其爲己用。故可以存社稷者，雖有外誹者不聽；雖有高世之名，無咫尺之功者不賞。是以羣臣莫敢以虛願望於上。”秦王曰：“然。”乃復使**姚賈**而誅**韓非**。（戰國策秦策五：姚賈譖殺韓非）

韓非者，**韓**之諸公子也。喜刑名法術之學，而其歸本於**黃**、**老**。非爲人口吃，不能道說，而善著書。與**李斯**俱事荀卿，斯自以爲不如非。非見**韓**之削弱，數以書諫**韓王**，**韓王**不能用。於是韓非疾治國不務脩明其法制，執勢以御其臣下，富國彊兵，而以求人任賢，反舉浮淫之蠹，而加之於功實之上；以爲儒者用文亂法，而俠者以武犯禁，寬則寵名譽之人，急則用介冑之士，今者所養非所用，所用非所養；悲廉直不容於邪枉之臣，觀往者得失之變，故作孤憤、五蠹、內外儲、說林、說難，十餘萬言。然韓非知說之難，爲說難，書甚具，終死於秦，不能自脫。說難曰：

凡說之難，非吾知之、有以說之難也；又非吾辯之難、能明吾意之難也；又非吾敢橫佚能盡之難也。凡說之難，在知所說之心，可以吾說當之。

所說出於爲名高者也，而說之以厚利，則見下節而遇卑賤，必棄遠矣；所說出於厚利者也，而說之以名高，則見無心而遠事情，必不收矣；所說實爲厚利而顯爲名高者也，而說之以名高，則陽收其身而實疏之；若說之以厚利，則陰用其言而顯棄其身。此之不可不知也。

夫事以密成，語以泄敗。未必其身泄之也，而語及其所匿之事，如是者身危。貴人有過端，而說者明言善議，以推其惡者，則身危。周澤未渥也，而語極知：說行而有功，則德亡；說不行而有敗，則見疑——如是者身危。夫貴人得計，而欲自以爲功，說者與知焉，則身危。彼顯有所出事，迺自以爲他故，說者與知焉，則身危。彊之以其所必不爲，止之以其所不能已者，身危。故曰：與之論大人，則以爲間己；與之論細人，則以爲鬻權。論其所愛，則以爲借資；論其所憎，則以爲嘗己。徑省其辭，則不知而屈之；汎濫博文，則多而久之。順事陳意，則曰怯懦而不盡；慮事廣肆，則曰草野而倨侮。此說之難，不可不知也。

凡說之務，在知飾所說之所敬，而滅其所醜。彼自知其計，則無以其失窮之；自勇其斷，則無以其敵怒之；自多其力，則無以其難概之。規異事與同計，譽異人與同行者，則以飾之無傷也；有與同失者，則明飾其無失也。大忠無所拂悟，辭言無所擊排，迺後申其辯知焉：此所以親近不疑，知盡之難也。得曠日彌久，而周澤既渥，深計而不疑，交爭而不罪：廼明計利害，以致其功；直指是非，以飾其身。以此相持，此說之成也。伊尹爲庖，百里奚爲虜，皆所由干其上也。故此二子者，皆聖人也，猶不能無役身，而涉世如此其汙也——則非能仕之所設也。

宋有富人。天雨，牆壞。其子曰："不築，且有盜。"其鄰人之父亦云。暮而果大亡其財。某家甚智其子，而疑鄰人之父。昔者，鄭武公欲伐胡，廼以其妻之；因問羣臣曰："吾欲用兵，誰可伐者？"關其思曰："胡可伐！"廼戮關其思，曰："胡，兄弟之國也。子言伐之，何也？"胡君聞之，以鄭爲親己，而不備鄭。鄭人襲胡，取之。此二說者，其知皆當矣；然而甚者爲戮，薄者見疑。非知之難也，處知則難矣。

昔者，彌子瑕見愛於衞君。衞國之法，竊駕君車者罪至刖。既而彌子之母病，人聞，往夜告之，彌子矯駕君車而出。君聞之而賢之曰："孝哉！爲母之故而犯刖罪。"與君游果園，彌子食桃而甘，不盡，而奉君。君曰："愛我哉！忘其口而念我。"及彌子色衰而愛弛，得罪於君，君曰："是嘗矯駕吾車，又嘗食我以其餘桃！"故彌子之行，未變於初也，前見賢而後獲罪者，愛憎之至變也。故有愛於主，則知當而加親；見憎於主，則罪當而加疏。故諫說之士，不可不察愛憎之主而後說之矣。

夫龍之爲蟲也，可擾狎而騎也。然其喉下有逆鱗徑尺，人有嬰之，則必殺人。人主亦有逆鱗。說之者能無嬰人主之逆鱗，則幾矣。

人或傳其書至秦，秦王見孤憤、五蠹之書，曰："嗟乎！寡人得見此人，與之游，死不恨矣。"李斯曰："此韓非之所著書也。"秦因急攻韓。韓王始不用非，及急，廼遣非使秦。秦王悅之，未信用；李斯、姚賈害之，毀之曰："韓非，韓之諸公子也。今王欲并諸侯，非終爲韓，不爲秦，此人之情也。今王不用，久留而歸之，此自遺患也；不如以過，法誅之。"秦王以爲然，下吏治非。李斯使人遺非藥，使自殺。韓非欲自陳，不得見。秦王後悔之，使人赦之，非已死矣。……

余獨悲韓子，爲說難，而不能自脫耳。(史記老莊申韓列傳——節錄)

(二)　關於韓非的思想

主用術，則大臣不得擅斷，近習不敢賣重。(和氏)

……故有術而御之，身坐於廟堂之上，有處子之色，無害於治；無術而御之，身雖瘁臞，猶未有益。(外儲說左上)

……故有術之主，信賞以盡能，必罰以禁邪。雖有駁行，必得所利。(外儲說左下)

……故國者，君之車也；勢者，君之馬也。無術以御之，身雖勞，猶不免亂；有術以御之，身處佚樂之地，又致帝王之功也。(外儲說右下)

……今申不害言術，而公孫鞅爲法。術者，因任而授官，循名而責實，操殺生之柄，課羣臣之能者也：此人主之所執也。法者，憲令著於官府，刑罰必於民心，賞存乎慎法，而罰加乎姦令者也：此臣之所師也。君無術，則弊於上；臣無法，則亂於下——此不可一無，皆帝王之具也。(定法)〔以上論"法"、"術"。〕

……舜偪堯，禹偪舜，湯放桀，武王伐紂——此四王者，人臣弑其君者也。(說疑)

……孔子、墨子俱道堯、舜，而取舍不同，皆自謂真堯、舜。堯、舜不復生，將誰使定儒、墨之誠乎？殷、周七百餘歲，虞、夏二千餘歲，而不能定儒、墨之真；今乃欲審堯、舜之道於三千歲之前，意者其不可必乎？無參驗而必之者，愚也；弗能必而據之者，誣也。故明據先王，必定堯、舜者，非愚則誣也。愚誣之學，雜反之行，明主

弗受也。……（顯學）

　　……堯、舜、湯、武，或反君臣之義，亂後世之教者也。堯爲人君，而君其臣；舜爲人臣，而臣其君；湯、武爲人臣，而弒其主、刑其尸；而天下譽之。此天下所以至今不治者也。……（忠孝）〔以上論堯、舜、湯、武。〕

十五　楚　辭

（一）　離騷①

帝高陽之苗裔兮②，朕皇考曰伯庸③。攝提貞于孟陬兮④，惟庚寅吾以降。皇覽揆余初度兮⑤，肇錫余以嘉名⑥：名余曰正則兮⑦，字余曰靈均。紛吾既有此内美兮⑧，又重之以脩能⑨；扈江離與辟芷兮⑩，紉秋蘭以爲佩。汨余若將不及兮⑪，恐年歲之不吾與。朝搴阰之木蘭兮⑫，夕攬洲之宿莽。日月忽其不淹兮⑬，春與秋其代序；惟草木之零落兮，恐美人之遲暮⑭。不撫壯而棄穢兮⑮，何不改乎此度？乘騏驥以馳騁兮⑯，來吾道夫先路！

昔三后之純粹兮⑰，固衆芳之所在⑱；雜申椒與菌桂兮⑲，豈維紉夫蕙茝？彼堯、舜之耿介兮⑳，既遵道而得路；何桀、紂之猖披兮㉑，夫唯捷徑以窘步！惟夫黨人之偷樂兮㉒，路幽昧以險隘；豈余身之憚殃兮㉓，恐皇輿之敗績！忽奔走以先後兮㉔，及前王之踵武；荃不察余之中情兮㉕，反信讒而齌怒㉖。余固知謇謇之爲患兮㉗，忍而不能舍也；指九天以爲正兮㉘，夫唯靈脩之故也！曰黃昏以爲期兮㉙，羌中道而改路。初既與余成言兮㉛，後悔遁而有他；余既不難夫離別兮㉜，傷靈脩之數化。

余既滋蘭之九畹兮㉝，又樹蕙之百畝。畦留夷與揭車兮，雜杜衡與芳芷。冀枝葉之峻茂兮㉞，願竢時乎吾將刈；雖萎絶其亦何傷兮㉟，哀衆芳之蕪穢！

衆皆競進以貪婪兮㊱,憑不厭乎求索;羌内恕己以量人兮㊲,各興心而嫉妒。忽馳騖以追逐兮㊳,非余心之所急;　老冉冉其將至兮㊴,恐脩名之不立。朝飲木蘭之墜露兮,夕餐秋菊之落英㊵;苟余情其信姱以練要兮㊶,長顑頷亦何傷! 擥木根以結茝兮㊷,貫薜荔之落蕊;矯菌桂以紉蕙兮㊸,索胡繩之纚纚。謇吾法夫前脩兮㊹,非世俗之所服;雖不周於今之人兮㊺,願依彭咸之遺則!

長太息以掩涕兮,哀民生之多艱㊻;余雖好脩姱以鞿羈兮㊼,謇朝誶而夕替㊽。既替余以蕙纕兮㊾,又申之以攬茝;亦余心之所善兮㊿,雖九死其猶未悔!

怨靈脩之浩蕩兮[51],終不察夫民心;衆女嫉余之蛾眉兮,謠諑謂余以善淫[52]。固時俗之工巧兮[53],偭規矩而改錯;背繩墨以追曲兮[54],競周容以爲度。忳鬱邑余侘傺兮[55],吾獨窮困乎此時也;寧溘死以流亡兮[56],余不忍爲此態也!

鷙鳥之不羣兮[57],自前世而固然;何方圓之能周兮[58],夫孰異道而相安! 屈心而抑志兮,忍尤而攘詬[59];伏清白以死直兮[60],固前聖之所厚!

悔相道之不察兮[61],延佇乎吾將反;回朕車以復路兮[62],及行迷之未遠。步余馬於蘭皋兮[63],　馳椒丘且焉止息;進不入以離尤兮[64],退將復脩吾初服。製芰荷以爲衣兮[65],集芙蓉以爲裳;不吾知其亦已兮[66],苟余情其信芳! 高余冠之岌岌兮[67],長余佩之陸離;芳與澤其雜糅兮[68],唯昭質其猶未虧。忽反顧以遊目兮[69],將往觀乎四荒;佩繽紛其繁飾兮[70],芳菲菲其彌章! 民生各有所樂兮[71],余獨好脩以爲常! 雖體解吾猶未變兮[72],豈余心之可懲!

①離騷:此篇命題之義,自漢以來,説者不一。司馬遷説:“離騷者,

猶離憂也。"（史記屈原列傳）蓋以"憂"釋"騷"，而"離"字無解。東漢班固說："離，猶遭也；騷，憂也。明已遭憂作辭也。"（離騷贊序）則以"離" 爲"罹"，因而解作"遭"。稍後於班固的王逸則說："離，別也；騷，愁也。"（楚辭章句）後世學者或主"遭憂而作"之說（如朱熹，見其所著楚辭集註），或主"離別之憂"之說（如清人蔣驥，見其所著之山帶閣注楚辭），大抵皆本漢人舊解。　　②"帝高陽"句："高陽"，遠古帝王顓頊氏有天下時的稱號；"苗裔"，朱熹說："遠孫也。苗者，草之莖葉，根所生也；裔者，衣裾之末，衣之餘也。故以爲遠末子孫之稱也。"按，楚爲顓頊之後，而屈原又是楚國的同姓，所以他開端就說："我是古帝王高陽氏的後代子孫。"清張德純離騷節解："首溯與楚同源共本，世爲宗臣，便有不能傳舍其國（把祖國當旅舍），行路其君（視國君爲路人）之意。"（見清陳本禮屈辭精義引）馬其昶也說："同姓之臣，義無可去，死國之志，已定於此。"（見其所著屈賦微）皆推源作者自道身世之意，謹錄以備考。　　③"朕皇考"句："朕"，我（按，先秦之人不論上下，皆可稱"朕"，至秦始皇，始定"朕"爲帝王自稱的專用詞）。"皇"，大，美，是古人習用的稱頌贊美的狀詞。"皇考"有二解：一、亡父之稱；（禮記曲禮下："祭……父曰皇考。"王逸章句："父死稱考。"）二、指遠祖（聞一多離騷解詁用劉向九歎之文及清人王闓運楚辭釋說）。證以周代金文（如齊侯鎛），則"皇考"原可用以稱亡父。疑前說近是。"伯庸"，是屈原的皇考的字。此言"我的皇考字叫伯庸。"　　④"攝提"二句：上句，"攝提"有二解：一、王逸章句："太歲在寅曰攝提格。"卽指寅年。二、朱熹集註："攝提，星名。隨斗柄以指十二辰者也。""貞"，正，當，猶言"正指着"、"對準了"。"孟"，始；"陬"音鄒；"孟陬"卽正月。夏曆的正月是寅月。下句，"庚寅"，正月裏的一天，是寅日。"降"（古讀爲洪，與上句"庸"字叶韻），降生。按，如用王逸說，則屈原應誕生在寅年、寅月、寅日；則此二句大意是："當歲星在寅之年，又正值孟春寅月，在庚寅日的那天，我就降生了。"如用朱熹說，則以"攝提"爲星名；而此星每年正月，皆指在寅的方位，則屈原的生年不一定在寅年，僅爲寅月寅日而已。後世對於屈原生年的爭論所以紛歧，都是由於對此句的理解不同所致。
⑤“皇覽”句：一本“揆余”下有“于”字。“皇”，指皇考；“覽”，觀，猶言“端相”；“揆”，估量，測度；“初”，始；“度”，朱熹解作“時節”；“初度”，猶言“始生之時”。此言“我父親在我初生之時，對我仔細地端相、揆度。”
⑥“肇錫”句：“肇”，舊作“始”解；聞一多據劉向九歎，解“肇”爲“兆”之假借字，言告於祖廟由卜兆而得到名字，亦通。“錫”，賜；“嘉名”，美好的名字。王逸說：“言父伯庸觀我始生年時，度其日月，皆合天地之正中，故賜我以美善之名也。”　　⑦“名余”二句：按，屈原名平，字原；“正則”即隱括“平”字之義，“靈均”即隱括“原”字之義。王逸說：“言正平可法則者，莫過於天；養物均調者，莫神於地。高平曰‘原’。故父伯庸名我爲‘平’以法天，字我爲‘原’以法地。”清王夫之楚辭通釋：“靈，善也。平者，正之則也。原者，地之善而均平者也。隱其名而取其義，以屬辭賦體然也。”此言“自己的名和字都是皇考所賜”。　　⑧“紛吾”句：“紛”，盛貌，不一之謂；“內美”，指先天具有忠貞的高尚品質。　　⑨“又重之”句：“重”，加；“脩”，長；“能”，才能，讀如耐，與下文“佩”字叶韻。“脩能”即長才，指辦事的能力而言。此言自己既有好品質，又有辦事的才能。　　⑩“扈江離”二句：上句，“扈”，披服在身上；“江離”一作“江蘺”，香草名，即川芎；“芷”，同“茝”，也是香草名，即白芷；“辟”同“僻”，幽；“辟芷”猶言“生長在幽僻處的芷草”。下句，“紉”，結，指把香草結續成索；“蘭”，香草名，秋天是蘭草開花的季節，故言“秋蘭”；“以爲佩”，以秋蘭做爲佩在身上的飾物。按，此二句仍以採取各種香草喻博采衆善。　　⑪“汩余”二句：上句，“汩”從“曰”，讀如聿，水流迅疾貌，喻年光如逝水。下句，“與”，待。此言恐歲月不待人，故汲汲勤勉自修，若恐不及。　　⑫“朝搴”二句：上句，“搴”音愆，又音蹇，取；“阰”音琵，清戴震說：“南楚語：大阜曰阰。”（見其所著屈原賦注）即今所謂“大土崗子”。“木蘭”，香草名。下句，“攬”，採；“洲”，水中可居之地；楚人呼經冬不死的草爲“宿莽”，“莽”古音母，此處讀如米，與上文“與”字叶韻。按，此二句仍以採取香草喻修身勤德。

⑬"日月"二句: 上句, "日月", 指時光; "忽", 倏忽, 迅速貌; "淹", 久留。下句, "代序", 猶言"代謝"(按, 古"謝"與"序"通, 見顧炎武日知錄及清末人李詳文選拾瀋)。此言時光不能久留, 四季更相代謝。　　⑭"恐美人"句: 戴震說: "草木零落, 美人遲暮, 皆過時之慨。"按, 此句之"美人", 自王逸、朱熹以來, 皆以爲喻人君, 卽指楚懷王; 清朱冀則以爲屈原自喻(離騷辨); 朱駿聲、馬其昶則以爲泛指賢士(朱說見離騷補注); 戴震又以爲喻壯盛之年。以下文觀之, 疑自喻之說近是。　　⑮"不撫壯"二句: 上句, "壯"作"美盛"解, "撫壯"與"棄穢"相偶爲文(參用聞一多說); 此處"壯"指壯盛之年而言。清王邦采說: "'撫', 憑也; 年富力強, 正可憑之以遷善改過。三十曰'壯有室', 正室家之候。'棄穢'者, 去不潔之蒙, 呈西子之質; 與'美人遲暮'緊相承接, 輕相掩映。……'撫壯棄穢', 卽所謂'改乎此度'也。'何不'與上句互文, 上'不'字已暗含一'何'字而又帶起下文之詞。"(見其所著離騷彙訂)下句, "度", 態度。按, 此句仍就己身改過遷善而言, 或謂指楚君, 疑非是。　　⑯"乘騏驥"二句: 上句, "騏驥", 駿馬, 以喻賢臣; 下句, "道"同"導"; "先路", 猶言"前驅"。此言楚君如肯委任賢臣, 則自己願爲前驅, 以導引楚君, 使政治走上軌道。(以上爲第一節, 自敍世系皇考、生辰名字與及時自修、輔佐楚君之志。)　　⑰"昔三后"句: "三后", 舊說指禹、湯和周文王; 蔣驥說: "三后, 見呂刑, 謂伯夷、禹、稷也。"疑蔣說近是。按, 此三人皆堯時賢臣。"純", 本指素絲無疵累者; "粹", 本指精米; 此指品德之醇正無疵。　　⑱"固衆芳"句: "衆芳", 以喻羣賢; "在", 猶言"集中於一處"。按, "在"古音止, 與下文"茝"字叶韻。⑲"雜申椒"二句: 上句, "雜", 猶言"紛"。"申", 山名(用朱駿聲說); "椒", 香草名, 卽花椒; "申椒", 卽申地所產之椒。"菌桂", 應作"箘桂", 卽肉桂。下句, 一根而多花的蘭叫"蕙"; "茝"同"芷", 或音齒。按, 此二句卽指上文所言的"衆芳", 言豈但把蕙、茝結續成索, 並且還雜有椒、桂等芳香之物。　　⑳"彼堯、舜"二句: "耿介", 光明正大; "遵", 循, 猶言"順着"; "道", 路, 以喻治國的正確方向。此言堯、舜爲君光明正大, 他們

順着治國的正途前進，自然獲得了平坦的康莊大路。　㉑"何桀、紂"句：此與上二句爲對文，皆引古以喻今。舊説，"猖披"本指穿衣而不繫帶之貌，引申之則爲放縱自恣之貌（見王闓運楚辭釋）；"夫"，猶"彼"，下同；"捷徑"，邪出的小路，以喻桀、紂爲政之不由正途，逆理行事；"窘步"，猶言"寸步難行"。　㉒"惟夫黨人"二句：上句，"黨人"，指當時結黨營私的小人；"偷樂"，苟且偷安。下句，"幽昧"，昏暗不明；"險隘"，危險狹隘；"隘"讀爲益，與下文"績"字叶韻。此言羣小執政，只知苟且偷安，因此國家的前途既黑暗又危險。　㉓"豈余身"二句："憚"，畏懼；"殃"，災禍；"皇輿"，本指國君所乘的美好的車子，此處以喻國家；"敗績"，本指軍隊大敗，兵車傾覆，此以喻國破家亡之禍。此言"我所以担心，哪裏是怕自己遇到災禍呢，而是惟恐祖國有傾覆滅亡之禍啊！"　㉔"忽奔走"二句：此承上"皇輿"句而言，仍以行路乘車喻治國安邦。"忽"，迅疾貌，此猶言"怱忙地"；"奔走先後"，王逸説："四輔之職也。"按，"四輔"，指在車的前後左右幫忙推挽照料之人，此處則指奔走於皇輿的先後，以喻自己願爲國家的輔弼之臣（詳見聞一多離騷解詁）。下句，"前王"，指上文"三后"或"堯、舜"；"踵武"，足迹。言自己思追踪古之先王，使國家能長治久安。　㉕"荃不察"句："荃"音義同"蓀"，又音銓，香草名；此處以喻楚君；"中情"，猶言"内情"、"本心"。此言楚君不深入詳察自己的心迹。㉖"反信讒"句："齎"音劑，或音自，本指用猛火燒飯，此處有火上添油、怒不可遏之意。此言楚君反聽信讒言，增加了對我的忿怒。　㉗"余固知"二句：上句，"謇謇"，王逸説："忠貞貌。"朱熹説："謇，直言貌。謇謇者，犯顏苦口，屢進讜言也。""謇"一作"蹇"，音儉。下句，"舍"，中止，讀如戒，與下文"故"字叶韻。此言"我也知道忠言直諫是對自己不利的，但是内心又耐不住，不能自止而不言。"　㉘"指九天"句：天有九重，故言"九天"；"正"，同"證"，指天誓日之意（用清龔景瀚説，見其所著離騷箋）。此言指天爲誓，可證己之忠貞不二。　㉙"夫唯靈脩"句：指楚懷王。此連上文言："我敢發誓，一切都是爲了楚君的緣故。"按，"靈脩"指懷王，歷代注家皆無異義, 但此二字究應作何解, 則衆説紛紜。今但録朱熹之説以備考, 餘概從略。朱熹説: "靈脩, 言其有明智而善脩飾, 蓋婦悦其夫之稱; 亦託詞以寓意於君也。" ㉚"曰黄昏"二句: 此是後人所加的衍文, 應删去。詳見宋洪興祖楚辭補註。 ㉛"初既"二句:"成言", 猶言"有成約";"悔", 反悔;"遁", 遷移;"悔遁", 指心意改變;"有他", 有了另外的打算,"他"古音拖。此言"最初同我已有成約, 後來竟改變初衷, 另生它意了。" ㉜"余既"二句: 上句,"難", 作"憚"解, 畏懼; 言自己並不怕被國君疏遠而離去。下句,"數"音朔, 屢次;"化", 變化, 古音訛, 與上文"他"字叶韻;"數化"猶言"屢次改變主意"。按, 王夫之説:"原所與懷王成言者不傳; 史稱屈平爲楚合齊以擯秦, 懷王惑於張儀, 合秦以絶齊。或謂此歟?"則"數化"疑亦指此事。清林雲銘説:"己之見疏不足恨, 但君德無常操, 不足與有爲, 是可悲耳。"(見其所著楚辭燈) (以上是第二節, 引古帝王以爲鑑戒, 並自己之忠誠無二, 竟不爲楚君所諒。) ㉝"余既滋蘭"四句:"滋", 栽;"樹", 種; 皆種植之意。"畹"音碗, 班固説是二十畝, 王逸説是十二畝, 許慎又説是三十畝, 未知孰是。"畝"古音米, 與下文"芷"(古音己)字叶韻。"畦"音攜, 本指田隴, 此處作動詞用, 猶言"一隴一隴地種植着"。"留夷", 或謂卽芍藥;"揭車"一名乞輿, 開白花, 有辛味;"杜衡", 似葵而香, 俗名馬蹄香。"衡"一作"蘅"。此四句以香草喻衆賢, 言自己曾辛苦地培植了各種賢能的人材。 ㉞"冀枝葉"二句: 上句,"冀", 希望;"峻", 高大;"茂", 茂盛。下句,"竢"同"俟", 等待;"時"指衆芳長成之時;"刈", 本指用刀割禾或草, 引申有"收穫"之意。此言"我本來希望等到它們的枝葉峻茂時就可以有所收穫了。" ㉟"雖萎絶"二句:"萎絶", 本指草木枯萎零落, 此以喻所培養之人受到摧折;"衆芳", 卽指上文"蘭"、"蕙"、"揭車"、"杜衡"等, 喻所培植的羣賢;"蕪穢", 本指植物的荒蕪, 此以喻羣賢的變節。此言"羣賢萎絶尚不可悲, 可哀的倒是他們的變節。" ㊱"衆皆"二句: 上句,"衆"指羣小;"競進"指對利禄權勢的爭相追逐; 愛財叫"貪", 愛食叫"婪","貪婪"指羣小的品行污穢。下句，"憑"，滿；"厭"，滿足；"求索"，指貪得不已。"索"讀如素，與下文"妒"字叶韻。此言羣小爭逐於勢利，貪污卑鄙，無所不爲，財雖已滿私囊，而仍取之不已，求之無厭。　㊲"羌內恕己"二句："羌"，楚方言，發語詞；"量"，估量，揣度；"興心而嫉妒"，猶言"生嫉妒之心"，此言羣小責己甚寬，而以小人之心度量他人，對忠貞如屈原者，竟生嫉妒之心。按，王逸説："害賢爲嫉，害色爲妒。""嫉妒"字皆从"女"，本專屬於女性，此篇多以男女喻君臣關係，故以衆女喻羣小，此處"嫉妒"正切女子而言。　㊳"忽馳騖"二句："馳騖"，馬奔跑貌。此言"羣小急於追逐權勢財利，而這些都非我之所急。"　㊴"老冉冉"二句："冉冉"，漸漸；"脩名"，美名；"立"，成，樹立。此言"年光不再，老已將至，我所担心的只是美名尚未樹立而已。"王逸説："言衆人急於財利，我獨急於仁義。"　㊵落英：與上句"墜露"爲對文。"英"，花；"落英"，即落花。但據宋人的解釋，"落"應作"始"解，謂所餐乃秋菊初開之花。此可備一説。"英"讀爲央，與下文"傷"字叶韻。按，此二句以飲露餐菊喻修身潔行。　㊶"苟余情"二句：上句，"信"，實，誠，猶今言"果真"；"姱"音誇，美好；"練"，精；"要"，指操守堅定(參用陳本禮説)；"練要"猶言"精誠專一"。下句，"顑頷"(讀爲咸含的上聲)，因飢餓而面有菜色之貌。按，此以顑頷喻不慕權勢利祿，雖清貧不易其操。王逸説："衆人苟欲飽於財利，已獨飽於仁義也。"　㊷"擥木根"二句：上句，"擥"同"攬"，持；"木根"，洪興祖説："荀子云：'蘭槐之根是爲芷。'注云：'苗名蘭槐，根名芷。'然則木根與芷，皆喻本也。"意謂泛指植物的根本，以喻人之立身的根本。而陳本禮則解爲"木蘭之根鬚"，今兩存之。下句，"貫"，貫串；"薜荔"，香草名，或即今之當歸(用朱駿聲説)；"蕊"同"蕊"，古讀爲裸，與下文"纚"字叶韻。　㊸"矯菌桂"二句：上句，"矯"，舉，猶言"取用"；"菌桂"應作"箘桂"，已見前。下句，"胡繩"，香草名，蔓生，有莖，葉可做繩索；"索"，作動詞用，指把胡繩搓成繩索的形狀；"纚纚"，形容以繩串物，長而下垂之貌。"纚"音洗，古讀如璵。按，以上四句，皆以採取香草喻修身。方苞説："曰擥、曰結、曰貫、曰矯

皆堅持固攬之義，九章所謂‘重仁襲義’也。”（見其所著之離騷正義）
㊹“謇吾”二句：上句，“謇”，楚方言，發語詞（與前“謇謇”之意不同）；
“法”，效法；“前修”，指前代賢人。下句，“服”，作“用”解；古讀爲迫，與下
文“則”字叶韻。此言自己以前修爲法，不爲世俗所用。　　㊺“雖不周”
二句：上句，“周”，合。下句，“依”，依照；“彭咸”，相傳爲殷時賢大夫，諫
其君不聽，投水而死；“遺則”，留下的榜樣。此言“自己雖與今之羣小不
合，却願依照彭咸所留下的榜樣行事”。言外指願爲直臣，寧死不易節
操。（以上是第三節，寫自己引拔羣賢，勵精圖治，而與讒佞之黨人各異
其志趣。）　　㊻“哀民生”句：“民”，卽人，“民生”卽人生。此是屈原自歎
其遭遇之多艱。　　㊼“余雖好修姱”句：據清臧庸拜經日記，“好”字是衍
文。“雖”同“唯”；“修姱”，美好；“鞿羈”，本指馬韁繩和馬絡頭，王逸引申
爲指被人所係累、束縛。王念孫説：“余唯有此修姱之行，以致爲人所係
累也。”（見讀書雜志餘編）又，朱熹解“鞿羈”爲“束身自好”之意，亦可通。
㊽“謇朝誶”句：“誶”音碎，又音訊，進諫；“替”，廢。此言朝進諫而夕卽被
斥廢，極言己身不爲楚君所容。按，“艱”與“替”兩韻不叶。姚鼐説：“二
句疑倒誤（卽“長太息”句和“哀民生”句應互易），蓋‘涕’與‘替’爲韻。”
（見其所選古文辭類纂）戚學標説：“楚辭‘哀民生之多艱’叶‘謇朝誶而夕
替’，以籀文从‘喜’推之。”（見其所著漢學諧聲）按，“艱”籀文作“囏”，疑戚
説近是。　　㊾“既替余”二句：上句，“替”見前註；“纕”音襄，佩帶。下句，
一本作“又申之以攬茝”，疑今本“以”字是衍文。“申”作“重”解，“申之”猶言
“加上”。按，此二句仍以裝飾衣佩喻修身，以“蕙”、“茝”喻美德。　　㊿“亦
余心”二句：“善”，愛好；“悔”，古音喜，與上文“茝”字叶韻。此連上文言
“修身潔行原爲我所愛好，雖九死而無一生，也不悔恨。”　　(51)“怨靈脩”
二句：“浩蕩”，無思慮貌，一説，放肆縱恣貌；“民心”，猶言“人心”，指屈原
自己的用心。　　(52)“衆女”二句：“衆女”以喻“羣小”；“蛾眉”見前詩經碩
人註，此以喻己之賢才；“謡”，毀謗；“諑”音啄，讒誣。此言“羣小嫉妒我
的賢能，反造謡誣蔑説我是淫邪的人。”　　(53)“固時俗”二句：“偭”音緬，

背棄；"規矩"，猶言"法度"；"錯"同"措"(古讀爲醋)，措施。此言羣小趨時媚俗，競爲巧佞之言，背棄法度，改變措施。　⑭"背繩墨"二句：上句，"背"，違反；"繩墨"本是取直的工具，此處引申爲"正直之道"。下句，"周容"，猶言"苟合取容"；"度"，法則。此言羣小違反了正直之道而追求邪曲，競以苟合取容爲正當的法則。　⑮"忳鬱邑"二句："忳"音屯，憂貌，是副詞，做爲"鬱邑"的狀詞；"鬱邑"，苦悶煩惱、怨抑不申之意，是形容詞，做爲"余"的狀詞；"侘傺"音詫祭，不得志貌；"時"，古音讀去聲，指當時的處境；"窮困"，猶言"走投無路"。此言"我因失志而憂愁苦悶，目前只有自己的處境最爲窮困。"　⑯"寧溘死"二句：上句，"溘"音曷，忽然。林雲銘説："或受誅立(立即)死，或放斥喪身。"下句，"此態"，指羣小諂佞之態。"態"讀爲剃，與上文"時"字叶韻。　⑰"鷙鳥"二句："鷙鳥"，指鷹隼一類性情猛烈的鳥，以喻個性剛強忠正的人。此言從很久以前，剛強正直的人就不與邪曲小人同流合污。　⑱"何方圜"二句："方"，喻君子之行爲端正；"圜"同"圓"，喻小人之圓滑諂佞；"周"，相合，相同。此言"方和圓怎麼能彼此相容，不同道的人又怎麼能彼此相安無事呢？"　⑲"忍尤"句："尤"，過；"攘"，取；"詬"，辱。此句猶言"忍恥含辱"(參用蔣驥、朱駿聲説)。　⑳"伏清白"二句："伏"同"服"，猶言"保持"；"厚"，嘉許。此言保持清白之志以死於直道，這種品德是爲前代的聖賢所嘉許的。(以上是第四節，言雖爲羣小所排擠，而矢志不屈。)　㉑"悔相道"二句：上句，"相"，讀去聲，視，看；"道"，道路；"察"，仔細地考察。下句，"延"，指引頸遙望；"佇"，指久立等待；"延佇"，即"遲遲不去"之意；"反"同"返"。　㉒"回朕車"二句："復路"，回到舊路上去。按，以上四句以行路爲喻。朱熹説："言既至於此矣，乃始追恨前日相視道路，未能明審，而輕犯世患；遂引頸跂立，而將旋轉吾車，以復於昔來之路，庶幾猶得及此惑誤未遠之時，覺悟而旋歸也。"　㉓"步余馬"二句：上句，"步"，徐行；"臯"，王逸説："澤曲曰臯。""澤曲"，猶今言"水灣兒"。按，"臯"，水旁之地，其上有蘭，故言"蘭臯"。下句，"馳"，馬急行；"椒丘"，與

“蘭皋”爲對文，指有椒樹的山丘；“且”，暫且；“焉”，作“於此”解，猶言“在彼處”；“止息”，休息下來。此言“我騎着馬在蘭皋上徐行，然後又急馳到椒丘上，就在那兒暫時休息下來。”　　⑭“進不入”二句：上句，“進”，指進身於君前；“不入”，不爲楚君所用；“離”同“罹”，遭遇；“尤”，過失；“離尤”猶言“獲罪”。此言既不見用於楚君而獲罪。下句，“退”，離去；“初服”，意含雙關：從字面上講，指從前所穿的衣服，“復脩初服”即重新整治自己的衣服；實際上則指原來的志趣，“初服”猶言“夙志”。此言即使身退也仍舊一本初衷，不改夙志。　　⑮“製芰荷”二句：“製”，裁製；“芰”音技，即菱；“荷”，指荷葉；“集”，集合，積聚；“芙蓉”，即荷花；“衣”、“裳”，王逸説：“上曰衣，下曰裳。”按，此二句申明上文“脩初服”之意，以製衣裳喻修身，以香草喻美德。　　⑯“不吾知”二句：此是倒裝句法，亦承上文“初服”而言。戴震説：“言……但以自芳，不必求人知。”意謂“只要我的內心真是芳潔，即使沒有人理解我也無所謂。”　　⑰“高余冠”二句：“岌岌”，高貌，“岌”讀如孽；“陸離”，長貌（用王念孫説）。戴震説：“高冠長佩，即迻江篇所云‘余幼好此奇服，年既老而不衰’也，以寓從吾所好之意。”⑱“芳與澤”二句：此承上二句而言。上句，“芳”，指香草的芬芳；“澤”，指佩玉的潤澤；言芳與澤二者交集於己之一身。下句，“昭質”，光明純潔的品質。此言自己的美好品質並未虧損。　　⑲“忽反顧”二句：“遊目”，即縱目遠眺之意；“觀”讀去聲，作“示”解（用陳本禮説）；“四荒”，四方荒遠之地。此言“我忽然回顧，縱目遠望，打算到四方荒遠之地去顯示一下自己的美才，看看有沒有重視我的人。”　　⑳“佩繽紛”二句：此仍就芳草與佩玉二者而言。上句，“繽紛”，盛貌；言所佩之飾物極爲盛多。下句，“菲菲”，猶“勃勃”，香氣盛貌；“章”同“彰”。此言所穿着的是用香草縫製的衣服，香氣之濃烈乃愈益顯著。朱熹説：“佩服愈盛而明，志意愈脩而潔也。”　　㉑“民生”二句：“民生”即“人生”。朱熹説：“言人生各隨氣習，有所好樂，或邪或正，或清或濁，種種不同；而我獨好脩潔以爲常。”據姚鼐、孔廣森、江有誥説，“常”本作“恆”，與下文“戀”字叶韻；因漢文帝名恆，故漢人避諱，改"恆"爲"常"（姚説見其所選古文辭類纂，孔説見其所著詩聲類，江説見其所著楚辭音讀）。謹録以備考。⑫"雖體解"二句："體解"即"肢解"；"懲"，怨艾（用洪興祖説），古讀平聲。此言"雖粉身碎骨而己志不變，自己的内心是不會有怨悔之意的。"（以上是第五節，設想獨善其身而終不肯，然而志意亦終不能屈。）〔以上是第一大段，凡五節，總述己志。王夫之説："此上原述己志已悉。自'女嬃'以下至末，復設爲愛己者之勸慰，及鬼神之告，以廣言之。明己悲憤之獨心，人不能爲謀，神不能爲決也。"王邦采説："文勢至此，爲第一段大結束，而全文已包舉。後兩大段雖另闢神境，實即第一段之意；而反覆申言之，所謂言之不足，又嗟歎之也。……"蔣驥説："民生四句，總承篇首至此之意而結之，以起下文，實一篇之樞紐也。蓋始之事君以脩能；其遇讒以脩姱；其見廢而誓死，則法前脩；即欲退以相君，亦脩初服：固始終一好脩也。自此以下又承往觀四荒，而以好脩之有合與否反覆設辭，而終歸於爲彭咸之意。"〕

女嬃之嬋媛兮①，申申其詈予②；曰："鮌婞直以亡身兮③，終然殀乎羽之野。汝何博謇而好脩兮④，紛獨有此姱節？薋菉葹以盈室兮⑤，判獨離而不服。衆不可户説兮⑥，孰云察余之中情？世並舉而好朋兮⑦，夫何煢獨而不予聽！"

依前聖以節中兮⑧，喟憑心而歷兹；濟沅、湘以南征兮⑨，就重華而陳詞⑩：啓九辯與九歌兮⑪，夏康娱以自縱；不顧難以圖後兮⑫，五子用失乎家巷⑬。羿淫遊以佚畋兮⑭，又好射夫封狐；固亂流其鮮終兮⑮，浞又貪夫厥家。澆身被服強圉兮⑯，縱欲而不忍；日康樂而自忘兮，厥首用夫顛隕⑰。夏桀之常違兮⑱，乃遂焉而逢殃；后辛之菹醢兮⑲，殷宗用而不長。湯、禹儼而祗敬兮⑳，周論道而莫差㉑，舉賢而授能兮，循繩墨而不頗㉒。皇天無私阿兮㉓，覽民

德焉錯輔；夫維聖哲以茂行兮㉔，苟得用此下土。瞻前而顧後兮，
相觀民之計極㉕；夫孰非義而可用兮㉖，孰非善而可服？阽余身而
危死兮㉗，覽余初其猶未悔；不量鑿而正枘兮㉘，固前脩以菹醢。曾
歔欷余鬱邑兮㉙，哀朕時之不當；攬茹蕙以掩涕兮㉚，霑余襟之浪
浪。

　　跪敷衽以陳辭兮㉛，耿吾既得此中正；駟玉虬以乘鷖兮㉜，溘埃
風余上征。朝發軔於蒼梧兮㉝，夕余至乎縣圃；欲少留此靈瑣兮㉞，
日忽忽其將暮。吾令羲和弭節兮㉟，望崦嵫而勿迫；路曼曼其脩遠
兮㊱，吾將上下而求索。飲余馬於咸池兮㊲，總余轡乎扶桑；折若
木以拂日兮㊳，聊逍遙以相羊。前望舒使先驅兮㊴，後飛廉使奔
屬；鸞皇爲余先戒兮㊵，雷師告余以未具。吾令鳳鳥飛騰兮㊶，繼
之以日夜；飄風屯其相離兮㊷，帥雲霓而來御。紛總總其離合兮㊸，
斑陸離其上下；吾令帝閽開關兮㊹，倚閶闔而望予。時曖曖其將罷
兮㊺，結幽蘭而延佇；世溷濁而不分兮，好蔽美而嫉妒。

　　朝吾將濟於白水兮㊻，登閬風而緤馬；忽反顧以流涕兮，哀高
丘之無女㊼。溘吾遊此春宮兮㊽，折瓊枝以繼佩；及榮華之未落
兮㊾，相下女之可詒。吾令豐隆乘雲兮㊿，求宓妃之所在；解佩纕
以結言兮[51]，吾令蹇脩以爲理[52]。紛總總其離合兮[53]，忽緯繣其難
遷；夕歸次於窮石兮[54]，朝濯髮乎洧盤。保厥美以驕傲兮[55]，日康
娛以淫遊，雖信美而無禮兮[56]，來違棄而改求。覽相觀於四極兮[57]，
周流乎天余乃下；望瑤臺之偃蹇兮[58]，見有娀之佚女。吾令鴆爲媒
兮[59]，鴆告余以不好，雄鳩之鳴逝兮[60]，余猶惡其佻巧。心猶豫而
狐疑兮，欲自適而不可[61]，鳳皇既受詒兮[62]，恐高辛之先我。欲遠
集而無所止兮[63]，聊浮遊以逍遙；及少康之未家兮[64]，留有虞之二

姚。理弱而媒拙兮㉖，恐導言之不固；世溷濁而嫉賢兮，好蔽美而稱惡。閨中既已邃遠兮㉖，哲王又不寤；懷朕情而不發兮㉗，余焉能忍與此終古！

①"女嬃"句："女嬃"有二解：一、指屈原之姊（王逸説）。按，説文引賈逵説："楚人謂姊爲嬃。"則知漢儒大抵作此解。二、指侍妾。此説最早見於汪瑗之楚辭集解，他説："嬃者，賤妾之稱。"（選學膠言引汪著離騷蒙引説同）朱駿聲也説："易、漢書與天問皆借'須'爲'嬬'，媵妾也。"近人郭沫若屈原賦今譯，則引申其意，釋爲"女伴"，並疑女嬃是屈原的侍女。兩説可並存。"嬋媛"，是"嘽咺"（音蟬援）的假借字。説文"口部"："嘽，喘息也。"揚雄方言："凡恐曰噎噫謂之脅，圉南楚江、湖之間謂之嘽咺。"則"嬋媛"即"喘息"之意，此指呼吸急促而言。　②"申申"句："申申"，王逸説："重也。"猶今言"狠狠地"。"詈"音利，責罵。"予"，可讀上聲，與下文"野"字叶韻。　③"鯀婞直"二句："鯀"即鮌，禹之父。"婞"同"悻"，"婞直"猶言"剛愎任性"。"亡"同"忘"（用聞一多説）。下句，"終然"，猶言"終於"；"殀"，死；"羽"，即羽山；"野"，古音暑。此言"鯀性剛直而忘生命之危，終以不聽命於堯之故，死在羽山之野"。　④"汝何"二句：上句，"博謇"，謂學問廣博而秉性忠直（用朱熹説）；下句，"姱節"，猶言"美好的行爲"。朱駿聲説："'節'當作'飾'，方合古韻，亦與前後文義一貫。"録以備考。　⑤"薋菉葹"二句：上句，"薋"，王逸謂是"蒺藜"，疑非是。説文："薋，草多貌。"徐鍇説文繫傳："薋猶積也。"段玉裁説："……據許君説，正謂多積菉葹盈室，薋非草名。禾部曰：'穦，積禾也。'音義同。"（説文解字注）按，段説是。"菉"音緑，本名王芻，即今之淡竹葉，可做藥材；"葹"音施，即今之蒼耳；二者皆惡草名，以喻讒佞之小人。下句，"判"，作"分別"、"區別"解，此處是副詞，用以形容"獨離"；"服"，用。此言"惡草堆積滿室，而你却判然與衆人不同，不用它們來做爲自己的服飾"。　⑥"衆不可"二句："余"指屈原，是女嬃代屈原而言（用錢澄之、戴震説，錢説見莊屈合詁）。大意是："一般人是不了解你的，但又不能對他們一個

個的家喻户曉，那麼誰又能體諒你的本心呢？”　　⑦“世並舉”二句：上句，“朋”，古“鳳”字，鳳飛而羣鳥從以萬數，故引申爲“朋黨”之義（用洪興祖説）。下句，“鷙獨”，孤獨貌，此指屈原孤立於羣小之間。“予”，女嬃自謂。此二句大意是：“一般人都好成羣結黨，隨聲附和，你爲什麼這樣的孤獨而不聽我的話呢？”（以上是第一節，作者設爲女嬃勸責之詞。）⑧“依前聖”二句：上句，“節”應讀爲“折”，“節中”即“折中”（用朱駿聲説），指行動的標準。此言自己的行爲是以前世的聖人爲法的。下句，“喟”，歎；“憑”，作“懣”解，“憑心”猶言“憤懣之心”；“歷兹”，猶言“至此”、“至今”（用戴震、馬其昶説）。此言“歎己心多憤懣，抑鬱而至今”。按，“歷兹”，近人張渡然疑待徵錄云：“案，吕覽任地篇：‘今兹美禾，來兹美麥。’高（誘）注：‘兹’，年也。古詩：‘況復待來兹。’兹，亦年也。遠遊：‘永歷年而無成。’‘歷年’、‘歷兹’，一也。哀時命：‘懷隱憂而歷兹’。王（逸）注：‘常懷戚戚，經歷年歲，以至於此也’。此尚近之。”可備一説，故錄以備考。　　⑨“濟沅、湘”句：“濟”，渡過。“沅”、“湘”，皆水名，在今湖南省境内。“征”，行。　　⑩“就重華”句：“重華”，即舜。“敶”同“陳”，“陳詞”，陳述自己的言語。按，相傳舜葬於九疑（山名，一名蒼梧山，所謂“舜崩于蒼梧之野”，即指其地），在今湖南南部寧遠縣境内，故屈原渡過沅、湘而南行。蔣驥説：“因女嬃之言而自疑，故就前聖以正之。又以鯀爲舜所殛，而九疑于楚爲近，故正之於舜也。”　　⑪“啓九辯”二句：上句，“啓”，即夏啓，禹之子，繼禹爲君。“九辯”、“九歌”，皆天帝樂名；據山海經，啓曾登天把九辯、九歌等天樂偷下來用之於人間。下句，“夏”與上句的“啓”爲互文，即指夏后啓。“康娱”，猶言“耽安逸，圖享樂”，王逸以“康”爲啓之子太康，非是。戴震説：“言啓作九辯、九歌，示法後王，而夏之失德也，康娱自縱，以致喪亂。康娱二字連文，篇内凡三見。”姚鼐説：“啓九辯下十六句，皆言失道君之致禍；湯、禹四句，皆言得道君之致福。啓之失道，載逸書武觀篇，墨子所引是也，屈子以與澆並斥爲康娱，王逸誤以‘夏康’連讀，解爲‘太康’，僞作古文者，遂有‘太康尸位’之語，其失始於逸也。”按，墨子非樂篇引武觀（引文據墨子閒詁訂正）：“啓乃淫溢康樂，野于飲食　將將鍠鍠，筦磬以方；湛濁于酒，渝食于野；萬舞翼翼，章聞于天，天用弗式。”竹書：“帝啓十年，帝巡狩，舞九招於大穆之野。”皆夏啓康娛自縱的史實。　　⑫“不顧難”句：“難”，讀去聲，危難；“圖”，考慮。此言啓不顧危難，不慮後果。　　⑬“五子”句：“五子”，卽“五觀”，一作武觀，啓之幼子。相傳五子因啓之耽於淫樂，乃作亂。國語楚語：“堯有丹朱，舜有商均，啓有五覬，湯有太甲，文王有管、蔡。是五王者，皆元德也，而有姦子。”逸周書：“五子忘伯禹之命，胥興作亂。”竹書：“（帝啓）十一年，放王季子武觀於西河。”可見屈原所指的五子卽五觀。舊以僞古文尚書五子之歌解釋此句，以“五子”爲五人，非是。“失”，據王引之考訂，是衍文，應刪去（見讀書雜志餘編引）。“用乎”，猶言“因而”、“於是乎”。“巷”，謂爲“閧”，作“鬭”解；“家巷”，猶言“生內亂”。　　⑭“羿淫遊”二句：“羿”，卽善射的后羿，相傳爲夏時有窮國的國君。“淫”，過度；“佚”，放肆；“淫遊”、“佚畋”，指后羿過分耽溺於出遊畋獵之事；“封”，大；“封狐”，泛指大的野獸。　　⑮“固亂流”二句：上句，“亂流”猶言“好亂之輩”或“歹徒”；“鮮終”，很少有好結果。下句，“浞”音鵖，卽寒浞，羿的相；“厥”，其，卽“他”；“家”（古音姑，與上文“狐”字叶韻），指羿的妻室。相傳寒浞貪戀羿妻，故使逄蒙把羿射死，據其妻以爲己有。此言“荒淫作亂的人（指羿）是很少有好結果的，所以浞就在打主意圖謀他的妻了”。　　⑯“澆身”句：上句，“澆”卽“奡”，音傲，寒浞之子。“被”同“披”，“披服”，近人衞瑜章離騷集釋引漢書顏師古注，解爲“常居處其中”；“強圉”舊解作“強暴有力”；“被服強圉”，言其好勇鬥狠，濫用強暴，已習以爲常。而聞一多則解“強圉”爲“堅甲”，“被服強圉”，猶言“穿著着堅甲”。此可備一説，録以備考。下句，“不忍”，戴震説：“謂不能自止其欲。”此二句言“澆身強暴有力，縱欲胡爲而不能自止”。　　⑰“厥首”句：“厥”，指澆；“顚隕”，猶言“墜落”。此連上文言“澆天天耽於淫樂而自忘其身，因此他的腦袋就掉下來了”。　　⑱“夏桀”二句：上句，“常違”，猶言“違常”，指其行事違反常道。

下句，"遂"有二解：一、地名。朱駿聲説："遂，聆遂也（'聆'音琴），地名。周語：'其亡也，回禄信於聆遂。'"言桀在遂地遇到災禍。二、作"終"解。衡瑜章説："'遂焉'猶'終然'也。周書：'太子晉遂巡而退其不遂。注：'遂，終也。'禮記檀弓：'穆公召縣子而問然。'注：'然之言焉也。'是'遂焉'可訓爲'終然'。……上文亦云：'終然夭乎羽之野。'此言夏桀常違天道，卒遭禍殃也。"今按，此二説皆可通。又按，舊説即解"遂"爲"乃"；"乃"、"遂"、"焉"三字同義而連用，在離騷中亦有此種句法，如"覽"、"相"、"觀"等字之連用。今以上下文語氣而論，疑衡説近是。　　⑲"后辛"二句：上句，"后辛"，即殷之紂王，"菹"音粗陽平，醃的酸菜，"醢"音海，肉醬；此處的"菹醢"做動詞用，指把人剁成肉醬。據朱熹説，此即指殺比干、醢梅伯之事。上句，"宗"，宗祀；"而"，一本作"之"。此言紂王濫殺大臣，終致亡國，使殷之宗祀因而不能長久。　　⑳"湯、禹"句："儼"，畏；"祗"，與"敬"同義。朱熹以爲指畏天敬神而言。　　㉑"周論道"句："周"，洪興祖以爲兼指周文王、武王二人而言。"論道"，講論道義；"莫差"，沒有過失。"差"古讀爲搓，與下文"頗"字叶韻。　　㉒"循繩墨"句："繩墨"以喻法度，"循繩墨"猶言"守法度"；"頗"，偏私。　　㉓"皇天"二句："阿"，偏袒，迴護；"錯"同"措"，措置，引申有"具體實施"之意；"輔"，佐，助。此言"皇天是不偏袒迴護任何人的，它看到誰有德，就採取具體措施去輔助誰"。　　㉔"夫惟聖德"二句：此承上文而言。"茂行"，美行；"苟"，作"尚"解，有"庶幾"之意（用王引之説，見經傳釋詞）；"用"，作"享"解；"下土"，下方的地域，指天下而言（此是從"皇天"的觀點來看，故稱"天下"爲"下土"）。此言"只有聖德之人頒行美好的措施，才可能享有天下"。　　㉕"相觀"句："相觀"，猶言"觀察"、"注意"；"計"，計算，衡量；"極"，標準。此連上文言："看一看前朝後代，應該注意到一般人民衡量事物所取的標準是什麽。"　　㉖"夫孰非義"二句："服"，亦作"用"解，與上文的"用"變文見義。大意是："哪個不義、不善的國君，能在世上行得通呢？"　　㉗"阽余身"二句："阽"，洪興祖引漢書注："近邊欲墮之意。"按，即指瀕於危險之境。此處作形容詞用，是"余身"的狀詞；"危死"，猶言"幾近於死"（用宋錢杲之說，見其所著之離騷集傳）。此言"我的身體已接近死的邊緣，但回顧初心，並無悔意。"　㉘"不量鑿"二句："鑿"音遭陽平，指斧上插柄的孔；"枘"音芮，斧柄之一端，削木以入孔之處。此言"不度量一下插柄的孔就削好了斧柄"，以喻不善於以讒佞的手段去事君。此二句言前代的賢臣所以遭到殺身之禍，就正是由於他們不善於以小人之道事君的緣故。　㉙"曾歔欷"二句：上句，"曾"同"增"；"歔欷"，哀泣之聲；"鬱邑"，猶言"抑鬱"、"悒悒"，憂悶貌。下句，猶言"恨自己生不逢辰"。　㉚"攬茹蕙"二句："茹"，柔；"茹蕙"，猶言"柔弱的蕙草"；"浪浪"，流貌，"浪"讀平聲。此言"用柔弱的蕙草來拭淚，但眼淚已流個不住，把衣襟都霑溼了"。（以上是第二節，列舉亡國之主與賢聖之君，說明自古以來得道則興、失道則亡之理，以見己之不敢一日忘忠正之忱而阿諛媚世，並希望從舜那裏得到指示。）　㉛"跪敷衽"二句：此二句收束上文。上句，"敷"，鋪，即展開；"衽"，衣的前襟。言鋪開衣的前襟，跪着向舜陳詞。下句，"耿"，明；此處作形容詞用，猶言"光明的"、"透澈的"，是全句的狀詞。"中正"，指中正之道。朱熹說："此言跪而敷衽，以陳如上之詞於舜，而耿然自覺吾心已得此中正之道。"　㉜"駟玉虬"二句：自此句以下言己往觀於四荒而將上叩天閽。上句，"駟"，指用四馬駕車；"虬"，無角的龍；"玉虬"指以虬爲馬，用玉做爲它身上的飾物如鑣勒之類；"鷖"音醫，鳳凰一類的鳥。此言以虬爲馬，以鷖爲車，自己乘着鷖而使虬駕之。下句，"溘"有二解：一、作"掩"解（王逸說），"掩埃風"猶言"乘着有塵埃的大風"；二、作"奄忽"解，迅疾貌（朱熹說），言迅速的乘着塵風向天上飛行。　㉝"朝發軔"句：上句，"軔"音刃，支撐車輪的木頭；車將行時，必先撤軔，故以"發軔"引申爲"動身"、"啓程"之意。"蒼梧"，即九疑山，見前註。下句，"縣圃"，相傳崑崙山有三級，"縣圃"在中級，是神人所居之地。"縣"同"懸"。此言早晨從南方的蒼梧出發，晚上到達了北方的懸圃。　㉞"欲少"二句："瑣"，本指宮殿的門上雕鏤的花紋，"靈瑣"，指神人所居的宮門。閏一多則解"靈瑣"爲"靈蘙"，謂與"懸圃"同指一地而變文，可備一說。此言自己本想在靈瑣稍做勾留，但日色已漸晚了。　　㉟"吾令羲和"二句：上句，羲和，神話中的人物，相傳是給太陽駕車的。（按，初學記引淮南子許愼注："日乘車，駕以六龍，羲和御之。"）"弭"，止；"節"，指行車進退之節；"弭節"猶言"駐車"。"崦嵫"音淹茲，神話中的山名，相傳爲日落之處。此言"我命令羲和慢一點走，不要讓太陽很快地迫近崦嵫。"蔣驥説："蓋不使遽暮（馬上天黑）也。"　　㊱"路曼曼"二句：上句，"曼曼"同"漫漫"，長貌；"求索"，猶言"尋求"。此言路途遙遠，而自己又將上下尋求。按，"求索"的對象各家之説不一，或謂求與己同志的賢人（王逸説），或謂求賢君（朱熹説），或謂求天帝之所在（王邦采説）；以下文考之，疑王邦采説近是。　　㊲"飲余馬"二句：按，此下四句寫日間行走。"飲"讀去聲。"咸池"，神話中的水名，相傳是太陽洗浴的地方。"總"，繫結。"扶桑"，神話中的樹名；相傳日出於暘谷（一作湯谷），浴於咸池，然後從扶桑上拂掠而過，昇到高空（見淮南子）。今按，"扶桑"卽太陽初昇之處。此言"我在咸池給馬飲水，並且把馬栓在扶桑上休息一下。"　　㊳"折若木"二句：上句，"若木"卽"扶桑"之變文（用段玉裁説）。説文叒部云："日初出東方湯谷，所登榑桑，叒木也。"按，"叒"音"若"，"若"卽"叒"之假借字。又，説文"榑"字條云："榑桑，神木，日所出也。""榑"與"扶"同聲通用。段玉裁説："總余轡乎扶桑，折若木以拂日，二語相聯。蓋若木卽謂扶桑，'扶'、'若'字卽'榑'、'叒'字也。"（見説文解字注）"拂"，王逸引或説："蔽也。以若木障蔽日，使不得過也。"意謂折下一枝若木來把太陽障蔽住，使它不得前進。下句，"聊"，且；"相羊"卽"徜徉"，與"逍遙"同義，徘徊，逗留。按，舊説皆以此句的主語是屈原自己，王邦采、蔣驥則以爲是屈原叮嚀日神的話，蓋勸日徐行，以便自己遠遊之意。於義似較連貫。錄以備考。　　㊴"前望舒"二句：按，此下四句寫夜間行走。"望舒"，神話中的人物，相傳是給月神駕車的；"先驅"，在前面開路。"飛廉"，風伯，卽風神之名；"屬"，跟隨，古音注，與下文"具"字叶韻；"奔屬"，猶言"在後面緊緊跟隨着奔跑”。　　⑩“鸞皇”二句：上句，“皇”同“凰”，“鸞”、“凰”都是鳳一類的鳥；“先戒”，先行而戒備。下句，“雷師”，雷神，名叫“豐隆”；“未具”，指行裝尚未具備妥當。　　⑪“吾令鳳鳥”二句：上面的八句寫日夜兼行，此處特再重複交代一下。“夜”古讀爲“訝”，與下文“御”(音迓)字叶韻。　　⑫“飄風”二句：上句，“飄風”，方向無定的風，卽旋風；“屯”，結聚之意；“離”讀去聲，同“麗”，作“附著”解(用朱駿聲説)。此言旋風一陣陣吹來，結聚不散。下句，“帥”同“率”，率領；“御”音義同“迓”，迎接。此言“風率領雲霓來迎接我。”　　⑬“紛總總”二句：上句，“紛”，盛貌，作副詞用，是形容“總總”的狀詞；“總總”，叢簇聚集之貌，指天空中雲霓之多；“離合”，指雲霓被風吹得忽離忽合。下句，“斑”，舊解爲“亂貌”，卽形容五光十色的樣子，此處作副詞用，是“陸離”的狀詞；“陸離”，參差錯綜之貌，指雲霓形態的變化多端；“上下”，指雲霓的忽高忽低。“下”古音虎，與下文“予”(讀上聲)字叶韻。　　⑭“吾令帝閽”二句：上句，“閽”，卽“司閽者”，今言“守門的人”；“帝閽”，替天帝守門的人；“關”，朱駿聲説：“橫持門户之木也。”按，卽今門閂之類。下句，“閶闔”，卽天門。此言“我讓天帝的閽者把門打開，但他却倚着天門望着我不管。”　　⑮“時曖曖”四句：第一句，“時”，指時光，時間；“曖曖”，日不明貌，指天色漸晚；“罷”音義同“疲”。此言“時已將晚，人也感到疲乏了”。第二句，言己在天門以外延佇逗留，但仍結幽蘭爲飾身之物，以喻時時自勉自勵。朱熹説：“言以芳香自潔而無所趨向也。”第三、四句，“溷”今通作“混”，混亂；“濁”猶言“污穢”；“蔽”，阻礙，隱藏。言“世上混亂污濁，美惡不分，一般人對於有美質的人都加以障蔽不使其得志，並對他們嫉妬”。朱熹説：“既不得入天門以見上帝，於是歎息世之溷濁而嫉妬；蓋其意者曰：‘不意天門之下，亦復如此！’於是去而他適也。”(以上是第三節，寫上下求索，欲見天帝而不得。)　　⑯“朝吾”二句：按，自此以下至“好蔽美而稱惡”句，皆懸求女，中間又分四層。“白水”，水名，淮南子言其源出於崑崙山；“閬風”山名，在崑崙山上；“綷”，音薜，繫。“馬”古讀爲母，與下文

“女”字叶韻。此言“我將在清晨渡過白水而登上閬風，就在那裏繫住了馬。”　　㊼“哀高丘”句：高丘，楚山名，聞一多疑卽在巫山附近；“女”，舊說以爲卽神女。此言求神女而不可得。　　㊽“溘吾遊”二句：“春宮”，舊說是東方青帝所居之舍；“瓊枝”，玉樹。此言“我悤忙地到東方的春宮去，在那裏折下了玉樹的瓊枝，爲了結續自己的玉佩。”　　㊾“及榮華”二句：上句，“榮華”，指容顏；“落”，衰謝。下句，“相”，視；“下女”，舊說或謂指在下位之女，或謂指神女的侍女，疑皆非是。聞一多說：“下女者，謂宓妃、簡狄及有虞二姚，此皆人神，對帝宮高丘二天神言之，故曰‘下女’耳。”今按，聞說是。“下女”卽人間之女，自天而言，故稱“人間”爲“下”。“詒”同“遺”，讀去聲，餽贈。此言“趁自己容顏未衰之際，趕緊物色到一個人間的美女，我就把所折的瓊枝做爲信物贈送給她。”（以上是求女的第一層，寫求神女而無所遇。）　　㊿“吾令豐隆”二句：“豐隆”，見前註；“宓”一作“虙”，同“伏”，“宓妃”，相傳爲伏羲氏之女，溺死於洛水，遂爲洛水女神。此言令雷師乘雲以求宓妃所在之處。　　51“解佩纕”句：“佩纕”，卽佩帶；“結言”，猶言“訂盟結誓”。此言願解己之佩帶以訂盟約。　　52“吾令”句：“蹇脩”，舊說謂是伏羲氏之臣。章炳麟說：“攷上古人物，略具古今人表，不見有蹇脩者；此蓋以古有宓妃，故附會言之耳。今按‘蹇脩爲理’者，謂以聲樂爲使，如司馬相如傳所謂以琴心挑之。釋樂：‘徒鼓鐘謂之脩，徒鼓磬謂之蹇。’則此‘蹇脩’之義也。古人知音者多，荷蕢野人，聞擊磬而歎有心，鐘磬可以喻意，明矣。”（見其所著菿漢閒話）“理”，使者，媒人（用蔣驥、孫詒讓說；孫說見其所著之札迻）。今按，章氏之意，以爲此句應解爲用鐘磬之音樂做媒介，以通情愫。疑近是，故錄以備考。　　53“紛總總”二句：上句，解見前註。錢杲之說：“總總離合，宓妃始至，儀從之盛也。”下句，“緯繣”音徽畫，作“乖戾”解；“遷”，舊作“移”解，疑應解爲“遷就”。此言宓妃本已將至，而忽然乖戾變卦，不再相就。　　54“夕歸次”二句：上句，“次”，止宿，“窮石”，山名，在今甘肅張掖，朱熹據左傳，以爲卽后羿之國。下句，“洧盤”，神話中的水名，據云源出於崦嵫之山。

此言夜宿於窮石，次晨以洧盤之水洗沐頭髮。按，此二句的主語，王逸謂是宓妃；錢澄之説："歸次濯髮，是女不見許，有此無聊之情。"則是指屈原。自上下文而觀，似應從王逸説。　⑮"保厥美"句："保"，作"恃"解（用衛瑜章説）；"厥"，指宓妃。此言宓妃自恃其美而驕傲。　⑯"雖信美"二句：言宓妃誠然美好，但驕傲無禮，故棄去而更求他女。（以上是求女的第二層，寫求宓妃而中途違棄。）　⑰"覽相觀"二句：上句，"覽""相""觀"三字同義而連用；"四極"，指四方極遠之處。下句，言在天上縱目遍察之後，始下降於地。　⑱"望瑶臺"二句：上句"瑶"，玉之美者；"瑶臺"，指以玉爲臺；"偃蹇"，高貌。下句，"有娀"，國名，"娀"音嵩。"佚"，美。"有娀之佚女"，指帝嚳之妃，契之母，名簡狄。　⑲"吾令鴆"二句："鴆"音枕，鳥名，據云其羽有毒，置於酒中，可以致人死命。此言命鴆爲媒，鴆反説其女並不美好。　錢杲之説："喻使小人求賢士，則小人反謂爲賢者不美，而不宜行。"　⑳"雄鳩"二句："鳩"，似鵲而小，短尾，青黑色，善鳴多聲；"逝"，往；"佻巧"，指口吻輕薄，巧而不實。此言欲使雄鳩爲媒，又嫌它語多佻巧，不可信用。　㉑"欲自適"句：此言"我想親自到簡狄那裏去，又覺得於禮不合。"　㉒"鳳皇"二句：上句，相傳簡狄吞玄鳥（卽燕）之卵而生契，爲商人之始祖。事見詩經商頌玄鳥篇。"鳳皇"，郭沫若説："以上下文按之，實卽玄鳥傳説。……古代傳説中之玄鳥，實卽鳳皇也。商頌：'天命玄鳥，降而生商'，注家以玄鳥爲燕，乃後來之轉變。"聞一多説："禮記月令疏引鄭志：'焦喬答王權曰："娀簡狄，吞鳳子之後，後王以爲媒官嘉祥，祀之以配帝，謂之高禖。"'簡狄所吞，他書曰燕卵，此曰鳳子，是玄鳥卽鳳皇。"今按，"鳳皇"卽指玄鳥。"詒"，託；"受詒"，指受帝嚳之委託。下句，"高辛"，卽帝嚳。"先我"，言在己之先娶到簡狄。（以上是求女的第三層，寫欲求簡狄而苦無良媒。）　㉓"欲遠集"二句：上句，"集"本指鳥棲於木，卽"棲止"之意，與下面的"止"同義而變文。此言"我想停留在遠方而又無處可留。"下句，"浮遊"，猶言"飄蕩"；"逍遙"，卽徘徊。此言徘徊而無所歸往。　㉔"及少康"二句：上句，"少康"，夏后相之子。據舊史所載，寒浞使澆殺夏后相，其子少康逃至有虞國。後乃滅澆，中興夏朝。"未家"，未娶家室。下句，"有虞"，國名，舜之後裔，姚姓。相傳少康逃至有虞，有虞就把兩個女兒(卽二姚)嫁給他。此二句言"趁着少康還未成家室之時，我先聘定了有虞氏的二姚吧。"　　　㉞"理弱"二句：上句，"理"與"媒"同義"弱"，無能；"拙"，口才笨拙。下句，"導"，通；"導言"，卽媒人説合時通達雙方意見的話；"固"，成；與下文"惡"(讀去聲，音務)字叶韻。此言"我所派遣的做媒的使者既沒有能力而口才又笨，恐怕他去説合沒有什麼成效。"(以上是求女的第四層，寫欲求有虞二姚而苦於理弱媒拙。)　　㉟"閨中"二句：上句，收束求女之意。"閨中"，卽上述諸美女之代稱；"邃遠"，深遠，以喻不可求(以上用朱熹説)，"邃"音遂。下句，歸結於君之不悟。"哲"，智，"哲王"，猶言"賢智之王"，指楚君。"寤"同"悟"，悔悟。　　㊱"懷朕情"二句："發"作"抒"解，猶言"表達"、"抒洩"；"此"，指當時的環境；"終古"，猶言"永久"。此言"我懷着滿腔的忠貞之情而無從抒洩表達，如果永久處在這種環境中，我又怎能忍受得下去呢！"(以上是第四節，寫求女之無所獲，歸結到楚君之不悟。)〔以上是第二大段，凡四節，從女嬃的話引入叩天閽、求下女，極寫己之不見容於君，不獲知於世。林雲銘説："以上敍舉世無知之後，纔有往觀四荒之説；及上下求索，皆與世之溷濁無異，竟無一知我、類我者，則君必不能冀其一悟，俗必能不冀其一改，可知矣。"王邦采説："自'女嬃'至此爲第二段大結束。……以天帝喻楚王，以神女喻良輔，叩閽解佩，奄忽神遊，延佇逍遥，終同夢幻，反覆嗟歎之也。……"衛瑜章説："以上於無可奈何之中，忽託遐想：上叩帝閽，既徒延佇；求之下女，或保厥美而難致，或乏良媒可使，或爲它人所先，上下求索，事屬徒勞，豈高陽之祀，將斬於是，而國事信不可爲歟？吾且占之於卜，決之於巫矣。已逆攝下文。"〕

　　索藑茅以筳篿兮①，命靈氛爲余占之②。曰："兩美其必合兮③，孰信脩而慕之？思九州之博大兮④，豈唯是其有女？"曰："勉遠逝而無狐疑兮⑤，孰求美而釋女？何所獨無芳草兮⑥，爾何懷乎故宇？世幽昧以眩曜兮⑦，孰云察余之善惡？民好惡其不同兮⑧，惟此黨人其獨異；户服艾以盈要兮⑨，謂幽蘭其不可佩。覽察草木其猶未得兮⑩，豈珵美之能當？蘇糞壤以充幃兮⑪，謂申椒其不芳！"

欲從靈氛之吉占兮，心猶豫而狐疑；巫咸將夕降兮⑫，懷椒糈而要之。百神翳其備降兮⑬，九疑繽其並迎；皇剡剡其揚靈兮⑭，告余以吉故。曰："勉陞降以上下兮⑮，求榘矱之所同；湯、禹嚴而求合兮⑯，摯、咎繇而能調。苟中情其好脩兮⑰，又何必用夫行媒；説操築於傅巖兮⑱，武丁用而不疑。吕望之鼓刀兮⑲，遭周文而得舉；甯戚之謳歌兮⑳，齊桓聞以該輔。及年歲之未晏兮㉑，時亦猶其未央；恐鵜鴂之先鳴兮㉒，使夫百草爲之不芳！"

何瓊佩之偃蹇兮㉓，衆薆然而蔽之；惟此黨人之不諒兮，恐嫉妒而折之。時繽紛其變易兮㉔，又何可以淹留；蘭芷變而不芳兮㉕，荃蕙化而爲茅。何昔日之芳草兮㉖，今直爲此蕭艾也？豈其有他故兮，莫好脩之害也！余以蘭爲可恃兮，羌無實而容長㉗；委厥美以從俗兮㉘，苟得列乎衆芳。椒專佞以慢慆兮㉙，樧又欲充夫佩幃；既干進而務入兮㉚，又何芳之能祗！固時俗之流從兮㉛，又孰能無變化？覽椒蘭其若茲兮㉜，又況揭車與江離！惟兹佩之可貴兮㉝，委厥美而歷茲；芳菲菲而難虧兮㉞，芬至今猶未沫。和調度以自娛兮㉟，聊浮游而求女；及余飾之方壯兮㊱，周流觀乎上下。

靈氛既告余以吉占兮，歷吉日乎吾將行㊲。折瓊枝以爲羞兮㊳，精瓊爢以爲粻。爲余駕飛龍兮㊴，雜瑶象以爲車；何離心之可同兮㊵，吾將遠逝以自疏！ 邅吾道夫崑崙兮㊶，路脩遠以周流；揚雲霓之晻藹兮㊷，鳴玉鸞之啾啾。朝發軔於天津兮㊸，夕余至乎西極；鳳皇翼其承旂兮㊹，高翱翔之翼翼。忽吾行此流沙兮㊺，遵赤水而容與；麾蛟龍使梁津兮㊻，詔西皇使涉予。路脩遠以多艱兮，騰衆車使徑待㊼；路不周以左轉兮㊽，指西海以爲期。屯余車其千乘兮㊾，齊玉軑而並馳；駕八龍之婉婉兮㊿，載雲旗之委蛇。抑志而弭節兮(51)，神高馳之邈邈；奏九歌而舞韶兮，聊假日以媮樂(52)。陟陞皇之赫戲兮(53)，忽臨睨夫舊鄉；僕夫悲余馬懷兮(54)，蜷局顧而不行。

亂曰(55)：已矣哉(56)！國無人莫我知兮，又何懷乎故都(57)？既莫足與爲美政兮(58)，吾將從彭咸之所居！

①"索藑茅"句："索"，此處作動詞用，作"繫結"解；"藑茅"，舊說是一種靈草，可用以占卜，或謂卽今之旋覆花。"藑"音瓊。"筳"音廷，折斷的小段竹子。"篿"音專，相傳楚人用靈草編結筳竹以占卜叫做"篿"。此言用藑茅繫結筳竹，以占卜前途。 ②"命靈氛"句："靈氛"，舊說，古之善占卜者。聞一多說："王注曰：'靈氛，古明占吉凶者。'案下文又言求占於巫咸。淮南子墬形篇高注曰：'巫咸知天道，明吉凶。'是靈氛之職司，與巫咸無異。九歌雲中君篇注曰：'楚人名巫爲靈子。'然則靈氛亦巫也。山海經大荒西經曰：'大荒之中，有靈山，巫咸，巫卽，巫朌，巫彭，巫姑，巫真，巫禮，巫抵，巫謝，巫羅十巫，從此升降，百藥爰在。''靈'、'巫'義同，'氛'、'朌'音同，靈氛殆卽巫朌歟？巫咸、巫朌並在靈山十巫之列，故離騷以靈氛與巫咸並稱。"按，向靈氛求卜，亦作者之假設。 ③"兩美"二句：按，自此以下四句，皆屈原問卜之詞，而文義則承上文"求女"而言。"兩美必合"，以喻良臣必遇明君；"慕"，愛，求。此二句大意是"雖說兩美必合，但誰是真正的修潔之人而對我表示愛慕呢？"按，此與上二句，朱熹

以爲兩“之”字叶韻；而張德純説：“篇中惟此韻，不知所從，考古亦無據。朱子以爲兩‘之’字自相叶，又無此例。今仍缺之。”聞一多説：“按‘幕’與‘占’不叶，義亦難通。郭沫若氏謂當爲‘莫□’二字，因下一字缺壞，寫者不慎，致與‘莫’誤合爲一而成‘幕’字。案，郭説是也。……此字必其音能與‘占’相叶，其義又與‘求美’之事相應，此固不待論，而字形之下半尤必須能與‘莫’相合而成‘幕’。……余嘗準茲三事以遍求諸與‘占’同韻之侵部諸字中，則惟‘念’足以當之。‘念’缺其上半，以所遺之‘心’上合於‘莫’，即‘幕’之古體‘慕’（楊統碑、繁陽令碑‘幕’字如此作）矣。念，思也，戀也，‘孰信脩而慕念之’，與上下文義亦正相符契。郭氏殆失之眉睫耳。”（見其所著之楚辭校補）今按，聞氏之言可備一説，謹録以備考。但楚辭中亦尚有其它以“之”字爲韻脚的句子，九辯云：“願皓日之顯行兮，雲蒙蒙而蔽之；竊不自聊而願忠兮，或黕點而污之。”又：“甯戚謳於車下兮，桓公聞而知之；無伯樂之善相兮，今誰使乎譽之！罔流涕以聊慮兮，惟著意而得之；紛純純之願忠兮，妬被離而障之。”則朱熹之説亦非無據，張説疑未確。　　　④“思九州”二句：“九州”，猶言“天下”、“海內”；“是”，指上述神女、宓妃、簡狄、二姚所居之地。“女”如字。此言“天下是極爲廣大的，豈只那幾處地方有女子可求呢！”戴震説：“更言九州之廣，何地無賢，卜其往有所遇否也。”　　　⑤“勉遠逝”二句：按，自此以下至“謂申椒其不芳”，是靈氛的話。上句，一本無“狐”字。“勉”，勸屈原自勉；“遠逝”，遠行。下句，“女”，“汝”之假借字，與上文“女”字叶韻。此言“你還是努力自勉，不必猶豫，到遠方去吧！只要有人誠心尋求美才，誰會把你放過呢？”　　　⑥“何所”二句：“所”，處所；“芳草”，喻賢君（用王逸、王夫之説）；“故宇”，猶言“故國”。此言“何處沒有賢君，又何必單單眷戀自己的故國呢？”　　　⑦“世幽昧”二句：上句，王夫之説：“是非不察曰‘幽昧’，好聽辨言（猶言‘巧言’）曰‘眩曜’。”按，“幽昧”，猶“昏暗”；“眩”音義同“炫”，從“日”不從“目”；“眩曜”，本指日光强烈，此處解爲“惑亂貌”。王夫之之説當爲引申義。下句，“余”，靈氛代屈原自稱；“惡”讀去聲，與上文的"字"字叶韻。此言"世道昏暗而惑亂，誰又能體察自己的善惡啊！" ⑧"民好惡"二句：上句，"民"，即人；"其"，讀爲"豈"。言人情之好惡本無不同。下句，"黨人"，指羣小。言"惟有這羣小人獨與一般人不同"。 ⑨"户服艾"二句："户"，猶言"家家户户"，指羣小；"艾"，惡草名，即白蒿；"盈"，滿；"要"同"腰"。此言"小人皆以惡草爲芬芳之物，家家户户的人都佩帶滿腰，反説幽蘭是不可佩之物"。以喻是非善惡顛倒混淆。 ⑩"覽察草木"二句："瑾"音呈，美玉，指瓊佩而言；"當"，猶今言"估價"，謂小人不識美玉之貴重而定其價值之高下（用朱冀、錢澄之説）。此言"小人對草木都不能得到正確的認識，何况對美玉的估價呢？" ⑪"蘇糞壤"二句："蘇"，取；"糞壤"，猶言"糞土"；"充"，填滿；"幃"，即身上所佩的香囊。此言"小人取糞土置於香囊中而佩之，反説申椒是不香之物"。（以上是第一節，寫屈原問卜於靈氛，靈氛指出當時楚國黨人之不辨賢愚，勸其去國遠逝。） ⑫"巫咸"二句："巫咸"，古之神巫名，已詳前註。"懷"，藏，引申有"儲備"之意；"椒"，香物，用以降神者；"糈"音胥上聲，精米，用以享神者；"要"讀平聲，猶言"迎候"（用朱熹説）；"之"古讀爲"姬"，與上文"疑"字叶韻。此言"巫咸將於晚間降神，我準備了椒糈等物來迎接"。） ⑬"百神"二句："翳"，蔽；"備"，悉，全都；"九疑"，已見前註，此指九疑之山神（按，九疑在楚境，此即指楚地之神）；"繽"，盛貌；"迎"，應作"迓"（用戴震説）；"迓"古與"御"同，亦可讀爲禦，與下文"故"字叶韻。此二句言"百神遮天蔽日而皆來下降，楚地的九疑之神也紛然相迎"（參用錢澄之、蔣驥説）。 ⑭"皇剡剡"二句：上句，"皇"，王逸解爲"皇天"，朱熹解爲"百神"，疑朱熹説近是。"剡剡"，猶言"閃閃"，發光貌；"揚靈"，朱熹説："發其光靈也。"下句，龔景瀚説："'故'者，已然之迹也。下文傅説、吕望等是也。'吉故'，前事之吉者也。"按，此言"百神之來，恍惚無定而揚其光靈，並且告訴我一些有關前代君臣遇合的吉事"。 ⑮"勉陞降"二句：按，自此以下至"使夫百草爲之不芳"句，皆巫咸傳述百神的話。上句，"陞降上下"，王逸説："'上'謂君，'下'謂臣；言當自勉強上求明君，下索賢臣。”下句，“榘”同“矩”，一種求正方形的工具；“矱”音獲，一種度量長短的工具；此處的“榘矱”猶言“法度”；“榘矱之所同”，謂與己同德之人。按，“陞降上下”似有“浮沉俯仰”之意，巫咸蓋勸勉勉屈原含忍以待時機，求與己同德之君而與之共事。⑯“湯、禹”二句：上句，“嚴”，一本作“儼”，作“敬”解，指律己嚴正；“求合”，訪求與己志同道合之臣。下句，“摯”，卽伊尹，湯之賢相；“咎繇”，卽皋陶，禹之賢臣；“調”，協調和諧。此言“湯、禹爲人嚴正，且虛心訪求與己同志之人，所以湯得到伊尹，禹得到皋陶，君臣和睦，天下賴以安定”。按，“調”古讀爲“同”，與上文“同”字叶韻。詩經小雅車攻篇：“弓矢既調，射夫既同。”韓非子揚榷篇：“形名參同，上下和調。”皆與此相類。戚學標說：“‘調’從言‘周’聲，……或‘周’之本體從‘用’，兼有‘用’聲。”錄以備考。　⑰“苟中情”二句：王逸說：“行媒，喻左右之臣也。言誠能中心常好善，則精感神明，賢君自舉用之，不必須左右薦達也。”意謂自己誠能好善，則不必託於媒使，卽能爲君所任用。　⑱“說操築”二句：上句，“說”，傅說(音悅)；“築”，版築，築牆用的工具；“傅巖”，地名，在今山西平陸縣東三十五里，本傅說所居之地，故說卽以地名爲姓氏。下句，“武丁”，卽殷高宗。相傳高宗思想賢者，夢得聖人，卽以夢中人的形象訪求於天下。後得傅說，見其與夢中所遇之人的形貌恰巧相同，乃用爲相，而殷室大興。　⑲“呂望”二句：“鼓”，鳴；“舉”，用。相傳太公姜尚曾因於殷都朝歌，一度爲屠宰之人，後遇周文王，始被舉用。　⑳“甯戚”二句：“甯戚”，春秋時齊人。相傳甯戚曾爲商賈，宿於齊東門之外，桓公夜出，甯戚正在飼牛，便用手叩牛角而歌。齊桓公聽到之後，知其賢，遂舉用爲卿。“該”作“備”解；言甯戚爲齊桓公所用，以備於輔佐之列。　㉑“及年歲”二句：“晏”，晚；“央”，盡，此言屈原年紀尚不太老，時間也還來得及，不如待賢君而輔之。　㉒“恐鵜鴃”二句：“鵜鴃”音提決，鳥名。或謂是伯勞，或謂是杜鵑。以“百草不芳”之義考之，疑指杜鵑爲是。漢書顏師古注：“鵜鴂(音與‘鵜鴃’同)……一名杜鵑，常以立夏鳴，鳴則衆芳皆歇。……”按，杜鵑之鳴，以初夏之時最甚；而初夏時則百花多已開過。王逸說：“……恐鵜鴃以先春分鳴，使百草華英摧落，芬芳不得成也。”此喻年尚未老，猶能及時有爲；倘鵜鴃先鳴，使百草爲之不芳，則如年壽已老，便一切來不及了。（以上是第二節，寫巫咸舉前世之事爲例，勸屈原姑待明時賢主。）　⑳“何瓊佩”二句：“瓊佩”，以喻美德；“偃蹇”，舊解作“衆盛貌”，疑非是，朱冀則解爲“困頓失志貌”；“薆然”，隱蔽貌；“蔽”，古讀爲撇，與下文“折”字叶韻。林雲銘說：“言有美德，被羣人爭壅，使君不得聞。”朱冀說：“自念我中情好脩，如彼瓊佩，宜其見重於當世矣；何爲如此偃蹇！緣小人衆而君子獨，薆然而蔽之也。”　㉔“時繽紛”二句：“繽紛”，紛亂貌。此言“時世已亂，事物變化極大，自己實在不能久留於故國了”。　㉕“蘭芷”二句：“茅”（古讀爲侔，與上文“留”字叶韻），惡草名，以喻不肖之人。王逸說：“以言君子更爲小人，忠信更爲佞偽。”言外指始終如一而忠貞不變者，僅自己一人而已。　㉖“何昔日”二句：“蕭”、“艾”，皆賤草名，亦以喻不肖之人。此言“昔日之君子，何今日竟都變成小人了呢？”　㉗“羌無實”句：“容”，外表；“長”，猶言“好”。此言虛有其表而內無實德。　㉘“委厥美”二句：“委”，棄；“苟”，苟且地。此言“蘭本芳草，竟然自棄其美質，而苟且地忝居衆芳之列”。　㉙“椒專佞”二句：上句，“專”，大權獨攬；“佞”，讒佞；“慢慆”，傲慢倨肆，“慆”音滔。此言椒本香草，現在卻變得專權而讒佞，傲慢而狂妄。下句，“楑”音殺，惡草名，似茱萸而小，今名吳茱萸；“幃”見前註，古讀爲怡，與下文“祇”字叶韻。此言楑本惡草，現在卻想置身於所佩帶的香囊之中。以喻小人鑽營奔走而竊勢位。　㉚“既干進”二句：此緊承上文而言。上句，“干”、“務”皆作“求”解；“進”、“入”皆指向上爬。此言“這些人只知鑽營門路以求進身於君側”。下句，“祇”，舊作“敬”解，指敬賢，疑非是，王引之說：“‘祇’之言‘振’也。言干進務入之人，委蛇從俗，必不能自振其芬芳；非不能敬賢之意也。‘祇’與‘振’，聲近而義同，故字或相通。”按，王說是，故錄以備考。　㉛“固時俗”二句：上句，王逸說：“言時世俗人，隨從上化，如水之流也。"下句，"化"讀爲訛，與下文"離"(讀爲羅)字叶韻。此言"時俗多上行下效，又怎能不隨之而變化呢？"　㉜"覽椒蘭"二句：此緊承上文而言。"若茲"，猶言"如此"。言"椒蘭爲香草中之上品，尚且有如此之變化，何況那些次一等的香草如揭車、江蘺之類呢！"按，此蓋以"椒"、"蘭"喻權貴，以"揭車"、"江蘺"喻一般士大夫。　㉝"惟茲佩"二句："茲佩"，喻己之美德；"委厥美"指己之美質見棄於當世之人；"歷茲"見前註。此言"我的品德是很可貴的，但其美質却被委棄至今，一直無人重視。"　㉞"芳菲菲"二句："虧"，減少，虧損；"沬"(古讀爲迷，與上文"茲"字叶韻)作"已"解，猶言"中斷"、"泯滅"。此言己之芬芳至今不損不滅。　㉟"和調度"二句：上句，"和"指節奏和諧；"調度"，指人在行走時所佩之瓊玉的節奏；"調"指玉之鏗鏘，"度"指步伐整齊。此以喻修己潔行始終如故，以爲娛樂慰藉。下句，"求女"迴應前文，指尋求同志之人；言"姑且再到遠方去飄蕩一番，尋求我所要找的女子吧！"　㊱"及余飾"二句：上句，"壯"，猶言"盛"，已見第一大段"不撫壯"句註。此句卽上文"及榮華之未落"之意。下句，"周流"卽"周遊"，"觀乎上下"，卽上文"將往觀乎四荒"之意。"下"與上文的"女"字叶韻，已見前。(以上是答巫咸之詞，言所以不可留之故。)　㊲"歷吉日"句："歷"，選。此言"選擇一個好日子我將要動身。"　㊳"折瓊枝"二句：上句，"羞"，脯。下句，"精"，整碎；"糜"同"麋"，細屑；"粻"音張，卽糧。此言折玉樹之枝爲脯，整玉屑爲糧。　㊴"爲余"二句：上句，言以"飛龍"爲馬而使之駕車。下句，"瑤"，玉石；"象"，象牙。朱熹説："雜用象玉以飾其車也。""車"古音居，與下文"疏"字叶韻。　㊵"何離心"二句："離心"，朱熹説："謂上下無與己同心者也。""疏"，疏遠。此言既無與己同心之人，則己將遠行以自求疏遠。　㊶"邅吾道"句："邅"音饘，王逸説："楚人名'轉'曰'邅'。"此句猶言"我轉道而至於崑崙"。　㊷"揚雲霓"二句：上句，"揚"，舉；"雲霓"，有二解：一、指畫有雲霓圖案的旌旗(文選五臣注)；二、以雲霓爲旗(朱熹説)。皆可通。"晻藹"，旌旗蔽日貌；"晻"音掩。下句

“玉”，指馬身上佩的玉飾（用<u>文選五臣注</u>）；“鸞”，馬身上繫的鈴，通謂之“鸞鈴”；“啾啾”，象聲詞，指鸞鈴的鳴聲。　　㊸“朝發軔”二句：“天津”，即天河，在天空的東極箕斗二星之間。此言“早晨從東極的天河出發，到晚上達到了西極”。　　㊹“鳳皇”二句：上句，“翼”，敬；“承”，舉；“旂”，畫着交叉的龍形的旗幟。下句，鳥一上一下地飛叫“翱”，直刺入雲而鳥身不動叫“翔”；“翼翼”，和貌，指飛得有節奏。此言“鳳凰恭敬地在車後面舉着龍旂，在高空有節奏地飛翔着”。　　㊺“忽吾”二句：“流沙”，見<u>尚書禹貢</u>，舊説謂即<u>西海居延澤</u>。今按，我國西北部多有沙漠地帶，往往沙底有水，故沙有時隨水流動。“遵”，循着，順着；“赤水”，神話中的水名，據説源出<u>崑崙山</u>；“容與”，從容遊戲之意。此言“我很快地走到了流沙地帶，並且沿着<u>赤水</u>從容遊戲。”　　㊻“麾蛟龍”二句：上句，“麾”，指揮；“梁”，橋。此言“我指揮蛟龍，讓它們橫在水上做爲橋梁。”下句，“詔”，命令；“西皇”，即古帝王<u>少皞氏</u>；“涉”，渡。此言“命令<u>少皞氏</u>把我渡過水去。”　　㊼“騰衆車”句：“騰”，<u>王逸</u>解作“過”，疑非是；<u>聞一多</u>解爲“傳”，即“傳話”、“傳令”的“傳”，猶言“吩咐”；“徑”，直；“待”，舊解作“等待”，或改爲“持”，於義皆有未安。今按，“待”之古音義同“侍”。<u>張逸</u>説：“‘徑待’，<u>洪（興祖）</u>校云：‘待一作侍。’<u>遠遊</u>云：‘左雨師使徑侍兮，右雷公以爲衛。’以‘爲衛’二字準之，則‘徑侍’之義自顯，猶‘徑相侍衛’耳。路恰遠多艱，故須騰馳衆車，使其徑相侍衛，以脱險也。<u>洪</u>於<u>遠遊</u>，注：‘徑，直也。’是其義。”疑近是。此言“我吩咐衆車，讓他們徑相保衛我。”又，“待”與下文“期”字叶韻。<u>戚學標</u>説：“‘待’从彳寺聲，古讀同‘侍’，……<u>楚辭</u>‘騰衆車使逕待’叶‘指<u>西海</u>以爲期’。”　　㊽“路不周”二句：“不周”，即不周山，詳見前神話“關於共工”部分註；“西海”，傳説中最西方的海；“期”，目的地。此言“走過<u>不周山</u>然後向左轉，以<u>西海</u>爲最終的目的地”。　　㊾“屯余車”二句：上句，“屯”，聚；言己所積聚之車有千乘之多。下句，“軑”音大或太，車軸；“玉軑”，言以玉飾於車軸上。此言這許多輛車子都齊驅並進。　　㊿“駕八龍”二句：“婉婉”，同“蜿蜿”有“蜿蜒”之意，形容龍的形體擺動；“載”，指載於車上；“雲旗”，謂以雲爲旗；“委蛇”，形容旌旗飄動。此言“駕車的龍蜿蜒前進，車上的旗子隨風招展”。按，“蛇”與上文的“馳”字，古皆讀爲駝，故相叶韻。　(51)“抑志”二句：上句，“抑志”，張渡說：“與‘屈心而抑志’義別；‘志’當讀作‘幟’。漢書高帝紀：‘旗幟皆赤’。師古曰：‘史家或作“識”，或作“志”，音義皆同。’是其聲通之證。‘抑幟’承‘雲旗’句，‘弭節’承‘八龍’句。”按，張說是。“抑”，止：“弭節”，已見前註。此言‘旌旗與車馬都停住不走”。下句，“神”，指思維；“邈邈”（“邈”音漠，與下文“樂”字叶韻），遠貌。朱熹說：“言雖按節徐行，然神猶高馳，邈邈然而逾遠，不可得而制也。”意謂身雖不行，而思維仍在活動，想得很遠，無法控制。　(52)“聊假日”句：“假”，假借：“媮”有二解：一、音俞，與“樂”同義；二、與“偷”同，“樂媮”即“偷樂”。皆可通。洪興祖說：“顏師古云：‘此言遭遇幽厄，中心愁悶，假延日月，苟爲娛樂耳。’今俗猶言‘借日度時’。”意謂姑且借此以圖一時的娛樂。　(53)“陟陞皇”二句：上句，一本無“陟”字；“戲”同“曦”，“赫戲”，舊解作“光明貌”。朱冀說：“‘陞皇’者，初日出之名也。……今世俗稱西墜之日爲落照，則東升之日名之曰‘陞皇’。……‘赫’者，言其赫赫然也；“曦”，日之光明也。‘陟’者，謂赫赫然之日光，從下而上也。”下句，“臨”，居高而視下之意；“睨”音見，旁視；“舊鄉”，即故鄉。此言“在初日的光明中，我忽然看到了自己的故鄉。”　(54)“僕夫”二句：上句，以“僕夫”和“馬”做爲作者本身的陪襯；“懷”，王逸解作“思”，疑非是。馬瑞辰說：“‘懷’與‘傷’同義。終風傳曰‘懷，傷也。’楚辭：‘僕夫悲余馬懷兮。’‘馬懷’謂馬病傷也。王逸注訓‘思’，失之。漢武帝悼李夫人賦：‘隱處幽而懷傷。’正以‘懷’、‘傷’同義，故連言之。”（見毛詩傳箋通釋）按，馬說是。此言“不但我心裏難過，連我的隨從之人和我的馬都非常悲傷。”下句，“蜷局”，即“拳曲”，形容詰屈不伸的狀詞，此指人因悲傷而遲迴不進，馬因悲傷而退縮不前。“顧”，回顧，引申有“流連”之意。“行”讀爲杭，與上文“鄉”字叶韻。（以上是第四節，寫欲去國而終不忍之矛盾心情。）　(55)亂曰

"亂",王逸説:"理也。所以發理詞指,總撮其要也。屈原舒肆憤懣,極意陳詞;或去或留,文采紛華。然後結括一言以明所趣之意也。"國語韋昭注:"篇義既成,撮其大要,爲亂辭。"論語泰伯篇:"關雎之亂,洋洋乎盈耳哉!"劉台拱論語駢枝:"'始'者樂之始,'亂'者樂之終。樂記曰:'始奏以文,復亂以武。'又曰:'再始以著往,復亂以飭歸。'皆以始、亂對舉,其義可見。"總括以上諸説,則"亂"應指終篇之結語,或樂歌之卒章。郭沫若譯爲"尾聲",亦得其旨。近人王泗原離騷語文疏解論此甚詳,可參看。 ⑤已矣哉:猶言"算了吧!"王逸説:"絶望之詞。" ⑤故都:猶言"故國"。 ⑤"既莫"二句:"彭咸",見前註。王逸説:"言時世之君無道,不足與共行美德、施善政者,故我將自沉汨淵,從彭咸而居處也。"錢杲之説:"猶言相從古人於地下耳。"(以上是第五節,直陳本意,以明己志。)〔以上是第三大段,凡五節,寫通過靈氛、巫咸之譬喻勸導,欲去國遠行,而到底不忍離開故國;終乃以"從彭咸之所居"一語,明己必死之志。王邦采説:"此爲第三段,'彭咸所居',乃通篇之結穴也。"蔣驥説:"前言上下求索,特覬望之詞,此真沛然往矣。楚必不可留,往必無所合;行色甚壯,志意甚著;好脩之士,於是可一竟其用。而忽焉反顧宗國,瞮然自止,朱子所謂'仁之至,義之盡'也。"又説:"首尾二千四百九十言,大要以好脩爲根柢,以從彭咸爲歸宿。蓋寧死而不改其脩,寧忍其脩之無所用而不愛其死。皦皦之節,可使頑夫廉;拳拳之忠,可使薄夫敦。信哉,百世之師矣!"〕

(二)　湘君①

君不行兮夷猶②,蹇誰留兮中洲③!美要眇兮宜脩④,沛吾乘兮桂舟⑤。令沅、湘兮無波⑥,使江水兮安流。望夫君兮未來⑦,吹參差兮誰思!

駕飛龍兮北征⑧,邅吾道兮洞庭。薜荔柏兮蕙綢⑨,蓀橈兮蘭

旌。望涔陽⑩兮極浦，橫大江兮揚靈⑪。揚靈兮未極⑫，女嬋媛兮
爲余太息。橫流涕兮潺湲⑬，隱思君兮陫側⑭。

　　桂櫂兮蘭枻⑮，斲冰兮積雪⑯。采薜荔兮水中⑰，搴芙蓉兮木
末。心不同兮媒勞⑱，恩不甚兮輕絶ǀ

　　石瀬兮淺淺⑲，飛龍兮翩翩。交不忠兮怨長⑳，期不信兮告余
以不閒㉑ǀ

　　鼌騁騖兮江皋㉒，夕弭節兮北渚。鳥次兮屋上㉓，水周兮堂
下。捐余玦兮江中㉔，遺余佩兮醴浦；采芳洲兮杜若㉕，將以遺兮
下女。時不可兮再得，聊逍遥兮容與ǀ

　　①湘君: 這是九歌中的一篇，是祭祀湘水神的詩歌。在它和它的姊
妹篇湘夫人中，詩人描寫了湘水的一對配偶之神的戀愛故事。本篇是描
寫湘夫人(女神)等待湘君(男神)不至而感到怨慕悲傷的詩篇。舊説或
謂湘君即舜，湘夫人即舜之二妃，則因舜死於蒼梧之事而有此傳説，姑録
以備考。至於前人有謂湘君、湘夫人即舜之二妃，因以湘君爲女性者，疑
非是。　　②"君不行"句: "君"，指湘君；"夷猶"，猶豫不決。此言湘君猶
豫遲疑，久久不至。　　③"蹇誰留"句: "蹇"，發語詞；"中洲"，猶言"洲
中"，指水中可居之地。此言"他之不來，是因爲誰的緣故而留在洲中
呢ǀ"　　④"美要眇"句: "要"讀平聲，"要眇"，美好貌；聞一多解爲"睇目
媚視貌"(見其所著怎樣讀九歌)，亦可通。"宜"，善；"宜脩"，善於脩飾。
此句寫女神之容飾。　　⑤"沛吾乘"句: "沛"，行貌，此處指舟行甚速；
"桂舟"，以桂木爲舟。蔣驥説: "待神不來，故以舟往迎。"　　⑥"令沅、
湘"二句: "沅"、"湘"，二水名，在洞庭湖之南；"江水"，指長江之水。此言
希望沅水、湘水和長江都風平浪静，不要興波作浪。　　⑦"望夫君"二
句: "夫"，彼，"君"，指湘君。"參差"，即排簫，古樂器名，相傳爲舜所造，
其狀如鳳翼之參差不齊，故名"參差"。舊註作"洞簫"，疑非是。"誰思"，
猶言"思誰"。此寫女神盼男神不至，於是吹簫以寄其思念之情。按，此

句的"思"古讀爲西，與上句的"來"(古讀爲釐)叶韻。　　⑧"駕飛龍"二句：此下寫男神將至而終於未至。"飛龍"湘君所駕，或謂指龍舟。"邅"，轉。此言"湘君駕飛龍本向北來，結果却轉道去洞庭湖了"。　　⑨"薜荔柏"二句：上句，"薜荔"，香草名；"柏"，"帕"之假借字，旌旗之總名(用聞一多說)。"綢"，聞一多說："所以纏旗桿者謂之'綢'。"此言以薜荔爲旗，以蕙爲纏旗桿的綢。下句，聞一多說："'橈'者，旗上曲柄，所以懸帛，兼以爲飾。旌者，桿首飾(旗桿頂端的飾物)，綴旄羽爲之。"此言以蓀爲橈，以蘭爲旌。按，此二句寫旌旗之美盛，"蓀"、"蘭"則以言其芳潔。　　⑩"望涔陽"句："涔"音岑，水名，今湖南澧縣有涔陽浦，在洞庭湖和長江之間。"極浦"，猶言"遠浦"。此言女神向遠遠的涔陽浦那邊眺望。　　⑪"橫大江"句："橫大江"，指橫渡大江；"揚靈"，指湘君發揚着閃爍的光輝。按，王夫之釋"靈"爲"舲"，作"小船"解，疑非是。　　⑫"揚靈兮未極"二句：上句，"極"，至(用朱熹說)。言湘君雖發揚其光靈而遠遠在望，但始終並未來到。下句，"女"，指侍女；"嬋媛"同"嘽咺"，見前離騷註。言湘君不至，連侍女都爲女神嘽咺而歎息了。　　⑬潺湲：音殘援，水流貌，此處形容流淚之貌。　　⑭"隱思君"句："隱"，痛；"陫側"，卽"悱惻"，憂思傷心貌。此言女神因思念湘君而痛楚傷心。　　⑮"桂櫂"句：此下寫乘船迎神的情況。"櫂"同"棹"，船槳；"蘭"，木蘭；"枻"音裔(古讀爲屑，與下句"雪"字叶韻)，船旁板。此言船之櫂枻皆用芳香之木製成。　　⑯"斵冰"句："斵"同"鑿"，敲擊。此言斵冰於積雪之中，以便行舟。　　⑰"采薜荔"二句："木末"，樹梢。按，"薜荔"本生於陸上，此言采於水中，"芙蓉"本生於水，此言搴於木末，以喻徒勞而無所得。　　⑱"心不同"二句：上句，言對方和自己不同心，所以媒人也只有徒勞；下句，言恩情不深厚，故輕易便相棄絕。　　⑲"石瀨"二句："石瀨"，石灘上的急流；"淺淺"，水流迅急貌，"淺"音箋。"翩翩"，飛翔貌。　　⑳"交不忠"句：言相交而不拿出真心來，故使人至所怨望。　　㉑"期不信"句：言本來約會好了而不守信用，反而告訴我沒有閒空。　　㉒"黿騁鶩"二句："黿"同"朝"，指白天；

“騁鶩”,猶言“奔走”;“江皋”,江邊;“弭節”,已見前離騷註。此言白天在江邊上奔走,到了晚上,在北岸上停留下來。　㉓“鳥次”二句:鳥在屋上棲息,水在堂下環流。　㉔“捐余玦”二句:“捐”,捨掉;“玦”音決,玉器名,狀如環而有缺;“遺”,丟下,留下;“醴”,同“澧”,即澧水,源出湖南桑植縣,經澧縣,納涔水而入洞庭湖。此言把玉玦和玉佩都丟在水中,以示訣絕之意。　㉕“采芳洲”二句:“芳洲”,香草所生之處,“杜若”,香草名;“遺”讀去聲,贈;“下女”,指湘君的侍女。此言把採來的香草贈於侍女,希望能一通最後之情愫。

（三）　湘夫人①

帝子降兮北渚②,目眇眇兮愁予③。嫋嫋兮秋風④,洞庭波兮木葉下。

登白蘋兮騁望⑤,與佳期兮夕張⑥;鳥何萃兮蘋中⑦,罾何爲兮木上

沅有茝兮醴有蘭,思公子兮未敢言⑧。荒忽⑨兮遠望,觀流水兮潺湲。

麋何食兮庭中⑩？蛟何爲兮水裔？朝馳余馬兮江皋,夕濟兮西澨⑪。聞佳人兮召予,將騰駕兮偕逝⑫。

築室兮水中,葺之兮荷蓋⑬。蓀壁兮紫壇⑭,播芳椒兮成堂⑮;桂棟兮蘭橑⑯,辛夷楣兮藥房⑰。罔薜荔兮爲帷⑱,擗蕙櫋兮既張⑲;白玉兮爲鎮⑳,疏石蘭兮爲芳㉑。芷葺兮荷屋㉒,繚之兮杜衡。

合百草兮實庭㉓,建芳馨兮廡門㉔。九嶷繽兮並迎,靈之來兮如雲。

捐余袂兮江中㉕,遺余褋兮醴浦;搴汀洲兮杜若㉖,將以遺兮

遠者。時不可兮驟得，聊逍遙兮容與₁

①湘夫人．本篇是祭祀湘水女神的詩篇，也在九歌之內。全篇作男神(湘君)思念女神(湘夫人)的語氣，極寫其望之不見、遇之無因的心情，與前篇恰成對照。　　②"帝子"句："帝子"指湘夫人。相傳舜妃爲堯女，故稱"帝子"，即後世所謂的公主。此句言湘夫人降臨在水的北岸。③"目眇眇"句："眇眇"，望眼欲穿之貌；"愁予"，使我愁苦。此言"用盡目力凝望，而所望之人不來，故使自己十分愁苦"。　　④"嫋嫋"二句：上句，"嫋嫋"，長弱貌，"嫋"音裊。下句，言秋風一起，洞庭湖起了波濤，樹葉子也被吹落了。　　⑤"登白蘋"句："白蘋"，陸生之草，生長於秋季，湖澤間多有之，雁以之爲食，"蘋"音煩；"騁望"，猶言"縱目"。　　⑥"與佳期"句：一本"佳"下有"人"字。"佳"或"佳人"，指湘夫人。"張"讀去聲，陳設。此言湘君本與女神有約，故於黃昏時有所陳設佈置。　　⑦"鳥何萃"二句："萃"，集聚；"蘋"，水草；"罾"，捕魚之具。王逸説："夫鳥當集木巔，而言草中；罾當在水中，而言木上。以喻所願不得，失其所也。"⑧"思公子"句："公子"即"帝子"，指湘夫人。一説，"公子"爲所思之人的通稱。亦可通。　　⑨荒忽：渺渺茫茫，不分明之貌(洪興祖説)。一説，形容思極而神迷的狀詞(蔣驥説)。皆可通。　　⑩"麋何食"二句："麋"，獸名，似鹿而大；"水裔"，水邊。朱熹説："麋當在山林，而在庭中；蛟當在深淵，而在水裔。以比神不可見，而望之者失其所當也。"　　⑪澨：音逝，水涯。　　⑫"將騰駕"句："騰駕"，奔騰地駕着車；"偕逝"，同往。⑬"葺之"句："葺"，修建，補綴；"蓋"，房頂，古音計，與上文"逝"字叶韻。此言用荷葉做爲屋頂。　　⑭"蓀壁"句："紫"，即紫貝；"壇"有二解：一、高台；二、庭院。此言用蓀草飾壁，用紫貝砌壇。　　⑮"罔芳椒"句："罔"同"播"，敷，布；"成"即"盛"，猶言"飾"，指粉刷屋壁。按，以椒塗室，取其溫暖，且可除惡氣；古代皇后所居之室即稱爲"椒房"。此句言"以椒入泥　用來塗飾堂壁"(詳見聞一多楚辭校補)。　　⑯"桂棟"句："橑"音老，即椽。此言用桂木做屋棟，用木蘭木做屋椽。　　⑰"辛夷"句："辛夷"，

玉蘭樹；"楣"，門上橫木；"葯"，卽白芷；"房"，指卧室。此言用辛夷做門楣用白芷做卧室。　　⑱"罔薜荔"句："罔"同"網"，結，織；"帷"，幔帳。此言結織薜荔以爲帷幔。　　⑲"擗蕙"句："擗"音劈，析開；"櫋"音眠，舊解爲"屋聯"，卽今室中之隔扇。此言析蕙以爲隔扇，而且也已陳設好了。⑳"白玉"句："鎮"一作"瑱"，壓座席之物。按，古人席地而坐，故有席。此言用白玉爲壓座席的玉瑱。　　㉑"疏石蘭"句："疏"，分布，陳列；"石蘭"，香草名。此言陳列石蘭以取其芳香之氣。　　㉒"芷葺"二句："繚"，繞，束；"杜衡"，香草名，"衡"一作"蘅"。蔣驥說："謂前荷蓋之屋，復葺以芷，而四圍又以杜衡縈束之也。"　　㉓"合百草"句：把各種花草都彙集在一起以充實庭院。　　㉔"建芳馨"句："建"，陳列，設置；"廡"音武，廊。此言把各種芳香之物都陳設在廊下、門前。蔣驥說："葯房以上，言築室之具；罔薜荔四句，言室中所陳；芷葺以下，又言室上下內外之裝束也。"㉕"捐余袂"二句：此與湘君"捐余玦"二句同一意義。"袂"，衣袖；"褋"音牒，罩在外面的單裙。　　㉖"搴汀洲"二句：此與湘君"采芳洲"二句同一意義。"汀洲"，水中平地。"者"讀爲煮，與上文"浦"字和下文"與"字叶韻。

（四） 國殤①

操吳戈兮被犀甲②，車錯轂兮短兵接③。旌蔽日兮敵若雲④，矢交墜兮士爭先。淩余陣兮躐余行⑤，左驂殪兮右刃傷⑥。霾兩輪兮縶四馬⑦，援玉枹兮擊鳴鼓⑧，天時墜兮威靈怒⑨，嚴殺盡兮棄原野⑩。

出不入兮往不反⑪，平原忽兮路超遠⑫。帶長劍兮挾秦弓⑬，首身離兮心不懲⑭；誠既勇兮又以武⑮，終剛强兮不可淩。身既死兮神以靈，魂魄毅兮爲鬼雄⑯！

①國殤：這是九歌中的一篇，是追悼陣亡將士的悲壯的祭歌。篇中

生動地描寫了這些爲國捐軀的戰士的勇敢，也歌頌了他們壯烈的犧牲精神。小爾雅："無主之鬼謂之'殤'。""國殤"，王逸説："謂死於國事者。"②"操吳戈"句："操"，持；"戈"，平頭戟；"吳戈"，吳國所製的戈；一本"吳戈"作"吾科"，即"盾"，亦可通。"被"同"披"；"犀甲"，以犀牛皮爲鎧甲。此言戰士手持兵器，身披犀甲。　　③"車錯轂"句："錯"，交錯；"轂"，車的輪軸；"短兵"，短的兵器，如刀劍之類。王逸説："言戎車相迫，輪轂交錯，長兵不施，故引刀劍以相接擊也。"　　④"旌蔽日"二句：上句，言旌旗之多可以蔽日，敵人之衆紛如雲集。下句，言兩軍彼此相射，流矢在雙方的陣地上紛紛墜落，而戰士則奮勇争先以殺敵。"先"讀爲詢，與上句的"雲"字叶韻。　　⑤"淩余陣"句："淩"，侵犯；"躐"音獵，踐踏；"行"，行列。此言"敵人來侵犯我們的陣地，踐踏我們的行列。"　　⑥"左驂"句："殪"音毅，斃；"右"，指右驂。此言戰車左側的驂馬已經死去，而右驂也已爲兵刃所傷。　　⑦"霾兩輪"句："霾"同"埋"，此處指車輪陷埋於地下。"縶"，絆；"縶四馬"，指馬被絆住，無法行動。"馬"古讀爲母，與下文"鼓"字叶韻。　　⑧"援玉枹"句："枹"音乎，鼓槌；"玉枹"，以玉飾枹。按，此句寫主帥鳴擊戰鼓以振作士氣。朱熹説："援枹擊鼓，言志愈厲，氣愈盛也。"　　⑨"天時"句："懟"，怨；"威靈"指神。此句猶言"天怨神怒"。　　⑩"嚴殺"句："嚴"，壯，威；"嚴殺"，朱熹説："猶言塵戰痛殺也。""盡"，指把人殺光；"棄原野"，指棄屍於原野之上。"野"讀爲署，與上文"怒"字叶韻。　　⑪"出不入"句：此寫戰士視死如歸，既已出征，就不再想生還。　　⑫"平原"句："忽"同"芴"，作"遠"解；"超遠"，猶言"遙遠"。王逸説："言身棄平原山野之中，去家道甚遠也。"聞一多説："'平原忽'與'路超遠'，祇是一義，而變文重言之以足句，此與上文'出不入兮往不反'詞例正同。一本以'忽'字倒在'兮'下，非是。"　　⑬"帶長劍"句："秦弓"，秦國所製的弓。此言戰士雖死，猶佩帶長劍，挾持秦弓，不改其英武之度。　　⑭"首身"句："懲"讀爲澄，有"悔恨"之意。此言戰士雖身首異處，心中也没有悔意。　　⑮"誠既勇"二句："誠"，猶言"實在是"。蔣驥說：“‘勇’，稱其氣也；‘武’，稱其藝也。‘勇’、‘武’以戰時言，‘剛強’以死後言。總承上文，以明設祀之意。”按，下句的“終”疑是連接詞，作“且”解。此言戰士既勇又武，而且十分剛強，使人不敢侵犯。　⑯“身既死”二句：上句，言戰士身軀雖死，精靈不泯。下句，“魂魄”，猶言“靈魂”；“毅”，威武英挺貌。王逸說：“言國殤既死之後，精神強壯，魂魄武毅，長爲百鬼之雄傑也。”意謂戰士的魂魄與衆不同，他們在羣鬼之中也是出類拔萃的英雄。又，“魂魄毅”三字一本作“子魂魄”，疑非是。聞一多說：“王注曰：‘魂魄武毅，長爲百鬼之雄也。’是王本有‘毅’字。文選鮑明遠出自薊北門行注引亦作‘魂魄毅’。”按，聞說是。謹錄以備考。

（五）　涉江①

余幼好此奇服兮②，年既老而不衰。帶長鋏之陸離兮③，冠切雲之崔嵬。被明月兮佩寶璐④；世溷濁而莫余知兮，吾方高馳而不顧。駕青虬兮驂白螭⑤，吾與重華遊兮瑤之圃⑥。登崑崙兮食玉英⑦；與天地兮比壽，與日月兮齊光。哀南夷之莫吾知兮⑧，且余濟乎江、湘。

乘鄂渚而反顧兮⑨，欸秋冬之緒風；步余馬兮山皐，邸余車兮方林⑩。乘舲船余上沅兮⑪，齊吳榜以擊汰；船容與而不進兮，淹回水而疑滯⑫。朝發枉陼兮⑬，夕宿辰陽；苟余心之端直兮⑭，雖僻遠其何傷？

入溆浦余儃佪兮⑮，迷不知吾所如；深林杳以冥冥兮⑯，乃猨狖之所居。山峻高以蔽日兮，下幽晦以多雨；霰雪紛其無垠兮⑰，雲霏霏而承宇。哀吾生之無樂兮，幽獨處乎山中；吾不能變心而從俗兮，固將愁苦而終窮。

接輿髡首兮⑱，桑扈臝行。忠不必用兮⑲，賢不必以；伍子逢殃兮㉔，比干菹醢。與前世而皆然兮，吾又何怨乎今之人？余將董道而不豫兮㉑，固將重昏而終身。

　　亂曰：鸞鳥鳳皇㉒，日以遠兮；燕雀烏鵲㉓，巢堂壇兮。露申辛夷㉔，死林薄兮，腥臊並御㉕，芳不得薄兮。陰陽易位㉖，時不當兮；懷信侘傺㉗，忽乎吾將行兮。

　　①涉江：這是九章裏的一篇。今本楚辭列此篇於哀郢之前，但從篇中所敍地名考之，則實作於哀郢之後。自蔣驥以來，近人大都如此主張。蔣驥說：“涉江、哀郢，皆頃襄時放於江南所作。然哀郢發郢而至陵陽，皆自西徂東；涉江從鄂渚入漵浦，乃自東北往西南，當在既放陵陽之後。舊解合之，誤矣。其命意浩然一往，與哀郢之嗚咽徘徊、欲行又止，亦絕不相俟。蓋彼迫於嚴譴而有去國之悲，此激於憤懷而有絕人之志，所由來且異也。……篇中曰‘將濟’，曰‘將行’，又曰‘將愁苦而終窮’、‘將重昏而終身’，蓋未行時所作也。”　　②“余幼”二句：“奇服”，蔣驥說：“與世殊異之服，喻志行之不羣也。”“衰”，懈。按，此二句卽離騷“余獨好脩以爲常”之意。　　③“帶長鋏”二句：“長鋏”，猶言“長劍”；“陸離”，長貌；“切雲”，冠名。聞一多說：“‘切雲’猶‘摩雲’。冠曰切雲，正狀其高。……後漢書輿服志下有通天冠。切雲之名，猶通天耳。（說苑善說篇：‘昔者荊爲長劍危冠，令尹子西出焉。’危亦高也，危冠或卽切雲之類。）哀時命曰：‘冠崔嵬而切雲兮’，卽襲此文。……”按，此二句卽離騷“高余冠之岌岌兮，長余佩之陸離”二句之意。　　④“被明月”句：“被”同“披”，指披於肩背之上；“明月”，夜光珠；“璐”，美玉名。　　⑤“駕青虬”句：“虬”，龍類，已見前離騷註；“螭”音痴，無角的龍。此言駕車登天，以青色的虬爲馬，以白色的螭爲驂。　　⑥“吾與”句：“重華”，卽舜；“瑤”，美玉名；“圃”，猶“園”；“瑤之圃”，指天帝所居美麗的花園。此言自己想同舜一道去遊上帝的花園。　　⑦“登崑崙”句：“玉英”，玉苗（用蔣驥說）。道家求長生，採玉爲食。朱熹說：“登崑崙，言所至之高；食玉英，言所養之潔。”“英”讀

爲央，與下文"光"字叶韻。　　⑧"哀南夷"二句：上句，"南夷"，洪興祖朱熹以爲即指<u>楚國</u>。今按，屈原流放所經之地，約爲今<u>安徽</u>南部、<u>江西</u>北部、<u>湖北</u>東南部及<u>湖南</u>一帶，其地之人多未開化，故稱之爲"南夷"；而其義實含雙關，疑借以斥當時<u>楚國</u>之小人。下句，一本"濟"上有"將"字。"旦"，清晨；"濟"，渡過。<u>蔣驥</u>説："'濟江、湘'者，原自<u>陵陽</u>至<u>辰</u>、<u>溆</u>，必濟大江而歷<u>洞庭</u>也。按，<u>湘水</u>爲<u>洞庭</u>正流，故<u>水經</u>以<u>洞庭</u>爲<u>湘水</u>；濟<u>洞庭</u>，即濟<u>湘</u>也。"此言"在清晨時我就渡過<u>長江</u>、<u>湘水</u>而南行。"　　⑨"乘<u>鄂渚</u>"二句：上句，"乘"，登；"<u>鄂渚</u>"，地名，在今<u>湖北省武昌縣</u>西；"反顧"，謂回顧自己所居之放地。<u>蔣驥</u>説："<u>鄂渚</u>，今<u>武昌府</u>；濟<u>江</u>而西，道經<u>武昌</u>，其自<u>陵陽</u>可知。"按，<u>蔣</u>説是，故録以備考。下句，"欸"音哀，歎；"緒風"，餘風；"風"讀爲"紛"，與下文的"林"字叶韻。按，<u>涉江</u>作於初春，故此處因秋冬之餘寒未盡而興欸。　　⑩"邸余車"句："邸"同"抵"，至，抵達；"<u>方林</u>"，地名。<u>蔣驥</u>説："此又舍舟登陸也。"　　⑪"乘舲船"二句：上句，"舲船"，有窗的小船；"上"，溯流而上。<u>蔣驥</u>説："<u>沅水</u>東入<u>洞庭</u>，而<u>原</u>西向，故溯而上之。"又説："自<u>方林</u>以下，當復從舟入<u>湘</u>以達於<u>沅</u>；不言<u>湘</u>者，已見上文也。"下句，"齊"，同時並舉。"榜"，櫂，即船槳。"吳"有二解：一、國名。<u>朱熹</u>説："吳謂<u>吳國</u>，榜，櫂也，蓋效<u>吳</u>人所爲之櫂，如云<u>越</u>舲、<u>蜀</u>艇也。"二、作"大"解（<u>聞一多</u>謂是<u>王逸</u>舊説，詳<u>楚辭</u>校補）。"汰"，水波。<u>王逸</u>説："言己始去乘窗舲之船，西上<u>沅</u>、<u>湘</u>之水，士卒齊舉大櫂，而擊水波。"　　⑫"淹回水"句："淹"，停留，"回水"，指水之急湍迴流；"疑"，應作"凝"，"凝滯"，猶言"滯留不進"。此連上句，言船徘徊在急湍迴流之中而停滯不前。　　⑬"朝發"二句："枉陼"，地名，舊屬<u>湖南常德</u>；辰陽，地名，故城在今<u>湖南辰谿縣</u>西。　　⑭"苟余心"二句："端"，正。此言"如果我的心是正直的，即使把我放逐到僻遠的地方去，那對我又有什麼損害呢？"　　⑮"入<u>溆浦</u>"二句："<u>溆浦</u>"，指<u>溆水</u>之濱，今<u>湖南</u>有<u>溆浦縣</u>。（按，<u>溆水</u>源出<u>溆浦縣</u>東南<u>頓家山</u>，西北流經<u>辰谿縣</u>南，入於<u>沅水</u>。）<u>蔣驥</u>説："自<u>江</u>而<u>湘</u>、而<u>沅</u>、而<u>枉</u>、而<u>辰</u>、而<u>溆</u>，皆自東至西之路也。""儃徊"，一本作

“邅迴”，猶言“旋轉”；“如”，往。此言進入溆浦，路徑曲折，使自己迷了路，不知應該往何處去。　⑯“深林”二句：“杳”，幽暗；“冥冥”，幽暗貌；“猨”同“猿”；“狖”音又，獸名，亦猿類。此言深林幽暗，乃是野獸所居之地。　⑰“霰雪”二句：上句，“霰”音線，朱熹說：“雨凍如珠，將爲雪者也。”“紛”，盛多貌；“垠”音銀，邊際。此言霰雪下得很大，一望無際。下句“霏霏”，雪甚貌；“承”，接，引申有“瀰漫”之意；“宇”，天空。此言陰雲密佈，瀰漫天空。　⑱“接輿”二句：上句，“接輿”見前論語註。“髡首”，古刑法之一種，卽剃髮。“髡”音坤。相傳接輿曾自髡其首，避世不仕。下句，桑扈，舊說謂卽子桑户，古之隱士，見莊子；“臝”同“裸”，“臝行”，謂赤身露體而行。朱熹說：“或疑論語所謂子桑伯子，亦是此人，蓋夫子稱其簡。家語又云：‘伯子不衣冠而處。’夫子譏其‘欲同人道於牛馬’，卽此裸行之證也。”可備一說。王逸說：“屈原自傷不容於世，引此隱者以自慰也。”按，此處“行”字不入韻。聞一多說：“依例，‘接輿髡首’上當缺二句。此處文多偶行，所缺二句意蓋與‘忠不必用’二句相偶，猶下‘接輿髡首’二句亦與‘伍子逢殃’二句相偶也。”錄以備考。　⑲“忠不必用”二句：“以”作“用”解。此言忠臣賢人，不見得能爲世所用。“忠”、“賢”卽指下文的“伍子”、“比干”。　⑳“伍子”二句：“伍子”，卽伍子胥；“醢”讀爲喜，與上文“以”字叶韻。餘皆見前註。　㉑“余將”二句：上句，“董”，正；“豫”，猶疑。此言“我將守正道而無所猶疑。”下句，“重”讀平聲，重復；“昏”，暗昧。朱熹說：“重復暗昧，終不復見光明也。”　㉒“鸞鳥”二句：“鸞”、“鳳”，皆祥瑞之鳥，以喻賢者。此言賢者一天比一天遠離朝廷。　㉓“燕雀”二句：“燕”、“雀”、“烏”、“鵲”皆凡鳥，以喻讒佞小人；“堂”，殿堂；“壇”，祭臺。此以喻小人擠滿了朝廷。　㉔“露申”二句：上句，“辛夷”，本芳樹，以喻賢者；“露申”有二解：一、“申”，有“開放”之意。錢澄之說：“無所障蔽，花早樹高，承露直上，故曰‘露申’。”二、以“申”爲“甲”之誤字。蔣驥說：“或曰，卽瑞香花，亦名露甲。”皆可通。下句，“林薄”，王逸說：“叢木曰‘林’，草木交錯曰‘薄’。”此二句大意是：“在露水下開放的辛夷本是應該加以愛護的,但是現在却死在叢林中了。"　　㉕"腥臊"二句:上句,"腥臊",指臭惡之物,以喻讒佞小人;"御",進用。下句,"芳",指芳潔之物,以喻忠直君子;"薄"音迫,接近,依附。朱熹説:"言污賤並進,而芳潔不容也。"　　㉖"陰陽"二句:上句,"陰",指夜晚,以喻小人;"陽",晝日,以喻君子。蔣驥説:"陰陽易位,喻小人在朝,君子在野也。"下句,"當",合。"時不當",指晝夜反常。　　㉗"懷信"二句:"懷信",懷抱忠信;"佗傺"音詫祭,惆悵失意貌;"忽",恍惚;"將行",指身將遠去。

（六）　哀郢①

皇天之不純命兮②,何百姓之震愆! 民離散而相失兮,方仲春而東遷③。去故鄉而就遠兮,遵江、夏以流亡④; 出國門而軫懷兮⑤,甲之鼂吾以行。發郢都而去閭兮⑥,怊荒忽其焉極! 楫齊揚以容與兮,哀見君而不再得。望長楸而太息兮⑦,涕淫淫其若霰;過夏首而西浮兮⑧,顧龍門而不見。心嬋媛而傷懷兮,眇不知其所蹠⑨;順風波以從流兮⑩,焉洋洋而爲客。凌陽侯之氾濫兮⑪,忽翱翔之焉薄! 心絓結而不解兮⑫,思蹇産而不釋。

將運舟而下浮兮⑬,上洞庭而下江。去終古之所居兮⑭,今逍遙而來東。羌靈魂之欲歸兮,何須臾而忘反! 背夏浦而西思兮⑮,哀故都之日遠。登大墳以遠望兮⑯,聊以舒吾憂心;哀州土之平樂兮⑰,悲江介之遺風。

當陵陽之焉至兮⑱,淼南渡之焉如? 曾不知夏之爲丘兮⑲,孰兩東門之可蕪? 心不怡之長久兮,憂與愁其相接; 惟郢路之遼遠兮,江與夏之不可涉。忽若不信兮⑳,至今九年而不復! 慘鬱鬱而不通兮㉑,蹇佗傺而含慼。

外承歡之汋約兮㉒,諶荏弱而難持; 忠湛湛而願進兮㉓,妒被離而鄙之。彼堯、舜之抗行兮㉔，瞭杳杳而薄天；衆讒人之嫉妒兮，被以不慈之僞名㉕。憎慍惀之脩美兮㉖，好夫人之忼慨。衆踥蹀而日進兮㉗，美超遠而踰邁。

亂曰：曼余目以流觀兮㉘，冀壹反之何時！鳥飛反故鄉兮㉙，狐死必首丘。信非吾罪而棄逐兮㉚，何日夜而忘之

①哀郢：這是九章裏的一篇。其寫作時間當在頃襄王時，而作於涉江之前。餘詳前涉江註。　②"皇天"二句：上句，"皇天"，義含雙關，字面上指天，實兼指楚君；"純"，正，常；"不純命"言失其常道。下句，"震"，懼；"愆"，罪（用蔣驥說）。此言天命無常，因而百姓都心懷震懼，恐獲罪愆。蔣驥說："'百姓'與'民'，皆呼天自指之辭。原以忠獲罪於君，而歸其咎於天，又若泛言百姓者，遜辭也。"　③"方仲春"句：言"在仲春二月之時，自己被放逐東行"。蔣驥說："原遷江南，而至陵陽，其地正在郢之東也。"　④"遵江、夏"句："遵"，循着，順着；"江"，長江；"夏"，夏水。據水經注，夏水出於長江而流入漢水，流經江陵縣東南，又東過華容縣南，再東至沔陽縣西北而入漢水。其水只在夏天才流，入冬卽涸竭，故稱"夏水"。今已改道。按，夏水去長江甚近，楚辭中"江"與"夏"每每並稱，皆指長江與夏水。　⑤"出國門"二句：上句，"國門"，指郢都的城門；"軫"，痛，"軫懷"，猶言"心痛"。下句，"甲"同"朝"，早晨；"行"音杭，與上文"亡"字叶韻。此言"初離都門，心中悲痛，就在一個甲日的早晨，我開始動身上路了。"按。自"皇天"句至此句，皆追敍初被放時情景（用蔣驥說）。　⑥"發郢都"二句：上句，"郢都"；在今湖北江陵縣；"閭"，里門。此言從郢都出發，離開自己的故里。下句，一本無"招"字，疑非是。"招"音超，遠貌，此處作副詞，是形容"荒忽"的狀詞；"荒忽"，亦作"遠"解，此處是形容詞，指自己行程之遙遠(以上參用聞一多說)；"焉"，何；"極"，終點；"焉極"猶言"何處是盡頭"。　⑦"望長楸"二句：上句，"楸"音秋，朱熹說："梓也。所謂故國之喬木，使人顧望，徘徊不忍去也。"下句，"涕"，

涙；“淫淫”，流涙貌；“霰”見前涉江註。　　⑧“過夏首”二句：“夏首”，夏水發源於長江之處。“顧”，回顧。“龍門”，有二解：一、郢之東門（王逸説）；二、郢都南關三門，其中之一即名龍門（洪興祖引江陵記説）。蔣驥則用王逸説，他説：“‘西浮’，舟行之曲處，路有西向者；‘龍門’，郢城東門。水經云：‘夏水出江，流於江陵縣東南。’是則夏首去郢絶近。然郢城已不可見，故其心傷懷而不已也。”　　⑨“眇不知”句：“眇”同“渺”，指前途之渺茫遥遠；“蹠”音蔗，作“踐履”解。此言“前途渺茫，自己也不知道所踐履的是什麽地方”。　　⑩“順風波”二句：上句，言已順着風波，隨着江流而前行。下句，“焉”，乃，始（用王引之説）；“洋洋”，飄泊無所歸貌；“客”，猶言“流浪者”。此言“我已開始飄泊無歸，做一個流浪他鄉之客了”。　　⑪“淩陽侯”二句：“淩”，乘，猶言“冒着”；“陽侯”，相傳爲伏羲氏時的諸侯，溺死於水，遂爲水神，能興波作浪，後乃引申以其名做爲波濤的代稱；“氾濫”，波濤起伏貌。此句言“我冒着起伏洶湧的波濤前進。”下句，“焉”，何，“薄”，止。此言“我恍惚地飄泊於水鄉，如鳥之飛翔於天，也不知將棲止於何處。”　　⑫“心絓結”二句：上句，“絓”音掛，猶言“牽引”、“罣礙”；“結”，鬱結。下句，“蹇産”，舊解爲“詰屈貌”，今按，即思慮糾纏，心境不能舒暢開朗之意。此言“心中總好像有什麽東西牽掛着，鬱結着、糾纏着而打不開”。按，自“發郢都”句至此句，是追記東遷時的實況（用蔣驥説）。　　⑬“將運舟”二句：上句，“運”，本作“迴旋”解，引申有“轉動”之意，“運舟”猶言“駕舟”；“下浮”，蔣驥説：“順江而東下也。”下句，蔣驥説：“洞庭入江之口，在今岳州巴陵縣。‘上洞庭而下江’，上下，謂左右。禮，東向西向之席，俱以南方爲上，今自荊逹岳，東向而行，洞庭在其南，故以洞庭爲上而江爲下也。”　　⑭“去終古”二句：上句，“終古之所居”，指郢都。言“我離開了祖先世世代代所居住的地方。”下句，“逍遥”，猶言“飄蕩”。言“現在我飄蕩於江湖，一天比一天更向東來了。”　　⑮“背夏浦”二句：“夏浦”，指夏水之濱。按，朱熹以爲此二句是未過夏浦時情景，疑非是。錢澄之説：“此是已過夏浦也。以故都地勢論之，夏浦在東；故‘背夏浦’乃西向而思，思郢也。跡漸遠郢，而魂仍戀郢也。”
蔣驥也説：“浦，水涯也。夏水東逕沔陽入漢，兼流至武昌而會於江，謂
之夏口。‘背夏浦’，則過夏口而東，去郢愈遠矣。‘西思’，指郢都言。”
⑯“登大墳”句：王逸説：“水中高者爲‘墳’。詩曰：‘遵彼汝墳。’”今按，詩
汝墳毛傳：“墳，大防也。”“防”即堤，則此處的“大墳”實指水邊之高堤。
“遠望”，王逸説：“想見宮闕與廊廟也。”朱熹説：“望郢都也。”　⑰“哀州
土”二句：上句，“州土”，指屈原流放時所經過的鄉邑；“平”，指土地寬博；
“樂”，指人民生活富饒（用朱熹説）。“介”，側，畔（用蔣驥説）；“江介”猶
言“江畔”、“江邊”，指沿江一帶的地方；“遺風”，前代遺留下來的風俗。錢
澄之説：“‘哀州土之平樂’，隱隱有不能長保之憂，非徒哀己也。”蔣驥説：
“州土平樂，江介遺風，皆先世所養育教誨以貽後人者，故對之而愀然增
悲焉。”此於文義有所發明，故録以備考。按，自“將運舟”句至此句，寫自
己初放時眷戀故國之心情。　　⑱“當陵陽”二句：上句，“陵陽”，地名，在
今安徽東南部青陽、石埭之間，居大江之南約百里，以當地有陵陽山而得
名。“焉”，何。蔣驥説：“至陵陽，則東至遷所矣。”此言“我既到了陵陽，
還要到什麼地方去呢？”下句，“淼”音渺，大水茫無邊際之貌；“如”，往。此
言“煙波浩淼，我如南渡，又將往何處去呢？”　　⑲“曾不知”二句：上句，
“曾不知”猶言“簡直没想到”；“夏”同“廈”，指高大的房屋；“丘”，荒廢的
邱墟。下句，“孰”，誰；“兩東門”，指郢都東關之二門；“蕪”，荒蕪，蕪穢。
此二句大意是：“我簡直没想到高樓大廈會成爲廢墟，而郢都的兩座東門
本是先王所建造，有誰可以使那裏變成荒蕪之地呢？”（參用王逸説）言外
指楚之君臣昏瞶無能，竟使國家遭到外患而無法抵敵。按，從這兩句話，
似可推斷屈原是聽到了秦兵入郢的消息才這樣説的。故下文乃有“外承
歡之汋約”等語以譴責當時羣小蔽賢誤國之罪。　　⑳“忽若”二句：上
句，一本“若”下有“去”字，應從之（用朱熹、聞一多説）。“忽”，恍惚。聞
一多説：“此蓋言身雖去國，猶疑未去，心志瞀亂，若在夢中也。”下句，
“復”，返。此言“自己被放，已經過了九年，一直也不能回去”。　　㉑“慘

鬱鬱"二句：上句，"慘"是副詞，是形容"鬱鬱"的；"鬱鬱"是形容詞。此言心情愁慘，鬱悶不開。蔣驥說："鬱鬱不通，謂有懷而不能自達也。"下句，"塞"，作"困阨"解，此處是副詞，是形容"佗傺"的；"佗傺"已見前註；"慼"音戚，憂。按，自"當陵陽"句至此句，寫自己長期被放逐後憂國思歸的心情。　㉒"外承歡"二句：上句，"外"，外表；"承歡"，承君之歡；"汋"音綽，"汋約"，諂媚之態。此言表面上飾爲媚態，以奉承國君之歡心。下句，"諶"同"誠"；"荏"作"弱"解，"荏弱"，猶言"軟弱"、"脆弱"。此言"這些小人的内心實在是很脆弱的，並不能有堅定的操守"。　㉓"忠湛湛"二句："湛湛"，厚重貌，"湛"音展；"被離"一作"披離"，衆盛貌；"鄣"同"障"，壅塞，障蔽。此二句大意是："懷着深厚的忠心的君子，很希望進身於君而被任用；但那些小人却非常嫉妬，紛紛地設法阻礙他。"　㉔"彼堯、舜"二句：上句，"抗行"，高尚偉大的行爲，"行"讀去聲。下句，"瞭杳杳"一本作"杳冥冥"，高遠貌；"薄"，接近。此言"堯、舜的行爲是高尚偉大的，其高遠的程度足能上達於天"。　㉕"被以"句：給堯、舜加上了不慈的惡名。洪興祖說："堯、舜與賢而不與子，故有不慈之名。莊子曰：'堯不慈，舜不孝。'言此者以明堯、舜大聖，猶不免讒謗，況餘人乎？"㉖"憎慍惀"二句："憎"、"好"的主語皆指國君(用蔣驥說)；"慍惀"，讀爲温倫的上聲，是形容心中有所蘊積而不善表達的狀詞；"夫"，猶"彼"；"夫人"，猶言"那些小人"；"忼慨"，指口頭上說得天花亂墜，激昂忼慨。洪興祖說："君子之慍惀，若可鄙者；小人之忼慨，若可喜者。惟明者能察之。"此言君子雖内行脩美，但不善於表達，故爲國君所憎；小人只在口頭上說得好聽，反爲國君所喜好。　㉗"衆踥蹀"二句："衆"，指羣小；"踥"音 siè，"蹀"音牒，"踥蹀"，行走貌，引申爲奔走鑽營之意。下句，"美"，指脩美之君子；"超遠"，猶言"疏遠"；"逝"，往，引申有"遠去"之意；"踰邁"，猶言"愈來愈疏遠"。蔣驥說："言君子深憂遠慮，而君故憎之；小人喜爲浮說，而君故好之。是以小人日進而日親，君子愈疏而愈遠也。"按，自"外汋約"句至此句，斥小人之蔽賢誤國，傷君子之失位遠逝。　㉘"曼

余目"二句:"曼",作"引"或"展開"解;"曼目"猶言"縱目";"流覜",四下
裏眺望;"冀",希望;"壹"同"一","壹反",回去一次。此言"我縱目向四
方遠眺,希望還能回去一次,但究竟什麼時候我才能回去呢!"　　㉙"鳥
飛"二句:據說禽鳥不論飛出多遠,因爲思念舊巢,它終於會飛回來;狐狸
死時,總要把它的頭枕在它所出生的土丘上。此以喻人之不忘根本,對
祖國或故鄉始終表示眷戀。　　㉚"信非"二句:大意是:"我之遭棄逐,實
在不是自己的罪過;而我對故國的懷念,無論日夜,又何嘗忘掉一會兒!"
按,自"亂曰"以下,申明不能忘郢之意。

楚辭附錄

（一）　關於屈原的事蹟

屈原者,名平,楚之同姓也。爲楚懷王左徒。博聞彊志,明於
治亂,嫺於辭令。入則與王圖議國事,以出號令;出則接遇賓客,應
對諸侯。王甚任之。

上官大夫與之同列,爭寵,而心害其能。懷王使屈原造爲憲
令,屈平屬草藁未定,上官大夫見而欲奪之,屈平不與;因讒之曰:
"王使屈平爲令,衆莫不知;每一令出,平伐其功,曰:'以爲非我莫
能爲也。'"王怒而疏屈平。

屈平疾王聽之不聰也,讒諂之蔽明也,邪曲之害公也,方正之
不容也,故憂愁幽思而作離騷。——"離騷"者,猶離憂也。夫天者,
人之始也;父母者,人之本也。人窮則反本;故勞苦倦極,未嘗不呼
天也;疾痛慘怛,未嘗不呼父母也。屈平正道直行,竭忠盡智以事
其君,讒人間之,可謂窮矣!信而見疑,忠而被謗,能無怨乎?屈平
之作離騷,蓋自怨生也。國風好色而不淫,小雅怨誹而不亂;若離

騷者,可謂兼之矣。上稱帝嚳,下道齊桓,中述湯、武,以刺世事。明道德之廣崇,治亂之條貫,靡不畢見。其文約,其辭微,其志潔,其行廉。其稱文小而其指極大,舉類邇而見義遠。其志潔,故其稱物芳;其行廉,故死而不容自疏。濯淖汙泥之中,蟬蛻於濁穢,以浮游塵埃之外,不獲世之滋垢,皭然泥而不滓者也。推此志也,雖與日月爭光,可也。

屈平既絀,其後秦欲伐齊,齊與楚從親。惠王患之,乃令張儀佯去秦,厚幣委質事楚,曰:"秦甚憎齊,齊與楚從親;楚誠能絕齊,秦願獻商於之地六百里。"楚懷王貪而信張儀,遂絕齊,使使如秦受地。張儀詐之曰:儀與王約六里,不聞六百里。"楚使怒去,歸告懷王。懷王怒,大興師伐秦。秦發兵擊之,大破楚師於丹、淅,斬首八萬,虜楚將屈匄,遂取楚之漢中地。懷王乃悉發國中兵,以深入擊秦,戰於藍田。魏聞之,襲楚至鄧。楚兵懼,自秦歸。而齊竟怒,不救楚,楚大困。

明年,秦割漢中地與楚以和。楚王曰:"不願得地,願得張儀而甘心焉!"張儀聞,乃曰:"以一儀而當漢中地,臣請往如楚。"如楚,又因厚幣用事者臣靳尚,而設詭辯於懷王之寵姬鄭袖;懷王竟聽鄭袖,復釋去張儀。

是時屈平既疏,不復在位,使於齊;顧反,諫懷王曰:"何不殺張儀?"懷王悔,追張儀,不及。

其後諸侯共擊楚,大破之,殺其將唐眜。

時秦昭王與楚婚,欲與懷王會。懷王欲行,屈平曰:"秦,虎狼之國,不可信。不如無行!"懷王稚子子蘭勸王行:"奈何絕秦歡?"懷王卒行。入武關,秦伏兵絕其後,因留懷王以求割地。懷王怒,不聽；亡走趙，趙不内。復之秦，竟死於秦而歸葬。

長子頃襄王立，以其弟子蘭爲令尹。

楚人既咎子蘭以勸懷王入秦而不反也，屈平既嫉之，雖放流，睠顧楚國，繫心懷王，不忘欲反，冀幸君之一悟，俗之一改也。其存君興國，而欲反覆之，一篇之中，三致志焉。然終無可奈何，故不可以反。卒以此見懷王之終不悟也。

人君無愚、智、賢、不肖，莫不欲求忠以自爲，舉賢以自佐；然亡國破家相隨屬，而聖君治國，累世而不見者，其所謂忠者不忠，而所謂賢者不賢也。懷王以不知忠臣之分，故内惑於鄭袖，外欺於張儀，疏屈平而信上官大夫、令尹子蘭。兵挫地削，亡其六郡，身客死於秦，爲天下笑。此不知人之禍也。易曰：“井渫不食，爲我心惻；可以汲。王明，並受其福。”王之不明，豈足福哉。

令尹子蘭聞之，大怒，卒使上官大夫短屈原於頃襄王，頃襄王怒而遷之。

屈原至於江濱，被髮行吟澤畔，顏色憔悴，形容枯槁。漁父見而問之，曰：“子非三閭大夫歟？何故而至此？”屈原曰：“舉世混濁而我獨清，衆人皆醉而我獨醒，是以見放。”漁父曰：“夫聖人者，不凝滯於物，而能與世推移。舉世混濁，何不隨其流而揚其波？衆人皆醉，何不餔其糟而啜其醨？何故懷瑾握瑜，而自令見放爲？”屈原曰：“吾聞之：新沐者必彈冠，新浴者必振衣。人又誰能以身之察察，受物之汶汶者乎。寧赴常流，而葬乎江魚腹中耳；又安能以皓皓之白，而蒙世之温蠖乎。”乃作懷沙之賦。……於是懷石，遂自投汨羅以死。

屈原既死之後，楚有宋玉、唐勒、景差之徒者，皆好辭而以賦見稱; 然皆祖屈原之從容辭令, 終莫敢直諫。其後楚日以削; 數十年,竟爲秦所滅。

自屈原沉汨羅後, 百有餘年, 漢有賈生, 爲長沙王太傅, 過湘水, 投書以弔屈原。……(史記屈原賈生列傳——節錄)

(二)　關於屈原的其它作品

曰: 遂古之初, 誰傳道之? 上下未形, 何由考之? 冥昭瞢闇, 誰能極之? 馮翼惟像, 何以識之? 明明闇闇, 惟時何爲? 陰陽三合,何本何化? 圜則九重, 孰營度之? 惟茲何功, 孰初作之? 斡維焉繫, 天極焉加? 八柱何當, 東南何虧? 九天之際, 安放安屬? 隅隈多有, 誰知其數? 天何所沓? 十二焉分? 日月安屬? 列星安陳? 出自湯谷, 次于蒙汜。自明及晦, 所行幾里? 夜光何德, 死則又育? 厥利惟何, 而顧菟在腹? 女岐無合, 夫焉取九子? 伯強何處? 惠氣安在? 何闔而晦? 何開而明? 角宿未旦, 曜靈安藏?

不任汨鴻, 師何以尚之? 僉曰: 何憂? 何不課而行之? 鴟龜曳銜, 鯀何聽焉? 順欲成功, 帝何刑焉? 永遏在羽山, 夫何三年不施?伯禹腹鯀, 夫何以變化? 纂就前緒, 遂成考功; 何續初繼業, 而厥謀不同? 洪泉極深, 何以寘之? 地方九則, 何以墳之? 應龍何畫? 河海何歷? 鯀何所營? 禹何所成? 康回馮怒, 墜何故以東南傾? 九州安錯? 川谷何洿? 東流不溢, 孰知其故? 東西南北, 其修孰多?南北順橢, 其衍幾何? 崑崙、縣圃, 其尻安在? 增城九重, 其高幾里?四方之門, 其誰從焉? 西北辟啓, 何氣通焉? 日安不到, 燭龍何照?羲和之未揚, 若華何光? 何所冬煖, 何所夏寒? 焉有石林? 何獸能言? 焉有虬龍, 負熊以遊? 雄虺九首, 儵忽焉在? 何所不死? 長人何守？廳荓九衢，枲華安居？靈蛇吞象，厥大何如？黑水、玄趾，三危安在？延年不死，壽何所止？鯪魚何所？魀堆焉處？羿焉彃日，烏焉解羽？……（天問——節錄）

巫陽焉乃下招曰："魂兮歸來！去君之恆幹，何爲乎四方些？舍君之樂處，而離彼不祥些？

"魂兮歸來！東方不可以託些：長人千仞，惟魂是索些。十日代出，流金鑠石些。彼皆習之，魂往必釋些。歸來歸來！不可以託些！

"魂兮歸來！南方不可以止些：雕題黑齒，得人肉以祀；以其骨爲醢些。蝮蛇蓁蓁，封狐千里些。雄虺九首，往來儵忽，吞人以益其心些。歸來歸來！不可以久淫些！

"魂兮歸來！西方之害，流沙千里些。旋入雷淵，麋散而不可止些。幸而得脫，其外曠宇些。赤蟻若象，玄蠭若壺些。五穀不生，藜菅是食些。其土爛人，求水無所得些。彷徉無所倚，廣大無所極些。歸來歸來，恐自遺賊些！

"魂兮歸來！北方不可以止些。增冰峨峨，飛雪千里些。歸來歸來！不可以久些！

"魂兮歸來！君無上天些；虎豹九關，啄害下人些。一夫九首，拔木九千些。豺狼從目，往來侁侁些。懸人以娭，投之深淵些。致命於帝，然後得瞑些。歸來歸來，往恐危身些！

"魂兮歸來！君無下此幽都些：土伯九約，其角觺觺些。敦脄血拇，逐人駓駓些。參目虎首，其身若牛些。此皆甘人，歸來歸來！恐自遺災些！……"（招魂——節錄）

（三）　關於楚辭的名稱

始長史朱買臣，會稽人也，讀春秋。莊助使人言買臣，買臣以楚辭與助俱幸，侍中，爲太中大夫，用事。……（史記酷吏列傳）

……漢興，高祖王兄子濞於吳，招致天下之娛游子弟枚乘、鄒陽、嚴夫子之徒，興於文、景之際；而淮南王安亦都壽春，招賓客著書。而吳有嚴助、朱買臣，貴顯漢朝，文辭並發，故世傳楚辭。（漢書地理志下）

會邑子嚴助貴幸，薦買臣，召見，説春秋，言楚詞，帝甚悦之。（漢書朱買臣傳）

黄伯思曰：“屈、宋諸騷，皆書楚語，作楚聲，紀楚地，名楚物，故可謂之楚辭。”（東觀餘論翼騷序）

（四）　關於南方民歌的形式

今夕何夕兮，搴舟中流？今日何日兮，得與王子同舟？蒙羞被好兮，不訾詬恥；心幾煩而不絶兮，知得王子！山有木兮木有枝，心悦君兮君不知！（説苑：越人歌）

滄浪之水清兮，可以濯我纓；滄浪之水濁兮，可以濯我足。（孟子離婁上：滄浪歌）

（五）　關於南音和楚聲

晉侯觀於軍府，見鍾儀，問之曰：“南冠而縶者，誰也？”有司對曰：“鄭人所獻楚囚也”。使稅之，召而弔之，再拜稽首；問其族，對曰：“泠（伶）人也。”公曰：“能樂乎？”對曰：“先人之職官也，敢有二事!"使與之琴，操南音。公曰："君王何如?"對曰："非小人之所得知也。"固問之，對曰："其爲太子也，師保奉之以朝于嬰齊，而夕于側也。不知其他。"公語范文子，文子曰："楚囚，君子也。言稱先職，不背本也;樂操土風，不忘舊也。……"（左傳成公九年）

……晉人聞有楚師，師曠曰："不害。吾驟歌北風，又歌南風。南風不競，多死聲。楚必無功。"……（左傳襄公十八年）

禹行功，見塗山之女。禹未之遇，而巡省南土。塗山氏之女乃令其妾候禹于塗山之陽。女乃作歌，歌曰："候人兮猗!"實始作爲南音。……（呂氏春秋音初篇）

宣帝時，修武帝故事，講論六藝羣書，博盡奇異之好。徵能爲楚辭九江被公，召見誦讀。（漢書王褒傳）

隋時有釋道騫，善讀之，能爲楚聲，音韻清切。至今傳楚辭者，皆祖騫公之音。（隋書經籍志）

（六）　關於楚國的風俗和地理

谷永説上曰：……楚懷王隆祭祀，事鬼神，欲以獲福助，卻秦師，而兵挫地削，身辱國危。……"（漢書郊祀志下）

……周武王封舜後媯滿於陳，是爲胡公，妻以元女太姬。婦人尊貴，好祭祀，用史巫，故其俗巫鬼。……（漢書地理志下）

楚地……信巫鬼，重淫祀。……（漢書地理志下）

王逸曰："九歌者，屈原之所作也。昔楚國南郢之邑，沅、湘之間，其俗信鬼而好祠。其祠必作歌樂，鼓舞以樂諸神。屈原放逐，竄伏其域，懷憂苦毒，愁思沸鬱。出見俗人祭祀之禮，歌舞之樂，其詞鄙陋，因爲作九歌之曲。……"（楚辭章句九歌序）

劉勰曰："……及離騷代興，觸類而長；物貌難盡，故重沓舒狀。於是嵯峨之類聚，葳蕤之羣積矣。及長卿之徒，詭勢瓌聲，模山範水，字必魚貫；所謂詩人麗則而約言，辭人麗淫而繁句也。至如雅詠棠華，或黄或白；騷述秋蘭，綠葉紫莖。凡摛表五色，貴在時見，若青黄屢出，則繁而不珍。自近代以來，文貴形似：窺情風景之上，鑽貌草木之中。吟詠所發，志惟深遠；體物爲妙，功在密附。故巧言切狀，如印之印泥；不加雕削，而曲寫毫芥。故能瞻言而見貌，印字而知時也。然物有恆姿，而思無定檢；或率爾造極，或精思愈疎。且詩、騷所標，並據要害，故後進鋭筆，怯於争鋒。莫不因方以借巧，卽勢以會奇；善於適要，則雖舊彌新矣。是以四序紛迴，而入興貴閑；物色雖繁，而析辭尚簡。使味飄飄而輕舉，情曄曄而更新。古來辭人，異代接武，莫不參伍以相變，因革以爲功。物色盡而情有餘者，曉會通也。若乃山林皋壤，實文思之奧府，略語則闕，詳說則繁。然屈平所以能洞鑒風、騷之情者，抑亦江山之助乎？"（文心雕龍物色篇）

朱熹曰："……蠻荆陋俗，詞既鄙俚，而其陰陽人鬼之間，又或不能無褻慢荒淫之雜。原既放逐，見而感之，故頗爲更定其詞，去其泰甚。……"（楚辭集註九歌序）

王夫之曰："……楚，澤國也；其南沅、湘之交，抑山國也。疊波曠宇，以蕩遥情，而迫之以崟嶔戌削之幽菀，故推宕無涯，而天采矗發，江山光怪之氣，莫能揜抑。……"（楚辭通釋序例）